FANTASY

Buch

Zwischen den kelewanischen Adelshäusern Acoma und Minwanabi tobt ein erbitterter Kampf. Mara von Acoma wird immer wieder von Schwarzer Magie, Attentätern und von ihrem Todfeind, dem rachedürstenden Lord Desio von den Minwanabi, bedroht ...

Raymond Feist ist auf die ferne Welt Kelewan zurückgekehrt. Mit Janny Wurts erzählt er die dramatische Geschichte des Hauses Acoma von der anderen Seite des Spalts – und setzt damit das Meisterwerk der Midkemia-Saga und der Schlangenkrieg-Saga fort.

Autoren

Raymond Feist, geboren 1945 in Los Angeles, studierte an der Universität in San Diego und war Fotograf und Spieleerfinder, ehe er mit dem Schreiben begann. Alle seine Romane gelangten auf die amerikanische Bestsellerliste. Das *Dragon Magazine* schrieb über ihn: »Wenn es einen Autor gibt, der im Fantasy-Himmel zur Rechten von J. R. R. Tolkien sitzen wird, dann ist es Raymond Feist.« Janny Wurts lebt in Florida. Sie hat sich mit einer Reihe von Fantasy-Romanen und als Illustratorin einen Namen gemacht.

Die Kelewan-Saga im Goldmann Verlag:

Die Kelewan-Saga 1: **Die Auserwählte** (24748), Die Kelewan-Saga 2: **Die Stunde der Wahrheit** (24749), Die Kelewan-Saga 3: **Der Sklave von Midkemia** (24750), Die Kelewan-Saga 4: **Zeit des Aufbruchs** (24751), Die Kelewan-Saga 5: **Die Schwarzen Roben** (24752), Die Kelewan-Saga 6: **Tag der Entscheidung** (24753)

Von Raymond Feist sind bei Goldmann außerdem erschienen:

DIE MIDKEMIA-SAGA: 1. **Der Lehrling des Magiers** (24616), 2. **Der verwaiste Thron** (24617), 3. **Die Gilde des Todes** (24618), 4. **Dunkel über Sethanon** (24611), 5. **Gefährten des Blutes** (24650), 6. **Des Königs Freibeuter** (24651)

DIE SCHLANGENKRIEG-SAGA: 1. **Die Blutroten Adler** (24666), 2. **Die Smaragdkönigin** (24667), 3. **Die Händler von Krondor** (24668), 4. **Die Fehde von Krondor** (24784), 5. **Die Rückkehr des Schwarzen Zauberers** (24785), 6. **Der Zorn des Dämonen** (24786)

In Kürze erscheint:

DIE SCHLANGENKRIEG-SAGA: 7. **Die zersprungene Krone** (24787)

Weitere Bände sind in Vorbereitung.

KELEWAN-SAGA

RAYMOND FEIST &
JANNY WURTS

ZEIT DES AUFBRUCHS

Ein Roman von der
anderen Seite des Spalts

Aus dem Amerikanischen
von Susanne Gerold

GOLDMANN

Die amerikanische Originalausgabe erschien erstmals 1990
unter dem Titel »Servant of the Empire« (Chapters 15–27)
bei Doubleday, New York

Umwelthinweis:
Alle bedruckten Materialien dieses Taschenbuches
sind chlorfrei und umweltschonend.
Das Papier enthält Recycling-Anteile.

Der Goldmann Verlag
ist ein Unternehmen der Verlagsgruppe Bertelsmann

Deutsche Erstveröffentlichung 7/98

Umschlaggestaltung: Design Team München
Umschlagillustration: Agt. Schlück/Maitz
Satz: deutsch-türkischer fotosatz, Berlin
Druck: Elsnerdruck, Berlin
Verlagsnummer: 24751
Redaktion: Alexander Groß
V. B. Herstellung: Peter Papenbrok
Printed in Germany
ISBN 3-442-24751-9

3 5 7 9 10 8 6 4 2

In Erinnerung an
Ron Faust, der immer
ein Freund war.

THUNISCHE TUNDRA
Stadt der Magier
2
Kaiserreich
TSURANUANNI
AMBOLINA
NESHEKA
Mixoxa
Migran
Tusan
Nar
VORPOSTEN-INSELN
Pesh
BLUTIGES MEER
GR
BANGANOK (Ruinen)
TSUBAR,
das verlorene Land
KELEWAN
0 100 200 300 400 500 600

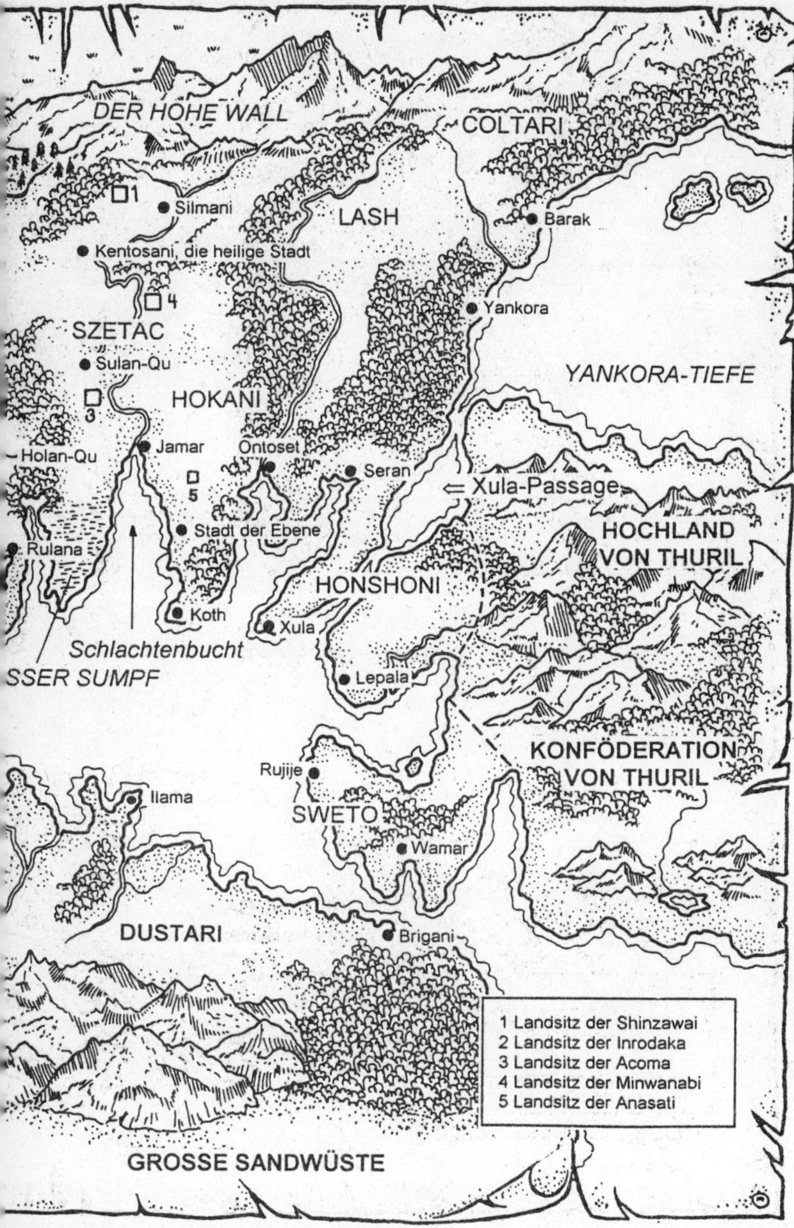
DER HOHE WALL
COLTARI
LASH
Silmani
Barak
Kentosani, die heilige Stadt
4
1
SZETAC
Yankora
Sulan-Qu
YANKORA-TIEFE
HOKANI
3
Jamar
Ontoset
Holan-Qu
Seran
Xula-Passage
5
Stadt der Ebene
HOCHLAND VON THURIL
Rulana
HONSHONI
Koth
Xula
Schlachtenbucht
SSER SUMPF
Lepala
KONFÖDERATION VON THURIL
Rujije
Ilama
SWETO
Wamar
DUSTARI
Brigani
1 Landsitz der Shinzawai
2 Landsitz der Inrodaka
3 Landsitz der Acoma
4 Landsitz der Minwanabi
5 Landsitz der Anasati
GROSSE SANDWÜSTE

Eins

Chaos

Das Schauspiel begann.

Fahnen flatterten an jedem hohen Gebäude entlang der Alleen, die zur Arena führten. Die Stadtbewohner warfen Blumen auf die Straßen, um den Göttern zu versichern, daß sie nicht neidisch auf jene in höheren Positionen waren. Aus Gründen, die nur der Gott des Betrugs kannte, schenkten die Stadtbewohner ihre Gunst wahlweise dem einen oder anderen Haus, jubelten stürmisch oder verhalten, je nachdem, wer vorbeizog. Maras Sänfte und Eskorte wurden mit lautem Applaus begrüßt. Arakasi war wieder als gewöhnlicher Diener verkleidet und ging an Kevins Seite mit dem Gefolge hinter der Sänfte. »Es scheint, als würde der Mob in diesem Monat die Acoma begünstigen, Mylady. Der Sieg in Tsubar hat Euch bei den Gewöhnlichen zu einer Heldin gemacht.«

Lärm erstickte Maras Antwort.

Auf dem langen, prächtigen Boulevard, der sich durch das kaiserliche Viertel zog, drängten sich die Massen aus allen Bereichen des tsuranischen Lebens. Die Kleidung reichte von den kostbarsten Gewändern und Juwelen der Edlen über den schmucklosen Baumwollstoff der Handwerker bis zu den Fetzen gemeiner Bettler. Für die Spiele, die der Kriegsherr zu Ehren des Lichts des Himmels abhielt, hatten viele die schönsten Schmuckstücke aus den Juwelenschatullen genommen – besonders mutige, wohlhabende Händler staffierten gar ihre Töchter in der Hoffnung aus, die Aufmerksamkeit eines edlen Bewerbers auf sich zu ziehen.

Seltener Metallschmuck, polierte Kämme, Jadeschmuck und Edelsteine blitzten um Maras Sänfte herum auf, als ihre Gefolgsleute mit Dutzenden von Eskorten und Sänften der Lords und Ladies anderer Häuser um Platz auf der Straße kämpften. Einige benutzten Palankins in schillernden Festtagsfarben, die mit Pailletten aus glänzendem Perlmutt besetzt waren; in anderen Sänften, die von ungefähr zwanzig Sklaven getragen wurden, saßen ganze Familien.

So weit das Auge reichte, bildete die riesige Festtagsmenge einen gewaltigen, phantastischen Wirbel aus tausend verschiedenen Farben; nur die Sklaven mit ihren alltäglichen Gewändern im langweiligen Grau standen außen vor.

Kevin starrte wie ein blinder Mann, dem gerade das Augenlicht geschenkt worden war. Vor einer Gefolgschaft von Kriegern in Rot und Lila, zwischen den Baldachin-Stäben unzähliger Sänften, sah er eine mit Schleifen und Fähnchen geschmückte Wand, die er für das Ende des Boulevards hielt. Doch als die Gruppe der Acoma näher kam, weiteten sich seine Augen erstaunt. Die Barriere war keine Wand, sondern ein Teil des Großen Kaiserlichen Stadions.

Das Amphitheater war gewaltig, viel größer, als er sich jemals hätte vorstellen können. Die Sänftenträger, Soldaten und Gemeinen strömten über eine breite Treppenflucht hinein, dann über einen Eingangsbereich auf eine zweite Treppenflucht zu. Oben befand sich wieder ein Platz, und dahinter lag der Eingang zum Stadion. Als Maras Träger mit dem Aufstieg begannen, schaute Kevin sich nach beiden Seiten um und stellte fest, daß es allein in diesem Palastbereich noch mindestens ein Dutzend weiterer Eingänge geben mußte.

Selbst hier mußten die Wachen schieben und drängeln, um den Weg für ihre Lady freizumachen. Ganz Tsuranuanni war erschienen – um den Spielen zu Ehren des Kaisers beizuwohnen oder um das Schauspiel zu beglotzen, das von den Edlen dargeboten wurde. Nur Gelegenheiten wie diese brachten sie so nah mit den Mächtigen des Kaiserreichs zusammen, und die Bevölkerung des Landes drängte in Scharen in die Stadt, um zu sehen, zu schwatzen und sich zu zeigen.

Trotz der festlichen Atmosphäre blieben die Krieger wachsam. Männer, deren Rang und Position nicht erkennbar war, schoben sich durch die Menge. Viele trugen Gildenabzeichen; andere waren Boten, Verkäufer oder verbreiteten Gerüchte; einige mochten auch Agenten oder Spione sein oder gar Diebe; Attentäter konnten in jeder Verkleidung auftreten. Jedes offizielle Fest, bei dem die Clans und verschiedenen politischen Gruppierungen miteinander Kontakt bekamen, war auch eine Art Erweiterung des Spiels des Rates.

Hinter der höchsten Treppe erhob sich ein steinerner Bogen, der gut sechzig Meter überspannen mochte. Kevin versuchte die Größe der dahinterliegenden Arena abzuschätzen, doch es gelang ihm nicht. Die Stufen der nicht überdachten Sitze mußten hunderttausend Zuschauern Platz bieten, und kein Amphitheater im Königreich konnte sich damit messen.

An der ersten Terrasse rief Lujan: »Acoma!«

Einzelne Menschen von niederer Position machten Maras Gefolgschaft Platz. Als die Krieger die zweite Treppenflucht emporstiegen, hörte Kevin die Zuschauer überraschte Rufe ausstoßen und sah, daß sie auf etwas deuteten. Als er begriff, daß er es war, den sie anstarrten, bekam er rote Ohren. Die gewöhnlichen Menschen waren an seine Größe und an sein barbarisches Aussehen nicht gewohnt, und so wurde er zu einem Gegenstand des Klatsches und der Spekulation.

Oben an der zweiten Terrasse ließ Lujan die Wachen durch die Menge marschieren und schuf Platz neben anderen edlen Gefolgschaften. Die Sänftenträger ließen ihre Bürde hinunter, und Kevin half Mara aus den Kissen. Lujan, ein Truppenführer namens Kenji, drei andere Wachen sowie Arakasi stellten sich sofort zu beiden Seiten der Lady und ihres Leibsklaven auf. Der Rest der Acoma-Wachen verschwand mit den Sänftenträgern, um unterhalb der Treppen auf der Straße zu warten.

Lujan führte sie einen Gang links von dem Torbogen entlang. Von der Stelle, wo Mara mit ihrer Gruppe stand, stiegen hundert oder mehr Sitzreihen empor, während etwa fünfzig nach unten abfielen. Links von ihnen waren zwei Bereiche abgesperrt; der eine war die im kaiserlichen Gold und Weiß lackierte Loge, die alles beherrschte. Der andere Bereich war vollkommen ohne Schmuck, doch durch den Kontrast sofort zu erkennen. Alle, die dort saßen, trugen schwarze Roben.

Arakasi bemerkte Kevins Interesse. »Die Erhabenen«, erklärte er murmelnd.

»Ihr meint die Magier?« Kevin schaute sorgfältiger hin, doch die Männer in den dunklen Gewändern saßen still da oder unterhielten sich in gedämpftem Tonfall. Einige betrachteten die sandige Fläche unter ihnen, warteten auf den ersten Kampf. »Sie sehen vollkommen normal aus.«

»Der Anblick mag täuschen«, sagte Arakasi. Auf Lujans Kommando half er den anderen Kriegern dabei, sich durch ein Knäuel von Zuschauern zu wühlen.

»Was tun alle diese Leute hier?« wunderte sich Mara. »Normalerweise sind auf dieser Ebene keine Gewöhnlichen.«

Arakasi achtete darauf, daß niemand mithören konnte. »Sie hoffen, einen Blick auf den barbarischen Erhabenen werfen zu können. Den Gerüchten nach wird er heute hier erscheinen.«

»Wie kann es einen barbarischen Erhabenen geben?« wandte Kevin ein.

Arakasi winkte eine Frau mit einem Blumenkorb beiseite, die Mara eine Blüte verkaufen wollte. »Die Erhabenen stehen außerhalb des Gesetzes; niemand darf sie in Frage stellen. Wenn ein Mann erwählt und ausgebildet wird, um die schwarze Robe zu tragen, gehört er zur Versammlung der Magier. Welchen Rang er zuvor bekleidet hat, spielt keine Rolle. Er ist nur noch ein Erhabener, verpflichtet, sein Handeln auf den Erhalt des Kaiserreiches auszurichten, und sein Wort wird zum Gesetz.«

Kevin behielt weitere Fragen für sich, als Arakasi ihm einen warnenden Blick zuwarf. Sie waren zu nahe bei Fremden und konnten nicht riskieren, daß eine zufällige Bemerkung aufgeschnappt oder irgendein Verhalten als unpassend befunden wurde.

Die Arena war nicht einmal zu einem Drittel gefüllt, als Mara die Loge erreichte, die für sie vorgesehen war. Wie in der Ratshalle entsprach auch hier der Sitzplatz ihrem Rang in der Hierarchie des Kaiserreiches. Nach Kevins Schätzung waren einige hundert Familien näher an der kaiserlichen Loge, doch Tausende hatten einen Platz, der noch weiter entfernt war.

Mara hatte sich hingesetzt, und Lujan, der junge Truppenführer und die übrigen Soldaten flankierten sie auf beiden Seiten; Kevin und Arakasi nahmen ihre Position hinter dem Stuhl ein, bereit, die Bedürfnisse ihrer Lady sofort zu erfüllen. Kevin studierte die Farben der anderen Häuser um sie herum und versuchte, die Hackordnung tsuranischer Politik auszumachen.

Hinter dem Bereich der Magier, rechts vom Podest des Kriegsherrn, lag eine Loge ganz in Schwarz und Orange, den Farben der Minwanabi. Auf den Stufen darüber saßen Familien von geringerer Bedeutung, doch alle gehörten zu seinem Clan oder waren Vasallen von Lord Desio.

Neben ihnen war das Gelb und Purpur der Xacatecas zu sehen; der siegreiche Vertrag mit Tsubar hatte Lord Chipino weitergebracht, und er war jetzt der Zweitmächtigste im Hohen Rat. Der Lord der Chekowara nahm seinen Platz in einer Loge unterhalb Maras ein, zwar auf der gleichen Ebene wie der Kriegsherr, aber so weit entfernt von dem Weiß und Gold wie sie.

Vom Grund der Arena erklang ein Trompetenstoß. Holztüren an den Seiten sprangen krachend auf; in Reih und Glied marschierten Hunderte in verschiedenen Farben gerüstete junge Männer herein. Beim Gehen bildeten sie Paare und grüßten die leere kaiserliche Loge. Auf ein zweites Signal vom Leiter der Spiele, der in einer eigenen Nische bei den Toren saß, zogen sie ihre Schwerter und begannen zu kämpfen.

Kevin erkannte rasch, daß es bei diesen Kämpfen nur bis zur ersten Verletzung ging; der besiegte Mann nahm dann als Zeichen seiner Unterwerfung den Helm ab. Der Gewinner wählte einen anderen siegreichen Partner, und das nächste Duell begann.

Lujan beantwortete Kevins Fragen: »Es sind junge Offiziere aus verschiedenen Häusern. Die meisten sind Cousins und jüngere Söhne von Edlen, die eifrig darauf bedacht sind, ihre Tapferkeit und Fähigkeiten unter Beweis zu stellen, um ein wenig Ehre zu erlangen.« Er blickte sich im Stadion um. »Es hat wenig Folgen, nur für die da unten und ihre Familien. Doch ein Mann kann natürlich auch die Aufmerksamkeit seines Herrn auf sich lenken, wenn er einen Wettbewerb wie diesen gewinnt.«

Die Farben der Minwanabi, Xacatecas und der anderen drei Großen Häuser – und auch die der Acoma – waren in der Arena nicht vertreten, da diese Häuser erst kürzlich Ruhm erworben hatten und sich nicht mit solch banalen Spielereien abgeben mußten. Kevin verfolgte den Kampf mit dem geübten Blick eines Soldaten, doch er verlor schnell das Interesse. Er hatte tsuranische Krieger mit wesentlich ernsthafteren Absichten schon aus kürzerer Distanz gesehen als diese Jungen, die dort unten herumsprangen.

Oberhalb des sonnenüberfluteten Sandbodens begannen inzwischen geringere Verwandte und Bedienstete in die Logen zu strömen, die bald die herrschenden Lords des Kaiserreiches beherbergen würden. Aus der geringen Größe ihrer Ehrengarde schloß Kevin, daß bisher nur entfernte Cousins in Erscheinung getreten waren.

Der Kampf zwischen den jungen Edlen endete, und das übriggebliebene Paar trennte sich, der Verlierer mit dem gesenkten Schwert in der Pose der Niederlage, der Gewinner dem Jubel der wenigen interessierten Zuschauer zunickend.

Die Luft über dem Sand war heiß, und die hohen Mauern des Amphitheaters verhinderten jede noch so kleine Brise. Die Vorgänge langweilten Kevin, obwohl er die gesellschaftlichen Gründe für Maras Anwesenheit immer noch nicht begriff, und er beugte sich mit der Frage zu ihr hinab, ob sie ein kühles Getränk wünschte. Sie hatte ihn ignoriert, seit sie den musternden Blicken der Öffentlichkeit ausgesetzt waren, doch als sie jetzt mit einem Kopfschütteln sein besorgtes Angebot ablehnte, bemerkte er, daß sie unsicher war. Das Protokoll verbot ihm, sich nach ihrem Befinden zu erkundigen. Als Mara sich entschieden hatte, die ausdruckslose Maske der Tsurani aufzusetzen, war ein Teil von ihr unerreichbar geworden, auch wenn er ihre Stimmungen meistens so gut kannte wie seine eigenen.

Als hätten seine unausgesprochenen Gedanken ihren Wunsch erst verursacht, winkte die Lady der Acoma Arakasi zu sich. »Bringt mir einen gekühlten Fruchtsaft.«

Der Supai verbeugte sich und ging; Kevin unterdrückte den kurz aufflackernden Schmerz, doch dann erkannte er, daß seine Herrin Arakasi kaum fortgeschickt hatte, nur um Erfrischungen zu besorgen. Auf seiner Suche nach einem Verkäufer würde der Supai zweifellos mit Informanten zusammenkommen und die Handlungen der Feinde abschätzen. Als Mara sich wieder nach vorn beugte, um die Ereignisse in der Arena weiter zu verfolgen, hielt sie nur einen winzigen Moment seinen Blick fest, doch er sagte deutlich, wie froh sie über seine Gegenwart war.

Mara neigte den Kopf beiläufig zu Lujan. »Habt Ihr es bemerkt? Die meisten Edlen halten sich diesen Nachmittag zurück.«

Den Kommandeur der Acoma überraschte das in der Öffentlichkeit geführte Gespräch, und er antwortete ohne den üblichen Humor. »Ja, Mylady. Dieses Fest scheint eine ungewöhnliche Qualität zu besitzen.«

Kevin schaute sich verstohlen um und bemerkte, daß irgend etwas Seltsames durch die hin und her wogende Menge zu gehen schien. Doch für ihn wirkte alles fremdartig, und daher erkannte er diese Merkwürdigkeit erst jetzt.

Aufgeregtes Gelächter drang von den unteren Sitzreihen herauf, als sich andere Türen öffneten und kurzgewachsene Gestalten in die Arena stürzten. Kevin wölbte erstaunt die Brauen, als eine Gruppe kleiner insektenähnlicher Wesen vor und zurück durch den Sand raste, die Vorderglieder wild hin und her schüttelte und mit den kleinen Mundwerkzeugen in alle möglichen

Richtungen schnappte. Von der entgegengesetzten Seite kam eine Gruppe Krieger eilig auf sie zu, dem Anschein nach Zwerge.

Die meisten trugen Imitationen von Rüstungen und waren in einer Weise geschminkt, die von komisch bis grotesk reichte. Sie schwenkten hell bemalte Holzschwerter und bildeten eine lockere Angriffsreihe. Die Kriegsrufe, die sie ausstießen, waren erstaunlich tief.

Der Tonfall dieser Schreie war noch zu frisch in Kevins Erinnerung. »Das sind Wüstennomaden!«

Als Mara nachgiebig nickte, erklärte Lujan: »Viele waren unsere Gefangenen, vermute ich.«

Kevin wunderte sich, daß ein so stolzes Volk sich einer solch entwürdigenden Komödie hingeben konnte, und sann darüber nach, daß die Cho-ja, die ja eine verbündete fremde Rasse waren, ebenfalls an einem solch ehrlosen Spiel teilnahmen.

»Keine Cho-ja«, verbesserte Lujan. »Dies sind Chu-ji-la aus den Wäldern nördlich von Silmani; sie sind kleiner und besitzen keine Intelligenz. Sie sind ganz und gar harmlos.«

Die Zwerge und die Insektenwesen trafen in einem Aufprall von Schilden und Chitinpanzern aufeinander. Kevin war schnell klar, daß der Kampf harmlos war, da die stumpfen Holzschwerter die Panzerung der Chu-ji-la nicht durchdringen konnten, während die winzigen Mundwerkzeuge und die stumpfen Vorderglieder hin und her zuckten und zupackten, ohne jemals einen Zwerg zu verletzen.

Das absurde Spektakel brachte die Menge zum Lachen und Jubeln, bis plötzlich alle unter dem Eindruck einer spürbaren Präsenz den Kopf von der Arena abwandten. Kevins Blick und der aller Anwesenden richtete sich wie magisch angezogen auf den Eingang neben der kaiserlichen Loge. Ein kleiner Mann in einer schwarzen Robe bahnte sich den Weg zu dem Platz, der für die Erhabenen reserviert war.

«Milamber«, sagte Lujan.

Kevin kniff die Augen zusammen, um den Landsmann besser erkennen zu können. »Der stammt aus dem Königreich?«

Lujan zuckte mit den Schultern. »So geht das Gerücht. Er trägt den Bart eines Sklaven, und das genügt, um ihn als Barbaren zu erkennen.«

Für einen Mann des Königreiches war er eher klein und insgesamt wenig bemerkenswert. Er nahm seinen Platz zwischen einem kräftigen und einem schlanken Erhabenen ein. Kevin durchzuckte das Gefühl, als hätte er ihn schon einmal gesehen. »Es ist etwas Vertrautes an dem Mann.«

Mara wandte sich um. »War er ein Kamerad aus deiner Heimat?«

»Dazu müßte ich ihn genauer sehen können ... Mylady.«

Doch Mara gestattete ihm diese Freiheit nicht, da er zuviel Aufmerksamkeit auf sich ziehen würde, wenn er allein loszog.

Wie alle, die Maras unmittelbarem Dienst unterstellt waren, wußte auch Truppenführer Kenji von dem Verhältnis zwischen dem Barbar und seiner Lady, doch ihre ungewohnte Vertraulichkeit bereitete ihm ein unangenehmes Gefühl. »Mylady, Euer Sklave sollte daran erinnert werden, daß, egal, was der Erhabene vorher gewesen ist, er jetzt im Dienst des Kaiserreiches steht.«

Kevin fand seinen Ton ziemlich scharf, wie auch Maras schon gewesen war. Obwohl er wußte, daß ihre Haltung in der Öffentlichkeit notwendig war, schmerzte es ihn. »Nun, ich hätte einem solchen Verräter ohnehin nicht viel zu sagen.«

Ein rascher Blick von Mara brachte ihn zum Schweigen, bevor seine Dreistigkeit eine Bestrafung herausfordern konnte, die notwendig werden würde, sollte ein Fremder etwas aufschnappen.

Lautlos und scheinbar aus dem Nichts tauchte Arakasi plötzlich wieder auf; er verneigte sich und reichte seiner Herrin ein kühles Getränk. Dann murmelte er leise: »Die Shinzawai sind durch ihre Abwesenheit aufgefallen.« Er blickte sich um. Zufrieden, daß die Menge immer noch mit dem mysteriösen Erhabenen aus der anderen Welt beschäftigt war, fügte der Supai hinzu: »Es geht etwas sehr Merkwürdiges vor, Mylady. Ich rate zu großer Vorsicht.«

Mara blieb nach außen hin völlig ruhig und verbarg das leichte Zittern ihrer Lippen hinter dem Rand des Bechers. »Minwanabi?«

Arakasi schüttelte kaum merklich den Kopf. »Ich glaube nicht. Desio ist draußen, noch in seiner Sänfte, und halb betrunken vom San-Wein. Ich gehe davon aus, daß er nüchtern wäre, wenn er eine Intrige planen würde.« Der Supai sah ungewöhnlich besorgt aus und blickte sich erneut nach unerwünschten Zuhörern um. Der Kampf zwischen den Zwergen und den Insektenwesen wurde heftiger. Arakasi nutzte den Lärm und tarnte die Bedeutung seiner Worte hinter unterwürfigen Gesten, als er fortfuhr. »Doch es ist etwas Gewaltiges in Bewegung, und ich vermute, daß es mit der Rückkehr der Partei des Blauen Rades in die Kriegsallianz zu tun hat. Zu viele Dinge, die ich höre, haben einen falschen Ton. Zu viele Widersprüche bleiben unhinterfragt. Und es sind mehr Mitglieder der Versammlung der Magier hier, als ein Mann gewöhnlich im Laufe seines Lebens zu sehen bekommt. Wenn jemand versucht, den Kriegsherrn zu schwächen ...«

»Hier!« Mara setzte sich aufrecht hin. »Unmöglich.«

Doch der Supai ließ sich von ihrer Skepsis nicht beirren. »Auf der Höhe seines Triumphes könnte er am verletzlichsten sein.« Nach einer bedeutungsvollen Pause fügte er hinzu: »Neunmal seit meiner Geburt habe ich nur nach meinem Gefühl gehandelt, Mistress, und jedes Mal hat es mir das Leben gerettet. Seid also bereit, von einem Moment auf den anderen aufzubrechen, darum bitte ich Euch. Viele Unschuldige könnten in einer Falle gefangen werden, die groß genug ist, um Almecho zu überwältigen. Andere könnten sterben, weil Feinde schnell ihren eigenen Vorteil aus der Situation ziehen wollen. Ich wiederhole noch einmal, die Shinzawai sind nicht die einzigen, die fehlen.«

Er mußte die leeren Plätze nicht aufzählen. Die meisten Mitglieder der Partei des Blauen Rades hatten keine Vertreter geschickt, viele von der Partei des Friedens hatten ihre Frauen und Kinder nicht mitgebracht, und die meisten Lords der Kanazawai trugen eher Rüstungen als Roben. Wenn man solche Ungewöhnlichkeiten als Teil eines zusammenhängenden Ganzen betrachtete, war eine große Bedrohung auf einmal nur zu realistisch. Kommandos von weißgerüsteten Soldaten waren an strategisch wichtigen Punkten und den Eingängen postiert, viel mehr, als zur Kontrolle der Menge nötig sein würden, sollte ein unglücklicher Vorfall die ausgelassene Stimmung des Mobs in Aufruhr und Gewalt verwandeln. Viel mehr Logen als nur die kaiserliche wurden bewacht.

Mara berührte als Zeichen ihres Einverständnisses Arakasis Hangelenk; sie würde sich seine Warnung zu Herzen nehmen. Die Minwanabi konnten leicht Spione in der Nähe postiert haben, die auf ihre Chance warteten, zuzuschlagen. Lujan begann sich die Anzahl und Anordnung der Soldaten in unmittelbarer Nähe zu merken. Ob ein Zwischenfall aufgrund eines Plans oder zufällig eintrat, machte für ihn keinen Unterschied, die Intrigen der Politik konnten bei jeder Gelegenheit an die Oberfläche treten. Wer war schon verantwortlich, wenn ein Feind an den Verletzungen infolge einer Schlägerei starb? Das war eben Schicksal. So mochten viele Edle denken, die sich nah genug bei den Acoma befanden, um loszuschlagen, sollte sich im Durcheinander eines Aufstands die Gelegenheit ergeben.

Arakasis Spekulationen wurden unterbrochen, als rasch in ihre Loge eilende Edle die bevorstehende Ankunft der kaiserlichen Gruppe ankündigten. In der Nähe des mit weißen Stoffen behängten Podestes tauchte ein Mann in den offiziellen Gewändern in Schwarz und Orange auf, eine Schar Krieger und Diener dicht hinter ihm. Seine stolze Haltung zeigte jenen festen Schritt, der von Muskeln unter dem Fett kündete.

»Minwanabi«, erklärte Arakasi überraschend giftig.

Kevin hätte gerne endlich einen wirklichen Menschen mit dem Erzfeind seiner geliebten Mara in Verbindung gebracht, doch er sah nicht mehr als einen von der Hitze geröteten jungen Mann, der einen reichlich pikierten Eindruck machte.

Er hatte keine Gelegenheit, ihn länger in Augenschein zu nehmen, denn Trompeten und Trommeln kündigten die Ankunft der kaiserlichen Gruppe an. Die Gespräche im Stadion verstummten. Gehilfen eilten in die Arena und jagten die Zwerge und Insektenwesen davon. Platzwärter mit nicht mehr als einem Lendenschurz auf der nackten Haut rannten über das leere Feld und glätteten den Boden mit Harken und Rechen für die bevorstehenden Spiele.

Wieder erklangen die Trompeten, näher diesmal, und die ersten Reihen der Kaiserlichen Wachen marschierten ein. Sie trugen Rüstungen in vollkommenem Weiß und hatten Musikinstrumente bei sich, mit denen sie die Fanfare schmetterten. Die Instrumente waren aus den Hörnern irgendwelcher gewaltiger Tiere gearbeitet und lagen um ihre Schultern; nur die trichterähnlichen Öffnungen ragten über ihre Köpfe. In der nächsten Reihe folgten die Trommler, die einen ständigen Trommelwirbel erklingen ließen. Die Gruppe nahm Aufstellung vor der kaiserlichen Loge, und die aus zwei Dutzend Kriegern bestehende Ehrengarde des Kriegsherrn folgte. Die Rüstungen und Helme dieser Krieger leuchteten in glänzendem, poliertem Weiß, das eindeutige Merkmal, das sie als die Elitetruppe, die Kaiserlichen Weißen, kennzeichnete.

Das Sonnenlicht ließ goldene Wappen und Säume aufblitzen, und überraschtes Gemurmel verbreitete sich unter den gewöhnlichen Zuschauern, die am weitesten oben im Amphitheater saßen. Nach dem Standard der Tsurani genügte das Metall auch nur eines einzigen dieser Soldaten, um die Ausgaben der Acoma für ein ganzes Jahr zu decken.

Die Wachen nahmen ihre Position ein, und die Menge beruhigte sich. In die erwartungsvolle Stille rief ein Herold mit einer Stimme, die bis zu den hintersten Plätzen drang: »Almecho, Kriegsherr!«

Die Menge erhob sich und begrüßte den mächtigsten Krieger im Kaiserreich mit lauten Jubelschreien.

Mara blieb weiter still auf ihrem Platz und nippte an ihrem Fruchtsaft. Sie verfolgte das Schauspiel, doch sie jubelte nicht, als der Kriegsherr eintrat. Große Bänder aus Gold schmückten Halsausschnitt und Armlöcher seines Brustpanzers; zusätzliche Goldarbeiten verzierten den Helm, an dem eine purpurrote Feder prangte. Hinter Almecho folgten zwei schwarzgekleidete Magier, von den Massen die »Schoßmagier des Kriegsherrn« genannt. Kevin kannte die Geschichte, wie in der Zeit vor seiner Gefangennahme einer dieser kühlen Erhabenen mit Hilfe der Magie Mara geholfen hatte zu beweisen, daß die Minwanabi Verrat begangen hatten – eine Handlung, die Desios Vorgänger zu dem rituellen Selbstmord gezwungen hatte, um die Schande auszulöschen, die er über seine Familie gebracht hatte.

Dann, unerwartet, ertönte die Stimme des Herolds ein zweites Mal. »Ichindar! Einundneunzigmal Kaiser!«

Die Ovationen steigerten sich zu einem ohrenbetäubenden Lärm. Das junge Licht des Himmels trat ein. Selbst Mara schüttelte ihre Zurückhaltung ab. Sie jubelte so laut wie die anderen, und ihr Gesicht glühte vor Bewunderung und Ehrfurcht: Dies war ein Mann, dem sein Volk eine beinah religiöse Hingabe entgegenbrachte.

Das Licht des Himmels hatte einen beispiellosen Auftritt in einer Rüstung, die ganz mit Gold bedeckt war. Er schien kaum älter als dreiundzwanzig zu sein. Sein Gesichtsausdruck ließ sich über die Entfernung nicht erkennen, doch seine Haltung war aufrecht und selbstsicher, und rotbraune Haare strömten unter dem hohen, vergoldeten Helm hervor, lagen in zurechtgemachten Locken auf den Schultern.

Hinter dem Kaiser schritten zwanzig Priester, Vertreter der wichtigsten Tempel. Als das Licht des Himmels sich neben den Kriegsherrn stellte, steigerte sich der Jubel der Menge noch einmal. Das Freudengeschrei schien nicht enden zu wollen.

Mitten in dem ohrenbetäubenden Getöse wandte Kevin sich an Lujan. »Warum sind die alle so hin und weg?« Er mußte schreien, um sich verständlich zu machen.

Da inzwischen jedes Anzeichen von Würde fallengelassen worden war, antwortete Lujan frei heraus und brüllte zurück:

»Das Licht des Himmels ist unser geistiger Wächter, der sich durch Gebete und vorbildliches Leben für uns bei den Göttern einsetzt. Er *ist* Tsuranuanni!«

Niemals, seit die Anwesenden sich erinnern konnten, hatte ein Kaiser sein Volk gesegnet, indem er zu ihnen gekommen war. Daß Ichindar sich dazu entschlossen hatte, war eine Sensation, ein Grund für hemmungslose Freude. Doch einer in der vieltausendköpfigen Menge jubelte nicht – Arakasi. Nach außen hin machte er alles mit, doch Kevin sah, daß er die Umstehenden nach Hinweisen auf etwaige drohende Gefahren absuchte. Diese Augenblicke, da die tsuranische Gelassenheit wilder Raserei gewichen war, boten einem Feind eine perfekte Gelegenheit, sich zu nähern, ohne Aufmerksamkeit zu erregen. Kevin rückte näher an Mara heran und bereitete sich darauf vor, zu ihrem Schutz aufzuspringen, sollte es nötig werden.

Die tumultartigen Freudenschreie hörten nicht auf. Schließlich nahm der Kaiser Platz, und der Kriegsherr breitete seine Arme aus. Es dauerte einige Minuten, bis seine Bitte bemerkt wurde. Als die Menge sich langsam beruhigte, rief Almecho: »Die Götter lächeln auf Tsuranuanni! Ich bringe Kunde von einem großen Sieg über die Barbaren der anderen Welt! Wir haben ihre größte Armee zerschlagen, und unsere Krieger feiern! Schon bald werden all die Länder, die zum Königreich gehören, dem Licht des Himmels zu Füßen gelegt werden.« Der Kriegsherr endete mit einer ehrerbietigen Verbeugung vor dem Kaiser, und die Massen brüllten vor Begeisterung.

Kevin stand wie betäubt da. In seinem Magen schien sich ein Eisklumpen gebildet zu haben. Dann spürte er inmitten des Schocks und des Freudentaumels der Menge, daß Arakasi ihn eindringlich ansah. Er blickte zurück. »Euer Kriegsherr meint damit, daß die Armeen des Westens, die Streitkräfte von Brucal und Borric, vernichtet sind.« Verzweifelt bemüht, eine Wut zu zügeln, die sein Leben in Gefahr bringen konnte, führte Kevin weiter aus: »Mein eigenes Heim ist in Gefahr, denn jetzt können die Tsuranis ungehindert nach Zūn marschieren!«

Arakasi wandte seinen Blick als erster ab, und Kevin erinnerte sich: Der Supai hatte einen Herrn und ein Heim verloren, bevor er den Acoma den Treueeid geschworen hatte. Dann spürte er, wie Mara verstohlen seine Hand nahm und verständnisvoll drückte. Der Midkemier kämpfte gegen einen Gefühlsschwall an, als ein innerer Konflikt aus Loyalität, Liebe und Herkunft ihn in tausend Stücke reißen wollte. Das Schicksal hatte ihn seiner Familie entrissen und in eine ferne Welt verschleppt. Er hatte ein Leben und eine Liebe einer erbärmlichen Gefangenschaft vorgezogen, wie es wohl viele Männer getan hätten; doch zu welchem Preis wurde ihm erst jetzt klar, als er sich fragte, wer er eigentlich war – Kevin von Zūn oder Kevin von den Acoma?

Der vor der kaiserlichen Loge stehende Kriegsherr hob die Hände. Als sich der Lärm gelegt hatte, rief er: «Dem Ruhm Tsuranuannis und als ein Zeichen unserer Ergebenheit dem Licht des Himmels gegenüber widmen wir diese Spiele seiner Ehre!«

Wieder schwoll der Jubel an, zerrte an Ohren und Nerven. Irgendwie gelang es Kevin, dies zu ertragen. Auch wenn Lujan und Arakasi seinen Bruch mit dem Protokoll sicherlich tolerieren würden – jeder andere tsuranische Krieger, der die benachbarten Logen bewachte, würde ihn zuerst niederstrecken und dann Fragen stellen, sollte er ihn einer Unverschämtheit gegenüber einer Lady von Maras Rang verdächtigen.

Betäubt sah Kevin zu, wie sich die Tore am anderen Ende der Arena öffneten. Etwa einhundert Männer trotteten auf den von der Sonne beschienenen Sand hinaus. Sie waren nackt bis auf ihren Lendenschurz, von unterschiedlichem Alter und teilweise krank; nur einigen wenigen schienen die Schilde und Waffen in ihren Händen vertraut zu sein. Die meisten wirkten verwirrt über das, was da geschah, und sie umfaßten unsicher ihre Schwerter.

»Das sind keine Kämpfer«, bemerkte Kevin, der nicht verhindern konnte, daß sein Ton eine bestimmte Schärfe enthielt.

Arakasi brachte ihn mit einer Erklärung zum Schweigen: »Dies ist ein Zeichen von Gnade. Die da unten sind alle zum Tode verurteilt. Sie werden bis zum letzten Mann kämpfen. Der Gewinner wird dann begnadigt.«

Die Trompeten erklangen, und das Gemetzel begann. Kevin hatte vor seiner Gefangennahme, als Soldat seines Vaters, viele Männer sterben sehen. Dies war jedoch kein Krieg, nicht einmal ein wilder Wettkampf. Da unten auf dem Sand der Arena Kentosanis wurden Männer abgeschlachtet. Die wenigen geübten Männer bewegten sich wie Katzen zwischen Mäusen, die in einer Kornkammer gefangen waren, und töteten nach Belieben. Schließlich standen nicht einmal mehr ein Dutzend Männer, deren Fähigkeiten etwa gleich waren. Kevin war vom Zusehen übel geworden; er starrte ausdruckslos auf die Zuschauenden, doch dies nahm ihm nicht die Ekelgefühle. Das Blutvergießen war es, was den Tsuranis gefiel, nicht der Sport. Bei jedem qualvollen Tod jubelten sie und verglichen das Leid des einen aufgeschlitzten Mannes mit dem eines anderen. Wetten wurden darüber abgeschlossen, wie lange es der arme Teufel noch machen würde, der versuchte, die herausquellenden Eingeweide zurück in die Bauchhöhle zu stopfen, darüber, wie viele Schreie er noch ausstoßen würde, bevor er starb. Niemand schien an der Handvoll Kämpfer, die noch lebten, interessiert zu sein.

Kevin spürte Brechreiz in sich aufsteigen und kämpfte mühsam dagegen an. Er kontrollierte seine Abscheu mit aller Kraft, bis das Schauspiel beendet war und ein Mann mit einem Schwert und einem Messer den letzten Todeskandidaten mit einem Stoß unter den Schild niederstreckte. Der gepriesene tsuranische Kaiser in seiner Loge beobachtete die Vorgänge gelassen, während der Kriegsherr neben ihm mit einem Berater tuschelte, als wäre ein solches Blutbad etwas Alltägliches.

Kevin kochte innerlich vor Wut, die durch das Gemetzel noch gesteigert wurde; er versuchte zu erkennen, wie der Erhabene, der einst ein Mann des Königreiches gewesen war, auf diese Grausamkeit reagierte. Selbst auf diese Entfernung wirkte Milambers Gesichtsausdruck steinern; doch zu Kevins Bestürzung hatte der fette Magier an seiner Seite die Diskussion abgebrochen und schien nun die Loge der Acoma zu studieren.

Kevin wandte in plötzlicher Furcht seinen Blick ab. Konnte ein Erhabener seine Gedanken lesen? Ohne weiter nachzudenken beugte er sich hinab, um Mara zu fragen, doch dann hielt er inne, da ihr Blick ihn auf seinen Platz zurückwies. Die Lady der Acoma erduldete das Gemetzel mit angemessener tsuranischer Zurückhaltung, und das einzige Zeichen ihres Unbehagens war die leichte Anspannung ihrer Schultern. Der frühere Sohn von Zūn spürte ein Brennen in seinem Magen. Er kannte Mara. Er war seit mehr als fünf Jahren ihr Vertrauter und Geliebter, und er wußte, daß sie den Unterschied zwischen dem Blutbad dort unten und der Schlacht, die sie in der Wüste ausgetragen hatten, erkennen konnte. Doch sie zuckte nicht einmal zusammen, als der Sieger zwischen den gefallenen Körpern herumstolzierte, die blutbefleckte Waffe hoch über dem Kopf schwingend.

Kevin blickte verstohlen zur Loge der Erhabenen, um zu sehen, ob er noch immer beobachtet wurde. Dieses Mal konnte er deutlich sehen, daß Abscheu im Gesicht des Bärtigen, Milambers, stand; selbst seine Augen schienen zu glühen. Kevin war nicht der einzige, der Milambers Ekel bemerkt hatte. Die Edlen in den Logen neben ihnen flüsterten und blickten auf den Magier, und einige sahen deutlich besorgt aus.

Auch Arakasi sah die Veränderung. »Dies ist kein gutes Zeichen«, flüsterte er Kevin zu. »Die Erhabenen können tun, was ihnen gefällt, und nicht einmal das Licht des Himmels wagt ihnen zu widersprechen. Wenn dieser ehemalige Landsmann von dir deine Abneigung gegen das Töten teilt, könnte es ein Desaster geben.«

Der Sieger stand unten im Sonnenlicht auf dem heißen Sand und präsentierte sich ein letztes Mal. Dann kamen Sklaven und säuberten den Boden von den Leichen, während andere mit Harken den blutgetränkten Boden glätteten. Trompeten kündigten die nächste Runde der Spiele an, während Kevin sich insgeheim etwas zu trinken wünschte, um seinen trockenen Mund zu befeuchten.

Eine Gruppe von Männern in Lendenschurzen betrat das Stadion, größer und kräftiger als die meisten Tsuranis. Kevin erkannte sie auf den ersten Blick als Landsleute aus seiner Heimatwelt. Öl glänzte auf ihren Schultern, und sie trugen Haken, Taue, Netze, Speere und lange Messer. Die Stimmung in der Arena störte sie nicht, und sie warfen den herausgeputzten Edlen nicht mehr als flüchtige Blicke zu. Statt dessen kauerten sie in der Erwartung einer Gefahr nieder, die aus einem Dutzend verschiedener Richtungen kommen konnte. Kevin hatte selbst einmal eine solche Situation allgegenwärtiger Gefahr erlebt; damals war er auf Patrouille gewesen und hatte an der Grenze zum Niemandsland – dort, wo der Feind jeden Augenblick zuschlagen konnte – die Nachtwache übernommen.

Doch diese Männer mußten nicht lange auf die Herausforderung warten. Eine große Doppeltür öffnete sich rumpelnd am anderen Ende der Arena, und ein Geschöpf trat heraus, das einem Alptraum entsprungen sein mußte.

Obwohl es ganz aus Fängen und mörderischen Klauen bestand und die Größe eines midkemischen Elefanten hatte, bewegte es sich auf seinen sechs Beinen so schnell wie eine Katze. Bei seinem Anblick verlor Mara die Beherrschung und rief: »Ein Harulth!«

Das kelewanesische Raubtier blinzelte und schnaubte, geblendet vom Sonnenlicht. Schuppen panzerten seine Haut und verteilten kühle Glanzlichter auf seinem Nacken, als es vor und zurück zuckte, während es prüfend die Luft einsog. Die Menge wartete atemlos. Dann entdeckte die Bestie ihre Gegner: kleine, armselige Männer, die ohne jede Deckung im Sand standen. Der Harulth scharrte nicht warnend mit den Beinen, wie es ein Bulle oder eine Needra vielleicht getan hätten, sondern senkte nur angriffslustig den Kopf und ging sofort auf die Männer los.

Er bewegte sich mit entsetzlicher Geschmeidigkeit.

Die Krieger stoben auseinander, nicht in Panik, sondern in

dem verzweifelten Versuch, ihren Gegner zu verwirren. Die Bestie gab keinen einzigen Laut von sich, aber ihre Wildheit war nicht zu übersehen, als sie sich auf einen Burschen konzentrierte und ihm nachjagte. Das Ende kam in einem Wirbel tödlicher Klauen, als das Raubtier sich auf den Mann stürzte und ihn unter sich begrub. Weder der Sand an der Kleidung seines Opfers noch seine Waffen schienen den Harulth zu stören, als er den Unglücklichen mit zwei Bissen verschlang.

Traurig, wütend und zugleich vor Mitgefühl für seine Landsleute förmlich erstarrt, konnte Kevin den Blick nicht von dem schrecklichen Schauspiel abwenden. Während der Harulth noch mit seiner Mahlzeit beschäftigt war, formierten sich die Überlebenden hinter dem Raubtier und breiteten in höchster Eile ihre Netze aus. Doch viel schneller, als Kevin es jemals für möglich gehalten hätte, wirbelte das Ungeheuer herum und griff erneut an. Bis zur letzten Sekunde blieben die Männer auf ihrem Platz, dann warfen sie die Netze aus, während sie sich verteilten. Die Haken fanden Halt in der dicken Haut, und die Kreatur war verwirrt.

Kevin sah voller Bewunderung und Furcht zu, als die Speerträger herbeieilten, um zuzustechen. Man hatte ihnen schwere Waffen gegeben, doch die Schuppen der Kreatur waren überaus dick. Es brauchte die ganze Kraft eines Mannes, um sie zu durchdringen, und die Wunden waren trotzdem nur Nadelstiche für die Bestie, während ihre lebenswichtigen Organe völlig unverletzt blieben. Die Männer erkannten die Nutzlosigkeit eines weiteren Angriffs. Zwei von ihnen berieten sich kurz, rannten dann nach hinten, wo der riesige Schwanz der Kreatur wild den Boden peitschte. Kevin hielt den Atem an, als seine Landsleute gegen jede Vernunft von hinten auf den Harulth sprangen und versuchten, an seinem Schwanz hochzuklettern und ihre langen Messer ins Rückgrat der Bestie zu bohren. Allein die Tapferkeit dieser Tat trieb dem Midkemier die Tränen in die Augen.

Selbst Lujan war beeindruckt. »Diese Männer zeigen Mut.«

Kevin antwortete mit bitterem Stolz: »Meine Landsleute wissen, wie man dem Tod ins Auge blickt.«

Der Harulth spürte den Stich in seinem Rücken. Er sprang hoch und schnappte zu, und die Netze entwirrten sich und wirbelten wie zerfetzter Stoff davon. Der Schwanz hämmerte in den Sand, und der Stoß warf einen Mann ab. Er segelte durch die Luft und krachte auf den Boden, zu benommen, um wegzulaufen. Der Harulth schnappte nach ihm und riß ihn in zwei Hälften. Der andere Mann hielt sich grimmig fest. Wenn er absprang, würde er zertrampelt werden, doch zu bleiben war blanker Wahnsinn. Die Schuppen boten den Händen nur wenig Halt, und der Harulth war jetzt wahnsinnig vor Wut. Die Bestie wirbelte herum und schnappte und schlug um sich, doch sie verfehlte ihr Ziel um wenige Zentimeter, denn der Mann war inzwischen weitergeklettert.

Die Menge murmelte anerkennend. Der Mann kletterte höher, obwohl er wie ein Affe auf einem sturmgeschüttelten Zweig hin und her geschüttelt wurde. Er erreichte den Punkt über den stampfenden Hinterbeinen und hieb sein Messer bis zum Heft in den Rücken der Kreatur.

Das hinterste Beinpaar knickte ein, und der Ruck warf den Mann beinahe ab. Er rutschte, klammerte sich mit Mühe fest, während der Harulth sich vor Wut und Schmerzen krümmte. Er wandte den Kopf und versuchte seinen Peiniger zu beißen, doch der dicke Körper gab ihm nicht die Geschmeidigkeit, die nötig gewesen wäre, um nach dem kleinen Quälgeist zu schnappen.

Der Mann spannte das blutbespritzte Handgelenk an und stieß erneut zu. Die Waffe drang nur mit einigem Kraftaufwand durch Haut und Knochen. Der Harulth brüllte und schlug um sich, und die nutzlosen Glieder zogen Furchen in den Sand. Der Mann kletterte weiter, quälte sich Zentimeter um Zentimeter hinauf zum nächsten Wirbel. Wieder trieb er seine Klinge zwischen die Rückenwirbel und zertrennte das Rückenmark. Auch das mittlere Beinpaar wurde schlaff.

Schnell rannten die Männer auf dem Boden herbei, um die gelähmte Bestie zu blenden und abzulenken, bis ihr Kamerad sich in Sicherheit bringen konnte. Als er wieder auf dem Boden stand, machten sie alle einen weiten Bogen um das verwundete Raubtier, bis seine Zuckungen schwächer wurden und schließlich ganz aufhörten.

Die Menge brüllte begeistert, und auch Lujan ließ seiner Bewunderung freien Lauf. Es war beinahe, als hätte er einen Augenblick vergessen, daß er mit einem Sklaven sprach. »So etwas ist noch niemals geschehen. Wenn sonst Krieger einen Harulth erlegen, sind ihre Verluste normalerweise fünfmal so hoch. Deine Landsleute haben sich große Ehre erworben.«

Kevin weinte, ohne sich seiner Tränen zu schämen. Obwohl all diese Männer Fremde für ihn waren, hatte er das Gefühl, sie in seinem Herzen zu kennen. Er wußte, daß sie keine Freude und keinen Stolz aus dem gewannen, was sie erreicht hatten; was die Tsuranis für Stolz hielten, war für diese Männer der Kampf ums nackte Überleben.

Auch über die Wangen von Kevins Landsleuten strömten Tränen. Erschöpft, allein und in dem Bewußtsein, daß sie ihre Heimat vielleicht nie wiedersehen würden, verließen die Midkemier die Arena, während Needras hereingetrieben wurden, um den toten Harulth wegzuschaffen, und wieder arbeiteten Sklaven mit Harken und Rechen daran, die Spuren des Kampfes vom Sand zu entfernen.

Plötzlich spürte Kevin, daß er Maras Aufmerksamkeit erregt hatte, und er bemühte sich um ein angemesseneres Verhalten. Obwohl sie als Herrscherin kein Zeichen von Mitleid zeigen durfte, reichte sie Arakasi den leeren Becher und fragte flüsternd: »Sind wir lange genug hiergeblieben, um unseren Status im Rat zu bewahren?«

Arakasi blickte Kevin eindringlich an; er wollte verhindern, daß der Barbar zu heftig reagierte, wenn er erfuhr, daß die Lady sich aus den blutigen Darbietungen nichts machte. »Ich wünschte, ich könnte ja sagen, Mylady, doch wenn Ihr jetzt gehen würdet, bevor Eure Feinde sich zum Aufbruch bereitgemacht haben …«

Mara antwortete mit einem leichten Nicken und schaute

pflichtbewußt wieder nach vorn. Die Tatsache, daß sie hier nur aushalten mußte, um gesehen zu werden, entfachte eine wilde Wut in Kevin. Leichtsinnig zischte er: »Ich werde niemals Eure Leute und Euer Spiel –«

Die Trompeten verschluckten seinen Protest. Die Arbeiter auf dem Boden liefen aus der Arena, als sich ein anderes Tor dröhnend öffnete. Ein Dutzend Männer in fremdländischen Rüstungen marschierte herein. Sie trugen mit Nieten beschlagene Lederarmbänder an den Gelenken und einen Kopfschmuck aus verschiedenfarbigen Federn. Sie näherten sich in völliger Respektlosigkeit gegenüber den Zuschauern, zu deren Erheiterung sie bestimmt waren. In der Mitte der Arena blieben sie schließlich stehen, die Schwerter und Schilde in entspannter Zuversicht an ihrer Seite.

Kevin hatte von den stolzen Bergkämpfern gehört, die das im fernen Osten liegende Hochland bewohnten. Sie waren das einzige Volk, das das Kaiserreich besiegt und einen Waffenstillstand erzwungen hatte, Jahre vor der tsuranischen Invasion in Midkemia.

Wieder wurden die Trompeten geblasen, und der Herold verkündete lauthals: »Da diese Soldaten der Thuril-Konföderation den Vertrag verletzt haben, indem sie Krieg gegen die Soldaten des Kaisers führten, sind sie von ihrem eigenen Volk ausgestoßen worden. Man hat sie Gesetzlose genannt und sie uns zur Bestrafung überstellt. Sie werden gegen die Gefangenen von Midkemia kämpfen, und zwar so lange, bis nur noch ein Mann steht.«

Fanfarenstöße kündigten den Beginn des Kampfes an. Als die großen Tore am Ende der Arena langsam aufschwangen, wagte Lujan eine Bemerkung: »Was fällt dem Leiter der Spiele nur ein? Die Thuril werden sich nicht gegenseitig bekämpfen, wenn sie die Midkemier besiegt haben. Lieber verfluchen sie sterbend den Kaiser.«

»Mylady, Ihr müßt darauf gefaßt sein, rasch zu verschwinden«, unterbrach Arakasi. »Wenn der Kampf enttäuschend verläuft, wird der Mob wahrscheinlich außer Kontrolle geraten …«

Da nach den Gepflogenheiten der Tsuranis die Gewöhnlichen oberhalb von den Ebenen der Edlen saßen, würden die höheren Klassen des Kaiserreiches sich im Falle eines Aufstandes ihren Weg mitten durch die Aufständischen hindurch bahnen müssen, um zu den Ausgängen zu gelangen. Kevin dachte an die vielgepriesene Disziplin der Tsuranis, doch Arakasi widersprach ihm, als hätte er seine Gedanken erraten.

»Diese Spiele erwecken manchmal eine Blutlust im Pöbel. Es hat bereits zuvor Aufstände gegeben, und auch Edle sind dabei umgekommen.«

Die scheinbar unendlichen Widersprüche dieses Volkes verblüfften Kevin nur kurz, denn in diesem Augenblick marschierten zwölf Midkemier aus einem Tor, das der Loge des Kriegsherrn genau gegenüberlag, in die Arena. Ihre echten Metallrüstungen waren zu kostbar, als daß sie für ein solches Schauspiel benutzt werden konnten, und so trugen sie an Stelle der soliden Kettenhemden, Helme und Schilde grell bemalte Nachahmungen aus tsuranischen Materialien. Ein Schild trug den Wolfskopf von LaMut, ein anderer – in viel zu hellen, aufdringlichen Farben – das Pferdewappen von Zūn.

Kevin mußte sich auf die Lippe beißen, um seine Qual nicht laut herauszuschreien. Er konnte seinen Landsleuten nicht einmal helfen! Er würde nur selbst getötet werden und seiner geliebten Lady die Bürde der Schande hinterlassen. Doch die Wut und der Schmerz in ihm würden niemals der Logik gehorchen. Unterdrückte Gefühle schwelten in seinem Innern, und so schloß er die Augen und senkte den Kopf. Diese Kaiserlichen Spiele waren eine Barbarei, und er war nicht willens zuzusehen, wie gute Männer zu Ehren eines absurden Spektakels geopfert wurden.

Doch statt Kampfgeräuschen hörte er nur ein Gemurmel in der Menge. Kevin wagte einen Blick. Die Krieger von Thuril und Midkemia kämpften nicht, sie unterhielten sich. Pfiffe und Buhrufe klangen von den höchsten Rängen des Stadions herunter, während die beiden Gruppen sich in einer alles andere als kampfeslustigen Haltung gegenüberstanden. Jetzt zeigte einer der Thuril auf die Menge. Er war zu weit entfernt, als daß seine Worte zu verstehen gewesen wären, doch sein Gesichtsausdruck kündete von Verachtung.

Einer der Midkemier trat vor, und ein Thuril hob das Schwert; da hielt ihn ein Ruf seines Kameraden zurück. Der Midkemier legte seinen Lederhelm ab und schaute sich in der Arena um. Dann warf er mit unglaublicher Frechheit Rüstung und Waffen in den Sand. Sein Schild folgte; deutlich war der dumpfe Aufprall in der absoluten Stille zu hören. Er sprach mit seinen Kameraden und kreuzte die Arme über der Brust.

Die anderen in der Arena folgten kurz darauf seinem Beispiel. Schwerter, Helme und Schilde fielen zu Boden, bis sich schließlich die Midkemier und Thuril unbewaffnet gegenüberstanden.

Wieder erschollen Buhrufe von den Gewöhnlichen, doch die höheren Klassen schienen bis jetzt angesichts dieses merkwürdigen Verhaltens eher amüsiert als beleidigt. Niemand schien Gefahr zu wittern.

Doch dann tippte Arakasi leicht auf Kevins Schulter. »Nimm das hier«, flüsterte er.

Ein Messer glitt in die Hand des Barbaren. Er zuckte vor Überraschung beinahe zusammen, als er seine Finger um das Heft schloß. Für einen Sklaven bedeutete das Tragen einer Waffe die Todesstrafe, und der Freie, der dieses Gesetz brach, verlor alle Ehre. Daß der Supai es dennoch getan hatte, zeugte von tödlicher, unmittelbar bevorstehender Gefahr. Arakasi wandte sich an Mara. »Lady, ich werde die Wachen und Eure Sänfte holen und sie so nah zum Eingang der Arena bringen, wie die Kaiserlichen Wachen es erlauben. Dann laufe ich zum Stadthaus und hole die restlichen Soldaten. Ihr müßt hier verschwinden und uns auf der Straße treffen, sobald Ihr könnt. Ich habe … dieses Gefühl, von dem ich vorhin gesprochen habe. Ich fürchte das Schlimmste.«

Mara gab kein deutliches Zeichen, daß sie es gehört hatte, doch Lujan fuhr mit der Hand an den Schwertgriff, und auch

Kenji und die anderen beiden Soldaten wurden wachsam. Arakasi schlüpfte lautlos davon.

Kevin preßte die Klinge gegen seinen Unterarm, seine Augen hingen an der seltsamen Szenerie in der Arena, während seine Sinne sich auf die Berater richteten, die in den angrenzenden Logen mit ihren Herren und Herrinnen sprachen.

Der Kriegsherr in der kaiserlichen Loge sprang auf. Die Buhrufe und Pfiffe wurden lauter. Rote Flecken zeigten sich auf seinem Gesicht, als er brüllte: »Laßt den Kampf beginnen!«

Als die Kämpfer trotzig auf dem Sand stehenblieben, eilten kräftige, lederbekleidete Aufseher herein, um ihrer Aufsässigkeit ein Ende zu bereiten. Sie entrollten Peitschen aus Needra-Fell und begannen auf die Krieger einzuschlagen.

Die Menge begann jetzt, ihren Unmut herauszuschreien. Pfiffe und Obszönitäten vermischten sich zu einem gewaltigen Getöse, als selbst die hochgeborenen Edlen sich weigerten, reglos zuzusehen, wie die Männer geschlagen wurden. Plötzlich griff einer der Thuril nach einem der Aufseher, brachte den Mann aus dem Gleichgewicht und schnappte sich die Peitsche. Er schlang das Leder um die Kehle des Feindes und begann ihn zu erwürgen. Die anderen Aufseher warfen sich auf den Aufsässigen und droschen brutal auf ihn ein. Ihre Schläge zwangen ihn in die Knie, doch voller Entschlossenheit zog er die Schlinge fester und fester, bis sein Opfer keuchte und lila anlief und schließlich starb.

Im nächsten Augenblick, bevor noch jemand irgend etwas tun konnte, hatten die Thuril-Soldaten ihre Waffen wieder in den Händen und gingen zum Angriff über. Die Midkemier taten es ihnen gleich, und weitere Aufseher starben, ihre Peitschen in Stücke geschlagen und rot von ihrem eigenen Blut.

Ein merkwürdiges Raunen ging durch die oberen Ränge. Kevin blickte zu den Magiern; er wollte wissen, ob sie eingreifen würden, doch es schien, als hätten sie eigene Sorgen. Der Bärtige namens Milamber stand jetzt und hörte nicht auf die drängenden Bitten der Schwarzen Roben neben ihm, wieder Platz zu nehmen. Wut glomm in seinen Augen, heiß genug, um sie auch über die Entfernung wahrzunehmen, und Kevin spürte Furcht in sich aufsteigen.

Er warf einen Blick auf Mara, doch ein kaum sichtbares Zeichen von Lujan zeigte ihm, daß sie selbst jetzt noch warten mußten. Sie mußten Arakasi Zeit lassen, die Sänfte und die Wachen zu holen und zur äußeren Treppe zu bringen. Es war ein zu großes Risiko, ohne Eskorte auf der Straße den falschen Leuten zu begegnen.

Plötzlich erhob sich einer der Schwarzen Roben neben dem Kriegsherrn und beschrieb mit seiner Hand einen Bogen in der Luft. Eine Gänsehaut lief Kevins Rückgrat entlang, und seine Nackenhaare richteten sich auf. Magie! Noch dazu mit so wenig Anstrengung wie einem leichten Winken mit der Hand. Verblüfft sah der Midkemier, wie die Rebellen auf dem Sand in die Knie sanken und schlaff zu Boden fielen.

Die Stimme des Kriegsherrn dröhnte durch die Arena: »Jetzt geht und fesselt sie, baut ein Gerüst und hängt sie, und alle sollen zusehen können.«

Die Menge wurde still, doch es war wie die Ruhe vor dem Sturm. Lujan murmelte: »Macht Euch bereit!«

Kenji und die Krieger richteten sich auf ihren Sitzen leicht auf. Kevin legte eine Hand auf Maras Schulter. Sie schien gelassen und vollkommen gelöst, doch sie war keinesfalls unempfänglich für das Gefühl der Gefahr. Kevin spürte ihr Zittern. Er sehnte sich danach, ihr beruhigende Worte sagen zu können, doch die Spannung in der Arena wurde zunehmend bedrohlicher.

Junge Offiziere in den unteren Reihen schrien auf vor Zorn über den Befehl des Kriegsherrn. Lautstark teilten sie ihre Einwände mit und forderten für die Gefangenen den Tod als Krieger. Viele hatten als Patrouillenführer in den Kriegen gegen die Midkemier oder die Thuril gekämpft. Sie mochten Feinde und Fremde sein – doch die Gefangenen dort unten in der Arena hatten sich als tapfere Krieger erwiesen; sie zu hängen wie ehrlose Sklaven würde Schande über das ganze Kaiserreich bringen.

Auch die Erhabenen blieben nicht reglos. Milamber hatte anscheinend einen hitzigen Wortwechsel mit einem anderen Magier, der erfolglos versuchte, ihn zu besänftigen. Schließlich drängte Milamber sich immer noch sprechend an ihm vorbei; der Untersetzte eilte hinter ihm her, doch es war zu spät. Der Erhabene, der einst Midkemier gewesen war, baute sich bereits auf den Stufen auf, die die Schwarzen Roben von der kaiserlichen Loge trennten.

Chaos herrschte auf dem Grund der Arena. Zimmermänner brachten Flaschenzüge und Holz herein, während Almechos Krieger in ihren weißen Rüstungen die Aufseher dabei unterstützten, die verwirrten Krieger zusammenzutreiben und zu fesseln.

Ein Instinkt, den er nicht mit Namen nennen konnte, warnte Kevin, und für eine Sekunde begriff er. Die eben noch tobende Masse im Amphitheater schien ganz im Bann des Augenblicks zu sein, fast schon erstarrt vor Faszination. Die Buhrufe und Pfiffe wurden schwächer, und alle Augen wandten sich der schwarzbemäntelten Gestalt neben der Loge des Kriegsherrn zu.

Milamber hob seinen Arm. Blaue Flammen schossen durch die Luft, funkelten selbst im vollen Sonnenlicht, und ein Blitz raste auf die Erde und explodierte mitten zwischen den Wachen des Kriegsherrn in der Arena. Die Männer wurden in alle Richtungen geschleudert, zerstreut wie Blätter im Wind. Zimmerleute und Handwerker verloren ihren Halt, und die Bretter und Werkzeuge für den Aufbau der Gerüste wirbelten umher wie Stroh. Die Edlen in den unteren Reihen wurden von der Wucht der Explosion gegen die Sitze geschleudert, und ein Windstoß fegte über die aufsteigenden Sitzreihen. Milambers Hand vollführte eine Bewegung, als würde er nach etwas stoßen, und seine Stimme dröhnte durch die benommene Stille, die der Explosion folgte. »Das reicht!«

Der fette Magier gab seine Bemühungen auf. So schnell seine kurzen Beine ihn tragen konnten, eilte er zu der kaiserlichen Loge, sein dünner Kamerad dicht hinter ihm. Die beiden Erhabenen berieten sich kurz mit dem Licht des Himmels, und der Kaiser stand von seinem Stuhl auf. Im nächsten Augenblick waren sowohl die Erhabenen als auch er selbst ohne Vorwarnung verschwunden.

Zu verwirrt, um über seine Verwunderung nachzudenken, griff Kevin nach Maras Arm. »So, das reicht jetzt.« Er zog sie ziemlich unzeremoniell aus dem Stuhl. »Wenn Seine Majestät es für angemessen hält, zu verschwinden, tun wir es auch.«

Lujan erhob keine Einwände, sondern zog sein Schwert und sprang über die Stuhllehne. Auf seinen Befehl stellten Truppenführer Kenji und die beiden anderen Krieger sich zur Rückendeckung auf, während der Kommandeur vorwärtseilte, um Mara und Kevin einzuholen. Die kleine Gruppe zog sich in eigentlich unziemlicher Hast durch den schmalen Gang zwischen den einzelnen Logen zurück. Die meisten anderen Zuschauer waren von dem gefesselt, was Milamber tat, und die in den Rängen oberhalb von Maras Fluchtweg stießen erzürnte Bemerkungen aus, als die Lady und ihre Eskorte ihnen für kurze Zeit die Sicht nahmen.

Die Spannung stieg noch weiter an, als die Stimme des Kriegsherrn in ungeminderter Wut erklang: »Wer wagt es!«

Milamber schrie zurück. »Ich wage es! Das kann und darf nicht geschehen!« Doch den Rest seiner Worte hörten die Acoma-Krieger nicht mehr, da sich Schritte von hinten näherten. Kevin, der gerade die Kreuzung des Gangs mit der Treppe zu den oberen Rängen erreicht hatte, wirbelte herum. Er sah zwei fremde Soldaten in rötlichbrauner Rüstung hinter der Acoma-Eskorte herrasen.

Maras Soldaten blieben stehen und zogen sofort die Schwerter. Kevin, der nur noch mit Kenji für Maras Schutz sorgen konnte, stieß einen Warnruf aus. »Lujan!«

Der Kommandeur drehte sich um. Er erkannte die Bedrohung und die Rüstung auf den ersten Blick. »Sajaio! Sie dienen den Minwanabi!« Immer noch in Bewegung, gab er den beiden Kriegern, die sich zu einer Auseinandersetzung bereitmachten, ein

Zeichen. »Behaltet Euren Platz hinter der Lady.« Dann wandte er sich an Kevin. »Wir könnten sie fertigmachen. Doch zuerst müssen wir Mara in Sicherheit bringen.«

Die Aufregung in der Arena schien nicht nachzulassen. Der Kriegsherr brüllte den Magier an: »Mit welchem Recht tut Ihr dies?«

Milambers zornige Antwort zerfetzte die Luft: «Mit dem Recht zu tun, was ich für angebracht halte!«

Kevin spürte nicht viel mehr als das Gefühl unmittelbar bevorstehenden Unheils, und er drängte Mara eilig vorwärts. Mutig nahm sie die Steintreppe in Angriff, obwohl die erhöhten Sohlen ihrer Sandalen nur unzuverlässigen Halt auf dem Boden fanden und sie zu stolpern drohte. Ihre Lippen waren weiß. »Alles, was uns vertraut war, liegt in Scherben. Das Chaos ist ausgebrochen.«

Allmählich bevölkerten auch andere Gestalten die Treppe – Edle, Ladies und Krieger, die sich zurückzogen, um der unheilschwangeren Luft zu entgehen, die sich immer weiter im Amphitheater ausbreitete.

Lujan hörte Kevin sagen, daß einer der Sajaio-Krieger zurückgefallen war, vermutlich mit dem Auftrag, Verstärkung zu holen. Der Kommandeur antwortete, ohne seinen Schritt zu verlangsamen: »Nur ein Narr würde jetzt einen Kampf beginnen. Oder hast du nicht zugehört?«

Schreie aus der kaiserlichen Loge endeten mit: »Meine Worte sind Gesetz! Geh!«

Mara zuckte vor Angst zusammen und blieb mit der Sohle an einer Kante im Stein hängen. Kevin riß sie in seine Arme und bewahrte sie so vor einem Sturz. Aus dem Augenwinkel sah er, wie Milamber die weißgekleideten kaiserlichen Wachen dazu brachte, die Gefangenen zu befreien, die noch immer bewußtlos im Sand lagen.

Der Kriegsherr ließ seiner Wut freien lauf: »Ihr brecht das Gesetz! Niemand darf einen Sklaven befreien!« brüllte er.

Milambers Zorn loderte erneut auf, und seine Stimme wurde hart wie Stahl: »Ich kann es! Ich stehe außerhalb des Gesetzes!«

Kevin spürte wilde Hoffnung in sich aufsteigen, als er die letzte Treppe zur Eingangshalle erreichte. Der Torbogen, der auf die Straße führte, lag nur noch wenige Schritte entfernt. »Stimmt das?« keuchte er, »kann Milamber einen Sklaven befreien?«

Ein überwältigendes Gefühl bevorstehenden Aufruhrs leitete die ausbrechende Panik ein. Zuschauer begannen, von den Sitzen aufzustehen und auf die Gänge zuzuströmen. Doch ihr Fluchtversuch kam zu spät.

Einer der Magier des Kriegsherrn hatte sich erhoben, um Milamber herauszufordern. Kevin, der sich der Massenangst bewußt war und die Menge wie eine riesige Welle hinter sich spürte, drängte Mara näher zum Ausgang. Lujan hob sein Schwert, um sich der heranbrandenden, verängstigten Menge entgegenzustellen, während seine Krieger »Acoma!« riefen.

Doch nicht alle in der Menge flohen vor der Magie. Rufe erklangen hinter ihnen, und fünf Krieger in rötlichbrauner Rüstung rasten heran, um Kenji und die zwei Soldaten in einen Kampf zu verwickeln. Der Truppenführer der Acoma zögerte keinen Moment. Statt auf der Flucht von hinten angegriffen zu werden, zog er es vor, mit einem lauten »Acoma!«-Ruf herumzuwirbeln und die Sajaio-Angreifer zu attackieren.

Die Krieger stürzten ihm nach.

Kevin und Mara hasteten weiter; jetzt war nur noch Lujan bei ihnen, um sie zu beschützen.

Die Sajaio und Acoma trafen auf der Treppe aufeinander. Das Scheppern ihrer Waffen blieb unbemerkt in dem weiter anschwellenden Lärm aus dem Kreischen ängstlicher Zuschauer und den Rufen der Krieger und Wachen, die zum Schutz ihrer Herrschaften eilten. Andere Leute schrien verwundert angesichts des Zwischenspiels zwischen Milamber und den Schoßmagiern des Kriegsherrn, das sich in der kaiserlichen Loge entspann.

Und dann kamen Schreie voller Schmerz und Entsetzen hinzu.

Kevin, schon am oberen Ende der Treppe, wagte einen Blick

zurück. Neben der Loge der Magier schoß fauchende, brodelnde Energie empor. Milamber verschwand in einem wabernden, glühenden Glanz; goldenes Licht vermischte sich mit blauem in einem angsteinflößenden, blendenden Schauspiel. In dem unwirklichen Tanz von Licht und Schatten traten die Gesichter der Menge klar hervor. In jedem spiegelte sich der sinnlose Drang zu fliehen. Die Leute drängten, stießen, stolperten und taumelten wie besessen auf die Treppen zu. Der Kampf, den die Soldaten der Sajaio entfacht hatten, wurde beiseite gefegt, hinweggeschwemmt von der heranwogenden vieltausendköpfigen Menschenmenge, die dem Zorn des Magiers entgehen wollte.

Kevin packte Mara hart am Arm. »Lauf!« Die in Panik anstürmende Masse dicht hinter sich, stürzte er mit ihr die Treppenstufen an der Außenseite des Stadions hinunter. In den flackernden, glühenden Blitzen des Magiers schimmerte der Federbusch auf Lujans Helm in unwirklichem Grün. Seine wiederholten »Acoma!«-Rufe gingen in den wütenden, entsetzten Schreien hinter ihnen unter.

Die Treppe nahm kein Ende. Mara rannte und stolperte auf ihren unpraktischen Sandalen vorwärts. Kevin empfand Furcht jenseits jeden Anstands, und er beugte sich zu ihr hinab und riß sie hoch in seine Arme. »Zieh die Schuhe aus!«

Mara erwiderte etwas, doch die Worte waren in dem Lärm nicht zu verstehen.

»Die Smaragde sind mir egal! Zieh sie aus!« befahl Kevin.

Sie war leicht; dennoch machte ihn ihr Gewicht unbeholfen. Trotz all seiner Bemühungen weiterzurennen, blieben sie allmählich hinter Lujan zurück, und Kevin fühlte, wie Hände ihn stießen und Körper gegen ihn prallten.

Mara streifte ihre Sandalen ab. Verzweifelt ließ Kevin sie herunter; seine Hand klammerte sich wie ein Schraubstock um ihren Arm. Er zerrte sie erbarmungslos und ungeachtet der stoßenden und schiebenden Menge weiter.

Links von ihm fiel jemand zu Boden. Im nächsten Augenblick trampelten tausend unbarmherzige Füße über den Unglückseligen. Das Opfer schrie nicht ein einziges Mal. Das erdrückende Gewicht der Menge schwappte über ihn hinweg, zertrampelte ihn zu Brei. Ein zu Tode erschreckter, zu keinem klaren Gedanken mehr fähiger Gewöhnlicher stieß hart gegen Kevin und zog und zerrte an dem Arm, mit dem er Mara hielt. Reflexartig zog er Arakasis Messer.

Das Handgelenk seiner Lady entglitt ihm immer weiter; jetzt hielt er nur noch ihre Finger. Über die Schulter des Mannes, der immer noch schob und drängte, fing Kevin einen Blick blanken Entsetzens auf, bevor er sie völlig aus den Augen verlor.

Er konnte sie kaum noch festhalten, spürte, wie ihm ihre Finger aus der Hand rutschten ... Er weinte, als er dem Mann, der sie auseinandergetrieben hatte, das Messer in den Rücken rammte.

Das Gewicht fiel zu Boden, und er zog in unbarmherziger Verzweiflung an dem bißchen, was er von Mara noch in der Hand hatte. Sie kämpfte sich aus einem Keil panikerfüllter Handwerker und stolperte in seine Arme.

»Acoma!« Der Ruf kam ganz aus der Nähe; Kevin starrte über die Köpfe des Mobs hinweg und empfand seine midkemische Statur einmal mehr als Segen. Sofort hatte er zwei Soldaten in grünen Rüstungen erspäht, die versuchten, sich einen Weg durch die Masse zu bahnen.

»Hier!« rief er. »Hier!« Er winkte mit der Hand, vergaß, daß er ein blutiges Messer hielt. »Ich habe Mara!«

Die Krieger änderten die Richtung, kamen auf ihn zu, sein rotgoldener Schopf ihr Leuchtfeuer im Chaos.

Plötzlich war Lujan bei ihm. »Steck das Ding weg!« brüllte er und zeigte auf das Messer. Er trat vor den Barbar und schlug mit den gepanzerten Unterarmen um sich, um den schlimmsten Ansturm abzufangen.

Kevin verbarg das Messer. Er drängte weiter, belastet mit einer zitternden Mara, die dennoch mutig weiterrannte. »Nein!« schrie er in ihr Ohr. »Du bist zu klein und außerdem barfuß. Ich muß dich tragen.«

Kevin verpaßte eine Stufe, trat ins Leere. Er stolperte, fing sich wieder, aufrecht gehalten durch den Druck der Menge. Sie hatten den Gang zwischen den äußeren Ebenen erreicht. Vage erkannte der Midkemier, daß Lujan ihren Weg mit Bedacht gewählt hatte: An der Mauer des Stadions, umgeben von einem Keil von Soldaten, war Maras Sänfte über den wogenden Köpfen zu erkennen, flatternde grüne Fähnchen inmitten des Chaos.

Donner grollte am Himmel, und der Stoß traf sie wie ein Schlag, als die Explosion viele der Fliehenden zu Boden riß.

Kevin eilte weiter, rannte in Lujans Richtung und spürte, wie der Krieger sich gegen den Aufprall wappnete. Doch er versagte. Beide Männer stolperten und fielen zu Boden. Seine Ohren dröhnten, aber dennoch nahm Kevin Mara auf die Schulter. Er kämpfte sich wieder auf die Beine, ungeachtet seiner zerschundenen Knie, und stürmte geradewegs auf die Sänfte zu. Die Menge hatte sich schnell wieder erholt, eilte in unbarmherziger Panik weiter, bis sein Ellenbogen und seine Seite schmerzhaft gegen Lujans Rüstung gepreßt wurden. Kevin hielt sich grimmig aufrecht und stolperte beinahe wieder, als sein Fuß in etwas hängenblieb, was sich wie ein Stoffetzen anfühlte.

Ein warmer Stoffetzen: noch ein Unglücklicher, der zu Tode getrampelt worden war.

Ein Opfer, wie es auch Mara sein würde, sollte er sie in diesem Chaos verlieren. Kevin bekämpfte die aufsteigende Übelkeit und griff nach ihrem Seidengewand, bis seine Knöchel vor Anstrengung kreideweiß waren.

In diesem Augenblick schoß eine Fontäne aus purer Energie aus der Arena empor, zog sich über den Himmel und die Wolken. Die Menge jammerte vor Bestürzung, die Köpfe nach oben gewandt, um etwas zu sehen. Von einer morbiden Faszination getrieben, versuchten einige besonders Dreiste sogar, den Andrang der Masse aufzuhalten, damit sie das Schauspiel besser betrachten konnten.

Kevin und Lujan nutzten die Pause, um die Mauer zu erreichen, wo Krieger in grünen Rüstungen sich um sie schlossen, ein

Quell der Ruhe inmitten des Sturms. Als der Midkemier die bebende Lady abgesetzt hatte, erhob sich eine dröhnende Stimme über dem Chaos. »Daß ihr gelebt habt, wie ihr gelebt habt, und das jahrhundertelang, ist keine Entschuldigung für diese Grausamkeit. Alle hier werden jetzt beurteilt, und alle sind als mangelhaft erkannt worden.«

Der Magier: Milamber. Kevin spürte einen wilden Stolz, daß ein Mann aus dem Königreich es gewagt hatte, Mitgefühl und Erbarmen über die Dekadenz zu stellen.

Der Ton der Menge änderte sich leicht. Neugier und die ersten Anzeichen von verletztem Stolz ließen einige Leute erstaunte Rufe ausstoßen. Eine neue Bewegung machte sich in der Masse breit, als mehr und mehr Zuschauer ihre Flucht verlangsamten und sich bemühten, wieder zurück in die Arena zu gelangen.

»Sie sind Narren, wenn sie weiter hierbleiben«, rief Lujan. »Die Mistress muß sicher nach Hause gebracht werden.«

Kevin streckte seine Hand aus, um Mara zu stützen, sah das Blut an seiner Hand und erinnerte sich zu spät an das Messer. Er wollte die Waffe übergeben, doch Lujan schüttelte energisch den Kopf. «Ich habe nicht gesehen, wie du es genommen hast, und meine Augen sind blind, wenn du es zum Schutz unserer Lady einsetzt.«

Die Soldaten bildeten einen eng gestaffelten Ring, in dessen Mitte sich Mara, Kevin und ein halbes Dutzend Träger befanden. Ganz aus Gewohnheit nahmen die Sklaven ihre Positionen an den Sänftenstangen ein.

Dann hallte die Stimme des Magiers mit unnatürlicher Kraft durch das Stadion: »Ihr wolltet euch am Tod und der Entehrung anderer vergnügen. Nun, laßt sehen, wie gut ihr euch angesichts der Zerstörung haltet!«

Kevin schrie lauthalt: »Zum Teufel mit der Sänfte! Rennt!«

Mara war immer noch ziemlich mitgenommen von der Aufregung, doch sie fand ihre Stimme wieder und rief: »Ja, wir müssen rennen!«

Auf Lujans Befehl wurde die unhandliche Sänfte stehengelassen. Die Wachen formierten sich neu während des Laufens, und die Jagd nach Sicherheit begann von neuem.

Ein Wind stieg aus der Arena empor, brachte neue Schreie mit sich und ließ die Federbüsche der Offiziere stürmisch wehen. Kevin spürte die Gänsehaut an seinem Körper, und er nahm verwundert wahr, was er seit seinem Weggang aus seiner Heimat nicht mehr erlebt hatte: Kälte. Doch kein natürlicher Windstoß konnte auf Kelewan eine solche eisige Kälte hervorrufen.

Wie zur Antwort ertönte Milambers schrille Stimme: »Zittert und verzweifelt, denn ich bin die Macht!«

Klagende Schreie erfüllten die Luft, als die Gruppe der Acoma ihren Weg die unteren Treppen hinab eilig fortsetzte. Der stürmische Wind nahm noch zu, als Milamber rief: »Wind!«

Der Sturm schwoll zu einem wilden Geheul an. Todesgestank lag in der Luft und brachte Kevin und selbst die standhaftesten Krieger zum Würgen. Sie drängten weiter, zwangen ihre gequälten Lungen zum Atmen. Maras Gesicht verlor jede Farbe, doch sie hielt Schritt mit dem Gefolge, immer weiter die steilen Treppen hinab.

Ihr Weg glich einem irrsinnig gewundenen Zickzack-Kurs. Sie mußten andere umgehen, die sich krümmten wegen des üblen Geruchs. Lujan rief seinen Soldaten etwas zu, damit sie Schritt hielten. Einige, die ihre Übelkeit nicht bezwingen konnten, wurden niedergetrampelt oder von den sich zurückziehenden Städtern gestoßen und getreten.

Ein tiefes Stöhnen ließ die Treppe erzittern. Es war nicht von dieser Welt, und der Unterschall des Klanges marterte ihre Ohren. Die Krieger beschleunigten ihren Schritt, und Kevin griff nach Maras Handgelenk, um ihr die letzten Stufen herunterzuhelfen. Die Schatten verdüsterten sich unheilverkündend; die gesamte Atmosphäre wurde dunkler, und die Sonne verschwand, Wolken sammelten sich über dem Stadion und wirbelten in einem gewaltigen Strudel.

Daß Milamber in seinem Zentrum stand, war für Kevin keine Frage. Er schüttelte mit einem Lachen seine Furcht ab. »Er zieht eine höllische Schau ab!«

Mara, die atemlos neben ihm lief, warf ihm einen verwirrten Blick zu. Zu spät begriff Kevin, daß er in die Sprache des Königreiches zurückgefallen war. Er wiederholte seine Bemerkung auf tsuranisch.

Sie zwang sich zu einem tapferen Lächeln.

Stolpernd erreichten sie das Ende der Treppe. Lujan hielt an, als sich noch mehr Wachen zu ihnen gesellten und die Gruppe zum Schutz ihrer Herrin verstärkten. Die äußeren Reihen verschränkten die Arme ineinander, und sie machten sich gerade entlang der Allee auf den Weg, als der Magier hinter ihnen rief: »Regen!«

Der Widerhall seiner Stimme war nicht mehr so klar. Kevin sog die Luft in seine brennenden Lungen und hoffte, diese Veränderung würde bedeuten, daß sie sich mittlerweile weit genug von dem Strudel aus Beschwörungen und Erscheinungen entfernt hatten, die Milamber in Verurteilung der Menge herbeigerufen hatte. Der Himmel öffnete seine Schleusen, und eisige Tropfen prasselten durch die Luft. Der erste Guß wurde zu einem steten Niederschlag, der alle auf der Straße bis auf die Haut durchnäßte. Jetzt erstarb auch das letzte Licht. Kevin blinzelte mit den Augen gegen den Sturm der Elemente und rannte. Er hielt Maras Handgelenk immer noch fest, obwohl ihre Haut schlüpfrig wurde und ihre Schritte von den tropfnassen, schweren offiziellen Gewändern beeinträchtigt wurden. Der Regen prasselte auf das Kopfsteinpflaster und die Rüstungen, und das Geräusch vermischte sich mit dem Trampeln davoneilender Füße. Die Schreie der Menge wirkten schwächer, schienen in Qual und Verzweiflung übergegangen zu sein.

»Lauf weiter«, drängte Kevin eilig.

Noch ein paar Meter, und er spürte, wie der Regen mit jedem Schritt schwächer wurde.

Das Gefolge der Acoma hatte gerade die Straße erreicht, die an die Arena heranführte, als wieder ein Schrei Milambers erklang. »Feuer!«

Ein einziger, grollender Schrecken erhob sich aus dem Innern des Stadions. Mara blickte entsetzt zurück; sie fürchtete um die Unglückseligen, die dort noch gefangen waren. Kevin drehte sich um, um sie weiterzutreiben, und durch den nachlassenden Regen hindurch sah er ein Schauspiel von schrecklicher, fremder Schönheit. Flammen tanzten um die Wolken, die selbst jetzt noch ihre eisige Nässe über die Erde ausschütteten. Vielfach gezackte Blitze schossen über den Himmel. Ein brennender Stich streifte Kevins Wange, als Regen aus purem Feuer niederzuprasseln begann.

Mara schrie. Eine Flamme schwelte in dem Seidenstoff, der ihren Kopf bedeckte, und trotz der Nässe brannte sie weiter. Soldaten schlugen mit ihren Handschuhen nach den Flammen, und der Geruch von verschmortem Fell und Lack hing schwer in der rauchgeschwängerten Luft. Sie rannten. Der Feuerregen verstreute Funken auf der Straße, und aus Angst um ihr Leben rannten sie noch schneller.

Lujan deutete mit dem Finger auf etwas. »Da!« Etwa dreißig Meter vor ihnen, jenseits einer dampfenden Fläche aus Pfützen und Flammen, schien ungetrübt die Sonne.

Kevin zerrte und drängte Mara unter Aufbietung aller Kräfte weiter, und doch zogen sich diese letzten dreißig Meter in die Länge, als wären es Meilen. Und dann standen sie im sicheren Sonnenlicht. Die Soldaten verlangsamten ihren Schritt, um auf Lujans strengen Befehl Atem zu schöpfen. Atemlose Männer waren schlechte Kämpfer, und die Straßen waren ein einziger, brodelnder Hexenkessel aus verängstigten Menschen und Soldaten, die jederzeit bereit waren, ihre Herren zu verteidigen. Kevin nutzte die Pause und schaute zurück. Der Irrsinn über der Arena hatte noch immer nicht aufgehört. Feuer schoß in grellen Streifen vom Himmel herab, und die Schreie der Sterbenden und Verletzten vermischten sich zu einem einzigen klagenden Heulen.

Die Straßen waren bis zum Bersten gefüllt mit leidenden, lodernden Vogelscheuchen, die der Schmerz der Verbrennungen einen irrsinnigen Tanz aufführen ließ. Versengte Überlebende rasten in Sicherheit und stießen mit Handwerkern und Sklaven zusammen, die in ihrer Arbeit innegehalten hatten, um zu gaffen. Viele warfen sich vor Angst in den Staub, während andere vor der Brust beschützende Zeichen gegen die Ungunst der Götter machten; die ganz Einfachen standen nur völlig sprachlos da.

Ein leises Wort wehte durch die Verwirrung heran, doch Kevin konnte seine Bedeutung nicht ausmachen. Auf ein Winken von Lujan drängte er Mara sanft weiter. »Sind deine Füße verletzt? Wir müssen weitergehen. Ich denke, wir sind noch etwas zu nah am Ort des Geschehens.«

Mara blinzelte, ihr Gesicht war weiß vor Erschöpfung. Benommen meinte sie: »Die Schuhe müssen warten. Gehen wir zum Stadthaus.«

Lujan schickte einen Soldaten voraus, damit er weitere Soldaten von der Garnison holte, um die Lady auf dem Weg zurück zu ihrem Haus zu bewachen. Umsichtig wählte der Kommandeur ruhige Straßen; er vermied das Tempelviertel, in dem Tempeldiener und Priester an Tischen mit Opfergaben hockten und Sprechgesänge und beschwichtigende Gebete ausstießen. Läufer hasteten mit unbekannten Aufträgen umher, und Bettler zogen durch Gebiete, die nicht zu ihren gewöhnlichen Anfenthaltsorten zählten. Die Soldaten achteten sorgsam auf mögliche Angriffe und blieben eng beieinander; Kevin umklammerte das Heft von Arakasis Messer. Sie gerieten zwar nicht in einen Hinterhalt, doch plötzlich zischte und dröhnte es unter ihren Füßen.

Die Erschütterungen schwollen zu einem tiefen Rumoren an, und Furcht ließ Kevin zusammenschrecken. »Ein Erdbeben!« rief er. »Unter diese Tür da! Schnell!«

Lujan und die Krieger wirbelten herum. Sie vertrieben drei Gewöhnliche, die unter dem Torbogen einer Wirtsstube Schutz gesucht hatten. Der Bogen war aus solidem Stein, und das Portal hatte einmal zwei Holzlatten getragen, die Jahre zuvor herausgerissen worden waren.

Die Krieger nahmen Mara zwischen sich und zogen sie taumelnd unter den Schutz des Überhanges. Kevin stolperte hinter ihr her, und auf allen Seiten von gerüsteten, bewaffneten Kriegern umgeben, spürte er, wie sich die Erde unter seinen Füßen auftat. Die Krieger wankten und gingen in die Knie; andere warfen sich in den Sand, während die Sänftenträger ihre Köpfe in den Armen bargen und leise wimmerten. Die Stärke des Bebens ließ die Menschen auf der Straße taumeln und stürzen; aus dem Wirtshaus erklangen Schreie, als die Holzbalken des Daches zusammenbrachen und Putz und Schutt herunterregneten. Trinkbecher rollten von den Tischen und zerbrachen. An den Gebäuden ringsum lösten sich Dachziegel, Gesimse und Mauerwerk, krachten auf den Boden und zerbarsten. Balkone stürzten hinunter, und Läden zersprangen, und die Leute fielen blutend zu Boden wie weggeworfener Abfall.

Eine Steinmauer in der Nähe brach in einem knirschenden Staubwirbel zusammen, und das Beben nahm weiter zu. Eine ruckartige, wogende Bewegung rollte die Straße entlang, und die Luft war erfüllt vom Krachen von zerberstendem Holz und Mauerwerk. Kevin kämpfte gegen das Heben und Senken der Erde an, um Mara zu erreichen, doch zwei Soldaten lagen bereits über ihr und schützten sie mit ihren Körpern.

Der Irrsinn wütete weiter, der Boden selbst schien sich wie ein gequältes Tier zu winden. Aus dem kaiserlichen Viertel ganz in der Nähe drang der Krach berstender Steine herüber, dröhnte und brüllte wie eine gewaltige Lawine. Der Lärm wütete weiter, unendlich wie die See, und dazwischen kreischten Zehntausende von Stimmen voller Entsetzen und Schmerz.

Dann, von einer Sekunde zur anderen, war die Erde plötzlich wieder still. Ruhe trat ein, und die Sonne schien durch einen Nebel aus aufgewirbeltem Staub. Die Straße lag in Trümmern, ein Schlachtfeld aus Geröll und stöhnenden Verwundeten. Die stillen, blutigen Toten lagen zerquetscht und zerdrückt zwischen Steinen und zerborstenem Holz.

Kevin stand mühsam auf. Blasen brannten auf seiner Wange,

und seine Augen waren wund vom Staub. Als die Soldaten um ihn herum sich ebenfalls erhoben, half er Mara auf die Füße.

Er blickte in ihr verschmutztes Gesicht; Seidenfetzen hingen wie Spinnweben von ihrer zerfetzten Kopfbedeckung, und ihr Gewand klebte naß am Körper. Kevin unterdrückte den Wunsch, einen erleichterten Kuß auf ihre Lippen zu pressen. Statt dessen wischte er eine heruntergefallene Haarsträhne vom Ohrläppchen und brachte eines der Smaragdschmuckstücke zum Glänzen. Er holte zitternd Luft. »Wir haben Glück gehabt. Könnt Ihr Euch vorstellen, wie es in der Arena gewesen sein muß?«

Maras Augen waren noch immer schreckgeweitet. Sie war jenseits jeder Bemühung, ihr Zittern zu verbergen, doch in ihrer Stimme schwang eine grimmige Ironie mit, als sie meinte: »Wir können nur hoffen, daß der Lord der Minwanabi zu lange bei den Spielen geblieben ist.«

Dann, als würde der Anblick der zerstörten Schönheit ringum ihr plötzlich Schmerzen bereiten, gab sie Lujan ein knappes Zeichen. »Zurück zum Stadthaus, sofort.«

Lujan stellte die Kompanie wieder auf und begann, den Zug zurück durch die zerstörten Straßen Kentosanis zu führen.

Arakasi erschien später; seine Dienerkleidung war staubig und versengt. Das Haus der Acoma lag weit entfernt von der Arena und dem Zorn Milambers, und so gab es nur leichtere Schäden. Doch jetzt bewachte ein Dutzend Krieger das äußere Tor, und weitere standen im Hof. Der Supai hatte sich zum Haus zurückgeschlichen, und erst als er Lujan in der Eingangshalle erblickte, entspannte sich seine Haltung.

»Die Götter beschützen uns, du hast es geschafft«, grüßte der Kommandeur seinen alten Gefährten mit vor Gefühl rauher Stimme.

Im nächsten Augenblick wurde Arakasi nach oben geführt, wo er sich vor seiner Herrin verneigte.

Mara saß auf ihren Kissen; sie hatte frisch gebadet, war aber noch immer blaß von den Aufregungen des Tages. Ein aufgeschürftes Knie war unter dem Gewand zu sehen, und ihre Augen waren überschattet von einer Sorge, die sich beim Anblick des Supais legte. »Arakasi! Wie schön! Was für Neuigkeiten bringt Ihr?«

Der Supai beendete seine Verbeugung. »Mit Eurer Vergebung, Mylady«, murmelte er und hob die Hand, um sich mit einem schmutzigen Stück Stoff eine blutende Wunde an der Wange abzutupfen.

Mara winkte einer Zofe, die sofort verschwand, um Wundsalben und eine Schüssel mit Wasser zu holen. Der Supai wehrte sich gegen ihre Fürsorge. »Der Schnitt hat keine Bedeutung. Ein Mann versuchte, mich im Schutz der allgemeinen Verwirrung auszurauben. Er ist tot.«

»Einen Diener ausrauben?« fragte Mara zweifelnd. Die Ausrede war offensichtlich; viel eher hatte ihr Supai ihretwegen sein Leben riskiert. Doch sie fügte sich seinen Wünschen und belästigte ihn nicht mit weiteren Fragen.

Als Maras Gruppe das Tor zum Stadthaus erreicht hatte, war der Supai noch nicht wieder zurück gewesen, ebenso wie ein Teil ihrer Soldaten. Arakasi hatte eine kleine Garnison bei Jican gelassen und war dann zurück zur Arena aufgebrochen, doch der von Milamber verursachte Wahnsinn hatte sein Vorhaben unmöglich gemacht. Und in dem dann herrschenden Chaos hatten sich die zwei Gruppen verfehlt.

Die Zofe kehrte mit einem Korb voller Heilmittel zurück. Mara nickte Arakasi zu, der irritiert aussah, jedoch auf Druck seiner Herrin die Wange versorgen ließ.

Während die Zofe die Wunde des Supais betupfte, fragte Mara: »Was ist mit den anderen Soldaten?«

»Sie sind mit mir zurückgekehrt«, antwortete Arakasi überraschend gereizt. Er warf der Zofe einen düsteren Blick zu, dann beendete er den Bericht. »Obwohl einer der Krieger von einem – es ist kaum zu glauben – herabfallenden Topf am Kopf getroffen wurde und vermutlich an dieser Verletzung sterben wird.«

Mara blickte auf den Schmutz und das getrocknete Blut, das jetzt an den Tüchern hing. »Das ist mehr als nur ein Kratzer. Der Knochen ist sichtbar.« Sie fügte die Frage hinzu, die sie brennend interessierte: »Was ist mit der Stadt?«

Arakasi schob die Hand der Zofe beiseite und hatte im nächsten Augenblick selbst ein frisches Tuch in der Hand, das er gegen die Wunde drückte. »Mylady sollte sich nicht mit den Schmerzen und Qualen eines Dieners belasten.«

Im sanften Licht der Dämmerung wölbte Mara die Brauen. »Und Diener sollten sich nicht damit belasten, ihrer Herrin zu helfen, indem sie ernste kaiserliche Strafen riskieren, weil sie einem Sklaven ein Messer aushändigen! Nein« – sie hob rasch die Hand, als Arakasi tief Luft holte –, »antwortet nicht. Lujan schwört, er hätte nichts gesehen. Es ist ein blutiges Messer in der Speisekammer aufgetaucht, doch der Koch besteht darauf, daß es zum Schlachten von Jiga-Vögeln benutzt wurde.«

Arakasi ließ ein hartes Lachen hören. »Jiga-Vögel! Wie passend!«

»Ja. Und jetzt beantwortet meine Frage«, verlangte Mara.

Immer noch erheitert gehorchte Arakasi. »Es herrscht totales Chaos. Überall brennt es, und viele Menschen sind verwundet. Kentosani sieht aus, als wäre es in den Vierteln rund um die Arena von einer Armee überrannt worden. Der Kriegsherr hat sich voller Scham zurückgezogen, entwürdigt durch den Erhabenen, Milamber. Das Schauspiel war zu öffentlich und hat zu viele unschuldige Opfer gefordert. Ich nehme an, daß Almecho noch vor Ende des Tages sein trauriges Leben beenden wird.«

»Der Kaiser?« Trotz ihrer Aufregung über diese Neuigkeiten hielt Mara sich nüchtern an das Wesentliche. Sie entließ die Zofe mit dem Befehl, ein Tablett mit Essen zu holen.

»Das Licht des Himmels ist in Sicherheit«, sagte Arakasi. »Doch die Kaiserlichen Weißen haben sich aus allen Teilen des Palastes außer den Familiengemächern zurückgezogen, wo sie den Kaiser und seine Kinder beschützen. Die Wachen des Rates bleiben im Dienst, doch ohne Befehle vom Kriegsherrn werden sie nichts unternehmen. Man darf wohl annehmen, daß bei Einbruch der Nacht die Loyalität gegenüber dem eigenen Haus sich durchsetzen und jede Kompanie zu ihrem Herrn zurückkehren wird. Die Gesetze, die wir kennen, sind zur Zeit außer Kraft gesetzt, da der Rat geschwächt und der Kriegsherr entehrt ist.« Arakasi zuckte mit den Schultern. »Es gibt kein Gesetz – außer dem Recht des Stärkeren.«

Mara fröstelte in dem Raum, der plötzlich auch dunkler wirkte. Sie klatschte nach Dienern, die die Lampen entzünden sollten, dann meinte sie: »Lujan sollte dies hören. Glaubt Ihr, daß wir angegriffen werden könnten?«

Arakasi seufzte. »Wer kann das wissen? Da draußen herrscht blanker Wahnsinn. Doch wenn ich eine Vermutung äußern soll – ich nehme an, für die Nacht sind wir sicher. Wenn der Lord der Minwanabi die Zerstörung der Spiele überlebt hat, wird er sich vermutlich genauso in seinem Haus verstecken wie wir, eine Bestandsaufnahme der persönlichen Verluste machen und darauf warten, daß die Vernunft in die Straßen zurückkehrt.«

Ein Diener brachte ein Tablett, und ihm auf dem Fuß folgte Lujan. Mara winkte ihm, sich zu setzen, dann ließ sie eine Runde Chocha eingießen. Sie lehnte sich zurück und nippte an der heißen, beruhigenden Flüssigkeit, während Lujan auf Arakasi einredete und ihn dazu brachte, seine Wunden mit Salben behandeln zu lassen. Die drastischen Beschreibungen des Kriegers von eiternden Schwertwunden genügten, um auch den tapfersten Mann zu erschrecken, und Arakasis Mut rührte überwiegend von Dickköpfigkeit her. Mara empfand Mitleid angesichts des verunsicherten Gesichtsausdrucks ihres Supais, doch nicht genug, um ihm den Verband zu ersparen, den ihr Kommandeur mit fähigen Händen anlegte. Sie wartete auf einen geeigneten Moment und warf dann ein: »Wenn Almecho sich das Leben nimmt, wird es eine Aufforderung zur Ratsversammlung geben.«

Arakasi, eifrig bestrebt auf eine Ablenkung, nahm ein Stück kaltes Fleisch. »Ein neuer Kriegsherr muß gewählt werden.«

Lujan warf die unbenutzte Binde zurück in den Korb mit den

Heilmitteln. »Alle, die der Wahl beiwohnen, nehmen große Gefahren auf sich. Es gibt keinen klaren Nachfolger für diesen Titel.«

Doch diese Gefahr, so offensichtlich sie auch war, war noch längst nicht die schlimmste. Mara hob ihren festen Blick im hellen Schein der Lampen. »Wenn die Gegenwart der Acoma im Rat jemals notwendig war, dann um Almechos Nachfolger zu wählen. Nur fünf Lords verfügen über genügend Anhänger und Verbündete, um diesen Titel anstreben zu können – und einer von ihnen ist Desio von den Minwanabi. Er darf seinen Anspruch unter keinen Umständen durchsetzen.«

»Ihr habt Verhandlungen geführt«, räumte Arakasi ein, »und genügend Versprechen für Stimmen gesammelt, so daß Ihr im Rat einigen Einfluß habt. Doch jetzt, wo jede Ordnung zusammengebrochen ist, könnt Ihr Euch darauf verlassen, daß die, auf die Ihr zählt, auch da sind?«

Jetzt wurde Maras Erschöpfung offensichtlich. »Es gibt keine größere Gefahr, als wenn Desio Weiß und Gold trägt.«

Lujan fingerte am Griff seiner Waffe. »Könnte das denn geschehen?«

»Wenn die Dinge normal verlaufen, sicher nicht. Jetzt ...?« Der Supai zuckte mit den Schultern. »Wer von uns hätte heute morgen geglaubt, daß die Herrschaft Almechos noch vor Sonnenuntergang ein unehrenvolles Ende finden würde?«

Die Nacht jenseits der Fenster schien plötzlich besonders dunkel. Eine Woge von Ängsten stürmte auf Mara ein, und sie sehnte sich nach den beruhigenden Armen Kevins; doch der war draußen bei den Kriegern und half die Risse zu flicken, die das Erdbeben in der Mauer hinterlassen hatte. Bei seinem Streit mit dem Kriegsherrn hatte Milamber mehr als nur Steine und Köpfe zerschmettert. Seine Tat hatte die gesamte Hierarchie im Kaiserreich bis in die Grundfesten erschüttert, und es würde lange dauern, bis Gras darüber gewachsen war.

»Es scheint, als müßten wir uns auf alle Eventualitäten vorbereiten«, verkündete Mara mit fester Stimme. »Arakasi, sobald

Ihr könnt, müßt Ihr Euch in die Stadt aufmachen. Versucht, jedes Gerücht aufzuspüren. Schon bald wird die Macht im Kaiserreich neu verteilt werden, und wenn wir nicht jeden unserer Schritte sorgfältig planen, könnten wir in dem Gerangel erdrückt werden.«

Es folgte eine angespannte, schlaflose Nacht, während Lujans Krieger das Mobiliar verschoben und alte, vergitterte Fensterläden aus den Lagerräumen holten. Die altehrwürdigen Wohnhäuser in Kentosani hatten seit mehreren Jahrhunderten keinen Angriff mehr erdulden müssen, doch die alten Mauern waren solide. Im Licht der Laternen, die von Sklaven gehalten wurden, befestigten die Krieger jetzt auch die Tore und Türen, so gut sie konnten.

Geräusche von Streitereien und Handgreiflichkeiten drangen aus dem Inneren der Stadt zu ihnen, und eilige Schritte jagten die Straße entlang. Waren diese Männer flüchtende Diebe – oder waren es Attentäter, die Rivalen um die Macht erdolchen sollten? Kein einziger der im Schutz der Mauern verharrenden Krieger wagte es, die Tore zu öffnen, um die Antwort herauszufinden.

Drei Stunden nach Einbruch der Nacht kehrte Truppenführer Kenji zurück. Er hatte eine Schwertwunde an der Schulter, und seine Rüstung war von harten Kämpfen ziemlich mitgenommen. Er fand Lady Mara in der Küche, in eine Unterredung mit Jican über die Nahrungsvorräte vertieft. Aus der Tafel in ihrer Hand und der vor sich gehenden Bestandsaufnahme schloß er, daß sie sich auf eine Belagerung vorbereitete.

Kenji verbeugte sich, und Mara nahm die Bewegung aus dem Augenwinkel wahr. Sie forderte einen Diener auf, Chocha zu bringen, und setzte ihren Truppenführer an einen Arbeitstisch, während der verbeulte Korb mit den Heilmitteln wieder aus dem Lager hervorgeholt wurde.

»Die Sajaio sind vom Mob überschwemmt worden.« Kenji versuchte, nicht das Gesicht zu verziehen, als er die Verschlüsse seiner Rüstung zu öffnen begann.

»Nicht«, sagte Mara. »Laßt mich einen Sklaven rufen.«

Doch Kenji war zu benommen und pflichtbewußt, als daß er ihren Worten Beachtung geschenkt hätte. Als der erste Verschluß sich löste, fingerte er schon am nächsten, während er gequält Bericht erstattete. »Die beiden Männer bei mir sind tot. Einer starb im Kampf, der andere im Feuerregen. Der Mob riß mich weit fort, obwohl ich darum kämpfte, zum Stadthaus zurückzukehren. Im Tempelbezirk drängten sich dicht die Massen; die Angst um ihr Leben trieb sie dorthin. Ich versuchte am Ufer entlang hierherzukommen, doch die Docks sind beim Erdbeben zusammengebrochen.«

Ein Sklave erschien auf Maras Befehl und bückte sich, um Kenji beim Ablegen der Rüstung zu helfen. Die Wunde des Truppenführers blutete dunkelrot, und das Seidenpolster unter der polierten Rüstung war bereits mit Blut verschmiert. »Es gab Aufstände, Mylady.« Kenji keuchte, als die Brustplatte abgenommen wurde. Er war bleich und schwitzte vor Schmerzen, doch er fuhr mit ausgesuchten Worten fort. »Die Armen und das Fischervolk an den Docks begannen, die vertäuten Barken und in der Nähe gelegenen Geschäfte zu plündern.«

Mara warf einen besorgten Blick auf Jican, der schon vor einiger Zeit das scharlachrote Glühen der Flammen bemerkt hatte und entsprechend verheerende Folgen für den Handel vorausgesagt hatte.

»Einige der Lagerhäuser wurden aufgebrochen und ausgeraubt. Ein Teil des Mobs schwärmte in den kaiserlichen Bezirk aus, um vom Kriegsherrn Nahrung und Unterkunft zu verlangen.«

Mara bedeutete Kenji zu schweigen. »Ihr habt Eure Sache gut gemacht. Ruht Euch jetzt aus und laßt Eure Wunden versorgen.«

Doch der mitgenommene Truppenführer ließ sich nicht davon abhalten, beim Aufstehen seine Verbeugung zu machen. Als der Sklave warmes Wasser brachte, um die an den halbverschorften Wunden klebende Polsterung der Rüstung zu entfernen, sank er zurück und erduldete die Unannehmlichkeit mit der Lethargie völliger Erschöpfung.

Mara setzte sich hin und nahm die Hand ihres Offiziers. Sie blieb bei ihm, während seine Schulter versorgt wurde, und lauschte, als die Geräusche entfernter Unruhen sich mit dem Kratzen von Jicans Kreide vermischten. Auf den Bänken und Tischen waren Vorräte ausgebreitet, die für mehrere Tage reichen würden. Dreißig Krieger würden ausreichen, um die Tore gegen einen halb wahnsinnigen Mob im Zerstörungsrausch zu halten, nicht jedoch gegen eine Attacke feindlicher Truppen.

Schließlich, kurz vor der Morgendämmerung, als Kenji sich hingelegt hatte und schlief, beriet Mara sich mit Lujan, und ein Offizier wurde ausgewählt, Verstärkung von der nächsten Acoma-Garnison zu holen.

Lärm und Geschrei drangen durch die Läden herein, seltsam unpassend gegenüber dem verspielten Plätschern der Springbrunnen. Der Himmel glühte im Widerschein der Feuersbrünste, und die Straßen waren für niemanden sicher. Als Lujan seinen Boten aus dem Tor ließ, meinte er sorgenvoll beim Abschied: »Beten wir zu den Göttern, daß unsere Feinde ebensolche Probleme haben wie wir.«

»Ja«, murmelte Mara. »Beten wir darum.«

Zwei

Neuordnung

Die Trompeten ertönten.

Der Klang war eine willkommene Abwechslung, nachdem zwei Tage lang die Tore verschlossen gewesen waren und Soldaten der Acoma im Garten, im Innenhof und sogar auf den Korridoren im Erdgeschoß gelagert hatten. Mara legte die Buchrolle beiseite, die sie vergeblich zu lesen versucht hatte. Ihre Nerven fühlten sich an wie überstrapazierte Sehnen, sie reagierten auf die leichteste Bewegung, auf das kleinste Geräusch. In dem spontanen Gedanken, sich verteidigen zu müssen, war sie ohne nachzudenken bereits in die Höhe geschossen, bevor noch die diensthabenden Wachen ihre Schwerter aus den Scheiden gezogen hatten.

Dann meldete sich ihre Vernunft. Ein Angriff würde nicht mit einer Fanfare angekündigt werden, und er würde auch nicht im hellen Licht des Mittags stattfinden. Trompeten konnten nur das Zeichen sein für den lange überfälligen Ruf zur Ratsversammlung – oder eine andere kaiserliche Verfügung. Dankbar, daß das Warten ein Ende hatte, ging Mara zur Treppe.

Arakasi hatte in der Zwischenzeit keine neuen Informationen sammeln können. Mara hatte sich auf die Gerüchte verlassen müssen, die sie von den entsprechenden Händlern erhielten, wenn sie Münzen über die Mauer warfen, doch die Neuigkeiten waren viel zu spärlich angesichts der gewaltigen Ereignisse. Wie ein Lauffeuer hatte sich in der Nacht zuvor die Nachricht von Almechos rituellem Selbstmord verbreitet. Es ging auch das seltsame Gerücht, daß die Versammlung der Magier Milamber seines Ranges enthoben und ihn als Ausgestoßenen verbannt hätte. Wenig verläßliche Quellen behaupteten dagegen, daß der barbarische Magier die gesamte Versammlung ausgelöscht hätte. Diese Version bezweifelte Mara; ihr Geist schreckte vor der Vorstellung einer Macht zurück, die ausgereicht hatte, einen solchen Sturm zu entfachen wie den, der die Arena vernichtet hatte.

Kevin hatte sich ungefragt eingemischt und trocken bemerkt, daß er sich nicht wünschen würde, der Bote zu sein, der dem barbarischen Magier die Nachricht von seiner veränderten Position überbringen müsse.

Mara schritt die große Treppe hinunter, auf der sich Waffen, Helme und Armschienen stapelten und Krieger sich ausgestreckt hatten, um auszuruhen. In den Ecken häuften sich Schwerter, und die geschwungenen Verzierungen der Balustrade wurden zum Lagerplatz für Speere. Seit Ankunft der Hilfstruppen waren die ursprünglich dreißig Krieger zu einer Garnison von einhundert angeschwollen, und die Gästezimmer waren vollbepackt mit Offizieren.

Der Hornruf hatte auch andere Schläfer geweckt, und die siebenundfünfzig Mann starke diensthabende Patrouille war vollständig gerüstet. Die Männer waren zum Kampf bereit; beim Erscheinen ihrer Lady nahmen sie Haltung an und machten ihr den Weg zur Tür frei. Mara ging zwischen ihnen hindurch und wunderte sich, daß Kevin nicht bei den Würfelspielern in der Ecke war.

Im Hof draußen waren nicht weniger Krieger. Sie stellten sich in drei Reihen auf dem engen Platz auf, bevor Mara Lujan das Zeichen gab, das Straßentor zu öffnen.

Vier Kaiserliche Weiße warteten auf der anderen Seite zusammen mit einem Herold in einer schenkellangen Robe von strahlendem Weiß. Seine Rangabzeichen blitzten im Sonnenlicht genauso wie das goldene Band um seinem Kopf und der vergoldete Amtsstab.

»Lady Mara von den Acoma«, begann er.

Mara löste sich von Lujan und gab sich zu erkennen.

Der Herold deutete eine Verbeugung an. »Ich bringe Nachricht vom Licht des Himmels. Ichindar, einundneunzigmal Kaiser, bittet Euch, nach Hause zurückzukehren, wenn Ihr möchtet. Geht in Frieden, denn sein Schatten schwebt über dem ganzen Land, und seine Arme schützen Euch. Jeder, der Euren Weg hindert, ist ein Feind des Kaiserreiches. So hat er beschlossen.«

Die Krieger hinter Mara verharrten in erwartungsvoller Stille. Doch zum Erstaunen aller erwähnte der Herold des Kaisers mit keinem Wort eine Ratsversammlung. Ohne auf eine Antwort zu warten oder noch etwas hinzuzufügen, stellte er seine Eskorte wieder zusammen und schritt zum nächsten Haus.

Überrascht blieb Mara stirnrunzelnd im gleißenden Sonnenlicht stehen, während ihre Offiziere das Tor wieder schlossen und verriegelten. Sie hatte Gewicht verloren seit der Flucht aus der Arena und war blaß vor Sorgen, und dunkle Schatten lagen unter ihren Augen. Angesichts dieser neuesten Entwicklung ging ein Frösteln durch ihren Körper. Wenn der Kriegsherr in Unehre gestorben war und die Lords des Kaiserreiches mitsamt ihren Familien nach Hause geschickt wurden, statt zu einer Ratsversammlung gerufen zu werden, konnte man es nicht länger leugnen: Der Kaiser war in das Große Spiel eingetreten.

»Wir brauchen Arakasi«, sagte Mara, die mit einem plötzlichen Ruck wieder zu sich kam. Sie blickte ihren Kommandeur eindringlich an. »Wenn die Wachen des Kaisers den Frieden garantieren, können wir doch sicherlich einen Läufer schicken?«

»Hübsche Lady, es wird sofort geschehen«, sagte Lujan in seiner lang vergessenen spitzbübischen Art. »Ob die Straßen sicher sind oder nicht – jeder Mann, jeder Diener hier würde barfuß mitten durch das Chaos rennen, sobald Ihr es verlangt.«

»Das würde ich nicht verlangen.« In einer Mischung aus Heiterkeit und Ernst blickte Mara auf ihre eigenen Füße, die wegen ihrer barfüßigen Flucht durch die Straßen immer noch in weiche Tücher gewickelt waren. »Ich habe es ausprobiert. Jican hat bereits entsprechende Befehle erhalten: Alle meine Sklaven bekommen neue Sandalen.«

Was auf seine Weise wieder den Einfluß des Midkemiers zeigt, dachte Lujan, doch er behielt es für sich. Mit ihren radikalen Ideen und ihrer unerschrockenen Stärke, ihren merkwürdigen Momenten von Erbarmen war die Mistress anders als jeder Herrscher, den er zuvor getroffen hatte. »Wenn Ihr meint, etwas mehr Platz würde guttun«, meinte er, »könnten wir die Hälfte der Garnison in die öffentlichen Bäder schicken.«

Jetzt lächelte Mara. »Sie mögen es nicht, wenn andere auf sie treten, während sie schlafen? Es ist in der Tat ein bißchen überfüllt hier«, gestand sie ein. Tatsächlich roch es in dem Haus wie in einer unsauberen, billigen öffentlichen Herberge. »Tut, was Ihr für richtig haltet, doch ich brauche eine Kompanie zu meiner Verfügung in der Stadt.« Als sie sich umdrehte, um ins Haus zurückzukehren und die Suche nach Arakasi vorzubereiten, fügte sie noch einen Gedanken hinzu: »Das letzte, was die Acoma tun werden, ist, den Schwanz einziehen und nach Hause rennen.«

Lujan verbeugte sich, ein breites Grinsen im Gesicht.

Der Läufer erwies sich als unnötig. Als Mara noch überlegte, wie sie am besten eine verschlüsselte Nachricht an einem der vereinbarten Treffpunkte hinterlassen konnte, tauchte der Supai selbst in der Verkleidung eines Gemüsehändlers auf. Das erste, was Mara mitbekam, war ein höllischer Lärm in der Küche und ein ungewohnter Wutausbruch von Jican.

»Bei den Göttern, schlitzt ihn bloß nicht mit dem Hackebeil auf«, erklang Kevins fröhlicher Bariton, und sein dröhnendes Gelächter hallte die breite Treppe herauf. Mara wußte, daß der zornige Hadonra sich an ihrem Geliebten rächen würde, indem er ihn die Latrinen schrubben ließ, und sie eilte hinunter, um einzuschreiten.

Der Supai lehnte über einem Handkarren mit verwelktem und verstrocknetem Gemüse, das irgendeine sparsame Seele als Viehfutter aufbewahrt hatte. »Es gibt nichts Frisches auf dem Markt«, versuchte Arakasi in vernünftigem Ton Jican zu erklären. Als er den rotgesichtigen Mann damit nicht besänftigen konnte, meinte er hoffnungsvoll: »Im Armenviertel würde man für diese Melonen noch einen guten Preis erzielen.«

Nach all den sorgenvollen Tagen seit den schockierenden Ereignissen mußte Mara beinahe laut auflachen, und so machte sie sich bemerkbar. »Arakasi, ich brauche Euch. Jican, bittet Lujan um eine Eskorte und seht zu, daß Ihr irgendwo genießbares Fleisch findet. Wenn nicht, werden diese Melonen schon nicht so schlecht schmecken.«

Arakasi erhob sich aus seiner gebeugten Haltung, verneigte sich und überließ den Handkarren mitsamt Inhalt dem Hadonra. »Gute Jagd«, murmelte er, als er vorbeiging, und fing sich einen eindringlichen Blick von Mara ein. »Ihr scheint heute morgen in guter Stimmung zu sein«, bemerkte sie.

»Weil niemand sonst es ist«, warf Kevin ein. »Er tut es nur, um anders zu sein.«

Der Barbar folgte seiner Mistress und dem Supai, als sie durch die Spülküche zu einer der im Kreis aufgestellten Steinbänke im Innenhof gingen und sich dort zu einer Unterredung niederließen.

Mara mochte den Ort mit den blühenden Bäumen und dem sanften Plätschern der Springbrunnen. Doch sie war weit davon entfernt, sich der Muße hinzugeben. »Ist Almecho ganz sicher tot?«

Arakasi zog den Kittel aus, der deutlich nach schimmligem Obst roch. »Der Kriegsherr hat das Ritual des Selbstmordes vor seinem gesamten Gefolge und seinen Freunden, unter anderem den zwei Erhabenen, ausgeführt. Sein Körper ist im Kaiserlichen Palast aufgebahrt.«

»Ihr habt gehört, daß es keinen Aufruf zu einer Versammlung gibt?« fragte sie, und nun konnte man ihre Sorgen spüren.

Arakasis kleiner Ausflug in die Heiterkeit war zu Ende. »Ich habe es gehört. Einige Lords murren bereits, und Lord Desios Stimme ist die lauteste.«

Mara schloß die Augen und atmete den süßen Geruch der Blumen ein. Es ging alles so schnell, die Ereignisse entwickelten sich zu rasch. Sie mußte handeln, für das Wohl ihres Hauses, aber wie? Alle bekannten Gesetze waren gebrochen worden. »Wer wird regieren?«

»Der Kaiser.« Die Blicke der beiden anderen richteten sich auf Kevin.

Mara seufzte ungeduldig. »Du verstehst das nicht. Der Kaiser ist unser geistiger Führer. Während die alltäglichen Geschäfte von Tsuranuanni vom kaiserlichen Stab geführt werden, regiert der Hohe Rat die Nation. Dort beginnt die Politik, und an erster Stelle der dort versammelten großen Lords steht der Kriegsherr.«

Kevin zeigte mit dem Daumen hinter sich in die ungefähre Richtung des Palastes. »Ich erinnere mich, daß jemand auch einmal sagte, das Licht des Himmels würde niemals in der Öffentlichkeit erscheinen. Und doch war er dort, in voller Lebensgröße; er saß da und betrachtete die Spiele. Dieser Kaiser hat bereits den Weg seiner Väter verlassen, so wie ich es sehe. Ichindar ist möglicherweise viel stärker darauf aus, selbst zu regieren, als ihr denkt.«

Arakasi strich sich über das Kinn. »Und wenn nicht er, dann könnten die Erhabenen eine Rolle spielen. Es waren ungeheuer viele von ihnen anwesend.«

»Das sind alles nur Vermutungen«, unterbrach ihn Mara. »Was wir brauchen, sind Fakten. Wer hat das Debakel der Spiele überlebt, und hat es danach irgendwelche auffälligen Ereignisse gegeben?«

»Es gibt weit mehr Verletzte als Todesopfer«, sagte Arakasi. »Ich werde Euch eine Liste zusammenstellen, bevor ich gehe. Wenn etwas Neues im Palast geschehen sollte, gibt es Agenten, die mir Fragen beantworten können. Jetzt rate ich erst einmal zur Vorsicht, trotz des kaiserlichen Friedens. Viele Straßen sind von Trümmern versperrt. Die Priester der Zwanzig Orden haben ihre Tempel für die Obdachlosen geöffnet, doch da der Handel an den Docks zusammengebrochen ist, sind Nahrungsmittel knapp. Es gibt viele hungrige, verzweifelte Leute, die genauso gefährlich sind wie Attentäter. Die Aufräum- und Reparaturarbeiten am Ufer haben heute morgen begonnen, doch bis die Märkte wieder geöffnet sind, wird es auf den Straßen gefährlich sein.«

Mara wies mit einer reuigen Geste auf ihre Füße, die immer noch mit Tüchern umwickelt waren. »Ich kann ohnehin nicht ausgehen, solange meine Sänfte nicht ersetzt ist.«

Arakasi erhob sich, reckte sich leicht, streckte und verdrehte die Hände, bis die Knöchel knackten. Mara betrachtete ihn aufmerksam. Der Schnitt an der Wange heilte, doch ansonsten sah er sehr mitgenommen aus. »Wie lange ist es her, daß Ihr geschlafen habt?«

»Ich habe nicht geschlafen«, erwiderte der Supai. »Es gibt zu viel zu tun.« Mit schwachem Ekel nahm er den abgelegten Kittel auf. »Mit Eurer Erlaubnis, Mylady, werde ich mir diesen Handkarren ausleihen und Eure Wachen und den Hadonra suchen. Die Märkte mögen noch geschlossen sein, doch ich habe eine Idee, wo Jican Gemüse kaufen könnte.« Sein Kopf verschwand kurz hinter dem zerknitterten, schmutzigen Stoff, als er den Kittel wieder über sein Hausgewand zog. Mit struppigen Haaren, schiefem Blick und durch und durch das Abbild des wettergegerbten Feldarbeiters, fügte er hinzu: »Der Preis wird allerdings ziemlich hoch sein.«

»Dann wird Jican Euch nicht gerade einen Gefallen dafür schulden. Seid vorsichtig«, mahnte Mara.

Arakasi verbeugte sich und schritt unter dem Bogen hindurch, der ins Haus führte. Sofort wurde er unsichtbar, doch seine Stimme kam weich aus dem Schatten. »Ihr bleibt?« Dann, nach einer Pause: »Das dachte ich mir.«

Dann war er plötzlich verschwunden.

Kevin betrachtete seine Herrin in dem grünlichen Licht, das durch die Bäume fiel. »Du läßt dich nicht überreden, nach Hause zu Ayaki zu gehen?« Er fragte auch im eigenen Interesse, denn hinten in seinem Kopf verspürte er die Notwendigkeit, Patrick und seinen anderen Landsleuten die Neuigkeiten mitzuteilen, die seit den Spielen auf seiner Brust lasteten: Borric und Brucal vernichtet, das Königreich ungeschützt gegenüber den Eindringlingen.

Einen Augenblick wirkte Mara verärgert. »Ich kann nicht nach Hause gehen. Nicht, wenn so viele Veränderungen im Gange sind. Ich muß in der Nähe der Macht bleiben, egal, in welche Hände sie fällt. Ich werde nicht zulassen, daß das Haus Acoma zermalmt wird als Folge der Entscheidungen anderer Männer. Wenn wir in Gefahr sind, werde ich meinen Sohn bis zum letzten Atemzug verteidigen, doch ich werde handeln.«

Ihre Hände lagen verkrampft auf der Steinbank. Sanft nahm Kevin sie in seine eigenen. »Du hast Angst«, bemerkte er.

Sie nickte, was für sie ein bedeutendes Zugeständnis war. »Ich kann gegen eine Intrige der Minwanabi oder eines anderen feindlichen Lords vorgehen. Es gibt aber zwei Mächte im Kaiserreich, vor denen ich mich unhinterfragt verbeugen muß, und eine oder beide sind hier im Spiel.«

Kevin mußte nicht daran erinnert werden, daß sie den Kaiser und die Magier meinte. Als ihr Blick sich verdüsterte und ins Leere zu gehen schien, wußte der Midkemier, daß sie auch um ihren Sohn fürchtete.

Drei weitere Tage vergingen. Von den Straßen wehte das Stampfen marschierender Soldaten herüber und das Quietschen der Karren, in denen die Trümmerstücke und Leichen weggeschafft wurden. Mara wartete und beschäftigte sich mit den Berichten Arakasis, die auf unterschiedlichste Weise und nur nachts zu den merkwürdigsten Zeiten hereinkamen. Kevin bemerkte lakonisch, daß der Supai eine Schwäche dafür hätte, ihr Liebesleben zu stören, doch in Wahrheit bot die Langeweile dem Paar viel Zeit für Entspannung. Kevins Vorhersage, daß der Kaiser die Herrschaft über das Kaiserreich übernehmen würde, erwies sich als teilweise richtig, doch in der Politik wurde mehr als ein Spiel gespielt, und Arakasi richtete all sein Bemühen darauf, die Hände zu enthüllen, die an den entscheidenden Fäden zogen.

Im Laufe der Zeit, als die Ratsmitglieder darum kämpften, in der sich allmählich herauskristallisierenden Machtstruktur an Profil zu gewinnen, wurde immer deutlicher, daß Ichindars Einmischung keine bloße Laune gewesen war. Er hatte sorgfältig vorausgeplant und Männer bereitgehalten, die sich jetzt um Angelegenheiten kümmerten, die gewöhnlich den Maklern und Agenten der Ratsherren überlassen waren. Das Rätsel entwirrte sich weiter, als Arakasi herausfand, welche Fraktionen Ichindar unterstützten. Mitglieder der Partei des Blauen Rades, die beinahe allesamt dem Chaos bei den Kaiserlichen Spielen ferngeblieben waren, standen im Zentrum der Geschehnisse. Selbst die Familien der alten Kaiserlichen Partei, die auf Blutsbande verweisen konnten, waren Außenseiter in dieser neuen Ordnung.

Seit der Deklaration des kaiserlichen Friedens erholte die Stadt sich langsam von ihren Wunden. Die Reparaturen der Schäden, die der barbarische Magier verursacht hatte, begannen mit dem mühsamen Wegräumen der Steintrümmer und geborstenen Holzbalken. Tagelang hing eine Rauchsäule über der Umgebung der Arena, da die Toten dorthin gebracht und verbrannt wurden. Geschichten über Kaiserliche Weiße, die Plünderer oder hamsternde Schwarzmarkthändler hängten, beendeten beide Praktiken. Im Fluß entstanden neue Anlegeplätze, von denen aus kleine Schiffe die Güter an Land brachten, während neue Docks auf den alten Pfahlbauten errichtet wurden. Ganz allmählich erweiterte sich wieder das Angebot in den Geschäften. Diener mit Schulterstangen und Handkarren suchten sich ihren Weg durch die Trümmer, um ihrer Arbeit nachzugehen.

Zehn Tage nach dem Desaster bei den Spielen erhielt Mara Nachricht aus Sulan-Qu. Es hatte einen leichten Zustrom von Flüchtlingen gegeben, und am Fluß hatten Kämpfe um dort gelagerte Waren stattgefunden, doch die Lagerhäuser mit der Handelsware der Acoma hatten keinerlei Schaden genommen. Nacoya berichtete, daß abgesehen von Ayakis Wutanfällen im Herrenhaus alles ruhig war. Der einzige Kampf, den die Erste Beraterin hatte ausfechten müssen, war der gegen Keyoke gewesen; sie hatte ihn davon abbringen müssen, die halbe Garnison nach Kentosani zu schicken, um seine Herrin zu befreien. Sie hatten durch Arakasis Agenten erfahren, daß sie in Sicherheit war. Mara legte das Pergament mit der Nachricht beiseite. Tränen verschleierten ihren Blick, als sie an die Hingabe derer dachte, die sie so liebten. Sie vermißte ihren Sohn unerträglich und schwor sich, bei der nächsten Gelegenheit mehr Zeit mit ihm zu verbringen.

Eilige Schritte erklangen im Flur. Mara hörte, wie die Wachen Haltung annahmen, dann erschien Arakasi. Seine Augen lagen tief in ihren Höhlen, und er wirkte grimmig. In einem kompletten Bruch des Protokolls stürmte er in ihre privaten Gemächer und warf sich in vollkommener Ehrerbietung auf den Boden, die Stirn gegen den Teppich gedrückt.

»Mistress, ich bitte um Vergebung für meine Eile.«

Ein Anfall von Schwäche überraschte Mara, und sie betupfte sich die Augen. Sie wußte, sie müßte eigentlich Angst empfinden, doch die Ereignisse überschlugen sich derart, daß sie den Eindruck hatte, sie geschähen jemand anderem.

»Setzt Euch«, sagte sie. »Was gibt es Neues?«

Arakasi erhob sich, und seine Augen suchten den Raum ab. »Wo ist Kevin? Er sollte dies auch erfahren, da Ihr sicherlich seine Meinung hören wollt.«

Mara machte eine Handbewegung, und ihr Läufer eilte zur Küche, wo der Midkemier gerade heiße Chocha vorbereitete. Er war schon auf dem Rückweg auf der Treppe, und so trat der barbarische Sklave beinahe sofort ein. »Was ist das für eine Aufregung?« fragte er, als er das mit einer Kanne und mehreren Bechern beladene Tablett absetzte. »Ein bißchen Chocha mit Gewürzen ist sicher nicht Grund genug, von deinem Läufer beinahe umgerannt zu werden.«

Kevin kehrte Mara den Rücken zu, als er den ersten Becher eingoß, und er hatte Arakasi noch nicht bemerkt, der gewöhnlich die hinterste, dunkelste Ecke wählte.

»Erstens haben die Barbaren –«, begann der Supai.

Kevin fuhr so sehr zusammen, daß das Porzellan klirrte, dann wirbelte er herum. »Ihr!« Er überspielte seine heftige Reaktion mit einem säuerlichen Lächeln. »Was haben die *Barbaren*?«

Arakasi räusperte sich. »Die Midkemier haben einen vollkommen unerwarteten, gewaltigen Gegenangriff gestartet. Unsere Armeen auf Midkemia sind geschlagen und bis zu dem Tal zurückgetrieben worden, von dem aus wir den Spalt kontrollieren! Wir haben soeben die bisher schwerste Niederlage im ganzen Krieg erlitten!«

Kevin bewies ausnahmsweise einmal Takt und enthielt sich eines lauten Freudenschreis. Doch er konnte nicht widerstehen, Arakasi einen selbstgefälligen Blick zuzuwerfen, als er seiner Lady den Becher Chocha reichte.

»Was noch?« fragte Mara. Sie war sicher, es mußte für den überstürzten Eintritt ihres Supais noch einen anderen Grund geben.

»Zweitens«, zählte Arakasi auf, «ist der Kaiser einverstanden, sich mit dem barbarischen König zu Friedensverhandlungen zu treffen!«

Mara ließ ihre Tasse fallen. »Was?« Ihr Ausruf und das Scheppern des Porzellans waren beinahe ein Geräusch; dampfende Chocha spritzte über den Boden und bildete eine kleine Pfütze.

Kevin stand wie angewurzelt da. Mara ignorierte die nassen Fliesen und die feinen Spritzer auf ihrem Gewand. »Frieden?«

Arakasi fuhr fort, er sprach jetzt sehr schnell: »Mein Agent im Palast hat mich heute morgen benachrichtigt. Vor der letzten großen Offensive des Kriegsherrn schlüpften zwei Agenten der Partei des Blauen Rades mit den ausgesandten Truppen durch den Spalt. Es waren Kasumi von den Shinzawai und ein barbarischer Sklave, und sie verließen das Lager und überbrachten dem barbarischen König die Nachricht vom Friedensangebot.«

»Deshalb war dein Shinzawai-Freund nicht bei den Spielen«, sagte Kevin. »Er wußte nicht, ob er ein Held oder Gesetzloser sein würde.«

Mara zog den nassen Stoff von den Knien, doch sie unterließ es, eine Zofe zu Hilfe zu rufen. »Kasumi. Das ist Hokanus Bruder.« Sie kniff stirnrunzelnd die Augen zusammen. »Doch die Partei des Blauen Rades würde etwas so Kühnes niemals tun ohne –«

»Ohne die Zustimmung des Kaisers«, unterbrach Arakasi. »Das ist das Entscheidende. Ichindar mußte mit Friedensverhandlungen einverstanden gewesen sein, bevor er einen Boten aussandte.«

Mara wurde blaß, als sie begriff. »Deshalb also war das Licht des Himmels sofort bereit zu herrschen.« Sie wandte sich an Kevin und fügte langsam hinzu: »Deine Einschätzung unseres Kaisers war zutreffender, als wir dir zugestanden haben, mein Lieber. Ichindar hatte sich längst in das Große Spiel eingemischt, und niemand wußte es.« Sie schüttelte ungläubig den Kopf. »Dies widerspricht jeder Tradition.«

Kevin zog eine Serviette vom Tablett und kniete sich hin, um die Chocha aufzuwischen. »Das mußt ausgerechnet du sagen. Ich glaube mich an ein oder zwei Traditionen zu erinnern, die du so weit gebeugt hast, daß sie kaum wiederzuerkennen waren.«

Mara protestierte. »Aber der Kaiser …« An ihrer Ehrfurcht erkannte Kevin, daß das Licht des Himmels für sie beinahe so etwas wie ein Gott war.

»Er ist ein Mann«, sagte Kevin. Die Hand mit dem tropfenden Tuch lag auf seinem angewinkelten Knie. »Und er ist jung. Junge Männer reagieren häufig unerwartet und radikal. Doch dieser hier hat zudem, trotz seiner Kühnheit, ein bisher verhätscheltes Leben geführt. Er ist sicherlich naiv, wenn er glaubt, daß er einfach so herausplatzen und euren machthungrigen tsuranischen Lords befehlen kann, die Sachen zu packen und nach Hause zu gehen, um Radieschen zu züchten.«

Arakasi antwortete. »Mistress, was immer ›Radieschen‹ auch bedeuten mag, ich fürchte, Kevin hat recht.«

»Da hat noch jemand anderes seine Hand im Spiel«, beharrte Mara unbefriedigt. Sie blickte auf die verschmutzte Robe, zog sie aus und warf sie ärgerlich zu Boden. Der schöne Stoff fiel in die Chocha-Pfützen, die Kevin nicht mehr aufgewischt hatte. Immerhin waren einige der Seidenkissen gerettet worden, doch Mara bemerkte es nicht einmal. »Hätte der Magier Milamber nicht dafür gesorgt, daß Almecho Schande über sich brachte, wie hätten sich die Dinge dann entwickelt?«

Wenn die Frage auch rein rhetorisch war, die entsprechenden Schlußfolgerungen waren leicht zu ziehen. Selbst für Kevin war klar, daß die Partei des Blauen Rades einmal mehr ihre Politik geändert und sich aus der Kriegsallianz zurückgezogen hätte. Damit hätte Almecho nur die Minwanabi als wichtigen Unterstützer an seiner Seite gehabt. Da die Acoma und die Xacatecas eifrig bemüht waren, die Minwanabi in Spannung zu halten, konnte Desio es sich nicht leisten, seine Unterstützung noch zu verstärken. Almecho und seine Gruppe hätten sich festgefahren, nach dreizehn Jahren nahezu absoluter Herrschaft.

Kevin wrang das Stofftuch über dem Tablett mit der Chocha aus und sprach die einzig sinnvolle Erklärung aus: »Also wäre Euer Kaiser in den Hohen Rat hineingeplatzt, und Euer Kriegsherr hätte nicht genügend Unterstützung gehabt, um sich ihm entgegenzustellen. Eine hübsche Idee.« Kevin endete mit einem bewundernden Pfiff. »Euer Ichindar ist ein helles Köpfchen.«

Arakasi schien still nachzudenken. »Selbst wenn sich die Dinge so entwickelt hätten, wie Kevin vermutet, glaube ich nicht, daß der Kaiser eine offene Konfrontation mit dem Kriegsherrn riskiert hätte. Nicht ohne eine besondere Vorgehensweise.«

Kevin riß die Augen weit auf. »Die Magier!«

Mara nickte. »Almecho hatte seine ›Schoßmagier‹, also hätte Ichindar Verbündete gebraucht, um ihnen zu begegnen.« An Arakasi gewandt meinte sie: »Geht und sprecht mit Euren Informanten. Wenn möglich, findet heraus, wer von den Erhabenen möglicherweise in das Große Spiel verwickelt ist. Überprüft, ob einer von ihnen besondere Beziehungen – verwandtschaftlicher oder anderer Natur – zu jemandem in der Partei des Blauen Rades hat, besonders zu den Shinzawai. Sie scheinen im Mittelpunkt dieser Ereignisse zu stehen.«

Als der Supai sich verbeugte und ging, wurde Maras Blick

schärfer, als würde sie von einer betäubenden Höhe aus eine bestimmte Aussicht genießen. »Große Veränderungen stehen uns bevor. Ich spüre es wie die Brise, die den Butana bringt«, sagte sie und meinte damit den bitteren, trockenen Wind, der in den alten Geschichten dämonische Geister zum Leben erweckte, damit sie das Land verwüsten konnten. Dann, als würden die Gedanken an das mythologische Böse und die gegenwärtigen, nur zu wirklichen Auseinandersetzungen ihr eine Gänsehaut über den Rücken jagen, gestand sie sich ihre Unbeholfenheit ein. »Aber man kann schwer die Initiative ergreifen, wenn man in einer Pfütze aus Chocha sitzt.«

»Das hängt ganz von der Art der Initiative ab«, entgegnete Kevin und rettete sie aus dem Desaster, indem er sie in seine Arme zog.

Der Aufruhr, den Milamber verursacht hatte, brachte ein paar kleinere Zugeständnisse. Als der Handel wieder aufgenommen wurde und die kaum zu erfüllende Nachfrage neue Möglichkeiten eröffnete, erhielt Mara Nachricht vom Lord der Keda, daß er ihre Bedingungen für die Überlassung von Lagerräumen erfüllen würde. Die Zerstörungen an den Docks in Kentosani hatte ihr Angebot zur einzigen Möglichkeit gemacht, und zudem würde die erste Kornladung, die den Markt auf dem Wasserweg erreichte, eine Prämie erhalten. Lord Andero gestand ihr die Stimme der Keda mit einem Minimum an Sicherheiten zu; da es jedoch keine Sitzungen des Hohen Rates gab, war ein solches Versprechen von zweifelhaftem Wert.

Dennoch entsandte Mara einen Boten mit ihrer Bestätigung. Ein Versprechen war immer noch besser als keins, und nach den Informationen, die sie von ihrem Supai erhielt, waren diejenigen Herrscher, die nicht versuchten, Handelsvorteil aus der Situation zu ziehen, unzufrieden mit den Machenschaften des Kaisers. Friede, so sagten sie, war etwas für Feiglinge, und die Götter schenkten ihre Gunst nicht den schwachen Völkern.

Danach trafen schwerwiegende Neuigkeiten ein; Mara verbrachte wieder einen Morgen in einer Unterredung mit Arakasi, während Kevin im Schatten eines Baumes im Innenhof vor sich hin döste. Er hörte erst später, als die offizielle Nachricht kam, daß das Licht des Himmels zur Stadt der Ebene aufgebrochen war, um dort den Spalt nach Midkemia zu überqueren und mit Lyam, dem König des Königreichs der Inseln, Friedensverhandlungen zu führen.

Kevin schoß senkrecht in die Höhe, als er den midkemischen Namen hörte. »Lyam!«

»König Lyam«, wiederholte Mara. Sie tippte auf das Pergament, das von einem kaiserlichen Boten zu ihrem Stadthaus gebracht worden war. »So steht es hier geschrieben, in der Handschrift des Kaisers.«

»Aber Lyam ist Lord Borrics Sohn«, erklärte Kevin mit benommenem Gesichtsausdruck. »Wenn er König ist, kann das nur bedeuten, daß König Rodric, Prinz Erland von Krondor und auch Borric selbst alle tot sind.«

»Was weißt du über König Lyam?« fragte Mara, während sie sich neben ihn setzte.

»Ich kenne ihn nicht sehr gut«, gestand Kevin. »Wir haben als Kinder einmal miteinander gespielt. Ich habe ihn als einen großen, blonden Jungen in Erinnerung, der viel lachte. Ich traf Lord Borric einmal bei einer Zusammenkunft der Kommandeure.« Er schwieg, versunken in Gedanken über sein eigenes Land, bis die Neugier überwog und er bat, das Pergament lesen zu dürfen. Der Kaiser von Tsuranuanni hielt nicht viel davon, ohne die Hälfte der Edlen seines Kaiserreichs zu verreisen, wie es schien. Kevin verzog die Lippen zu einem spöttischen Lächeln. Auf kaiserlichen Befehl bestand die Ehrengarde des Lichts des Himmels aus den Clanlords der Fünf Großen Clans und den ältesten Söhnen von knapp der Hälfte der anderen Lords in ganz Tsuranuanni.

»Geiseln«, sagte der Midkemier geradeheraus. »Die Lords werden sich kaum dem Erlaß widersetzen und Unruhe stiften, solange ihre Erben in der Armee des Kaisers sind.«

Plötzlich verblaßten die Fragen der Politik. Kevin schloß die Augen und versuchte sich den braunhaarigen Jugendlichen in der goldenen Rüstung vorzustellen, der an einem Tisch mit Borrics Sohn Lyam saß, der ebenfalls jung war ... und wie ein Schlag traf Kevin die Erkenntnis, daß viel Zeit vergangen war. Der Krieg war weitergegangen, und Menschen waren gestorben, während er fort war. Er wußte nicht einmal, ob sein Vater und seine älteren Brüder noch lebten. Der Gedanke schmerzte, daß er einige Jahre vergessen hatte, sich um sie zu sorgen. Und mitten in diesem wunderschönen Innenhof, umgeben von fremdartigen Blumen und einer Frau aus einer Kultur, die ihm oftmals unvorstellbar grausam erschien, saß Kevin, dritter Sohn des Barons von Zūn, holte tief Luft und versuchte herauszufinden, wer er war.

»Doch warum sollte Ichindar dorthin gehen?« sinnierte Mara. Sie bemerkte nichts von Kevins innerem Aufruhr. »Es ist eine große Gefahr für das Licht des Himmels.«

Ihre durch und durch tsuranische Sichtweise entfachte ein Feuer in ihm, und er wehrte sich entrüstet. »Glaubst du, unser König würde hierher kommen? Nachdem eure Krieger sein Land neun Jahre lang verwüstet haben? ›Vergeßt, daß wir Eure Dörfer niederbrannten, Eure Majestät. Tretet einfach durch dieses Tor in unsere Welt!‹ Wohl kaum. Erinnere dich, daß dieser König als Kommandeur mit der Armee seines Vaters beinahe von Beginn an im Feld gewesen ist. Er weiß, wem er gegenübertritt. Vertrauen wird im Königreich der Inseln ein äußerst schmaler Grat sein, solange eure Leute nicht das Gegenteil beweisen.«

Mara mußte zugeben, daß Kevin in allen Punkten recht hatte. »Aus deiner Sicht müßte man uns wohl mißtrauen.«

Ihre Gelassenheit traf einen Nerv, hauptsächlich, weil er Widerspruch erwartet hatte. Kevin lachte, doch es war ein kaltes, bitteres Lachen. »Ich liebe dich wie mein Leben, Mara von den Acoma, doch es gibt nur einen wie mich. Tausende meiner Landsleute kennen die Tsuranis nur vom Schlachtfeld her. Was sie sehen, sind Männer, die mit dem Ziel blutiger Eroberung in ihr Heimatland eingedrungen sind. Es wird keinen einfachen Frieden geben.«

Mara, die von einem gewölbten Spalier aus Akasi-Reben eingerahmt wurde, runzelte die Stirn. »Heißt das, du glaubst, daß Ichindar gebeten wird, die Länder zurückzugeben, die der Kriegsherr errungen hat?«

Kevin lachte wieder. »Ihr Tsuranis. Ihr glaubt, alle anderen denken so wie ihr. Natürlich wird der König verlangen, daß ihr verschwindet. Ihr seid Eindringlinge. Ihr gehört nicht auf die midkemische Seite des Spalts.«

Ironische Gedanken stiegen in Kevin auf, und er blickte in Maras Gesicht. Sie sah beunruhigt aus, sogar verletzt, aber ihre Sorge galt in erster Linie ihm. Das schmerzte. Sie teilte seine Vorstellung von Grausamkeit nicht, konnte niemals begreifen, was es ihn kostete, um Zugeständnisse zu bitten, durch die Patrick und seine Kameraden gerade einmal die notwendigste Nahrung erhielten. Hin und her gerissen zwischen seiner aussichtslosen Liebe und seinem tief in ihm verwurzelten Sinn für Gerechtigkeit, stand Kevin hastig auf und ging.

Der Nachteil des Hauses in Kentosani war, daß es nicht so groß war, daß man sich in ihm hätte verstecken können. Mara fand Kevin nach wenigen Minuten. Er kauerte auf ihrer Ruhematratze und warf kleine Kieselsteine in den Fischteich, zu dem hin die Läden ihres Ruhegemachs sich öffneten. Sie kniete sich hin und umschlang seine Taille von hinten. Die Wange an seinen Rücken gepreßt fragte sie: »Was siehst du da in dem Fischteich, mein Liebling?«

Kevins Antwort war von unerbittlicher Ehrlichkeit: »Ich sehe Jahre der Verstellung. Ich habe mich in deiner Liebe verloren, und dafür bin ich dankbar, doch wenn ich jetzt von dem bevorstehenden Frieden höre ...«

»Erinnerst du dich an den Krieg«, sagte sie in der Hoffnung, er würde mehr sagen.

Mara spürte die Verbitterung hinter den kleinen Wutanfällen, die ihn beim Reden überfielen. »Ja, ich erinnere mich daran. Ich erinnere mich an meine Landsleute, an meine Freunde, die bei dem Versuch starben, ihre Heimat gegen Armeen zu verteidigen, von denen wir gar nichts wußten, gegen Krieger, die aus Gründen kamen, die wir nicht verstanden. Männer, die nicht um Verhandlungen baten, sondern einfach kamen und unsere Bauern niedermetzelten, unsere Dörfer einnahmen und unsere Städte besetzten. Ich erinnere mich, wie ich gegen dein Volk kämpfte, Mara. Ich hielt sie nicht für ehrenvolle Feinde. Ich hielt sie für mörderischen Abschaum. Ich haßte sie mit jeder Faser meines Selbst.«

Sie spürte, wie ihm angesichts seiner Erinnerungen der Schweiß ausbrach, doch als sie sich nicht abwandte, beruhigte er sich langsam wieder. »Inzwischen habe ich dich, dein Volk kennengelernt. Ich … kann nicht sagen, daß ich bestimmte Dinge bei euch angenehm finde. Aber ich verstehe zumindest ein bißchen von den Tsuranis. Ihr habt Ehre, auch wenn sie sich von unserem Verständnis von Gerechtigkeit unterscheidet. Wir haben auch Ehre, aber ich glaube nicht, daß du das wirklich verstehst. Und wir haben etwas gemeinsam, wie alle Leute. Ich liebe Ayaki, als wäre er mein eigener Sohn. Doch wir sind zwei Menschen, die beide gelitten haben – du durch die Hände meiner Landsleute, ich durch die Hände der deinigen.«

Mara versuchte ihn mit ihrer Berührung zu beruhigen. »Dennoch würde ich nichts ändern.«

Kevin drehte sich in ihren Armen um und blickte hinab in ein Gesicht, in dem Tränen schimmerten – Tränen, die in ihrer Kultur als bedingungsloses Zeichen von Schwäche galten. Sofort war er beschämt. »Du würdest deinen Bruder und deinen Vater nicht retten, wenn du könntest?«

Mara schüttelte den Kopf. »Nein, das würde ich nicht. Dieses Wissen ist das bitterste von allem. Denn wenn ich meinen vergangenen Kummer ändern würde, hätte ich niemals Ayaki bekommen – oder die Liebe zwischen uns.« Hinter ihren Augen verbargen sich andere, dunklere Erkenntnisse: Sie hätte niemals geherrscht und damit auch nie die berauschende Faszination der Macht im Großen Spiel kennengelernt.

Kevin war verblüfft über ihre entwaffnende Ehrlichkeit und spürte, wie sich seine Kehle zuschnürte. Er hielt Mara eng an sich gepreßt und ließ zu, daß ihre Tänen sein Hemd benetzten. Er konnte kaum sprechen, als er sagte: »Doch sosehr ich dich auch liebe, Mara von den Acoma ...«

Er schob sie ein wenig von sich weg, und sie ließ es geschehen. Ihr Blick war auf seine Augen gerichtet, als sie in seinem Gesicht suchte und die grausame Wahrheit fand, der er sich nicht länger entziehen konnte. Angst legte sich um ihre Gedanken wie eine Klammer, und ein Kummer stieg in ihr auf, wie sie ihn seit dem schicksalhaften Tag nicht mehr gespürt hatte, als sie gezwungen gewesen war, den Mantel der Acoma anzulegen. »Sag es mir«, meinte sie energisch. »Sag mir alles, jetzt.«

Kevin blickte sie gequält an. »Oh, Lady, ich liebe dich ohne jeden Zweifel ... und ich werde dich bis zu meinem Tod lieben. Doch ich werde niemals die Sklaverei annehmen. Nicht einmal für dich.«

Mara konnte es nicht ertragen, ihn anzusehen. In diesem Augenblick begriff sie zum ersten Mal die Tiefe seiner Qual. Sie hielt ihn verzweifelt fest und meinte: »Wenn die Götter es so wollten ... würdest du mich verlassen?«

Kevin verstärkte den Druck um ihre Schultern. Als wäre sie das einzige Gegenmittel für seinen Schmerz, hielt er sie fest. Trotzdem sprach er aus, was nicht mehr geleugnet werden konnte. »Wenn ich ein freier Mann sein könnte, würde ich für immer hier bei dir bleiben. Doch als Sklave würde ich jede Möglichkeit nutzen, nach Hause zurückzukehren.«

Mara konnte ihr Schluchzen jetzt nicht mehr unterdrücken. »Aber du kannst hier niemals ein freier Mann sein.«

»Ich weiß. Ich weiß.« Er wischte eine feuchte Haarsträhne von ihrer Wange und verlor selbst die Beherrschung bei der Berührung, zerfloß ebenso in Tränen wie sie. Endlich hatten sie ihre tiefsten Wahrheiten miteinander geteilt und erkannt: So heiß und innig sie sich auch lieben mochten, immer würde diese offene Wunde dasein, so unermeßlich wie ein Ozean, so tief wie eine Kluft und so weit wie der Spalt zwischen ihren beiden Welten.

Die Ereignisse in der Heiligen Stadt drehten sich um die bevorstehende Friedenskonferenz. Es waren nur noch wenige Tage bis zur Abreise des Kaisers, und die Herrscher des Kaiserreiches tauschten hitzige Spekulationen über die Bedingungen aus, die bereits im voraus zugebilligt worden waren; dennoch konnte Arakasis Netzwerk nur spärliche Informationen darüber herausfinden. Mara verbrachte viele Stunden allein mit ihren Schreibern und sandte Botschaften zu ihren Verbündeten, knüpfte zaghaft neue Verbindungen. Gelegentlich lud sie andere Lords ein, deren Häuser näher am Stadtzentrum lagen und deren Haushalte durch die Zerstörungen größere Unannehmlichkeiten hatten hinnehmen müssen.

Kleine Enttäuschungen und Zugeständnisse glichen die großen aus. Die Handwerker brauchten lange, um ihre verlorene Sänfte zu ersetzen; da jeder Zimmermann in Kentosani damit beschäftigt war, zerbrochene Dachfirste, Stürze und Türrahmen zu reparieren, war nicht einmal ein Lehrling für die Arbeit zu finden. Jicans Bemühungen waren erfolglos. Das Kaiserliche Edikt ließ alle privaten Verträge auf Eis liegen, bis die Lagerhäuser an den Docks repariert waren. Mara ergab sich in ihr Schicksal, Gastgeberin für die zu spielen, die sie sehen wollte, bis Lord Chipino von den Xacatecas von ihren Nöten erfuhr und ihr eine Ersatzsänfte zum Geschenk machte.

Sie war im Gelb-Purpur der Xacatecas und bereits ziemlich angeschlagen, da die vielen Töchter Isashanis sie für Einkaufsausflüge genutzt hatten. Jican schaffte in diesem Punkt Abhilfe, indem er im Keller verschwand und nach Farbe suchte, wenn auch noch immer kein Handwerker zur Verfügung stand. Die Aufgabe fiel schließlich an Tamu, einen Sklaven, der früher als Läufer eingesetzt worden war, inzwischen aber zu alt dafür war und nun als formeller Bote diente. Noch drei Tage später saß

Tamu müßig herum, weil seine Hände und Arme bis zu den Ellenbogen mit grüner Farbe befleckt waren.

Doch immerhin sah die Sänfte passabel aus. Mara machte gesellschaftliche Besuche und verglich ihre Ausbeute an Informationen mit der Arakasis.

Nach außen hin unterstützten die herrschenden Lords von Tsuranuanni die Einmischung des Kaisers in die Politik; sie schickten ihre ältesten Söhne aus, um der kaiserlichen Delegation zu dienen, und gefährdeten den Frieden nicht. Doch hinter der entgegenkommenden Haltung suchte jeder nach Vorteilen für seine eigene Position, zählte seine Feinde, traf Vereinbarungen. Sie waren enttäuscht, weil ihrem Wunsch nach einer Ratssitzung nicht stattgegeben wurde, und so machten sie sich heimlich an Alternativplänen zu schaffen.

Mara achtete insbesondere auf das Verhalten der Minwanabi. Tasaio blieb weiterhin im Exil auf den Inseln weit im Westen. Doch Desio hatte einen anderen Cousin, Jeshurado, als Stellvertretenden Kommandeur in die frühere Armee des Kriegsherrn einschleusen können und dadurch einen Verbündeten im Lager des Kaisers. Desio war einer der fünf Clanlords, die an der Konferenz auf Midkemia teilnehmen würden – zusammen mit Andero von den Keda, dem Lord der Xacatecas und dem Lord der Tonmargu.

Doch der Clan Oaxatucan benannte keinen Clanlord aus dem Haus Omechan, weil bittere interne Machtkämpfe eine Einigung über die Frage, wer den von Almecho freigegebenen Platz einnehmen sollte, zunichte machten. Die Wahl hätte ganz offensichtlich auf seinen ältesten Neffen Decanto fallen müssen, doch auch ein anderer Neffe, Axantucar, hatte unerwartet starken Rückhalt von einigen Mitgliedern des Clans erhalten. Da jedoch die mächtigsten Fraktionen innerhalb des Clans in einer Patt-Situation steckten und viele andere sich nicht entscheiden konnten, einen der beiden Männer zu bevorzugen, mußten Decanto und Axantucar das Privileg, in der kaiserlichen Ehrengarde als Clanlord aufzutreten, einem dritten Neffen, Pimaca, überlassen.

Maras Nachforschungen hinsichtlich der Rolle, die die Erhabenen gespielt hatten, erbrachte keine klaren Antworten. Doch Arakasi stieß auf eine Beziehung zwischen der Versammlung der Magier und der Partei des Blauen Rades. Während Mara im Garten ihres Innenhofes saß und zusah, wie das Wasser in silbernen Fäden aus dem Springbrunnen strömte, führte der Supai diesen Punkt näher aus. »Wie es aussieht, war der Erhabene Fumita einmal der jüngere Bruder von Lord Kamatsu von den Shinzawai und auch Hokanus wirklicher Vater.«

Mara war erstaunt. Wann immer und wo immer die Magier ein obskures Talent fanden, nahmen sie den Mann mit, um ihn auszubilden, und durchtrennten jegliche Bande mit seiner Familie. Kinder wurden von Verwandten aufgezogen, als wären es ihre eigenen, und die Verbindung zu ihren echten Eltern wurde »vergessen«. »Also ist Hokanu der adoptierte Sohn Kamatsus und tatsächlich ein blutsverwandter Neffe.« Da Hokanus Mutter sich nach dem Weggang ihres Mannes dem Dienst im Tempel Indiris verschrieben hatte, waren Kamatsu und Kasumi die einzigen Familienmitglieder, die er seit seinem zehnten Lebensjahr noch kannte.

»Wißt Ihr, ob Fumita seinen Sohn jemals besucht?« wollte sie von ihrem Supai wissen.

Arakasi zuckte mit den Schultern. »Das Haus von Kamatsu ist sehr gut bewacht. Wer kann das wissen?«

Mara begriff, daß sie dem Fortbestand ihres Hauses mehr diente, wenn sie das Interesse Hokanus etwas kultivierte; gleichzeitig war sie neugierig darauf, Informationen von ihm darüber zu erhalten, ob Fumitas Hingabe an die Versammlung vielleicht einen schwachen Punkt hatte. Möglicherweise hatte er die Angelegenheiten der Familie nicht ganz beiseite geschoben und seinen Einfluß genutzt, um den Shinzawai und dem Clan der Kanazawai Hilfe von den Magiern zukommen zu lassen.

Doch jeder Gedanke an Hokanu führte wieder zurück zu der Dornenhecke aus Schmerzen, die Kevin betraf. Mara seufzte. In einem seltenen Augenblick der Entrücktheit sah sie den fallenden

Wassertropfen zu, dann zwang sie ihre Aufmerksamkeit wieder auf wichtigere Dinge. Wenn sie zuließ, daß sie sich zu sehr mit ihren persönlichen Problemen beschäftigte, würden die Acoma vom nächsten Schritt im Großen Spiel hinweggefegt werden.

Vier Tage noch, dann würde das Licht des Himmels zu seiner Reise flußabwärts aufbrechen. Wenn es ihm gelang, Frieden mit dem Königreich der Inseln zu schließen, würden alle Häuser in gleichem Maße benachteiligt. Doch wenn der Kaiser versagte, mußte ein neuer Kriegsherr gesucht werden. Sonst würde Ichindar, einundneunzigmal Kaiser von Tsuranuanni, eine offene Revolte im Rat auslösen. Es war zwar schon Jahrhunderte her, doch es hatte bereits Kaisermord im Kaiserreich gegeben.

Etwas später klatschte Mara in die Hände, um einen Läufer zu sich zu rufen. »Sag Jican, daß wir heute nachmittag unser Quartier in die Wohnung im Kaiserlichen Palast verlegen.«

»Wie Ihr wünscht, Lady.« Der Sklave verneigte sich und raste mit seinem Auftrag davon, als gäbe es nichts Schöneres, als laufen zu dürfen.

Jican nahm den Befehl wie das Allheilmittel nach einer Reihe enttäuschender, langweiliger Tage auf, an denen er lediglich hatte Schadensbegrenzung betreiben können. Kevin mußte die Kisten nach draußen auf die wartenden Needra-Karren hieven. Auf den Treppenstufen und -absätzen standen Kisten mit Jiga-Vögeln neben Taschen voller Pergamente und den Geld-Truhen der Lady. Zumindest war die Zahl der Krieger geschrumpft. Die Hälfte der Kompanie war in eine öffentliche Unterkunft in der Stadt verlegt worden. Von den anderen würden fünfzig als Eskorte die Lady durch die Stadt geleiten, und zwanzig von ihnen würden danach wieder zurückkehren, um das Stadthaus zu bewachen.

So weit wie möglich von dem Durcheinander entfernt, saß Mara im Innenhof mit einer Feder in der Hand und schrieb eine Nachricht an Keyoke und Nacoya. Um sicherzugehen, daß nicht andere Häuser in ihren Angelegenheiten herumschnüffelten, betraute sie Lujan mit der Aufgabe, ihr Sendschreiben dem schnellsten Gildenboten zu bringen. »Fügt diese mündliche Nachricht meinem Bericht hinzu«, wies sie Lujan an. »Ich möchte, daß der Hauptteil unserer Armee jeden Augenblick marschbereit ist und so nah an Kentosani, wie Keyoke es für weise hält. Wir müssen auf alles vorbereitet sein.«

Lujan, gekleidet in die einfache Rüstung, die er auf dem Feld bevorzugte, nahm das versiegelte Pergament entgegen. »Bereiten wir uns auf einen Krieg vor, Mylady?«

»Immer«, erwiderte Mara.

Lujan verneigte sich und verließ sie ohne eine seiner sonst üblichen humorvollen Bemerkungen. Mara legte die Feder beiseite und rieb die müden Finger. Sie atmete tief ein, hielt die Luft einen Augenblick an und atmete dann wieder aus, wie sie es im Tempel gelernt hatte. Kevin hatte sie dazu gebracht, ihr Volk mit anderen Augen zu sehen; sie wußte, daß hinter den Traditionen Gier und Ehrgeiz lauerten und die Ehre zu einer Rechtfertigung für endlosen Haß und Blutvergießen geworden war. Möglicherweise wollte der junge Kaiser sein Volk ändern, doch das Große Spiel ließ sich nicht mit einem einzigen Kaiserlichen Edikt aus der Welt schaffen. Egal, was sie fühlte, egal, wie müde sie wurde, egal, welcher Kummer auf ihrem Weg lag – Mara wußte, es würde immer einen mühsamen Kampf geben. Denn Tsurani zu sein hieß zu kämpfen.

Schon die große Halle hatte Kevin beeindruckt, doch der Komplex, der sich im Kaiserlichen Palast hinter dem Versammlungsraum des Hohen Rates ausdehnte, war noch viel atemberaubender. Maras Gefolge trat durch Tore, die breit genug waren, um drei Wagen nebeneinander einzulassen. Die Türen waren so schwer, daß ein Dutzend Sklaven erforderlich waren, um sie mit einem dumpfen Geräusch hinter ihnen wieder zu schließen. Die Sonne verschwand und hinterließ ein trockenes, nach Wachs riechendes Halbdunkel, schwach erhellt von purpurblauen Kugeln der Cho-ja, die an Kordeln von einer mehr als zwei Stockwerke hohen Decke hingen. Der Korridor mit seinen abgetretenen Bodenfliesen war riesig, und zwei Ebenen von Galerien erhoben sich zu beiden Seiten. Türen in wilden Farben führten zu den Wohnungen, die den Familien der Ratsmitglieder zustanden, wobei die Räume der Rangniedersten den Außenwänden am nächsten lagen.

»Weiter«, befahl Truppenführer Kenji der Ehrengarde. Seine Stimme hallte von der Decke wider, die von einer Schicht aus Lack und Staub überzogen war.

Kevin ging in der Mitte der Gruppe, neben der Sänfte seiner Lady. Abgesehen von dem Gefolge der Acoma war der große Flur so gut wie leer. Bedienstete in kaiserlicher Livree eilten hastig von einer Aufgabe zur nächsten, doch ansonsten schien der gewaltige Komplex verlassen.

»Wo ist die Wohnung der Acoma?« wollte Kevin von einem der Sänftenträger wissen.

Der tsuranische Sklave warf Kevin wegen seiner unbezähmbaren Zunge einen vernichtenden Blick zu, doch aus Stolz über sein Wissen konnte er sich nicht zurückhalten. »Wir sind noch nicht im ersten, sondern erst im siebten Gang.«

Kurz darauf verstand Kevin die merkwürdige Antwort, als die Ehrengarde um eine Ecke bog und er eine riesige Kreuzung vor sich sah, wo mehrere andere Korridore sich in einer Art Halle trafen. »Bei den Göttern, das ist ein gewaltiger Ort.« Dann schaute er hoch und bemerkte, daß sich in diesem Teil vier Ebenen von Galerien übereinander türmten, die über breite Steintreppen, die zickzackförmig zwischen den Absätzen hin und her liefen, verbunden waren. Doch trotz der erhabenen Größe wirkte das Bauwerk leer.

Dann begriff er, daß – anders als in dem Bereich, in dem der Versammlungsraum lag – hier keine gemischten Kompanien Wache hielten. »Es ist so ruhig.«

Mara blinzelte zwischen den Vorhängen der Sänfte hindurch. »Sie sind alle bei den Docks, um den Kaiser und seine Ehrengarde zu verabschieden. Deshalb sind wir hierher geeilt – die Gelegenheit ist größer, unbemerkt zu bleiben. Ich wollte eine Begegnung mit der Kaiserlichen Garde nicht riskieren.«

Sie stiegen keine Treppen hinauf. Der Wohnungskomplex der Acoma lag ebenerdig hinter einer kleinen Biegung und war durch eine grünlackierte Tür und das Bild eines Shatra-Vogels gekennzeichnet. Der Gang erstreckte sich von der Biegung etwa dreißig Meter in beide Richtungen, mit riesigen Toren und weiteren Gängen an beiden Enden. Inzwischen hatte Kevin begriffen, daß die Wohnungen in Halbkreisen rund um die zentrale Kuppel angeordnet waren, in der sich der Versammlungsraum des Hohen Rates befand. Etwa dreihundert weitere in Blöcken angeordnete kleinere Komplexe machten diesen Teil des Palastes zu einem Labyrinth aus Gängen und Hallen.

Zwei gewaltige Wohnkomplexe grenzten an Maras, und gegenüber lag die Unterkunft des Hauses Washota, deren grünblaue Tür sorgfältig geschlossen war. Die Flure hinter der Biegung waren sogar noch majestätischer geschmückt, von gewölbten, mit bis zu zwanzig Meter langen Seidenbehängen drapierten Bögen bis hin zu mit Teppichen ausgelegten Treppen und überbordenden Blumenkübeln. Hier lagen die Wohnungen der Fünf Großen Familien, und die kleineren Galerien darüber blieben ihren Gästen und Vasallen vorbehalten. Die Zuteilung der Räumlichkeiten hing vom jeweiligen Rang ab, doch der zur Verfügung stehende Raum für die Soldaten war gleich. Jeder Lord im Kaiserreich konnte höchstens zwölf Krieger mit in den Palast nehmen.

Dennoch hatte Mara dreißig Krieger in den Palast mitgenommen und sich somit über das Gesetz hinweggesetzt, doch es waren keine Patrouillen in den Gängen. Sie wußte, daß in unsicheren Zeiten andere Lords genauso handelten, sogar noch mehr Soldaten einschleusten, sofern es ihnen möglich war.

Auf Kenjis vorsichtiges Klopfen öffnete sich die grüne Tür. Zwei Wachen verbeugten sich vor ihrer Herrin und ließen sie und ihr Gefolge eintreten.

Auch Jican verneigte sich, als ihre Sänfte im kleinen Vorraum abgesetzt wurde. »Es ist alles in Ordnung, Lady«, meinte der Hadonra, und Lujan nickte Mara leicht zu.

Dann drängte der Rest der Wachen durch die vordere Tür, so daß Kevin kaum genügend Platz hatte, um seiner Lady aus der Sänfte zu helfen. Gemessen am Standard ihres Stadthauses wirkte die Wohnung dürftig. Auf den Holzböden lagen nicht viel mehr als alte Teppiche und Kissen, und da und dort stand noch eine Öllampe. Doch dann begriff Kevin: Die schweren Möbel waren vor die Fenster und Türen gerückt worden. Die Wohnung bestand aus mehreren hintereinanderliegenden oder von einem schmalen Flur seitlich abzweigenden Räumen, und die inneren öffneten sich zu einem kleinen, terrassenförmig angelegten Innenhof. Doch heute fiel die Vorliebe der Tsuranis für Brisen und offene Türen dem Bedürfnis nach Sicherheit zum Opfer. Die Läden waren zugenagelt und mit Barrikaden aus schweren hölzernen Möbelstücken verstellt worden.

»Erwarten wir einen Angriff?« fragte Kevin.

»Immer«, antwortete Mara. Sie sah traurig aus, als sie an die Arbeit dachte, die die Krieger auf sich genommen hatten, um ihre Unterkunft zu sichern. »Wir sind möglicherweise nicht die einzigen, die diese Zeit für besonders geeignet halten, ohne Aufsehen irgendwo einzudringen. Die Kaiserlichen Weißen werden im Gebäudetrakt der Kaiserlichen Familie ununterbrochen Wache halten, doch ohne die vom Rat gestellten Wachen ist dieses Gebiet eine Art Niemandsland. In den Gängen und Eingangshallen sind wir ganz auf uns gestellt.«

Während die Sänftenträger mit der Aufgabe begannen, Maras Kisten vor einem der Läden aufzustapeln, traf Arakasi ein. Sein Gesicht war schweißnaß, und als Bote verkleidet trug er nicht mehr als einen Lendenschurz und Sandalen. Seine Haare waren mit einem Band zurückgebunden, das zu schmutzig war, als daß irgend jemand seine Farbe hätte bestimmen können.

Mit fragendem Gesichtsausdruck warf Mara ihr Reisegewand beiseite. »Ihr seht aus wie ein Läufer der Kaufleute.«

Verschlagener Humor spiegelte sich in Arakasis Augen. »Läufer mit Hausfarben werden von allen möglichen Leuten überfallen.«

Diese Antwort entlockte Mara ein leises Lachen, und sie klärte den ziemlich verständnislos dreinblickenden Kevin auf: »Die Läufer der Kaufleute tragen häufig die Farben des jeweiligen Hauses, weil es Straßenkinder davon abhält, Steine nach ihnen zu werfen. Im Augenblick wird ein Läufer in Hausfarben jedoch unter Umständen eingefangen, um Informationen aus ihm herauszupressen. Da blaue Flecken von Steinen weniger gefährlich sind als die Folter, haben sich die Rollen vertauscht.« Sie wandte sich an Arakasi: »Was gibt es für Neuigkeiten?«

»Merkwürdige Gruppen von Männern sind unterwegs. Sie verbergen Waffen unter ihren Gewändern und tragen kein Abzeichen irgendeines Hauses. Die Angehörigen des Kaiserlichen Haushalts machen einen großen Bogen um sie.«

»Attentäter?« fragte Mara, und ihre Augen blieben unverwandt auf den Supai gerichtet, als ein Diener die Robe entgegennahm, die sie von den Schultern gleiten ließ.

Arakasi zuckte mit den Achseln. »Könnte sein, vielleicht schmuggelt aber auch einer der Lords seine Armee in die Stadt. Möglicherweise sind es Agenten des Kaisers, die herausfinden sollen, wer den Frieden brechen will. Jemand in hoher Position hat einige Informationen in Umlauf gebracht, die viel Gerede erzeugen.«

Mara ließ sich auf ein Kissen nieder und machte den anderen ein Zeichen, sich ebenfalls zu entspannen.

Doch Arakasi lehnte ab. »Ich bleibe nicht. Ich will nur noch hinzufügen, daß es so aussieht, als wären einige der Forderungen des Königs an den Kaiser etwas … merkwürdig.«

Dies erregte Kevins Interesse. »Was meint Ihr damit?«

»Wiedergutmachung.« In knappen Worten erklärte der Supai, was gemeint war. »Lyam verlangt etwa einhundert Millionen Centis als Ausgleich für den Schaden, der seinem Volk und seinem Land zugefügt worden ist.«

Mara schoß in die Höhe. »Unmöglich!«

Kevin rechnete nach und erkannte, daß der midkemische Herrscher sehr großzügig war. Lyam verlangte den Gegenwert von etwa dreihunderttausend Gold-Sovereigns, womit die Kosten für die Armeen des Westens während der neun Jahre im Feld kaum ersetzt werden konnten. »Das ist die Hälfte dessen, was er hätte verlangen sollen.«

»Nicht die Höhe ist das Problem, sondern das Konzept des Bezahlens für den Schaden«, sagte Mara verstimmt. »Ichindar kann das nicht tun, wenn er seine Ehre nicht verlieren will. Es würde Tsuranuanni vor den Göttern beschämen!«

»Weshalb das Licht des Himmels sich auch widersetzt hat«, warf Arakasi ein. »Statt dessen nimmt er ein ›Geschenk‹ aus seltenen Edelsteinen mit zu dem jungen König, deren Wert etwa einhundert Millionen Centis beträgt.«

Mara bewunderte den Einfallsreichtum des Kaisers und lächelte. »Nicht einmal der Hohe Rat kann ihm das Recht verweigern, einem anderen Monarchen ein Geschenk zu machen.«

»Da ist noch etwas anderes.« Arakasis Augen wanderten bedeutungsvoll zu Kevin. »Lyam wünscht einen Austausch der Gefangenen.«

Der barbarische Sklave und seine Herrin tauschten einen merkwürdigen, gefühlsbeladenen Blick. Mit seltsamer Abneigung in ihrer Stimme wandte Mara sich wieder an Arakasi: »Ich verstehe, was er will, aber ist Ichindar einverstanden?«

Arakasi antwortete erneut mit offenem Schulterzucken. »Wer weiß das? Das Problem liegt nicht darin, die Gefangenen an den König der Inseln zurückzugeben. Lyam kann mit ihnen machen, was er will. Die entscheidende Frage ist: Was wird der Kaiser mit unseren zurückkehrenden Kriegsgefangenen machen?« Es wurde still, denn tatsächlich konnte in Tsuranuanni die Ehre und Freiheit dieser Männer nie wieder hergestellt werden.

Mara überfiel plötzlich große Müdigkeit, und sie starrte auf ihre Füße. Die blauen Flecken von der Flucht aus der Arena waren beinahe ganz verschwunden, doch die seelischen Wunden zwischen Kevin und ihr, was das Problem von Sklaverei und Freiheit betraf, schmerzten noch immer. »Habt Ihr etwas von den Minwanabi erfahren?«

Als hätte er selbst den Themenwechsel veranlaßt, verzog Arakasi den Mund zu einer dünnen Linie. »Sie bereiten mehr als dreitausend Soldaten auf den Krieg vor.«

Alarmiert schaute Mara auf. »Kommen sie in die Heilige Stadt?«

»Nein.« Doch der Supai konnte ihr nur wenig Beruhigendes sagen. »Sie halten sich vorerst auf dem Gebiet der Minwanabi bereit.«

Mara zog die Augen zusammen. »Warum?«

Doch es war Lujan, der jetzt mit einiger Bitterkeit antwortete. Nachdem er seine Krieger angewiesen hatte, an jedem Fenster und jeder Tür Wache zu stehen, hatte er im Eingangsbereich gewartet. »Desio fürchtet den kaiserlichen Frieden mit einigem Grund, Mylady. Wenn Ihr den Konflikt mit den Minwanabi ruhen laßt, verzichtet Ihr nur auf eine Blutfehde. Einige könnten zwar meinen, daß Ihr die Ehre der Acoma kompromittiert, doch wer sollte es Euch übelnehmen, daß Ihr dem Licht des Himmels gehorcht? Wenn allerdings der Kaiser Frieden zwischen den streitenden Häusern befiehlt, verwirkt Desio seinen Blutschwur gegenüber Turakamu. Er muß uns vernichten, bevor die Macht des Kaisers zu groß wird und er sie nicht mehr herausfordern kann, oder er muß den Todesgott beleidigen.«

Kevin nahm sich die Freiheit, einen Diener zu bitten, seiner Lady ein kühles Getränk zu holen. Er spürte, wie sie um Selbstbeherrschung rang, als sie fragte: »Würde Desio ein Attentat auf den Kaiser wagen?«

Arakasi schüttelte den Kopf. »Nicht öffentlich, doch sollte der Hohe Rat einen Grund finden, sich gegen Ichindars Willen zu verbünden, hätte Desio sicherlich die größte Armee in greifbarer Nähe der Heiligen Stadt. Es ist eine gefährliche Kombination.«

Mara kaute an ihrer Unterlippe. Da der Omechan-Clan in der Frage Decanto oder Axantucar zerstritten war, erschien die Gefahr nur zu deutlich: Desio konnte neuer Kriegsherr werden, wenn eine genügend große Anzahl im Hohen Rat entschied, das Kaiserliche Edikt gewaltsam zu mißachten.

Kevin fügte diesem Gedanken eine unwillkommene Bemerkung hinzu: »Dreitausend Minwanabi-Schwerter außerhalb der Halle des Rates sind ein überzeugendes Argument, auch wenn Desio keine deutliche Mehrheit besitzt.«

Jetzt war Mara von mehr als nur der Müdigkeit erschöpft, und sie betrachtete das Getränk, das der Diener brachte, als würde es tödliches Gift enthalten. Dann schüttelte sie die dunklen Gedanken ab. »Das Friedenstreffen auf der anderen Seite des Spalts wird erst in drei Tagen stattfinden. Solange Ichindar und Lyam in ihren Verhandlungen nicht scheitern, ist alles Spekulation. Nun, da wir im Palast erst einmal in Sicherheit sind, sollten wir diese ruhige Zeit genießen.«

Arakasi verbeugte sich tiefer als gewöhnlich und verschwand so leise wie ein Gespenst. Mara blickte einige Minuten auf die Tür und kam erst wieder zu sich, als Kevin sich neben sie setzte und sie in die Arme schloß. Zitternd und ängstlich bemüht, nicht die Unsicherheit in ihrem Innern zu benennen, beendete sie ihren Gedanken: »Ich fürchte, es ruht sehr viel auf den Schultern eines sehr jungen Mannes, und die Götter können unserem Licht des Himmels ihre Gunst schenken oder sich von ihm abwenden.«

Kevin drückte einen Kuß auf ihre Stirn. Er machte sich keine Illusionen. Auch ihm war klar, sie konnten bestenfalls hoffen, daß es Arakasi gelingen würde, sie vor einem feindlichen Angriff rechtzeitig zu warnen.

Drei Tage schien das Kaiserreich den Atem anzuhalten. Außerhalb des Palastes bemühte sich die Heilige Stadt um eine Rückkehr zur Normalität, als Arbeiter die Reparaturarbeiten an den letzten zerstörten Docks beendeten und Steinmetze niedergefallene Steine aus der Arena holten und damit den Zugang zum Kaiserlichen Palast erneuerten. Fischer liefen vor dem Morgengrauen mit den Booten aus und warfen ihre Netze in die Strömung des Gagajin, und Bauern trieben die Ernte der letzten Saison auf schwer beladenen Wagen herein oder brachten sie auf

Barken über das Wasser herbei. Der Geruch von Räucherwerk und Blumen übertünchte den Gestank der verbrannten Toten, und Verkäufer bauten offene Stände in den unüberdachten Mauern ihrer Läden auf. Wieder machten sie mit ihrem Singsang die Passanten auf ihre Waren aufmerksam.

Trotzdem hatten all diese Geräusche, all diese Geschäftigkeit etwas von einer traumähnlichen Flüchtigkeit, selbst für die Armen und Bettler, die am weitesten entfernt vom Zentrum der Macht waren. Gerüchte kannten keine Grenzen. Und so, wie geborstene Holzbalken immer noch wie Knochen zwischen den behelfsmäßig errichteten Mauern hervorragten, lag auch ein beunruhigender Unterton in der Alltäglichkeit der Stadt. Der Kaiser von Tsuranuanni war in einer anderen Welt, und Iskisu, der Gott des Betrugs und des Zufalls, hielt die Waage an – und nicht nur der Frieden von zwei Menschen, sondern die Stabilität eines alten Volkes, alles hing von dem Treffen der zwei jungen Herrscher aus grundsätzlich verschiedenen Kulturen ab.

Im Palast mußte Mara auf einen trostspendenden Innenhof und Springbrunnen verzichten, und sie verbrachte die Stunden in dem kleinen Raum in der Mitte. Während die Soldaten sich in den Zimmern darum aufhielten und Wachen an jeder Tür und jedem Fenster standen, studierte sie Nachrichten und Botschaften und blieb vorsichtig in Kontakt zu anderen Lords. Arakasi tauchte beinahe stündlich auf, in der Verkleidung eines Vogelhändlers, Boten, selbst eines Bettelpriesters. Er hatte noch nicht geschlafen, sondern arbeitete unermüdlich zwischen kurzen Nickerchen, verwandte jedes ihm zur Verfügung stehende Mittel, um das kleinste bißchen Information zu erhaschen, das von Nutzen sein konnte.

Im Nebenraum hielt Lujan Schwertübungen mit seinen Soldaten ab, immer einer nach dem anderen. Das Warten zehrte an ihren Nerven, besonders an denen der Krieger, die nichts anderes tun konnten, als endlose Stunden nutzlos Wache zu stehen. Einige weitere Kompanien der Acoma waren in die Stadt geschlüpft, und durch schlaue Planung und mit Hilfe des Karrens eines Teppichhändlers waren noch einige Krieger in den Kaiserlichen Bezirk geschmuggelt worden. Die Garnison in Maras Wohnbereich zählte jetzt zweiundfünfzig, und Jican fing an, sich zu beklagen. Seine Küchenjungen konnten die Töpfe nicht schrubben, ohne gegen Klingen zu stoßen, und Lujan würde die Krieger in vier Reihen nebeneinander auf dem Teppich schlafen lassen müssen, wenn er noch mehr Truppen herbeizuschaffen gedachte. Doch die Anzahl an Kriegern würde kaum weiter ansteigen, die der Acoma sowenig wie die der anderen Häuser. Die Kaiserliche Garde hatte den Zuwachs an Soldaten im Palast bemerkt und untersuchte alle hereinkommenden Wagen und Diener, um die Zahl der möglicherweise Kämpfenden zu begrenzen.

Eilige Schritte hallten durch den Flur außerhalb der Wohnung. Das Geräusch von Sandalen eines Boten drang durch die Wände, ein gespenstischer, flüsternder Gegensatz zu dem Krachen und Scheppern der Schwertkämpfe zwischen Lujans Kampfpartnern. Mara hörte es von ihrem Tisch im mittleren Zimmer. Sie richtete sich kerzengerade auf und sah Kevin aufgeregt an. »Irgend etwas ist geschehen.«

Der Midkemier fragte nicht, woher sie das wußte oder warum diese Schritte anders sein sollten als die vielen, die in der Stunde zuvor vorbeigeeilt waren. Das lange Eingesperrtsein und die sich endlos ziehenden Stunden zwischen Arakasis Besuchen langweilten ihn, und so verbeugte er sich vor dem Krieger, den er beim Würfelspiel herausgefordert hatte, und ging zu seiner Lady. »Was willst du tun?« fragte er sie leise.

Mara betrachtete das Tintenfaß und das Pergament auf dem Tisch. Die Feder in ihrer Hand war trocken, das Blatt leer bis auf den säuberlich geschriebenen Namen von Hokanu von den Shinzawai ganz oben auf dem Blatt. »Nichts«, erwiderte sie. »Wir können nichts tun als warten.«

Sie setzte sich mit der Feder hin und nahm das Siegel auf, um ihre Hände zu beschäftigen. Sie sagte nichts, doch Kevin mußte sie nicht erst daran erinnern, daß Arakasi sich verspätet hatte. Er hatte versprochen, im Laufe des Morgens vorbeizukommen, doch an den weißen Streifen des Sonnenlichts, die durch die verbarrikadierten Läden fielen, erkannten sie, daß die Mittagsstunde gekommen und wieder gegangen war.

Lange Minuten verstrichen, angefüllt mit den Geräuschen weiterer Läufer und dem gedämpften, aufgeregten Klang eindringlicher Stimmen aus einer Wohnung einige Türen weiter. Der dünne Gips und die Latten zwischen den einzelnen Wohnungen waren alles andere als undurchlässig. Während Mara so tat, als würde sie sich auf das Verfassen ihres Briefes konzentrieren, legte Kevin kurz seine Hand auf ihre Schulter, dann ging er in die Küche, um heiße Chocha zuzubereiten.

Als er zurückkehrte, hatte die Lady nicht viel mehr getan als die Feder in die Tinte getaucht. Die Tinte hatte sich an der Spitze festgesaugt. Arakasi war noch immer nicht zurückgekehrt. Als Kevin das Tablett auf dem Pergament abstellte, protestierte Mara nicht. Sie nahm den gefüllten Becher, ließ ihn jedoch abkühlen, ohne davon zu probieren. Inzwischen waren ihre Nerven aufs äußerste gespannt, und sie zuckte beim kleinsten Geräusch zusammen. Noch mehr Boten waren zu hören, und alle rannten.

»Du nimmst doch nicht an, daß jemand hier ein Wettlaufen veranstaltet, um sich irgendwie die Zeit zu vertreiben?« vermutete Kevin in dem Versuch, humorvoll zu sein.

Lujan erschien in der Tür; er war schweißnaß von den Übungen und hielt noch das blanke Schwert in der Hand. »Wettläufer tragen keine Sandalen mit Nieten«, bemerkte er trocken. Dann blickte er Mara an, die still dasaß wie eine Porzellanfigur. Jede Farbe war aus ihrem Gesicht gewichen. »Mylady, auf Euren Befehl könnte ich hinausgehen und versuchen, einige Informationen aufzuschnappen.«

Mara wurde noch blasser. »Nein«, erwiderte sie scharf. »Ihr seid zu wertvoll, ich kann das nicht riskieren.« Dann runzelte sie die Stirn, als sie überlegte, ob sie die Garnison um zwei Krieger verringern und sie ausschicken sollte. Arakasi war drei Stunden überfällig, und sich an eine falsche Hoffnung zu klammern bedeutete womöglich eine noch größere Gefahr.

Ein Kratzen war an einem der äußeren Läden zu hören. Lujan wirbelte herum, sein Schwert war auf die Barrikade gerichtet, und auch die anderen Krieger wandten sich kampfbereit um.

Doch dem Kratzen folgte ein Flüstern, das Mara zu einem leisen Aufschrei veranlaßte. »Den Göttern sei Dank!«

Schnell und vorsichtig holten die Männer den Holztisch herunter, der von drei schweren Kisten eingeklemmt war, und öffneten den Laden. Arakasi trat herein, ein dunkler Schatten vor dem hellen Tageslicht. Für einen Augenblick wehte frische Luft durch das verbarrikadierte Zimmer und brachte den süßlichen Geruch von Blumen mit. Dann schloß Kenji den Laden wieder und sicherte ihn mit den Holzpflöcken. Kisten und Tisch wurden rasch wieder an ihren ursprünglichen Platz zurückgeschafft.

Im erneut herrschenden Dämmerlicht bahnte Arakasi sich mit fünf Schritten seinen Weg zu Maras Kissen. Er warf sich in Ehrerbietung vor ihr auf die Erde. »Mistress, vergebt mir die Verspätung.«

Sein Ton enthielt eine Mischung aus Ungläubigkeit und verborgener Wut, und so verschwand Maras kurze Freude über seine Rückkehr schnell. »Stimmt etwas nicht?«

»Nichts stimmt«, sagte der Supai ohne lange Einleitung. »Wilde Gerüchte machen die Runde im Palast. Es hat Probleme in der barbarischen Welt gegeben.«

Mara legte ihre Feder beiseite, um sie nicht vor Anspannung zu zerdrücken. Irgendwie fand sie die Kraft, mit fester Stimme zu sprechen. »Der Kaiser?«

»Er ist in Sicherheit, aber viel mehr weiß man nicht.« Arakasis Stimme wurde grimmig vor Wut: »Die Barbaren haben unehrenhaft gehandelt. Sie sangen ein Lied des Friedens, während sie Mordpläne schmiedeten. Während der Konferenz griffen sie trotz ihres Versprechens eines Waffenstillstands plötzlich an und töteten den Kaiser beinahe.«

Mara war sprachlos vor Schock, und Kevin fluchte überrascht. »Was?«

Arakasi hockte sich auf die Fersen, sein Gesicht wirkte kalt.

»Während der Konferenz formierte sich eine große Kompanie derjenigen, die du Zwerge und Elfen nennst, und griff an, als das Licht des Himmels am verletzlichsten war.«

Kevin schüttelte den Kopf. «Ich kann das nicht glauben.«

Arakasi kniff die Augen zusammen. »Es ist wahr. Nur durch die Tapferkeit seiner Offiziere und der Clanlords der Fünf Familien überlebte das Licht des Himmels diesen Verrat in deiner Welt. Zwei Soldaten trugen ihn zurück durch den Spalt, bewußtlos. Doch dann geschah etwas Schreckliches. Der Spalt schloß sich, und es gelang nicht, ihn wieder zu öffnen. Viertausend tsuranische Soldaten sind jetzt auf Midkemia gefangen.«

Maras Verwirrung verwandelte sich in höchste Aufmerksamkeit. Sie holte tief Luft. »Der Lord der Minwanabi?«

»Tot«, erklärte Arakasi. »Er war einer der ersten, die fielen. Sein Cousin Jeshurado starb an seiner Seite.«

»Die anderen Clanlords?«

»Weg. Ob sie tot sind, kann niemand sagen, doch der Spalt existiert nicht mehr. Die gesamte Ehrengarde des Kriegsherrn blieb in der barbarischen Welt zurück.«

Mara konnte das Unbegreifliche noch immer nicht fassen. »Der Lord der Xacatecas?«

Die Liste ging weiter, unerschöpflich. »Weg. Lord Chipino wurde zuletzt dabei gesehen, wie er gegen Reiter des Königreiches kämpfte.«

»Alle?« flüsterte Mara.

»Kaum eine Handvoll kehrte zurück«, sagte Arakasi gequält. »Die beiden Soldaten, die das Licht des Himmels trugen, und ein halbes Dutzend anderer, die den Soldaten auf unserer Seite des Spalts dienten. Der Kaiserliche Kommandeur wurde getötet. Der Lord der Keda lag blutend am Boden. Der Lord der Tonmargu wurde gar nicht mehr gesehen. Pimaca von den Oaxatucan wird ebenfalls vermißt. Kasumi von den Shinzawai war derjenige, der den Kaiser drängte zu verschwinden, doch er selbst schritt nicht durch den Spalt.« Arakasi zwang sich, tief einzuatmen. »Der Läufer, der in der Stadt eintraf, wußte kaum mehr als das, Mylady. Ich bezweifle, daß in diesem Augenblick selbst die, die betroffen waren, mehr riskieren können, als zu raten, wer nicht mehr ist. Die Verluste sind zu groß, und der Schock des Ereignisses kam zu plötzlich. Wenn der Kaiser den Befehl wieder übernommen hat, werden wir vielleicht mehr über das erfahren, was geschehen ist.«

Mara schwieg eine Minute, dann sprang sie auf. »Arakasi, Ihr müßt gehen und eine Liste der Verluste und der Überlebenden zusammenstellen. Schnell.«

Der Supai mochte gegen ihr Drängen keine Einwände erheben. Mit einem Schlag hatte das Kaiserreich seine mächtigsten Lords und die Erben vieler bedeutender Häuser verloren. Die Auswirkungen würden zu groß sein, um sie jetzt schon erahnen zu können – trauernde Häuser, verlorene Truppen und junge, unerfahrene zweite Söhne und Töchter, die kopfüber in die Verantwortung des Herrschens geworfen wurden. Die Nachwirkungen einer solchen Katastrophe konnten nur lähmenden Schock hervorrufen. Doch Mara wußte, daß die mit genügend Ehrgeiz sehr schnell den Aufruhr zu einem gewaltsamen, blutigen Griff nach der Macht nutzen würden. Sie wußte, was es bedeutete, Autorität und Verantwortung zu erhalten, wenn man unvorbereitet darauf war. Es konnte in den kommenden Tagen ein bedeutender Vorteil sein, wenn sie wußte, wer in diesem furchterregenden Dilemma feststeckte und wer noch am Leben war und mit Hilfe seiner Erfahrung herrschte.

Als Arakasi sich verneigte und hinauseilte, zog Mara das Tagesgewand aus und rief ihre Zofe, um sich offizielle Kleider bringen zu lassen. Kevin eilte zu ihr, um ihr beim Ausziehen zu helfen, während sie hastig Anordnungen erteilte. »Lujan, stellt eine Ehrengarde zusammen. Wir brechen sofort zur Versammlungshalle des Rates auf.«

Die Hände voller Nadeln, während die Zofe Maras Haare richtete, fragte Kevin: »Soll ich mitgehen?«

Mara schüttelte den Kopf; dann machte sie die Bemühungen der Zofe zunichte, indem sie sich nach vorn beugte und ihm einen flüchtigen Kuß gab. »Für einen aus deinem Volk wird es heute im Rat kein Willkommen geben, Kevin. Zu deiner eigenen Sicherheit mußt du ihnen aus dem Weg gehen.«

Kevin widersprach nicht; er schämte sich dafür, daß seine Landsleute ihr Versprechen gebrochen hatten. Doch kurze Zeit später, als dreißig Wachen der Acoma im Gleichschritt im Flur verschwanden, fragte er sich, wie er die Wartezeit überstehen sollte. Denn die Lady der Acoma ging nicht in eine Ratsversammlung, sondern in ein beängstigendes Chaos, in dem der Stärkste am schnellsten nach der Macht greifen würde.

Desio war tot, doch damit besaßen die Acoma nicht etwa einen Feind weniger, sondern sie würden sich schon bald einem gegenübersehen, der im Kampf um die Vormachtstellung viel fähiger sein würde. Denn jetzt herrschte Tasaio über die Minwanabi.

Drei

Der Graue Rat

Der Versammlungsraum füllte sich.

Obwohl es keinen offiziellen Aufruf zu einer Ratssitzung gegeben hatte, waren bereits viele Lords in dem großen Raum versammelt, als Mara und ihre Krieger dort eintrafen. Etwa ein Viertel der Sitze war besetzt, und von Minute zu Minute wurden es mehr. Das Fehlen der Ratswachen hielt keinen Herrscher ab; jeder Lord hatte ein Dutzend bis fünfzig bewaffnete Männer bei sich. Als Mara durch die breiten Türen und die Stufen hinabschritt, war kein kaiserlicher Herold da, um sie anzukündigen. Diesem inoffiziellen Treffen fehlte jeder Prunk, jede zeremonielle Atmosphäre; die Herrscher traten in der Reihenfolge ein, in der sie ankamen, ungeachtet ihres Ranges.

Es übernahm auch niemand die Rolle des Sprechers. Einige Lords berieten sich in der Nähe des Podestes, auf dem gewöhnlich der Kriegsherr oder in seiner Abwesenheit ein erwählter Erster Sprecher des Rates saß. Jetzt, da Almecho tot war und die Clanlords ebenfalls entweder getötet oder gefangen auf Midkemia zurückgeblieben waren, besaß keines der einzelnen Häuser eine deutliche Vorrangstellung. Doch früher oder später würde irgendein Lord versuchen, die Macht zu ergreifen oder zumindest einen Rivalen daran hindern, sie an sich zu reißen. Die bereits anwesenden Lords standen in engen Grüppchen flüsternd beisammen, säuberlich getrennt gemäß ihren jeweiligen politischen Interessen. Sie beäugten alle Neuankömmlinge mißtrauisch und hielten ihre Krieger dicht bei sich – niemand wollte als erster im Rat das Schwert ziehen, doch jeder war mehr als vorbereitet darauf, der zweite zu sein. Mara warf einen flüchtigen Blick über die Anwesenden und hielt Ausschau nach vertrauten oder ihr freundlich gesinnten Hausfarben. Das Rot und Gelb der Anasati stach auffällig aus einer Schar älterer Edler heraus, die sich im Gang zwischen den untersten Sitzreihen und dem Podest berieten. Mara erkannte ihren früheren Schwiegervater, und sie hastete hinab und auf ihn zu. Lujan folgte ihr mit zwei Kriegern.

Als Tecuma sah, daß Mara sich näherte, drehte er sich um und verbeugte sich leicht. Er trug eine Rüstung, und die Haare, die unter dem Helm hervorlugten, waren jetzt eher weiß als eisengrau. Sein Gesicht, von jeher eher schmal, schien nun hager, und die Augen waren von dunklen Schatten umgeben.

Mara anerkannte seinen überlegenen Rang, indem sie seine Verbeugung erwiderte und ihn fragte: »Geht es Euch gut, Großvater meines Sohnes?«

Tecuma schien beinah durch sie hindurchzublicken. »Es geht mir gut, Mutter meines Enkels.« Seine Lippen schienen dünner zu werden, als er seinen Blick über die Scharen der in der Halle Versammelten schweifen ließ. »Wenn man das nur auch vom Kaiserreich sagen könnte.«

»Wie geht es dem Kaiser?« fragte Mara, begierig auf Informationen.

»Das Licht des Himmels ruht sich, wie es heißt, in seinem Kommandozelt auf der Ebene in der Nähe des Spalttores aus.« Tecumas Ton war hart. »Als Ichindar sich von seiner Beeinträchtigung erholt hatte, ließ er seine Offiziere wissen, daß er eine Rückkehr ins Königreich der Inseln anstrebt, um eine neue Invasion zu starten. Doch unser Wunsch, uns an den Barbaren wegen ihres Verrats zu rächen, könnte enttäuscht werden. Die Erhabenen sind vielleicht in der Lage, einen Spalt zu manipulieren, doch sie beherrschen ihn keineswegs voll und ganz. Ob dieser nach Midkemia wieder hergestellt werden kann, ist zweifelhaft.«

Wieder betrachtete der Lord der Anasati die Herrscher, die sich trotz des kaiserlichen Befehls versammelt hatten. Seine Stimme wurde nicht weicher, als er schloß: »Und in der Zwischenzeit geht das Spiel weiter.«

Mara verschaffte sich schnell einen Überblick über die anderen anwesenden Älteren und fragte: »Wer wird für die Ionani sprechen?«

Tecuma war sich seiner Macht sicher, und er trug einen der ältesten Namen im Kaiserreich. »Bis der Clan Ionani sich zurückzieht und einen neuen Clanlord wählt, bin ich ihr Sprecher.« Abrupt deutete er quer durch den Raum. »Dort ist der Clan Hadama versammelt, Lady. Ich schlage vor, Ihr eilt dorthin und macht Euch bemerkbar.«

»Lord Tecuma –«

Der alte Mann unterbrach sie mit einer Handbewegung. »Mara, ich bin ein trauernder Mann, also vergebt mir meine Unverblümtheit.« Er machte jetzt einen gequälten Eindruck. »Helesko war einer von denen, die in der fremden Welt zurückgeblieben sind – und den Berichten zufolge lag er von einer Lanze aufgespießt im Sterben. Ich habe heute einen zweiten Sohn verloren. Ich habe keine Zeit für die Frau, die mir den ersten nahm.«

Mara spürte, wie sich ihr die Kehle zuschnürte. Sie verbeugte sich teilnahmsvoll. »Mein Beileid, Tecuma. Es war taktlos von mir, nicht daran zu denken.«

Der Lord der Anasati schüttelte leicht den Kopf; eine Geste der Ungläubigkeit oder des Schmerzes. »Viele von uns trauern, Mara. Viele Brüder, Söhne und Väter sind in der fremden Welt gefangen. Der Verlust ist ein Schlag gegen unsere Ehre und gegen unsere Herzen. Wenn Ihr mich jetzt bitte entschuldigen würdet?« Ohne auf eine Antwort zu warten, kehrte er seiner ehemaligen Schwiegertochter den Rücken und nahm die Diskussion wieder auf, die sie unterbrochen hatte.

Mara stand außerhalb der Gruppe, und als sie den feindseligen Blick eines Mitglieds der Partei der Gelben Blume sah, dessen Unterhaltung sie unterbrochen hatte, als sie zu Tecuma getreten war, ging sie um das Podest herum zu der ersten Treppe, wo die Herrscher des Clans Hadama sich berieten. Einige verneigten sich respektvoll, als Mara sich näherte, doch andere nickten ihr nur flüchtig zu. Einer oder zwei – und auch ein gelähmter Älterer in einem Sänftenstuhl – weigerten sich ganz und gar, die Lady der Acoma irgendwie willkommen zu heißen. Mara verschaffte sich schnell einen Überblick. »Wie viele Verluste haben wir erlitten?«

Der Lord der Sutanta, ein großer, schlanker Mann in einer dunkelblauen Robe mit blaßblauem Saum, verbeugte sich flüchtig. »Der Lord der Chekowara und seine vierzig Krieger sind von der Stadt der Ebene hierher unterwegs. Der Lord der Cozinchach und zwei Vasallen bleiben beim Kaiser. Die Hadama haben nur geringe Verluste erlitten, da die kleineren Clans nicht in den ersten Reihen plaziert wurden. Die meisten unserer Herrscher werden im Laufe der Woche nach Kentosani zurückkehren.«

»Wer berief diesen Rat ein?« fragte Mara.

Das lederne Gesicht des Lords war ausdruckslos. »Wer rief Euch hierher?«

Auch Maras Miene war undurchdringlich, als sie antwortete. »Ich kam einfach.«

Der Lord der Sutanta deutete mit einer leichten Handbewegung auf die sich füllende Halle. »Niemand hier würde dem Willen des Lichts des Himmels widersprechen.« Er heftete seine vogelähnlichen Augen auf Mara. »Aber ebenso kann niemand müßig zu Hause sitzen, wenn sein Erstgeborener durch Verrat getötet würde.«

Mara nickte, und innerlich führte sie zu Ende, was ungesagt blieb. Der Trotz gegenüber Ichindars Spiel um Macht wurde in aller Höflichkeit akzeptiert. Doch im Großen Spiel bedeutete Höflichkeit oft verdeckten Mord. Der Hohe Rat von Tsuranuanni war darauf aus, sich Gehör zu verschaffen. Es würde an diesem Tag kein formales Treffen geben; zu viele Lords fehlten. Kein Lord würde einen Schritt unternehmen, solange nicht genau bekannt war, welche Feinde und welche Verbündeten übrigblieben. Heute verschafften sie sich einen Überblick, und morgen würde gespielt werden, würden jene Vorteile gegenüber Rivalen ausgenutzt werden, die ihnen der Zufall in die Hände gespielt hatte. Und wenn auch dieser Rat ungenehmigt war, so war das Treffen doch nichts anderes als eine Runde des Großen Spieles, denn genauso wie ein Grauer Krieger ebenso leicht töten konnte wie einer mit Hausfarben, war dieser Graue Rat so tödlich wie einer mit kaiserlicher Genehmigung.

Mara nahm sich einen Augenblick Zeit, um nachzudenken. Die Aussichten der Acoma waren nicht besonders gut. Die Minwanabi hatten einige Gegner verloren und einen neuen Lord gewonnen, der sämtliche Ressourcen, besonders ihre militärische Macht, in vollem Maße nutzen konnte. Das Schicksal war dem Lord der Xacatecas nicht günstig gesonnen. Als Clanlord des Clans Xacala hatte Lord Chipino in der ersten Reihe des Kaisers gestanden; sein ältester Sohn Dezilo hatte die Xacatecas als dritte der Fünf Großen Familien vertreten. Beide waren verloren, und zurück blieben Lady Isashani und eine Schar von Nachkommen, deren Ältester noch viel zu jung und unerfahren für den Mantel des Herrschers war – Maras stärkster Verbündeter war jetzt gefährlich geschwächt. Mara hatte das Gefühl, als würde eine kühle Brise an ihrem Rücken entlangstreichen, als sie begriff, daß sie sich zu sehr auf den Schutz verlassen hatte, der auf Ayakis schwachen Blutsbanden mit den Anasati beruhte.

Wie Jagunas, die an den Leichen schnüffelten, um zu entscheiden, um welche Teile sie kämpfen wollen, versammelten sich die Lords erst mit den Mitgliedern ihres Clans und sprachen dann mit Verbündeten – überwiegend entlang der Parteilinie.

Die Acoma zählten eigentlich zu der kleineren Partei des Jadeauges, doch die Verbindung war mit dem plötzlichen Ende von Lord Sezus Herrschaft eingeschlafen. Mara hatte für Parteipolitik nicht viel übrig; sie war zu sehr damit beschäftigt gewesen, ihr Haus vor der Auslöschung zu bewahren. Doch jetzt, da das gesamte Kaiserreich in Aufruhr war, konnten keine Bande zu schwach, zu klein sein.

Mara bahnte sich ihren Weg am Lord der Inrodaka vorbei, der sich zusammen mit dem fetten zweiten Sohn des Lords der

Ekamchi und einem Cousin des Lords der Kehotara im Flüsterton beriet. Sie warfen ihr einen kalten Blick zu. Mara sah hinter ihnen zwei andere Mitglieder des Jadeauges, und so trat sie zu ihnen und begann eine Unterhaltung, die erst einmal in einer langen Liste von Beileidsbekundungen bestand. Die Toten und jenseits des Spalts Gestrandeten schienen die Edlen des Kaiserreiches selbst in ihrer Abwesenheit noch zu verfolgen. Doch das Leben in Tsuranuanni ging auch nach Niederlagen weiter. Überall in der Halle forschten die Mitglieder des Hohen Rates hinter der Fassade freundlicher Unterhaltung nach Absichten und Neigungen, und die ganze Zeit spielten sie dabei einmal mehr das Große Spiel.

Blitze erhellten den Himmel und zuckten silbrigweiß über das große Haus der Minwanabi. Incomo saß an seinem Arbeitstisch, einen Stift in der Hand und frische Tinte neben sich; er ging die Dokumente durch, die vor ihm aufgestapelt waren. Er ignorierte das laute Geräusch der heftigen Regentropfen. Er war noch nie besonders schnell im Denken gewesen, und jetzt wollten Entsetzen und Ungläubigkeit nicht von ihm weichen. Die Ereignisse im Zusammenhang mit dem Verrat am Kaiser wirkten immer noch wie die beklemmenden Nachwirkungen eines Alptraumes. Es bestand kein Zweifel, daß Desio tot war. Drei Zeugen hatten gesehen, wie er mit Pfeilen in Hals und Brust fiel – sein Cousin Jeshurado lag bereits tot zu seinen Füßen. Kein Freund oder Gefolgsmann war nahe genug gewesen, um den Körper des Lords aus dem Chaos zu retten, bevor der magische Spalt sich schloß und Kelewan für immer von Midkemia trennte.

Incomo preßte die trockenen Hände gegen die Schläfen und atmete die feuchte Luft tief ein. Desio von den Minwanabi ruhte bei seinen Ahnen, sofern der Geist eines Menschen den unbekannten Spalt zwischen den Welten überqueren konnte. Im Heiligen Hain der Minwanabi hatte ein eilig herbeigerufener Priester die Riten gesprochen, und Läufer waren bereits mit den Neuigkeiten unterwegs. Jetzt blieb ihm nur noch das Warten auf die Ankunft des neuen Lords von dem Außenposten auf den Inseln im Westen.

In diesem Augenblick wurde der Laden hinter dem Ersten Berater zurückgeschoben. Warme, feuchte Luft drang in den Raum, wirbelte die Pergamente auf und verteilte ein paar Regentropfen auf dem Boden. »Ich hatte doch Befehl gegeben, mich nicht zu stören«, zischte Incomo.

Eine trockene Stimme mit einer ganz eigenen Note erklang: »Dann bitte ich um Entschuldigung für die Unterbrechung, Erster Berater. Doch die Zeit verrinnt, und es gibt viel zu tun.«

Incomo fuhr zusammen und drehte sich um. Im Licht eines herabzuckenden Blitzes sah er einen Krieger durch die Tür treten. Wasser strömte von seiner Rüstung, während der Mann beinahe lautlos in den hellen Schein der einzigen Lampe trat. Er nahm den Helm ab. Schatten lagen um seine honigbraunen Augen, und nasses Haar klebte am Nacken.

Incomo ließ die Feder sinken und verbeugte sich von der Taille an in vollster Ehrerbietung. »Tasaio!«

Tasaio blickte Incomo einen stummen Augenblick in die Augen, dann meinte er langsam: »Ich vergebe Euch dieses Mal die Vertraulichkeit, Erster Berater. Aber nur dieses eine Mal.«

Incomo schob den Tisch beiseite, und Feder und Pergament fielen auf die Erde, während die Tusche beinahe überlief. Steif berührte er mit der Stirn den Boden. »Mylord.«

Der Sturm nahm zu, während Tasaio sich mit scharfem Blick im Raum umsah. Er gestattete Incomo nicht aufzustehen, sondern betrachtete die Bilder von Vögeln, die Schlafmatratze und schließlich, mit dem größten Genuß, den ausgestreckten Älteren vor sich auf der Matte. »Ja. Tasaio. Lord der Minwanabi.«

Endlich durfte Incomo aufstehen. »Woher wußtet Ihr –«

Der neue Herr unterbrach ihn spöttisch. »Incomo! Glaubt Ihr, Ihr wärt der einzige, der Spione besitzt? Niemals würde ich den Namen der Minwanabi entehren, doch in meiner Position hätte nur ein Narr Desio unbeobachtet gelassen.«

Tasaio wischte sich ein paar nasse Locken aus dem Gesicht,

dann rückte er den Schwertgürtel zurecht. »Seit ich den Fuß auf die verfluchte Insel setzte, hielt ich ein Boot in steter Bereitschaft, bemannt und darauf vorbereitet, sofort auszulaufen. Tag oder Nacht, wenn der Ruf kommen sollte, mußten nur noch die Leinen durchtrennt werden.

Sofort nach dem Tod meines Cousins sandten die, die mir treu ergeben sind, eine Nachricht zum Außenposten.« Tasaio zuckte mit den Schultern und verteilte weitere Tropfen im Lampenlicht. »Ich nahm ein Boot bis Nar und kommandierte gleich das erste Schiff ab. Wann wählt der Hohe Rat einen neuen Kriegsherrn?«

Incomo hielt seine Augen auf die sich ausbreitenden Pfützen gerichtet, die die Schlafmatratze zu erreichen drohten, und versuchte seine Gedanken zu ordnen. »Die Nachricht traf erst heute morgen ein. Das Licht des Himmels hat den Hohen Rat zu einer Sitzung einberufen, die in drei Tagen stattfinden soll.«

»Ihr hättet mich dieses Treffen verpassen lassen, Incomo?« fragte Tasaio gefährlich sanft.

Nasse Kissen schienen plötzlich gar keine Rolle mehr zu spielen. »Mylord!« Wieder preßte Incomo seine Stirn gegen den Boden. «Desios Ende kam sehr überraschend. Unser schnellster Bote ist seit einer Stunde fort mit dem Auftrag, das schnellste Boot zu finden. Ich erkläre bescheiden, daß ich mein möglichstes versucht habe. Tadelt einen Diener nicht für seine Beschränkungen, wenn Mylord klüger war und den erwarteten Ruf zur Pflicht nicht abwartete.«

Tasaio lachte humorlos. »Ich mag nutzlose Schmeichelei ebensowenig wie nicht überzeugende Demut, Erster Berater. Erhebt Euch und behaltet das gut in Erinnerung.«

Ein lauter Donnerschlag erschütterte das Haus, und Echos rollten über den nachtschwarzen See. Mit der Fähigkeit eines Kommandeurs in der Schlacht, die Stimme dem jeweiligen Lärmpegel anzupassen, meinte Tasaio: »Hier sind Eure Befehle, Erster Berater. Entlaßt Desios Bedienstete und seine Konkubinen. Ich habe eigene Leute, und sie werden mir helfen, die Trauerkleider anzulegen. Ich werde diese Nacht in den Baracken der

Offiziere schlafen. Sagt meinem Hadonra, er soll alles, was Desio gehörte, aus den Gemächern des Lords entfernen. Die Räume müssen leer sein. Meine Kleider und meine persönlichen Gegenstände müssen bis zur Dämmerung an ihrem Platz sein, die alten Kleider des Lords, sein Bettzeug und andere persönliche Dinge werden verbrannt.« Tasaio kniff die Augen zusammen. »Sagt dem Hundeaufseher, er soll den Killerhunden die Kehlen durchschneiden – sie gehorchen keinem anderen Herrn. Bei Anbruch des Tages soll sich jedes Mitglied dieses Hauses auf dem Übungsfeld einfinden. Ein neuer Lord herrscht über die Minwanabi, und alle sollen wissen, daß Unfähigkeit nicht toleriert wird.«

»Wie Ihr wünscht.« Incomo bereitete sich auf eine schlaflose Nacht vor. Er wollte schon aufstehen, doch sein Herr war noch nicht fertig.

Der Lord der Minwanabi betrachtete den Ersten Berater mit festem Blick. »Ihr müßt mich nicht so verhätscheln wie meinen Cousin. Ich werde Eure Gedanken zu allen Angelegenheiten hören, selbst wenn ich gegenteiliger Meinung bin. Ihr dürft Vorschläge machen, wenn Ihr es für passend haltet, bis ich Euch etwas anderes befehle. Dann werdet Ihr schweigend gehorchen. Morgen werden wir die Berichte durchgehen und eine Ehrengarde zusammenstellen. Gegen Mittag möchte ich in meiner offiziellen Barke auf dem Weg flußabwärts nach Kentosani sein. Sorgt dafür, daß alles für meine Abreise vorbereitet wird. Denn wenn ich in der Heiligen Stadt bin, möchte ich meinen Fall vortragen.«

»Welchen Fall, Mylord?« fragte Incomo in stillem Respekt.

Jetzt lächelte Tasaio, und ein Leuchten trat auf sein Gesicht. »Welchen wohl? Den Platz des Kriegsherrn einzunehmen, was denn sonst. Wer hat einen größeren Anspruch darauf als ich?«

Inocomo spürte, wie seine Nackenhaare sich aufrichteten. Schließlich, nach Jahren sehnsüchtiger Wünsche, konnte er einem Lord dienen, der schlau, fähig und ehrgeizig war.

Donner ließ abermals den Boden erzittern, und Regen

klatschte gegen die Läden. Tasaio stand aufrecht im zitternden Licht der Lampe und führte seinen Gedanken zu Ende. »Wenn ich erst einmal das Weiß und Gold trage, werden wir die Acoma vernichten.«

Incomo verbeugte sich wieder. Als er aufstand, war der Raum leer und der Luftzug durch die dunkle Tür die einzige Spur, die auf den Besuch seines Herrn hinwies. Schweigend dachte der Erste Berater an den Wunsch, den er sich niemals getraut hatte auszusprechen, den die Götter und das Schicksal ihm jetzt aber freiwillig erfüllt hatten: Tasaio trug nun den Mantel der Minwanabi. Eine merkwürdige ironische Stimmung befiel Incomo, und er fragte sich, weshalb dieses Geschenk ihm das Gefühl vermittelte, als sei er alt und ausgelaugt.

Der Sturm hinterließ Rinnsale, die in kleinen Bächen an den am Dach des Kaiserlichen Palastes befestigten Glückssymbolen entlangflossen, in Abflußrohren auf den Boden des Innenhofs platschten und dort Pfützen bildeten. Im Gebäude selbst klang das Geräusch des herabrauschenden Wassers nur gedämpft; Luftzug wirbelte in kleinen Seufzern durch die breiten Gänge und brachte die Flammen der Lampen zum Zittern, die Diener erst kurz zuvor entzündet hatten. Lujan und die fünf bewaffneten Krieger marschierten energisch durch den Flur mit seinen düsteren Schatten, um Mara Bericht zu erstatten.

Mara traf den Kommandeur im inneren Zimmer, wo sie sich gerade mit Arakasi unterhielt. Kevin stand an der Wand schräg hinter ihr; der Zwang zur Untätigkeit hatte bei ihm einen beißenden Sarkasmus hervorgebracht. Er hatte Kopfschmerzen. Die Geräusche der Krieger, die ihre Waffen schärften, zehrten bis aufs äußerste an seinen Nerven, und der Geruch des Lacks, mit dem das geschichtete Fell konserviert wurde, bereitete ihm Übelkeit.

Lujan erhob sich vor den Kissen der Lady aus seiner Verbeugung. »Mistress«, sagte er knapp, »es sind weitere Soldaten der Sajaio, Tondora und Gineisa in bisher leerstehende Wohnungen eingezogen.«

Mara runzelte die Stirn. »Minwanabi-Hunde. Irgendeine Nachricht vom Hundeaufseher selbst?«

»Nein. Noch nicht.« Lujan nahm seinen Helm ab und fuhr mit den Fingern durch die feuchten Haare.

Arakasi schaute von dem unordentlichen Stapel mit Nachrichten auf, die ihm am Morgen von seinen Kontaktpersonen im Palast zugesteckt worden waren. Er betrachtete den Kommandeur aus halb geschlossenen Augen. »In drei Tagen wird der Kaiser in den Palast zurückkehren.«

Kevin, der mit einer Schulter an der Wand lehnte und die Arme vor der Brust verschränkt hatte, sagte: »Er läßt es gemütlich angehen, nicht wahr?«

»Es gibt eine große Anzahl von Ritualen und Zeremonien unterwegs«, warf Mara mit kaum verhüllter Gereiztheit ein. »Es reist sich nicht so schnell mit zwanzig Priestern, eintausend Leibwächtern und fünftausend Soldaten.«

Kevin zuckte mit den Schultern. Die Enge und der Druck machten sich bei allen bemerkbar. Seit zwei Tagen waren die Versammlungen in der Ratshalle im Gang. Mara verbrachte bis zu fünfzehn Stunden an einem Stück in der großen Halle. Nachts kehrte sie so erschöpft zurück, daß sie kaum noch Lust zum Essen hatte. Sie sah abgehärmt und dünn aus, und trotz Kevins überschwenglicher Fürsorge war das bißchen Schlaf, das sie erhaschen konnte, unruhig. Wenn die Nächte schon unbefriedigend waren, so waren die Tage noch schlimmer. Untätigkeit jeder Art zehrte an Kevins Nerven, doch selbst Langeweile hatte ihre Grenzen. Seine Pflichten in der Küche trieben ihn zu Widerworten und Flüchen, und obwohl er sich selten gehenließ, fehlte es ihm an dem Fatalismus, der die tsuranischen Krieger befähigte, mit scheinbar unendlicher Geduld auszuharren.

Mara seufzte und zog Bilanz: »Bisher habe ich mit siebzehn Lords gesprochen und nur vier mit einer nachhaltigen Übereinkunft an mich binden können.« Sie schüttelte den Kopf. »Eine schwache Leistung. Niemand möchte sich festlegen, obwohl viele so tun, als wären sie dazu bereit. Zu viele Parteien konkurrieren um den Platz des Kriegsherrn, und den einen Kandidaten öffentlich zu unterstützen zieht die Feindseligkeit aller seiner Rivalen nach sich.«

Arakasi wickelte eine Nachricht auseinander, die streng nach Fisch roch. »Mein Agent an den Docks berichtet von der Ankunft von Dajalo von den Keda.«

Mara blickte bei diesen Worten auf. »Ist er in seinem Stadthaus oder hier im Palast?«

»Geduld, Lady.« Arakasi durchsuchte die Nachrichten, sortierte drei aus und widmete sich dann einem verschlüsselten Schriftstück, das aufregend nach Parfüm roch. »Stadthaus«, meinte der Supai. »Zumindest für heute nacht.«

Mara klatschte nach dem Schreiber in die Hände, der hergekommen war, um ihr bei der Korrespondenz zu helfen. »Richtet dieses Schreiben an Lord Dajalo von den Keda. Zuerst übermittelt Ihr ihm unser Beileid wegen des Todes seines Vaters, zusammen mit unserer Überzeugung, daß sein Ende mutig und ehrenvoll war. Dann teilt Dajalo mit, daß die Acoma ein Dokument mit dem persönlichen Siegel Lord Anderos besitzen, das das Haus Keda verpflichtet, eine Stimme unserer Wahl zu unseren Gunsten abzugeben. Dajalo ist als neuer Herrscher gebunden, diese Verpflichtung zu übernehmen.«

»Mistress«, unterbrach Arakasi. »Ist das nicht ein bißchen ... sehr schnell?«

Mara fuhr mit den Fingern durch ihre dichten Haare, deren Enden von der aufgesteckten Frisur immer noch gewellt waren. »Vielleicht habe ich einige Gewohnheiten von diesem Barbaren hier übernommen.« Sie hielt inne, als es in der Ferne erneut donnerte. »Zweifelt nicht daran ... Tasaio von den Minwanabi wird bald bei uns sein, und dann könnte ich diese Stimme sehr schnell benötigen.«

Ein Klopfen an der Eingangstür unterbrach sie. Eine Wache erschien in der Tür und verneigte sich. »Mistress, unsere Kundschafter berichten, daß sich bewaffnete Männer in den äußeren Gängen des Palastes herumdrücken.«

Mara blickte Lujan an, der noch beim Aufstehen seinen Helm über die verstrubbelten Haare stülpte und festzog. Blitze zuckten jenseits der Läden silbern auf, gerade noch sichtbar durch die kleinen Schlitze zwischen den mittlerweile mit rohen Brettern verstärkten Barrikaden. Kevin unterdrückte das Bedürfnis, wie ein eingesperrtes Tier hin und her zu laufen, während Mara und Arakasi sich in die Berichte vertieften. Das Kratzen der Feder des Schreibers überbrückte die Pause, bis der Kommandeur zurückkehrte.

Seine Verbeugung war mehr als oberflächlich. »Unsere Späher haben zwei Gruppen von Soldaten ausgemacht, die aus je zwanzig bis dreißig Kriegern bestehen. Sie halten sich in den Schatten und scheinen es auf einen anderen Teil des Palastes abgesehen zu haben.«

»Welches Haus?« fragte Mara rasch.

»Keines, hübsche Lady.« Lujans Versuch, sie zu beruhigen, war zweifelhaft. »Sie tragen schwarze Rüstungen ohne irgendwelche Abzeichen.«

Mara riß die Augen auf. »Dann beginnt es jetzt.«

Lujan erteilte leise Befehle an die Krieger in der vorderen Kammer. Jetzt wurde auch der letzte Laden, der bisher noch eine Ritze geöffnet geblieben war, um etwas frische Luft hereinzulassen, zugezogen und mit Pflöcken befestigt. Ein Tisch wurde vornüber gegen die äußere Tür gelehnt und dann mit einem dicken Balken festgeklemmt. Jetzt wurde die Feuchtigkeit, die der Sturm mitbrachte, zu einer erdrückenden Decke. Arakasi schien das nichts anzuhaben, denn er grübelte nach wie vor in aller Stille über seinen Nachrichten.

Doch Kevin schwitzte und war nervös, seine leeren Hände sehnten sich nach einer Klinge. Die Stunden zogen sich hin, und es wurde Mitternacht. Gedämpfte Geräusche drangen durch die Wände. Schritte platschten in Pfützen oder trampelten Gänge und Treppen hinunter, manchmal unterbrochen durch einen Schrei. Der Regen hörte auf, und Insekten zirpten draußen ihr nächtliches Lied.

Da niemand sich veranlaßt fühlte, zu den alltäglichen Notwendigkeiten überzugehen, kniete Kevin sich schließlich neben Mara und zog ihr das Pergament aus der Hand, das sie seit einer Stunde festhielt, ohne es zu lesen. »Du mußt hungrig sein«, drängte er sie leise.

Mara lehnte sich an ihn. »Nicht wirklich. Aber ich sollte etwas essen, wenn ich morgen im Rat wach sein will.«

Kevin stand auf und bereitete sich auf den unvermeidlichen Machtkampf vor, der in dem Moment einsetzen würde, da er die Küche betrat. Jican hielt jeden Sklaven mit leeren Händen für Freiwild. Heute nacht schien er auf den Kampf bestens vorbereitet, da eine Schar geschäftiger Küchenjungen bereits Kessel und Platten scheuerten. Als wäre der Lärm der Küchengeräte eine Wohltat gegenüber den entfernten Kampfgeräuschen, wurde jeder Schöpflöffel, jede Tasse oder Suppenschüssel geschmirgelt und poliert. Jican sah Kevin in der Tür stehen, und sein besorgtes Gesicht hellte sich auf. »Möchte die Mistress essen?«

Kevin nickte und war verwundert, als er plötzlich ein Tablett mit warmem Brot, Käse und Früchten in die Hand gedrückt bekam. Enttäuscht über den leichten Sieg schluckte er eine sorgfältig vorbereitete Antwort hinunter und kehrte zu seiner Lady zurück. Er stellte das Essen ab und setzte sich zu ihr, während sie sich offensichtlich zwingen mußte, etwas Nahrung zu sich zu nehmen. Am Ende aß Arakasi es auf. Kevin überredete Mara, ins Bett zu gehen, während an jedem Fenster und an jeder Tür Krieger reglos wie Statuen wachten.

Der Morgen dämmerte. Mara erhob sich von den Kissen und verlangte nach ihren Zofen und einem Bad. Schminke überdeckte die sorgenvollen Schatten auf ihrem Gesicht, und drei Lagen offizielle Gewänder verbargen ihre dünne Gestalt. In letzter Minute, gerade als sie gehen wollte, drehte sie sich um und sah Kevin direkt an.

Mißgelaunt wegen der Aussicht auf einen weiteren langweiligen Tag betrachtete er sie mit vorwurfsvollen blauen Augen.

Mara gab einem spontanen Impuls nach und lenkte ein, hauptsächlich, weil sie fürchtete, daß die Wohnung während ihrer Abwesenheit überfallen werden könnte. »Komm mit. Aber bleibe dicht bei mir und verhalte dich ruhig, solange ich dir nichts anderes befehle.«

Kevin sprang rasch auf und trat zu ihrem Gefolge. Lujan forderte die Ehrengarde auf, Position zu beziehen, und wenige Minuten später traf die Gruppe in der Ratshalle ein.

Sonnenlicht fiel durch die Kuppel in den Raum und ließ die gelbgefärbten Wandgemälde über den Galerien hell aufleuchten. Die oberen Sitze waren bereits besetzt, die unteren noch leer. Das Chaos hatte sich jetzt genügend gelegt, so daß die Edlen sich wieder mehr um ihren Rang kümmerten, erkannte Kevin. Er folgte Mara die Stufen hinunter, während Lujan mit zwei anderen Soldaten hinter ihr Position bezog. Der Rest der Ehrengarde blieb in der Eingangshalle an der Tür, als wäre diese Ratsversammlung nicht anders als die anderen.

Doch als sie auf dem Weg zu ihrem Platz an einem leeren Stuhl vorbeikamen, preßte Mara die Hände vor den Mund, um einen Entsetzensschrei zu unterdrücken. »Ärger?« murmelte Kevin. Er hatte sein Versprechen zu schweigen bereits vergessen.

Mara nickte kaum wahrnehmbar. Spürbar unglücklich flüsterte sie: »Lord Pataki von den Sida ist tot.«

»Wer?« fragte Kevin.

»Ein Mann, der einmal nett zu mir war, ganz entgegen der öffentlichen Stimmung. Er war außerdem ein möglicher Verbündeter. Gestern war er noch hier, aber heute morgen ist sein Platz leer.«

»Woher weißt du, daß er nicht beim Frühstücken hängengeblieben ist?« murmelte Kevin.

Mara ließ sich auf ihrem Platz nieder und gab ihrem Sklaven zu verstehen, sich schräg rechts hinter ihr aufzustellen. »Nur ein Attentäter könnte Pataki daran hindern, rechtzeitig diesen Saal zu betreten.« Ihr Blick schweifte über die nahen Galerien. »Drei andere Lords fehlen ebenfalls, wie es aussieht.«

»Freunde?« Kevin tat sein möglichstes, leise zu sprechen.

»Nein. Feinde der Minwanabi«, antwortete Mara. Sie öffnete ihren kleinen Zierfächer und murmelte Lujan etwas zu, der daraufhin seine Krieger um sie herum anordnete und dann den Platz nahe am Gang einnahm. Hier konnte er sein Schwert als erster zu ihrer Verteidigung einsetzen.

Die unterste Galerie füllte sich allmählich. Kevin betrachtete die großen Lords des Kaiserreiches, die sich wie Pfauen herausgeputzt hatten. Einige saßen wie Könige auf ihren Stühlen und sprachen mit jenen, die zu ihnen kamen – wegen einer Petition, eines Gefallens oder auf der Suche nach einem Verbündeten. Andere standen in kleinen Gruppen zusammen, wechselten die Position oder tauschten Vertraulichkeiten aus wie Schmetterlinge, die sich um Blumen versammeln. Das Spiel des Rates war weniger ein offener Kampf um die Hierarchie als vielmehr eine subtile, endlose Folge von Begegnungen, Zurückhaltung und gesellschaftlichen Machenschaften.

»Ich verstehe das nicht«, sagte Kevin, nachdem er das Geschehen eine Zeitlang studiert hatte. »Niemand verhält sich so, als wären vier ihrer Ratskameraden umgebracht worden.«

»Der Tod gehört zum Spiel«, antwortete Mara, und als der Morgen sich in die Länge zog, begann Kevin endlich zu verstehen. Die Niederlage eines anderen in ungebührlicher Weise zu beachten bedeutete soviel wie ein unehrenhaftes Verhalten vorauszusetzen, da Mord grundsätzlich bedeutete, daß jemand dafür verantwortlich war. Solange es keine Beweise gab, sprachen die Tsuranis nur von »Unfällen«. Ein Lord konnte ohne Strafe jemanden töten und selbst noch die Bewunderung seiner Rivalen erringen, wenn er nur die Form wahrte.

Ein Lord mittleren Alters schlenderte zu Mara herauf, die aufstand und sich zur Begrüßung vor ihm verneigte. Sie unterhielten sich über dies und jenes und streiften auch kurz das Handelsgeschäft. Kevin war seinen eigenen Gedanken überlassen. Dieses Verhalten, in aller Seelenruhe weiterzumachen und so zu tun, als ob überhaupt nichts geschehen wäre, obwohl in der

Nacht zuvor Attentäter den Palast unsicher gemacht hatten, ängstigte ihn in einer Weise, wie er es seit seiner Gefangennahme nicht mehr erlebt hatte.

Ein aufgeregtes Raunen war zu hören, als ein junger Mann auf die untere Galerie trat. Flankiert von sechs Wachen in scharlachrot-grauer Rüstung, nahm er auf einem der eindrucksvolleren Stühle gegenüber dem zentralen Podest Platz. Köpfe wandten sich um, als er einen Berater an seine Seite rief. Nach einer kurzen Unterredung verneigte sich der Mann und eilte schnurstracks die Stufen zu Mara empor, die noch mit dem anderen Edlen sprach. Kevin, den das leise Geflüster darauf aufmerksam machte, daß etwas Bedeutendes geschehen war, beobachtete die Situation gespannt.

Der Berater verneigte sich vor Mara. »Mylady von den Acoma, mein Lord möchte Euch wissen lassen, daß die Keda bereit sind, jede Schuld abzutragen, die in ihrem Namen zustande gekommen ist.«

Mara neigte leicht ihren Kopf, und der Berater ging. Diese Nachricht hatte eine grundlegende Wirkung auf den Mann, dessen Gespräch unterbrochen worden war. Seine Haltung änderte sich vollkommen, war jetzt nicht mehr herrisch, sondern aufrichtig unterwürfig. Und plötzlich fanden auch einige der anderen geringeren Edlen den Weg von den Galerien herunter und suchten ein Gespräch mit der Lady der Acoma.

Kevin sah verwundert zu, wie die feine Strömung der tsuranischen Politik sich änderte und Mara mehr und mehr Aufmerksamkeit erhielt. Jetzt, da die Führer der Fünf Großen Häuser in der fremden Welt verloren waren, waren die mächtigeren Clans in ihre eigenen mörderischen Kämpfe verwickelt. Dies gab den unbedeutenden Familien in ebendiesen Clans – und natürlich auch den kleinen Clans – die Gelegenheit, im Rat zu verhandeln, Versprechen abzugeben und mögliche Unterstützung zu suchen. Wenn die Armeen der Mächtigen aus Rivalitätsgründen gegeneinander marschieren sollten, mußten die schwächeren Häuser zusammenstehen, wenn sie nicht durch Einschmeicheln den

Schutz eines mächtigeren Herrschers erlangen wollten. Vereinbarungen wurden getroffen, Zugeständnisse gemacht – freiwillig oder unter Zwang –, und Handelswaren wechselten als Bürgschaften oder Geschenke die Besitzer. Als sich der Tag immer weiter hinzog, bemerkte Kevin, daß Mara es noch nicht nötig gehabt hatte, ihren Stuhl zu verlassen: Die an ihr interessierten Lords kamen zu ihr, was wiederum auch anderen nicht entging. Die Lords der Inrodaka und Ekamchi blickten häufig auf den leeren Platz des Lords der Minwanabi, während Mitglieder des Clans Ionani lächelnd mit dem hartgesichtigen Lord der Anasati sprachen.

Kurz vor Mittag traten einige Soldaten in Purpur und Gelb ein; sie begleiteten einen schlanken jungen Mann zum Stuhl der Xacatecas. Der Erbe von Lord Chipino, sehr dunkel und gutaussehend, nahm im Rat mit der ganzen Gelassenheit seines Vaters Platz. Als Mara ihn sah, nahm sie den Fächer in die Hand und preßte ihn einen Augenblick gegen die Stirn. Kevin spürte ihre ungeheure Anspannung. Er konnte ihr keine beruhigenden Worte sagen, sondern stand nur steif da; auch er hatte mit einem Stich bemerkt, wie sehr der Junge seinem verstorbenen Vater ähnelte.

Drei Lords warteten höflich darauf, daß Mara ihnen ihre Aufmerksamkeit schenken würde. Sie hatte sich schnell wieder unter Kontrolle und unterhielt die Herren mit Anekdoten, bis die meisten Lords des Clans Xacala Zeit gehabt hatten, sich dem Erben ihres früheren Clanlords zu präsentieren.

Endlich trat eine Pause ein. Mara winkte Lujan zu sich und schritt die flache Treppe hinab, bis sie vor dem Lord der Xacatecas stand. Aus der Nähe glich Hoppara einem jungen Raubtier, auch wenn seine Haare und Augen von wärmerem Braun waren und er die schlanke Gestalt seiner Mutter Isashani besaß. Doch er hatte schon jetzt, so jung und unerfahren er auch noch sein mochte, Chipinos Haltung und Ausstrahlung. Er stand auf und verbeugte sich formell. »Geht es Euch gut, Mara von den Acoma?«

Mara spürte, wie sie errötete. Indem er sich nach ihrer Gesundheit erkundigt hatte, bevor sie sprechen konnte, hatte Hoppara vor allen Anwesenden bekannt, daß sie ihm gesellschaftlich überlegen war! Da er zu einer der Fünf Großen Familien gehörte, war die Geste nicht viel mehr als bloße Höflichkeit, doch auf merkwürdig bedeutsame Weise hatte das Zugeständnis eine verblüffende Wirkung. Noch als Mara Atem schöpfte, um ihre Antwort zu formulieren, spürte sie die Unruhe auf den Galerien. Die Edlen in der Nähe des Lords der Xacatecas sahen sie voller ehrfürchtigem Erstaunen an, während jene auf den Sitzen auf der gegenüberliegenden Seite des Podestes nur säuerlich dreinblickten.

Sie antwortete voller Warmherzigkeit. »Es geht mir gut, Mylord von den Xacatecas. Eure Trauer ist auch die Trauer des Hauses Acoma. Euer Vater war eine Ehre für seine Familie und seinen Clan – und noch viel mehr. Er verteidigte die Grenzen des Kaiserreiches mit großem Mut und ehrte die Acoma mit der Erlaubnis, ihn zu ihren Verbündeten zählen zu dürfen. Ich würde es für ein ganz außergewöhnliches Privileg halten, wenn Ihr mein Haus zu den Freunden der Xacatecas zählen würdet.«

Hoppara brachte ein glaubwürdiges Lächeln zustande, obwohl seine Bemühungen seinen Kummer nicht ganz verbergen konnten. »Mylady, ich würde es als Ehre betrachten, wenn Ihr einverstanden wärt, heute nachmittag mit mir zu essen.«

Mara verneigte sich formell und deutete damit an, daß sie seine Einladung annahm. Auf dem Weg zurück zu ihrem Stuhl wurde sie förmlich überfallen von einer Welle von Schmeichlern, und bis der Erste Berater der Xacatecas zu ihr kam, um sie zum Essen abzuholen, hatte sie keinen einzigen Augenblick mehr Ruhe.

Die Wohnung der Xacatecas im Kaiserlichen Palast war doppelt so groß wie Maras. Die Teppiche und Antiquitäten wirkten kostspielig, und die schwarzlackierten Möbel bildeten einen geschmackvollen Kontrast zu den lavendelfarbenen, purpurnen und cremeweißen Läden. Li-Vögel in Käfigen aus Korbgeflecht erfüllten den Raum mit ihrem Gesang und farbenfrohem Flügelschlag. Mara erkannte sofort Isashanis Hand mit ihrem Sinn für Annehmlichkeit und Anmut, und sie ließ sich erleichtert auf weichen, dicken Kissen nieder. Die Diener waren von Lord Chipino ausgebildet worden, und einer von ihnen hatte an dem Feldzug in der Wüste teilgenommen. Er war bereits mit ihren Gewohnheiten vertraut und hielt ihr eine Schüssel Wasser hin, die nach ihrem bevorzugten Parfüm duftete. Als Mara sich die Hände wusch, dachte sie wehmütig an den alten Lord, während Kevin seinen Platz auf dem Boden schräg hinter ihr einnahm.

Hoppara ließ das schwere Übergewand von den Schultern gleiten und fuhr mit einer Hand durch seine dichten Locken; dann nahm er auf der anderen Seite des niedrigen, üppig gedeckten Tisches Platz. Er seufzte, schob die Ärmel hoch und offenbarte kräftige, sonnengebräunte Handgelenke, während der Sklavenjunge neben ihm seine Hände wusch.

Als der Sklave fertig war, wandte der junge Lord seine Aufmerksamkeit unverfroren auf den bärtigen Barbaren, der wie ein Schatten an Mara klebte.

Kevin starrte genauso gelassen zurück, bis Hoppara eine Augenbraue hochzog. »Ist dies Euer barbarischer Geliebter?«

Seine Neugier war nicht beleidigend gemeint. Hoppara hatte die Unverblümtheit seines Vaters und das scharfe Urteilsvermögen seiner Mutter. Er war einfach nur direkt, ohne ihre persönlichen Vorlieben zu bespötteln. Mara bejahte die Frage mit einem leichten Nicken, und Hoppara schenkte ihr jetzt das entwaffnende Lächeln Isashanis. »Mein Vater erwähnte den Mann mir gegenüber. Falls es derselbe ist.«

»Dies ist Kevin«, meinte Mara vorsichtig.

Hoppara nickte zufrieden. »Ja. Der Sklave, dem eine ganze Rüstung in den Farben der Acoma gehört.« Er seufzte, seine Trauer kaum verbergend. »Mein Vater erzählte uns, wie mehr als nur nützlich dieser Kevin im Kampf in der Wüste gewesen ist.«

Mara lächelte leicht und deutete damit an, daß er nicht ganz unrecht hatte. »Er machte ein oder zwei … Vorschläge.«

Das Lied der Li-Vögel erklang lieblich in der kurzen Pause.

»Vater war nicht sehr freigiebig mit Komplimenten«, gab Hoppara zu. Er starrte auf das Geschirr vor sich, als würde er auf den Tellern Erinnerungen sehen anstelle der Speisen. »Viel von dem, was er im Feld sah, schrieb er ganz neuen, brillanten Ideen zu. Er sagte, kein Tsurani wäre auf den Gedanken gekommen, seine Soldaten auf den Rücken der Cho-ja reiten zu lassen. Diese Taktik beeindruckte ihn zutiefst.« Der junge Lord warf seinem anderen Gast ein gewinnendes Lächeln zu. »Wie er auch von Euch beeindruckt war, Mylady.«

Kevin spürte einen leichten Stich von Eifersucht, als Mara bei dem Kompliment errötete. »Ich danke Euch, Mylord.«

»Ist es heiß?« fragte Hoppara plötzlich, als hätte die Farbe im Gesicht der Lady einen anderen Grund als seine Aufmerksamkeit. Er bedeutete einem Diener mit einer Geste, die Läden zu öffnen, und Sonnenlicht und Luft strömten in den Raum. Der Garten dahinter war mit violetten Blumen bepflanzt, und Obstbäume bildeten mit ihren Zweigen ein Dach. Als Lujan leicht erstarrte und damit seine Sorge um Maras Sicherheit offenbarte, beruhigte ihn der junge Lord. »Diese Wohnung grenzt an eine der Unterkünfte der Kaiserlichen Ehrengarde. Achtzig Kaiserliche Weiße wohnen ständig dort.«

Als Lujan dennoch wachsam blieb, wurde Hopparas Ton leutseliger. »Mutter mochte es nie. Sie sagte, sie könnte niemals in ihrem Tagesgewand im Garten sitzen oder baden, ohne die Kaiserliche Familie großer Gefahr auszusetzen. Sie stellte sich vor, wie Attentäter sie alle umbrachten, während die Kaiserlichen Wachen hier wären und über die Mauer blinzelten, die falschen Speere erhoben und nicht ein einziges Auge auf ihre eigentliche Aufgabe gerichtet.«

Mara lächelte. Lady Isashanis Schönheit war legendär – die wiederholte Mutterschaft in den vergangenen Jahren hatte ihr nicht geschadet, sondern ihrer Figur lediglich eine gewisse Üppigkeit verliehen –, und ihre direkte, scharfe Zunge war eine ausgesprochene Freude in der höflichen tsuranischen Gesellschaft. »Wie geht es Eurer Mutter?« wollte Mara wissen.

Hoppara seufzte. »Einigermaßen. Der Tod meines Vaters und meines Bruders waren natürlich ein Schock für sie. Wußtet Ihr«, fügte er, den früheren Faden wieder aufnehmend, hinzu, »daß mein Vater vorschlug, Ihr könntet eines Tages einen seiner jüngeren Söhne heiraten, solltet Ihr Desios Versuchen, Euch auszulöschen, entgehen?«

Maras Augen weiteten sich bei diesen Worten, denn den Gerüchten nach bevorzugte Isashani als Wahl für Mara eindeutig Hokanu. »Ich bin geschmeichelt.«

«Ihr eßt nicht«, bemerkte Hoppara. Er hob das Messer und zertrennte ein Stück weingetränktes Fleisch. »Bitte, stärkt Euch. Die Schoßhündchen meiner Schwester sind alle übergewichtig. Wenn die Küchenjungen ihnen noch mehr Reste geben, werden die armen Viecher eines Tages mit Kopfkissen verwechselt werden.« Hoppara kaute gedankenvoll, als würde er Maras Gesichtsausdruck abwägen. Dann schien er zu einer Entscheidung gekommen zu sein, und seine charmante Art wich einer größeren Ernsthaftigkeit. »Mein Vater glaubte, Ihr würdet einmal die gefährlichste Frau in der Geschichte des Kaiserreiches werden. Als ein Mann, der seine Feinde mit großer Sorgfalt auswählte, zog er es eindeutig vor, Euer Freund zu sein.«

Mara konnte sich bei diesem Kompliment nur verbeugen. Sie nippte an dem Fruchtsaft und wartete, während die Li-Vögel wohlklingende Melodien zwitscherten.

Hoppara war jetzt vollständig überzeugt, daß seine Lobeshymnen sie nicht erweichen würden. Er riß ein Stück vom Brotlaib ab, tauchte die Kruste in die Sauce und meinte: »Ihr wißt natürlich, daß viele von uns sterben werden, bevor der neue Kriegsherr gewählt ist.«

Mit einer schwachen Geste bekundete Mara ihre Zustimmung zu dieser Aussage. Es gab zu viele Anwärter auf das Weiß und Gold, und die Bündnisse wechselten zu häufig und zu schnell. Selbst ein Narr konnte erkennen, daß aus den Rivalitäten blutige Auseinandersetzungen werden würden.

»Ich wurde beauftragt, Euch aufzusuchen, und werde mein

Anliegen unverblümt vortragen.« Hoppara winkte einen Diener zu sich, der sich verneigte und unauffällig die Vogelkäfige beiseite räumte. In die wachsende Stille hinein sagte der junge Lord: »Die Xacatecas möchten dieses ›Gottesurteil‹ überleben, ohne zuviel von dem Prestige meines Vaters aufzugeben, das er im Laufe seines Lebens errungen hat. Daher streben wir eine Situation an, die für uns die größten Vorteile bringt. Ich erhielt die Anweisung, Euch informell eine Allianz anzubieten und jede Hilfe zu versprechen, die die Xacatecas bieten können, solange –«

Mara unterbrach ihn mit erhobenem Finger. »Einen Augenblick, Mylord. Beauftragt? Anweisung? Wer steht hinter Euch?«

Der junge Mann blickte sie jetzt mit reuevollem Gesicht an. »Sie sagte, Ihr würdet fragen. Meine Mutter natürlich.«

»Eure Mutter?« fragte Mara, während Kevin lachte.

»Ich werde meinen fünfundzwanzigsten Geburtstag erst in drei Jahren feiern, Lady Mara«, gab Hoppara unumwunden zu. »Ich bin zwar der Lord der Xacatecas, aber noch nicht ...«

»Noch nicht der Herrscher«, führte sie den Satz zu Ende.

Hoppara seufzte. »Noch nicht. Bis dahin ist Mutter Herrscherin – wenn ich es schaffe, am Leben zu bleiben.«

»Warum ist dann Lady Isashani nicht hier?« fragte Kevin.

Hoppara blickte Mara an. »Er vergißt manchmal seine Stellung«, meinte diese.

»Und er ist niemals Mutter begegnet, wie es scheint.« Der junge Lord schüttelte sein Unbehagen ab. »Isashani wirkt zwar wie ein Li-Vogel, doch sie hat die Härte eines Soldaten und wägt ihre Entscheidungen ab wie ein Seidenhändler. Ihr bleiben jetzt noch sechs Söhne und vier Töchter. Wenn ich sterben sollte, wird sie um mich trauern, zweifellos, doch Chaiduni würde meinen Platz einnehmen und nach ihm Mizu, dann Elamku, und so weiter. Nach uns gibt es dann die Nachkommen der Konkubinen meines Vaters, achtzehn Söhne ohne die, die noch nicht einmal ihre Milchzähne verloren haben; und dazu kommt noch ein ganzer Schwung Sprößlinge, die gerade mal eben in der Wiege liegen.« Der Junge errötete bei den Gedanken an den Sturm, der das Herrenhaus erschüttert hatte, als sein Vater mit sechs neuen Konkubinen aus der Wüste zurückgekehrt war, jede von ihnen schwanger.

»Die Xacatecas sind ein Geschlecht, das nur schwer auszulöschen wäre«, faßte Kevin zusammen.

Hoppara seufzte zustimmend. »Zu viele Säuglinge und Cousins mit Hunderten von Nebenlinien, und sie alle sind nur einen kurzen Augenblick davon entfernt, als Erbe zu Mutters Amt anerkannt zu werden, wenn es sein muß. Meine Mutter bleibt im Schutz unseres Landsitzes, während sie mich hierhergeschickt und beauftragt hat, die Geschäfte im Rat zu führen.« Er machte eine Geste in die Richtung, wo die große Halle lag. »Die meisten unserer Rivalen begreifen nicht, daß ich noch kein Herrscher bin. Und sie werden auch keine Gelegenheit bekommen, diese Frage zu stellen, denn ich besitze die volle Autorität meiner Mutter, für das Haus Xacatecas zu verhandeln ... bis zu bestimmten Grenzen.«

Maras Gedanken rasten, während sie die Konsequenzen überdachte. »Dann wissen wir also, was nur wenige erraten werden: Ihr seid nicht gekommen, um Anspruch auf das Amt des Kriegsherrn zu erheben.«

»Selbst wenn Vater noch lebte, wäre er nur an dritter Stelle unter denen, die das Weiß und Gold für sich beanspruchen«, sagte Hoppara.

»Wer steht an erster und zweiter?« Jetzt endlich hatte Mara ihren Appetit wiedergefunden.

Hoppara zuckte mit den Schultern. »Ich kann nur die Ansicht meiner Mutter wiedergeben. Die Minwanabi besitzen die größte Macht, doch sie werden keine klare Mehrheit für sich gewinnen. Sollten die Oaxatucan mit ihrem internen Gezänk aufhören, könnte ein Omechan dem früheren Kriegsherrn nachfolgen. Sie haben noch immer beeindruckenden Einfluß. Die Kanazawai sind wegen der fehlgeschlagenen Friedenspläne in Ungnade gefallen, und so bekleiden selbst die Tonmargu einen höheren Rang als die Keda.« Er zuckte erneut mit den Schultern, dann schloß er: »Die Minwanabi sind die logische Wahl. Tasaio ist ein mehr als nur fähiger General. Viele von denen, die Desio niemals unterstützt hätten, werden sich hinter ihn stellen.«

Die Fleischstücke verloren plötzlich jeden Geschmack. Mara schob den Teller beiseite. »Damit kommen wir zum eigentlichen Problem. Was schlagt Ihr abgesehen von einer Allianz vor?«

Hoppara legte sein Messer ebenfalls weg. »Trotz all unserer vielgerühmten Macht sind die Xacatecas im Augenblick deutlich im Nachteil. Wir haben zwei Berater zusammen mit meinem Vater verloren, und uns fehlen damit verläßliche Ratgeber. Ich bin daher beauftragt, Eurer Führung zu folgen, solange Euch die Vernunft nicht im Stich läßt. Andernfalls soll ich unsere Unterstützung Tasaio geben.«

»Ihr würdet diesen Mörder unterstützen? Nach seinen betrügerischen Machenschaften in Tsubar?« fragte Kevin.

Mara brachte ihn mit erhobener Hand zum Schweigen. »Es ist nur logisch. Wenn die Minwanabi erst einmal das Weiß und Gold tragen, bräuchten die Xacatecas keine Angst mehr vor Überfällen von einer der anderen vier großen Familien zu haben.«

»Wir hätten Zeit, unsere Verteidigung zu organisieren, während Tasaio damit beschäftigt wäre, die Acoma zu vernichten.« Hopparas Stimme spiegelte den nüchternen Sachverhalt wider. »Wie auch immer«, beeilte er sich hinzuzufügen, »dies wäre nur unser allerletzter Ausweg. Wenn er für die Xacatecas im Augenblick auch am meisten Sicherheit verspricht, so wäre ein Kaiserreich unter dem Diktat eines Minwanabi-Kriegsherrn …« Angewidert brach er ab.

Kevin war verwirrt. »Ich will verdammt sein, wenn ich das verstehe.«

Hoppara wölbte die Augenbrauen. »Ich dachte …« Er wandte sich an Mara. »Habt Ihr es ihm nicht erklärt?«

Mara seufzte, als hätte das Sonnenlicht, das durch die offenen Läden fiel, plötzlich all seine Wärme verloren. »Nur die Wurzeln unserer gegenwärtigen Fehde – den Tod meines Vater und meines Bruders.«

Das gedämpfte Zwitschern eines Li-Vogels drang vom angrenzenden Zimmer zu ihnen. »Bitte bedeck die Käfige«, befahl Hoppara einem Diener. Er blickte seinen Gast an. »Darf ich?« Als Mara nickte, wandte er sich mit besorgtem Gesicht an Kevin. »Die Minwanabi sind ... seltsam. Wenn es auch unangebracht sein mag, ein Urteil über eine edle Familie zu fällen, deren Verhalten in der Öffentlichkeit ehrenvoll bleibt, ist etwas in der Natur der Minwanabi, das sie ... mehr als nur gefährlich macht.«

Kevin antwortete mit einem Blick, aus dem Ratlosigkeit und Erstaunen sprachen. »Jedes mächtige Haus ist gefährlich. Und meiner Ansicht nach ist das Spiel des Rates nichts anderes als Verrat unter Wahrung des Protokolls.«

Wenn Hoppara von der Freimütigkeit des Sklaven überrascht war, verbarg er es sehr gut. Geduldig versuchte er zu erklären: »Du bist hier wegen Lady Maras Fähigkeit, eine Bedrohung darzustellen, nicht wegen ihres sicherlich nicht unwesentlichen Charmes.« Er verbeugte sich leicht, als er das sagte. »Doch die Minwanabi sind mehr als gefährlich ... Sie sind –«

»Sie sind krank«, unterbrach Mara.

Hoppara hob die Hand. »Das ist sehr hart. Verständlich in Eurem Fall, doch immer noch sehr hart.« Er wandte sich wieder an Kevin. »Sagen wir, sie haben Vorlieben, die von vielen als ungesund angesehen werden.«

Kevin grinste, und seine Augen strahlten in unschuldigem Blau. »Ihr meint, sie sind verdreht.«

»Verdreht?« fragte Hoppara. Dann lachte er. »Das gefällt mir. »Ja, sie sind verdreht.«

»Die Minwanabi genießen Schmerzen.« Maras Blick heftete sich auf ein Bild vor ihrem geistigen Auge, das weniger angenehm war als Isashanis Lavendelzimmer. »Manchmal ihre eigenen, immer die der anderen. Sie töten aus Vergnügen, langsam. Einige der verstorbenen Lords sollen Gefangene wie wilde Tiere gejagt haben. Sie haben sie gequält und Poeten beauftragt, Lobeshymnen auf die Qualen ihrer Opfer zu komponieren. Sie haben etwas Abartiges an sich, werden erregt vom Anblick und Geruch von Blut.«

Hoppara winkte nach Dienern, um den Tisch abräumen zu lassen. »Einige Minwanabi verbergen es besser als andere, doch sie alle haben diesen ... verdrehten Hunger nach Leid. Früher oder später taucht er auf. Jingus Laster traten deutlich zutage. Viele seiner Konkubinen wurden im Bett ermordet, und Gerüchten zufolge erwürgte er seine erste Frau, während er sie nahm. Desio hielt man lange für weniger brutal, doch selbst die Bettler auf den Straßen wußten, daß er die Sklavenmädchen schlug. Habt Ihr Euch niemals gefragt, warum bei all der Macht und dem Reichtum der Minwanabi edle Lords nicht darauf aus sind, ihre Töchter mit ihnen zu verheiraten?« Er ließ die Frage im Raum stehen. »Tasaio ist ... vorsichtiger. Ich habe mit ihm im Feld gedient und gesehen, wie er gefangene Frauen vergewaltigte – wie ein gewöhnlicher Soldat. Oder er machte seine Runden im Zelt des Heilers, wo er den verwundeten Soldaten aber nicht Trost spendete, sondern sich an ihren Schmerzen weidete.«

Hoppara wandte sich dem Weinglas zu, als der Diener nachschenkte, und unterdrückte eine Grimasse. »Tasaio ist nicht der Mann, den ich auf dem Thron des Kriegsherrn sehen möchte.«

»Er ist ziemlich verdreht«, bemerkte Kevin.

»Und ziemlich gefährlich«, faßte Hoppara zusammen. Er hob das Glas, wartete, bis Mara von ihrem gekostet hatte, und trank dann aus. »Deshalb muß ich entweder Tasaios Forderung auf das Weiß und Gold heimlich blockieren, oder ich muß ihn direkt unterstützen, um seine Gunst zu erringen.«

Mara setzte ihr Glas ab, die Augen von schweren Wimpern verschleiert, während sie die Möglichkeit abwägte. »Ihr bittet mich also darum, einen Weg zu finden, wie Ihr jemand anderen unterstützen könnt – einen Kandidaten, der nichts gegen Eure heimliche Allianz mit den Acoma hat, damit Ihr nicht den Zorn der Minwanabi auf das Haus Xacatecas lenkt.«

Hoppara nickte offensichtlich erleichtert. »Das wäre die bevorzugte Lösung.«

Mara erhob sich und winkte den jungen Mann zurück, als er aufstehen wollte. »Euer Vater war niemals förmlich, wenn wir uns privat getroffen haben, und ich würde diese Angewohnheit gerne aufrechterhalten.« Als Lujan die Ehrengarde an der Tür zum Korridor versammelte, meinte sie vorsichtig: »Ich werde mit meinen Vertrauten sprechen und Euch dann in Kenntnis setzen, Lord Hoppara. Doch Ihr solltet wissen, daß ich, sollte ich in der Lage sein, Euch und Euer Haus zu schützen, in einer anderen Angelegenheit dafür Eure Unterstützung erbitten werde.«

Der Junge nickte schweigend und bedeutete seinem wartenden Diener, nicht noch mehr Wein nachzuschenken.

Mara verneigte sich leicht und ging zur Tür.

Kevin folgte ihr, doch seine Augen waren noch auf den hübschen Garten gerichtet. Die Wände und die Unterkünfte der Kaiserlichen Weißen waren gut fünfzig Meter entfernt. Maras Kommandeur hatte sich während des eine Stunde dauernden Gespräches nicht ein einziges Mal entspannt. »Einen kleinen, kostenlosen Ratschlag«, sagte Kevin zum Lord der Xacatecas. »Verdoppelt Eure Wachen und fangt an, die Wohnung in eine Festung zu verwandeln. Drei oder vier Lords sind bereits in ihren Betten ermordet worden, und solange den Kaiserlichen Weißen keine Flügel wachsen, werden sie niemals rechtzeitig über die Mauer kommen, um Euch helfen zu können.«

Als Kevin sich beeilte, Mara und die Krieger an der Tür einzuholen, rief der Lord der Xacatecas seinen Kommandeur zu sich. Die Acoma verließen die Wohnung, noch während sich Hopparas Stimme in einem harten Kommandoton erhob, der ein Echo Chipinos hätte sein können. »Es interessiert mich nicht, ob wir nichts als lila Kissen und Vogelkäfige haben! Verrammelt diese verdammten Fenster und verbarrikadiert jeden Laden. Der Barbar hat mit seinen Ideen meinem Vater in Tsubar einmal das Leben gerettet, und ich bin nicht so dumm, seine Warnung zu mißachten!«

Ein Diener, verlegen wegen des Ausbruchs seines Herrn, schloß eiligst die Tür hinter ihnen, und Mara lächelte ihren midkemischen Sklaven an. »Hoppara ist ein sehr sympathischer junger Mann. Ich hoffe, er überlebt und kann den Mantel seiner Familie übernehmen.«

»Ich hoffe, wir alle überleben«, meinte Kevin etwas säuerlich, als ein kameradschaftlicher Stoß von Lujan ihn an seinen Platz brachte. »Dieses Gerangel um einen neuen Kriegsherrn bereitet mir ziemliche Magenschmerzen.«

Vier

Blutige Schwerter

Die Versammlung des Rates war beendet.

Lange Schatten legten sich in Streifen über die Flure zwischen den Eingangshallen, als Mara und ihre Gefolgschaft über einen anderen Weg als sonst zu ihrer Wohnung zurückkehrten. Obwohl das Treffen ruhig verlaufen war, machte die fast greifbare Spannung selbst die mächtigsten Lords vorsichtig. Tecuma von den Anasati hatte gegen Maras Vorschlag, ihre Ehrenwachen für den Rückweg zu vereinigen, nichts einzuwenden. Da der Clan Ionani sich plötzlich ungeahnter Beliebtheit erfreute, war der junge Lord der Tonmargu, ob er wollte oder nicht, ein Mitstreiter um das Weiß und Gold, und Tecuma war überaus wichtig für jede Unterstützung, die die Ionani ihrem Lieblingssohn geben wollten. Der schnellste Weg, die Ionani in großes Chaos zu stürzen, wäre somit die Ermordung Tecumas von den Anasati.

Es war für alle eine unsichere Zeit. Tecuma nickte ihr nicht einmal zum Abschied zu, als er und seine Krieger zu dem rotbemalten Eingang abzweigten. Er hatte sich durch nichts anmerken lassen, daß Mara überhaupt bei ihm gewesen war, damit nicht etwa die falschen Augen eine herzlichere Verbindung zwischen beiden Häusern vermuten könnten.

Mit müden Knochen betrat Mara die Wohnung. Nach dem luftigen Zimmer des Lords der Xacatecas und der gewaltigen, gewölbten Ratshalle wirkte sie stickig und eng. Mara setzte sich müde in den mittleren Raum und wurde sofort von Jican belästigt, der ihr eine Nachricht von Arakasi reichte.

Mara brach das Siegel und las. Augenblicklich traten tiefe Furchen auf ihre Stirn. »Lujan soll seine Rüstung anbehalten«, rief sie und schickte einen Diener nach ihren Stiften und dem Schreibtisch.

Kevin ließ sich resigniert in seiner gewohnten Ecke nieder. Er sah zu, wie seine Herrin eilig zwei Mitteilungen schrieb und sie zusammen mit letzten Anweisungen ihrem Kommandeur zur Auslieferung überreichte. »Sagt den betreffenden Lords, daß wir keine weiteren Einzelheiten kennen. Wenn sie glauben, sich nicht selbst verteidigen zu können, sollen sie sofort zu uns kommen.«

»Was war das?« fragte Kevin über das scheppernde Geräusch der Rüstung hinweg, als Lujan eine neue Eskorte aus ausgeruhten Männern zusammenstellte.

Mara reichte ihre verschmutzte Feder einem Diener und seufzte. »Einer von Arakasis Agenten belauschte eine Gruppe von Männern, die sich im kaiserlichen Garten versteckten. Einer von ihnen erwähnte unvorsichtigerweise einige Namen und enthüllte, daß sie ausgeschickt worden waren, die Gemächer von zwei Lords anzugreifen, die zu den Feinden der Inrodaka zählen. Da alle, die diese Gruppe aufzuhalten versuchen, mögliche Verbündete von uns sind, hielt ich es für weise, sie zu warnen.« Sie tippte sich mit dem Zettel ans Kinn. »Ich schließe daraus, daß der Lord der Inrodaka und seine Gruppe Tasaio unterstützen werden.«

Die einzige Zofe trat ein. Auf ein Nicken ihrer Herrin begann sie, Maras sorgfältig aufgetürmte Haare zu lösen und die Halsketten aus Jade und Bernstein zu entfernen. »Ich wünschte nur, wir hätten mehr Hinweise darüber, in welcher Gefahr wir selbst sind.«

Kevin lockerte sein tsuranisches Sklavengewand und holte aus einer Tasche, die eigentlich gar nicht hätte dort sein dürfen, etwas heraus, das nach einem Messer aussah. Er drehte die Klinge im Schein der Lampe und überprüfte die Schneide auf Fehler. »Wir sind bereit. Spielt es eine Rolle, wann sie kommen?«

Mara riß die Augen auf. »Hast du das aus der Küche gestohlen? Es bedeutet deinen Tod, eine Waffe zu haben.«

»Es bedeutet auch meinen Tod, eine Meinung zu haben, und

du hast mich bisher noch nicht gehängt.« Kevin schaute sie an. »Wenn wir heute nacht angegriffen werden, werde ich nicht daneben stehen und zusehen, wie du getötet wirst, nur weil du glaubst, daß ein duldsames Verhalten mir eine bessere Position in meinem nächsten Leben sichert. Ich werde einige Kehlen durchschlitzen.« Die letzten Worte sagte er ohne jeden Humor.

Mara fühlte sich zu erschöpft, um dagegen zu protestieren. Jican hätte das Verschwinden des Messers bemerken müssen; wenn ihr Hadonra es nicht für angebracht hielt, den Diebstahl zu melden, würde eine Befragung mit Schulterzucken und unschuldigen Blicken beantwortet werden, solange sie keine direkte Frage stellte. Der Hadonra und ihr midkemischer Sklave hatten über die Jahre hinweg eine komplizierte Beziehung entwickelt. Bei den meisten Dingen zankten sie sich ohne Ende, doch bei den wenigen, über die sie sich einig waren, schien es, als würde sie ein Blutseid miteinander verbinden.

Kurz vor Mitternacht erklang ein Klopfen an der äußeren Tür der Wohnung der Acoma. »Wer ist da?« rief die diensthabende Wache.

»Zanwai!«

Mara erwachte aus einem leichten Schlummer in Kevins Armen und befahl hastig: »Öffnet die Tür!«

Sie klatschte nach der Zofe in die Hände, um sich ein Übergewand bringen zu lassen; dann forderte sie Kevin mit einer Geste auf, etwas mehr Anstand und Ehrerbietung zu zeigen, während ihre Krieger den schweren Balken herunterließen und den Tisch zurückschoben, der als Barrikade diente. Die Tür öffnete sich auf einen dunklen, unbeleuchteten Korridor und zeigte einen alten Mann, dessen Kopf von einem Schlag blutete. Er wurde von einem ebenfalls verwundeten Krieger gestützt, der über die Schulter blickte, als würde er Verfolger erwarten. Lujan drängte das Paar hinein in die Wohnung und half dann den Wachen, die Tür wieder zu verriegeln und zu verrammeln. Mara ließ eine Schlafmatte aus dem Zimmer holen, das als Offiziersunterkunft diente. Ihre eigenen Diener nahmen dem verwundeten Soldaten den alten Mann ab und ließen ihn auf mehrere Kissen sinken.

Truppenführer Kenji tauchte mit einer Tasche voller Heilmittel auf und wusch selbst die Kopfwunde des alten Mannes und verband sie, während ein anderer von Maras Soldaten dem Krieger aus der Rüstung half. Auch seine Wunden wurden versorgt, die tieferen mit Salben bestrichen und stramm verbunden. Keine von ihnen war lebensbedrohlich. Mara bedeutete ihrem Diener, Wein zu holen, und erkundigte sich dann, was vorgefallen war.

Immer noch blaß vor Schock und Schmerz heftete der alte Mann erstaunlich blaue Augen auf seine Gastgeberin. »Ein schreckliches Verhängnis, Mylady. Ich aß heute spät am Abend mit meinem Cousin, Decanto von den Omechan, um meine Unterstützung seines Anspruchs auf das Weiß und Gold zu feiern. Als wir gerade dabei waren aufzubrechen, wurde seine Wohnung von Soldaten überfallen, die schwarze Rüstungen ohne jedes Zeichen trugen. Lord Decanto war das Ziel ihres Angriffs, ich war nur zufällig im Weg. Decanto kämpfte noch immer, als wir flohen.«

Der Diener tauchte mit einem Tablett voller gefüllter Weinkelche auf. Mara wartete, bis ihre Gäste bedient worden waren, dann fragte sie feinfühlig: »Wer schickte diese Soldaten?«

Der alte Mann kostete den Wein, lächelte in Anerkennung des Jahrgangs und zog dann eine Grimasse, als er seine Schnittwunden spürte. »Einer der sechs anderen Cousins, fürchte ich. Die Omechan sind ein großer Clan, und Almecho erklärte keinen von seinen Oaxatucan-Neffen eindeutig zum Erben. Decanto war der augenfälligste Nachfolger …«

»Doch jemand ist anderer Meinung«, unterbrach Mara.

Der Lord der Zanwai drückte das Tuch gegen den Kopf und strich eine feuchte Haarsträhne zurück. »Decanto ist der älteste Sohn von Almechos ältester Schwester. Axantucar ist älter, weil er früher geboren wurde, doch seine Mutter ist eine jüngere Schwester, und daher kommt dieses ganze Durcheinander. Almecho, verflucht sei seine schwarze Seele, dachte wohl, er wäre unsterblich. Eine Frau und sechs Konkubinen – und nicht ein Sohn oder eine Tochter.«

Mara dachte nach, während sie an ihrem Weinglas nippte. Dann meinte sie: »Ihr könnt gerne hierbleiben, Mylord. Wenn Ihr es jedoch vorzieht, in Eure eigenen Quartiere zu gehen, werde ich Euch eine Wache aus meinen Kriegern zusammenstellen lassen, die Euch zurückbegleitet.«

Der alte Mann neigte leicht den Kopf. »Mylady, ich stehe in Eurer Schuld. Wenn ich darf, werde ich bleiben. Das da draußen ist eine Todeszone. Ich hatte eine Ehrengarde aus fünf Kriegern. Wir entkamen nicht weniger als sechs Kompanien von Männern ... Ich fürchte, vier meiner Krieger sind tot oder liegen im Sterben. Es waren noch andere bewaffnete Männer da, doch den Göttern sei Dank, sie ignorierten meinen letzten Mann und mich.«

Schweigend verdoppelte Lujan die Wachen an der Tür. Dann lehnte er sich gegen den Sturz zwischen den Zimmern und strich aus Gewohnheit über die Schneide seiner Klinge. »Trugen alle, die Euch angriffen, schwarze Rüstungen?«

»Ich konnte es nicht erkennen«, sagte der alte Mann.

Der verwundete Soldat wußte mehr. Der Wein hatte seine Lebensgeister zurückgebracht, und er sagte mit rauher Stimme: »Nein. Einige sahen so aus. Andere trugen das Orange und Schwarz der Minwanabi – Lord Tasaio muß heute nacht in Kentosani angekommen sein. Andere wiederum waren ... Tong.«

Mara spuckte beinahe auf den Boden. »Attentäter! Hier im Kaiserlichen Palast?«

Die Blicke der Lady und des Kommandeurs trafen sich über der makellos glänzenden Klinge von Lujans Schwert. Lujan kannte die Geschichte, an die Mara sich jetzt erinnerte: daß sie beinahe durch die Hand eines von Jingu von den Minwanabi gedungenen Tong-Mörders gestorben wäre.

Der Krieger fuhr traurig mit seiner Geschichte fort: »Es waren Tong, Mylady. Schwarze Gewänder und Kopfbedeckungen, die Hände gefärbt, die Schwerter auf dem Rücken. Sie huschten auf leisen Sohlen umher, blickten auf unsere Farben, um unsere Familie zu bestimmen, dann gingen sie weiter. Wir waren in dieser Nacht wohl nicht als Beute vorgesehen.«

Kevin stand auf und trat zu Lujan, der zwischen den beiden Räumen stand. »Was sind ›Tong‹?« fragte er leise.

Lujan fuhr mit dem Daumen über die Klinge. Er runzelte die Stirn. »Tong«, meinte er mit ausdrucksloser Stimme, »sind Bruderschaften, Familien ohne Clan und Ehre. Jeder Tong hält niemandem und nichts anderem als seinem ›Obajan‹, seinem Großen Meister, die Treue und ihrem gesetzlosen Codex des Blutes. Höflich ausgedrückt sind sie Kriminelle, die keinen Respekt vor Traditionen haben.« Das Schwert blitzte im Lampenlicht auf, als der Kommandeur es umdrehte. »Einige von ihnen wie die Hamoi machen aus ihrer unsauberen Zunft eine sektiererische Religion. Sie glauben, daß die Seelen ihrer Opfer die wahren Lobgebete für Turakamu sind. Mord ist für sie etwas Heiliges.« Lujan steckte das Schwert in die Scheide, und sein Ton nahm widerwillig etwas Bewunderndes an. »Sie sind schreckliche Feinde. Viele von ihnen werden von Kindheit an ausgebildet, und sie töten höchst wirksam.«

»Ich weiß, wer meinen Tod wünscht«, sagte Mara; das Weinglas in ihrer Hand hatte sie ganz vergessen. »Tasaio besitzt genug Macht, um mich direkt anzugreifen. Wer wagt es also, die Tong zu mieten und in den Palast zu bringen?«

Der Lord der Zanwai zuckte müde mit den Schultern. »Wir leben in rücksichtslosen Zeiten. Die Rivalitäten kochen so hoch, daß ein erschlagener Mann seinen Tod einem Dutzend verschiedener Gruppen verdanken könnte, und die Arbeit eines Tong läßt sich nicht zurückverfolgen.«

»Ein Bruder tötet einen Bruder und wird niemals der Untreue angeklagt.« Mara setzte ihren Weinkelch ab und ballte die Hände, damit sie nicht mehr zitterten. »Beinahe wünsche ich, diese Angelegenheit würde durch einen offenen Krieg bereinigt. Diese Art zu töten wäre sauberer.«

Bitteres Lachen folgte auf ihre Worte. »Tot ist tot«, sagte der

Lord der Zanwai. »Und jeder Kampf auf dem Schlachtfeld würde die Minwanabi als Sieger sehen.« Er stellte das Weinglas ab. »Ich glaube eher, daß die Tong in Tasaios Auftrag hier sind, einfach, weil das direkte Zurschaustellen der Streitkräfte der Minwanabi einige mögliche Verbündete erschrecken und dazu bringen könnte, einen anderen Bewerber um das Weiß und Gold zu unterstützen – und es geht das Gerücht, daß die Minwanabi bereits in der Vergangenheit mit den Tong zu tun gehabt haben.« Mara beschloß, nicht zu erwähnen, daß sie dies mit Sicherheit bestätigen konnte. »Die entscheidende Frage lautet: Wer sandte Soldaten ohne Hausfarben in den Palast?«

Traurig und still gestand Mara sich die Wahrheit ein. Man konnte nur raten; vielleicht würde sie nie Gewißheit erlangen. Sie rief nach den Dienern, damit sie eines der Gastgemächer von den Kriegern räumten und für den Lord herrichteten. »Ruht Euch aus«, meinte er, als einer ihrer Männer ihm auf die Beine half. »Wollen wir hoffen, daß wir alle morgen noch am Leben sind.«

Die ganze Nacht hindurch hallten Schreie und das Geräusch rennender Füße durch den Palast, manchmal drang auch das Scheppern von Schwertern aus weiter Ferne zu ihnen. Niemand schlief wirklich, jeder döste höchstens für kurze Zeit ein. Mara lag viele Stunden in Kevins Armen, doch der unruhige Schlaf führte bald zu blutigen Alpträumen. Krieger der Acoma hielten abwechselnd Wache; sie rechneten jederzeit mit einem Angriff auf die Wohnung ihrer Lady.

Eine Stunde vor Sonnenaufgang veranlaßte ein dumpfes Poltern vor der Wohnungstür die wachhabenden Soldaten, ihre Waffen zu ziehen. »Wer ist da?« rief Lujan.

Eine leise Stimme antwortete ihnen. »Arakasi!«

Mara hatte es aufgegeben, Schlaf finden zu wollen. Sie winkte der Zofe, die rasch kam und ihr beim Ankleiden half, während die Tür entriegelt und geöffnet wurde und der Supai eintrat. An seinen Haaren klebte getrocknetes Blut, und einer seiner Unterarme lag in der Ellbogenbeuge des anderen Arms; das Fleisch oberhalb des Handgelenks war zu einem häßlichen lila Klumpen angeschwollen.

Lujan warf nur einen kurzen Blick darauf. »Wir werden einen Knocheneinrichter brauchen«, sagte er rasch. Er griff dem Supai an der unverletzten Seite unter die Achsel und half dem unsicher gehenden Mann bis zur Schlafmatte, die der Lord der Zanwai in der Nacht benutzt hatte.

»Keinen Knocheneinrichter«, stöhnte Arakasi, während er die Knie beugte und sich gegen die Kissen lehnte. »Es ist das reinste Chaos da draußen. Wenn Ihr nicht gleich eine halbe Kompanie schickt, wird Euer Bote ein Messer im Rücken haben, noch bevor er die erste Halle betritt.« Der Supai warf einen bedeutungsvollen Blick auf Lujan. »Eure Feldverarztung wird voll und ganz genügen.«

»Hol Jican«, rief Mara ihrer Zofe zu. »Sag ihm, er soll Alkohol mitbringen.«

Doch Arakasi hob die gesunde Hand, um ihr zuvorzukommen. »Keinen Alkohol. Ich habe viel zu erzählen, und ein Schlag auf den Kopf hat mich benommen genug gemacht, daß ich meinen Verstand nicht noch ertränken muß.«

»Was ist geschehen?« fragte Mara.

»Ein Kampf zwischen unbekannten Soldaten in schwarzen Rüstungen und etwa einem Dutzend Attentäter der Hamoi Tong.« Arakasi hörte auf zu reden, als Lujan die Schnittwunde an seinem Kopf untersuchte, dann seinen Armschutz entfernte und sich daranmachte, das verschorfte Blut mit Tüchern und Wasser zu entfernen.

Als die Verletzung offen vor ihm lag, meinte der Kommandeur weich: »Ich brauche eine Lampe.«

Die Zofe gehorchte, und Mara mußte eine lange Weile besorgt ausharren, während Lujan die Flamme vor Arakasis Augen hielt und auf eine Reaktion seiner Pupillen wartete. »Ihr werdet es schaffen«, sagte er dann. »Doch die Narbe wird Euch vielleicht eine weiße Haarsträhne bescheren.«

Der Supai fluchte als Antwort. Das letzte, was sich ein Mann in seinem Beruf wünschen konnte, war ein auffälliges Merkmal, an dem man ihn leicht erkennen konnte.

Lujan wandte sich jetzt dem Arm zu. »Mylady«, meinte er sanft, »Ihr geht vielleicht besser in den Nebenraum, doch laßt Kevin hier und einen der Krieger, der oft beim Armdrücken gewinnt.«

Arakasi protestierte murmelnd, dann befahl er mit klarer Stimme: »Nur Kevin.«

Der Supai war deutlich bleicher, als Mara zurückkehren durfte. Die Haare waren ordentlich zurückgesteckt, und er trug saubere Kleidung, doch das Gesicht war schweißnaß. Er hatte jedoch keinen einzigen Schrei von sich gegeben, während Lujan seinen Arm gerichtet hatte. »Der Supai ist so hart wie altes Sandalenleder«, war Kevins Kommentar, als er sich wieder an seinem gewohnten Platz in der Ecke niederließ.

Mara wartete geduldig, während ihr Kommandeur die Schiene anlegte. Sobald Arakasi es sich mit dem bandagierten Arm auf den Kissen bequem gemacht hatte, sandte sie einen Diener, um Wein zu holen. »Sprecht erst, wenn Ihr bereit dazu seid.«

Arakasi sah sie voller Ungeduld an. »Ich bin bereit, mich nicht bemuttern zu lassen.« Er nickte Lujan dankend zu, als dieser aufstand, und wandte sich dann mit dunklen Augen geschäftig an seine Lady. »Mindestens drei weitere Lords wurden ermordet oder verletzt. Einige andere flohen vom Palast in ihre Häuser in der Stadt oder zurück auf ihren Landsitz. Ich habe eine Liste.« Er bewegte sich unbeholfen und fischte ein Stück Pergament aus seiner Robe hervor.

Der Diener brachte den Wein. Trotz seiner Weigerung, Alkohol zu sich zu nehmen, akzeptierte Arakasi ein Glas. Er trank, während seine Herrin die hastigen Mitteilungen überflog, und langsam kehrte etwas Farbe in sein Gesicht zurück.

»Die Toten haben alle Tasaio und den Lord der Keda unterstützt«, faßte Mara zusammen. »Ihr glaubt, die Mörder stehen mit den Ionani oder den Omechan in Verbindung?«

Arakasi seufzte tief und setzte das Glas ab. »Vielleicht nicht. Axantucar von den Oaxatucan wurde ebenfalls angegriffen.«

Mara war nicht überrascht, dies zu hören, denn er hatte mächtige Rivalen in seiner eigenen Gruppe. »Wie geht es ihm?«

»Einigermaßen.« Mit geschlossenen Augen versuchte der Supai sich etwas zu entspannen. Als sein Kopf an der Wand lehnte, fuhr er fort: »Erstaunlicherweise starben alle Attentäter. Es waren Tong.«

Doch Axantucar war immer schon ein fähiger Kämpfer gewesen; auch er hatte Armeen in der barbarischen Welt befehligt. Mara betrachtete ihren Supai und merkte, daß er immer noch angespannt war. »Ihr wißt mehr.«

»Ich wünschte, es wäre nicht so, Mistress.« Arakasi öffnete die Augen und schaute Mara mit trostlosem Blick an. »Eine Abordnung aus einigen Lords ging zu den kaiserlichen Unterkünften und überreichte dem Kommandeur der Kaiserlichen Garnison eine Forderung. Sie verlangten, daß drei Kompanien der Kaiserlichen Weißen die Ratshalle bewachen sollten. Der Kommandeur weigerte sich. Da das Licht des Himmels keine offizielle Versammlung einberufen hat, unterstehen die Räume nicht seiner Verantwortung. Die ihm übertragene Pflicht ist es, die Kaiserliche Familie zu schützen, und er würde niemals Soldaten von ihren Posten abziehen, solange der Kaiser keinen Befehl dazu gibt.«

Mara klopfte in einem Anfall unterdrückter Nervosität gegen das Weinglas. »Wann wird der Kaiser zurückkehren?«

»Es heißt, morgen mittag.«

Mara seufzte. »Dann haben wir keine andere Wahl, als abzuwarten und durchzuhalten. Es wird wieder Ordnung einkehren, wenn der Kaiser den Palast betritt.«

Kevin wölbte überrascht die Brauen. »Das schafft er allein durch seine Gegenwart?«

Arakasi berichtigte ihn trocken: »Die fünftausend Soldaten,

die er mitbringt, schaffen das.« Er blickte Mara an. »Die großen Lords verfolgen ihre Sache hartnäckig. Auch die Oberpriester der Zwanzig Orden trafen sich letzte Nacht und erklärten, daß der Verrat auf Midkemia ein Beweis für den Zorn der Götter ist. Die tsuranische Tradition wurde gebrochen, sagen sie, und das Licht des Himmels schweifte von geistigen zu weltlichen Sorgen. Wenn Ichindar die Unterstützung der Tempel besitzen würde, könnte er immer noch herrschen, doch wie die Dinge liegen, muß er nachgeben und dem Rat gestatten, einen neuen Kriegsherrn zu ernennen.«

»Dann muß die Angelegenheit bis morgen mittag erledigt sein«, bemerkte Mara. Die Gründe waren nur zu offensichtlich. Es war genug Unglück geschehen, seit der Kaiser seine Hände im Spiel hatte. Die Lords des Hohen Rates hatten deutlich gemacht, daß sie sich nicht einfach ersetzen lassen würden. Ein neuer Kriegsherr würde Ichindar bei seiner Rückkehr in den Palast begrüßen.

»Heute nacht«, sagte Arakasi ruhig, »wird sich dieses Gebäude in ein Schlachtfeld verwandeln.«

Kevin gähnte. »Können wir vorher noch etwas schlafen?«

»Nur heute morgen«, erlaubte Mara. »Wir müssen am Nachmittag im Rat sein. Die heutigen Gespräche werden zum großen Teil darüber entscheiden, wer heute nacht überlebt. Und morgen wird, wer immer die Nacht überstanden hat, den neuen Kriegsherrn wählen.«

Als Arakasi von den Kissen aufstehen wollte, winkte Mara ihn zurück. »Nein«, sagte sie mit fester Stimme. »Ihr werdet hierbleiben und Euch den restlichen Tag ausruhen.«

Der Supai sah sie nur an, doch Mara antwortete, als hätte er laut protestiert. »Nein«, wiederholte sie. »Dies ist ein Befehl. Nur ein Narr würde annehmen, daß die Minwanabi heute nicht auftauchen. Ihr habt genug getan und noch mehr, und Kevin hat gestern nacht recht gehabt. Ob es eine Bedrohung gegen die Acoma gibt oder nicht, ich werde diesen Rat nicht verlassen. Wir sind auf einen Angriff so gut vorbereitet, wie es nur möglich ist.

Wenn unsere Bemühungen nicht ausreichen, steht Ayaki zu Hause unter sicherem Schutz.«

Arakasi neigte den mit weißen Bandagen umwickelten Kopf. Er mußte sehr müde sein, denn als Kevin das nächste Mal hinschaute, war der nervöse Verstand des Mannes zur Ruhe gekommen. Maras Supai lag mit locker ausgestreckten Gliedern da und schlief tief und fest.

Unruhe erfüllte die große Versammlungshalle. Mara war nicht die einzige Herrscherin, die mehr als nur ihre traditionell erlaubte Ehrengarde bei sich hatte – die Gänge zwischen den Sitzen und offenen Plätzen waren voller bewaffneter Krieger, und der Raum wirkte mehr wie ein Truppenübungsplatz als wie ein Ort, an dem diskutiert wurde. Jeder Lord hielt seine Soldaten dicht bei sich; sie saßen zu seinen Füßen auf dem Boden oder standen am Geländer bei den Treppen. Jeder, der von einem Ort zu einem anderen wollte, mußte anstrengende Wege auf sich nehmen und häufig über Krieger hinwegsteigen, die sich nur mit einem leichten Nicken für die Unannehmlichkeiten entschuldigen konnten.

Als Mara sich ihren Weg zwischen den Gefolgschaften zweier Rivalen hindurch bahnte, grunzte Kevin: »Wenn irgendein Idiot hier ein Schwert zieht, sterben Hunderte, bevor auch nur ein einziger die Möglichkeit hatte, nach dem Grund zu fragen.«

Mara nickte. »Da«, meinte sie leise.

Endlich war der Platz besetzt, der auf der untersten Galerie lag, genau gegenüber dem Podest des Kriegsherrn. Krieger im Orange und Schwarz der Minwanabi hatten sich keilförmig aufgebaut, und in ihrer Mitte saß Tasaio in einer Rüstung, die kaum schmuckvoller war als die eines Offiziers. Wenn Kevin die harmlose Erscheinung des verblichenen Lord Desio eher enttäuscht hatte, konnte er dasselbe nicht von dessen Cousin sagen. Tasaio saß mit einer entspannten und abwartenden Gelassenheit auf seinem Stuhl, die dennoch selbst aus der Entfernung die Aufmerksamkeit auf sich zog. Sein Anblick erinnerte Kevin sofort an einen Tiger. Für einen kurzen Moment trafen sich ihre Blicke, und etwas wie Erkennen durchzuckte beide. Tasaios Miene unter dem bogenförmigen Rand des Helms blieb unverändert, doch es gab keinen Zweifel, daß beide Männer der Schock des Wissens getroffen hatte.

Kevin wandte seinen Blick ab und beugte sich leicht zu seiner Lady hinunter. »Der Tiger weiß, daß wir vor seiner Höhle warten.«

Mara erreichte ihren Platz und setzte sich; allem Anschein nach war sie damit beschäftigt, ihre Kleider zu ordnen. »Tiger?«

»Ein Tier, das eurem Sarcat ähnelt; aber es ist vierbeinig, doppelt so groß und viel gefährlicher.« Kevin nahm seine Position hinter ihrem Stuhl ein, indem er sich in die kleine Lücke zwischen den Kriegern preßte, die normalerweise auf den unteren Absätzen gewartet hätten. Mara ließ ihre Augen prüfend durch die Halle wandern; sie wirkte düsterer, und auch die Geräusche hallten auf merkwürdige Weise. Einige Stühle waren leer, und statt feiner Seide und Juwelen überwog bei den anwesenden Lords der Glanz von Rüstungen und Schwertscheiden. Je verschlungener die Intrigen wurden, desto verwickelter waren auch die Gespräche; die Worte enthielten mehrere Bedeutungen, und Blicke zwischen einzelnen Lords wurden vorsichtig abgeschätzt. Jeder leere Platz kündete von einem toten oder in den Rückzug getriebenen Ratsmitglied. Die übriggebliebenen Gruppen waren fest entschlossen, und in einigen der versammelten Gruppen knisterte es förmlich vor unausgesprochener Aggression.

Ein Läufer brachte Mara eine Nachricht. Sie schlitzte das Siegel auf und betrachtete die beiden Wachssiegel darin; dann bedeutete sie dem Jungen zu warten, während sie las. Der Lord der Zanwai trat zusammen mit einem Dutzend Soldaten ein. Er schien sich von den Schrecken der letzten Nacht erholt zu haben, und als er gezwungen war, einen Umweg zu machen, weil ein Gang versperrt war, wählte er einen Weg, der nahe an Mara vorbeiführte. Er schenkte der Lady der Acoma ein Lächeln und nickte ihr leicht zu, als er vorbeiging.

Sie erwiderte seinen stillen Gruß, schrieb dann eine Antwort auf die Nachricht in ihren Händen und schickte den Läufer zu einer anderen Galerie. »Wir haben zwei weitere Stimmen gewonnen, als Dank für Arakasis Warnung«, meinte sie zu Lujan.

Der Morgen zog sich hin. Mara unterhielt sich mit einem Dutzend Lords über scheinbar harmlose Dinge. Obwohl Kevin versuchte, dem wirklichen Thema auf die Spur zu kommen, konnte er nicht erkennen, ob es bei den Gesprächen um Drohungen oder Bündnisangebote ging. Mehr und mehr wurden seine Augen zur unteren Galerie hingezogen, wo ein Lord nach dem anderen Tasaio die Ehre erwies. Kevin bemerkte, daß meistens die Besucher sprachen, während Tasaio größtenteils schwieg. Wenn er dann antwortete, waren seine Worte kurz und knapp, wie er an den aufblitzenden weißen Zähnen erkennen konnte. Die Krieger zu seinen Füßen zuckten unterdessen mit keinem Muskel – sie verharrten in einer unmenschlichen Reglosigkeit, als wären sie Statuen.

»Seine Gefolgschaft fürchtet ihn«, flüsterte Kevin in einem kleinen Moment der Vertraulichkeit zu Lujan.

Der Kommandeur der Acoma antwortete mit einem kaum wahrnehmbaren Nicken. »Aus gutem Grund«, murmelte er.

»Tasaio versteht sich aufs Töten, und er schärft diese Fähigkeit durch häufiges Üben.«

Kevin spürte einen kalten Schauer über seine Haut jagen, als er die Figur auf dem orange-schwarzen Stuhl betrachtete. Wenn das Spiel des Rates rücksichtslos war, saß dort der unbarmherzigste Spieler von allen.

Zum Essen und zu einer Unterredung mit ihren Vertrauten kehrte Mara in ihr Quartier zurück. Arakasi hielt den Arm in einer Schlinge und hatte ihren Schreibtisch in Beschlag genommen. Nach dem Durcheinander an Zetteln und Federn zu schließen war er sehr beschäftigt gewesen; er arbeitete sogar weiter, als Mara ihrem Diener befahl, eine leichte Mahlzeit aufzutischen. Kevin sah dem Supai zu, der in der Zwischenzeit drei weitere Schreiben anfertigte – mit dem geschienten Unterarm hielt er das Pergament fest, während er mit der linken Hand gleichmäßig schrieb.

»Ihr seid doch Rechtshänder«, meinte der Midkemier mit leichtem Vorwurf in der Stimme; er besaß den Blick eines Schwertkämpfers, und zu erkennen, welche Hand ein Mann benutzte, war wie ein tiefverwurzelter Reflex. »Ich hätte es schwören können.«

Arakasi blickte nicht auf. »Heute geht das nicht«, sagte er mit einem Hauch von Ironie.

Kevin sah jetzt genauer hin; er versuchte zu erkennen, ob die Handschrift darunter litt, und bemerkte überrascht, daß er die Schrift wie eine Kunst einsetzte – ständig änderte sie sich. Eine der Nachrichten hatte ausgesehen, als wäre sie von einer starken männlichen Hand geschrieben; eine andere schien weiblich und zart, wieder eine andere erweckte den Eindruck, als könnte der Autor weder richtig lesen noch buchstabieren und kämpfte um die Reste spärlicher Bildung.

»Seid Ihr jemals verwirrt darüber, wer Ihr heute seid?« fragte Kevin, denn er mußte die Verkleidung erst noch finden, die der Supai nicht ausprobieren würde.

Arakasi hielt die Frage für unwichtig und machte sich mit beneidenswertem Geschick daran, mit nur einer Hand die Briefe zu falten und mit einem Siegel zu versehen. Inzwischen hatte Mara ihr Obergewand abgelegt. Sie verzichtete darauf, Arakasi von ihrem Platz zu bitten, sondern setzte sich statt dessen auf die Schlafmatte, die er verlassen hatte.

»Wer wird die Briefe übergeben?« fragte sie scharf.

Der Supai reagierte auf die Gereiztheit in ihrer Stimme mit einer Verbeugung, die durch die lästige Schlinge etwas unbeholfen aussah. »Kenji hat sich schon einmal zur Verfügung gestellt«, sagte er weich. »Dies sind die Antworten auf die Arbeit eines guten halben Tages.« Als sich deutliche Wut in Maras Blick mischte, runzelte Arakasi mißbilligend die Stirn. »Ihr habt mir verboten hinauszugehen, und das habe ich auch nicht getan.«

»Das sehe ich«, sagte Mara. »Ich hätte daran denken müssen,

daß Ihr Euch so gut schlafend stellen könnt, wie Ihr jede andere Verkleidung annehmt.«

»Die Wirkung des Weines war ziemlich echt«, wandte Arakasi etwas verletzt ein. Er blickte auf die Blätter, die um seine Knie herum verstreut lagen. »Interessiert Euch, was ich erfahren habe?«

»Tasaio«, unterbrach Mara. »Er ist hier.«

»Mehr noch.« Arakasi wurde ernst. »Die meisten Kämpfe bisher sind nur taktische Übungen gewesen. Heute nacht wird sich das ändern. Ganze Sektionen des Palastes sind als Basis von großen Gruppen von Kriegern und Attentätern in Beschlag genommen worden. Einige der vorangegangenen Kämpfe haben nur stattgefunden, um die Wohnungen zu besetzen, von denen die wirklichen Angriffe ausgehen werden.«

Mara blickte schweigend zu Lujan, der sich daraufhin einschaltete. »Mistress, selbst wenn sie Gewaltmärsche unternehmen, sind unsere Soldaten noch zwei Tage von hier entfernt. Wir sind ganz auf die Streitmacht angewiesen, die uns hier zur Verfügung steht.«

Eine gespannte Stille folgte diesen Worten, und das Klirren der Tabletts, als der Diener ins Zimmer trat, wirkte wie eine befremdliche Störung. Mara seufzte. »Arakasi?«

Der Supai wußte sofort, was sie von ihm wollte. »Spione sind nicht nötig. Tasaio ist voll und ganz damit beschäftigt, Befürworter für seinen Anspruch auf den weißgoldenen Thron zu finden. Er geht davon aus, daß Ihr Eure Unterstützung demjenigen von seinen Gegnern zukommen laßt, der am stärksten ist – wer auch immer es sein mag. Selbst wenn er Euren Mut überschätzt und Ihr Eure Feindseligkeit unter dem Schein von Neutralität versteckt, wird er immer noch versuchen, Euch auszulöschen. Mit Eurem Tod hätte er den Blutschwur gegenüber dem Roten Gott erfüllt und zusätzlich Eure Verbündeten verunsichert. Eure Beliebheit nimmt zu. Euch zu töten würde Aufmerksamkeit erregen und könnte den Minwanabi die Möglichkeit geben, den Anspruch auf das Weiß und Gold vor demjenigen zu erheben, der letztendlich siegreich aus dem internen Machtkampf des Clans Omechan hervorgehen wird.«

Jetzt hatte Mara ihren scharfen Verstand wiedergefunden. »Ich habe einen Plan. Wer wird heute nacht vermutlich sonst noch überfallen?«

Arakasi mußte nicht erst auf seine Zettel schauen. »Hoppara von der Xacatecas und Iliando von den Bontura scheinen ganz oben auf der Liste zu stehen.«

»Iliando von den Bontura? Aber er ist einer der besten Freunde von Lord Tecuma und ein Anhänger der Ionani.« Mara sah, daß der Diener unsicher bei den Tabletts stand. Sie forderte ihn mit einer Geste auf, sich wieder seiner Arbeit zuzuwenden. »Warum sollte ein Lord der Ionani als Zielscheibe ausgewählt werden?«

»Als Warnung für die Tonmargu und andere Lords des Clans Ionani, sich nicht gegen Tasaio oder die Omechan zu stellen«, erklärte Arakasi.

»Eine höfliche Mitteilung hätte es auch getan, würde ich meinen«, sagte Kevin.

Lujan unterbrach ihn trocken. »Lord Iliando zu töten ist eine höfliche Mitteilung für Tsuranis.«

Mara beachtete die Unterbrechung nicht; sie wandte sich weiter Arakasi zu. »Könntet Eure Kontaktpersonen die beiden Lords benachrichtigen, die Ihr an oberster Stelle auf der Liste vermutet? Ich möchte sie bitten, heute nachmittag im Rat etwas Zeit für mich zu haben.«

Arakasi griff nach der Feder. Er tauchte sie in die Tinte, zog ein Blatt frisches Pergament unter der Armschiene hervor und meinte: »Stellt Ihr mir Kenji und zwei Krieger dafür zur Verfügung?« Er begann zu schreiben. »Sie müssen nur in die Stadt gehen und die Nachrichten bei einem bestimmten Sandalenmacher in den Buden am Fluß abgeben. Von dort werden andere Hände sie weitertragen.«

Mara schloß die Augen, als würde sie unter Kopfweh leiden. »Ihr könnt die Hälfte der Kompanie haben, wenn Ihr sie braucht.« Sie wandte sich an Kevin: »Sieh nach, was Jican zum

Essen für uns hat. Wir müssen schon bald wieder zurück in den Rat.«

Während der Midkemier nachschaute, ging Lujan fort, um seine Truppen zu überprüfen. »Laßt die Männer ausruhen«, erklärte er den Patrouillenführern. »Heute nacht werden wir kämpfen müssen.«

Als Kevin mit einer Schüssel und Saft zurückkehrte, saß Mara reglos auf ihrer Matte. Ihre Brauen waren gewölbt, und ihr Blick schien in die Ferne gerichtet. »Geht es dir gut?«

Mara richtete ihre Aufmerksamkeit auf ihn, als er die Mahlzeit vor ihr auftischte. »Ich bin nur müde.« Sie sah das Essen gleichgültig an. »Und ich mache mir Sorgen.«

Kevin holte tief Luft und seufzte. »Bei den Göttern, ich bin froh, daß du das sagst.«

Mara lächelte bei dieser Spöttelei. »Weshalb?«

»Weil ich mich zu Tode fürchte.« Kevin stieß eine zweizinkige tsuranische Gabel durch eine dicke Scheibe kalten Jiga-Vogel, als würde er einen Feind aufspießen. »Es ist gut zu wissen, daß du unter all der abgebrühten tsuranischen Ruhe doch ein Mensch bist. Wenn ich vorhabe, etwas ziemlich Tollkühnes zu tun, bin ich alles andere als selbstgefällig.«

Aus dem Nebenraum erklangen raschelnde Geräusche, als die Krieger ihre laminierten Schwerter schärften.

»Das Geräusch treibt mich noch in den Selbstmord«, fügte Kevin hinzu. Er sah Arakasi an, der vor seinen Zetteln saß, als würde er überhaupt keine Nerven besitzen. »Habt Ihr niemals das Gefühl, etwas gegen die Wand werfen zu wollen?«

Der Supai blickte auf, das Gesicht vollkommen gelassen. »Ein Messer«, sagte er mit eiskalter, ausdrucksloser Stimme. »Aber in das schwarze Herz von Tasaio von den Minwanabi.« Er war unbewaffnet und bandagiert, ein Mann in übel zugerichteten Kleidern, der in einer überbelegten Wohnung Briefe schrieb. Und doch lief ein Schauer über Kevins Haut, und er hätte in diesem Augenblick nicht sagen können, wer gefährlicher war: Tasaio von den Minwanabi oder der Mann, der Mara als Supai diente.

Die Krieger standen bereit. Die Wohnung der Acoma hatte sich mit dem Eintreffen der vierzehn Soldaten im Purpur und Gelb der Xacatecas endgültig in ein Heerlager verwandelt. Lord Hoppara hatte sofort Vernunft gezeigt, als Mara ihn in der Ratshalle aufgesucht hatte. Er besaß zu wenig Krieger, um seine größeren Quartiere verteidigen zu können, und da die Minwanabi sich ihm gegenüber ohnehin bereits feindselig verhielten, sah er keinen Sinn darin, sich nur deshalb den Anschein von Neutralität zu geben, um am nächsten Morgen kalt und tot zu sein. Einige der Soldaten der Xacatecas hatten in Dustari gekämpft und kannten Kommandeur Lujan. Die Krieger suchten alte Kameraden und schlossen neue Freundschaften, während sie in den frühen Abendstunden warteten.

Mara saß im inneren Zimmer der Wohnung hinter einer Barrikade aus Möbeln, umgeben von einem Ring aus Soldaten und den letzten Kissen und Schlafmatten. Sie machte sich Sorgen. »Sie müßten längst zurück sein.«

Hoppara rührte mit einem Finger im Weinglas, um die Gewürze und Früchte aufzuwirbeln, die wegen seiner besonderen Vorliebe hinzugefügt worden waren. »Lord Iliando war immer schon ein Mann, der logischen Argumenten mit Mißtrauen begegnet.«

Mara unterdrückte das Bedürfnis, in Kevins Armen ein wenig Beruhigung zu finden, als die Dämmerung herabsank und die ersten Geräusche und Schreie von entfernten Kämpfen durch die Flure hallten. Obwohl sie eigentlich nicht einverstanden gewesen war, hatte sie Arakasis Bitte stattgegeben, und so war er mit Kenji und einer Patrouille von fünf Männern losgezogen, um Lord Iliando von den Bontura aufzusuchen und ihn ein letztes Mal zu bitten, Vernunft anzunehmen. Als jetzt das gedämpfte Geräusch von Schwertkämpfen durch den Palast drang, fürchtete Mara, daß ihre Männer die Rückkehr so lange aufgeschoben hatten, bis es zu spät gewesen war.

Dann ertönte das Signal, auf das sie sehnsüchtig gewartet hatte, ein vereinbartes Klopfzeichen an der Tür. Lujans Männer schoben rasch die Barrikaden beiseite und ließen den schweren Balken herunter. Die Tür öffnete sich, und Kenji rauschte herein, neben sich ein Kommandeur mit einem Federbusch in Violett und Weiß.

»Den Göttern sei Dank«, murmelte Mara, als immer mehr Krieger eintraten und sie den schwergewichtigen Lord der Bontura in ihrer Mitte sah. Danach kamen die Krieger im Grün der Acoma, und als letztes folgte, deutlich weniger energisch, Arakasi. Er schlüpfte gerade noch rechtzeitig durch die Tür, bevor sie sich schloß, und der Helm mit dem Abzeichen eines Patrouillenführers umrahmte ein Gesicht, das so blaß war wie Pergament.

Mara trat aus dem Schutzring und ging auf ihn zu. »Ihr hättet nicht laufen sollen«, meinte sie anklagend in dem Wissen, daß seine Blässe von den Schmerzen herrührte.

Arakasi verneigte sich. »Mistress, es war notwendig.« Der geschiente Arm war unter dem Offiziersgewand vollkommen verborgen, und niemand hätte gedacht, daß dieser Krieger nicht in der Lage sein würde, sich wirklich zu verteidigen. Bevor Mara etwas erwidern konnte, fuhr der Supai fort: »Lord Iliando weigerte sich hartnäckig, bis wir ihm schließlich ganz klare Angaben über seine Streitkräfte und deren Stationierung machten und vier Möglichkeiten eines Angriffs aufzählten, denen er ziemlich hilflos ausgeliefert gewesen wäre.« Er dämpfte die Stimme zu einem Flüstern. »Seine eigene Schwäche hat ihn überzeugt, nicht unser Glaube, daß er ganz offensichtlich als abschreckendes Beispiel für den Clan Ionani und den Lord der Tonmargu dienen soll.«

Arakasi blickte auf die Tür, die von den Kriegern wieder verriegelt und verbarrikadiert worden war. Der Lord der Bontura und sein Kommandeur standen bei Lujan und Hoppara und berieten sich über gemeinsame Verteidigungsstrategien. »Wir waren keine Minute zu früh«, gestand der Supai. Sein Blick richtete sich auf Mara. »Die Wohnung des Lords wurde bereits angegriffen, noch während ich ging, und die Kisten, die ich vor die Tür geschoben habe, werden die Angreifer nicht lange aufhalten.

Wenn sie die Zimmer leer vorfinden, werden sie schon bald hierherkommen.« Als er sah, wie Mara die Stirn runzelte, fügte er hinzu: »Ich entkam durch die Hintertür zum Garten.«

Sie wagte nicht zu fragen, wie es ihm in seinem Zustand gelungen war, die Wände hochzuklettern; nur seine Kurzatmigkeit verriet, wie schnell er gelaufen sein mußte, um Lord Iliandos Eskorte wieder einzuholen. Mara, jetzt wieder ganz Herrscherin, wandte sich an ihren Supai: »Legt die Rüstung ab«, befahl sie. »Sucht Euch eine Dienerrobe und versteckt Euch in den Wandschränken mit den Küchenjungen. Das ist ein Befehl«, zischte sie, als Arakasi tief Luft holte und zum Protest ansetzte. »Wenn das hier erst einmal vorbei ist und ich es überleben sollte, werde ich Eure Dienste mehr denn je brauchen.«

Der Supai verneigte sich. Doch bevor er in Richtung der Küche verschwand, machte er sich seine Aufmachung als Patrouillenführer zunutze, um sich zwei Soldaten in den Farben der Acoma und Bontura zu greifen. »Bringt den Lord und die Lady nach hinten ins befestigte Zimmer und macht ihnen klar, daß sie dort bleiben sollen. Der Angriff kann jeden Augenblick erfolgen.«

Minuten später hörten sie das Geräusch von Äxten, die sich in die äußeren Fensterrahmen bohrten. Die Krieger in den Zimmern, die zum Garten führten, gingen in Kampfstellung, während in dem Raum zum Flur hin ein donnerndes Krachen von der verbarrikadierten vorderen Tür ertönte. »Ein Rammbock!«

Die Acoma-Soldaten sprangen auf und warfen sich unter Einsatz ihres ganzen Gewichtes gegen die Möbel, die als Barrikaden eingesetzt worden waren, doch ihre Bemühungen waren sinnlos. Der zweite Stoß hatte Erfolg. Holz zerbarst in tausend Splitter, als die Möbel, der Balken und die Türflügel nachgaben und der Rammbock in den Raum donnerte. Die Eindringlinge, die ihn gehalten hatten, beugten sich nach vorn und gestatteten so den Schwertkämpfern hinter ihnen, über sie hinweg in den Raum zu springen.

Die Angreifer, die durch die zerstörte Tür drangen, waren schwarzgekleidet, selbst ihre Gesichter waren in dunklen Stoff gehüllt. Als der Anführer seine Männer vorwärtswinkte, erhaschte Lujan einen Blick auf seine Hand, die gefärbt war und ihn als gemieteten Attentäter der Hamoi Tong entlarvte. Dann begann der Kampf zwischen seinen Truppen und dem Feind. Schwerter trafen mit unnatürlich hellem Klang aufeinander. Als Maras Kommandeur parierte und zustieß, um sich zu verteidigen, begriff er: Einige dieser Tong besaßen Metallschwerter. Sie waren eine Rarität im Kaiserreich, von unermeßlichem Wert und wurden niemals im Kampf riskiert, obwohl sie in der Lage waren, die laminierten tsuranischen Rüstungen aufzuschlitzen.

Ein Bontura-Krieger ging zu Boden, als ein Stich seine Brustplatte durchdrang. Lujan änderte seine Taktik; er versuchte, die Schwerthiebe mit den Armschonern abzuwehren. Er rief seinen Kriegern eine Warnung zu, und zwei Attentäter fielen, bevor sie auch nur zwei Meter im Raum waren. Gewöhnliche Klingen konnten den wiederholten Angriffen nicht standhalten; die Metallschneiden ließen Späne von den Kanten absplittern und beschädigten das wertvolle Harz mit tiefen Einschnitten. Sechs Acoma-Krieger gingen zu Boden, und Lujans Männer ließen sich in dem verzweifelten Versuch zurückfallen, den Feind daran zu hindern, zu der Tür zu gelangen, die den äußeren Raum mit dem inneren Komplex verband. Der Kampf wurde jetzt von zwei Seiten zwischen den Türposten geführt, als sich die übrigen Acoma-Soldaten eng mit den Kriegern der Bontura und Xacatecas zusammendrängten, um die hinter einem Wall aus aufeinandergestapelten Möbelteilen kauernden Lords und die Lady zu schützen.

Neben der Lady stand Kevin; er hatte seinen Blick auf die Fenster des innersten Raumes gerichtet. Der Rahmen hüpfte und bebte, und Gips fiel von den Fensterbänken, als die Axthiebe von draußen immer weitergingen. Krieger hämmerten Verstärkungen an Ort und Stelle: Holzlatten, die bei Bedarf von Ladenschienen, Regalen und Kisten abgerissen wurden. Doch das alles würde den Feind nur wenige Minuten aufhalten können, denn die Angreifer gewannen immer mehr an Boden. Nur wenige Minuten nach Beginn des ersten Angriffs gesellten sich zu den Mitgliedern der Tong schwarzgekleidete Krieger ohne Abzeichen und Farben.

Kevin wog die Möglichkeiten ab und traf eine Entscheidung. Die Barrikade aus Möbeln würde dem Angriff von drei Seiten nicht standhalten. »Lady, rasch in diese Ecke da«, drängte er Mara.

Der Lord der Bontura sah mit weit aufgerissenen Augen zu, wie sie sich erhob und einen anderen Platz einnahm. »Ihr hört auf einen barbarischen Sklaven?«

Hoppara wußte es besser. »Der Mann hat recht, Lord Iliando. Wir werden schon bald umzingelt sein, wenn wir bleiben.« Der Lord der Xacatecas gesellte sich rasch zu Mara; dann warf er einen langen und festen Blick auf Iliando, während das Kampfgetümmel immer näher rückte und das erste Fenster nachgab. Erst kurz bevor weitere Attentäter in den Raum strömten, gab der korpulente Herrscher nach.

Die beiden Lords zogen die Klingen und stellten sich schützend vor Mara. Kevin blieb in ihrer Nähe, doch einen deutlichen Schritt weiter vorn, so daß er genug Platz hatte, um sich zu bewegen, sollte es notwendig werden.

Die Kampfgeräusche im äußeren Raum beim Flur nahmen zu; es war unmöglich, die Anzahl der durch die zerborstene Vordertür dringenden Angreifer zu schätzen. Die unheimlichen Geräusche beim Aufprall klirrender Metallschwerter gegen laminierte Waffen erklangen heftig und schnell und vermischten sich mit fürchterlichen Schreien. Die Verteidiger des inneren Zimmers mußten sich in zwei Richtungen orientieren; die einen versuchten, den frontalen Angriff durch die Tür abzuwehren, die anderen beeilten sich, die rasch anwachsende Flut von Attentätern aufzuhalten, die sich durch das zerschmetterte Fenster Zugang zu verschaffen suchten. Plötzlich verstummten die Axthiebe am zweiten Fenster.

Kevin reckte den Hals. Er hörte ein schwaches Scharren an der Wand hinter seinem Rücken, trotz des Kampflärms. »Bei den Göttern! Jemand hat einen Weg ins Schlafzimmer gefunden!«

Er zögerte und eilte dann zu dem Laden, der sich zum Flur hin öffnete. Eine Lampe brannte und tauchte den Korridor in ein unruhiges Bild aus Licht und Schatten. Kevin ging weiter. Seine nackten Füße spürten die Erschütterungen des Holzbodens: fallende Krieger und weitere Axthiebe. Er drückte sich an die Wand bei der Tür zum Schlafzimmer und wartete, die Hand um das Fleischmesser in seinem Gewand gepreßt.

Ein Mann in schwarzer Rüstung preschte heraus. Kevin wirbelte herum. Er stieß dem Mann ein Knie in die Lenden, dann rammte er ihm das Fleischmesser in die Kuhle im Nacken unterhalb des Kinnriemens. Warmes Blut lief über seine Hände, als er den zuckenden, sterbenden Körper nach hinten gegen einen zweiten Krieger stieß. Beide gingen krachend zu Boden.

Es waren noch mehr, und sie kamen in einer großen Welle. »Lujan! Hierher!« schrie Kevin.

Da er nicht sicher war, ob jemals Hilfe kommen würde, duckte sich der Midkemier, die Klinge gegen den schwarzgerüsteten Mann erhoben, der über die zu Boden gegangenen Gefallenen sprang. Lampenlicht fiel flackernd auf ein erhobenes Schwert, dessen Klinge zu lang war, um mit dem Fleischmesser etwas dagegen auszurichten. Kevin trat in den Raum zurück. Der schwarze Krieger machte einen Satz nach vorn.

Kevin sprang und konnte gerade noch verhindern, daß er hintenüber fiel. Das Schwert berührte den Stoff über seinem Magen. Der Midkemier verlor das Gleichgewicht, und in dem festen Glauben, daß ihn der nächste Hieb töten würde, versuchte er, mit seinem Messer das Handgelenk seines Gegners zu durchbohren.

Doch das Messer ritzte nur die Haut und prallte am Armschutz des Feindes ab. Kevin stieß einen Fluch aus und verkrampfte sich in Erwartung des tödlichen Schlages, als der Lord der Xacatecas aus seiner Ecke sprang und dem Feind sein

Schwert in den Rücken trieb. Der schwarze Krieger erstarrte. Seine Beine zuckten, und er verdrehte die Augen, als er zusammenbrach.

Ein anderer schwarzgekleideter Attentäter griff vom Flur her an.

»Mylord! Achtung!« schrie Kevin.

Hoppara wirbelte herum, gerade noch rechtzeitig. Das Schwert des Angreifers spießte ihn nicht auf, statt dessen trafen sich die Klingen in einem knirschenden Wettstreit der Kraft. Metall zerfetzte die Ränder der Brustplatte des jungen Lords, bohrte eine Furche hinein. Hoppara zog vor Schmerz eine Grimasse. Er löste sein Schwert mit einer schnellen Handbewegung, drehte sich und versetzte dem Attentäter einen heftigen Schlag gegen die Seite seines Kopfes. Der Tong taumelte benommen zurück.

Durch die offene Tür zum Flur drangen mehr und mehr dunkelgekleidete Feinde herein. Jetzt warf sich auch der korpulente Lord der Bontura mit all seiner Körpermasse in den Kampf, und Mara blieb allein und schutzlos in der Ecke zurück. Kevin duckte sich unter schwingenden Schwertern und krachte gegen einen schwarzen Ellenbogen. Seine Hand am Fleischmesser war blutverschmiert, und er rutschte ab, als er zustach. Der Feind fiel zuckend zwischen ihm und der Lady zu Boden.

Dann stießen zwei Äxte durch die hölzerne Verankerung, und die Läden hinter Kevin zerbarsten und fielen in den Raum. Gips staubte von den Wänden, als die schwere Wandverkleidung sich löste und wieder zurückfederte, um erneut von gefärbten Fäusten zur Seite geschlagen zu werden. Noch mehr Tong strömten herein. Sie trugen keine Rüstungen, die sie behindern konnten, und sprangen mit geschmeidigen Bewegungen, noch während sie die Schwerter aus den Scheiden zogen, auf den Fenstersims. Kevin packte den ersten Mann am Handgelenk. Das Schwert schwang herab. Er duckte sich zur Seite und riß so kräftig an dem Mann, daß der Attentäter den Halt auf dem Sims verlor. Beide Männer stürzten zu Boden. In dem folgenden Handgemenge hatte Kevin mit seinem kurzen Messer einen Vorteil. Er stieß zu, bevor der Feind Gelegenheit hatte, seine längere Waffe zu benutzen.

Der tote Mann und der Sklave krachten hart gegen die Barrikade aus Möbeln, und der Aufprall trieb das Fleischmesser tief in das Brustbein der Leiche. Kevin versuchte es herauszuziehen, doch ohne Erfolg. Er ließ die Klinge stecken und griff nach dem Schwert, das der Tote noch umklammert hielt.

Mit katzenhafter Schnelligkeit rollte sich Kevin auf die Füße und riß gleichzeitig das Schwert in die Höhe. Seine Klinge prallte gegen eine andere und wehrte einen Hieb ab, der seinem Hals sehr nah gekommen war. Ein helles Klirren begleitete den Aufprall, nicht das dumpfe Scheppern, das er erwartet hatte. Kevin lachte laut auf. Er hielt ein Metallschwert in den Händen. Die Götter wußten, wieso, denn in dieser Welt gab es keine Erze – und doch war dies eine Waffe, die er kannte.

Kevin hieb mit dem fremden Schwert ein paarmal in die Luft und fand schnell seine Balance. Es war so lang wie ein Breitschwert und von guter Qualität, und es ließ sich trotz der leicht gekrümmten Klinge mit tödlicher Leichtigkeit führen.

Der erste Mann, auf den Kevin losging, taumelte verwirrt vor dem fremden Sklaven zurück, der so gut mit einem Schwert umgehen konnte. Dann wurden die Augen hinter der schwarzen Maske kleiner; der Attentäter hatte seine Überraschung überwunden und ging seinerseits zum Angriff über. Mit flinken, geübten Hieben schlug er auf Kevin ein, dem schnell klar wurde, daß sein Gegner ebenfalls ein Metallschwert und noch dazu größere Fähigkeiten besaß.

Dann war ein grüngekleideter Krieger neben ihm, und ein anderes Schwert bedrängte den Angreifer von der Seite. Schulter an Schulter trieben Sklave und Acoma-Krieger den Tong zurück in den Flur. Der Mann hatte einen blitzschnellen Schwertarm; mit einer Parade nach der anderen wehrte er alle Schläge ab, die auf ihn niederprasselten. Der Acoma-Soldat rutschte aus und stolperte seitwärts. Ein mit Gewichten beschwertes Seil zuckte durch das zersplitterte Fenster und legte sich um seine ungeschützte Kehle. Er ließ das Schwert fallen und griff sich würgend an den Hals. Als er zusammensackte, sprang der Tong, der die Garotte geschwungen hatte, durch die Fensteröffnung.

Ein zweiter Acoma-Krieger und einer in den Farben der Bontura stürzten sich auf ihn. Allein und von seinem vorigen Feind zurückgedrängt, taumelte Kevin hilflos zur Seite. Er hatte Glück. Der Attentäter verfing sich mit einem Fuß in einem Kissen, das von irgendwo hergeflogen kam; er rutschte aus, und Kevin stieß zu.

Der Midkemier riß sein Schwert wieder heraus. Er blickte sich um und sah, daß der Lord der Bontura von einem schwarzen Krieger gegen die Wand getrieben worden war. Irgendwie gelang es dem korpulenten Mann, einen Hieb abzuwehren, der ihn hätte töten sollen – so wie es ganz sicherlich der nächste tun würde. Der Lord war nicht so schnell wie der Attentäter, doch immer noch überraschend flink. Kevin hastete zu dem schwarzgerüsteten Krieger und schlug von hinten zu. Mit einem klatschenden Geräusch, als würde eine Melone gespalten, drang das Metallschwert durch seine laminierte Rüstung. Der Feind spuckte Blut und starb. Kevin sah sich um und sprang mit kampfbereitem Schwert zu Mara. Hoppara hatte sich an einem Fenster aufgestellt; ein blutgetränktes Etwas lag quer über der Fensterbank: der letzte Attentäter, der versucht hatte einzudringen.

Schwer atmend und schweißnaß nahm Kevin sich einen Augenblick Zeit und verschaffte sich ein Bild der gegenwärtigen Situation. Ein wahnsinniger Drei-Fronten-Kampf tobte in der kleinen Wohnung. Haufen von schwarzen Kriegern und Hamoi Tong stürzten sich auf sie, bedrängten sie und versuchten mit allen Mitteln, die umzingelten Verteidiger zu vernichten. Ein Tong löste sich aus dem Kampfgetümmel, erblickte Mara und fuhr mit der Hand zum Gürtel. Kevin begriff erschaudernd, daß er ein Messer hervorholen würde.

Im gleichen Augenblick, da der Attentäter zum Wurf ansetzte, hatte der Midkemier ein Stück von Maras Robe in der Hand. Er warf sich zu Boden und riß sie mit, gerade als das Messer durch die Luft flog. Es krachte in die Wand; Gipsstaub rieselte herunter. Kevin spürte ein Ziehen an seinem Hemd, und er sah, daß eine Falte des Gewandes an der Wand festgenagelt war; dann spürte er, daß sein linker Arm in einem merkwürdigen Winkel aufgehängt zu sein schien.

Mara lag unter ihm und rang unter seinem Gewicht nach Atem. Der Attentäter sah seine Chance. Er sprang vor, und das erhobene Schwert warf seinen Schatten über die Gesichter der beiden Opfer. Kevin wirbelte herum. Der Stoff zerriß mit einem lauten Ratschen, als Kevin sein Schwert dem Attentäter entgegenschleuderte. Die Klinge traf den Mann direkt in den Bauch. Er taumelte zurück, sank auf die Knie und kippte dann vornüber. Das Schwert entglitt seiner Hand und bohrte sich zitternd in die Fußleiste. Kevin machte den letzten Fetzen seines Gewandes los und riß die immer noch vibrierende Klinge aus dem Holz.

Er stand gerade wieder, als auch schon ein weiterer Attentäter kopfüber durchs Fenster in den Raum sprang. Kevins Schwert enthauptete ihn im Flug. Der Körper brach blutspritzend zusammen, während der Kopf mit einem ekelhaften, nassen Geräusch auf den Boden aufschlug.

Der Kopf rollte weiter, auf einen schwarzgerüsteten Krieger zu, der durch die hintere Türöffnung kam. Kevin wirbelte herum. Der Krieger zögerte einen Augenblick, dann richtete er seine Waffe auf Kevin. Der Midkemier machte sich auf den Schwerthieb gefaßt, doch zu spät begriff er: dieser Mann würde nicht mit einem Sklaven das Schwert kreuzen. In wahnsinniger tsuranischer Wut hatte er vor, diesen Emporkömmling von einem Sklaven mit seinem gepanzerten, kräftigen Körper zu zermalmen.

Zu spät versuchte Kevin, einen Schritt zur Seite zu machen. Der Feind rammte ihn, trieb die Luft aus seinen Lungen und ihn zurück in den düsteren vorderen Flur. Er stieß mit dem Rücken gegen auf und ab wogende Körper. Ein wilder Kampf tobte zwischen eindringenden Tong und Lujans diszipliniertesten Verteidigern. Kevin rollte nach links, als der schwer gerüstete Krieger auf ihn krachte. Der Schwertarm des Gegners erdrückte ihn halb, und ihm wurde klar, daß das ständige Rucken unter seiner Seite davon kam, daß er auf die flache Seite des Schwerts seines Feindes gefallen war. Kevin kämpfte. Er kam nicht frei, sein Schwert und seine Hand waren gegen die Wand gepreßt. Doch auch dem anderen Mann gelang es nicht, seine Waffe wieder in den Griff zu bekommen. Dem Krieger blieb keine andere Wahl, als das Heft loszulassen und dem Sklaven einen Fausthieb in das ungeschützte Gesicht zu versetzen – mit denkbar geringem Erfolg. Kevin versuchte dem Mann den Ellenbogen in den Nacken zu rammen, doch seine Anstrengung brachte ihm nur eine Schürfwunde ein.

Dann sah Kevin seine Chance. Er warf sich mit seinem ganzen Körpergewicht gegen den Attentäter, bis der auf dem Rücken lag. Kevin zog sich hoch und preßte seinen Unterarm gegen die Kehle des Mannes; das Schwert folgte und schlitzte ihn tief auf. Halsriemen, Knorpel und Sehnen zerrissen. Der Krieger fuchtelte kurz mit Armen und Beinen und starb.

Hin und her geworfen von anderen Kämpfern, entfernte Kevin sich von der Leiche. Er wich einem Attentäter aus, raste zurück in das innere Zimmer und suchte Mara. Hoppara kämpfte an der Barrikade aus Möbelstücken gegen einen Mann in einer Rüstung. Ein Hamoi Tong setzte dem erschöpft wirkenden Lord der Bontura zu. Kevin hieb in die Flanke des schwarzgekleideten Mannes und trat an ihm vorbei. Mara war nirgends zu sehen. Er überließ es Lord Iliando, den verwundeten Attentäter zu töten, und raste in den Flur, der zum Garten führte. Zwei Räume waren leer. Ein Sterbender lag im dritten, und ein schwarzgerüsteter Soldat starrte mit leeren Augen vom Bett empor.

Kevin stürzte durch den Laden in den letzten Raum. Er fand Mara gegen eine Wand gedrängt, einen Dolch in der Hand, das Gewand blutbespritzt. In seiner Panik brachte er keinen Schrei zustande. Zwei Männer in schwarzer Rüstung näherten sich ihr und nahmen ihr jede Möglichkeit zur Flucht. Einer der beiden hatte einen häßlichen Schnitt am Schwertarm; Mara hatte wohl versucht, ihm Respekt beizubringen.

Ein wilder, tierischer Schrei entfuhr Kevins Kehle, als er durch den Raum rannte. Der erste Krieger starb, bevor er Zeit hatte, sich umzudrehen. Der zweite trat einen Schritt zurück, dann versteifte er sich, als Mara ihm den Dolch in die Lücke zwischen Nacken und Helm trieb.

Kevin wirbelte nach links, dann nach rechts, er suchte nach weiteren Feinden. Etwas Warmes stieß gegen seine Brust: Mara. Sie weinte nicht, sondern hing einfach nur in seiner Umarmung, zitternd vor Furcht und Erschöpfung. Er hielt sie fest, das Schwert immer noch zum Kampf erhoben.

Doch die vom Flur zu ihnen dringenden Kampfgeräusche hatten nachgelassen. Das hölzerne Klappern und helle Klingen der Schwerter endete in einem kratzenden Donnern. Schweigen senkte sich herab – nach all dem lärmenden Chaos und Tod eine seltsame Stille. Kevin atmete lang angehaltene Luft aus. Er senkte die tropfende Klinge, strich mit den Fingern, die weniger befleckt waren, über Maras Haare und spürte erst jetzt die Schnittwunden und Abschürfungen, die er während des Kampfes gar nicht wahrgenommen hatte.

Nach einiger Zeit erscholl ein Ruf aus den anderen Räumen. »Mistress!«

Mara leckte sich über die trockenen Lippen, schluckte und zwang sich zu sprechen. »Hier, Lujan.«

Der Kommandeur der Acoma eilte in das Zimmer und blieb dann abrupt stehen. »Mistress!« Seine Erleichterung hing spürbar in der Luft. »Seid Ihr verletzt?«

Erst jetzt sah Mara, daß ihre Kleider verschmiert und blutbespritzt waren. Ihre Hände, selbst ihre Wangen waren voller Blut. Sie hielt immer noch das Messer in den schlüpfrigen Fingern, ließ es voller Ekel fallen und wischte geistesabwesend die Hände an der verschmutzten Robe ab. »Es geht mir gut. Jemand fiel auf mich. Dies ist das Blut eines Toten.«

Als wäre ihr plötzlich klar, daß sie immer noch wie ein Kind an ihrem Sklaven hing, machte sie sich von ihm frei und richtete sich auf. »Es geht mir gut.«

Der schwüle Geruch des Todes bereitete Kevin Übelkeit, und so trat er ans Fenster. Der Rahmen war eine einzige wüste Masse aus Splittern, und er blickte auf die Mauer, die den Garten zur Nachbarseite abgrenzte. Ein gähnendes Loch war darin. »Sie sind aus der Wohnung neben uns gekommen«, erklärte er langsam. »Deshalb strömten so viele von hinten nach.«

Lujan hielt Mara ein Schwert zur Begutachtung hin. »Einige der Attentäter besaßen Metallschwerter.«

»Bei den Göttern!« rief Mara aus. »Das ist die Klinge eines Herrschaftshauses!« Sie untersuchte die Waffe genauer und runzelte die Stirn. »Doch das Heft ist blank. Es ist kein Zeichen von einem Clan oder Haus darauf.« Sie deutete brüsk auf den Flur. »Die Männer sollen die Toten untersuchen. Ich will wissen, ob noch mehr solcher Klingen gefunden werden.«

»Was ist daran so Besonderes?« Kevin verließ die Fensterbank und reichte Mara seinen Arm. Sie schien immer noch zu zittern. Er führte sie langsam an den Gefallenen vorbei zum Flur.

Einen Schritt entfernt von ihnen stand Lujan. »Es existieren nur wenige richtige Metallschwerter im Kaiserreich«, erklärte er. »Jedes Haus, dessen Ahnenreihe bis zum Beginn unserer Geschichte zurückreicht, besitzt eines, zumindest heißt es so. Nur der Herrscher des Hauses hat Zugang zu einer solchen Klinge. Sie sind unbezahlbar und für die Ehre eines Hauses nach dem Natami am bedeutendsten.«

Mara nickte zustimmend. »Es gibt ein Familienschwert der Acoma, das vor mir meinem Vater gehört hat. Ich bewahre es für Ayaki auf. Es ist eine seltene Metallwaffe.«

Sie erreichten den blutgetränkten mittleren Raum. Die Acoma-Soldaten waren bereits damit beschäftigt, die Toten beiseite zu schaffen. Fünf weitere Metallschwerter standen an eine Wand gelehnt, zusammen mit Kevins waren es also sechs. »Diese fanden wir bei den toten Attentätern, Kommandeur.«

Lujan blickte ehrfürchtig auf die Klingen. »Woher mögen sie stammen?«

»Minwanabi?« fragte Kevin.

Die Lords der Xacatecas und der Bontura betraten den Raum von der Vordertür, beide so blutverschmiert wie Mara. Das Glitzern des Metalls im flackernden Schein der Lampe erregte ihre Aufmerksamkeit, und auch sie untersuchten die Waffen.

Kevin wischte sein Schwert an seinem Sklavengewand ab. »Dies hier ist neu«, sagte er ruhig. »Man sieht noch schwach die Zeichen vom Schleifrad und den Abdruck des Hammers vom Waffenmacher.« Er betrachtete es ein weiteres Mal. »Es ist kein Zeichen des Waffenmachers darauf«, fügte er schließlich hinzu.

Alle sahen ihn an. Iliando sog hörbar den Atem ein und wollte schon zum Protest ansetzen, als Hopparas Neugier seiner Antwort zuvorkam. »Wer besitzt die Fähigkeit, alte Waffen herzustellen?«

Kevin zuckte mit den Schultern. »In meinem Volk ist die Kunst weit verbreitet. Jeder gute Schmied könnte dies hier nachmachen, denke ich.«

Iliando wollte nicht zulassen, daß er im Vergleich zu einem jüngeren Lord ungehobelt wirkte, und so nahm er die Klinge an sich und gab ebenfalls, wenn auch etwas steif, seinen Kommentar ab. »Es ist scharf, aber nicht so schön wie die unserer Ahnen. Es könnten Nachbildungen aus nicht ganz so hochwertigem Metall sein.«

»Doch woher bekommt jemand solch wertvolle Dinge?« fragte Hoppara.

»Aus meiner Welt«, schlug Kevin vor.

Die Lords tauschten Blicke aus; der korpulente war erstaunt über das direkte, offene Verhalten des Sklaven. Doch niemand unterbrach ihn, als er fortfuhr. »Nach einem Kampf sammelten eure Soldaten gewöhnlich die Schwerter und Rüstungen als Beute ein. Wenn jemand seine Hände auf genügend Eisen hat, einen guten Schmied kennt und ihm eines eurer Ahnenschwerter zeigt …« Er machte eine kleine Bewegung mit der Waffe. »Sagen wir, er macht es nach. Diese Klinge ist nicht sehr viel anders als die, die vom Bergvolk der Hadati in meiner Heimatwelt benutzt werden. Ein Schmied aus Yabon könnte so etwas ohne Schwierigkeiten herstellen, und vielleicht ist einer von ihnen als Gefangener bei einem eurer Lords.«

»Minwanabi«, sagte Mara. Ihre Stimme überschlug sich beinahe bei dem Namen. »Sämtliches Metall, das von der anderen Seite des Spalts als Beute hierhergeschafft wurde, ist Eigentum des Kaiserreiches. Einiges wurde als Tribut an die Tempel gesandt, anderes landete in der kaiserlichen Schatzkammer, und der Rest diente zum Unterhalt der Armee auf Midkemia. Doch die Sammlung wurde vom Kriegsherrn überwacht und in seiner Abwesenheit von seinem Stellvertretenden Kommandeur. Tasaio diente fünf Jahre in dieser Position. Das ist genügend Zeit für einen Mann ohne Skrupel, Schmuggelware auf den Landsitz seines Cousins umzuleiten.« Maras Ton wurde nachdenklich. »Oder auf seinen eigenen, für seine eigenen Bedürfnisse.«

Iliandos massige Gestalt drückte Abscheu aus. »Wenn jeder Attentäter eins bei sich hatte, ist allein der Preis dieses einen Angriffs unglaublich.«

»Für einen Überfall im Kaiserlichen Palast?« unterbrach Hoppara. »Ich wette, daß fünfmal so viele Schwerter gebraucht werden würden.« Er betrachtete die blutbefleckten Dielen. »Keine Erfolgsgarantie, und jeder Mann rechnete mit dem Tod. Nein, alles spricht dafür, daß Tasaio die Tong gemietet hat.«

»Also dann«, meinte Kevin, während er mit dem Fuß einem gefallenen schwarzen Krieger den Helm vom Kopf stieß, »wer hat die hier geschickt?«

Hoppara ließ sich müde auf eine noch saubere Ecke der Schlafmatte sinken. Er betrachtete sein Schwert; die Klinge war voller Splitter, und die Spitze hatte sich längst in einzelne Schichten aufgelöst. »Wer immer es war, ihre heutige Arbeit war ein Segen. Die Attentäter und diese Krieger haben sich gegenseitig behindert. Ich weiß nicht, ob wir den Hamoi Tong allein hätten widerstehen können.«

Mara ging durchs Zimmer und setzte sich zu dem jungen Lord. Sie seufzte vor Erschöpfung. »Gute Männer haben diesen Tag in einen Sieg verwandelt, Mylord. Ihr habt Eurem Hause Ehre erwiesen.«

Lord Iliando blickte bedeutungsvoll auf Kevin, der noch immer eines der Metallschwerter in den Händen hielt. »Die Götter werden es nicht richtig finden. Ein Sklave –«

Doch Lujan unterbrach ihn barsch. »Ich habe nichts gesehen.«

Der korpulente Lord wandte sich erzürnt über die Unverschämtheit ihres Kommandeurs an Mara. Sie sah ihn mit festem, offenem Blick an. »Ich habe nichts Unheilvolles gesehen, Mylord von den Bontura.«

Iliandos Körper hob sich, als er tief einatmete, doch es war Hoppara, der vermittelnd eingriff. »Ihr sprecht, nehme ich an, von der Klinge, die Euch das Leben rettete?«

Der Lord der Bontura errötete. Er räusperte sich und warf einen Blick auf Kevin; dann zuckte er steif mit den Achseln. »Ich habe nichts gesehen«, gab er widerstrebend zu. Er hätte Maras Ehre beleidigt, wenn er in dieser Wohnung, in der Krieger der Acoma auch zu seinem Schutz gestorben waren, einer Lady und ihrem Gast widersprochen hätte.

Kevin grinste. Er hielt das blutige Schwert Lujan hin, der es mit gelassenem Gesicht entgegennahm. Rasch machte Mara sich daran, die Spannung zu lösen. »Mylords, es ist nur angemessen, wenn jeder von Euch zwei dieser Schwerter als Kriegsbeute erhält. Ich werde mit den anderen verdienstvolle Soldaten belohnen, als Anerkennung ihres geschätzten Dienstes.«

Die Lords neigten die Köpfe, denn dieses Geschenk war eine außergewöhnliche Geste. Hoppara lächelte. »Eure Großzügigkeit ist einzigartig, Lady Mara.«

Der Lord der Bontura nickte, und Mara erkannte an dem Glanz in seinen Augen, während er über den gewaltigen Gewinn an Reichtum nachdachte, daß die Gier ihn überzeugt hatte. Er würde über Kevins Verstoß hinwegsehen.

»Säubern wir jetzt die Böden von dem ehrlosen Abschaum«,

meinte Mara zu Lujan. Die überlebenden Krieger machten sich an die Arbeit. Scheiden wurden zusammengetragen und Schwerter hineingesteckt, und die Toten wurden nach Hinweisen untersucht, wer den Angriff angeordnet haben könnte. Sie fanden nichts; Tongs verdienten sich den Lohn durch Anonymität. Die schwarzgekleideten Attentäter trugen nur die Tätowierung der blauen Blume, das Zeichen der Hamoi Tong, und hatten die Hände traditionell rot gefärbte. Die Soldaten in den schwarzen Rüstungen waren ohne irgendein Erkennungsmerkmal.

Als Lujan überzeugt war, daß nichts Belastendes mehr gefunden werden würde, ließ er die Leichen aus dem hinteren Laden in den Garten werfen. Dann beauftragte er Gruppen von Kriegern damit, die Fenster und Türen mit welchem Material auch immer zu verbarrikadieren und sich um die Verwundeten zu kümmern.

Ein Soldat brachte Lady Mara eine Schüssel mit parfümiertem Wasser und ein Tuch. »Mylady?«

Mara befeuchtete Gesicht und Hände; sie war bestürzt über die Farbe, die das Wasser in der Schüssel bald darauf annahm. »Morgen früh brauche ich die Hilfe meiner Zofe.« Sie blickte den Soldaten an. »Ihr macht das sehr gut, Jendli. Doch morgen werde ich mehr als das Erbarmen guter Soldaten benötigen, um mich im Rat zeigen zu können.«

Lord Hoppara lachte bei dieser Bemerkung; er war überrascht, daß eine Frau von so zierlicher Statur die Nerven hatte, angesichts des quälenden Schreckens der letzten Stunde an etwas anderes zu denken. »Ich fange an zu erkennen, was mein Vater an Euch bewundert hat«, begann er und hielt inne, als er ebenso wie alle anderen im Raum von einem seltsamen, schleichenden Gefühl erfaßt wurde.

Kevin wirbelte herum; die leeren Hände griffen nach einem Schwert, das er nicht länger besaß. Ein Blick auf Lujan zeigte ihm, daß auch der Kommandeur in die Schatten blinzelte und die Quelle dieser unnennbaren Bedrohung zu ergründen suchte.

Dann hörten sie ein schwaches Zischen, als würde Dampf aus

einem Topf entweichen. Sie alle spürten, wie ihre Blicke von einer Stelle auf dem Fußboden angezogen wurden, wo ein grünes Lichtkorn langsam Gestalt annahm. Selbst die abgehärtetsten Krieger wichen instinktiv zurück, und jene von ihnen, die Waffen trugen, griffen danach.

Das Glühen verstärkte sich, bis es den Schein der einzigen Lampe überstrahlte. Ihre Augen brannten und tränten von dem grellen Licht, und die Manifestation einer unheimlichen Kraft verschaffte allen eine Gänsehaut.

»Magie!« zischte Lord Iliando. Der Schimmer überzog das geweitete Weiß seiner Augen jetzt mit einem kranken Grün.

Der Fleck wurde heller und schwoll an, dann verwandelte er sich in eine geschlängelte Form, die sich hin und her wand und in der Luft wogte. Niemand konnte sich rühren, denn die Wirkung des Lichts war hypnotisierend.

Das Phänomen materialisierte sich zu einer schrecklichen, glühenden Erscheinung. Funkelnde Augen und ein keilförmiger Kopf erschienen, und ein tödlicher, spitz zulaufender Schwanz krümmte sich über dem Boden.

»Eine Relli!« stieß Hoppara atemlos hervor.

Kevin kannte die giftige Schlange Kelewans, doch diese hier überragte selbst die größte Flußviper, die er jemals gesehen hatte. Sie war mehr als einen Meter lang und schimmerte mit einem grünen Leuchten, das den gesamten Raum in ein teuflisches Glühen tauchte. Die Kreatur glitt ein paar Zentimeter weiter, den Kopf leicht erhoben, die gespaltene Zunge zwischen Giftzähnen zuckend, als wollte sie die Luft schmecken.

Kevin warf Lujan einen Blick zu; der Kommandeur umklammerte die in der Scheide steckende Waffe mit verkrampften Fingern. Selbst ein so begnadeter Schwertkämpfer wie er war nicht in der Lage, schnell genug das Schwert zu ziehen, um vor der Schlange zuzuschlagen.

Mara saß immer noch auf der Matte, sie atmete kaum und flüsterte: »Niemand darf sich bewegen.«

Wie als Antwort auf ihre Stimme erschütterte ein tiefes Summen die Luft. Der Schlangenkopf schnappte in Richtung der Lady der Acoma. Die Augen leuchteten und schienen schaurig durch den Körper des Soldaten hindurchzuschimmern, der zwischen ihnen kniete, die Schüssel auf den Knien und die eine Hand erhoben, um das Gesicht seiner Herrin zu waschen.

Die magische Erscheinung krümmte sich zu einer Seite. Der schräge Kopf rückte näher an Mara heran, und der Schwanz ringelte sich plötzlich zusammen. Der Kopf hob sich und beugte sich nach hinten.

Lujan nickte Kevin zu, der langsam und lautlos einen Schritt zurücktrat. Jetzt, da er genügend Platz hatte, um das Schwert zu schwingen, zog der Kommandeur blitzschnell die Waffe. Die Klinge glitt aus der Scheide und fuhr im Bogen herab, auf den Nacken der Kreatur zu.

Doch Wesen, die mittels geheimer Künste beschworen worden waren, konnten auch die kleinste Bewegung wahrnehmen. Die schlangenähnliche Kreatur erhob sich zu voller Höhe, dann schlug sie mit ungeheuerlicher Geschwindigkeit zu.

Lujans Schwert zerschnitt nichts als Luft, und Mara schrie entsetzt auf. Der Krieger neben ihr warf sich mit seinem Körper vor sie, und der Inhalt der Schüssel ergoß sich auf den Boden. Die glühende Erscheinung verfehlte ihr Ziel. Giftzähne bohrten sich wie spitze Pfeile durch die laminierte Rüstung, als wäre es weicher Stoff. Der keilförmige Kopf folgte, verschwand im Körper des Kriegers wie Flüssigkeit in einem Loch, und das kranke Leuchten strömte hinterher.

Für einen Augenblick kroch ein Schatten in den Raum.

Dann schrie der Krieger. Seine Hände fuchtelten voller Schmerz in der Luft herum, und jetzt begannen seine Augen grün zu leuchten. Das Licht wurde heller, verteilte sich in einer brennenden Flut auf seiner Haut, funkelte erst, blendete dann. Der Raum war alles andere als dunkel. Dann begann sich das Fleisch selbst zu verziehen, legte sich in Falten und krümmte sich. Das Weiße in den Augen des Mannes schwoll an und schrumpfte wieder, und seine Zähne glitzerten smaragdfarben in einem Zahnfleisch, das erst glomm und sich dann schwarz färbte.

Hoppara und Iliando schienen stumm vor Schreck immer kleiner zu werden; Mara saß wie erstarrt da, als würde der Bann sie festhalten. Nur Kevin besaß, getrieben von seiner Liebe, noch genug Willenskraft, um zu handeln. Er machte einen Schritt zur Seite, griff hinter das schimmernde Fleisch, das jetzt in unsäglicher Qual wild um sich schlug, und packte Maras Unterarm. Mit einem lauten Schrei der Anstrengung hob und zog er sie hoch, außer Reichweite des kreischenden Soldaten. Dann warf er sich mit dem Körper vor sie.

Lujan fand seine Reflexe wieder. Sein Schwert fuhr in einem vorzüglichen Streich herunter und brachte die quälenden Schreie zum Verstummen. Qualm stieg von der Leiche auf, während das grüne Leuchten noch kurz aufflackerte und dann verschwand. Die gewöhnliche Düsternis kehrte zurück, und nur die eine flackernde Flamme hielt die völlige Dunkelheit zurück.

Der Lord der Bontura zitterte sichtlich und machte das Zeichen gegen das Böse. »Ein Magier will Euren Tod, Lady Mara. Dieses Ding hat Euch an der Stimme erkannt!«

Kevin wischte die feuchten Hände an seinem Gewand ab, er hatte vergessen, daß die Robe bereits schmutzig war. Er schüttelte den Kopf. »Ich glaube nicht.«

Lord Bontura sah bei dem Widerspruch leicht gereizt auf, doch Mara stand ohne jede Spur von Beleidigung vom Boden auf. »Wieso?«

Der Midkemier blickte sie mit seinen blauen Augen direkt an und entschied sich für einen förmlichen Ton. »Wenn eine Schwarze Robe Euren Tod gewünscht hätte, wäret Ihr jetzt tot, und keine noch so große Anstrengung hätte Euch retten können. Schon eine einzige dieser Lichtkugeln, die wir bei den Spielen gesehen haben, hätte der Sache hier sofort ein Ende gemacht. Doch diese langsame Schlange eignete sich ganz hervorragend als Warnung, um Euch richtig einzuschüchtern.«

»Schlange?« fragte Mara. Dann begann sie zu begreifen,

während sie die Arme um ihre Knie schlang. »Du meinst die Relli. Ja, vielleicht hast du recht.«

»Es gibt noch eine andere Möglichkeit«, räumte Hoppara ein. Er wischte sich mit dem Handrücken den Schweiß von der Stirn. »Auch geringere Magier und Priester können Magie beschwören, und anders als die Mitglieder der Versammlung lassen sie sich möglicherweise mit Bestechungsgeldern ködern.«

»Wer?« Kevin bemühte sich, das leichte Beben in seiner Stimme zu unterdrücken. »Wer könnte die Mittel dazu haben?«

Hoppara betrachtete den Toten, der einer magischen Beschwörung zum Opfer gefallen war und in einem schrecklichen, todesstarren Grinsen die Zähne bleckte. »Wenn ein Mann den Reichtum einer ganzen Nation den Hamoi Tong übergeben kann, um sich Attentäter zu kaufen, könnte er sich dann nicht auch dazu herablassen, Priester eines mächtigen Ordens zu bezahlen oder die Dienste eines abtrünnigen geringeren Magiers zu mieten?«

»Verdächtigt Ihr den Lord der Minwanabi?« fragte Iliando, die dicken Hände immer noch in den Ärmeln verborgen.

»Möglicherweise. Oder die Gruppe, die uns die schwarzen Soldaten schickte.« Hoppara stand auf, als würde es ihn nervös machen, weiter reglos dazusitzen. In der Rüstung, blutbeschmiert und abgespannt von all den Anstrengungen, sah er ganz wie Chipino aus. »Wir werden es vielleicht morgen erfahren, wenn wir überleben und in die Ratsversammlung zurückkehren können.«

Niemand antwortete darauf.

Fünf

Der Kriegsherr

Es folgten vier weitere Angriffe.

Die ganze Nacht sahen sich die Soldaten der Acoma und ihre Verbündeten den Angriffen der dunklen Krieger ohne Hausfarben ausgesetzt. Die Hamoi Tong tauchten nicht wieder auf, doch die Krieger in den schwarzen Rüstungen kamen in Wellen immer wieder.

Beim letzten Angriff waren die Verteidiger gezwungen, sich in das kleine Schlafzimmer zurückzuziehen, in dem sich keine zweite Tür befand. In dem engen Raum dicht zusammengedrängt, schlugen sie die Feinde zurück, die vom Flur her kamen oder versuchten, durch das zerfetzte Fenster einzudringen. Kevin stellte sich die ganze Zeit schützend vor Mara und kämpfte wie ein Besessener. Nach dem dritten Angriff war praktisch niemand mehr ohne Verletzungen. Selbst der am stärksten der Tradition verhaftete Tsurani war zu müde, um den rothaarigen, großmäuligen Barbaren zweimal anzuschauen, der sich – Schwert und Schild noch in den Händen – nach dem letzten Kampf ausruhte. Seine Klinge hatte mit denen der besten Krieger mitgehalten – sollten doch die Götter das Schicksal eines Sklaven entscheiden, der nicht wußte, wo sein Platz war. Je länger sich die Nacht hinzog, je mehr Männer starben, desto weniger konnte auf eine Hand verzichtet werden, die noch eine Waffe führen konnte.

Nach dem vierten Angriff war Kevin kaum noch in der Lage, sich zu bewegen. Seine Arme schmerzten vor Müdigkeit, und seine Knie zitterten unkontrolliert. Als der letzte schwarze Krieger unter seinem Schwert gefallen war, knickten seine Beine ein, und er fiel zu Boden, während die fiebrige Energie, die ihn aufrecht gehalten hatte, versiegte.

Mara brachte ihm einen Becher mit Wasser, und er lachte angesichts der vertauschten Rollen. Er nahm einen tiefen Schluck, und sie beeilte sich, auch die anderen zu versorgen, die noch trinken konnten. Kevin betrachtete das Schlachtfeld. Der Boden, die Kissen, die Wände, jeder Flecken des Zimmers glitzerte rot, und verstümmelte Körper lagen mit grotesk verrenkten Gliedern auf dem Boden. Der einst angenehme Raum sah jetzt aus wie eine Leichenhalle aus einem Alptraum. Von den dreißig Soldaten der Acoma und den zwei Dutzend Xacatecas und Bontura, die in der Nacht zuvor zu ihnen gestoßen waren, standen nur noch zehn Acoma, fünf Xacatecas und drei Bontura. Die übrigen lagen erschlagen oder verwundet zwischen den Haufen schwarzgekleideter Leichen, die vor lauter Erschöpfung niemand mehr beiseite schaffen konnte. »Wir müssen über hundert von ihnen getötet haben«, sagte Kevin benommen.

»Vielleicht mehr.« Arakasi, der aus seinem Versteck im Schrank in der Speisekammer herbeigerufen worden war, kniete neben dem Sklaven. Die Schlinge, in der er seinen Arm hielt, war voller roter Spritzer, und der Dolch schien mit getrocknetem Blut förmlich festgeklebt in seiner linken Hand.

Kevin neigte den Kopf leicht in seine Richtung. »Tut das nicht weh?«

Arakasi warf einen Blick auf die Armschiene und nickte. »Natürlich tut es weh.« Er blickte auf die Tür. »Es ist bald Morgen. Wenn sie noch einmal kommen, werden sie es bald tun.«

Kevin kämpfte sich mühsam auf die Beine. Er hätte sein Schwert fallen lassen, wenn nicht die Gefahr bestanden hätte, sich die Füße zu verletzen. Müde und zitternd vor Anstrengung ging er zu Mara, die auf der anderen Seite kniete und sich um Hopparas verwundeten Kommandeur kümmerte. Als Kevin zu ihr trat, blickte sie auf. Sie sah erschreckend dünn aus im Licht der einzigen noch brennenden Lampe, und ihre Augen wirkten viel zu groß in dem blassen Gesicht. An einer Hand waren die Knöchel aufgescheuert. »Ist alles in Ordnung?« fragte Kevin.

Sie nickte geistesabwesend und kämpfte gegen die Müdigkeit

an, als sie versuchte aufzustehen. »Es ist eine solche ... Verschwendung«, sagte sie schließlich.

Kevin nahm seine ganze Kraft zusammen und streckte die Hand aus, um ihr aufzuhelfen. »Laß das nicht die anderen hören, mein Schatz. Sie werden dich wegen untsuranischer Ansichten mit Bausch und Bogen aus dem Rat jagen.«

Mara war zu erschöpft, um auch nur den Hauch eines Lächelns zustande zu bringen.

»Hier ist es nicht sicher für dich«, fügte er hinzu. »Einer der Diener soll sich um Hopparas Offizier kümmern.«

Mara schüttelte den Kopf. »Es ist zu spät.« Sie vergrub ihr Gesicht in der schweißnassen Kuhle an Kevins Nacken.

Der Midkemier warf einen Blick auf den Kommandeur der Xacatecas und erkannte, daß er aufgehört hatte zu atmen. Der Mann, der mit seiner ruhigen Stärke die Männer durch den brennend heißen Sand von Tsubar geführt hatte, war jetzt nur noch eine Erinnerung. »Bei den Göttern, er war ein großartiger Soldat.«

Kevin führte seine Lady zurück in den kleinen Raum, der sich am besten verteidigen ließ, wie sich herausgestellt hatte. Lujan, zwei Krieger und Maras übriggebliebene Bedienstete waren damit beschäftigt, die Toten fortzuschaffen. Die loyalen Soldaten, die gefallen waren, wurden in ein anderes Schlafzimmer gebracht, wo sie auf ihre ehrenvolle Einäscherung warteten, während die Leichen in den schwarzen Rüstungen mit den Füßen hinaus in den Garten gestoßen und gerollt wurden.

Mara lehnte sich gegen Kevin. »Ich glaube nicht, daß ich den Gestank dieses Raumes jemals wieder aus der Nase bekommen werde.«

Kevin strich ihr über die Haare, etwas unbeholfen vor Müdigkeit. »Der Geruch des Krieges läßt sich nicht so leicht vergessen.«

Ein lautes Krachen aus dem Flur hallte durch die Wohnung. »Bei Lashima, hört das denn niemals auf!« schrie Hoppara mit deutlicher Verzweiflung in der Stimme. Lord Iliando stand über sein Schwert gebeugt und keuchte gequält, während Lujan zwei Soldaten mit einer knappen Handbewegung aufforderte, sich schützend vor ihre Herrin zu stellen. Dann drängte der Kommandeur in den Flur. Kevin folgte dicht hinter ihm. Es waren längst nicht mehr genügend kampffähige Verteidiger vorhanden, als daß er bei Mara hätte zurückbleiben können. Als er gerade durch die Tür ins Dunkel des Flurs treten wollte, hörte er eine leise Stimme dicht an seinem Ohr.

»Sorge dich nicht um sie. Kämpfe du nur, so gut du kannst, Kevin von Zūn.« Der Barbar warf rasch einen Blick auf Arakasi und nickte ihm zu; dann drangen zwei schwarze Krieger durch die behelfsmäßige Barrikade, die die Soldaten der Xacatecas im Flur errichtet hatten. Kevin stürmte vorwärts, während weitere Feinde versuchten, die Trümmer beiseite zu schieben, die eine angrenzende Tür blockierten.

Es blieb nicht genügend Zeit zum Nachdenken, nur reflexartiges Handeln war möglich, und so schlug Kevin wild um sich, spürte den Ruck, als sein Metallschwert den Arm eines Feindes traf. Ein anderer Gegner nahm dessen Platz ein. Der Druck des Angriffs blieb unvermindert. Hieb, Parade, ein erneuter Hieb – Kevins Bewegungen folgten tief verwurzelten Instinkten. Er wußte, daß Lujan neben ihm war, und hörte jemand anderen mit monotoner Stimme etwas rufen. Dann hatten sich die Krieger an der Seitentür durch die Trümmer gewühlt, und das Sterben unter den Verteidigern begann von neuem. Jemand ging vor Kevin zu Boden, und er stolperte, wurde aber von den vor Blut schlüpfrigen Händen eines Bontura-Kriegers vor dem Sturz bewahrt. Er konnte nur kurz dankbar nicken, denn schon drang ein anderer Feind auf ihn ein. Mitten in all dem Irrsinn fragte er sich plötzlich, wo im ganzen Kaiserreich jemand so viele schwarze Rüstungen gefunden haben mochte. Oder hatte jemand möglicherweise einfach nur die Hausfarben übermalt, um eine solche Armee auf sie zu hetzen?

Die Angreifer stürmten in das erste Zimmer, als die Verteidiger immer langsamer und erschöpfter wurden. Die Überzahl der

Feinde machte sich bemerkbar. Lujan und seine letzten Überlebenden wurden zurückgetrieben, immer weiter. Und doch gaben sie sich nicht geschlagen. Die Tsuranis besaßen Mut, der an Starrsinn grenzte, und sie gaben keinen Zentimeter Boden freiwillig auf.

Kevin fällte einen schwarzen Krieger. Hinter ihm half der erschöpfte Lord der Xacatecas dem Lord der Bontura in den zweiten Raum. Der schwere Mann rang nach Luft, und er schien ein Bein nachzuziehen. Kevin spürte, wie sich Verzweiflung wie ein Ring um seine Brust legte. Doch das häßliche, furchterregende Bild von Mara mit einer Klinge in ihrem Herzen stärkte seine Willenskraft weiterzumachen. Er wirbelte herum, riß das Schwert hoch und griff mit neu entfachter Wut an. Dies verschaffte den beiden Lords genug Zeit zur Flucht. Zwei lebendige Körper mehr zwischen Mara und dem Tod, dachte Kevin mit kalter Berechnung. Er lachte beinahe, als ihm Arakasis ermutigende Worte einfielen. Sein Schwertarm hob und senkte sich, stieß zu und parierte. Die Wut war jetzt verschwunden; nur der Schmerz der Erschöpfung blieb zurück. Dann stieß er mit der Schulter brutal gegen einen Türknauf, und seine müde Schwerfälligkeit kostete ihn beinahe das Leben. Ein feindliches Schwert kratzte über seine Rippen. Er schlug es zur Seite, Metall gegen sprödes Laminat. Das Schwert des schwarzen Kriegers zerbrach unter dem Aufprall. Kevin stieß die Klinge in das harte, überraschte Gesicht des Mannes, dann stolperte er über einen Körper und landete auf einem Knie im Türrahmen.

Es dauerte viel zu lange, bis er sich erholt hatte. Ein schwarzer Krieger sprang hinter ihn und versuchte einen Rückhandschlag gegen den ungeschützten Rücken des Barbaren. Ein brennender Schmerz schien seine Haut zu versengen, doch eine blitzschnelle Parade von Lujan stieß das Schwert weg. Kevin wirbelte herum und verpaßte dem Feind einen ungeschickten Stoß in den Bauch. Der schwarze Krieger brach zusammen.

Hinter ihm stand Arakasi, das Schwert in seiner linken Hand

wie ein Junge, der mit einem Knüppel droht. »Alles in Ordnung?«

Kevin keuchte. »Tut verdammt weh, aber ich werde es überleben.« Im perlgrauen Licht, das durch die Ritzen der Läden fiel, sah er unzählige schwarze Krieger darauf warten, den inneren Flur zu stürmen. Er unterdrückte ein irrsinniges Lachen. »Sagte ich überleben?«

Das laute, angestrengte Grunzen Lujans und das helle Klingen von Schwertern hinter ihm warnte Kevin; wieder hatten Feinde die Mauer zwischen Maras Räumen und der angrenzenden Wohnung durchbrochen. »Bewacht diese Tür!« stieß Kevin hervor und raste zu Mara. Bei ihr standen zwei Acoma-Soldaten und schützten die Lady mit ihren Körpern, während ein halbes Dutzend schwarzer Krieger sie zu überwältigen trachteten.

»Ihr Bastarde!« schrie Kevin mit rauher Stimme. Er warf sich auf die hintersten. Die Männer, die er traf, fielen gegen jene vor ihnen. Beine gerieten durcheinander, Schwertarme fuchtelten in der Luft, und die gesamte Gruppe landete auf dem Boden. Kevin rutschte und rollte über den glitschigen Boden; er zwang seine müden Muskeln, ihm noch ein einziges Mal zu gehorchen. Er stand mit dem nach vorn gerichteten Schwert auf und machte einen Schritt. Drei Feinde lebten immer noch. Kevin machte den nächststehenden kampfunfähig. Einem anderen schlug er das Schwert in den Nacken, doch er hatte kaum noch genug Kraft, um ihn zu verwunden. Gerade als die beiden Acoma-Soldaten ihre Kräfte sammelten, um die letzten Angreifer zu töten, schrie Mara auf: »Kevin! Hinter dir!«

Kevin wirbelte herum; er war sich nur unklar bewußt, daß der Mann, den er vermeintlich kampfunfähig geschlagen hatte, ein Messer in der Hand hielt. Diesen mußte er dem Schicksal überlassen, denn ein Schwert sauste auf ihn herab. Er wich nach rechts aus, stolperte über das ausgestreckte Bein eines Toten und fiel krachend auf die Leiche. Das Schwert des Angreifers zog eine glänzende Linie über seinen Oberarm. Kevin heulte auf – mehr aus Wut denn aus Schmerz – und drehte sich um. Seine Klinge traf den dunklen Krieger genau oberhalb der Lenden. Er schüttelte das Blut aus seinen Augen. Einer der Acoma-Soldaten sprang neben ihn, den Fuß zum Tritt gegen den Schild des sterbenden Mannes erhoben. Der Feind wankte wild um sich schlagend zurück in den engen Flur, wo er in einen anderen dunklen Krieger taumelte.

Kevin holte keuchend Luft. »Bei allen Göttern! Es kommen immer mehr!« Mühsam kämpfte er gegen ein fürchterliches, nachhallendes Geräusch. Trompeten, erkannte er benommen. Sein Rücken brannte, und sein linker Arm baumelte herab. Feuchtigkeit tropfte von seinen Fingern. Doch er stand immer noch aufrecht und quälte sich hinter dem Acoma-Soldaten her zur Außentür. Ein letzter Mann wartete hinter ihm, das Schwert schützend vor Mara erhoben. Kevin brachte ein schiefes Lächeln zum Abschied zustande, bevor er in den Flur stolperte. Schon bald würde das Ende kommen. Lujan, Arakasi, Hoppara, der Lord der Bontura – sie alle waren nirgendwo zu finden, obwohl Kampfgeräusche aus dem zweiten Schlafzimmer herüberklangen. Ohne Hilfe von außen waren sie zu wenige, um überleben zu können.

Als er die letzte Tür erreicht hatte, sah Kevin zwei Krieger in schwarzen Rüstungen durch das Loch in der Wand in Richtung Garten fliehen. Sie hatten es sonderbar eilig, und diese Tatsache erheiterte ihn, doch Tränen traten ihm in die Augen, statt daß er zu lachen begann. Wieder erklang eine Trompete, lauter diesmal.

Dann war es still in der Wohnung, abgesehen von dem Stöhnen der verletzten Krieger und dem pfeifenden Atem von Lord Iliando aus irgendeiner Ecke. Lujan stolperte aus einer Tür, sein Helm war fort, und Blut strömte aus einer Kopfwunde über sein Gesicht. Er grinste Kevin albern an und blieb ruckartig stehen. »Der Kaiser! Er ist hier! Das sind die Trompeten der Palastgarnison! Die Kaiserlichen Weißen sind zurückgekehrt!«

Kevin brach an Ort und Stelle zusammen, und nur die Wand, an die er mit der Schulter stieß, bewahrte ihn davor, auf dem Boden aufzuschlagen. Lujan sank neben ihm zu Boden. Ein böser

Schnitt an der Schläfe blutete stark, und seine Rüstung bestand nur noch aus Fetzen. Kevin lockerte mühsam den Griff seiner Finger um das Schwert, griff nach einem Stück eines zerrissenen Kissens und versuchte damit, die Blutung zu stoppen. Hoppara wankte mit Lord Iliando an seinem Arm aus der Schlafzimmertür. Doch Kevin sah nur Mara an. Ebenso erschöpft wie die anderen sank sie neben ihm auf die Knie. »Der Kaiser?«

Bevor Lujan seine Stimme zurückerlangte, traten zwei weißgekleidete Krieger forsch durch die Tür. Einer von ihnen fragte laut fordernd: »Wer befiehlt hier?«

Mara richtete sich auf. Ihre Haare hingen wirr herab, und ihr Gewand war scharlachrot, doch sie hatte bereits wieder die stolze Haltung einer Lady angenommen. »Ich, Mara von den Acoma! Dies ist meine Wohnung. Die Lords der Xacatecas und Bontura sind meine Gäste.«

Falls der kaiserliche Krieger etwas an ihrer Wortwahl unangemessen fand, so zeigte er es jedenfalls nicht. »Lady«, begann er in formellem Tonfall, während er mit gewölbten Brauen das Gemetzel betrachtete, »Mylords. Das Licht des Himmels befiehlt allen Herrschern, heute um zwölf Uhr dem Hohen Rat beizuwohnen.«

»Ich werde dort sein«, erwiderte Mara.

Ohne ein weiteres Wort machten die Kaiserlichen Weißen auf dem Absatz kehrt und verschwanden. Kevin ließ seinen Kopf gegen die Wand sinken. Tränen der Erschöpfung rannen über sein Gesicht. »Ich könnte Monate schlafen.«

Mara berührte sanft sein Gesicht, beinahe traurig. »Dafür ist keine Zeit.« Sie wandte sich an Lujan: »Findet heraus, wo Jican sich versteckt, und laßt ihn aus unserem Stadthaus frische Kleider holen. Er soll außerdem Zofen und Diener mitbringen. Diese Räume hier müssen gesäubert werden, und bis zwölf Uhr muß ich die vollständige offizielle Kleidung tragen.«

Kevin schloß die Augen; er genoß diesen einen segensreichen Moment des Friedens. Egal, wie müde er war, vor Mara lag ein langer, anstrengender Tag. Wohin sie auch gehen mochte, seine Liebe für sie verpflichtete ihn, ihr zu folgen.

Er kämpfte sich auf die Beine, öffnete die Augen und winkte einem ebenso erschöpften Acoma-Krieger zu. »Also gut. Fangen wir an, den Garten zu düngen.«

Das Stück Kissen gegen den Kopf gepreßt, gab Lujan dem Soldaten das Zeichen zu gehorchen. Kevin brauchte nur einen Schritt zu gehen, um die erste Leiche zu finden. Er packte sie unter den Armen, während der Krieger die Füße hob, und die beiden stolperten mit ihrer Last unbeholfen zum Laden. »Zu schade, daß es nicht mehr von diesen Hamoi Tong waren. Dann müßten wir wenigstens nicht auch noch die Rüstungen schleppen.«

Lujan schüttelte leicht den Kopf, doch das schwache Lächeln auf seinen Lippen verriet seine Anerkennung für Kevins außergewöhnliche Sichtweise.

Nach Stunden geschäftiger Vorbereitungen trat Mara aus einer Wohnung, die von Toten und Trümmern gesäubert war. Ihre Haare waren gewaschen und unter einer juwelenbesetzten Kopfbedeckung hochgebunden, und offizielle Gewänder aus dem Stadthaus fielen weich auf die Füße, die in sauberen Schuhen ohne Blutspuren steckten. Ihre Ehrengarde trug Abzeichen, die sie von der Garnison des Hauses ausgeliehen hatte, und der Federbusch Lujans wippte stolz auf seinem Helm; immer noch etwas feucht, aber immerhin gereinigt von den Spuren der Schlacht. Wenn auch Armschoner und weite Umhänge Verletzungen und Bandagen verdeckten und der Gang der Krieger so korrekt war, daß er schon steif wirkte, konnte Mara sicher sein, daß ihr Erscheinungsbild die Ehre der Acoma nicht belastete, als sie sich dem Eingang zum Versammlungsraum des Hohen Rates näherten.

Kaiserliche Weiße standen in den Korridoren, und zehn von ihnen waren vor den großen Türen postiert. Dort wurde Maras Gruppe zum Halt aufgefordert. »Lady«, befahl einer der Soldaten mit nur sparsamer Ehrerbietung, »das Licht des Himmels gestattet Euch den Eintritt lediglich mit einem Soldaten, damit nicht noch mehr Blutvergießen seinen Palast beschmutzt.«

Vor einem kaiserlichen Edikt konnte Mara sich nur verneigen. Nach raschem Nachdenken nickte sie Lujan zu. »Kehrt in unser Quartier zurück und wartet auf meinen Ruf.«

Dann forderte sie Arakasi auf vorzutreten. Die Schiene unter seinem rechten Armschutz mochte möglicherweise seine Fähigkeiten als Kämpfer einschränken, doch sie wollte seinen Rat nicht missen. Und nach der vergangenen Nacht hatte Kevin sich als durchaus fähig erwiesen, mit Arakasis Schwert umzugehen, sollte ein Lord unbesonnen genug sein und trotz der Anwesenheit der Kaiserlichen Wachen gewalttätig werden.

Doch als Mara auch ihren Leibsklaven zu sich rief, hob der Soldat ablehnend die Hand. »Nur ein Soldat, Mylady.«

Mara warf ihm einen verächtlichen Blick zu. »Sehen Sklavengewänder heute wie Rüstungen aus?« Sie kniff die Augen zusammen und sagte mit aller Arroganz, die sie aufbringen konnte: »Ich werde einen ehrenvoll verwundeten Krieger nicht mit Pflichten entwürdigen, die einem gemeinen Läufer obliegen. Wenn ich meine Eskorte herbeiholen lassen will, brauche ich den Sklaven, damit er den Befehl ausführt.«

Der Wachposten zögerte, und Mara rauschte an ihm vorbei, bevor er sich sammeln und etwas erwidern konnte. Kevin zwang sich, ihr zu folgen, ohne noch einen Blick über die Schulter zu werfen, damit der kaiserliche Soldat nicht auf die Idee kam, wegen seines ungehorsamen Verhaltens seine Meinung über seinen Wert zu ändern.

Die Halle schien im Vergleich zum vorangegangenen Tag nur spärlich besetzt zu sein, und die anwesenden Lords waren deutlich unterwürfiger. Mara erwiderte ein paar Grüße auf dem Weg zu ihrem Platz, während sie sich mit schnellen Blicken ein Bild von den leeren Plätzen verschaffte. »Mindestens fünf Lords der Omechan fehlen«, murmelte sie Arakasi zu.

Sobald sie auf dem Stuhl Platz genommen hatte, setzte hektische Betriebsamkeit ein. Ein Dutzend Mitteilungen wurden ihr von Soldaten überbracht, die sich lediglich verbeugten und ohne auf Antwort zu warten wieder verschwanden. Mara überflog sie alle rasch, dann reichte sie sie an Arakasi weiter, der sie in seine Tunika steckte, ohne einen Blick darauf zu werfen. »Wir haben gewonnen«, sagte sie verwundert.

Sie deutete auf einen Bereich, der während der vergangenen Woche leer gewesen war. Jetzt strebten sorgfältig gekleidete Edle auf ihre Sitze zu, deren Krieger nicht so aussahen, als seien sie in Kämpfe verwickelt gewesen. »Die Partei des Blauen Rades ist hier.«

Arakasi nickte. »Lord Kamatsu von den Shinzawai kommt, um mit den anderen zu handeln, um jeden nur möglichen Vorteil für den Lord der Keda herauszuschlagen. Er und der Lord der Zanwai werden nicht viel mehr tun, als ihre Gruppe davon abzuhalten, in den ersten zehn Minuten massenweise überzulaufen.«

Mara blickte auf die Gruppe; sie suchte das vertraute Gesicht Hokanus. Nur ein Soldat mit dem hohen Federbusch eines Kommandeurs trug das Blau der Shinzawai, und er war ein Fremder. Offensichtlich war es dem Erben der Shinzawai nicht mehr gestattet, dort zu erscheinen, wo sein Leben in Gefahr war. Mara spürte Enttäuschung in sich aufsteigen.

Stille breitete sich im Raum aus, als schließlich die zwei ranghöchsten Lords eintraten. Axantucar, jetzt Lord der Oaxatucan, trat in genau demselben Augenblick zu seinem Stuhl wie Tasaio. Beide hatten eine Überheblichkeit an sich, als wären sie die einzigen Männer von Bedeutung in diesem Raum. Keiner von ihnen machte sich die Mühe, in die Richtung seines bedeutendsten Kontrahenten zu blicken.

Sobald die beiden Kandidaten saßen, standen einige Lords auf und taten so, als wollten sie sich entweder mit Tasaio oder Axantucar beraten. Jeder blieb einen Augenblick stehen, als hätte er einen kurzen Gruß ausgesprochen, und kehrte dann zu seinem Platz zurück.

»Was tun sie da?« fragte Kevin.

»Sie stimmen über das Amt des Kriegsherrn ab«, antwortete Arakasi. »Durch diesen Akt versichert jeder Lord dem Bewerber seine Treue, den er als Träger des Weiß und Gold bevorzugt. Die noch Unentschiedenen« – eine schnelle Handbewegung umfaßte den Raum – »sehen zu und wählen dann.«

Kevin sah nach unten und bemerkte, daß Mara das Große Spiel angestrengt verfolgte. »Wann gehst du zum Lord der Oaxatucan?«

»Noch nicht.« Mara legte die Stirn in Falten, als sie die Edlen betrachtete, die entweder zum Lord der Oaxatucan oder zu dem der Minwanabi schritten.

Dann, ohne einen Grund, der fremden Augen eingänglich gewesen wäre, stand Mara plötzlich auf und stieg die Treppen hinunter. Sie durchquerte die unterste Ebene des Raums, als wollte sie auf Tasaio zugehen. Stille breitete sich aus, und alle Augen richteten sich auf die schlanke Frau, die geradewegs auf den Stuhl der Minwanabi zuzugehen schien. Dann änderte sie leicht ihre Richtung und stand mit drei kurzen Schritten neben dem Sitz von Hoppara von den Xacatecas. Sie sprach kurz mit ihm und kehrte an ihren Platz zurück.

»Was war das? Könnte der Junge das Amt übernehmen?« flüsterte Kevin.

Arakasi antwortete. »Es ist ein Trick.«

Jetzt rührten sich einige andere Lords und sprachen mit Hoppara, und bald war klar, daß sich kein anderer Bewerber mehr einmischen würde. Kevin rechnete schnell nach und meinte: »Es steht ungefähr gleich. Ein Viertel für die Minwanabi, ein Viertel für die Oaxatucan, ein Viertel für die Xacatecas und ein Viertel, das noch unentschieden ist.«

Einen ausgedehnten, reglosen Augenblick lang geschah nichts. Die Lords saßen in ihren schönen Kleidern da, sahen sich um und sprachen mit ihren Beratern oder Dienern. Dann stand der eine oder andere Lord auf und ging zu einem der drei Anwärter. Nach einiger Zeit standen wieder andere auf und ließen ihre Wahl erkennen.

»Augenblick mal!« sagte Kevin. »Dieser Lord mit dem Federschmuck auf dem Kopf sprach vorher mit dem Minwanabi. Jetzt spricht er mit dem Lord der Oaxatucan.«

Mara nickte. »Das Gleichgewicht verändert sich ein paarmal.«

Der Nachmittag verlief schleppend. Während Streifen aus Sonnenlicht über die hohe Wölbung der Kuppel wanderten, fuhr der Hohe Rat mit der seltsam anmutenden Wahl des Herrschers der Herrschenden des Kaiserreiches fort. Noch zweimal erhob sich Mara und sprach mit dem Lord der Xacatecas, um ihre ungebrochene Unterstützung für den jungen Mann zu bekräftigen.

Dann, als der Abend hereinbrach, nickte Mara auf ein unsichtbares Signal hin. Im nächsten Augenblick erhoben Lord Hoppara und sie sich und schritten gleichzeitig aus verschiedenen Richtungen auf den Stuhl Axantucars zu. Ein Raunen ging durch den Saal. Plötzlich verließen andere Edle ihre Plätze und traten vor den Lord der Oaxatucan.

Dann kehrte Mara auf ihren Platz zurück und sagte. »Jetzt.«

Kevin sah, wie sie ihre Augen auf Tasaio richtete. Der Lord der Minwanabi warf ihr einen solch haßerfüllten Blick zu, daß Kevin kalte Schauer über den Rücken jagten. Inzwischen schmerzten seine Wunden, und die Gewänder juckten, und jeder blaue Fleck machte das lange Stehen zu einer einzigen Qual.

Während Kevin noch darüber grübelte, wie lange der Rat noch ohne einen Beschluß fortfahren könnte, veränderte sich plötzlich die Stimmung im Saal, und aus abwartender Reglosigkeit wurde angespannte Erwartung.

Tasaio erhob sich. Absolute Stille breitete sich in der großen Halle aus; alle verharrten reglos auf ihren Plätzen. Mit einer Stimme, die in der Stille unverhältnismäßig laut klang, erklärte der Lord der Minwanabi: »Es ist angebracht, dem Licht des Himmels die Nachricht zu übersenden, daß jemand unter uns willens ist, das Weiß und Gold zu tragen, vor uns zu treten und den Bestand des Kaiserreiches zu garantieren. Laßt ihn wissen, daß sein Name Axantucar von den Oaxatucan ist.«

Jubel erscholl in der Versammlung, und das gewaltige Echo drang bis unter die höchsten Bögen des Daches. Doch Kevin bemerkte, daß mehr als die Hälfte der Lords nur mäßig begeistert reagierte. »Warum hat der Lord der Minwanabi aufgegeben?« fragte er Arakasi.

Mara selbst antwortete ihm: »Er ist geschlagen. Es ist Tradition, daß der Lord, der dem Sieger am nächsten kam, ihn dem Kaiser gegenüber ernennt.«

Kevin lächelte. »Das ist bitter.«

Die Lady der Acoma nickte langsam. »Allerdings.« Als hätte sie das Unbehagen gespürt, das ihrem Barbaren die Energie raubte, fügte sie hinzu: »Geduld. Die Tradition erfordert, daß wir warten, bis das Licht des Himmels die Wahl anerkennt.«

Kevin hielt sich, so gut er konnte. Obwohl der Rat an diesem Tag zusammengerufen und ein neuer Kriegsherr gewählt worden war, war der Barbar noch längst nicht davon überzeugt, daß Ichindar ein so großer Sklave der Tradition war, wie Mara glaubte. Doch er sagte nichts. Nach einer halben Stunde trat ein Bote in weißgoldener Livree ein, umgeben von Kaiserlichen Weißen. Sie trugen Mäntel mit schneeweißen Federn, deren Ränder in schimmerndes Gold getaucht waren, und verneigten sich vor dem Stuhl der Oaxatucan und präsentierten Axantucar den Mantel.

Kevin betrachtete den neuen Kriegsherrn, dem der Mantel um die Schultern gelegt wurde. Während sein Onkel Almecho ein Mann mit einer breiten Brust und einem Stiernacken gewesen war, sah dieser Neffe eher wie ein schlanker Poet oder Lehrer aus. Seine Gestalt war außerordentlich schmal, das Gesicht sehr asketisch, beinahe zart. Doch der Triumph in seinen Augen entlarvte die gleiche habgierige Seele wie die von Tasaio.

»Er scheint zufrieden zu sein«, sagte Kevin atemlos.

Arakasi antwortete leise: »Er sollte es auch sein. Er muß einen großen Teil seines Erbes darauf verwandt haben, ein halbes Dutzend Lords ermorden zu lassen.«

»Ihr glaubt, die schwarzgekleideten Krieger kamen von ihm?«

»Ziemlich sicher.«

Mara schaltete sich ein. »Warum sollte er Soldaten auf uns hetzen? Wir hätten jeden Rivalen von Tasaio unterstützt.«

»Um unvorhersehbare Bündnisse zu verhindern. Und um sicherzugehen, daß die Schuld für das Gemetzel den Minwanabi zugeschoben wird.« Arakasi geriet plötzlich in mitteilsame Stimmung, vielleicht aus Befriedigung über die Niederlage eines Feindes. »Er ist der Sieger. Nicht der Lord der Minwanabi. Die Tong arbeiteten so gut wie sicher für Tasaio. Logischerweise waren die anderen Soldaten Oaxatucan.«

Ordnung kehrte in den Rat zurück, und nach einigen unergiebigen Reden gab Mara Kevin den Befehl, Lujan und ihre Krieger herbeizuholen. »Wir kehren noch heute nacht in unser Stadthaus zurück.«

Der Midkemier verbeugte sich wie ein ordentlicher Sklave vor ihr und entfernte sich dann langsam aus der riesigen Halle mit den juwelengeschmückten, rätselhaften Lords. Wieder kam er im stillen zu dem Schluß, daß die Tsuranis die merkwürdigsten Menschen mit den verwickeltsten Gewohnheiten waren, denen man nur begegnen konnte.

Ruhe kehrte wieder in Kentosani ein. Eine Zeitlang ruhten Mara und ihre Gefolgschaft sich aus, ließen die Wunden verheilen und gewöhnten sich an die politischen Veränderungen seit Axantucars Amtsübernahme. Es gab festliche Abende im Stadthaus, da die Lady einige einflußreiche Lords einlud, die ihrem Haus jetzt wohlgesonnen waren. Kevin schien noch verstimmter als sonst, doch zwischen der Erholung von ihrer Erschöpfung und den gesellschaftlichen Verpflichtungen hatte Mara wenig Gelegenheit, sich mit seiner düsteren Stimmung zu beschäftigen.

Arakasi suchte seine Herrin am dritten Morgen auf, als sie gerade einige Mitteilungen verschiedener Lords durchsah, die sich immer noch in der Stadt aufhielten. Er war in das saubere Gewand eines Dieners gekleidet und genoß es, einmal den geschienten Arm offen in einer Schlinge tragen zu dürfen. Dennoch ließ er ihr die tiefe Verbeugung zukommen, die einer Frau ihres Ranges zustand. »Mistress, die Gefolgschaft der Minwanabi hat die Barken auf dem Fluß beladen. Tasaio kehrt auf seine Güter zurück.«

Mara stand auf; ihre Federn und das Papier und die Nachrichten waren vor Freude vergessen. »Dann können wir ohne Gefahr nach Hause zurückkehren.«

Wieder verbeugte sich Arakasi, dieses Mal noch tiefer als zuvor. «Mistress, ich möchte Euch um Vergebung bitten. Bei allem, was geschehen ist, war ich nicht darauf vorbereitet, daß der Lord der Oaxatucan so schnell aufsteigen und seinen Onkel ersetzen würde.«

»Ihr seid zu streng mit Euch, Arakasi.« Ein Schatten verdunkelte Maras Gesicht, und sie ging unruhig zum Fenster. Die Bäume draußen verteilten ihre Blüten auf der Straße. Diener schoben noch immer Gemüsekarren vor sich her, und Boten rannten eilig vorbei. Es versprach ein heller und ganz gewöhnlicher Tag zu werden, als würde man aus einem Alptraum erwachen. »Wer von uns hätte das Morden vorausahnen können, das in dieser Nacht geschah?« fügte Mara hinzu. »Eure Arbeit rettete fünf Edlen das Leben, darunter auch mir. Ich wage zu behaupten, daß keine andere Person mehr geleistet hat als Ihr, und darüber hinaus haben die Acoma durch das Ergebnis sehr viel Prestige gewonnen.«

Arakasi neigte seinen Kopf. »Meine Mistress ist zu gütig.«

»Ich bin dankbar«, wandte Mara ein. »Kommt. Gehen wir nach Hause.«

Später an diesem Nachmittag marschierte die Garnison der Acoma stolz aus dem Stadthaus. Maras Sänfte, die Kisten und ein Wagen mit den Verwundeten waren in der Mitte geschützt. An den Docks warteten Boote darauf, sie und ihre Gefolgschaft flußabwärts zu bringen. Mara ließ sich neben Kevin auf Kissen unter einer Markise nieder und betrachtete das alltägliche Gewimmel der Händler und ihrer Kunden am Ufer. «Es ist so ruhig. Man könnte beinahe annehmen, es hätte in den letzten Wochen kein Unheil gegeben.«

Auch Kevin betrachtete die Dockarbeiter und Fischer, die gelegentlichen Bettler und Straßenkinder, die den organisierten Fluß des Handels störten. »Das gewöhnliche Volk wird niemals von den Angelegenheiten der Mächtigen gestört – solange sie ihnen nicht unglücklicherweise im Weg stehen. Dann sterben sie. Ansonsten geht ihr Leben einfach weiter, ein Tag voller Arbeit nach dem anderen.«

Mara beunruhigte die Bitterkeit in seiner Stimme, und sie betrachtete den Mann, den sie lieben gelernt hatte, genauer. Die Brise spielte mit seinen roten Haaren, und an den Bart konnte sie sich niemals ganz gewöhnen. Er lehnte konzentriert an der Reling, die Schultern noch steif von den verschorften Verletzungen des Kampfes. Das Handgelenk, das sie zwischen ihren Händen hielt, war immer noch bandagiert, und der Blick seiner Augen enthielt etwas Trostloses, als sähe er Traurigkeit im hellen Sonnenlicht. Sie wollte ihn nach seinen Gedanken fragen, doch ein Ruf vom Ufer lenkte sie ab.

Der Bootsmann machte die Leinen los. Ruderer begannen zu singen, und das Boot entfernte sich von Kentosani und wandte sich flußabwärts. Die Nachmittagsbrisen zupften an den Fähnchen über der Markise, und Mara fühlte, wie ihr Herz leicht wurde. Tasaio hatte eine Niederlage erlitten, und sie kehrte wohlbehalten nach Hause zurück. »Komm her«, meinte sie zu Kevin. »Laß uns etwas Kühles trinken.«

Die Boote passierten die südliche Grenze der Heiligen Stadt, und am Ufer war grünes, bebautes Land zu sehen. Der Geruch von Flußschilf vermischte sich mit dem vollen Aroma der Frühlingserde und dem stechenden Geruch der Ngaggi-Bäume. Die Türme der Tempel schrumpften, und Mara döste zufrieden vor sich hin, den Kopf gegen Kevins Oberschenkel gelehnt.

Ein Schrei vom Ufer weckte sie. »Acoma!«

Ihr Kommandeur jubelte vom Bug des ersten Bootes aus zurück, und jetzt deutete die gesamte Dienerschaft auf einen Haufen Zelte am Flußrand. Ein Kriegslager von gewaltiger Größe breitete sich auf der Wiese aus, und von der höchsten Stange flatterte ein grünes Banner mit dem Emblem eines Shatra-Vogels im Wind. Auf Maras Befehl wechselte der Steuermann den Kurs und hielt auf das Ufer zu, und als das Boot endlich die

Untiefen erreicht hatte, warteten etwa eintausend Acoma-Soldaten darauf, ihre Herrin begrüßen zu können. Mara staunte über ihre große Zahl, und ihre Kehle schnürte sich vor Rührung zusammen. Kaum zehn Jahre waren vergangen, seit sie den Mantel der Herrscherin angelegt hatte, und nur siebenunddreißig Soldaten waren übrig gewesen, um das Acoma-Grün zu tragen …

Drei Befehlshaber grüßten sie und verbeugten sich vor ihr, als Kevin ihr aus der Sänfte auf den festen Boden half. »Willkommen, Lady Mara!«

Mit lautem Jubel bezeugten die Krieger ihre Freude darüber, die Lady wiederzusehen. Die drei Offiziere formierten die Reihen und begleiteten Mara durch die Truppen zum schattigen Vordach des Kommandozeltes.

Dort wartete Keyoke, wie immer aufrecht auf seiner Krücke. Er verbeugte sich förmlich und meinte: »Mistress, Euer Anblick erfüllt unsere Herzen mit Freude.«

Mara mußte gegen plötzlich aufsteigende Tränen ankämpfen; dann antwortete sie: »Und Euer Anblick läßt mein Herz jubeln, teurer Kamerad.«

Keyoke verbeugte sich bei dieser Liebenswürdigkeit und trat beiseite, damit sie hineingehen und es sich auf den Kissen über den dicken Teppichen bequem machen konnte. Kevin sank neben ihr auf die Knie. Er knetete ihren Rücken mit der Hand, die keine Verletzung erlitten hatte, und spürte, wie ihre Spannung sich unter seiner Berührung in ruhige Zufriedenheit auflöste.

Keyoke, immer noch auf seinem Posten neben dem Eingang, sah, wie sich Ruhe auf dem Gesicht seiner Herrin ausbreitete. Und so, wie er in der Vergangenheit Lord Sezu von der äußeren Welt abgeschirmt hatte, tat er es jetzt für Mara, als Lujan sich mit Arakasi, Befehlshaber Kenji und den wenigen gesunden Überlebenden der Nacht der blutigen Schwerter näherte. Ein geheimnisvolles Lächeln zuckte um die Lippen des alten Getreuen, als er ihnen mit erhobener Hand Einhalt gebot.

»Kommandeur«, sagte der frühere Inhaber dieses Amtes, »wenn ich einen Vorschlag machen darf. Es gibt Zeiten, da man manche Dinge besser ruhen läßt. Kehrt morgen früh zu Eurer Mistress zurück.«

Lujan beugte sich Keyokes Erfahrung und forderte die anderen auf, mit ihm zusammen eine Runde Hwaet-Bier zu trinken.

Im Innern des kühlen Zeltes blickte Kevin fragend auf den alten Mann, der anerkennend mit dem Kopf nickte, dann die Schlaufen der Türvorhänge löste und sie sanft zufallen ließ. Jetzt stand Keyoke vor dem Zelt und schaute in die Sonne. Seine herben Gesichtszüge blieben ausdruckslos, doch in seinen Augen funkelte Stolz auf den Geliebten der Frau, die er als Tochter in sein Herz geschlossen hatte.

Arakasis Bote hatte ihnen ziemlich eindringlich geschildert, wieviel die Acoma Kevins Mut und seinen Fähigkeiten im Umgang mit dem Schwert verdankten. Keyokes Gesicht wurde eine Spur weicher, als er an den Stumpf dachte, der einmal sein rechtes Bein gewesen war. Bei den Göttern, wurde er womöglich weich im Alter? Er hätte niemals gedacht, daß einmal der Tag kommen würde, an dem er für die Unverfrorenheit des rothaarigen barbarischen Sklaven dankbar sein würde.

Die abendlichen Schatten verdüsterten die große Halle der Minwanabi in der Stunde, da Lord Tasaio zurückkehrte. Er war immer noch in die Rüstung gekleidet, die er bei seiner Reise flußabwärts getragen hatte, und sein einziges Zugeständnis an die Form war die seidene Offiziersrobe, die er sich über die Schultern geworfen hatte. Er trat mit großen Schritten durch den breiten Haupteingang. Der Saal war voller Menschen. Jedes Mitglied des Haushalts stand bereit, um ihn zu begrüßen, und hinter ihnen befanden sich alle Cousins zweiten Grades und Vasallen, die in den Jahren des Krieges gedient hatten. Tasaio schritt ihre reglosen Reihen ab, als wäre er vollkommen allein. Erst als er das Podest erreicht hatte, blieb er stehen, drehte sich um und nahm die Anwesenheit der anderen zur Kenntnis.

Incomo trat vor und grüßte ihn. »Die Herzen der Minwanabi sind voller Freude über die Rückkehr unseres Lords.«

Tasaio antwortete mit einem kurzen Nicken. Er reichte seinen Kampfhelm einem Diener, der sich verneigte und hastig verschwand. Der Lord der Minwanabi, niemals ein Mann, der viele Worte an Banalitäten verschwendete, wandte sich mit ausdruckslosem Gesicht an seinen Berater. »Sind die Priester bereit?«

Incomo verbeugte sich. »Wie Ihr wünschtet, Mylord.«

Neue schwarz-orangefarbene Kissen schmückten das hohe Podest, zusammen mit einem Teppich aus Sarcat-Fellen und einem Tisch, der aus kompliziert bearbeiteten Harulth-Knochen bestand. Tasaio schien der Veränderung des Mobiliars nur einen beiläufigen Blick zu schenken, doch kein Detail entging ihm. Er war zufrieden darüber, daß nichts von Desios Herrschaft übriggeblieben war, setzte sich hin und gab kein anderes Zeichen von sich, sondern legte nur das blanke Stahlschwert der Ahnen der Minwanabi quer über seine Knie.

Es trat eine längere Pause ein, und erst spät erkannte Incomo, daß er ohne weiteres Zeichen seines Herrn fortfahren sollte. Während Desio darauf bestanden hatt, selbst über die winzigste Handlung die Kontrolle zu behalten, wartete Tasaio darauf, bedient zu werden. Der Erste Berater der Minwanabi gab das Zeichen für den Beginn der Zeremonie.

Zwei Priester näherten sich dem Podest; der eine trug die rote Farbe und die Todesmaske Turakamus, der andere war in die langärmligen weißen Gewänder von Juran dem Gerechten gekleidet. Jeder intonierte einen Segen des Gottes, dem er diente. Es folgten keine Opfergaben und auch keine große Zeremonie in der Weise, wie Desio sie ersonnen hatte. Der Priester Jurans zündete eine Kerze für Beständigkeit an und steckte sie in einen aus Ried geflochtenen Ständer, der die Zerbrechlichkeit des sterblichen Menschen vor seinem Gott symbolisierte. Der Priester des Todesgottes tanzte nicht und blies nicht auf den Pfeifen. Er unterließ es auch, seinen Gott um einen Gefallen zu bitten. Statt dessen ging er die Stufen des Podestes hinauf und erinnerte mit kalten Worten an ein Opferversprechen, das immer noch unerfüllt war.

»Ein Eid, geschworen auf das Blut des Hauses Minwanabi«, erklärte der Priester. »Die Familie der Acoma muß im Namen Turakamus sterben, und das Blut der Minwanabi dient als Pfand. Wer den Mantel des Lords annimmt, muß auch diese Aufgabe erfüllen.«

Tasaio antwortete mit dünner Stimme. »Ich anerkenne unsere Schuld gegenüber dem Roten Gott. Meine Hand auf diesem Schwert bekräftigt es.«

Der rote Priester fuhr mit einem Amulett durch die Luft. »Turakamu möge Euren Bemühungen lächeln ... oder Euren Tod besiegeln und den Eurer Erben, solltet Ihr versagen.« Er drehte sich um und verließ das Podest; die Kerze des Gerechten Gottes flackerte im Luftzug seiner Bewegung.

Der neue Lord der Minwanabi saß still da und behielt ein ausdrucksloses Gesicht bei, als erst das eine, dann ein anderes Mitglied der Familie oder des Haushaltes vortrat, sich verbeugte und ihm die Treue schwor. Als auch der letzte Vasall seinen Eid abgelegt hatte, stand er auf und rief dem Befehlshaber an der Seitentür zu: »Bringt meine Konkubinen herein.«

Zwei junge Frauen traten ein; beide waren in kostbare Gewänder gehüllt. Die eine war groß und schlank; sie hatte blonde Haare und weit auseinanderstehende jadegrüne Augen, deren Schönheit durch etwas Schminke noch sanft unterstrichen wurde. Die andere war ganz in scharlachrote Gazespitze gekleidet, hatte einen dunklen Teint und eine rundlichere Figur. So unterschiedlich sie auch waren, besaßen doch beide Frauen eine Schönheit, die die Augen eines jeden Mannes auf sich zog. Beide verbeugten sich anmutig vor dem Podest, während die kurzen, nur locker gebundenen Gewänder ihre schlanken Beine zur Geltung brachten und einen ausgiebigen Blick auf ihre Brüste freigaben. Doch auch wenn diese Frauen unter den schönsten des ganzen Kaiserreiches ausgewählt worden waren, so war ihr Rang immer noch unter dem des gewöhnlichsten Dieners. Stille breitete sich in der Halle aus, als die versammelten Gäste neugierig darauf warteten, was ihr Lord mit seinen Kurtisanen vorhatte.

Die beiden Frauen fielen vor Tasaios Podest auf die Knie und berührten mit der Stirn den Boden.

»Seht mich an«, befahl Tasaio.

Voller Angst, doch stets gehorsam, taten die beiden jungen Frauen, wie ihnen geheißen. »Wie Ihr wünscht, Mylord«, erklärten sie mit Stimmen, die gewohnt waren, sanft zu klingen.

Der neue Lord der Minwanabi betrachtete sie mit nüchternen Augen. »Incarna«, sprach er zu der Dunklen. »Sind deine Kinder in der Nähe?«

Incarna nickte, auch wenn die Furcht jede Farbe aus ihrem Gesicht weichen ließ. Sie hatte ihrem Lord zwei uneheliche Kinder geboren, doch der Aufstieg ihres Vaters mußte nicht unbedingt von Vorteil für sie sein. Es war nicht ungewöhnlich, daß ein Mann, der den Herrschermantel erhielt, solche Nachkommen töten ließ und damit jeden Anspruch auf die Herrscherfamilie ausschaltete.

»Bring sie her«, befahl Tasaio.

Ein leichter Schimmer, der von Tränen herrühren mochte, trat in Incarnas Mandelaugen. Trotzdem stand sie rasch auf und eilte aus der großen Halle der Minwanabi. Tasaios Aufmerksamkeit wandte sich jetzt der schönen Frau zu, die noch immer vor ihm auf den Knien lag. »Sanjana, du hast meinem Ersten Berater erzählt, daß du ein Kind erwartest?«

Sanjana hielt die Hände fest ineinander verkrampft, doch die Perlen auf ihrem Gewand schimmerten im Licht, als sie zitterte. »Ja, Lord«, erwiderte sie. Die Heiserkeit in ihrer Stimme war kein Trick, um verführerisch zu wirken.

Tasaio schwieg jetzt. Sein Gesicht und seine Haltung änderten sich selbst dann nicht, als Incarna zurückkehrte, einen kleinen Jungen halb hinter sich her zerrend. Er hatte Tasaios kupferbraune Haare und den rosigen Teint seiner Mutter, und obwohl er nicht weinte, ängstigte ihn die Nervosität seiner Mutter. In den Armen der Konkubine befand sich ein zweites Kind, ein Mädchen, das noch nicht alt genug war, um solche Entfernungen selbst zurückzulegen. Sie war zu jung, um etwas von dem um sie herum begreifen zu können, und steckte die Finger spielerisch in den Mund, während sie die hellen, bernsteinfarbenen Augen auf all die Menschen in der Halle richtete.

Tasaio betrachtete die Kinder von seinem Platz auf dem Podest aus, als würde er auf dem Markt etwas auf Fehler hin inspizieren. Dann winkte er beinahe geistesabwesend Kommandeur Irrilandi zu. Er deutete auf Sanjana und sagte: »Bringt diese Frau nach draußen. Ich werde sie später töten lassen.«

Sanjana riß die Faust empor und preßte sie gegen den Mund. Ihre atemberaubenden jadegrünen Augen füllten sich vor Schreck mit Tränen, und sie schien ihre Beherrschung zu verlieren. Unfähig aufzustehen, blieb sie zitternd auf den Knien, bis zwei Krieger hereintraten und sie an den Armen packten. Ihre Bemühungen, heftige, beschämende Schluchzer zu unterdrücken, hallten durch die Stille der Versammlung, als die Männer sie halb hinaustrugen, halb führten.

Jetzt stand Incarna allein vor dem Podest, die Hände um die Kinder gepreßt, das Gesicht voller Angstschweiß. Tasaio betrachtete sie ohne Mitleid oder Zärtlichkeit und meinte: »Ich werde diese Frau zu meiner Gemahlin nehmen und benenne diese Kinder – wie sind ihre Namen?«

Incarna blinzelte, dann flüsterte sie hastig: »Dasari und Ilani, Mylord.«

»Dasari ist mein Erbe.« Tasaios Stimme erhob sich laut über die Anwesenden und hallte von der gewölbten Decke zurück. »Ilani ist meine erste Tochter.«

Dann wich die Stille raschelnder Bewegung, als alle in der Halle sich vor der neuen Lady der Minwanabi verbeugten. Tasaio gab Incomo den Befehl: »Laßt Diener geeignete Gemächer für die Lady der Minwanabi und ihre Kinder vorbereiten.« Er wandte sich an Incarna: »Weib, kehre in deine Gemächer zurück und warte auf meinen Ruf. Morgen werden Lehrer für die Kinder kommen. Ich möchte sofort damit beginnen, sie in die Pflichten ihrer Familie einzuweisen. Dasari wird eines Tages dieses Haus führen.«

Die ehemalige Konkubine verneigte sich, doch ihre Bewegungen waren immer noch verkrampft vor Schreck. Sie wirkte nicht sehr erfreut über den plötzlichen Aufstieg, als sie eilig mit ihrem Sohn und der Tochter auf dem Arm vom Podest ging, die starrenden Blicke von Hunderten von Fremden im Rücken.

Tasaio wandte sich an seine Gäste, Verwandten und Vasallen: »Wir werden morgen die Hochzeitszeremonie abhalten. Ihr alle seid eingeladen, an dem Fest teilzunehmen.«

Bei diesen Worten erstarrte Incomos langes Gesicht, bemüht, die alarmierenden Gedanken nicht zu verraten. Eine Hochzeit erforderte eine sorgfältige Planung, damit die Vorzeichen so günstig wie möglich waren. Der Zeitpunkt, das Essen, die rituelle Heiratshütte – all das erforderte den Segen der Priester und peinlich genaue Orientierung an der Tradition. Die Verbindungen großer Lords wurden selten unter Zeitdruck geschlossen, damit nicht etwa irgendwelche Einzelheiten vergessen wurden und so das junge Paar und die zukünftige Generation von Unglück heimgesucht werden würden.

Doch Tasaio wollte die Angelegenheit schnell abschließen. Die glänzende Klinge des Ahnenschwertes ruhte auf seinen Schultern, als er befahl: »Kümmert Euch um die Vorbereitungen, Erster Berater.«

Dann drehte er sich um, bedeutete Incomo, ihm zu folgen, und schritt ohne ein weiteres Wort auf den Ausgang der Halle zu. Die blanke Klinge blitzte im Sonnenlicht auf. Tasaio ging zur Außentür, in dem sicheren Wissen, daß die zwei Soldaten auf beiden Seiten sie rechtzeitig für ihn öffnen würden.

Als ihr Lord aus dem Haus trat und in den Innenhof kam, nahmen die beiden Soldaten Haltung an, die verängstigte Sanjana zwischen ihnen. Sie hatte die Nadeln aus dem Haar geschüttelt, und es fiel jetzt in Wellen über ihren Rücken, wie seltenes, von der Sonne beschienenes Gold. Sie hatte den Blick auf den Boden gesenkt, doch bei Tasaios Erscheinen sah sie ihn flehentlich an. Die weiche weiße Haut über dem Brustansatz zeigte ihre schnellen Atemzüge, doch sie hatte ihre Fähigkeiten als

Kurtisane noch nicht völlig vergessen. Sie mochte verängstigt, ja sogar völlig verzweifelt sein, doch sie war immer noch in der Lage, den einzigen Vorteil einzusetzen, den sie besaß. Sanjana öffnete die roten Lippen leicht und stellte ihren schlanken Körper in einer Weise in Positur, daß kein Mann in ihr etwas anderes sehen konnte als das, was sie wirklich war: ein atemberaubendes Schmuckstück, dessen einziges Ziel im Verschaffen von Lust bestand.

Der Versuch verfehlte auch bei Tasaio seine Wirkung nicht. Seine Augen leuchteten, als er ihren Kurven und Wölbungen mit den Blicken folgte und das Versprechen der Lust aufsaugte, das in ihrer aufreizenden Pose lag. Er leckte sich über die Lippen, beugte sich hinab und küßte sie lang und eindringlich auf den Mund, während er mit einer Hand ihre Brüste streichelte. Dann trat er einen Schritt zurück und meinte: »Du warst eine wunderbare Bettgenossin.« Als Hoffnung in ihre hübschen Augen trat, lächelte er sie an. Er genoß den Augenblick, den Anflug von Erleichterung in ihrem Gesicht, dann fügte er hinzu: »Tötet sie. Jetzt.«

Ihr Gesicht wurde bleich vor Schreck, doch sie hatte keine Chance aufzuschreien. Einer der Krieger nahm ihre Handgelenke und hielt sie hoch über ihren Kopf, so daß sie gezwungen war, Tasaio anzusehen, während der andere mit unbewegtem Gesicht das Schwert herauszog und ihr die Klinge in den Bauch trieb.

Sie zuckte und ließ einen dünnen, hohen Schrei erbärmlicher Qual hören. Dann schoß ein Blutschwall aus ihrem Mund und tropfte auf die Steine im Innenhof. Ihre Beine gaben nach. Der feste Griff des Kriegers hielt sie immer noch aufrecht, und so verharrte sie, bis der Todeskampf vorüber war. Das Blut färbte die hellen Haare. Dann entspannten sich ihre Muskeln, der Kopf rollte nach vorn, und die hübschen, langen, weißen Beine wurden schlaff.

»Schafft sie fort«, sagte Tasaio zwischen zwei wilden, erregten Atemzügen. Seine Augen waren geweitet, sein Gesicht gerötet. Dann atmete er tief ein, als müßte er sich beruhigen, und wandte sich an Incomo: »Ich werde baden. Schickt mir zwei Sklavenmädchen, und sorgt dafür, daß sie jung und hübsch sind, wenn möglich unberührt.«

Incomo verbeugte sich; ihm war übel, und er hatte Angst, daß sein Lord es bemerken könnte. »Wie Ihr wünscht.« Er drehte sich um.

»Ich bin noch nicht fertig«, rügte Tasaio ihn. Er ging den Gartenweg entlang, und sein Mund kräuselte sich zum Hauch eines Lächelns, als er Incomo ein Zeichen machte, ihm zu folgen. »Ich habe mir einige Gedanken über die Spione der Acoma gemacht. Die Zeit ist gekommen, daß wir unser Wissen in einen Vorteil verwandeln müssen. Kommt jetzt, ich werde Euch Anweisungen geben, bevor ich mich zurückziehe.«

Incomo bemühte sich, nicht mehr an die sterbende Kurtisane zu denken; er mußte aufpassen. Tasaio war kein Mann, der allzu großzügig mit Unfähigkeit umging; er pflegte nur einmal Befehle zu geben, die dann bis ins letzte Detail ausgeführt werden mußten. Doch der gierige Glanz in den Augen seines Herrn verschaffte dem Ersten Berater tiefes Unbehagen. Er hielt eine Hand hoch, die trotz all seiner Bemühungen zitterte. »Vielleicht«, begann er taktvoll, »möchte Mylord diese geschäftlichen Angelegenheiten lieber nach den Annehmlichkeiten des Bades besprechen?«

Tasaio blieb stehen. Er richtete seine bernsteinfarbenen Augen auf den Ersten Berater und betrachtete den älteren Mann eingehend. Sein Lächeln vertiefte sich. »Ihr habt meiner Familie gut gedient«, sagte er schließlich mit samtweicher Stimme. »Ich werde Euch Euren Willen lassen.«

Dann schritt er weiter. »Ihr könnt Euch zurückziehen, bis ich Euch rufen lasse.«

Der alte Berater blieb zurück, sein Herz pochte, als wäre er eine lange Strecke in großem Tempo gelaufen. Seine Knie zitterten. Er spürte mit unheimlicher Sicherheit, daß sein Herr seine Schwäche wahrgenommen und die Angelegenheit fallengelassen hatte, als wüßte er, daß seine Phantasie dem Ersten Berater weit schlimmere Qualen bescheren würde als die Dinge, die Tasaio mit seinen Sklavenmädchen im Bad vorhatte. Immer noch zu mitgenommen, um Trauer zu spüren, sah Incomo den Tatsachen ins Auge: Entgegen all seinen Hoffnungen hatte Lord Tasaio die Vorliebe der Familie für Bösartigkeiten und Quälereien geerbt.

Der Lord der Minwanabi ruhte sich in der Badewanne aus, während ein Diener heißes Wasser über seine Schultern goß. Er sah durch träge, halb geschlossene Lider hindurch, wie sein Erster Berater sich verbeugte, doch Incomo konnte ihn nicht täuschen. So lässig Tasaio auch schien, die auf dem Rand der Wanne ruhenden Hände waren weder schlaff noch entspannt.

»Ich bin gekommen, wie Ihr wünschtet.« Incomo richtete sich auf; seine Nasenflügel bebten leicht, als er den beißenden, süßen Geruch in der Luft bemerkte. Schon bald erhielt er die Erklärung dafür, denn Tasaio streckte einen Augenblick später die Hand nach einer langen Tateesha-Pfeife auf einem Beistelltisch aus. Er steckte den Stiel zwischen die Lippen und sog genüßlich daran. Der Erste Berater der Minwanabi verbarg seine Überraschung. Der Saft des Tateen-Busches enthielt eine Substanz, die Euphorie hervorrief – die Nüsse wurden häufig von Sklaven gekaut, die auf dem Feld arbeiteten und sich so die stumpfsinnige Plackerei ihres Lebens erleichtern wollten. Doch die Seidenfasern enthielten in der Zeit der Blüte ein starkes Narkotikum. Der Rauch brachte zuerst eine Wahrnehmungssteigerung und dann eine Beeinträchtigung; dauerhafter Gebrauch bewirkte eine zunehmende, tranceähnliche Abstumpfung des Geistes. Der Erste Berater überlegte, welche Verführungskraft eine solche Droge für einen Mann haben mochte, der es genoß, anderen Qualen zuzufügen, dann wandte er sich im eigenen Interesse von diesen Gedanken ab. Es war nicht seine Sache, die Gepflogenheiten seines Herrn zu hinterfragen.

»Incomo«, sagte Tasaio scharf und klar. »Ich habe beschlossen, daß wir an unserem Plan arbeiten müssen, die Acoma zu zerstören.«

»Wie Ihr befehlt«, sagte Incomo.

Tasaios Finger trommelten unrhythmisch auf den Badewannenrand, als würde er einzelne Punkte abhaken. »Wenn das vollbracht ist, werde ich diesen herausgeputzten Pfau namens Axantucar vernichten.« Er riß die Augen plötzlich weit auf und blickte den Ersten Berater an. Er schien nur noch aus purer Wut zu bestehen. »Wenn dieser Clown von einem Cousin seine Pflicht getan und Mara vernichtet hätte, würde ich heute das Weiß und Gold tragen.«

Incomo hielt es für unangebracht, ihn daran zu erinnern, daß es Tasaio und nicht Desio gewesen war, der den Plan zu Maras Zerstörung ausgeheckt hatte. Er nickte steif.

Tasaio winkte den Diener hinaus. »Verschwinde.« Allein mit seinem Berater und umhüllt von riesigen Dampfwolken, zog er wieder an der Pfeife. Es hatte ganz den Anschein, als würde er sich entspannen, und seine Augen wurden wieder schläfrig. »Ich will, daß einer der beiden Acoma-Spione befördert wird.«

»Mylord?«

Tasaio lehnte sich über den Rand der Badewanne und legte sein Kinn darauf. »Muß ich mich wiederholen?«

»Nein, Mylord«, murmelte Incomo rasch, alarmiert durch den feurigen Glanz, der unter den Augenlidern seines Herrn hindurchschimmerte. »Ich bin nur nicht ganz sicher, was Ihr meint.«

»Ich möchte, daß einer der Acoma-Spione ganz in meiner Nähe ist.« Tasaio folgte einem Rauchkringel mit den Augen, als würde er ihm Geheimnisse entlocken können. Er fuhr fort: »Ich werde diesen Diener beobachten. Lassen wir ihn glauben, daß er wichtige Unterhaltungen mit anhören kann. Ihr und ich werden wissen, daß nichts von dem, was er hört, wirklich falsch ist; nein. Niemals falsch. Doch wir werden immer in Erinnerung behalten, daß alles, was wir sagen, auch von Mara gehört wird. Die wirklichen Pläne halten wir daher geheim und besprechen sie nur, wenn wir tatsächlich unter uns sind. Die kleinen Dinge, die wir in der Anwesenheit des Spions sagen, werden wir ihm als Köder vor die Füße werfen. Ich möchte, daß dieser Diener beobachtet wird, daß man ihm folgt, bis wir das Spionage-Netzwerk der Acoma unterwandert haben.«

Incomo verbeugte sich. »Gibt es sonst noch etwas, Mylord?«

Tasaio setzte die Pfeife an die Lippen und nahm wieder einen tiefen Lungenzug von dem berauschenden Rauch. »Nein. Ich bin müde. Ich werde schlafen. Gleich bei Tagesanbruch morgen früh werde ich jagen. Dann werde ich mit Euch und den anderen Beratern essen. Gegen Mittag werde ich heiraten, und den Nachmittag hindurch werden wir die Hochzeit feiern. Laßt aus den nahe gelegenen Dörfern Artisten und Musikanten kommen.« Aus Tasaio sprach nichts als kühle Berechnung, und er endete: »Geht jetzt.«

Der Erste Berater der Minwanabi zog sich zurück. Während er in seine eigenen Räume zurückkehrte, beschloß er, daß es an der Zeit wäre, mit der Abfassung seines Todesgebetes zu beginnen. Ein vorsichtiger Mensch wandte sich dieser Aufgabe zu, wenn er in die Jahre kam, damit sein letzter Wunsch den Göttern von einer ihn überlebenden Person vorgetragen werden konnte. Es schien bereits gefährlich genug, sich der Zerstörung der Lady der Acoma zu verpflichten, doch als Ziel den neuen Kriegsherrn auszuwählen, der über die Leichen von fünf anderen Bewerbern an die Macht gekommen war, kam einem Selbstmord gleich.

Als Incomo die formelle Amtsrobe ablegte, machte er sich nicht die Mühe zu überlegen, ob Tasaios Pläne wohl ein Traum waren und sich mit dem Tateesha-Qualm in Luft auflösen würden – die Augen unter den schweren Lidern waren von zu gefährlicher Klarheit gewesen. Seufzend über die Nachteile der steifen Gelenke kniete Incomo sich vor den Schreibtisch. Drei Lords der Minwanabi waren vor Tasaio seine Herren gewesen, und wenn er sie auch nicht hatte bewundern können, so hatte er sich doch verpflichtet, ihnen mit seinem Geist und Willen, wenn nötig auch mit seinem Leben zu dienen. Er holte tief Luft, nahm die Feder auf und begann zu schreiben.

Die Festlichkeiten waren bescheiden, doch die Anwesenden schienen sich zu amüsieren. Es gab Essen in Hülle und Fülle, der Wein floß in Strömen, und der Lord der Minwanabi saß oben auf dem Podest in der großen Halle seiner Ahnen, durch und durch ein tsuranischer Krieger. Er war zwar nicht übermäßig besorgt um seine Frau, doch er war höflich und wahrte die Form. Incarnas dürftiges Kurtisanen-Gewand war durch eine Robe von verblüffender Kostbarkeit ersetzt worden, ein Kleid aus schwarzer Seide mit orangefarbener Stickerei an Ärmeln, Hals und Säumen, vorn mit einer Reihe passender Perlen von unschätzbarem Wert besetzt.

Die beiden Kinder saßen ruhig zu Füßen ihres Vaters; der Junge etwas höher und näher als das Mädchen.

Gelegentlich sprach Tasaio mit Dasari, erklärte ihm das eine oder andere. Von dem Augenblick an, da er seinen Sohn offiziell angenommen hatte, war Tasaio entschlossen, ihn zur Herrschaft auszubilden. Das Gewand des Jungen war eine deutliche Nachahmung dessen, das der Vater trug, bis hin zur Stickerei auf den Ärmeln, einem knurrenden Sarcat. Das kleine Mädchen war zufrieden damit, zu Füßen ihres Vaters zu sitzen; sie kaute an einer süßen Frucht, während ein Jongleur die Gesellschaft unterhielt.

Hinter dem Lord der Minwanabi stand ein Diener, der erst kürzlich zum persönlichen Dienst beim neuen Herrscher abkommandiert worden war. Und wenn er auch der Geringste von den vieren war, die mit der Aufgabe betraut waren, sich um die Wünsche des Herrn zu kümmern, so achtete er doch aufmerksamer auf die Nuancen seiner Gespräche als die anderen.

Das Fest zog sich über den ganzen Abend hin, bis Tasaio sich erhob und seinen Gästen eine gute Nacht wünschte. Mit einem Wink zu Incomo machte er sich zu seinen privaten Gemächern auf. Ruhig bat Incomo den Diener, ihnen zu folgen und an der Tür auf etwaige Wünsche seines Herrn zu warten. Der Diener gehorchte mit einer Geduld, die die Tatsache verbarg, daß er sich eifrig jedes Wort ins Gedächtnis grub, das zwischen dem Lord und seinem Ersten Berater fiel.

Ein uralter Ulo-Baum klammerte sich mit knorrigen Wurzeln an die Erde, und seine Zweige warfen einen tiefen, kühlen Schatten auf den Natami der Acoma. Mara verneigte sich vor dem Stein, der ihren Ahnen heilig war und die Ehre der Acoma verkörperte. Sie sprach einige rituelle Sätze und legte einen Strauß Blumen vor dem Stein ab, Blüten in sieben Farben für jeweils einen der Guten Götter. An diesem ersten Tag im Sommer dankte sie ihnen für das Wohlergehen all derer, die unter ihrem Schutz standen. Nach der Zeremonie verweilte sie noch einen Augenblick. Im Heiligen Hain herrschte eine einzigartige friedliche Ruhe, denn außer ihr und Blutsverwandten der Acoma durften ihn nur der Gärtner und auf besondere Einladung ein Priester betreten. Hier war sie wirklich allein mit ihren Gedanken und Gefühlen.

Mara betrachtete den glitzernden Teich, den kleinen Bach und die anmutig beschnittenen Büsche. Eine plötzliche Unruhe ergriff sie. Manchmal erinnerte sie sich zu genau an den Attentäter, der einmal versucht hatte, sie vor dem eigenen Natami zu töten. Die Erinnerung kam häufig unerwartet, wie ein plötzlicher Kälteschauer an einem heißen Tag. Die Unruhe veranlaßte sie, die plötzlich bedrückend wirkende schützende Hecke zu verlassen, und sie erhob sich. Mara verließ den wundervollen Garten und trat unter dem Torbogen hindurch nach draußen, wo sie wie immer ein Diener erwartete.

Er verneigte sich, als sie erschien. »Mistress.« Sie erkannte die Stimme sofort. »Euer Supai ist mit Informationen zurückgekehrt.«

Vier Wochen waren seit ihrer Rückkehr von der Ratsversammlung in Kentosani vergangen, bei der der neue Kriegsherr gewählt worden war. Der Supai war die meiste Zeit unterwegs gewesen und hatte Informationen gesammelt, und ihre Freude darüber, daß er endlich wieder da war, tat ihm gut.

»Erhebt Euch, Arakasi«, sagte Mara. »Ich werde mir Euren Bericht in meinem Arbeitszimmer anhören.«

Kurze Zeit später hatte Arakasi es sich auf den Kissen bequem gemacht, das übliche leichte Mahl auf einem Tablett neben sich, den Arm in einer sorgfältig nach Art der Seeleute geknoteten Schlinge. Er saß ruhig da.

»Ihr seid auf einem Boot gewesen«, bemerkte Mara. »Oder zumindest in der Gesellschaft von Seeleuten.«

»Weder noch«, sagte Arakasi mit der ihm eigenen deutlichen Betonung. »Doch genau diesen Eindruck wollte ich bei der letzten Person, die ich wegen Informationen aufsuchte, hinterlassen. Das Geschwätz der Seeleute ist selten verläßlich«, schloß er.

Obwohl Mara neugierig war, was für eine Person das wohl gewesen sein mochte, war sie klug genug, nicht nachzufragen. Sie hatte keine Ahnung, wie Arakasis Netzwerk funktionierte oder wer seine Spione und Agenten waren – das war Teil ihres ursprünglichen Abkommens, als der Supai ihrem Haus den Gehorsam geschworen hatte. Mara sorgte dafür, daß Arakasi alles bekam, was er zum Unterhalt seiner Agenten benötigte, doch ein Eid untersagte es ihr, jemals nach Namen zu fragen. Ein entdeckter oder verratener Spion in einem fremden Haushalt riskierte, mit dem Sklaventod bestraft und gehängt zu werden. So aber konnte weder Mara noch irgendein anderes Mitglied ihres Hauses das Vertrauen brechen und die Spione verraten, sollten sie von einem Feind besiegt werden. Das Netzwerk würde überleben und Ayaki dienen; im schlimmsten Fall, wenn der Natami der Acoma umgedreht begraben und für immer ohne Sonnenlicht sein würde, konnten die treuen Personen, die für sie als Spione gearbeitet hatten, einen ehrenvollen Tod durch die Klinge sterben und ohne Scham den Göttern gegenübertreten.

»Etwas Erfreuliches ist geschehen, möglicherweise«, sagte Arakasi. »Einer unserer Spione im Haus der Minwanabi ist zum persönlichen Diener Tasaios befördert worden.«

Mara riß erfreut die Augen auf. »Das sind wunderbare Neuigkeiten.« Doch als Arakasis Gesicht keine Zustimmung ausdrückte, fragte sie nach. »Ihr traut dem nicht?«

»Es paßt zeitlich zu gut.« Arakasi, der am verbindlichsten wurde, wenn er Sorgen hatte, drückte sich deutlicher aus: »Wir wissen, daß ein Spion entdeckt wurde und nur auf eine Weise entkommen konnte, die an ein Wunder grenzte. Die anderen beiden blieben unbehelligt, und ihre Informationen waren meistens auch zutreffend. Trotzdem habe ich ein ungutes Gefühl dabei.«

Mara dachte einen Augenblick nach, dann schlug sie vor: »Schleust einen anderen Spion in den Haushalt der Minwanabi ein.«

Arakasi machte sich an einem losen Ende der Schlinge zu schaffen und sah zu, wie sich ein Knoten entwirrte. »Lady, es ist noch zu früh nach der Entdeckung unseres Agenten und auch nicht lang genug her seit dem Aufstieg des neuen Lords. Für welchen Dienst sich neue Kandidaten auch bewerben würden, Tasaio wird ganz sicher alle neuen Kandidaten eingehend untersuchen, besonders nach Axantucars Aufstieg zum Kriegsherrn. Zur Zeit ist es zu gefährlich, einen Fremden in das Haus der Minwanabi zu schicken.«

Nur ein Narr hätte sich nicht dem Urteil des Supais gebeugt. Mara machte eine Geste, die Ausdruck ihrer Enttäuschung darüber war, daß sie keine sichere Informationsquelle in dem Haus hatte, das sie am meisten fürchtete. Tasaio war zu gefährlich, als daß er unbeobachtet bleiben konnte. »Laßt mich darüber nachdenken«, sagte sie zu ihrem Supai.

Arakasi beugte leicht seinen Kopf. »Wie Ihr wünscht, Mylady.« Die andere Nachricht war noch weniger angenehm. »Tecuma von Anasati ist krank.«

»Ist es ernst?« Mara richtete sich betroffen auf. Trotz der Auseinandersetzungen, die bereits zur Zeit ihres Vaters begonnen und durch den Tod ihres Mannes wieder aufgeflackert waren, respektierte sie den alten Lord. Und Ayakis Sicherheit hing stark von der inoffiziellen Allianz zwischen den Acoma und den Anasati ab. Mit einem kleinen, selbstkritischen Stich erkannte sie, daß sie Ärger heraufbeschworen hatte, als sie keinen geeigneten Ehemann genommen hatte. Ein Erbe war ein zu dünner Faden, um den Fortbestand der Acoma zu sichern.

Arakasis Stimme riß sie aus ihren Gedanken. »Allem Anschein nach schwebt Tecuma nicht in Lebensgefahr – doch die

Krankheit ist langwierig, und er ist ein alter Mann. Viel von seiner früheren Energie ging mit dem Tod seines ältesten Sohnes Halesko während des Verrats auf Midkemia verloren. Jetzt, da Jiro der neue Erbe ist … ich glaube, der Lord der Anasati hat die Lust am Spiel des Rates verloren, vielleicht auch am Leben selbst.«

Mara seufzte. Während die Schatten um sie herum länger wurden, spürte sie den immerwährenden Druck auf sich lasten. Die übrigen Informationen Arakasis waren von geringerer Bedeutung, einige von ihnen würden Jican interessieren. Doch ihre Besorgnis trübte die Unterhaltung mit dem Supai, die gewöhnlich in ein immer wieder aufregendes geistiges Kräftemessen mündete, und sie entließ ihn ohne weitere Spekulationen über seinen Bericht. Als sie wieder allein war, ließ sie ihren Schreibtisch kommen und schrieb eine Nachricht an Tecuma, in der sie ihm rasche Besserung wünschte. Sie nahm ihr Siegel, tauchte es in Tinte und drückte es auf das Pergament; dann forderte sie ihren Läufer auf, einen Boten kommen zu lassen, der die Nachricht dem Lord der Anasati überbringen sollte.

Inzwischen hing die Sonne tief über den Weiden. Die Hitze hatte nachgelassen, und Mara ging eine Zeitlang allein in ihrem Garten spazieren, lauschte dem Plätschern des Wassers auf den Steinen und dem Geraschel der Vögel in den Bäumen. Die Runde im Großen Spiel, die den neuen Kriegsherrn hervorgebracht hatte, war besonders blutig und bitter gewesen. Neue Strategien mußten entwickelt und neue Pläne geschmiedet werden, denn während sowohl die Gewinner wie auch die Verlierer auf ihre Landsitze zurückkehrten und die Lage neu überdachten, würden die Schachzüge und Intrigen weitergehen.

Tasaio war viel gefährlicher als Desio, doch das Schicksal hatte ihm auch eine weit gefährdetere Position beschert als seinem Vorgänger. Die Niederlage in Tsubar hatte seine Mittel verringert, und in dem neuen Kriegsherrn hatte er einen unberechenbaren – und außerordentlich tödlichen – Feind. Tasaio würde zunächst vorsichtig vorgehen müssen, wenn er sich nicht übernehmen und riskieren wollte, daß Feinde seine Verletzbarkeit ausnutzten.

Viele von der alten Garde waren gestorben, und neue Kräfte traten auf den Plan. Trotz ihrer zweifelhaften Rolle hatte die Partei des Blauen Rades – und ganz besonders die Mitglieder des Clans Kanazawai, allen voran die Shinzawai – das Debakel um die Friedensverhandlungen mit dem midkemischen König überraschend unbeschadet überstanden. Sie genossen nach wie vor die Achtung des Kaisers, gewannen sogar an Einfluß.

Mara ging verschiedene Möglichkeiten der weiteren politischen Entwicklung im Kopf durch. Lautes Geschrei und Gelächter aus dem Haus zeigten ihr, daß Kevin und Ayaki von ihrem Ausflug heimgekehrt waren. Die Wildvögel waren mit der heißen Jahreszeit wieder zu den nördlichen Seen zurückgekehrt, und Kevin hatte sich bereit erklärt, mit dem Jungen auf die Jagd zu gehen, um seine wachsenden Fähigkeiten mit dem Bogen zu trainieren. Mara machte sich wenig Hoffnung auf eine erfolgreiche Beute, so jung wie ihr Sohn war.

Doch entgegen ihren Erwartungen rasten Ayaki und sein Kamerad mit einem schönen Paar Wasservögel in den Garten. »Mutter! Guck mal! Ich habe sie geschossen!« rief Ayaki laut.

Kevin grinste den kleinen Jäger an, und Mara spürte Liebe und Stolz in sich aufsteigen. Ihr Barbar hatte sich noch immer nicht ganz von der düsteren Stimmung erholt, die mit den Neuigkeiten über die mißlungenen Friedensverhandlungen eingesetzt hatte. Obwohl Kevin sich niemals zu dem Thema äußerte, wußte Mara, daß er sich noch längst nicht mit seinem Dasein als Sklave abgefunden hatte – wie sehr er sie und Ayaki auch schätzen mochte.

Doch solche Sorgen sollten die Aufregung ihres Sohnes über die erste männliche Errungenschaft nicht trüben. Mara versuchte sich besonders beeindruckt zu geben. »*Du* hast sie geschossen?«

Kevin lächelte. »Allerdings. Der Junge ist ein geborener Bogenschütze. Er tötete diese beiden ... wie immer ihr diese blauen Gänse auch nennt.«

Ayaki rümpfte die Nase. »Das sind keine Gänse. Das ist ein blödes Wort. Ich habe es dir doch schon gesagt, es sind Jojana.« Er lachte, denn das Benennen von Dingen war zu einem immer wiederkehrenden Scherz zwischen ihnen geworden.

Sofort erfaßte Mara ein kalter Schauer aus der Vergangenheit. Ayakis Vater war ein Dämon mit dem Bogen gewesen. Leichte Bitterkeit schwang in ihrer Stimme mit, als sie meinte: »Ayaki hat diese Begabung ehrlich mit auf den Weg bekommen.«

Kevins Gesicht verdunkelte sich, denn Mara sprach nur selten von Buntokapi, dem Sohn der Anasati, den sie als Schachzug im Großen Spiel geheiratet hatte.

Der Midkemier bemühte sich sofort, sie abzulenken. »Haben wir etwas Zeit für einen Spaziergang auf der Weide? Die Kälber sind groß genug, um mit ihnen spielen zu können, und Ayaki und ich haben gewettet, daß er nicht schneller ist als sie.«

Mara überlegte einen Moment. »Es gibt nichts, was ich mir mehr wünschen würde – meine Zeit mit euch beiden zu verbringen und zuzusehen, wie ihr mit den Kälbern spielt.«

Ayaki hielt den Bogen über den Kopf und stieß leidenschaftliche Begeisterungsrufe aus, als Mara in die Hände klatschte, um sich von einer Zofe die Schuhe bringen zu lassen, mit denen sie weitere Strecken zurücklegte. »Also los«, sagte sie zu ihrem aufgeregten Sohn. »Bring die Jojana zum Koch, und wir werden sehen, ob zwei Beine schneller sind als sechs.«

Während der Junge den Pfad entlangrannte, wobei ihm die beiden Vögel immer wieder gegen die Knie klatschten, legte Kevin die Arme um Mara und küßte sie. »Du siehst mitgenommen aus.«

Leicht verdrießlich, weil er sie so offensichtlich durchschaute, erklärte Mara ihm den Grund. »Ayakis Großvater ist krank. Ich mache mir Sorgen.«

Kevin strich ihr eine lose Haarsträhne zurück. »Ist es ernst?«

»Es scheint nicht so.« Doch die gefurchte Linie auf Maras Stirn blieb.

Kevin spürte einen Stich, denn die Sorge um die Sicherheit ihres Sohnes hing mit anderen unangenehmen Themen zusammen, die sie beide lieber unberührt lassen wollten. Eines Tages, das wußte er, würde sie heiraten müssen, doch noch war dieser Zeitpunkt nicht gekommen. »Schieb die Sorgen heute beiseite«, sagte er sanft. »Du verdienst ein paar angenehme Stunden, und der Junge bleibt nicht lange unbekümmert, wenn seine Mutter keine Zeit hat, mit ihm zu spielen.«

Mara antwortete mit einem etwas angestrengten Lächeln: »Ich sorge besser dafür, daß ich ordentlich Appetit habe«, gestand sie. »Sonst wird ein guter Teil der schwer erkämpften Jojana als Reste für die Jiga-Vögel enden müssen.«

Sechs

Zeit der Unruhe

Mara schaute auf.

Durch den offenen Laden in ihrem Arbeitszimmer konnte sie den Läufer sehen, der die vom Kaiserlichen Hochweg abzweigende Straße entlangrannte. Der muskulöse junge Mann trug nur einen Lendenschurz und eine rote Kopfbedeckung, die ihn als Mitglied der offiziellen Botengilde auswies. Obwohl die Gilden nicht die Macht eines größeren Hauses besaßen, verfügten sie über genügend Sanktionen, um ihren Kurieren auf ihren Wegen durch das Kaiserreich Schutz garantieren zu können.

Als der Läufer die Vordertür des Herrenhauses erreicht hatte, humpelte Keyoke auf der Krücke herbei, um ihn zu begrüßen. »Für die Lady der Acoma«, rief der Bote.

Der Kriegsberater nahm das versiegelte Pergament entgegen und reichte dem Boten seinerseits eine Perlmuttmünze mit dem Siegel der Acoma, die ihm als Beweis dafür diente, daß er seine Aufgabe erfüllt hatte.

Der Läufer verbeugte sich respektvoll. Er blieb nicht für eine Erfrischung, sondern drehte sich sofort wieder um und rannte die Straße nur wenig langsamer wieder zurück.

Mara sah ihm mit einem unguten Gefühl nach. Kuriere der Roten Gilde waren nur selten Überbringer angenehmer Nachrichten. Als Keyoke in ihrem Arbeitszimmer ankam, griff sie beklommen nach der Botschaft.

Wie sie gefürchtet hatte, trug das Pergament das Siegel der Anasati. Noch bevor sie die Nachricht gelesen hatte, wußte sie, daß das Schlimmste eingetreten war: Tecuma war tot.

Keyoke stand in der Tür und sah sie besorgt an. »Ist der alte Lord gestorben?«

»Nicht unerwartet.« Mara seufzte, als sie die kurze Mitteilung auf den Tisch legte. Ihr Blick fiel auf die Berichte über den blühenden Seidenhandel, die noch vor wenigen Minuten ihre Geduld strapaziert hatten; jetzt jedoch schienen sie ihr wie ein Zufluchtsort vor den kommenden Schwierigkeiten zu sein, und sie sehnte sich danach, zu ihnen zurückkehren zu können. »Ich fürchte, wir werden Nacoyas Rat benötigen.«

Mara beauftragte eine Dienerin, die Dokumente aufzuräumen; dann führte sie den Kriegsberater durch das Herrenhaus zur Kammer gegenüber dem Kinderzimmer. Die alte Frau hatte diesen Raum hartnäckig verteidigt und auch dann nicht aufgegeben, als die Ernennung zur Ersten Beraterin ihr das Recht auf ein besseres Gemach gegeben hatte.

Als Mara ihre Hand an den mit Blumen bemalten Laden am Eingang legte, rief eine nörgelnde Stimme von drinnen: »Geht weg! Ich will nichts haben!«

Die Lady der Acoma blickte hoffnungsvoll ihren Kriegsberater an, der jedoch schüttelte nur den Kopf. Eher hätte er auf dem Schlachtfeld einen todesmutigen Ausfall unternommen, als daß er jetzt als erster das Zimmer der alten Frau betreten würde.

Mara seufzte, schob den Laden zur Seite und zuckte zusammen, als von den aufgestapelten Decken und Kissen auf der Matratze ein wütender Aufschrei zu ihnen drang.

»Mylady!« sagte Nacoya scharf. »Vergebt mir, ich hielt Euch für den Diener des Heilers, der mir irgendwelche Mittel bringen will.« Sie schniefte, rieb sich die gerötete Nase und fügte dann hinzu: »Ich brauche keine Besucher, die mir ihr Mitleid schenken wollen.« Die alte Frau war bettlägerig, sie hatte Fieber und Schmerzen in der Brust, und ihr Ärger ging in einem kräftigen Hustenanfall unter. Die weißen Haare standen in einzelnen Strähnen ab, und die Augen waren rot umrändert in einem Gesicht, das wie zerknittertes, feuchtes Pergament aussah. Die Hände auf der Bettdecke waren von einer niederschmetternden Zerbrechlichkeit. Trotzdem brachte Nacoya bei Keyokes Anblick einen ordentlichen Wutausbruch zustande. »Mistress! Ihr habt ein grausames Herz, einen Mann an das Bett einer kranken Frau mitzunehmen, und noch dazu ohne Warnung!« Die Erste Beraterin wurde vor Scham über die Situation tiefrot, doch sie war zu halsstarrig und stolz und wendete ihr Gesicht nicht ab. Ihr wilder Blick heftete sich jetzt auf Keyoke. »Ihr alter Krieger! Ihr solltet klug genug sein und es besser wissen! Ich werde nicht dulden, daß ich so angestarrt werde.«

Mara kniete sich neben ihre Erste Beraterin, das Mitgefühl, das die alte Amme so entschieden verschmähte, tief in ihrem Herzen verborgen. In Nacoyas Alter war selbst eine kleine Krankheit gefährlich, wie die heutige Neuigkeit ihnen gezeigt hatte. Früher hatte sich hinter Nacoyas zerbrechlicher Erscheinung die Unverwüstlichkeit einer Peitschenschnur verborgen, eine Zähigkeit, die sie beinahe unzerstörbar wirken ließ. Doch jetzt, da sie elendig mit einer Erkältung im Bett lag, im Lauf der Jahre zu einer bloßen Hülle ihrer früheren Vitalität geschrumpft, wurde ihre Sterblichkeit erschreckend offensichtlich.

Mara nahm eine der faltigen Hände und tätschelte sie. »Mutter meines Herzens, ich bin hier, weil ich deinen Rat dringend benötige.«

Der Ton in Maras Stimme riß die alte Frau aus ihrem Selbstmitleid. Nacoya setzte sich auf und hustete. »Was ist es, Tochter?«

»Tecuma von den Anasati ist gestorben.« Maras Finger schlossen sich fest um die Hand der Ersten Beraterin. »Er erlag der Krankheit, die ihn in den letzten sechs Monaten ans Bett gefesselt hatte.«

Nacoya seufzte. Ihre Augen schienen in die Ferne zu blicken, auf einen Punkt in ihrer Erinnerung gerichtet oder auf einen Gedanken, den nur sie erkannte. »Er weigerte sich weiterzukämpfen, der arme Mann. Er war ein wertvoller Krieger und ein großzügiger, ehrenvoller Gegner.« Unter den Decken wurde Nacoyas dünner Körper von einem weiteren Hustenanfall geschüttelt.

Sie rang um Atem, und Mara ersparte ihr die Mühe, als erste zu sprechen. »Hältst du es für weise, wenn ich auf Jiro zugehe?«

Nacoyas Hand verkrampfte sich in Maras Umklammerung. »Tochter, sosehr er Euch auch dafür haßt, daß Ihr seinen Bruder ihm vorgezogen habt, ist er doch nicht so besessen wie Tasaio. Jetzt, wo das Wohlergehen der Anasati auf seinen Schultern ruht, bringt ihn die Verantwortung möglicherweise zur Vernunft.«

Kevins Stimme schaltete sich unerwartet ein. Er stand hinter Keyoke in der Tür. »Unterschätzt niemals die menschliche Fähigkeit für dummes, unlogisches und armseliges Verhalten.«

Nacoya warf dem Midkemier einen gereizten Blick zu. Sie war bereits verärgert, daß Keyoke sie zerzaust und krank sehen konnte, doch die Anwesenheit eines jungen Mannes war noch viel schlimmer. Dennoch konnte sie ihren Ärger nicht zeigen, denn trotz seines merkwürdigen Verhaltens und seiner wiederholten Mißachtung tsuranischer Bräuche, trotz seiner lästigen, aber ehrlichen Liebe zu Mara besaß Kevin einen flinken Geist.

Nacoya gab zögernd nach. »Euer ... Sklave hat recht, Tochter. Wir müssen davon ausgehen, daß Jiro unnachgiebig bleibt, solange er nicht ein entsprechend verändertes Verhalten zeigt. Die Anasati sind zu lange unsere Feinde gewesen, trotz all ihrer ehrenvollen Haltung. Wir müssen vorsichtig vorgehen.«

»Was soll ich also tun?« fragte Mara.

»Sende ein Beileidsschreiben«, schlug Kevin in dem Versuch zu helfen vor.

Mara und ihre beiden Vertrauten reagierten auf den Vorschlag mit ungeschriebenen, großen Fragezeichen in ihren Gesichtern.

»Ein Beileidsschreiben«, wiederholte Kevin; dann erst begriff er, daß es dafür keine tsuranische Entsprechung gab. »In meiner Heimat ist es üblich, wenn jemand gestorben ist, den Angehörigen eine Nachricht zu schicken und mitzuteilen, daß man den Verlust teilt und ihnen alles Gute wünscht.«

»Eine seltsame Angewohnheit«, bemerkte Keyoke, »doch es liegt Ehre darin.«

Nacoyas Augen strahlten. Sie blickte Kevin lange und eindringlich an, dann holte sie tief Luft und sprach: »Ein solcher

Brief würde den Weg für eine Annäherung bereiten, ohne daß wir schon etwas zugestehen. Sehr raffiniert.«

»Nun, so kann man es sicher auch betrachten«, sagte Kevin, amüsiert darüber, daß das Konzept des Mitleids in tsuranischen Köpfen gleich als ein weiteres Mittel im Spiel zweckentfremdet wurde.

Mara war von der Idee begeistert. »Ich werde unverzüglich einen Brief schreiben.«

Doch sie machte noch keine Anstalten, sich zu erheben. Sie hielt Nacoyas Hand fest, als wollte sie sie gar nicht mehr loslassen. Eine Zeitlang starrte sie auf das Muster der Tagesdecke, als wollte sie vermeiden, der alten Frau ins Gesicht zu sehen.

»Gibt es noch etwas anderes?« fragte Nacoya.

Mara blickte sich unsicher um.

Die Erste Beraterin hatte niemals ihre Instinkte als Amme verloren, und so meinte sie leicht herablassend: »Es ist jetzt Jahre her, daß Ihr die Rolle des schüchternen Mädchens gespielt habt, Tochter. Also bringt es hinter Euch und sagt, was es zu sagen gibt.«

Mara schluckte plötzlich aufsteigende Tränen hinunter. Das Thema, das sie dringend angehen mußte, raubte ihr die Haltung. »Wir müssen eine ... kluge ... Person suchen ... und beginnen ...«

Die alte Amme warf ihrem Schützling einen vernichtenden Blick zu. »Ihr meint, ich muß beginnen, einen Ersatz für mich auszubilden.«

Mara protestierte energisch. Nacoya hatte die Stelle der Mutter eingenommen, die die Lady niemals kennengelernt hatte; sich eine Zeit ohne sie vorzustellen war freudlos und schien unwirklich. Obwohl sie bereits einmal über das Thema gesprochen hatten, hatte sie jede Entscheidung, jegliches Handeln bisher beiseite geschoben. Doch der Mantel der Herrscherin zwang sie jetzt, sich der bitteren Wahrheit zu stellen.

Nur Nacoya konnte eine solche Situation gelassen regeln. »Ich bin alt, Tochter meines Herzens. Selbst an warmen Tagen spüre ich die Kälte in meinen Knochen, und meine Pflichten lasten immer mehr auf meinem schwachen Fleisch. Laßt den Tod nicht zu mir kommen ohne die Gewißheit, daß Ihr einen ordentlichen Ratgeber an Eurer Seite habt.«

»Der Rote Gott wird Euch so schnell nicht holen«, sagte Kevin mit einem Grinsen. »Ihr seid noch viel zu gemein.«

»Lästert die Götter nicht«, blaffte Nacoya, doch ihre faltigen Lippen zuckten, als sie ein Lächeln hinter einem Hustenanfall verbarg. Sie mochte sich bemühen, den Barbar nicht zu mögen, doch er war gutaussehend genug, um ihm vieles zu verzeihen – und seine Loyalität gegenüber Mara war über jeden Zweifel erhaben.

Mara schaltete sich wieder ein. »Keyoke könnte –«

Doch der hart vom Leben getroffene ehemalige Krieger unterbrach sie mit einer Sanftheit, die seine Soldaten niemals kennengelernt hatten. »Ich bin beinahe so alt wie Nacoya, Mara.« Er sprach den Namen mit einer Zuneigung aus, der es nicht an Respekt fehlte. »Ich diente Eurem Vater gern und habe den Acoma mein Schwert und mein Bein gegeben. Ihr habt meinem Leben einen Sinn verliehen, der weit über alle Hoffnungen meiner Jugend hinausgeht. Doch ich werde nicht zulassen, daß Ihr einen Schwachen fördert.« Seine Stimme wurde ernst. »Ich weise die Ehre, Nacoyas Mantel zu tragen, zurück. Ihr braucht einen starken, scharfsinnigen Geist und junges Blut an Eurer Seite, damit Ihr auch dann, wenn wir nicht mehr sind, klug beraten werdet.«

Maras Griff um Nacoyas Hand lockerte sich nicht, und ihre Schultern blieben steif. Kevin atmete tief ein und setzte zu einer Antwort an, doch eine stille Berührung Keyokes hielt ihn zurück.

»Wenn ein Kommandeur seine jungen Offiziere ausbildet, ist er ein Narr, wenn er sie verhätschelt oder zuviel Weichheit zeigt«, erklärte Keyoke deutlich. »Lady, die Anforderungen an einen Berater gehen über blinden Gehorsam hinaus: Er muß begreifen, was notwendig für das Wohl des Hauses ist, und er muß außerdem den Willen besitzen, das Große Spiel zu spielen. Ich hatte niemals Zeit für Kinder. Wollt Ihr mir oder Nacoya die Möglichkeit vorenthalten, unseren Nachfolger auszubilden? Ein solcher könnte die Freude werden, die meine letzten Jahre bereichert, ja sogar der Sohn, den ich niemals hatte.«

»Oder die Tochter?« fragte Mara spielerisch, obwohl ihre Stimme bebte.

Keyoke zog die Mundwinkel leicht nach oben; selten kam er einem Lächeln so nahe wie jetzt. »Das seid Ihr bereits, Lady.«

Mara betrachtete abwechselnd ihn und Nacoya. Die Augen der alten Frau glänzten, aber nicht vom Fieber. Sie sah Keyoke an und hatte den Eindruck, als hätten die beiden sich heimlich verschworen. Maras Verwirrung mündete in den Verdacht, daß die Angelegenheit zwischen ihnen ausgiebig besprochen worden war – ohne sie. »Ihr habt bereits eine Idee, alter Stratege.«

»Da ist ein Mann«, gestand Keyoke. »Ein Krieger mit einem schnellen Schwert, der sich jedoch als normaler Soldat nicht besonders gut macht, weil er zuviel denkt.«

»Er bringt andauernd seine Offiziere in Verlegenheit, und er kann seine Zunge nicht im Zaum halten«, schloß Kevin laut. »Kenne ich ihn?«

Keyoke beachtete ihn nicht weiter, sondern sah Mara unverwandt an. »Er hat Euch gut gedient, auch wenn die meisten seiner Pflichten mit den weit weg liegenden Besitztümern zu tun hatten. Sein Cousin –«

»Saric«, unterbrach Mara, trotz ihrer unglücklichen Stimmung fasziniert. »Lujans Cousin? Der mit dem schnellen Mundwerk, den Ihr fortgeschickt habt, weil die beiden zusammen –« Sie brach ab und lächelte. »Ist es Saric?«

Keyoke räusperte sich. »Er hat einen sehr phantasievollen Geist.«

»Mehr als das, Mylady«, fügte Nacoya hinzu und kämpfte gegen ihre belegte Stimme an. »Der Mann ist verteufelt klug. Er vergißt niemals ein Gesicht oder ein Wort, das in seiner Gegenwart gesprochen wird. In mancher Hinsicht erinnert er mich an Lujan und Arakasi zusammen.«

Obwohl sie Saric nur kurz getroffen hatte, erinnerte Mara sich an den jungen Mann. Er hatte etwas Charmantes an sich, etwas, dem man nicht widerstehen konnte, und die Tendenz, unangenehme Fragen zu stellen. Beides waren Eigenschaften, die bei einem zukünftigen Berater von großem Wert waren. In Anbetracht ihrer guten Meinung von Lujan und seiner Fähigkeit, sich neuen Situationen anzupassen, meinte Mara: »Es klingt, als hättet Ihr für mich bereits vorgefühlt. Ich ergebe mich besser Eurer größeren Weisheit.«

Sie hielt die Hand empor und beendete damit die Diskussion. »Schickt nach Saric und beginnt mit der Ausbildung, wie Ihr sie für nötig haltet.« Sie wollte sich erheben und erinnerte sich erst jetzt an das Pergament in ihren Händen. »Ich muß Jiro einen Brief schreiben.« Sie wandte sich hilfesuchend an Kevin. »Wirst du mir helfen?«

Der Midkemier rollte mit den Augen. »Ich würde lieber mit einer Relli spielen«, gab er zu, doch er folgte seiner Herrin sofort, als sie den Raum verließ. Keyoke blieb noch einen Augenblick, um der alten Frau rasche Besserung zu wünschen; seine Höflichkeit wurde mit einem Fluch erwidert. Als Mara, Kevin und der Kriegsberater den Korridor zurückschritten, folgte ihnen das Geräusch von Nacoyas Husten.

Chumaka, Erster Berater von Lord Jiro von den Anasati, war am Ende der Nachricht angelangt. Ringe aus poliertem Perlmutt blitzten an seinen kurzen Fingern auf, als er das Pergament wieder zusammenrollte und seinen jungen Herrn mit neutralem Blick ansah.

Jiro saß in aller Bequemlichkeit in der großen Halle der Anasati und starrte ins Leere. Seine wohlgeformten Hände trommelten auf den Boden neben den Kissen, und der Klang hallte in dem traditionsreichen Raum mit seinen pergamentverkleideten Türen und einer jahrhundertealten Holzbalkendecke, deren polierter Glanz sich im Parkettboden widerspiegelte, leicht nach. An den Wänden hing eine Sammlung von der Sonne gebleichter

Fahnen, viele davon die Trophäen bezwungener Feinde, und auf sie schien sich der Blick des neuen Herrn schließlich zu konzentrieren. Er setzte zu einer gleichgültig scheinenden Frage an. »Was haltet Ihr davon?«

»So merkwürdig es auch ist, Mylord, ich halte die Botschaft für aufrichtig.« Chumaka bemühte sich um Klarheit. »Wenn auch keine Freundschaft zwischen Eurem Vater und Lady Mara herrschte, so verband sie schließlich doch eine gegenseitige Achtung.«

Jiros Finger waren jetzt ruhig. »Vater besaß die glückliche Fähigkeit, die Dinge so zu sehen, wie es für ihn am besten war. Er hielt Mara für schlau, und dadurch gewann sie seine Bewunderung – Ihr solltet das besser als jeder andere wissen, Chumaka. Die gleichen Eigenschaften gaben Euch Eure Position.«

Chumaka verbeugte sich, obwohl in Jiros Stimme kein Lob enthalten war.

Jiro fingerte an seiner bestickten Schärpe herum, mit ausdruckslosem Gesicht in Gedanken versunken. »Mara will uns entwaffnen. Ich frage mich nur, warum?«

Chumaka wägte den Tonfall seines Herrn sorgfältig ab. »Wenn man die Angelegenheit auf nüchterne Weise betrachtet, Lord, könnte man zu folgendem Schluß kommen: Mara glaubt nicht, daß es einen wirklichen Grund für einen Konflikt zwischen Eurem und ihrem Haus gibt. Sie legt nahe, daß es Anlaß für mögliche, beiderseitig förderliche Verhandlungen geben könnte.«

Trotz aller Vorsicht entrüstete Jiro sich. »Keinen wirklichen Grund?« Seine schönen Gesichtszüge versuchten, den unsinnigen Wutanfall zu verbergen. »Ist der Tod meines Bruders kein Grund?«

Chumaka legte die Schriftrolle so vorsichtig auf einem nahen Tisch ab, als würde er auf einem seidenen Faden balancieren. Es war heiß und stickig in dem Zimmer, und wider Willen schwitzte er. Buntokapis Tod war eine Ausrede, das wußte er nur zu gut. Die Brüder hatten sich als Jungen immerzu gestritten, unaufhörlich hatte Bunto den weniger athletischen Jiro geärgert und gequält. Nicht einen Tag hatte er vergessen, daß Mara ihn übersehen und Bunto als ihren Ehemann ausgewählt hatte, auch wenn die Entscheidung nicht aufgrund seiner Fähigkeiten, sondern seiner Fehler gefallen war. Sie hatte dem besseren Mann den Narren vorgezogen, weil sie ihn ausnutzen konnte; doch dieser Unterschied bedeutete gar nichts, wenn es um Kindheitsrivalitäten ging. Bunto war zuerst Herrscher gewesen, wie vergiftet der gewonnene Preis auch gewesen sein mochte – und unabhängig davon, daß nun schließlich Jiro den Mantel der Anasati trug. Die Wunde eiterte weiter, denn der junge Mann nährte den alten Groll der frühen Kinderzeit. Obwohl Jiro jetzt auf dem Platz seines Vaters saß, konnte er die Verbitterung darüber nicht abschütteln, daß er zeitlebens zweiter gewesen war: hinter Halesko, dem Erben, und selbst hinter dem schwerfälligen Bunto.

Chumaka wußte, daß es keinen Sinn hatte zu streiten. Anders als sein Vater war der junge Lord mehr damit beschäftigt, recht zu behalten, als die Feinheiten des Großen Spiels zu beherrschen. Der Erste Berater formulierte seine Sätze mit der peinlichen Sorgfalt, mit der ein Koch Gewürze auswählt: »Sicherlich schmerzt die Verletzung noch immer, Mylord. Vergebt mir meine Gefühllosigkeit, denn ich bezog mich mehr auf die gesetzmäßigen Unterschiede als auf die Blutsbande. Euer Bruder widerrief seine Treue dem Haus Anasati gegenüber, als er den Mantel der Acoma entgegennahm. Genaugenommen ist dem Haus Anasati also kein Schaden zugefügt worden – ein Lord der Acoma ist durch Maras Machenschaften gestorben. Es war jedoch nachlässig von mir, Eure persönliche Trauer über den Verlust Eures Bruders nicht zu berücksichtigen.«

Jiro schluckte die Verärgerung über seinen listigen Ersten Berater, der ihn ausgestrickst hatte, hinunter. Manchmal war der Mann ein bißchen zu geschickt; daß sein Wert allein deshalb unschätzbar war, machte ihn nicht liebenswerter. Wut flackerte kurz in Jiro auf. »Ihr seid auf Eure Weise ganz schön gerissen, Chumaka, und ich schätze, Ihr spielt das Große Spiel ebenso zu Eurer eigenen Erheiterung wie zum Ruhm des Hauses Anasati.«

Jetzt wurde es Chumaka doch etwas ungemütlich, auch wenn die Bemerkung seine Loyalität nicht offensichtlich in Frage stellte. »All mein Tun dient stets dem Triumph der Anasati, Mylord.« Dann beeilte er sich, das Thema zu wechseln, und fragte: »Sollen wir Mara eine Antwort schicken, Lord?«

Jiro äußerte mit einer beiläufigen Geste seine Zustimmung. »Ja, schreibt etwas ... Geeignetes. Doch stellt klar, daß ich lieber meinen pochenden Speer in sie bohren würde, während meine Soldaten ihr Haus niederbrennen, als ihr – nein, schreibt das nicht.« Jiro schlug sich auf den Oberschenkel, angewidert von der politischen Notwendigkeit, sich in versteckten Anspielungen zu ergehen, während er viel lieber seine wahren Gefühle geäußert hätte.

Er lächelte plötzlich, als ihm eine Idee kam. »Nein. Dankt Mara für ihr Beileid. Dann stellt klar, daß ich aus Respekt für meinen Vater die Vereinbarung ehren werde, die er mit ihr geschlossen hat. Ich werde keinen Konflikt mit den Acoma suchen, solange mein Neffe lebt.« Er schwieg einen Augenblick, versunken in giftige Gedanken. »Doch macht außerdem deutlich, daß ich, anders als mein Vater, beim Tode Ayakis lediglich Bedauern empfinden werde. Falls mein Neffe bedroht werden sollte, werden die Krieger der Anasati nicht zu seiner Rettung eilen.«

Chumaka verneigte sich. »Ich werde die Nachricht in geeignete Worte fassen, Lord.«

Jiro entließ seinen Berater schroff; er brannte darauf, wieder zu seinen Büchern zurückkehren zu können. Nur wenn eine Befriedigung seiner Leidenschaften damit verbunden war, zog der neue Lord die Politik seiner Sammlung von Schriftrollen vor.

Doch der Berater der Anasati zeigte keine Spur von Enttäuschung, als er zu der gemütlichen Kammer eilte, die ihm als Quartier diente. Dort saß ein Buchhalter hinter einem kleinen Schreibtisch und ritzte Zeichen in eine Tafel, das Hauptbuch offen neben sich. Auf einem zweiten Tisch, dessen Schatten auf Chumakas Schlafmatte fiel, waren Dokumente bereits in drei Stapeln sortiert worden: in minder wichtige Nachrichten, um die er sich nicht sofort kümmern mußte, in Mitteilungen, die eine zügige Bearbeitung verlangten, und schließlich in jene von besonderer Dringlichkeit.

Auf dem letzten Haufen lag nur eine Nachricht. Chumaka nahm sie auf und prüfte den Inhalt, noch bevor er sich setzte. Er las die Zeilen zweimal, dann lachte er. »Aha! Endlich, nach all den Jahren!« Er wandte sich an den Buchhalter, einen talentierten jungen Mann, der sich die Ernennung zum persönlichen Buchhalter des Ersten Beraters ehrlich verdient hatte. »Mara von den Acoma hat in jeder Hinsicht zuviel Glück gehabt, seit sie an die Macht gekommen ist. Hier ist ein Grund dafür.«

Mit kurzsichtigen Augen sah der Buchhalter seinen Vorgesetzten an. »Herr?«

Chumaka ließ sich auf seinem Lieblingsplatz nieder, einem Kissen, das die Sklaven, die es reinigen mußten, als Erbstück bezeichneten, weil es so abgewetzt und verblaßt war. »Mein Agent Kavai in Sulan-Qu beobachtete, wie ein Buchhalter eines Maklers der Minwanabi einem Bediensteten der Acoma eine Nachricht zusteckte. Was sagt uns das?«

Der Buchhalter blinzelte; er fühlte sich mit Zahlen stets wohler als mit Worten. »Ein Spion?«

»Oder mehrere.« Chumaka erwärmte sich für sein Lieblingsthema und schwenkte nachdrücklich den Zeigefinger. »Doch in jedem Fall wissen wir, daß nicht nur ich einen Spion ins Haus der Minwanabi eingeschleust habe.« Selbst jetzt schmerzte die Erinnerung, denn die talentierte Kurtisane, die er zu Jingu geschickt hatte, war plötzlich unzuverlässig geworden. Diese Unzuverlässigkeit hatte sich zu einem der Hauptgründe für Jingus Tod entwickelt – ein guter Ausgang, von Chumakas Standpunkt aus betrachtet. Im Gegensatz zu seinem Herrn, der böse Absichten gegen Mara hegte, betrachtete Chumaka das Große Spiel wirklich nur als Spiel, wenn es auch sicherlich komplizierter und weniger vorhersehbar war als die meisten anderen. Gerade jetzt war jedoch der Lord der Minwanabi der Gegner, vor dem sie sich besonders in acht nehmen mußten. Denn anders als seine Vorgänger besaß Tasaio nicht nur die Macht eines einflußreichen Hauses, sondern auch genügend Verstand und Fähigkeiten, sie einzusetzen. Er war der gefährlichste Mann im Kaiserreich, besonders, seit Axantucar ihn im Kampf um das Weiß und Gold besiegt hatte. Nun, da ihn keinerlei Pflichten als Kriegsherrn ablenkten, konnte er seine gesamte Aufmerksamkeit auf das Spiel richten.

Chumaka nahm Schreibpinsel und Pergament und begann die erste Zeile in elegantem Stil, mit großen und geschmeidigen Buchstaben wie die eines richtigen Schreibers. Er überlegte weiter, während er arbeitete. »Wir haben einen Spieler mit ungewöhnlichen Fähigkeiten vor uns, genaugenommen zwei, denn unser Herr brennt so sehr wie Tasaio von den Minwanabi darauf, Mara von den Acoma zu demütigen. Wir müssen schnell jede Möglichkeit ergreifen, die sich uns bietet. Ich werde unseren Mann in Sulan-Qu beauftragen, diesen Makler genau zu beobachten. Er muß herausfinden, ob wir den Weg, den die Nachrichten zu Mara zurücklegen, aufspüren können.« Chumaka hielt inne und tippte mit dem Pinselstiel gegen sein Kinn. »Ich habe eine solch hervorragende Arbeit nicht mehr gesehen, seit Jingu das Haus der Tuscai vernichtet hat.« Er verweilte länger in der Vergangenheit. »Zu schade, daß deren außerordentliches Netzwerk sie nicht retten konnte ... ich nehme an, ihre Spione wurden alle getötet oder sind zu Grauen Kriegern geworden ...« Etwas leiser fügte er hinzu: »Eine Schande, daß eine so ausgeklügelte Organisation zu Staub zerfallen mußte.«

Chumaka seufzte in einer leichten Aufwallung von Neid und beendete sein Selbstgespräch dann wieder schwungvoller. »Wie auch immer, unser junger Herr hat beschlossen, daß wir ein Spiel für drei Personen spielen – also gut. Wir werden unser Bestes geben. Je schwieriger die Aufgabe, desto größer die Befriedigung über den Triumph.«

Seine Worte richteten sich jetzt sowohl an sich selbst wie auch an Kavai. »Es war nicht Tecumas Verdienst, daß die Anasati zu dem Haus mit den meisten politischen Verbindungen im Kaiserreich geworden sind. Wenn Jiro es seinem Vater gleichtun und mich ohne Einmischung meine Arbeit machen lassen würde ...« Er ließ den Gedanken in der Luft hängen.

Der Buchhalter sagte nichts. Er war dieses Geschwätz gewöhnt und niemals ganz sicher, ob er das merkwürdige Gerede seines Vorgesetzten wirklich verstand. Einem Lehrling stand es nicht zu, einen Gesellen zu kritisieren, noch weniger einen Meister wie Chumaka, selbst wenn es Zeiten gab, da der Erste Berater den Anschein erweckte, als würde er seinen eigenen Herrn geringschätzen oder verachten – was natürlich unmöglich war. Niemand mit einer solch verbohrten Einstellung konnte in eine so erhabene Position in einem großen Haus aufsteigen.

Chumaka war mit seiner Nachricht fertig und sagte: »Und jetzt heißt es eine Antwort an Lady Mara schreiben; freundlich genug, daß sie sich im Augenblick keine Sorgen machen muß, aber nicht so sehr, daß sie die Anasati als Freunde betrachten kann.« Er holte tief Luft, dann seufzte er tief und wehmütig. »Das wäre was, für diese Frau zu arbeiten, nicht wahr?«

Der Buchhalter ließ die Frage unbeantwortet.

Die Formation blaugekleideter Krieger erreichte den Eingang des Herrenhauses der Acoma. Kevin stand in einiger Entfernung und sah die Soldaten der Shinzawai salutieren und sich dann entspannen, während ihr Offizier in zwei schnellen Schritten die Treppe emporeilte und sich vor seiner Gastgeberin mit unwiderstehlichem Charme verbeugte. »Es ist großzügig von Euch, uns zu empfangen, Lady Mara.«

Kevin verspürte einen Stich finsterer Eifersucht, als Mara dem Mann ein warmherziges Lächeln schenkte. »Hokanu, Ihr seid immer willkommen.«

Die griesgrämige Miene des Barbaren wich auch dann nicht, als sie der Gefolgschaft der Shinzawai ihre Berater und Vertrauten vorstellte. Ein Neuling stand neben Lujan, und Mara nannte seinen Namen. »Das ist Saric.«

Saric sah seinem Cousin nicht besonders ähnlich; er war muskulöser und dunkler, doch ein vertrauter, ironischer Zug spielte um seine Mundwinkel, als er leicht mit dem Kopf nickte. »Mylord.« In ihrem Benehmen glichen er und Lujan einander wie ein Ei dem anderen.

Kevin schwitzte; er war nicht ganz auf der Höhe und immer noch verstimmt wegen des Streits, den er an diesem Morgen beim Aufstehen mit Mara gehabt hatte. Kevin rührte sich nicht, auch als die Lady ihren Gast ins Innere des Hauses führte und Lujan einem seiner Patrouillenführer auftrug, die Shinzawai-Krieger zu den Quartieren zu begleiten, die für sie vorbereitet worden waren.

Seit einer Woche wußte Kevin, daß Hokanu, jetzt Erbe und zukünftiger Herrscher seines Hauses, zu Besuch kommen würde. Mara hatte ihn über den Grund im unklaren gelassen, doch die Gerüchte im Haus behaupteten klipp und klar, daß der Sohn der Shinzawai kam, um Mara den Hof zu machen, um mittels einer Heirat die Allianz ihrer Häuser zu stärken.

Kevin brach einen Zweig vom Baum und schlug damit einigen Blumen wütend die Köpfe ab. Die Bewegung zerrte an den Narben auf dem Rücken und den Schultern; unlogischerweise sehnte er sich nach einem Schwert und einigen Stunden harter, körperlicher Übungen mit der Waffe. Doch obwohl er Mara in der Nacht der Blutigen Schwerter so heldenhaft verteidigt hatte, verhielten sich die Mitglieder des Haushalts, als hätte der Zwischenfall nie stattgefunden. Sein Status blieb unverändert, was bedeutete, daß man ihm nicht einmal ein Küchenmesser anvertraute. Trotz der vielen Jahre seines Umgangs mit Mara und ihren Vertrauten blieben die tsuranischen Köpfe eher der Tradition verhaftet als der Logik, gegen jedes Gefühl, selbst gegen jede gesunde Entwicklung.

In Patricks Besessenheit zu fliehen lag die Weisheit eines Gewöhnlichen, mußte Kevin einräumen. Er schlug einer weiteren Blume die Blüte ab und blickte mißmutig auf die Reihe zerstörter Stengel, die sich ohne Protest über seine Mißhandlung weiter hin und her wiegten. Er hatte seine Landsleute viel zu lange nicht mehr besucht. Er verabscheute sich noch viel mehr, als er begriff, daß er nicht einmal ihren Arbeitsplan kannte. Er würde einen Aufseher fragen müssen, um herauszufinden, wo sie gerade eingesetzt waren.

Kevin umklammerte den Stock so fest, daß seine Knöchel weiß wurden, als er den angenehmen Schatten in Maras Garten verließ und durch die grelle Sonne auf die hinter dem Haus liegenden Wiesen zumarschierte. Er hörte den Klang ihres hellen Lachens hinter sich, bildete ihn sich dann immer wieder ein, während er zu den in einiger Entfernung gelegenen Needra-Weiden schritt, die er viele Jahre zuvor gemeinsam mit seinen Kameraden eingezäunt hatte.

Dort hockten Patrick und die anderen sonnengebräunten Midkemier in der Hitze auf den Knien und rissen Matasha-Unkraut aus, weil es das nahrhafte Gras erstickte, das die Needra benötigten, um fett zu werden.

Kevin warf das Stöckchen weg, sprang über den Lattenzaun und lief querfeldein über die Weide auf die Stelle zu, wo Patrick auf dem Boden hockte, sich die stachligen Stiele um die Hände wickelte und sie dann mit einem Ruck aus der widerspenstigen Erde herauszog. Der breitschultrige ehemalige Krieger hatte unter dem heißen tsuranischen Himmel eine Farbe wie altes Leder angenommen, und er blinzelte unablässig mit den Augen. Ohne aufzustehen sagte er: »Ich dachte mir schon, daß du uns besuchen würdest.«

Kevin kniete sich neben Patrick und zerrte ebenfalls an einer Unkrautpflanze. »Und wieso?«

»Du schneidest dir die Haut an den Fingern auf, wenn du es so machst«, bemerkte Patrick. »Du mußt erst die Fasern der Stiele zerstören, so.« Er führte es vor, die Hände übersät mit braunen Schwielen und Flecken. Dann griff er den Gedanken wieder auf. »Du pflegst dich gewöhnlich dann an uns zu erinnern, wenn du Ärger mit deiner Lady hattest.«

»Und wie kommst du darauf, daß ich Ärger mit ihr hatte?« Verdrossen zerrte Kevin an einem neuen Büschel.

»Nun, einmal, weil du hier bist, alter Freund.« Der ältere Kämpfer lehnte sich einen Augenblick zurück und wischte sich den Schweiß von den Schläfen. »Und dann, weil sie einen Herrn zu Besuch hat. So geht zumindest das Gerücht.«

Als ein Ruf vom anderen Ende des Feldes ertönte, hob Patrick die Schultern. »Der Sklavenaufseher erwartet von mir, daß ich arbeite, alter Freund.« Er rutschte auf den Knien weiter und griff nach dem Unkraut. »Hast du jemals bemerkt, daß die Pflanzen hier nie ihr merkwürdiges Aussehen verlieren?«

Kevin riß eine große Matasha aus und betrachtete sie näher. »Nicht so wie zu Hause.« Die breiten Blätter wuchsen von einem gertenschlanken Stengel aus, hatten feine Äderchen in Lavendel und orangefarbene Tupfen an den Rändern.

Patrick zeigte mit dem Daumen auf die Weide. »Doch dieses Gras hier – es ist fast so wie unseres auf Midkemia, das meiste zumindest. Timotheus, Roggen, Luzerne, auch wenn die Wichte merkwürdige Namen für sie haben.« Er warf einen Seitenblick auf Kevin. »Findest du das eigentlich merkwürdig, alter Freund? Hast du dich jemals gefragt, wie die Dinge so ähnlich und doch so anders sein können?«

Kevin hielt inne und inspizierte reuevoll einen Schnitt in seiner Hand. »Es bereitet mir manchmal Kopfschmerzen. Diese Leute –«

»Ja, es gibt noch viel mehr Rätsel«, unterbrach Patrick. »Manchmal sind die Tsuranis grausam, und dann wieder so sanft wie Babies. Sie haben ein Wesen, das so verwickelt ist wie das eines Kobolds.«

Kevin wischte das Blut an seiner Hose ab und griff nach einem neuen Büschel Unkraut.

»Du ruinierst deine Hand. Du bist an Arbeit nicht gewöhnt«, schalt Patrick. Dann fügte er etwas gedämpfter hinzu: »Wir warten jetzt schon mehr als ein Jahr seit deiner Rückkehr, Kevin. Einige von den Jungs halten es für besser, dich zu übergehen.«

Kevin seufzte unbehaglich; sein Hemd wurde allmählich schweißnaß. »Du denkst immer noch an Flucht?«

Patrick sah seinen Landsmann hart an. »Ich bin ein Soldat, Junge. Ich bin nicht sicher, ob ich lieber sterben würde, als im Dreck zu wühlen, doch ich würde ganz sicher lieber kämpfen.«

Kevin zupfte verzweifelt an seinem Kragen. »Gegen wen?«

»Gegen jeden, der uns verfolgt, wer immer es auch sein wird.« Patrick zog wieder ein Büschel heraus. »Und gegen jeden, der versucht uns aufzuhalten.«

Kevin zog das Hemd über den Kopf. Die heiße Sonne brannte auf seinem Rücken. »Ich habe mit einigen der Jungs gesprochen, die früher, bevor sie Mara die Treue geschworen haben, Graue Krieger gewesen sind. Diese Berge sind nicht sehr freundlich. Die armen Teufel, die dort oben bereits leben, kriegen nicht besonders viel zu essen.«

Patrick kratzte sich am Bart. »Na ja, ich muß zugeben, daß das Zeug besser geworden ist, seit du ein Wort für uns eingelegt hast, aber es ist immer noch kein Festbankett.«

Kevin grinste. »Wann war es das schon, du alter Schwindler? Das beste Mahl, das du jemals hattest, war in einem Wirtshaus in Yabon.«

Die Erinnerung an die Vergangenheit brachte Patrick nicht zum Lächeln, entlockte ihm nicht einmal einen freundschaftlichen, neckenden Stups in die Seite. Patrick wickelte wieder einen festen Stiel um die Hände, riß daran und warf die entwurzelte Pflanze beiseite. Die Blätter schienen bereits Minuten später unter der tsuranischen Sonne zu verwelken, anders als die Männer, die möglicherweise über viele Jahre hinweg dahinschwanden, voller Sehnsucht nach ihrer Heimat und der verlorenen Freiheit.

Kevin blickte auf die entfernten Berge, deren weiche blaue Umrisse sich vor dem fremdartigen grünen Himmel deutlich abzeichneten. Er seufzte. »Ich weiß.« Der Schnitt brannte unbarmherzig, als er nach weiterem Unkraut griff. »Letztes Jahr sind ein paar seltsame Dinge in Kentosani geschehen.«

Patrick spuckte auf den Boden. »Es geschieht immer etwas Seltsames.«

Kevin legte eine Hand auf die Schulter seines Freundes.

»Nein, ich meine, etwas ... ich weiß nicht, ob ich es dir erklären kann. Es ist ein Gefühl. Als diese Unruhe bei den Kaiserlichen Spielen ausbrach –«

»Wenn du von dem barbarischen Magier sprichst, der diese Sklaven befreit hat – nun, unser Schicksal hat es nicht beeinflußt.« Patrick ging zu einem anderen Flecken voller Unkraut.

»Das ist nicht der Punkt«, wehrte sich Kevin. Er schlang sich das Hemd um die Schulter und folgte ihm. »Die Sklaven wurden in einer Kultur befreit, die eine solche Freilassung nicht gestattet. Den Gerüchten zufolge, die von flußaufwärts kommen, leben die Männer ganz normal in der Heiligen Stadt, tun dies und jenes, aber sie sind Freie.«

Patrick hielt in der Arbeit inne. »Wenn ein Mann hier entwischen und den Gagajin hinauf –«

»Nein«, sagte Kevin schärfer als beabsichtigt. »Das war nicht mein Gedanke. Ich will nicht als Flüchtling leben. Ich klammere mich lieber an die Idee, daß das, was einmal geschehen ist, sich vielleicht wiederholen kann.«

»Darfst du ein Schwert tragen?« fragte Patrick bitter.

»Nein, und das ist für mich der Punkt. Du siehst es nicht richtig. Du rettest die Mistress, schön und gut, und wenn die Gefahr vorüber ist, heißt es wieder Sklave sein.«

Er hatte einen wunden Punkt berührt, und Kevin ließ seine Wut an einem Unkraut-Stengel aus; dann fluchte er, als er sich wieder schnitt.

»Gib's auf, alter Freund.« Patrick war jetzt verärgert. »Die Wichte sind so stark wie ihre Pflanzen, wenn es darum geht nachzugeben. Zeig ihnen die Möglichkeit zur Veränderung, und sie wählen den Selbstmord.«

Kevin stand auf. »Doch die Erhabenen stehen außerhalb der Gesetze. Der Kriegsherr, ja selbst der Kaiser darf ihnen nicht widersprechen. Vielleicht kann jetzt, da ein Magier Sklaven befreit hat, ein Lord entgegen der Tradition das gleiche tun. Doch wie auch immer, wenn sie dich wegen eines Fluchtversuches hängen, bist du tot – und das ist nicht die Freiheit, die ich meine.«

Patrick ließ ein bitteres Lachen hören. »Das ist wahr. Also gut, ich werde noch ein wenig warten. Aber nicht mehr sehr lange, das sage ich dir.«

Kevin war zufrieden mit dieser Antwort, wenn auch etwas verstimmt, weil Patrick ihm unverblümt einige dornige Tatsachen unter die Nase gerieben hatte. Er warf das Hemd über die Schulter, sammelte das welkende Unkraut ein und warf es auf den Haufen beim Zaun. Seine zerschnittenen Hände brannten, doch seine Gefühle schmerzten stärker. Die übrigen Kameraden schenkten ihm wenig Beachtung, als er auf seinem Rückweg an ihnen vorbeikam. Auch er bemerkte sie kaum, denn er erinnerte sich bereits wieder an Maras Lachen, wie es vom Garten herübergeklungen hatte, wo sie mit Hokanu saß.

Die Mittagshitze trieb Mara und Hokanu aus dem Garten in ein wenig benutztes Zimmer im Herrenhaus, eines, das seit der Zeit ihrer Mutter unverändert geblieben war. In dem luftigen Raum mit den pastellfarbenen Kissen und den Gaze-Vorhängen nahm das Paar ein leichtes Mahl zu sich, während ihnen von einem Sklaven mit einem Fächer aus Shatra-Federn kühle Luft zugefächelt wurde. Hokanu hatte seine Rüstung mit einer leichten Robe vertauscht, die seinen ansehnlichen Körper zur Geltung brachte. Die Übungen während der Zeit im Feld hatten seiner geraden Haltung noch feste Muskeln hinzugefügt. Er trug kaum Ringe und nur eine Kette aus Corcara-Muscheln, doch die einfache Kleidung und der schlichte Schmuck unterstrichen lediglich seine natürliche Eleganz. Er nippte an dem Wein und nickte. »Hervorragend. Lady Mara, Ihr gewährt eine außerordentlich liebenswürdige Gastfreundschaft.« Der Blick seiner dunklen Augen begegnete ihrem, nicht spielerisch oder neckend wie bei Kevin, doch es lag ein tiefes Geheimnis darin, das Mara beinahe zwang, es zu erkunden.

Unbeabsichtigt lächelte sie. Seine Gesichtszüge waren schön, ohne übermäßig zart oder ausgeprägt zu sein, und die Art, wie er ihr direkt in die Augen schaute, berührte sie tief. Mara spürte spontan, daß sie diesem Sohn der Shinzawai vertrauen konnte. Das Gefühl war einzigartig, auch verwirrend nach den endlosen politischen Zweideutigkeiten, die die Beziehung zu anderen Edlen ihres Ranges erschwerten.

Sie wurde sich plötzlich bewußt, daß sie vergessen hatte, auf sein Lob zu antworten. Mara verbarg ein leichtes Erröten, indem sie etwas Wein trank. »Ich freue mich, wenn Euch der Wein schmeckt. Ich muß jedoch gestehen, daß ich die Wahl des Jahrgangs meinem Hadonra überlassen habe. Er hat einen unfehlbaren Instinkt dafür.«

»Dann fühle ich mich besonders geschmeichelt, daß er Euren besten gebracht hat«, sagte Hokanu weich. Als er sie betrachtete, schien er durch die Art, wie ihr Haar aufgesteckt war, hindurchzublicken; er sah mehr als den Schnitt ihres Kleides. Mit einem Einfühlungsvermögen, das dem Arakasis sehr ähnelte, berührte er ihr Herz. »Ihr seid eine Lady mit einem Gefühl für klare Ideen. Wußtet Ihr, daß ich Eure Abneigung gegenüber Vogelkäfigen teile?«

Vollkommen überrascht, lachte Mara. »Woher wußtet Ihr das?«

Hokanu drehte das Weinglas in der Hand. »Euer Gesicht, als Ihr Lady Isashanis Wohnzimmer im Kaiserlichen Palast beschrieben habt. Außerdem hat Jican einmal einen Bewerber erwähnt, der Euch einen Li-Vogel schickte. Er sagte, es hätte zwei Wochen gedauert, bevor Ihr ihn freiließt.«

Mara fühlte sich unbeabsichtigt an die tiefe Wut und Enttäuschung im Zusammenhang mit Kevins Dilemma erinnert und bemühte sich, nicht die Stirn zu runzeln. »Ihr seid sehr aufmerksam.«

»Etwas, das ich gesagt habe, beunruhigt Euch.« Hokanu stellte das Glas ab. Er beugte sich leicht nach vorn und legte eine schmale Hand auf den Tisch. »Ich würde gerne wissen, was es ist.«

Mara machte eine Handbewegung, die von Erschöpfung zeugte. »Nur eine Idee, die ein Barbar vorgebracht hat.«

»Ihre Kultur ist voller faszinierender Ideen«, sagte Hokanu. Seine dunklen Augen ruhten noch immer auf ihr. »Manchmal lassen sie uns wie dumme, rückständige Kinder aussehen – so tief in unserer Art zu leben verwurzelt, daß wir fast schon blind für alles andere geworden sind.«

»Ihr habt sie studiert?« fragte Mara neugierig. Zu spät dachte sie daran, ihr Interesse hinter einem ausdruckslosen Gesicht zu verbergen.

Hokanu schien es nicht zu stören, denn das Thema interessierte ihn ebenfalls. »Die mißlungenen Friedensbemühungen unseres Kaisers haben größere Bedeutung, als unser Volk begreift.« Dann schien er zu bedauern, daß die Erwähnung politischer Themen den Augenblick ihrer Harmonie störte, und er wischte die Angelegenheit beiseite. »Vergebt mir. Ich wollte Euch nicht an schwere Zeiten erinnern. Mein Vater hat mir erzählt, daß Ihr eine Nacht im Kaiserlichen Palast belagert wurdet. Er sagte, es gereiche den Acoma zur Ehe, daß Ihr überlebt habt.« Bevor Mara die Bemerkung beiseite wischen konnte, sah er sie auf eine Weise direkt an, die zermürbend an ihrer Beherrschung zerrte. Er sprach weiter: »Ich würde gerne aus Eurem eigenen Mund hören, was geschehen ist.«

Mara bemerkte, wie er seine Hand auf der Tischplatte etwas bewegte; mit jener unheimlichen Wahrnehmung, die sie mit ihm zu teilen schien, wußte sie, daß er sich danach sehnte, sie in die Arme zu schließen. Ein Beben durchfuhr sie, als sie sich vorstellte, wie fest sich sein warmer, muskulöser Körper anfühlen würde. Sie fand ihn mehr als attraktiv – er verstand sie ohne die kulturellen Barrieren oder die rauhen, emotionalen Kanten, die ihre Beziehung zu Kevin würzten. Während der Barbar auf ihre dunkle tsuranische Natur einging und ihr mit seinem Humor Entspannung brachte, war der Mann auf der anderen Seite des Tisches jemand, der sie einfach verstand, und sein unausgesprochenes Versprechen, sie zu schützen, wurde ein mächtiges Band.

Wieder erkannte Mara, daß sie längere Zeit geschwiegen hatte und irgendeine Art von Antwort erforderlich war, wenn sie nicht wollte, daß die immer stärker aufwallenden Gefühle in Leidenschaft mündeten. »Ich erinnere mich an viele zerbrochene Vogelkäfige«, sagte sie in dem gezwungenen Versuch, locker zu wirken. »Lord Hoppara vereinigte seine Truppen mit meinen, und die Angreifer fanden in seiner Wohnung keine Opfer zum Aufschlitzen. Sie ließen ihre Wut an Isashanis Li-Vögeln und einem guten Teil der lilafarbenen Bezüge aus. Am nächsten Tag rannten die Vogelfänger sich die Beine aus dem Leib, um die Flüchtlinge wieder einzufangen.«

Hokanu war ein wenig enttäuscht, daß sie von der persönlichen Seite der Angelegenheit abgewichen war, und wölbte kaum merklich in leisem Groll die Brauen. Seine Augen wirkten leicht exotisch, und der Ausdruck verlieh ihm etwas Gehetztes. »Lady Mara«, sagte er weich, und sein Tonfall überfiel sie wie ein eiskalter Schauer in der Hitze. »Ich bin möglicherweise etwas kühn, wenn ich mich in dieser Weise präsentiere, doch die Verhältnisse im Kaiserreich haben Änderungen erzwungen, die noch wenige Monate zuvor niemand von uns hätte ahnen können.«

Mara setzte das Weinglas ab, um das leichte Zittern ihrer Hand zu verbergen. Sie wußte, ja sie wußte ganz genau, worauf er hinauswollte, und die Gefühle, die in ihrem Innern tobten, waren zu verwirrend, als daß sie sie hätte auseinanderhalten können. »Was meint Ihr?« fragte sie lahm.

Hokanu erkannte ihre Verwirrung so deutlich, als wenn sie laut gerufen hätte. Er beugte sich zur Betonung weiter vor. »Mein Bruder ist auf der anderen Seite des Spalts zurückgeblieben, und es wird jetzt mir zufallen, eines Tages die Herrschaft von meinem Vater zu übernehmen.«

Mara nickte; sie spürte seine große Trauer über den plötzlichen Verlust Kasumis. Die Jungen waren wie Brüder erzogen worden, und Hokanus Schmerz saß tief.

»Als ich Euch zum ersten Mal traf …« Hokanu bekämpfte die Trauergefühle und lächelte trocken. »Ich muß zugeben, Lady, ich empfand Bedauern, als ich Euch das erste Mal sah.«

Mara konnte nicht anders, sie brach in befreites Lachen aus.

»Ihr habt eine merkwürdige Art, Komplimente zu machen, Hokanu.«

Sein Lächeln verstärkte sich, und die Augen strahlten voller Freude, als er die leichte Röte auf ihrem Gesicht sah. »Ich sollte es anders ausdrücken, schöne Lady. Mein Bedauern war besonders heftig, weil es sich um Eure Hochzeit handelte.«

Bei dieser Erinnerung nahm Maras Gesicht einen bittersüßen Ausdruck an. »Mit dieser Hochzeit war insgesamt ziemlich viel Bedauern verbunden, Hokanu.« Und wieder überfiel sie ein Schauder bei dem unausgesprochenen Wissen, daß er es wußte, daß sie es nicht noch erklären mußte.

»Mara«, sagte er, und er sprach das Wort so sanft aus, als wäre es eine zärtliche Liebkosung. »Wir beide haben unseren Ahnen gegenüber große Pflichten zu erfüllen. Ich wuchs mit dem Wissen auf, daß mein Beitrag darin liegen würde, die Beziehungen meiner Familie durch eine Heirat zu verbessern. Ich habe immer angenommen, daß mein Vater mich mit der Tochter des einen oder anderen Lords verheiraten würde. Aber jetzt ...«

Mara beendete seinen Gedanken. »Jetzt seid Ihr der zukünftige Herrscher eines ehrenvollen Hauses.«

Hokanus Erleichterung war offensichtlich. »Und andere Überlegungen kommen ins Spiel.«

Mara fühlte, wie Hoffnung in ihr aufstieg, vermischt mit einer schmerzenden Enttäuschung darüber, daß sie ihn möglicherweise die ganze Zeit mißverstanden hatte. Er empfand etwas für sie, und er wußte, daß sie seine Gegenwart genoß, und daher versuchte er freundlich und einfühlsam seine Aufmerksamkeit zurückzuziehen, ohne ihre Gefühle zu verletzen. »Ich weiß, daß politische Überlegungen mit den Interessen Eures Herzens in Konflikt geraten könnten.« Sie versuchte es ihm einfacher zu machen.

»Mara, bisher suchte ich Euch auf, weil ich die Hoffnung hegte, Ihr würdet meinen Vater bitten, mich als Gatten zu gewinnen.« Das Zögern verschwand aus seinen Augen wie Wolken, die Sonnenstrahlen wichen, und ein verschmitztes Lächeln breitete sich auf seinem Gesicht aus. »Unsere Rollen als Herrscherin und zweiter Sohn zwangen mich zu schweigen. Jetzt, als Erbe, kann ich einen anderen Vorschlag machen.«

Maras Lächeln erstarb. Er hatte nicht vor, ihr höflich zu erklären, daß er ihr nicht länger den Hof machen konnte! Statt dessen war er auf ein Heiratsangebot aus. Angst überfiel sie, traf sie an ihrer verletzlichsten Stelle, und sie sah sich schlagartig der dornigen Frage gegenüber, wie sie über ihre Zukunft mit Kevin entscheiden sollte. Sie bemühte sich, nicht die Kontrolle zu verlieren. »An was habt Ihr gedacht?«

Hokanu zögerte, was ungewöhnlich für ihn war. Er spürte ihre Verwirrung und war unsicher über den Grund. Dadurch wurde eine andere Wortwahl notwendig, und seine Hand umklammerte instinktiv die Tischkante, als würde er einen Schlag erwarten. »Ich frage dies informell, denn ich möchte keine öffentliche Zurückweisung, solltet Ihr nein sagen. Doch wenn Ihr wollt, werde ich dafür sorgen, daß der Erste Berater meines Vaters sich offiziell an Eure Erste Beraterin wendet und die Vorbereitungen zu einem Treffen einleitet ...« Er lachte beinahe und gewann seine starke, direkte Haltung zurück. »Ich schweife ab. Heiratet mich, Mara. Ayaki wird eines Tages Lord der Acoma sein, und Euer zweiter Sohn – unser zweiter Sohn – könnte den Mantel der Shinzawai tragen. Nichts wäre mir lieber, als Euch als Lady an meiner Seite zu haben und zu wissen, daß zwei alte Häuser eines Tages von Brüdern geführt werden!«

Mara schloß die Augen angesichts der aufkommenden Verwirrung. So gut sie Hokanu auch kannte, sosehr sie sich auch zu ihm hingezogen fühlte – die Idee einer Heirat verwandelte ihre Gefühle in einen Wirbelsturm. Sie hatte gespürt, daß dieser Augenblick unausweichlich bevorstand, und fälschlicherweise Schutz hinter der Überzeugung gesucht, daß sie durch Hokanus Aufstieg zum zukünftigen Herrscher verschont bleiben würde, da politische Überlegungen ihn zwingen würden, nach einer besseren Verbindung Ausschau zu halten. Keine ihrer nüchternen Überlegungen hatte sie auf diesen Augenblick vorbereitet.

Sie fühlte Hokanus Blicke auf sich, spürte seine unausgesprochene Anteilnahme an dem inneren Aufruhr, den seine Worte verursacht hatten. Und er half ihr in jener charmanten Weise, die treffsicher ihre Verteidigung niederriß.

»Ich habe Euch überrascht.« Entschuldigung klang in seiner Stimme. »Ihr dürft Euch nicht unbehaglich fühlen. Gestattet mir, mich zurückzuziehen und Euch Zeit zum Nachdenken zu geben.« Er stand in Gedanken versunken auf, durch und durch ein Edler. »Lady, wie auch immer Ihr Euch entscheidet, macht Euch um meine Gefühle keine Sorgen. Ich liebe Euch mit all meiner Ehre, doch ich liebe Euch auch um Euretwillen. Ich könnte keine Minute genießen, die Euch in meiner Gegenwart kein Vergnügen bringt. Sucht Euer eigenes Glück, Lady Mara. Ich bin Manns genug, mein eigenes zu finden.«

Mara war sprachlos, die Hände gegen den Ansturm unbehaglicher Gefühle zusammengepreßt. Als sie die Augen hob, war er fort. Sie hatte seine Schritte nicht gehört und mußte zweimal hinsehen, um sicher zu sein, daß das Zimmer leer war. Mit zitternden Fingern griff sie nach ihrem Weinglas und trank es in einem Zug aus. Dann starrte sie auf den leeren Kelch und das unberührte Essen. Kevins Gesicht vermischte sich mit dem Hokanus, bis sie den Druck, den das Gefühl der Ausweglosigkeit in ihr entfachte, am liebsten den Wänden entgegengeschrien hätte.

Sie hatte keine Wahl, kein bißchen, und das Dilemma zwischen Liebe und ehrenvoller politischer Notwendigkeit schmerzte wie Dornen.

»Gütige Götter, was für ein Wirrwarr«, murmelte sie und begriff zu spät, daß sie nicht mehr allein war. In aufrichtiger und edler Fürsorge hatte Hokanu nach ihrer Beraterin geschickt, um ihr über diesen schwierigen Augenblick hinwegzuhelfen.

Immer noch schwach von der Krankheit, brachte Nacoya mit einem Kopfschütteln ihre Herrin zum Schweigen. »Kommt«, sagte die alte Frau energisch. »Wir bringen Euch jetzt erst einmal in Eure eigenen Gemächer. Wir können reden, wenn Ihr es Euch etwas bequemer gemacht habt.«

Mara ließ sich von Nacoya aufhelfen. Sie folgte ihr durch den Korridor, ohne zu sehen, wo sie überhaupt hinging, oder den Boden unter ihren Füßen zu spüren. »Kümmert sich jemand um Hokanu?« fragte sie mit matter Stimme.

»Saric hat sich bereits seiner angenommen. Lujan wird einige Wettkämpfe mit den Soldaten veranstalten.« Nacoya schob den Laden zu Maras Gemächern zurück und rief ein halbes Dutzend Zofen und Dienerinnen zu sich. »Badewasser«, sagte sie kurz angebunden. »Und hinterher etwas Leichtes und Bequemes zum Anziehen für die Mistress.«

Mara stand da, die Arme hölzern vor sich ausgestreckt, während die Zofen die Holzhaken und Schlaufen an ihrer Robe lösten. »Es ist unmöglich!« rief sie aus. »Es ist der falsche Zeitpunkt.«

Nacoya schnalzte mit der Zunge. »Die Shinzawai sind eine sehr alte Familie, deren Ehre den meisten anderen gleichkommt, doch ihre Rolle in dem mißglückten Versuch, dem Kaiserreich Frieden zu bringen ...«

Mara war amüsiert über den Wechsel zur harten Politik und trat aus dem Gewand. Mechanisch kletterte sie in das kühle Bad, das ihre Dienerinnen bereitgestellt hatten, und saß bebend da, während zwei Zofen ihr den Rücken wuschen. »Was ist los mit mir? Warum kann ich nicht einfach nein zu ihm sagen und die Angelegenheit aus meinem Kopf verbannen?«

Nacoya antwortete indirekt. »Tochter, es gibt keinen sicheren Weg, das Herz zu beherrschen.«

»Mein Herz hat damit nichts zu tun!« fauchte Mara mit einer Schärfe, die ihre Worte Lügen strafte. »Was ist Hokanu mir mehr als ein Mittel zum Zweck?«

Die Erste Beraterin setzte sich auf ein Kissen und schlang die knotigen Hände um die Knie. Sie sagte nichts, während Mara ein Bad über sich ergehen ließ, das sie nicht genoß. Nach einer angemessenen Zeitspanne stand sie auf und stieg aus der Wanne. Mit finsterer Miene wartete sie, bis die Zofen sie abgetrocknet hatten.

Nacoya brach das Schweigen erst, als eine andere Zofe mit einem leichten Tagesgewand gekommen war. »Mistress, solange ich mich erinnern kann, zählen die Shinzawai zu den ehrenvollsten Familien im Kaiserreich. Der alte Lord Shatai, Kamatsus Vater, war Clanlord der Kanazawai, als ein Lord der Keda das letzte Mal den Thron des Kriegsherrn eingenommen hat. Und niemand hat jemals gehört, daß ein Lord der Shinzawai ein Versprechen gebrochen hätte. Ihre Ehre ist über jeden Zweifel erhaben.«

Mara wußte das alles. Während die Zofen das Gewand zubanden, betrachtete sie ihre frühere Amme mit unterdrückter Verzweiflung. »Doch im Augenblick ist ihre Position sehr fragwürdig.«

»Es herrschen einige Vorbehalte seit den fehlgeschlagenen Friedensverhandlungen und der Nacht der Blutigen Schwerter«, räumte Nacoya ein. »Viele trauernde Familien behaupten, daß es niemals zu solch einem Morden gekommen wäre, wenn die Partei des Blauen Rades und besonders die Shinzawai nicht im Zentrum des Komplotts gestanden hätten.«

Doch Mara mußte nicht daran erinnert werden, daß nur deshalb niemand Vergeltung von den Shinzawai gefordert hatte, weil so viele angeschlagen und alle sehr vorsichtig waren. Ihre Familie durch eine Heirat an sie zu binden würde die Liste ihrer Feinde um einige gefährliche Namen ergänzen.

Nein, entschied Mara, als Nacoyas offensichtliche Logik sie aus den verworrenen Gefühlen herausführte und sie wieder zu klaren Gedanken fähig war. Die Rolle des Herzens war etwas ganz anderes. Hokanu war sehr attraktiv; ihre tiefe Beziehung zu Kevin erhöhte die schmerzvolle Verwirrung, doch sie hatte sich niemals in der falschen Hoffnung gewiegt, daß sie einen Ehemann durch einen Sklaven ersetzen könnte. Ihr Aufruhr hing mit einer anderen Wahrheit zusammen: daß sie die Kontrolle über ihr Leben nur ungern abgeben wollte, an welchen Herrscher auch immer. Buntokapis kurze Amtszeit hatte genügend unangenehme Erinnerungen hinterlassen, doch das war nicht alles.

Mara seufzte und starrte durch den offenen Laden in den Garten. Der Tag zog sich hin, und lange Schatten warfen ein Streifenmuster über den Pfad zwischen den Akasi-Blumen. Das grüne, fruchtbare Land, das einst ihrem Vater und ihren Vorfahren gehört hatte, hatte sich gut entwickelt in den Jahren, seit sie als junges, unerfahrenes Mädchen das Erbe angetreten hatte. Im Licht ihrer Erfolge stellte sich Mara einer tieferen Wahrheit, auch wenn sie weniger entwickelt war als jeder andere Konflikt ihres Lebens, vergangen oder gegenwärtig. Nach einer langen Minute meinte sie zu Nacoya: »Ich danke dir für deinen Rat. Du darfst jetzt gehen.«

Mara sinnierte, während die alte Frau sich verbeugte und ging. So viele Ereignisse in ihrem Leben hingen direkt damit zusammen, daß sie Herrscherin war. Doch diese Pflichten, die furchteinflößende Verantwortung, selbst die auf dem Weg liegenden Gefahren – diese Dinge waren keine solch fürchterliche Bürde, wie es ihr an dem Tag, da sie Lashimas Tempel verlassen hatte, vorgekommen war. Seit sie den Mantel der Acoma trug, hatte sie begonnen, Gefallen an der Macht zu gewinnen, und sie genoß es, ihren Verstand im Großen Spiel zu messen. Diese Dinge gaben ihr die Freiheit, neue Ideen zu verfolgen. Wie wäre es, wenn sie die Entscheidungen anderen überließ? Konnte sie wie andere Ladies mit dem Sammeln von Li-Vögeln, dem Ausstatten von Wohnzimmern oder dem Stiften fremder Ehen zufrieden sein? Frauen besaßen ihre eigene Macht, manchmal mit beeindruckender Wirkung. Konnte sie sein wie Isashani von den Xacatecas und genausoviel Befriedigung aus dem Spiel hinter dem Vorhang ziehen wie jetzt von ihrem Platz uneingeschränkter Herrschaft?

Mara seufzte erneut.

In diesem Augenblick fiel ein Schatten über den Laden, der zum Garten führte. »Ich weiß, was du denkst.« Eine vertraute Stimme drang an ihr Ohr.

Mara blickte auf und sah Kevin, der sie mit einem ironischen Grinsen betrachtete.

Wie immer gab er seine Meinung zum besten, ohne darauf zu

warten, daß sie ihn darum bat. »Du fragst dich, wie es wäre, einmal eine Pause zu machen und diesen jungen Krieger der Shinzawai die Dinge in die Hand nehmen zu lassen.«

Mara mußte lachen. »Du … Monster!«

Kevin warf sich neben sie, schüttelte seine rotgoldenen Haare, die dringend geschnitten werden mußten, und verharrte, seine Lippen nur wenige Zentimeter von ihren entfernt. «Habe ich recht?«

Sie küßte ihn. Hokanus Charme konnte sie widerstehen, aber dieser Mann war wie Gift in ihrem Blut. »Ja, verdammt.«

»Ich werde dir genau erklären, wie es wäre. Langweilig.« Kevin machte eine ausladende Handbewegung, die damit endete, daß er sie umarmte. Er küßte sie. »Du liebst das Herrschen.«

»Ich habe den Mantel der Acoma niemals gewollt«, entgegnete sie in einem warnenden, scharfen Tonfall.

»Ich weiß«, sagte er leichthin, ohne sich auf ihre Herausforderung einzulassen. »Das ändert nichts daran, daß du es jetzt liebst.«

Mara gestattete sich eine hemmungslose Grimasse. »Niemand hat dich um deine Meinung gefragt.«

Sie hatte seine Aussage nicht geleugnet. Für Kevin war das soviel wie ein Eingeständnis, daß er recht hatte. Als sie sich zufrieden gegen seine Schulter lehnte, verfolgte er seine Schlußfolgerungen schonungslos weiter. »Der Mann, der dich umwirbt, ist kein Schwächling. Ist er erst einmal dein Ehemann, wird er befehlen, und wenn ich die tsuranische Tradition nicht falsch verstehe, wirst du für immer die Herrschaft verlieren.« Er grinste diabolisch. »Also, wirst du ihn heiraten?«

Mara streckte die Hände aus, packte seinen Bart und zupfte neckend daran. »Narr!« Bevor er aufheulen konnte, ließ sie halb lachend wieder los. »Vielleicht.« Als seine Augen sich weiteten, fügte sie hinzu: »Aber nicht jetzt. Der politische Zeitpunkt ist falsch, und ich muß mich erst noch um ein paar Dinge kümmern.«

»Die da wären?« fragte Kevin in plötzlich humorloser Betroffenheit.

Mara hatte kaum bemerkt, daß hinter seinem Geplänkel eine nagende Unsicherheit verborgen lag. Jetzt verzog sich ihr Gesicht grimmig. »Zum Beispiel die Vernichtung von Tasaio von den Minwanabi.«

Der Tisch war festlich gedeckt. Papierlaternen warfen Muster aus kleinen Lichtpfeilen auf den Tisch und verstärkten den vollen, dunkelroten Glanz des Weines, den die Diener zum Mahl reichten. Die Platten und das Geschirr waren vom Besten, was die Schränke hergaben, und weder Mara noch ihr Gast hatten es eilig, die letzten süßen Kuchen mit Sauce aufzuessen. Hokanu saß gemütlich auf den Kissen, doch seine entspannte Haltung war vorgetäuscht. »Ich verstehe das natürlich.«

Sein Ton war milde, nicht überrascht und vollkommen ohne Vorbehalte. Doch Mara kannte ihn zu gut, um nicht die kleine, ruhige Pause zu bemerken, die er benötigt hatte, um seine Fassung in dem Augenblick wiederzuerlangen, da sie ihm aus politischen Gründen ihre Ablehnung seines inoffiziellen Heiratsangebotes mitgeteilt hatte. Er wirkte nicht gequält – zumindest war da nicht die wütende Bitterkeit, die Jiro gezeigt hatte, als sie seinen Bruder vorgezogen hatte, und auch nicht jener Ausdruck eines geprügelten Hundes, den Kevin in seinen düsteren Stimmungen zeigte –, doch die Zurückweisung hatte ihm einen deutlichen Stich versetzt.

Seine Trauer tat ihr weh, wenn sie auch nicht unerwartet kam. »Ich bitte Euch«, fügte sie weniger gelassen hinzu, als sie beabsichtigt hatte. »Ihr müßt mein Herz kennen.«

Hokanu blickte auf seine Hände, die reglos das Weinglas umfaßten. Spontan wünschte Mara, sie könnte über den Tisch greifen und seine langen, schönen Finger in ihre Hände nehmen. Doch das wäre peinlich gewesen, wenn nicht sogar unschicklich … Sie weigerte sich, seine Frau zu werden. Doch trotzdem konnte sie ihr Bedauern nicht ganz verbergen. »Ich … bewundere Euch mehr, als Ihr denkt. Ihr habt all das, was ich mir von einem Vater meiner Kinder wünschen könnte. Aber wir herrschen beide über ein großes Haus, würden es in ein bewaffnetes Lager verwandeln … Wo würden wir leben? Auf diesem Landsitz, umgeben von Soldaten, die Euch gegenüber nicht loyal sind? Oder auf den Besitztümern Eures Vaters, mit Soldaten, die mir gegenüber nicht loyal sind? Können wir von Männern, die auf den Natami unserer Häuser geschworen haben, verlangen, daß sie den Befehlen eines anderen Hauses gehorchen, Hokanu?«

Der Klang seines Namens, wie nur sie ihn aussprechen konnte, brachte ein bittersüßes Lächeln auf sein Gesicht, und bei ihren Worten wölbte er überrascht die Brauen. »Mara, ich nahm an, daß Ihr mit mir auf dem Besitz meines Vaters wohnen würdet und daß wir jemanden Eurer Wahl als Regent für Ayaki ernennen würden, bis er selbst alt genug wäre.« Hokanu machte eine geringschätzige Handbewegung, die gegen sich selbst gerichtet war. »Lady, vergebt mir diese gedankenlose Annahme. Ich hätte wissen müssen, daß von allen Frauen gerade Ihr nicht in der althergebrachten, üblichen Weise reagieren würdet.« Ironie stahl sich in sein Gesicht. »Ich habe Euren unabhängigen Geist bewundert. Aus Euch eine gewöhnliche Frau zu machen wäre das gleiche wie einen Li-Vogel einzusperren, das sehe ich jetzt.«

Er war wunderschön, wie er in Lampenlicht getaucht dasaß, die Augen so tief und unergründlich wie die heiligen Waldteiche der Priester. Mara atmete tief ein, um nicht die Fassung zu verlieren. »Ihr habt es angenommen, Hokanu, doch es war kein schlimmer Fehler.« Bevor sie sich versah, hatte sie ihrem Gefühl nachgegeben und über den Tisch nach seiner Hand gegriffen. Seine Haut war sehr warm, jede Sehne deutlich spürbar. »All diese Probleme wären gelöst, wenn Tasaio von den Minwanabi nicht drohend wie ein Schwert über meinem Nacken schweben würde. Wenn Ihr und Eure Familie nicht im Zentrum des Komplotts des Kaisers gestanden hättet, das dem Hohen Rat den Frieden aufzuzwingen versuchte. Wenn –«

Hokanu umschloß ihre Hand sanft mit der seinen. Der Ausdruck in seinem Gesicht veränderte sich leicht, aber er wirkte nicht verärgert oder gequält, sondern wesentlich interessierter. »Sprecht weiter.«

»Wenn wir an einem Ort leben würden« – sie zögerte, unsicher, wie sie ein Konzept darstellen sollte, das hauptsächlich von Kevin inspiriert war –, »an dem Gesetze in Wort und Tat herrschen, an dem Politik nicht Mord legitimiert ...« Sie hielt inne und begriff in diesem Augenblick, daß sein Schweigen ihr eigenes widerspiegelte; daß seine Hände sich kräftiger um ihre schlossen, weil er ihren Groll über die tiefverwurzelten Fehler ihrer Kultur teilte, Fehler, die sie nur zögernd anzuerkennen begonnen hatte. Die mühelose Harmonie verstörte sie, und um wieder etwas Abstand zwischen ihnen zu bekommen, konzentrierte sie sich nur auf ihre Worte. »Wenn wir in einer Zeit leben würden, in der wir wüßten, daß unsere Kinder ohne die Gefahr eines Messers hinter jeder Tür aufwachsen könnten, dann, Hokanu von den Shinzawai, wäre ich tief geehrt, Eure Frau zu werden. Es gibt keinen Mann im Kaiserreich, den ich lieber als Vater meines nächsten Kindes sähe.« Sie wich seinem Blick aus, ängstlich darum bemüht, sich durch seine Gegenwart nicht zu weiteren Nachlässigkeiten im Protokoll verleiten zu lassen. »Doch bis sich der Rat beruhigt hat und die Dinge sich etwas geändert haben, würde eine Verbindung zwischen den Acoma und den Shinzawai nur große Gefahren bringen.«

Hokanu schwieg. Er streichelte ihre Hand, bevor er sie losließ, und sagte nichts, bis sie sich ihm wieder zuwandte, so daß er sie direkt ansehen konnte. »Ihr besitzt eine Weisheit, die weit über Euer Alter hinausreicht, Lady Mara. Ich kann nicht behaupten, daß ich nicht enttäuscht bin. Ich kann lediglich Eure Überzeugungen bewundern.« Er beugte seinen Kopf etwas zu einer Seite. »Eure seltene Stärke macht Euch nur noch liebenswerter.«

Mara spürte, wie ihr die Tränen in die Augen stiegen. »Hokanu, die Tochter eines anderen Hauses wird ihr Glück an Eurer Seite finden.«

Hokanu verbeugte sich bei dem Kompliment. »Eine solche

Tochter müßte allerdings viel Glück haben, um meine Gefühle für Euch auf sich zu lenken. Doch bevor ich gehe, darf ich Euch wenigstens darum bitten, Freundschaft mit den Shinzawai anzustreben?«

»Mit Sicherheit«, sagte sie. Ihr war schwindelig vor Erleichterung darüber, daß er nicht verärgert war oder mit bloßer Höflichkeit auf ihre Absage reagiert hatte. Mehr als ihr bewußt gewesen war, hatte sie gefürchtet, ihre Weigerung könnte ihn gegen sie aufbringen. »Ich würde es als ein großes Privileg betrachten.«

»Nehmt es als Geschenk«, sagte Hokanu. »Eines, dessen Ihr wert seid.« Er trank den letzten Schluck Wein, dann bereitete er sich anmutig auf den Abschied vor.

Mara kam ihm zuvor, auch um den unglücklichen Augenblick seines Aufbruchs hinauszuzögern. »Wenn Ihr gestattet, möchte ich Euch um einen Gefallen bitten.«

Er hielt mitten in der Bewegung inne. Seine dunklen Augen suchten ihren Blick, aufrichtig, ohne jeden Verdacht, daß sie seine Schwäche ausnutzen könnte, um ihre eigenen Ziele zu erreichen, sondern in dem deutlichen Wunsch, ihre Gründe zu erfahren. Mara las seinen Blick und wußte tief im Innern, wie ähnlich sie sich waren: Beide besaßen sie einen Instinkt für das Große Spiel und den Willen, es mit vollem Risiko zu spielen.

»Was möchtet Ihr, Lady Mara?« fragte Hokanu.

Sie bemühte sich, locker zu wirken, während sie überlegte, wie sie das unangenehme Thema zur Sprache bringen könnte. »Soviel ich weiß, ist in Eurem Haus häufig ein Erhabener zu Besuch.«

Hokanu nickte; sein Gesicht war jetzt vollkommen ausdruckslos. »Das ist wahr.«

In die schmerzliche Stille hinein sagte Mara: »Ich wünsche mir sehr, mit einer solchen Person ein inoffizielles Gespräch führen zu können. Wenn Ihr ein Treffen herbeiführen könntet, würde ich mich tief in Eurer Schuld fühlen.«

Hokanu kniff leicht die Augen zusammen, doch er stellte keine Fragen über Maras Motive. »Ich werde sehen, was ich tun kann.«

Dann stand er abrupt auf, verbeugte sich förmlich und verabschiedete sich mit einigen höflichen Floskeln. Auch Mara erhob sich; sie war ein wenig traurig, daß die vertrauliche Stimmung zwischen ihnen zerbrochen war. Sein Charme wirkte jetzt oberflächlich, und sosehr sie sich auch bemühte, sie konnte nicht hindurchdringen. Als er gegangen war, saß sie im Licht der Papierlaternen und drehte das Weinglas unablässig in den Händen. Sie konnte sich an seine letzten Worte nicht erinnern, nur daran, daß er seine Gefühle viel zu gut vor ihr verborgen hatte.

Die Kissen auf der anderen Seite des Tisches schienen mehr als nur leer und die Nacht mehr als nur dunkel.

Nach einiger Zeit kam Nacoya, wie Mara erwartet hatte. Die Instinkte der alten Frau waren unfehlbar. Nach einem Blick auf ihre Mistress setzte sie sich neben Mara. »Tochter meines Herzens, Ihr seht beunruhigt aus.«

Mara lehnte sich gegen die alte Frau und ließ sich von ihr in den Arm nehmen, als wäre sie wieder ein kleines Mädchen. »Nacoya, ich habe getan, was ich tun mußte: Ich habe Hokanus Angebot abgelehnt. Doch ich empfinde eine Trauer, die keine konkrete Ursache hat. Ich hätte niemals gedacht, daß ich Kevin so sehr lieben könnte, wie ich es tue, und doch macht es mich traurig, Hokanus Angebot zurückzuweisen.«

Nacoya hob eine Hand und strich leicht über Maras Wange, wie sie es in den schmerzvollen Jahren ihres Erwachsenwerdens getan hatte. »Tochter, das Herz kann manchmal mehr als einen umfassen. Jeder dieser Männer hat seinen Platz darin.«

Mara seufzte; sie gönnte sich einen Augenblick des Trostes in den Armen der früheren Amme. Dann lächelte sie reumütig. »Du hast mich immer davor gewarnt, daß die Liebe ein Gewirr aus Ärger ist. Bis heute habe ich niemals verstanden, *wie* sehr sie es ist – und wie dornenreich dazu.«

Beim Klang des Gongs versteifte sich Mara. Kevin hatte gerade begonnen, mit seiner Hand langsam ihren Rücken hinunterzuwandern, doch die warme Haut entglitt seinen Fingern. Plötzlich fand Kevin sich allein zwischen den unordentlichen Bettlaken. Zu spät begriff er, daß er niemals zuvor den Klang gehört hatte, der sie aufgeschreckt hatte. Er blickte von der Schlafmatte auf und fragte: »Was ist los?«

Seine schläfrige Frage stand im Gegensatz zu der hektischen Aktivität, die sich entfaltete, als die Tür zu Maras Gemächern geöffnet wurde und zwei Zofen mit Bürsten und Haarnadeln hereinkamen. Andere folgten, rissen den Schrank auf und hatten nach kurzer Zeit die Lady mit offiziellen Roben überhäuft. Dienerinnen und Zofen machten sich eiligst daran, die Haare zu kämmen, die vom Bett noch ganz zerzaust waren.

Kevin runzelte die Stirn. Unsanft aus einem angenehmen Zeitvertreib gerissen, erkannte er, daß seine Lady mit keinem Wort eine solche unzeitgemäße Störung angeordnet hatte. »Was geht hier vor?« wollte er noch einmal wissen, dieses Mal laut genug, daß es bemerkt wurde.

»Ein Erhabener kommt!« sagte Mara ungeduldig; dann folgten Anweisungen an ihre Zofen, welche Juwelen sie zu den offiziellen Gewändern tragen wollte. »Ich werde zu diesem Anlaß die Eisenkette tragen und das Jade-Diadem.«

»Zu dieser Stunde?« fragte Kevin, der sich jetzt ebenfalls langsam erhob. Er griff nach seinem grauen Gewand und schlang es um seinen Körper.

Mara ließ aus der Mitte des Gewirrs einen verzweifelten Seufzer hören. »An den meisten Tagen wäre ich um diese Zeit schon eine Stunde auf den Beinen.«

»Tja«, sagte Kevin, eindeutig der Schuldige. Er hatte sein möglichstes getan, um sie aufzuhalten, und zunächst hatte sie seine Bemühungen bereitwillig erwidert. »Vergebt mir die Unannehmlichkeit.« Sein Ton war locker, doch er war unübersehbar verwirrt über ihre plötzliche Hektik.

Mara ließ die Zofen weiter an den Haarnadeln und ihrer Schärpe hantieren. »Die Erhabenen haben keine Zeit für Launen.« Sie schien noch etwas hinzufügen zu wollen, doch bei einem zweiten Gongschlag verschwand das beginnende Lächeln sofort wieder. »Genug! Der Erhabene ist hier!«

Die Zofen traten zurück und verbeugten sich, während ihre Herrin zufrieden darüber war, daß die Haare zwar einfach, aber ordentlich hochgebunden waren, gehalten von vier Haarnadeln. Die seltenen Metalljuwelen und das Jade-Diadem waren genug, um den Erhabenen wissen zu lassen, daß sie sein Erscheinen ernst nahm.

Als sie hastig die Schuhe anzog und auf die Tür zueilte, folgte ihr Sklave ihr wie gewohnt. »Nein. Du kannst nicht mitkommen.«

Kevin begann sofort zu protestieren, doch Mara unterbrach ihn. »Still! Wenn dieser Magier entscheidet, daß du ihn in irgendeiner Weise auch nur ein bißchen beleidigt hast, kann er den Tod jedes Mitglieds dieses Hauses anordnen. Ich wäre verpflichtet, seinem Wunsch nachzukommen, was es auch kosten würde. Die Worte eines Erhabenen sind wie das Gesetz. Daher weigere ich mich, deine lockere Zunge in seine Hörweite zu bringen.«

Sie ließ keine weitere Diskussion darüber zu, sondern hastete durch die Tür und schritt über den Vorhof zu einem anderen Flügel. Dort befand sich ein kleiner, fünfeckiger Raum ohne jedes Mobiliar oder irgendwelchen Schmuck, wenn man von der Einlegearbeit auf dem Fußboden – ein Shatra-Vogel in Onyx – einmal absah. Die Kammer war während ihres bisherigen Lebens nicht benutzt worden, doch jeder Haushalt besaß einen ähnlichen Raum, einen Winkel oder eine Nische, in der ein vergleichbares Symbol in den Boden eingelassen war. Jeder Magier im Kaiserreich konnte seinen Willen auf das Muster eines Hauses richten und nach Lust und Laune dort auftauchen. Eine solche Ankunft wurde gewöhnlich durch den Gong angekündigt, der mit magischen Mitteln an den Ort gesandt wurde, an dem der Erhabene erscheinen wollte. Ein zweiter Gong signalisierte die erfolgte Ankunft, gewöhnlich nur wenige Minuten später.

Als Mara in die Kammer trat, fand sie bereits Nacoya, Keyoke und Saric vor einem ernst aussehenden Mann in einer schwarzen

Robe. Sie verneigte sich tief vor ihm. »Erhabener, vergebt mir mein Unvermögen, Euch sofort zu begrüßen. Ich war erst halb angekleidet, als Ihr eintraft.«

Der Mann nickte mit dem Kopf, als hätte die Angelegenheit nur wenig Bedeutung. Er war hager und mittelgroß, und obwohl das Gewand Einzelheiten verbarg, erschien ihr einiges an seiner Haltung vertraut. »Durch die Vermittlung einer Person, für die ich Zuneigung hege, ist mir zu Ohren gekommen, daß Ihr mit mir zu sprechen wünscht.«

Die Stimme verriet es: Obwohl er älter war, hatte dieser Magier dieselbe klangvolle Satzmelodie wie Hokanu. Mara blinzelte leicht. Der Erhabene war kein geringerer als Fumita, der Blutsvater des Shinzawai-Erben. Hokanu hatte ihre Bitte tatsächlich sehr persönlich genommen, und es schien, als wäre ihre Ahnung richtig gewesen: Es bestanden noch einige Familienbande zwischen diesem Mitglied der Versammlung und den Shinzawai.

Doch Mara durfte nicht weiter darüber spekulieren. Wenn sie wollten, konnten die Magier die Gedanken Anwesender lesen. Sie konnte nicht leugnen, daß die Magie eine wichtige Rolle beim Sturz von Jingu von den Minwanabi gespielt hatte. Höflich sagte sie: »Erhabener, ich brauche die Weisheit eines Mitglieds der Versammlung, um dem Kaiserreich zu dienen.«

Der Mann nickte. »Dann sollten wir reden.«

Mara entließ ihre Vertrauten und führte den Erhabenen durch einen Laden zu einem angrenzenden überdachten Freisitz mit niedrigen Steinbänken. Während Fumita sich setzte, nahm sich Mara einen Augenblick Zeit, ihn genauer zu betrachten. In seinen dunkelbraunen Haaren zeigten sich erste graue Strähnen. Sein Gesicht war klar geschnitten und kantig, die Nase etwas gebogener als die seines Sohnes. Die dunklen Augen waren verblüffend ähnlich, abgesehen davon, daß die des Erhabenen von einer geheimnisvollen Tiefe waren, verschleiert und unergründlich.

Mara wählte einen Platz gegenüber der Steinbank, auf die der Erhabene sich gesetzt hatte, so daß ein kleiner Pfad sie trennte.

»Was möchtet Ihr besprechen?« fragte Fumita.

»Eine Angelegenheit lastet schwer auf mir, Erhabener«, begann Mara. Sie holte tief Luft und suchte nach einem geeigneten Anfang. »Wie viele andere war ich bei den Kaiserlichen Spielen anwesend.«

Wenn der Erhabene noch irgendwelche Gefühle in Erinnerung an diesen Tag hegte, so hielt er sie gut verborgen. Seine eindringliche Aufmerksamkeit machte sie mehr nervös als Hokanus Direktheit. Er war nicht unnahbar, doch er hieß sie auch nicht herzlich willkommen. »Ja?«

»Es heißt, daß der Erhabene der ... das Zentrum der Unruhe war, die Gefangenen befreite, die sich zu kämpfen geweigert hatten.«

»Das ist wahr.« Fumita schwieg unverbindlich und überließ es Mara fortzufahren.

Er hätte sich nicht klarer ausdrücken können, hätte er gesprochen. »Das ist meine Sorge«, sagte Mara. »Wenn ein Erhabener Sklaven befreien kann, wer kann es dann noch? Der Kaiser? Der Kriegsherr? Ein Herrscher?«

Der Magier sagte eine Zeitlang nichts. Während der Pause fühlte sich Mara so merkwürdig, wie sich ein einsamer Fisch in einem Teich fühlen mußte. Sie spürte die Brise über dem Vordach und sah den Diener, der seine Runde ums Herrenhaus machte. Ein Stück weiter den Pfad entlang erklangen die Geräusche eines Besens mit unnatürlicher Lautstärke. Diese Dinge waren Teil ihrer Welt, doch sie schienen irgendwie weit weg, während die Augen des Magiers beharrlich auf ihr ruhten. Als Fumita schließlich sprach, hatte sich sein Ton nicht geändert; die Worte waren ohne Betonung und sehr knapp. »Mara von den Acoma, wir werden in der Versammlung über Eure Frage nachdenken.«

Ohne weitere Worte und noch bevor sie irgend etwas antworten konnte, hatte er in die Tasche an seinem Gürtel gegriffen und einen kleinen Metallgegenstand herausgeholt. Mara hatte keine Zeit, ihre Neugier auszudrücken, selbst wenn sie es gewagt hätte, denn schon fuhr er mit dem Daumen über die Oberfläche des Talismans. Ein schwaches Summen umgab ihn. Dann verschwand der Magier. Die Steinbank war plötzlich leer, und ein leichter Luftwirbel zerrte an Maras Robe.

Mit offenem Mund und ziemlich verloren saß Mara da. Sie zitterte leicht und runzelte die Stirn, als könnte die Stelle, wo der Magier gesessen hatte, ihre Unzufriedenheit aufheben. Sie hatte niemals den Umgang mit einem Erhabenen gesucht, abgesehen von jener kleinen Begegnung, die Lord Jingus Leben beendet hatte. Dieses war das erste Mal, daß sie selbst eine Annäherung angestrebt hatte, und die Folgen ließen sie beunruhigt zurück. Die Versammlung der Magier war unergründlich. Wieder zitterte sie und wünschte sich zurück ins warme Bett mit Kevin.

Sieben

Hüter des Siegels

Die Barke dockte an.

Mara saß auf den Kissen unter einem Baldachin und hatte einen Becher frischen Fruchtsaft in der Hand. Sie blinzelte gegen die Morgensonne, die sich auf dem Wasser spiegelte. Während die Lady vom Rhythmus der Ruderer, die das Boot kundig durch das Gewimmel der Händlerboote auf den Kai zusteuerten, sanft geschüttelt wurde, rief sie sich Nacoyas deutliche Vorbehalte gegen diese Reise nach Kentosani in Erinnerung. Doch als sie ihren Blick über das geschäftige Treiben am Ufer schweifen ließ und die Handelsbarken zählte, die vor Anker darauf warteten, entladen zu werden, kam sie zu der Ansicht, daß Arakasis Einschätzung richtig war. Zumindest in den Straßen und auf den öffentlichen Plätzen hatte sich die Stadt von dem Chaos erholt, das sechs Monate zuvor bei den Kaiserlichen Spielen ausgebrochen war.

Mara hielt den Zeitpunkt für geeignet, in die Heilige Stadt zurückzukehren. Nacoya hatte recht gehabt, als sie hinter Maras Behauptung, angeblich einen weniger wichtigen politischen Gegner wegen einer möglichen Allianz aufsuchen zu wollen, einen tieferen Grund vermutet hatte; dennoch hatte Mara ihre Gedanken niemandem offenbart.

Als ihre Barke am Kai befestigt war, reichte sie den Becher einem Diener, rief nach ihrer Sänfte und versammelte ihre Ehrengarde um sich. Sie hatte nur fünfundzwanzig Krieger in ihrem Gefolge; ihr Aufenthalt sollte nicht lange dauern, und sie sorgte sich nicht um Attentäter. Sowohl die Versammlung der Magier als auch der Kaiser würden einem öffentlichen Aufruhr mit großem Mißfallen begegnen; ein Mord durch einen Tong in der Stadt des Kaisers würde eine weitaus gründlichere Untersuchung nach sich ziehen, als irgendeine Familie zu diesem Zeitpunkt riskieren konnte. So hatte Mara außer Kevin und Arakasi sowie der Bootsmannschaft nur die notwendigsten Bediensteten bei sich.

Die Hitze war bereits erdrückend. Als die Acoma-Wachen sich an die lästige Aufgabe machten, die Straße für die Sänfte ihrer Lady zu räumen, wandte sich Kevin an Mara. »Also, was ist jetzt wirklich der Grund für diese Reise?«

Mara trug vornehmere Kleider als sonst, wenn sie auf der Straße unterwegs war, und blickte zwischen den Vorhängen der Sänfte hindurch, die ein kleines Stück geöffnet waren, um eine wohltuende Brise hereinzulassen. »Das hast du Arakasi erst vor einer Stunde gefragt.«

»Und er hat mir wieder dieselbe Lüge erzählt, daß wir Lord Kuganchalt von den Ginecho einen gesellschaftlichen Besuch abstatten. Ich glaube das nicht.«

Mara steckte den Fächer durch die Vorhänge und klopfte damit tadelnd auf seine Handgelenke. »Wärst du ein freier Mann, wäre ich verpflichtet, dich wegen dieser Aussage herauszufordern. Mich der Lüge zu bezichtigen heißt die Ehre der Acoma zu beleidigen.«

Kevin schnappte nach dem Fächer, entwaffnete sie spielerisch und gab ihn ihr mit einer eleganten, schwungvollen Bewegung zurück; er ahmte einen tsuranischen Bewerber von geringerem Stand nach, der einer Lady aus höherem Haus den Hof macht. »Du hast nicht wirklich gelogen«, gab er zu und grinste, als Mara bei seiner Blödelei mühsam ein Lachen hinter ihrem jetzt geöffneten Fächer unterdrückte. Er hielt kurz inne, denn wieder einmal wurde ihm klar, wieviel sie ihm bedeutete; dann verfolgte er das Thema beharrlich weiter. »Du hast einfach nicht gesagt, was du vorhast.«

Die Sänftenträger bogen um die Ecke und wichen einem streunenden Hund aus, dem Straßenkinder hinterherjagten. Sie wollten den Knochen, den er gestohlen hatte, und bewegten sich zu schnell und ziellos, als daß die Soldaten ihre Richtung noch hätten ändern können. Auch diese Kinder trugen armselige Kleidung und deutliche Anzeichen von Wunden und Krankheiten; wie immer wurde Kevin traurig bei ihrem Anblick. Nur halb hörte er Maras Erklärung: Lord Kuganchalt war ein wichtiger, wenn auch rangniederer Verbündeter der Lords der Ekamchi und der Inrodaka. Die beiden beherrschten die kleine Splittergruppe, die sich gegen die Lady der Acoma verschworen hatte, seit sie die Cho-ja-Königin eines Stockes nahe beim Land der Inrodaka für sich hatte gewinnen können. Sie hoffte, bei einem Treffen mit dem Lord der Ginecho wenigstens einmal die Gelegenheit zu erhalten, ihre Seite des Streites darzulegen, möglicherweise sogar einen Keil zwischen ihn und die beiden unzufriedenen Lords zu treiben.

»Das Haus Ginecho mußte durch Almechos Fall schwere Verluste hinnehmen«, erklärte Mara. »Sie waren gegenüber den Omechan hoch verschuldet, und durch die zweifache Schande des Kriegsherrn wurden alle Schulden weitaus eher fällig, als der alte Lord der Ginecho erwartet hatte. Er starb, so heißt es, an der Last des Drucks, doch andere flüstern von Selbstmord. Wieder andere behaupten, ein Feind hätte seinem Essen Gift beigemischt. Welche Version auch immer stimmen mag – jetzt hat sein junger Sohn Kuganchalt den Mantel geerbt, und damit eine große finanzielle Bürde. Ich glaube, dieser Zeitpunkt ist außerordentlich geeignet für eine Annäherung.«

Kevin preßte verärgert die Lippen zusammen. Sie sagte das, obwohl sie wußte, daß er dabeigewesen war und Arakasis Ausführungen gehört hatte: daß nämlich Kuganchalts Hof von Cousins wimmelte, die den Ekamchi und Inrodaka die Treue hielten und möglicherweise sogar den Auftrag hatten, den unerfahrenen Jungen zu töten, sollte sich herausstellen, daß er den beiden Verbündeten in irgendeiner Weise Schaden zufügen könnte. Kevin hatte dazu bemerkt, daß ein paar von ihnen möglicherweise gar nicht erst die Aufforderung von Maras zwei Feinden abwarteten, um die Ankunft des jungen Lords in den Hallen des Rotes Gottes etwas zu beschleunigen. Nacoya war nicht einverstanden mit Maras Besuch bei Lord Kuganchalt und hatte sie davor gewarnt, ein Nest aus Sumpf-Rellis zu betreten. Doch Mara, so schalt sie, stellte sich guten Ratschlägen gegenüber taub, wenn sie Pläne von größerer Bedeutung im Kopf hatte.

Als die Sänftenträger wieder um eine Ecke bogen und Sonnenlicht durch die Vorhänge fiel, bemerkte Kevin, daß die Lady ihn ansah. Viel zu häufig hatte er das Gefühl, sie könnte ihm seine Gedanken vom Gesicht ablesen; jetzt war ein solcher Augenblick. »Die Ginecho gehen fest davon aus, daß wir versuchen werden, ihre Bündnispolitik zu ändern«, führte sie verschmitzt aus. »Der Lord der Ekamchi hat einige Mühen auf sich genommen, die Loyalität vieler Mitglieder aus Kuganchalts Familie auf seine Seite zu ziehen, und die Inrodaka haben den größten Teil der Kosten getragen. Sie alle wären fürchterlich enttäuscht, wenn die Acoma jetzt versagen und nicht in Erscheinung treten. Wir werden also kommen und ihnen geben, was sie wollen, und das heißt den Glauben an ihre eigene Wichtigkeit. Die Inrodaka und Ekamchi müssen immer davon überzeugt sein, daß ihre Feindschaft einige Konsequenzen für die Acoma hat. Es hält sie davon ab, sich mit meinen anderen Feinden zu verbünden. Die Götter mögen uns helfen, wenn sie die Wahrheit erkennen: daß die Acoma mittlerweile eine Position einnehmen, in der ihr belangloses Ränkeschmieden ohne jede Bedeutung für uns ist. Denn dann werden sie möglicherweise größeres Unheil anrichten als bisher, nur um mehr Aufmerksamkeit zu erregen, oder sie tun etwas wirklich Gefährliches und konzentrieren ihre Unterstützung auf Tasaio.«

Kevin ließ ein schnaubendes Lachen hören. »Du willst dem kleinen Burschen also ein bißchen den Kopf tätscheln, bevor er glaubt, du hättest vergessen, daß er noch ein Hühnchen zu rupfen hat und richtig zornig und böse wird und umherläuft und ein größeres Hühnchen zum Rupfen findet?«

»Das klingt nicht besonders elegant«, sagte Mara. »Doch ja, das ist es.«

Kevin fluchte auf midkemisch.

Verärgert zog Mara den Vorhang jetzt ganz auf. »Das ist hart. Was willst du damit sagen?«

Ihr barbarischer Liebhaber warf ihr einen langen Blick zu und zuckte mit den Schultern. »Höflich ausgedrückt meine ich, daß euer Großes Spiel mit Wasser aus einem verseuchten Sumpf gespeist wird. Man könnte auch sagen, es kommt mir häufig ziemlich absurd vor.«

»Ich hatte befürchtet, daß du so etwas sagen würdest.« Mara lehnte sich mit einem Ellenbogen auf ihre Kissen und betrachtete einen der gewaltigen Steintempel, die sich auf beiden Seiten der Allee in den Himmel reckten.

Kevin folgte ihrem Blick, inzwischen ausreichend bewandert im tsuranischen Pantheon, um den Tempel Lashimas, der Göttin der Weisheit, zu erkennen. Hier, erinnerte er sich, hatte Mara in der Hoffnung, das Gelübde abzulegen, viele Monate mit eifrigen Studien zugebracht. Der Tod ihres Vaters und ihres Bruders hatten dieses Schicksal drastisch geändert.

Auch Maras Gedanken waren in die Vergangenheit gewandert. »Weißt du, ich vermisse die Ruhe.« Dann lächelte sie. »Aber das ist auch wirklich schon alles. Die Tempelpriesterinnen sind noch viel stärker an Traditionen und Rituale gebunden als die großen Häuser. Jetzt kann ich mir nicht mehr vorstellen, daß ich mit einem solchen Leben glücklich sein könnte.« Sie warf Kevin einen schelmischen Blick zu. »Und ganz sicher wäre ich um das Vergnügen einer sehr angenehmen körperlichen Ertüchtigung gekommen.«

»Na ja«, sagte Kevin, während seine Blicke wenig ehrerbietig über die Mauern schweiften, die den Tempelbereich umgaben, »nicht unbedingt – mit etwas Glück, einem langen, kräftigen Seil und einem sehr entschlossenen Mann.« Er beugte sich zu ihr, nahm ihr Kinn kurz in die Hand und küßte sie beim Gehen. »Ich bin ein sehr entschlossener Mann.«

Von der anderen Seite der Sänfte warf Arakasi dem Pärchen einen vorwurfsvollen Blick zu.

»Du wirst dich niemals wie ein richtiger Sklave benehmen«,

murmelte Mara. »Wir sollten uns wohl etwas eingehender mit der Vorstellung beschäftigen, die der Erhabene – dein Landsmann – in der Arena gegeben hat, und nach einem legalen Weg suchen, um dich freizubekommen.«

Kevin stolperte beinahe. »*Deshalb* sind wir wieder in Kentosani! Du willst einen Blick auf das Gesetz werfen und nachschauen, was sich seit den Spielen geändert hat?« Er straffte seinen Körper und nahm seine Position neben Mara wieder ein. Er grinste. »Patrick könnte sich dafür vergessen und dich küssen.«

Mara verzog das Gesicht. »Das würde ihm ganz sicher eine Tracht Prügel einbringen! Der Mann badet nie.« Sie schüttelte den Kopf. »Nein, das ist nicht der Grund, weshalb wir hier sind. Wenn wir Zeit haben, werden wir das Kaiserliche Archiv aufsuchen. Doch der Lord der Ginecho kommt zuerst.«

»Das Leben wäre so langweilig ohne Feinde«, witzelte Kevin, doch diesmal ließ die Lady seinen Köder unberührt. Hinter dem Tempelbezirk verengten sich die Alleen, und der Verkehr wurde zu stark und erlaubte ihnen nicht, sich weiter zu unterhalten. Kevin kämpfte gegen den Druck der dichten Menge, indem er mit Hilfe seiner Größe die Sänfte davor bewahrte, zu sehr hin und her gerüttelt zu werden. Er begriff, daß es nicht nur unglückliche Jahre gewesen waren, die er in der Gefangenschaft verbracht hatte; nicht alle Aspekte des tsuranischen Lebens mochten ihm gefallen, und das Elend der Armen würde niemals aufhören, ihn zu stören. Doch sollte er ein freier Mann werden und an Maras Seite bleiben können, würde er diese fremde Welt als seine Heimat wählen. Sein Horizont hatte sich erweitert, seit er im Spaltkrieg gekämpft hatte. Als der zweite Sohn seines Vaters hatte er nicht viel zu erwarten, wenn er nach Zūn zurückkehrte; und ganz sicher wäre es kein Ersatz für die Aufregung, die er im merkwürdigen und exotischen Kaiserreich Tsuranuanni erfahren hatte.

Er war so sehr in seine Gedanken versunken, daß sein gewöhnlicher Protest unterblieb, als Maras kleines Gefolge das Stadthaus der Acoma erreicht hatte und der oberste Diener ihm auftrug, die Kisten der Lady abzuladen und in ihre Gemächer zu bringen.

Der Mittag verstrich, und die Hitze ließ nach. Mara hatte mittlerweile gebadet und sich von der Reise erholt und bereitete sich jetzt auf den Besuch beim Lord der Ginecho vor. Kevin hatte es abgelehnt, sie zu begleiten; er bestand darauf, daß er nicht in der Lage wäre, die ganze Zeit hindurch ein ernstes Gesicht zu machen. Mara wußte, daß er in Wirklichkeit von den Märkten der Heiligen Stadt fasziniert war, und mit leiser Wehmut wurde ihr klar, daß es ihn mehr reizen würde, am Nachmittag mit dem für den Haushalt verantwortlichen Diener einkaufen zu gehen, als einer gespreizten Unterhaltung voller verdeckter Beleidigungen mit einem siebzehnjährigen Jungen beizuwohnen, dessen Augen noch vom Weinen um den Vater geschwollen waren. Mara ging nachsichtig mit Kevins Ausrede um und ließ ihn bleiben; sie nahm statt dessen Arakasi mit, der sich unauffällig als Diener verkleidet hatte. Die Ginecho waren ein zu unbedeutendes Haus, als daß sich eine nähere Beschattung durch Arakasis Spione angeboten hätte, und so freute sich der Supai auf die Gelegenheit, von den Hausdienern Klatsch und Tratsch zu erfahren.

Die Sänfte verließ das Stadthaus am späten Nachmittag. Zwanzig Krieger begleiteten sie, genügend, um Lord Kuganchalt das Gefühl zu geben, daß sie seine Feindseligkeit ernst nahm. Um schneller voranzukommen, hielt sich das Gefolge in den Nebenstraßen, die weniger stark bevölkert waren.

Sie schritten durch kühle, baumgesäumte Alleen, die an den Gärten und Höfen reicher Gildemitglieder und Kaufleute vorbeiführten. Nur wenige Leute nahmen auf diesem Weg von ihr Notiz, und das einzige Hindernis war hin und wieder ein Handkarren mit Gemüse, den ein Diener der ganz Reichen nach Hause schob. Die Soldaten blieben wachsam, obwohl Arakasi sicher war, daß kein großes Haus im Kaiserreich es wagen würde, auf offener Straße ein Attentat zu begehen.

Mara hatte die abseits gelegeneren Straßen der Heiligen Stadt mit ihren großen freien Plätzen voller blühender Bäume und dem sauberen Kopfsteinpflaster schon immer geliebt. Sie genoß den Anblick der hölzernen Tore mit ihren mit Schnitzereien verzierten Gittern und den Pfosten, die über und über mit Akasi- und Hibis-Reben bewachsen waren. Obwohl Kentosani wie Sulan-Qu an einem Fluß lag, war es den Färbern, Gerbern oder anderen Handwerkern, deren Arbeit mit unangenehmen Gerüchen verbunden war, nicht gestattet, innerhalb der Stadtmauern ihr Handwerk auszuüben. Solange man sich nicht in Windrichtung der Arena-Pferche oder der vollen Märkte an den Kais befand, roch diese Stadt nach Blumen, und wenn der Tag sich dem Ende zuneigte und die Priester und Priesterinnen aller tsuranischen Gottheiten mit der Abendandacht begannen, war die Luft gewürzt mit Tempeldüften.

Die Sänftenträger der Acoma verließen mit ihrer Bürde die Seitensträßchen und traten auf einen der vielen weiten Plätze. Die Stille hatte Mara halb in Gedanken versinken lassen, und so entging ihr Arakasis Zögern beinahe.

Sie blickte sich um und versuchte herauszufinden, was seine Aufmerksamkeit erregt hatte. Auf der anderen Seite des Platzes ragten zwei vergoldete Säulen in die Luft, die durch einen Bogen und eine Platte aus geglättetem Schiefer verbunden waren. Die Schieferplatte wurde als eine der vielen Nachrichtentafeln für das Wort des Lichts des Himmels genutzt. Obwohl die Nachrichten gewöhnlich mit Kreide geschrieben waren und religiöse Angelegenheiten betrafen, standen heute mehrere Kaiserliche Weiße davor und hielten Wache. Die Angelegenheit war ungewöhnlich genug und erregte Maras Aufmerksamkeit. Bei näherem Hinsehen erkannte sie zwei Handwerker, die die Vergoldung ausbesserten, die während der Unruhen des Vorjahres beschädigt worden war. Selbst die winzige Menge Gold, mit der sie arbeiteten, war ungeheuer wertvoll und mochte Diebe anlocken; dies erklärte die Gegenwart der Kaiserlichen Wachen. Doch Arakasis Interesse galt vor allem den drei Gestalten in dunklen Roben, die an der Tafel standen und gerade eine mit kaiserlichen Schleifen und Siegeln üppig versehene Schriftrolle anbrachten. Mara runzelte verwirrt die Stirn. Erhabene aus der Versammlung der Magier erledigten gewöhnlich nicht die Arbeit von kaiserlichen Beamten.

»Es scheint eine Erklärung zu sein«, meinte Arakasi. »Mit Eurer Erlaubnis, Lady, würde ich gerne nachsehen, worum es geht.«

Mara nickte zustimmend; die Gedanken über das Licht des Himmels hatten sie jetzt völlig aus ihrer Begeisterung für Kentosanis Lieblichkeit herausgerissen. Kaiserliche Erklärungen waren eine Seltenheit, und die Tatsache, daß die Erhabenen selbst eine anbrachten, ließ auf etwas Bedeutendes schließen. Es war nicht mehr länger nur müßige Spekulation, daß der gegenwärtige Kaiser bei weitem nicht so unnahbar war wie seine Vorgänger. Dieses Licht des Himmels, Ichindar, hatte nicht nur seine Hände im Spiel, er hatte das Spiel schon auf den Kopf gestellt.

Arakasi schritt bereits wieder zurück; er schlüpfte geschmeidig zwischen zwei Brotverkäufern hindurch, an deren Schulterstangen volle Körbe hingen. Als er bei seiner Herrin ankam, sagte er leise: »Mylady, die Erhabenen verkünden dem Kaiserreich, daß der Magier Milamber aus der Versammlung ausgestoßen wurde. Weiter heißt es, daß die Sklaven, die er in der Arena befreite, rechtmäßig als von ihren Herren entlassen gelten; es handelt sich jedoch um einen Einzelfall. Es ist ein kaiserlicher Erlaß und der Wille des Himmels, so verkündet Ichindar, daß es niemandem in der grauen Sklavenkleidung gestattet ist, diesen Status zu ändern. Um des Wohlergehens des Kaiserreichs willen, der Aufrechterhaltung der gesellschaftlichen Ordnung und des göttlichen Willens müssen alle Sklaven ihren Status beibehalten – bis zu ihrem Tod.«

Mara war keine Veränderung anzumerken, doch die Freude war mit einem Mal verschwunden. Mit plötzlich schwerem Herzen bedeutete sie ihren Trägern weiterzugehen, dann schloß sie die Vorhänge, wie sie es immer tat, wenn sie allein sein wollte. Ihre Hände gruben sich in ein Kissen. Sie wußte nicht, wie sie es

Kevin beibringen sollte, nachdem sie am Morgen mit ihrer unvorsichtigen Aussage verrückte Hoffnungen in ihm geweckt hatte.

Bis vor kurzem war sein Status als Sklave kein großes Problem für sie gewesen. Als Eigentum der Acoma waren ihm Nahrung und Unterkunft garantiert und auch ein gewisses Maß an öffentlicher Position durch die Ehre ihres Hauses. Als freier Mann hätte er gar keine Stellung, nicht einmal in den Augen eines Bettlers. Jeder Tsurani würde auf der Straße auf ihn spucken können, ohne Strafe fürchten zu müssen. Sosehr Mara ihn auch liebte, sie hatte seinen Stolz nicht immer verstanden, da er so anders war als der tsuranische Stolz und ein Sklave ihres Hauses sicherer war als ein clanloser, barbarischer freier Mann. Wer immer einige Zeit an den Docks in Jamar verbrachte, konnte gelegentlich abtrünnige Thurils oder Zwerge aus Dustari sehen und erkannte an ihrem Elend, daß sie recht hatte.

Doch soviel hatte sie inzwischen – wenn auch widerwillig – begriffen: Wenn er ein Sklave blieb, würde sie ihn eines Tages unweigerlich verlieren. Die Nacht der Blutigen Schwerter hatte ihr ohne jeden Zweifel klargemacht, daß er ein Krieger war; er verdiente die Freiheit, seine Ehre vergrößern zu können. Seither war ihr nicht mehr wohl bei der Vorstellung, daß er seine Tage als ihr Eigentum beenden sollte. Ihre Ansichten hatten sich geändert: Sie verstand, daß sein midkemischer Verhaltenskodex, so fremd er auch war, seine eigene, ihm innewohnende Ehre besaß.

In ihren Augen galt er schon längst nicht mehr als mit Schande beladen, weil er sich lieber von einem Feind hatte gefangennehmen lassen, statt sein Leben zu beenden, wie ein tsuranischer Krieger es getan hätte, oder weil er seinen Rang geheimgehalten hatte, um der sofortigen Hinrichtung zu entgehen.

Die Erkenntnis, daß ihre Versuche, Kevin zu seinem Glück zu verhelfen, nun zunichte gemacht worden waren, bereitete Mara Sorgen, und während des gesamten Besuches bei den Ginecho blieb sie etwas abwesend. Sie verhielt sich genau so, wie es bei einem ordentlichen gesellschaftlichen Besuch von ihr erwartet wurde, doch sie hätte hinterher kaum ein Wort der Unterhaltung wiedergeben oder Lord Kuganchalts Aufmachung auch nur annähernd beschreiben können. Falls Arakasi ihre Geistesabwesenheit spürte, als sich die Sänfte auf den Heimweg durch Kentosanis von Fackeln erleuchtete Straßen machte, so sagte er jedenfalls nichts. Als sie auf dem Hof ihres Stadthauses ankamen, reichte er ihr die Hand mit der Erfahrung eines Mannes, der sein Leben lang solche Pflichten ausgeführt hatte. Dann verschwand er unauffällig, sobald er ihre Erlaubnis eingeholt hatte.

Mara ordnete ein leichtes Mahl an, und ausnahmsweise verzichtete sie auf Kevins Gesellschaft. Sie saß allein in ihrem Arbeitszimmer, das sich zum Innenhof hin öffnete, stocherte in ihrem Essen herum und starrte auf die Schattenmuster, die die blühenden Büsche an die Läden warfen. Lautes Gelächter drang aus der Küche zu ihr, während Kevin mit ausgelassener Stimme irgendeine Eskapade von seinem Besuch auf dem Markt zum besten gab, in der ein Jiga-Vogel-Händler eine ganz besondere Rolle spielte. Er war in bester Laune, und die anderen Bediensteten genossen seine Vorstellung mit einer Begeisterung, mit der Zuschauer einem Straßentheater beiwohnen.

Doch heute schnitt Kevins Lachen Mara mitten ins Herz. Sie schob den kaum angerührten Teller mit einem Seufzer beiseite und bat eine Dienerin, mehr Wein zu bringen. Sie nippte daran und saß in der immer weiter zunehmenden Dunkelheit einfach nur da, ohne nach Lampen zu rufen. Ihre Gedanken und Erinnerungen drehten sich endlos im Kreis, führten immer wieder zu der großen Frage, die sie dem Erhabenen Fumita gestellt hatte. Sogar jetzt noch versetzte seine Zurückhaltung ihr einen Stich. Wieder und wieder grübelte sie über seine kühle Reaktion, fragte sich nun, da jeder Wunsch nach Änderung hoffnungslos zu spät kam, ob sie mit ihrem Gesuch möglicherweise den Erlaß gegen die Befreiung von Sklaven erst veranlaßt hatte.

Sie würde es niemals genau wissen. Das war das Schmerzhafte daran. Wenn sie, ein bißchen weiser, ihre Meinung für sich behalten hätte, wäre Kevins Chance auf Freiheit vielleicht nicht zerstört worden.

Mara seufzte und bedeutete der Dienerin, das Tablett mit dem Essen abzuräumen. Sie zog sich frühzeitig zurück, obwohl die Gedanken immer noch in ihrem Kopf herumwirbelten, und als Kevin kam, stellte sie sich schlafend. Seine Berührungen und seine Zärtlichkeit konnten ihre düsteren Gedanken nicht verscheuchen, und sie fürchtete sich davor, ihn ins Vertrauen zu ziehen. Als er schließlich neben ihr in zufriedenen Schlummer versank, fühlte sie sich nicht besser. Die ganze Nacht warf sie sich herum und suchte nach Worten. Stunde um Stunde verging, und noch immer wußte sie nicht, was sie sagen sollte.

Sie betrachtete sein Profil; das vom Laden gefilterte Licht der Laternen im Hof hüllte es in einen goldenen Schimmer. Die Narbe, die er von dem Sklavenaufseher auf dem Markt erhalten hatte, war über die Jahre beinahe verschwunden. Nur noch eine feine Linie über den Wangenknochen war zurückgeblieben, wie sie ein Krieger auch einem Schwerthieb verdanken mochte. Die blauen Augen mit den Lachfalten waren geschlossen, und seine Gesichtszüge wirkten im Schlaf unglaublich friedlich. Mara sehnte sich danach, ihn zu berühren, doch statt dessen schluckte sie die aufsteigenden Tränen hinunter. Ihre Weichheit ärgerte sie, und so drehte sich sich um und starrte an die Wand, nur um sich schon bald wieder auf die andere Seite zu rollen, sein Profil zu studieren und die Lippen fest zusammenzubeißen, um ja nicht zu weinen.

Der Morgen brach an, und sie war erschöpft. Sie stand vor Kevin auf, fühlte sich angespannt und unwohl vor kaltem Schweiß. Sie rief nach den Zofen, um zu baden und angekleidet zu werden, und als ihr Geliebter sich mit schläfrigen Fragen erhob, verbarg sie ihre Zurückhaltung hinter scheinbarer Härte.

»Ich habe heute morgen eine wichtige Angelegenheit zu erledigen.« Sie drehte ihren Kopf weg, anscheinend, um der mit ihren Haaren beschäftigten Zofe zu helfen, doch in Wirklichkeit, um ihre geschwollenen Augen zu verbergen, bis kosmetische

Mittel die verräterischen Hinweise auf ihre unglückliche Stimmung verschleierten. »Du kannst mitkommen oder nicht, wie du willst.«

Ihre Kälte verletzte Kevin, und er unterbrach abrupt seine Dehn- und Streckübungen. Er schaute sie an; sie spürte seinen Blick auf ihrem Rücken und mußte ihn nicht erst ansehen, um zu wissen, daß ein leiser Vorwurf in seinen Augen stand. »Ich komme natürlich mit«, sagte er langsam. Dann fügte er, verärgert darüber, daß in seiner Stimme ein Unterton mitschwang, der ihren eigenen widerspiegelte, beschwichtigend hinzu: »Zumindest die Jiga-Vogel-Händler müssen ihre Possen noch ziemlich verbessern, bevor ich meine Aufmerksamkeit von deinem Charme abwende.« Der versöhnliche Ton seiner Bemerkung ging nicht spurlos an ihr vorüber; sie fluchte über die starke Macht, die er über sie hatte, darüber, daß selbst eine solch kleine Bemerkung sich wie ein Verweis anhören konnte.

Er stand auf. Niemals ganz so leise wie ein tsuranischer Krieger, doch genauso selbstsicher, trat er zu ihr und legte seine Arme um ihre Schultern. »Du bist mein kleiner Lieblingsvogel im ganzen Kaiserreich«, murmelte er. »Wunderbar weich, und dein Gesang ist die Freude meines Herzens.«

Er ging hinaus, mit einer verschmitzten Bemerkung, die eine ihrer Zofen mit einem unangemessenen Lachanfall quittierte. Wenn er bemerkt hatte, daß die Lady in seinen Armen steifer war als sonst, so schob er das sicherlich auf die Nadeln, mit denen die Zofe ihre langen Locken hochsteckte.

Die sorgfältige Frisur hätte ihn warnen müssen. Sie war so hoch aufgetürmt, daß sie gemäß den tsuranischen Gepflogenheiten überaus beeindruckend wirken mußte; Dutzende von Jade- und Diamantnadeln hielten die Haare fest, die von einem gefiederten Diadem aus Corcora-Perlmutt gekrönt wurden.

»Gehen wir zum Kaiserlichen Palast?« wollte Kevin wissen, als er seine Augen lange genug von ihr abwandte, um Arakasi unter der Ehrengarde zu bemerken – verkleidet als Buchhalter.

Der Befehlshaber der Eskorte trug seine Zeremonienrüstung und seinen imposantesten Federbusch. Sein Speer und sein Helm waren mit Bändern geschmückt, und da die Schleifen nicht gut zu den ausgedehnten Märschen durch überfüllte Straßen paßten – ganz zu schweigen von einem Kampf –, mußte eine wichtige Person hinter dem Grund für all den Pomp stecken.

»Wir besuchen einen Offiziellen des Kaisers«, erklärte Mara. Ihre Stimme klang spröde. Sie ließ sich von Arakasi in die Sänfte helfen. Er eignete sich dafür besser als der Befehlshaber, der zwar sehr gut mit seinem Schwert umgehen konnte, sich jedoch ungeschickt anstellte, wenn er einer Lady behilflich sein sollte, die nicht nur Sandalen mit hohen Absätzen und acht Schichten von Gewändern trug, sondern auch eine Kopfbedeckung, die jede Krone, die bei der Krönung eines Königs des Königreiches der Inseln verwendet worden war, zehnmal in den Schatten gestellt hätte.

»Du siehst aus wie der Zuckerguß auf einem Hochzeitskuchen«, bemerkte Kevin. »Ist diese Persönlichkeit wichtig?«

Immerhin entlockte er ihr ein Lächeln, auch wenn der Ausdruck auf dem bemalten, gepuderten Gesicht seltsam steif wirkte. »Er hält sich für wichtig. Doch wenn man um einen Gefallen bittet, verliert der Unterschied an Bedeutung.« Besorgt um ihre Aufmachung ließ Mara sich auf den Kissen nieder. »Schließt bitte die Vorhänge«, forderte sie Arakasi auf.

Als die Träger die Sänftenstangen aufnahmen und losmarschierten, folgte Kevin ihnen verblüfft. Er nahm an, daß Mara allein sein wollte, um glotzende Zuschauer zu entmutigen und ihr Kostüm vor Staub zu bewahren. Seine lebhafte Stimmung hielt sich den ganzen langen Weg bis zum Kaiserlichen Palast, und nicht einmal das mühsame Protokoll der verschiedenen Tor- und Türhüter konnte ihm etwas anhaben. Seit er sich an die große Bedeutung von Zeremonien gewöhnt hatte, die alle Angelegenheiten im Kaiserreich begleiteten, war ihm auch die zugrundeliegende Absicht klargeworden. Kein noch so unwichtiger Offizieller wurde jemals von jemandem mit niedrigem Rang rüde unterbrochen. Herrscher oder Herrscherinnen wurden nicht unvorbereitet von einem Besucher aufgesucht; die tsuranischen Gepflogenheiten stellten sicher, daß, abhängig vom jeweiligen Rang, alles ordnungsgemäß verlief, daß die entscheidenden Papiere, Kleider oder Erfrischungen ab dem Augenblick an Ort und Stelle waren, da der Gast endlich über die Türschwelle trat.

Der Hüter des Kaiserlichen Siegels war gut vorbereitet, als sein Sekretär schließlich Mara und ihre Gefolgschaft in das Audienzzimmer ließ. Die Kissen waren frisch aufgebauscht, seit der letzte Besucher gegangen war, und ein Tablett mit frischem Obst und Säften stand auf dem kleinen Beistelltisch. Der Kaiserliche Beamte trug seine Robe, die schwere Kette – das Zeichen seines Amtes – war gerade zurechtgerückt, und er besaß trotz seines fleischigen Körpers eine würdevolle Haltung.

Er war ein Mann mittleren Alters und hatte ein kräftiges Gesicht, dessen Mund in einem ausladenden Mehrfachkinn ziemlich verschwand. Die Augen wurden von schweren Lidern beschattet und schossen hierhin und dorthin; vermutlich konnten sie auf einen Blick den Wert jedes einzelnen Juwels an Maras Kostüm abschätzen. Der Hüter des Kaiserlichen Siegels hatte außerdem eine Schwäche für Süßes, wie der Haufen Keljir-Blätter in seinem Mülleimer bewies. Das klebrige Konfekt aus dem Extrakt eines Baumsaftes hatte seine Zähne bereits verfärbt und verlieh seiner Zunge einen leichten orange-roten Stich. Seine Verbeugung blieb flüchtig, zum Teil wegen seiner massigen Gestalt, zum Teil wegen seiner ebenso gewichtigen Überzeugung von seiner eigenen Wichtigkeit.

Die Kammer roch nach dem Schweiß des fetten Mannes und nach altem Wachs, woraus Kevin schloß, daß die Läden vermutlich immer verschlossen waren. Er hielt ein Täschchen mit Tinte, Federn und Pergamenten für Arakasi bereit und machte sich auf eine langweilige Wartezeit gefaßt, als Mara die Begrüßungszeremonie eröffnete. Der Beamte nutzte die Pause dazu, die Schublade seines Schreibtischs zu öffnen und ein Keljir auszuwickeln, als wäre das ein geheiligtes Ritual. Er steckte es in den Mund, lutschte hörbar daran und ließ sich dann zu einer Antwort herab.

»Es geht mir gut.« Seine Stimme war tief und laut. Er räusperte sich sorgfältig, zweimal. »Lady Mara von den Acoma.« Er lutschte wieder geräuschvoll an dem Bonbon, dachte nach und fügte dann hinzu: »Ich nehme an, es geht Euch gut?«

Mara nickte leicht.

Der Kaiserliche Beamte verlagerte sein Gewicht etwas auf den Kissen, und der Boden knarrte. Er schob das Bonbon mit einem Schnalzen seiner Zunge in die andere dicke Backe. »Was führt Euch an diesem schönen Morgen zu mir, Lady Mara?«

Kevin hörte sie etwas erwidern, doch er konnte keine einzelnen Worte verstehen.

Die Kinnbewegungen des Beamten hörten schlagartig auf. Er räusperte sich, dreimal, sehr bedächtig. Seine Finger trommelten auf die Knie und hinterließen weiße Flecken auf der Haut, wo der Saum seines Gewandes nicht hinreichte. Dann runzelte er die Stirn, und die Augenbrauen zogen sich über seiner knubbeligen Nase zusammen. »Das ist – das ist ein sehr ungewöhnliches Ersuchen, Lady Mara.«

Die Lady führte es näher aus, und als das Wort »Midkemia« fiel, spitzte Kevin die Ohren.

Die Lady der Acoma beendete ihren Vortrag sehr deutlich. »Es ist eine Laune.« Sie zuckte mit den Achseln in einer Weise, die Kevin als durch und durch weiblich einstufte und die ganz sicher dazu dienen sollte, ihr Gegenüber zu entwaffnen. »Ich wäre Euch sehr dankbar.«

Der Hüter des Kaiserlichen Siegels rutschte auf seinen Kissen hin und her. Sein Stirnrunzeln begann unangenehm zu werden.

Mara sagte etwas.

»Ich weiß, daß der Spalt geschlossen ist!« platzte es aus dem Beamten heraus, der so verblüfft war, daß er hart auf das Bonbon biß. Einen Augenblick sah er so aus, als hätte er sich einen Zahn abgebrochen. »Eure Bitte um diese offensichtlich wertlose Konzession ist sonderbar. Sehr sonderbar.« Er räusperte sich erneut und wiederholte noch einmal, »sehr sonderbar«, als gefiele ihm der Klang dieser Wörter.

Kevin ertappte sich dabei, wie er sich neugierig nach vorn beugte; dann begriff er, daß das gar nicht gut war. In diesem Land war es nicht förderlich, wenn ein Sklave Interesse an den Angelegenheiten seiner Vorgesetzten zeigte.

Jetzt sprach Mara erneut; Kevin fluchte innerlich, denn wieder war es viel zu leise für ihn.

Der Kaiserliche Beamte kratzte sich am Kinn, er war offensichtlich am Ende seiner Weisheit. »Kann ich das tun?«

»So steht es im Gesetz geschrieben«, entgegnete Mara. Sie winkte Arakasi zu sich, der sich schräg hinter ihr verbeugte. »Mein Buchhalter wird es Euch gerne erklären.«

Der Hüter des Kaiserlichen Siegels zermalmte den letzten Rest des Bonbons. Er sah besorgt aus und winkte Arakasi zu sich, als wäre er nicht wichtiger als ein Sklave.

Der Supai griff in die Tasche seines Kittels und zog ein Dokument hervor. Er öffnete die Schleife, rollte das Pergament forsch auseinander und las eine Passage vor, die aus einem Buch abgeschrieben war. Darin hieß es, daß der Hüter des Kaiserlichen Siegels nach seinem Ermessen Übertragungen von Handels- und Gildenrechten vornehmen sowie eine begrenzte Anzahl von geringfügigen Steuern auf Güter oder Dienste erheben konnte, wenn die Angelegenheit als zu unbedeutend erachtet wurde, als daß der Kaiser und sein Rat damit belästigt werden sollten.

»Nun ja.« Der gewichtige Mann rückte sich zurecht und wickelte ein neues Keljir-Bonbon aus. »Die Angelegenheit, um die Ihr mich bittet, ist sicherlich von unbedeutender Natur und ihre Diskussion im Rat wenig wünschenswert.« Er hielt inne und drehte das Konfekt zwischen den Fingern hin und her, als würde er es auf Insekten untersuchen. »Doch ich schätze, seit Hunderten von Generationen hat kein Mann in meiner Position eine private Zuteilung irgendeiner Art in die Wege geleitet.«

»Hochverehrter Herr«, schaltete Arakasi sich ein. »Ich möchte darauf hinweisen, daß sich das Gesetz nicht geändert hat.« Er verbeugte sich wieder und trat zurück neben Kevin, ein deutlicher Hinweis, daß er darauf wartete, seine Schreibutensilien aufnehmen und mit dem Abfassen des Dokuments beginnen zu können.

»Was will sie denn haben?« fragte Kevin so leise wie möglich.

»Schsch!« Arakasi bedeutete dem Sklaven zu schweigen, während Mara noch einen weiteren Punkt vorbrachte, der ihre Bitte unterstützen sollte. Doch damit brachte sie den Beamten vor ihr endgültig durcheinander.

Kevin bemerkte es und schloß daraus, daß der Hüter des Kaiserlichen Siegels ein Bürokrat mit einer frommen Hingabe an die Ordnung war. Mit einer Starrsinnigkeit, die in allen Ländern für seinesgleichen typisch war, würde er Maras Ersuchen ablehnen; nicht weil ihre Forderung unvernünftig, sondern weil sie unüblich war und er sie nicht in den gewohnten Arbeitsablauf von Abzeichnen und Abheften einordnen konnte, was schon seit langer Zeit seinen Alltag bestimmte. Auch Arakasi schien jetzt die bevorstehende Ablehnung zu spüren, denn er straffte seinen Körper.

Kevin starrte auf den Fußboden und gab sich unbeteiligt. Doch in leisem Flüsterton wandte er sich an Arakasi. »Warum schlagt Ihr Mara nicht vor, es mit einem Bestechungsgeld zu versuchen?«

Der Supai zuckte mit keiner Wimper; lediglich die kleine Pause vor seiner Antwort zeugte von seiner Überraschung. »Brillant!« flüsterte er zurück. »Behandeln die Leute auf Midkemia so widerwillige Beamte?«

Kevin nickte kaum wahrnehmbar und zog einen Mundwinkel leicht nach oben. »Gewöhnlich funktioniert es. Außerdem verwette ich Maras Juwelen, daß er nur darauf wartet.«

Doch Arakasi hatte sich bereits in Bewegung gesetzt und tippte seiner Lady diskret auf den Arm. Er flüsterte ihr rasch etwas ins Ohr, bevor der Hüter des Kaiserlichen Siegels mit seinem Bonbon fertig war und die Diskussion beenden konnte.

Mara war mit dem seltenen Talent für rasche Entscheidungen gesegnet. Als der fette Mann auf der anderen Seite des Schreibtischs nachdenklich tief Atem holte, um zu einer Antwort anzusetzen, unterbrach sie ihn.

»Hochverehrter Herr, ich begreife, daß eine solche Bitte große Anstrengungen von Euch verlangt, um sicherzugehen, daß Ihr innerhalb der Grenzen Eures Amtes waltet. Und da Ihr keineswegs verpflichtet seid, dies einfach nur zu tun, weil ich darum bitte, möchte ich Euch gerne eine Entschädigung anbieten für Eure Zeit und Arbeit; sagen wir einhundert Centuries in Metall und drei Smaragde von der Größe eines Daumens, wenn Ihr die notwendigen Untersuchungen auf Euch nehmen wollt, um die Angelegenheit ordnungsgemäß zu erledigen.«

Der Hüter des Kaiserlichen Siegels verschluckte die süße Kel-jir-Kugel. Seine Augen traten aus den Höhlen. »Lady, Ihr seid zu großzügig.« Er verschwendete nicht viel Zeit mit der Angelegenheit; schließlich war ihr Ersuchen mehr als lächerlich sinnlos. Er hatte sogar sehr ehrenvoll betont, daß der Spalt, der Midkemia und Kelewan verband, geschlossen war. Aber wenn Mara denn unbedingt exzentrisch sein wollte, war es sicherlich nicht angemessen, vom Kaiser und dem Hohen Rat zu verlangen, sich mit einem solch wertlosen Handelsvertrag zu beschäftigen. Er war ganz offensichtlich zufrieden mit seiner Argumentation, und voller Gier nach dem Geschenk machte er Arakasi ein Zeichen. »Meine Pflicht verlangt, daß ich solche Anfragen untersuche, doch ich nehme gerne Eure Geschenke entgegen und ... reiche sie als Spende an die Tempel weiter.« Er lächelte. »Nun, da ich einen Augenblick darüber nachdenken konnte, bin ich der Überzeugung, daß Eure Auffassung der Lage die richtige ist. Holt Eure Feder und das Pergament. Wir werden sofort einen Vertrag aufsetzen.«

Kaiserliche Dokumente waren in Tsuranuanni niemals eine rasche Angelegenheit. Kevin verlagerte sein Gewicht von einem Bein auf das andere, während es in dem geschlossenen Raum immer stickiger wurde. Arakasi und der Hüter des Kaiserlichen Siegels diskutierten endlos und dabei freundlich über die Wortwahl, während Sklaven mit Kohlepfannen, Schüsseln mit verschiedenfarbigem Wachs und Spulen mit Bändern hin und her eilten. Der Nachmittag war längst angebrochen, als der Beamte das Kaiserliche Siegel auf das Dokument für die Übertragung bestimmter Rechte an Mara setzte. Wieder trat eine Pause ein, während die Tinte trocknete und ein Krieger zum Stadthaus geschickt wurde, um die Centuries und Smaragde zu holen. Während sie warteten, kaute der fette Mann weiter Keljir und erging sich über die in diesem Jahr armselige Qualität gefärbter Federn. Er hatte eine Indigo-Robe erworben, die bereits begonnen hatte, zu Staub zu zerfallen.

»Die Kaufleute scheuen seit den Unruhen nicht davor zurück, Waren zweiter Wahl zu verkaufen«, lamentierte er, während er auf seinen eigenen Buchhalter wartete, der eigens dafür kommen sollte, die offiziellen Bänder, die das Pergament in die Form einer Schriftrolle brachten, zuzuknoten. »Der Stoff unserer Kleidung geht zugrunde«, endete der Hüter des Kaiserlichen Siegels traurig. »Einige sagen, als nächstes ist die Ordnung im Kaiserreich dran.«

«Nicht, solange die Versammlung der Magier sie garantiert«, wandte Arakasi ein. Er trat schnell vor und nahm das Pergament entgegen, bevor der Beamte es zur Betonung eines weiteren Punktes hin und her schwenken konnte.

Dankenswert schnell wurde Kevin daraufhin die Tasche mit den Schreibutensilien überreicht; auch das Dokument war darin sicher aufgehoben. Mara erhob sich und verließ nach einer Verbeugung mit ihrer Gruppe die glühendheiße Kammer. Hinter ihnen hörten sie den Hüter des Kaiserlichen Siegels mit bellender Stimme nach seinem Diener rufen.

»Es sind keine Keljir-Bonbons mehr in meinem Glas! Was ist bloß aus unserer Tüchtigkeit geworden? Die Kleiderfärber sind faule Betrüger, die Kaufleute verkaufen minderwertige Ware, und jetzt glauben auch schon meine eigenen Diener, sie könnten ungestraft meine Bedürfnisse ignorieren! Das Kaiserreich steuert auf den sicheren Ruin zu, aber das scheint außer mir ja keinen zu kümmern!«

Nach ihrem Besuch beim Hüter des Kaiserlichen Siegels hielt Mara sich nicht länger in Kentosani auf, sondern ließ noch am selben Nachmittag ihre Barke für die Rückkehr nach Sulan-Qu und auf ihren Landsitz vorbereiten und beladen. Das Wetter war gleichbleibend heiß, selbst für kelewanesische Verhältnisse schwül, und wie so oft während einer Reise auf dem Fluß zog sich Mara in ihre Gemächer zurück. Sie verbrachte viele Stunden in Unterredungen mit Arakasi oder las Schriftrollen, die ihre Makler ihr von den Märkten in der Heiligen Stadt zugesandt hatten. Die übrige Zeit starrte sie tief in Gedanken versunken aufs Wasser und nahm dabei noch nicht einmal den Strom stetig vorbeiziehender Boote und Barken richtig wahr.

Kevin vertrieb sich die Zeit beim Würfelspiel mit den gerade nicht zur Wache eingeteilten Kriegern der Ehrengarde oder indem er Witze mit den Ruderern riß. Als Sklave durfte er seine Gewinne nicht behalten, was vom Standpunkt der Verlierer nur gut war, denn er beanspruchte eine Unmenge gottlosen Glücks für sich. Ohne Zwischenfälle dockte die Barke wieder in Sulan-Qu an, und Maras Gefolge formierte sich neu. Während die Lady sich zu ihrer Sänfte begab, wurden ihre Waren und Kisten in ein Lagerhaus geschafft; sie würden erst mit der nächsten Karawane nach Hause gelangen. In einem der schöneren Bezirke der Stadt suchte Mara ein Gasthaus auf und aß eine Kleinigkeit. Danach, bei Einbruch der Dämmerung, setzte sich die Gruppe in Richtung Herrenhaus in Bewegung; die Laternen der Krieger leuchteten ihnen den Weg. Müde von der Sonne hatte Kevin die Pause in der Stadt dazu genutzt, mit den Sänftenträgern ein Nickerchen zu machen, statt Straßenklatsch von Bettlern aufzuschnappen, die ihm, dem Fremden und Sklaven gegenüber ohnehin verdrießlich und mürrisch waren.

Seit dem Besuch in Kentosani hatten die Ereignisse und zufälligen Umstände es unmöglich gemacht, daß Kevin etwas Zeit mit der Lady allein verbringen konnte. Er nahm ihr das nicht übel. Sie trug den Mantel der Acoma, und ihre Verantwortung beanspruchte sie manchmal so sehr, daß einfach keine Zeit übrigblieb.

Gewöhnlich kam das Kevins Bedürfnis nach Freiheit entgegen. Es gab Augenblicke, da zog er das Alleinsein vor oder die Witze in der Gesellschaft der Männer. Doch jetzt brannte er darauf zu erfahren, was für einen Handel Mara mit dem Hüter des Kaiserlichen Siegels abgeschlossen hatte. Das Pergament, das ihr irgendwelche Rechte garantierte, war in Maras persönlicher Truhe mit Papieren aufbewahrt. Sie hatte sie nicht bei den anderen Sachen in Sulan-Qu gelassen, sondern sie den ganzen Weg zu ihren Füßen in der Sänfte gehabt.

Ayakis übermütige Begrüßung hinderte Kevin daran herauszufinden, wohin die Truhe gebracht wurde. Doch Mara mußte angeordnet haben, daß sie sofort weggeschlossen werden sollte, denn als sie damit fertig war, die Bediensteten wegen des langen Aufbleibens ihres Sohnes zu schelten, sah Kevin, daß die Truhe nicht mehr da war. Die Träger waren bereits in Richtung der Lagerräume verschwunden, und Jican war nirgends zu sehen. Kevin war weise genug, um zu wissen, daß er aus Arakasi keine Informationen herauslocken konnte, und so wartete er die ganze Stunde, während Mara sich bei einer Tasse Chocha und einer Kleinigkeit zu essen von Nacoya die Neuigkeiten der letzten Tage erzählen ließ. Er wartete schon im Schlafzimmer auf sie, als auch sie sich erschöpft von der Reise endlich zurückzog.

Er begriff sofort, als er sie umarmte, daß etwas nicht in Ordnung war. Ihre Lippen fühlten sich kalt auf seinen an, und ihr Lächeln wirkte gezwungen. Er wollte sie gerade fragen, was los sei, als sie in die Hände klatschte, um sich von Bediensteten Badewasser bringen zu lassen. Was danach geschah, beunruhigte ihn noch mehr. Als die Leidenschaft abgekühlt war, lag er still in den Kissen; die Läden waren leicht geöffnet und ließen das kupferfarbene Licht des Mondes in Form eines Rechtecks auf den Boden fallen. Kevin spürte, daß die Frau in seinen Armen immer noch nicht entspannt war. Im nachhinein erkannte er, daß ihr Liebesspiel diesmal hastig gewesen war, ganz und gar nicht die langsame Spirale, die sich verführerisch der Ekstase näherte, wie Mara es sonst bevorzugte. In ihren Reaktionen auf seine

Berührungen hatte eine versteckte Verzweiflung gelegen, die Kevin beinahe entgangen wäre.

Er streckte die Hand aus und strich ihr sanft die Haare von den Schläfen zurück. »Ist irgend etwas?«

Mara rollte sich auf die Seite. Ihre Gestalt war nur schattenhaft zu erkennen, doch Kevin spürte ihren Blick auf sich ruhen. »Ich bin erschöpft von der Reise«, sagte sie, doch ihre Worte klangen bemüht.

Kevin faßte sie an den Handgelenken und zog sie sanft an sich. »Du weißt, daß ich dich liebe.«

Doch sie vergrub ihren Kopf an seiner Schulter und wich seinem Angebot zu reden aus.

Kevin unternahm einen weiteren, harmlosen Versuch und bettete ihr Kinn in seine Hand. »Du hast etwas Wichtiges vor. Was war das eigentlich für ein geheimnisvolles Dokument, das du vom Hüter des Kaiserlichen Siegels ergattert hast?«

Mara antwortete überraschend ungehalten: »Du kannst nicht erwarten, daß ich dich in allen Angelegenheiten ins Vertrauen ziehe.«

»Nein?« Kevin setzte sich auf; er war sich über die Ursache ihrer Feindseligkeit nicht im klaren, und das schmerzte genug, um mit leichter Bitterkeit zu reagieren. »Bedeute ich dir so wenig?«

»Du bedeutest mir sehr viel«, sagte Mara sofort. Es war die Furcht, die ihre Stimme kalt klingen ließ, doch in der Dunkelheit hörte er nur den Ton. Sie wandte sich von ihm ab und setzte sich auf, schlang die Hände um die Knie und preßte sie fest gegeneinander. »Du bedeutest mir alles.«

»Dann erzähl mir, was für einen Handel du in Kentosani abgeschlossen hast.« Kevin strich sich eine Haarlocke mit einer Geste zurück, die Mara so vertraut war, daß es weh tat. »Ich weiß, es betrifft Midkemia.«

»Arakasi hat dir das nicht gesagt«, zischte Mara vorwurfsvoll.

»Nein, ich habe es zufällig gehört.« Aus Kevins Geständnis sprach keinerlei Scham, und das ärgerte sie.

Mara entließ einen lang angehaltenen Atemzug. »Nur mein

Supai und ich kennen den Inhalt dieses Schriftstücks, genau wie ich es wollte.«

Jetzt war Kevin davon überzeugt, daß sie etwas verbarg, und er fürchtete, daß es sich um etwas handelte, was seinem Volk schaden könnte. Er versuchte es noch einmal. »Du hast gesagt, ich bedeute dir etwas.«

Mara saß im Schein des Mondes und war vollkommen still. Ihr Profil verhärtete sich, wurde ausdruckslos, auf erzürnende Weise durch und durch tsuranisch. Sie sagte nichts. Ohne zu ahnen, daß sie in einem persönlichen Konflikt gefangen war, der nur wenig mit dem Thema zu tun hatte, streckte Kevin die Hand nach ihr aus.

»Besteht denn kein Vertrauen zwischen uns, nach all den Jahren, die wir schon zusammen sind?« In seiner Stimme schwang eine Überzeugungskraft mit, die genügte, um ihr weh zu tun; doch noch immer wäre es ihr möglich gewesen, ihm zu widerstehen, hätte er nicht seine Hand ausgestreckt und begonnen, voller Zärtlichkeit ihre Schulter zu streicheln. »Mara, wenn du Angst vor etwas hast, warum willst du es mir nicht sagen?«

Sie schüttelte seine Hand ab und wich zurück. Das kam völlig unerwartet, und es schmerzte so sehr, daß es ihm den Atem raubte. »Wovor sollte ich wohl Angst haben?« Ihre Worte klangen barsch, und er konnte nicht ahnen, daß er genau den Punkt getroffen hatte, der sie beunruhigte. Sie hatte Angst – vor der Macht, die er über sie hatte, vor dem Chaos, das er in ihr anrichtete. Kalt und in einer Art Notwehr reagierte sie mit dem einzigen Mittel, von dem sie ganz sicher wußte, daß es ihn auf Distanz bringen würde. »Du bist ein Sklave«, sagte sie mit eisiger, beißender Schärfe. »Es steht einem Sklaven nicht zu, darüber zu befinden, was ich fürchte oder nicht fürchte.«

Jetzt war auch Kevin verärgert, und ohne weiter nachzudenken, schlug er ebenfalls einen schärferen Ton an. »Ist das alles, was ich für dich bin? Ein Sklave? Ein Stück Eigentum? Habe ich nicht mehr Bedeutung als ein beliebiger Needra-Bulle oder ein Küchenjunge?« Er schüttelte den Kopf und bemühte sich tapfer, seine Stimme wieder sanft werden, den Schmerz nicht die Oberhand gewinnen zu lassen. »Ich dachte, nach Dustari und einer gewissen Nacht in Kentosani hätte ich in deinen Augen etwas an Wert gewonnen.« Er spürte, wie ein Zittern langsam von seinem Körper Besitz ergriff, und kämpfte gegen das Gefühl an, das ihre Leute so verabscheuten. »Ich habe Männer für dich getötet, Lady. Im Gegensatz zu euch nehmen die Leute meiner Heimat nicht leichtfertig anderen das Leben.«

Sein Stolz traf sie mitten ins Herz und drehte ihr den Magen um. Im nächsten Augenblick würde sie zu weinen anfangen, und in dem verzweifelten Versuch, ihren eigenen Schmerz zurückzuhalten, behielt Mara grimmig die Beherrschung, ganz als würde sie ihrem fürchterlichsten Feind und nicht ihrem geliebtesten Freund gegenüberstehen. »Du vergißt dich. Du vergißt, daß dein Leben hätte beendet werden können, als du es wagtest, Hand an ein Schwert zu legen. Du bist ein Sklave wie andere Sklaven, und um dich an deinen Platz zu erinnern, ist es wohl das beste, wenn du meine Kammer verläßt und den Rest der Nacht bei deinen Kameraden in den Sklavenunterkünften verbringst.«

Kevin saß einfach da, reglos vor Erstaunen.

»Geh!« sagte Mara. Sie schrie nicht, doch in ihrer Stimme lag die Endgültigkeit eines Henkers. »Das ist ein Befehl.«

Kevin stand auf, selbst in seiner Wut noch würdevoll. Er grapschte die Hosen von der Truhe bei den Kissen, machte sich jedoch nicht die Mühe, sich anzukleiden. Nackt, groß und stolz sagte er: »Ich habe meine Kameraden im Stich gelassen, indem ich meine Liebe mit ihrem Feind teilte. Sie mögen Barbaren sein und Sklaven, aber sie schieben ihre Loyalität nicht so schnell beiseite. Es wird mir ein Vergnügen sein«, schloß er, drehte sich um und ging, ohne sich noch einmal umzuschauen, geschweige denn sich zu verbeugen.

Mara saß einfach nur da, stocksteif. Erst als er schon lange gegangen war, begann sie zu weinen. Zu diesem Zeitpunkt hatte er bereits gegen den Sturz der Hütte geklopft, in der Patrick lebte, und bat höflich um Einlaß.

»Kev?« kam eine schläfrige Stimme. »Bist du es, alter Freund?«

Kevin trat über die Türschwelle, dann fluchte er, als es ihm wieder einfiel: Die Sklavenhütten hatten keine Laternen. Er kroch ins Dunkel und setzte sich auf den feuchten, schmutzigen Boden.

»Verdammt«, murrte Patrick. Er setzte sich auf die dürftige Pritsche, die als Bett, Stuhl und Tisch zugleich diente. »Du bist es wirklich. Mußtest du unbedingt mitten in dieser verdammten Nacht hier aufkreuzen? Du weißt doch, daß wir vor Morgengrauen aufs Feld müssen.«

Da war mehr als nur ein Vorwurf in der Stimme seines midkemischen Kameraden. Kevin, der in dieser Nacht schon einmal einen Fehler gemacht hatte, als es um die Gefühle einer anderen Person ging, und dadurch ernüchtert worden war, entschied sich für eine taktvolle Vorgehensweise. »Stimmt etwas nicht, Pat?«

Patrick seufzte und fuhr mit der Hand über seinen kahlen Schädel. »Darauf kannst du wetten. Es stimmt ganz und gar nichts. Und ich bin eigentlich froh, daß du nicht bis morgen gewartet hast, sondern gleich gekommen bist. Ich nehme an, du weißt von Jake und Douglas.«

Kevin holte hörbar Luft. »Nein«, sagte er leise. »Was gibt es da zu wissen?«

»Sie wurden gehängt, weil sie versucht hatten zu fliehen!« Patrick beugte sich etwas vor; er war wütend und verbittert. »Wir hörten von einem vorbeikommenden Händler von dem kaiserlichen Erlaß. Du warst nicht hier, um ihnen die Idee auszutreiben. Bei den Göttern, ich habe es versucht. Sie haben so getan, als würden sie zuhören, und in der nächsten Nacht haben sie dann versucht auszubrechen. Keyoke, der alte Fuchs, kennt uns inzwischen gut genug; er hat geahnt, daß jemand versuchen würde, in die Berge zu flüchten. Krieger warteten auf die beiden Jungen, und sie waren noch vor Anbruch des Morgens tot.«

Kevin spürte einen Stich, als ein Insekt sich an seinem Unterschenkel zu schaffen machte. Er schlug es mit einer Wut weg, die er aus seiner Stimme heraushielt. Sorgfältig ließ er die Neuigkeit auf sich wirken. »Du hast einen kaiserlichen Erlaß erwähnt. Was ist es?«

»Du weißt es nicht?« Patrick lachte ungläubig und mit einem deutlich sarkastischen Unterton. »Du warst in der Heiligen Stadt, in der Begleitung von gottallmächtigen Edlen, und *du weißt es nicht*?«

»Nein, ich weiß es nicht«, zischte Kevin. »Würdest du endlich so freundlich sein und es mir sagen?«

Patrick hielt inne, kratzte sich an einer Wunde am Knie und seufzte. »Verdammt, du sagst die Wahrheit, was das angeht. Möglicherweise ist das gar nicht überraschend, wo Sklaven den Wichten in diesem verwünschten Land nicht mehr bedeuten als Needra-Bullen.«

»Verflucht, Patrick, jetzt sag es mir endlich! Wenn es einen kaiserlichen Erlaß gegeben hat, der Sklaven betrifft, will ich wissen, was es ist.«

»Ganz einfach«, sagte der kahle Mann, der im Laufe der Jahre beinahe zu einem Fremden geworden war. »Es heißt darin, daß die Sklaven, die von dem midkemischen Magier Milamber in der Arena befreit worden sind, ein außergewöhnlicher Zufall waren. Milamber ist aus der Versammlung ausgestoßen worden wegen einer Tat, die, wie alle sagen, nicht seiner Pflicht gegenüber dem Kaiserreich entsprach – er ist ein Gesetzloser aus gutem Grund, sagen sie, und es ist ein Kopfgeld auf ihn ausgesetzt worden. Und der Kaiser hat Unterschrift und Siegel unter ein Dokument gesetzt, das in jeder Stadt aufgehängt wurde und besagt, daß niemals andere Sklaven befreit werden können. Damit wurden die Hoffnungen, die du uns gegenüber immer hochgehalten hast, ziemlich zunichte gemacht, alter Freund. Jake und Douglas verloren den Mut, sie wollten nicht weiter warten, genau wie andere, die ebenso ungeduldig sind und nicht mehr lange hier rumhängen werden.« Seine Stimme klang jetzt bitter. »Die Nachricht hat sie vollkommen fertiggemacht. Ich glaube, sie wußten, daß sie erwischt werden würden, doch sie machten sich nichts daraus.« Er seufzte. »Es ist verdammt hart, sich vorzustellen, wie wir all die Jahre gehofft haben, auf die eine oder andere Weise nach Hause zu kommen. Ich schätze, die Aussicht darauf, diese Sklavenarbeit jeden Tag zu tun, bis zum Tod ...«

Stille breitete sich aus, als Kevin die Bedeutung der Nachricht, die sein Landsmann ihm soeben übermittelt hatte, auf sich wirken ließ. Auch Patrick versank in Gedanken und begriff, daß die beiden toten Kameraden nicht der Grund für Kevins plötzlichen Besuch waren.

»Du hattest wieder Streit mit ihr«, brachte er vorwurfsvoll hervor.

Kevin nickte reumütig; seine Gefühle als Liebhaber waren jetzt weniger wichtig, da er von Milambers unehrenhaftem, tiefem Fall gehört hatte. Maras merkwürdige Abneigung seit Kentosani hatte also zumindest einen offensichtlichen Grund. Bei nüchterner Betrachtung, in dieser klammen Hütte voller Stechinsekten sitzend, erkannte er, daß er ein Narr gewesen war, sich so aufzuregen. Sie hatte niemals zu den Frauen gehört, die eine Neigung zu hysterischen Anfällen hatten. Und tatsächlich mußte sie sich genauso vor einer Trennung von ihm fürchten wie umgekehrt. Wenn er aufgrund ihres eigenen Befehls bis zum Morgen nicht zurückkehren und die Dinge ins Lot bringen konnte, so konnte er wenigstens den Schwierigkeiten seiner Landsleute die längst überfällige Aufmerksamkeit schenken.

»Ich hatte eine anstrengende Nacht«, gab Kevin zu. »Aber das ist kein Grund, die Hoffnung zu verlieren.«

»Verflucht, Mann, der Spalt ist geschlossen«, warf Patrick ein. »Das heißt, es gibt keine Rückkehr mehr für uns; unsere einzige Chance ist es, in den Bergen ein Leben als Gesetzlose zu führen.«

»Nein.« Wieder hatte ein Insekt zugestochen, und Kevin schlug gegen seine Hosen und bat freundlich um etwas Platz auf der Pritsche.

Widerwillig rückte Patrick beiseite.

»Der Spalt ist jetzt geschlossen, das ist wahr.« Die Bettlaken waren rauh, und Kevin fragte sich, welches der beiden Ärgernisse größer war: die Bettlaken seines Kameraden oder die Insekten. Die Matratze war schweißfeucht und klumpig, kein geeigneter Platz, darauf die Nacht zu verbringen. Kevin seufzte, hin und her gerissen zwischen seiner Liebe zu Mara und seiner Verantwortung als der einzige Sohn eines Lords, der seinen Landsleuten Hilfe bringen konnte. Wie immer suchte er Zuflucht im Humor. Statt über die tsuranische Ungerechtigkeit zu schimpfen, ergötzte er Patrick mit einer witzigen Erzählung von Maras Besuch beim Hüter des Kaiserlichen Siegels.

Er entlockte Patrick sogar ein lautes Lachen, als er die Stelle mit dem Bestechungsgeld erreichte. Doch das Wesentliche entging Patrick nicht.

»Du weißt nicht, was in diesem Dokument steht«, stellte der glatzköpfige Mann fest. »Es hat möglicherweise gar nichts mit uns oder der Sklaverei zu tun.«

»Vielleicht nicht«, gab Kevin zu, um schnell hinzuzufügen: »Aber das ist nicht der Punkt.«

Skeptische Stille trat ein. Die Pritsche wackelte, als Patrick sich gegen die Wand lehnte. »Was ist es dann, alter Freund? Ich warte.«

»Sie verhandelte um ein Recht, das mit Midkemia zu tun hat«, fuhr Kevin fort, als wäre die Schlußfolgerung ganz klar. Als Patrick nicht mitkam, erläuterte er es näher. »Offensichtlich glaubt unsere Lady, daß der Spalt eines Tages wieder geöffnet wird.«

»Und das soll die Jungs also bei der Stange halten, weiter in Hütten voller Ungeziefer zu leben und sich schlagen zu lassen?« fragte Patrick. »Verflucht, Kevin, du bist unglaublich optimistisch. Die viele Seide und die weiche Haut sind dir zu Kopf gestiegen. Du weißt, daß die Wichte eine Geschichte haben, die Tausende von Jahren zurückreicht. Sie schmieden Pläne für die nächsten fünfzig Generationen, messen ihnen aber bereits in diesem Leben Bedeutung bei.«

Kevin konnte dem nicht widersprechen, doch er gestikulierte flehentlich. »Patrick, sprich mit den Männern. Mach ihnen

Hoffnung. Ich will sie nicht einen nach dem anderen durch Maras Soldaten hängen sehen, während ich an einem Weg arbeite, sie nach Hause zu schaffen.«

Patrick grummelte etwas Unverständliches, das ziemlich nach Kraftausdrücken klang. Die Morgendämmerung fiel durch das einzige Fenster der Hütte, und Fußgetrappel aus Richtung der Baracken verkündete die Wachablösung bei den Patrouillen. »Ich muß aufstehen, alter Freund«, sagte Patrick verdrossen. »Wenn ich nicht rechtzeitig beim Freßnapf bin, wird es ein sehr langer Arbeitstag mit einem leeren Magen.«

Impulsiv berührte Kevin die Hand seines Kameraden. »Vertrau mir, Pat. Nur noch ein bißchen länger. Wenn ich die Hoffnung verliere, sage ich es dir, und ich verspreche dir eins: Ich werde nicht als Sklave sterben. Wenn ich es dir sage, führe ich die Flucht in die Berge und unser neues Leben als Gesetzlose an.«

Patrick beäugte ihn kritisch im heller werdenden Morgenlicht. »Du meinst es ehrlich«, räumte er ein. Überraschung lag in seiner Stimme. »Doch es wird schwer sein, die Jungs zu überzeugen. Sie sind wütend wegen Douglas und Jake.«

»Dann sieh zu, daß sie nicht das gleiche Schicksal ereilt wie Douglas und Jake«, sagte Kevin energisch, als er sich erhob und durch die Tür ins Freie trat.

Kevin wußte nur zu gut, daß Jican seine Freude daran hätte, ihm Arbeit aufzubürden, und daher nahm er einen kleinen Umweg durch den Garten, als er von den Sklavenquartieren zurück zum Herrenhaus ging. Morgentau näßte seine Füße und den Saum seiner Hose. Gelegentlich traf er eine von Keyokes Wachen. Sie ließen ihn in Ruhe; seit dem Feldzug in Dustari und besonders seit der Nacht der Attentäter hatten sich seine kämpferischen Fähigkeiten mit dem Schwert herumgesprochen. Maras Krieger würden ihn niemals öffentlich anerkennen, doch sie fanden ihren Weg, wie sie ihm wortlos Respekt zollen konnten. Sie stellten seine Loyalität nicht länger in Frage.

Falls die Wachen an der Tür zu Maras Gemächern den Streit in der Nacht mit angehört hatten, ließen sie es sich Kevin gegenüber nicht anmerken, als er durch die Akasi-Hecke schlüpfte und den kleinen Weg entlangschritt. Sie ignorierten ihn, als wäre er ein Geist, als er den Laden aufschob und sich selbst ins Zimmer einließ.

Licht fiel auf zerwühlte Kissen. Mara lag ausgestreckt in der Mitte, ihre Arme um verhedderte Laken geklammert, die Haare wild durcheinander und zerzaust. Sie war zwar nicht von Insekten gestochen worden, doch ihre Nacht schien nicht viel angenehmer gewesen zu sein als seine. Selbst während sie träumte, lag eine tiefe Falte auf ihrer Stirn. Ihr Profil, die kleinen zur Faust geballten Finger und die sanfte Rundung einer sichtbaren Brust brachten auch Kevins letzten Groll zum Schmelzen. Er konnte nicht lange wütend auf sie sein. Vielleicht war das sein schlimmster Fehler.

Er schlüpfte aus den feuchten Hosen. Er wußte, daß seine Haut kalt war und rot vom vielen Kratzen, und so hockte er sich zunächst an den Rand der Kissen und zog eine Ecke des Lakens über seine eiskalten Füße. Er wartete darauf, daß sein Kreislauf wieder in Gang kommen und ihm warm werden würde; unterdessen betrachtete er die Frau, die er liebte.

Ihre Nähe nahm der Sklaverei den Stachel und ließ ihn beinahe alles vergessen – wer er war, welchen Rang er von Geburt an bekleidete, was er alles verloren hatte, die Probleme seiner Landsleute. Zu gut verstand er ihre Gefährdung, sollte sich die schwache Hoffnung, die er Patrick so verlockend in Aussicht gestellt hatte, nur als Henkersschlinge erweisen. Dann zuckte Mara zusammen und schrie in ihrem Traum leise auf, und die Sorge um sie verjagte alle anderen Gedanken.

Kevin streckte seine inzwischen warmen Hände aus. Er glättete die Laken, die verheddert zwischen ihren Schenkeln lagen, und befreite ihre Hand von einer schwarzen Locke. Dann zog er sie zu sich heran und küßte sie zärtlich wach.

Sie mußte bis zur Erschöpfung geweint haben, denn sie kam nur langsam zu sich, und ihre Augen waren noch geschwollen und rot. Als sie aufwachte, war sie nicht auf der Hut und kuschelte sich genüßlich an ihn. Dann kehrte die Erinnerung zurück, und sie versteifte sich in aufsteigender Wut.

»Ich hatte dir befohlen zu gehen!« sagte sie erzürnt.

Kevin deutete mit dem Kopf auf den Laden. »Bis zum Morgen«, antwortete er ruhig. »Jetzt ist Morgen. Ich bin zurück.«

Sie öffnete den Mund, wollte mehr sagen. Er kam ihr zuvor und legte ihr sanft, aber rasch den Finger auf die Lippen. »Ich liebe dich noch immer.«

Sie versuchte sich von ihm zu befreien, mit einer Kraft, die man ihr nicht ansah, und er mußte sich ein bißchen anstrengen, um sie festzuhalten. Er war sich bewußt, daß sie explodieren würde, wenn er versuchte sie zu küssen, und so legte er seinen Mund dicht an ihr Ohr. Die Haare an den Schläfen waren feucht, vielleicht noch von Tränen. »Patrick hat mir von dem kaiserlichen Erlaß über die Sklaverei erzählt«, meinte er sanft. Es schmerzte zwar noch etwas, daß sie es ihm nicht selbst gesagt hatte, doch diese Kränkung schob er jetzt beiseite. »Wenn ich dich verlasse, dann sicherlich nicht jetzt.«

»Du bist nicht wütend auf mich?« fragte sie. Endlich zeigte sie ihre Unsicherheit.

»Ich war es.« Kevin küßte sie und spürte, wie sie sich entspannte. »Wenn du mit mir geredet hättest, hätte ich mich vielleicht nicht wie ein Flegel benommen.«

»Flegel?« Ihre Stimme zitterte, als Kevins Hände unter die Laken wanderten.

»Karagabuge«, übersetzte Kevin. Er hatte einen Begriff für eine mißgestaltete mystische Rasse von Riesen gewählt, die in tsuranischen Kindermärchen die Höhlen in den Bergen bewohnten. Diese Kreaturen waren auf komische Weise ungeschickt und arbeiteten immerzu an ihrem eigenen Untergang.

»Das bist du ohnehin, bei deiner Größe«, zog Mara ihn auf. Vor Erleichterung wurde ihr schwindlig, und glücklich, daß er ihr vergeben hatte, stürzte sie sich kopfüber in die Leidenschaft.

»Nun denn, wenn das so ist – ein Karagabuge fragt nicht um

Erlaubnis, ob er vergewaltigen oder plündern darf.« Er zog sie näher zu sich heran, rollte sie auf seine Brust und seufzte in das volle Haar hinein, das auf sein Gesicht fiel. Innerhalb weniger Minuten wußte keiner von ihnen mehr, wer Sklave und wer Herrin war – denn sie waren untrennbar eins geworden.

Acht

Aufruhr

Monat um Monat verging.

Die Regenzeit kehrte zurück. Die Felder wurden wieder grün von neuem Wachstum, und das trompetende Gebrüll der Needra-Bullen kündigte die nächste Brunftsaison an. Der Tag begann wie so viele andere; Mara und Jican steckten ihre Köpfe über Tafeln mit Kalkziffern zusammen und versuchten herauszufinden, welche neu auszusäende Sorte Korn auf den Herbstmärkten den größten Profit bringen würde. Dann, im Laufe des Morgens, wurden sie von der Nachricht unterbrochen, daß ein Läufer der Botengilde auf das Haus der Acoma zulief.

»Er läuft?« fragte Mara. Sie fuhr fort, die Notizen über die Hwaet-Felder in einem neu erworbenen Gebiet bei Ambolina durchzusehen.

»Ja, Mistress. Er läuft«, sagte die Wache. Die Bestätigung erstaunte sie nicht; der Krieger, der ihr die Nachricht überbracht hatte, war selbst noch atemlos vom Laufen.

Mara bedeutete Jican, die Einschätzung des Jahres ohne sie abzuschließen. Dann stand sie mit steifen Knien vom langen Sitzen auf und bahnte sich durch Stapel von Tafeln ihren Weg zum Laden, der auf den Flur führte.

Sie erreichte die Vordertür gerade in dem Augenblick, als der Bote die letzte Kurve der Straße an der äußeren Weide nahm. Er rannte so schnell wie möglich, um eine Aufgabe von offensichtlicher Dringlichkeit zu erledigen.

»Ich frage mich, was das sein kann«, überlegte sie laut.

Saric, der gerade neben sie getreten war, beantwortete ihre Frage wie meist mit einer Gegenfrage. »Ärger, Mistress, oder warum sollte ein Mann sonst in diesem Matsch herumrennen?«

Die Lady der Acoma warf ihrem Berater einen ironischen Blick zu. Saric schien seine frühere Stellung als Krieger nicht zu vermissen. Sein trockener, sarkastischer Witz unterschied sich von Lujans kokettem Humor. Sarics hartnäckige Tendenz, das Warum der Dinge zu ergründen, hätte seinen Aufstieg als Soldat sicherlich gehemmt; doch gerade diese Qualität machte ihn zu einem Naturtalent auf seinem neuen Posten. Blinder Gehorsam war keine Tugend bei einem Berater.

Er hatte bereits seinen Wert bewiesen. Seit über sechs Monaten war es im Kaiserreich unter dem eisernen Griff von Axantucar still gewesen. Seit Maras Besuch in der Heiligen Stadt, als sie den Hüter des Kaiserlichen Siegels aufgesucht hatte, waren dreimal Kaiserliche Weiße bei einem Streit zwischen benachbarten Edlen eingeschritten. Axantucar rechtfertigte diese Schritte mit dem Bedürfnis des Kaiserreiches nach Stabilität, doch Saric hatte säuerlich bemerkt, daß der neue Kriegsherr es stets irgendwie fertigbrachte, daß die Waage sich immer etwas mehr zugunsten derer neigte, die ihn bei seinem Aufstieg zur Macht unterstützt hatten. Politische Schulden waren eine gängige Währung im Spiel des Rates, doch die Einbeziehung der Kaiserlichen Weißen in Dinge, die an kleinliche Streitereien grenzten, nahm exzessive Züge an und zeigte eine Leidenschaft für Blutvergießen, die der der Minwanabi kaum noch nachstand.

Die Acoma profitierten von Tasaios Zurückhaltung, der zu einer Politik schweigender Geduld gezwungen war. Als mächtigster Rivale des Kriegsherrn brauchte der Lord der Minwanabi keinen Berater, um vorhersagen zu können, wie Axantucar reagieren würde, sollte er der Meinung sein, daß seine Familie bestimmte Grenzen überschritten hatte. Der Mann, der jetzt das Weiß und Gold trug, reagierte genauso rücksichtslos wie sein Vorgänger, nur noch weniger vorhersehbar. Selbst Tasaio auf seinem nahezu uneinnehmbaren Besitz wagte es nicht, etwas für selbstverständlich zu halten.

Der Gildenläufer erreichte die Stufen und riß Mara aus ihren Träumereien. Er trug nur einen Lendenschurz und ein Armband mit den Insignien seiner Gilde, und Schweiß glitzerte auf seiner Haut. Er verbeugte sich. »Lady der Acoma?«

»Die bin ich«, antwortete Mara. »Wer schickt eine Nachricht?«

»Niemand, Lady.« Der Läufer richtete sich aus seiner ehrerbietigen Haltung auf und strich die feuchten Haare zurück. »Um des Wohls des Kaiserreiches willen schickt meine Gilde allen Herrschern und Herrscherinnen eine Nachricht.«

Um des Wohls des Kaiserreiches willen ... Mit dieser Phrase deutete der Läufer an, daß die Gilde die Bedeutung dieser Angelegenheit für ernst genug befand, ohne Entlohnung zu handeln. Mara war betroffen. »Was ist geschehen?«

Den Boten schien es nicht zu stören, daß die Frage ohne jedes Angebot einer Erfrischung kam. »Lady, das Kaiserreich ist in großer Gefahr. Die Götter haben ihren Zorn auf uns gerichtet. Der abtrünnige Magier, der frühere Erhabene Milamber, ist zurückgekehrt.«

Mara spürte neben sich eine Bewegung und wußte, daß Kevin hinzugetreten war. Wachsende Erregung sprach aus ihm, als er fragte: »Dann ist der Spalt wieder geöffnet!«

»Wie Euer Sklave bemerkt, Mylady«, antwortete der Läufer. Er blickte nur Mara an. »Mehr noch. Der Kriegsherr versuchte den Magier zu fangen und benutzte dazu Verbündete in der Versammlung. Es ist nicht klar, was genau geschehen ist, außer daß im Palast ein Kampf zwischen den Kaiserlichen Weißen und einer Armee unter dem Kommando von Kamatsu von den Shinzawai stattgefunden hat.«

Die Luft schien plötzlich ihre strahlende Helligkeit zu verlieren. Mara schlang die Robe fester um die Schultern, ohne zu bemerken, daß ihre Knöchel immer weißer wurden. Sie zwang sich zu einer Ruhe, die sie nicht fühlte, denn es konnte keinen Zweifel daran geben, daß auch Hokanu an der Seite seines Vaters gekämpft hatte. »Ein Kampf im Palast?«

»Ja, Mistress.« Der Läufer nahm Maras persönliches Unbehagen nicht wahr und schien seine dunklen Neuigkeiten zu genießen. »Mit folgendem Ende: Der Kriegsherr ist zum Verräter erklärt und zum unehrenhaften Tod verurteilt worden.«

Mara riß die Augen auf. Unehrenhafter Tod konnte nur Hängen bedeuten. Nur zwei Mächte im Kaiserreich konnten eine solche Exekution befehlen, und Axantucar hatte Verbündete unter den Magiern. »Der Kaiser …?«

Der Bote konnte seine Aufregung kaum verbergen und bestätigte. »Ja, Lady, das Licht des Himmels verurteilte den Kriegsherrn und setzte das Recht aus, den weiß-goldenen Thron zu besteigen.«

In der entsetzten Pause, die jetzt eintrat, versuchte Mara nur, ihre wild durcheinanderwirbelnden Gedanken zu ordnen. Der Kaiser hatte den Kriegsherrn verurteilt! Es war ein fassungsloser Vorgang, der mit jeder Tradition, jeder Vorrangstellung brach. Selbst in Zeiten größter Bedrohung hatte kein Licht des Himmels es bisher gewagt, so zu handeln wie Ichindar.

Der Bote faßte zusammen: »Mistress, der Hohe Rat ist aufgelöst und wird ohne Befehl des Kaisers nicht mehr zusammentreten.«

Mara bemühte sich, nicht überrascht zu wirken. »Noch etwas?«

Der Bote kreuzte die Arme über der Brust und verbeugte sich. »Soviel man weiß, nicht. Doch zweifellos wird eine offizielle Nachricht bald folgen.«

»Dann sucht die Küche auf und eßt etwas«, sagte Mara einladend. »Ich habe meine Höflichkeit vernachlässigt und möchte Euch bitten, Eure Kräfte zu erneuern, bevor Ihr zu Eurem nächsten Auftrag aufbrecht.«

»Mylady ist sehr großzügig, doch ich muß gehen. Mit Eurer Erlaubnis?«

Mara winkte dem jungen Mann zum Abschied zu. Als er im Laufschritt die Straße entlangeilte, warf sie Saric einen scharfen Blick zu. »Holt Arakasi so schnell wie möglich hierher zurück.«

Sie mußte die Dringlichkeit nicht begründen. Denn wenn die Neuigkeiten des Boten stimmten, war dies das weitaus bedeutendste Ereignis in ihrem Leben. Jetzt waren die Regeln des Großen Spiels für immer geändert, und bis das Licht des Himmels eines Tages seine Meinung änderte, besaß er die absolute Macht im Kaiserreich. Sofern nicht, dachte Mara mit leichter Ironie, die auch von Kevin hätte kommen können, jemand anders entschied und ihn tötete.

Es dauerte nahezu zwei Wochen, bis Arakasi die Nachricht erhielt, was an den umständlichen Methoden lag, auf denen er bestand. Während der Verzögerung war Mara sehr besorgt, denn Gerüchte machten die Runde im Kaiserreich. Entgegen jeder Erwartung traf keine offizielle Darstellung der politischen Umwälzungen im Zusammenhang mit Axantucars Hinrichtung ein. Die Tage wurden feucht und klamm, und die Nachmittage brachten leichten Niesel und Regenschauer, wie jedes Jahr um diese Zeit. Spekulationen gab es im Überfluß, doch der Kaiser in Kentosani war unbestreitbar am Leben und an der Macht. Es hieß, daß acht seiner Sklaven an verschiedenen exotischen Giften gestorben seien, die ins Essen gemischt gewesen waren, und daß drei Köche und zwei kaiserliche Zofen gehängt worden waren, weil sie Verrat geübt hatten. Der Handel ging weiter, wenn auch stockend, als wäre es die Ruhe vor dem Sturm.

Das drückende Wetter machte jede Bewegung zur Qual. Mara verbrachte ruhelose Stunden am Schreibtisch und schickte Nachrichten an ihre verschiedenen Verbündeten. Nur diejenigen, die sie an Jiro von den Anasati schickte, blieben unbeantwortet, doch das war keine Überraschung. Mara seufzte, griff nach einem weiteren Pergament und prüfte den nächsten Namen auf ihrer Kalktafel. Sie tunkte die Feder in die Tinte, und das kratzende Geräusch begleitete sie den ganzen Nachmittag.

Kevin schien von der schweren, feuchten Luft der Regenzeit schlapp zu werden. Er war weit weniger sprunghaft und impulsiv, wenn es um komplizierte Themen ging, und lag dösend auf einer Matte in der Ecke ihres Arbeitszimmers, eingelullt vom sanften Rauschen des Regens auf den Dachvorsprüngen oder dem Kratzen von Maras Feder. Im graugrünen Zwielicht, das noch von einem früheren Regenguß herrührte, tauchte plötzlich ein Schatten auf.

Mara schoß regelrecht in die Höhe, und ihr stockte der Atem. Die Bewegung erregte Kevins Aufmerksamkeit, und mit den Reflexen eines Kriegers fuhr er hoch, griff mit den großen Händen nach einem Schwert, das nicht da war.

Dann entspannte sich der Midkemier mit einem mißbilligenden Schulterzucken. »Bei allen Göttern, Mann, habt Ihr mich erschreckt.«

Arakasi trat aus dem Regen ins Trockene, eine schwere, schwarze Robe klatschte um seine Beine. Die Sandalen waren vollkommen durchnäßt; Grashalme klebten daran, was darauf schließen ließ, daß er über die Needra-Weiden zu ihnen gekommen war.

Mara lehnte sich erleichtert zurück. »Ihr habt lange gebraucht.«

Der Supai verneigte sich; ein Rinnsal aus silbernen Tropfen fiel von der Kapuze und rann die leicht gebogene Nase hinunter. »Mistress, ich war ziemlich weit weg, als Euer Ruf mich erreichte.«

Mara klatschte in die Hände. »Handtücher«, verlangte sie von der Zofe. »Und ein trockenes Gewand, sofort.« Sie bedeutete ihrem Supai, sich hinzusetzen und eine Tasse Chocha vom Tablett neben sich zu nehmen.

Arakasi goß etwas von dem dampfenden Getränk ein und richtete dann einen intensiven Blick auf seine Mistress. »Lady, ich bitte Euch, sagt niemandem, daß ich zurück bin. Ich schlüpfte heimlich an Euren Wachen vorbei und habe einige Unannehmlichkeiten auf mich genommen, um nicht gesehen zu werden.«

Das erklärte zwar das Gras an seinen Sandalen, aber noch nicht den Grund für sein heimliches Erscheinen. Als Arakasi nicht selbst die Initiative ergriff, sah Mara sich zu einer entsprechenden Frage gezwungen.

Ihr Supai drehte in ungewöhnlicher Erregung die Tasse in seinen Händen. Er runzelte die Stirn, dachte nach und ignorierte die Handtücher und die trockene Kleidung, die die Zofe ihm reichte. Immer noch in seinem schwarzen, tropfenden Gewand sprach er schließlich: »Meine Informanten … Etwas stimmt nicht. Es besteht die Möglichkeit, daß wir eine undichte Stelle haben.«

Mara wölbte die Augenbrauen und folgte seinen Gedanken zu einem lang zurückliegenden Ereignis. »Der Hinterhalt, in den Keyoke gelockt wurde?«

Arakasi nickte. »Ich denke, der verstorbene Lord Desio ließ unseren Mann damals entkommen, um mich glauben zu machen, daß unsere anderen Agenten im Haushalt der Minwanabi nicht entdeckt worden waren. Wenn das stimmt, dann ist die Beförderung eines meiner Männer zu Tasaios persönlichem Diener …«

»Verdächtig?« Mara beendete den Satz für Arakasi. Sie winkte abwehrend mit der Hand. »Geht das Problem so an, wie Ihr es für richtig haltet. Wenn Ihr glaubt, daß ein Spion der Minwanabi sich bei uns eingeschlichen hat, grabt ihn aus. Jetzt allerdings möchte ich wissen, was genau in Kentosani geschehen ist.«

Arakasi nippte an seiner Chocha. Einen kurzen Augenblick schien es, als würde er das Problem einer möglichen Schwachstelle in seinem Netzwerk nicht so einfach fallenlassen, doch als Kevin sich wieder in seiner Ecke niedergelassen hatte und Mara voller für sie ungewohnter Ungeduld wartete, wandte der Supai sich dem gewünschten Thema zu. »Viel ist geschehen, doch wenig davon drang an die Öffentlichkeit.« Arakasi stellte seine Tasse so weich ab, daß kein Geräusch erklang. »Ich habe in den Kämpfen einen Agenten verloren.«

Mara wußte nicht, wer der Mann war, der gestorben war, und sie würde es auch niemals erfahren, doch er hatte den Acoma gedient. Sie neigte den Kopf voller Respekt, wie sie es auch bei der Nachricht vom Tod eines ihrer Krieger getan hätte.

Arakasi zuckte mit den Schultern, doch seine sonstige Leichtigkeit war dahin. »Der Mann war einfach nur am falschen Platz, als die Kämpfe begannen. Er wurde von einem verirrten Pfeil getötet, doch der Verlust ist bedauerlich. Kandidaten für Posten im Kaiserlichen Palast werden sorgfältig überprüft, und es wird schwer sein, ihn zu ersetzen.«

Der Supai nahm den Verlust persönlich, erkannte Mara, und trotz ihres Wunsches, daß er endlich zur Sache kommen möge, war dieses Verhalten bei ihm so ungewöhnlich, daß sie wartete, bis er von allein zu erzählen begann.

Arakasi steckte die gefalteten Hände in die Stulpen seiner Robe und schien sich langsam wieder im Griff zu haben. »Wie auch immer«, meinte er forsch, »der Magier Milamber ist, obwohl die Erhabenen ihn verstoßen hatten, durch einen Spalt zurückgekehrt.«

»Wo ist dieser Spalt?« unterbrach Kevin. Er war längst nicht mehr so schläfrig, wie es ausgesehen hatte.

Mara runzelte die Stirn, doch es war der vernichtende Zorn in Arakasis Blick, der den Midkemier zum Schweigen brachte. »Ich weiß es noch nicht«, gestand der Supai, der seine Worte nun ganz eindeutig ausschließlich an seine Herrin richtete. »Milamber wurde in Ontoset von zwei Magiern gefangengenommen, die Axantucar dienten. Wachen brachten ihn zusammen mit zwei Begleitern aus seiner Heimatwelt und einem anderen Erhabenen in den Kaiserlichen Palast.«

Mara unterbrach ihn. »Der Kriegsherr nahm einen Erhabenen gefangen?«

»Man könnte argumentieren, daß die beiden Erhabenen einen ihrer Kameraden bändigten», korrigierte Arakasi trocken. »Über den Kriegsherrn ist nur wenig bekannt, auch wenn es Gerüchte im Überfluß gibt. Es heißt, daß Axantucar nicht zufrieden damit war, das Weiß und Gold zu tragen. Möglicherweise strebte er nach höheren Zielen.«

»Die Ermordung des Kaisers?« warf Mara ein. »Es gehen Gerüchte, daß jemand versuchte ihn zu vergiften.«

»Die Hälfte von solchem Gerede ist wahr.« Arakasi tippte mit den Fingern leicht gegen die Ärmel, und Wasser tropfte auf den polierten Holzboden. »Ichindar begründete damit die Exekution, und da einer von Axantucars Schoßmagiern die Seiten wechselte und es bezeugte – wer würde es da wagen, den Wahrheitsgehalt der Angelegenheit zu bestreiten?«

Mara riß erstaunt die Augen auf. »Ein Erhabener verriet ihn?«

»Mehr noch.« Endlich hatte sich Arakasi mit dem Thema angefreundet. »Es waren zwei Erhabene, Brüder, die den Kriegsherrn unterstützten, wie sie es früher bei seinem Onkel getan hatten.« Mara nickte. Sie erinnerte sich gut an das Paar, das damals, in dem Gewirr gegenseitiger Anschuldigungen, den notwendigen Beweis ihrer Unschuld geliefert und damit den Untergang Jingus von den Minwanabi in die Wege geleitet hatte.

Arakasi fuhr fort: »Der eine Bruder wandte sich gegen den anderen, und einer von ihnen ist jetzt tot, während der andere öffentlich all diejenigen brandmarkt, die sich gegen Ichindar verschworen haben. Im Augenblick rührt sich nichts im Großen Spiel, weil alle Angst vor Vergeltung haben. Doch im Hinblick auf unsere ganz besondere Situation halte ich Vorsicht für dringend angeraten. Falls Tasaio sich für den stärksten Lord im Kaiserreich hält, entscheidet er sich womöglich zuzuschlagen.«

Mara bat mit erhobener Hand um Ruhe, während sie nachdachte. Nach kurzer Zeit, in der nur das Geräusch der von den Dachvorsprüngen fallenden Tropfen zu hören gewesen war, meinte sie: »Nein. Nicht jetzt. Tasaio ist zu schlau; er wird nicht versuchen, den anderen zuvorzukommen, wenn so viele Schwerter bereits gezogen sind. Wer befehligt die Garnison im Kaiserlichen Palast?«

»Kamatsu von den Shinzawai«, erwiderte Arakasi. »Er handelt als Kommandeur des Kaisers, obwohl er die Rüstung eines Clanlords der Kanazawai trägt, nicht das Kaiserliche Weiß.«

Mara legte die Stirn in Falten, als sie die politischen Konsequenzen dieser Entwicklung abwägte. »Wir können also im Augenblick davon ausgehen, daß die Kriegsallianz nicht mehr existiert, jetzt, wo die Kriegspartei praktisch vernichtet ist, da nur die Minwanabi diese Gruppe bestimmen.« Sie klopfte mit einem Finger leicht gegen das Kinn. »Es ist anzunehmen, daß Jiro von den Anasati sich sowohl von den Omechan als auch von Tasaio distanziert und daß die Anasati und andere Familien im Clan Ionani wieder hübsch in den Schoß der Kaiserlichen Partei zurückkehren werden. Nein, das Blaue Rad ist möglicherweise nicht die mächtigste Gruppe, doch sie sitzt zur Rechten des Kaisers, und in diesem Augenblick bedeutet das eine ganze Menge.«

Arakasi meldete sich wieder zu Wort. »Was den Rat betrifft, so sind zwei Versuche der Minwanabi, eine formelle Versammlung einzuberufen, offen von Ichindar zurückgewiesen worden. Das Licht des Himmels wiederholte seinen Befehl, daß der Hohe Rat aufgelöst ist, bis er sich entscheidet, ihn wieder einzuberufen.«

Mara schwieg längere Zeit. »Ich weiß, hier ist mehr im Spiel als bloß Verrat«, faßte sie schließlich zusammen. »Da geht noch etwas anderes vor. Wir hatten auch zuvor Angriffe auf den Kriegsherrn und den Kaiser, doch keiner mündete in der Entlassung des Hohen Rates.«

»Vielleicht hat dieser Kaiser mehr im Kopf oder ist ehrgeiziger als seine Vorgänger«, bot Kevin aus seiner Ecke an. »Ich würde wetten, daß er darauf brennt zu herrschen.«

Mara schüttelte den Kopf. »Mit solchen Methoden die Macht an sich zu reißen würde eine Revolution auslösen. Wenn Ichindar wirklich die Macht anstrebt und will, daß der Rat tut, was er sagt, würde er sie zu seinen Hunden machen. Der kaiserliche Hof kann vieles tun, doch er kann nicht das Kaiserreich regieren. Unser System ist anders als eures, Kevin, wo sowohl die Herrschenden als auch die Bediensteten dem König unterstellt sind.« Die hilflose Geste zeigte, daß ihr solche Konzepte immer noch fremd waren.

»Die Große Freiheit«, meinte Kevin. »Das Gesetz, das deutlich die Beziehung eines jeden Mannes zu seinem Herrn oder seinem Diener aufzeigt, damit niemand Ungerechtigkeit erleiden muß.«

»Eine schöne Idee, ich bin sicher«, unterbrach Mara. »Wie

auch immer, das war es nicht, was ich meinte. Wir haben kein System, das es uns erlaubt, einen korrupten Lord durch einen ehrbaren zu ersetzen. Wenn ein Lord fällt, fällt auch sein Haus, und wenn genug von uns fallen, geht das Kaiserreich selbst zugrunde.«

Kevin strich die vom Schlaf zerzausten Haare zurück. »Du meinst, das Kaiserreich hat keine eigene Struktur, um einem solch großen Wandel widerstehen zu können. Die tsuranischen Edlen sind zu verdorben und maßlos, um ihr eigenes Land zu verwalten, solange es ihnen nicht auch gestattet ist, als absolute Diktatoren zu herrschen. Sie werden es nicht tun, nur weil der Kaiser es ihnen sagt.«

Seine Bemerkungen trafen Mara. »Nein. Was ich sage, ist folgendes: Wenn das Licht des Himmels denkt, aufgrund einer Laune eine Gruppe von Herrschern in nichts weiter als Verwalter umwandeln zu können, wird er sich wundern. Er wird lernen, daß es etwas anderes ist, etwas zu befehlen oder dafür zu sorgen, daß die anderen es auch wirklich tun.«

Kevin lehnte sich gegen die Wand und betrachtete seine Fingernägel. Sie waren schmutzig. »Darüber kann ich mit dir nicht streiten.«

Mara verstand nicht, warum er ausgerechnet in diesem Augenblick so schwierig sein mußte, und wandte ihre Aufmerksamkeit wieder Arakasi zu. »Ich denke, wir sollten nach Kentosani gehen.«

Es wurde plötzlich still; dann meldete sich Arakasi, kaum mehr als eine schattenhafte Gestalt in seiner dunklen Robe. »Mistress, das könnte gefährlich werden.«

»Wann war es das nicht?« fiel Kevin sarkastisch ein.

Mara forderte ihn mit einer Handbewegung auf zu schweigen; sie schaute nicht einmal in seine Richtung. »Ich muß riskieren, daß der Kaiser nichts gegen ein Treffen des Clans Hadama in den Räumen des Rates einzuwenden hat. Und falls einige Mitglieder der Partei des Jadeauges ebenfalls in der Stadt sein sollten und wir zusammen essen ...«

Doch die gesellschaftlichen Spiele interessierten Arakasi an diesem Tag nicht. »Diese Angelegenheiten solltet Ihr mit Eurem Hadonra und Eurer Ersten Beraterin besprechen, Mistress«, unterbrach er mit einer Spur Schärfe in der Stimme. »Ich muß zu meinen Spionen zurückkehren und ihnen mitteilen, daß Ihr in Sicherheit seid.«

Völlig in ihre eigenen Gedanken versunken, entging Mara seine ungewöhnliche Schroffheit. »Tut das«, sagte sie in vager Beantwortung seiner Worte, deren Bedeutung sie nur oberflächlich erfaßt hatte. »Doch ich erwarte Euch in einem Monat in meinen Gemächern in der Heiligen Stadt.«

»Wie Ihr wünscht, Mistress.« Arakasi verbeugte sich ohne Zögern und schlüpfte so unauffällig, wie er gekommen war, durch den Laden und verschwand im silbrigen Nachmittagsniesel. Immer noch in Gedanken, ließ Mara ihm genügend Zeit, ungesehen zu verschwinden. Dann klatschte sie nach ihrem Läufer in die Hände und ließ ihre Vertrauten kommen.

Der Regen hatte beinahe alle ans Haus gefesselt, und bereits nach wenigen Augenblicken traten Nacoya, Keyoke und Saric ein. Lujan erschien als letzter; er roch nach den Ölen, die zur Pflege der laminierten Waffen und Rüstungen benutzt wurden. Er hatte in den Unterkünften junge Rekruten angelernt, und seine Sandalen vergrößerten die Pfützen, die Arakasis dunkle Robe hinterlassen hatte.

Ohne lange Vorrede kam Mara gleich zur Sache: »Nacoya, schicke Mitteilungen an alle Herrscher der Partei des Jadeauges und informiere sie, daß wir uns in einem Monat von heute an in unserem Haus in der Heiligen Stadt aufhalten werden. Die Acoma würden sich freuen, jeden von ihnen als Gast zum Mittag- oder Abendessen begrüßen zu dürfen ... entsprechend ihrem Rang natürlich.« Sie zögerte kurz und fügte dann hinzu: »Schicke ebenfalls Botschaften an alle Mitglieder des Clans Hadama, daß in sechs Wochen in der Halle des Hohen Rates ein Treffen stattfinden wird.«

Nacoya, die eine verrutschte Haarnadel zurechtsteckte, erstarrte mitten in der Bewegung. »Mistress, viele aus dem Clan Hadama waren mit Axantucar verbündet. Sie werden wenig Veranlassung sehen, so schnell wieder nach Kentosani zurückzukehren, trotz Eurer Bitte.«

Mara warf ihr einen harten Blick zu. »Dann mach ihnen klar, daß dies keine Bitte ist, sondern eine Aufforderung.«

Kurz davor, einen Streit anzufangen, versuchte Nacoya den Blick in den Augen ihrer Herrin zu beurteilen. Sie überlegte kurz, nickte dann einmal und meinte mit wenig Anmut: »Wie Ihr wünscht, Mistress.«

Von seiner Ecke aus beobachtete Kevin den abendlichen Wortwechsel mit wachsender Unruhe. Etwas in Mara hatte sich verändert, das fühlte er, auch wenn er nicht genau sagen konnte, was es war. Er wußte nur, daß eine Distanz zwischen ihnen entstanden war, trotz seiner Bemühungen, Geduld zu üben. Er betrachtete den kalten, unnahbaren Blick seiner Lady und faßte einen Entschluß. Was für hintergründige Gedanken sie auch hegen mochte, er war sich dieses Mal nicht sicher, ob er sie wirklich wissen wollte. Das Spiel war kein Spiel, zumindest nicht in einer Weise, die er verstanden hätte. Und er war mittlerweile vertraut genug mit der Politik im Kaiserreich Tsuranuanni, um zu spüren, wenn Ereignisse auf eine Bedrohung hinausliefen. Veränderungen, das hatte er gelernt, gab es in diesem Land nicht, es sei denn in Form von Blutvergießen, und der Untergang eines weiteren Kriegsherrn deutete auf das Allerschlimmste hin.

Der Regen trommelte auf die Dachbalken, und die Dunkelheit senkte sich herab. Obwohl die Luft so feucht und stickig war wie zuvor, hatte Kevin plötzlich jedes Bedürfnis nach Schlaf verloren.

Der Sturm zog vorbei, und wenn auch weiße Wolken am Horizont von späteren Regenschauern kündeten, war es doch ein strahlender Tag. Mara stand in der heißen Sonne auf dem Übungsplatz, aufrecht und mit unergründlicher Miene. Vor ihr wartete ihre gesamte Garnison, jeder Krieger, der die Farben der

Acoma trug. Die einzigen abwesenden Soldaten waren jene, die auf den entfernten Besitztümern Dienst taten oder entlang der Grenzen des eigentlichen Acoma-Landguts auf Patrouille waren.

Rechts von Mara stand Nacoya, die unter dem Gewicht des Zeremoniengewandes förmlich zu verschwinden schien. Ihre winzige Statur wurde noch betont durch den Amtsstab mit dem Fächer aus Shatra-Schwanzfedern, das offizielle Zeichen ihres Amtes als Erste Beraterin. Hinter und links von Mara standen Keyoke, Saric und Lujan, alle in formellen Gewändern. Die polierten Rüstungen, die Juwelen und die Perlmutteinsätze auf den Offiziersstäben glänzten hell im Morgenlicht.

Kevin blinzelte gegen das auf den Rüstungen und Waffen funkelnde Sonnenlicht und betrachtete die Szene vom Haus aus. Sein Aussichtspunkt war ein Fensterplatz in der großen Halle, in der Mara sonst hof hielt. Neben ihm stand Ayaki, die Ellenbogen auf ein Kissen aufgestützt. Hinter dem jungen Herrn stand der ältliche Haussklave Mintai, der für die Instandhaltung dieses Raumes eingeteilt war; in der einen Hand hielt er einen Topf mit Wachs, während von der anderen ein vergessenes Poliertuch herabbaumelte. Der alte Mann genoß den freien Augenblick, den eine solche Zeremonie mit sich brachte, da dies die einzigen Zeiten waren, in denen er ohne Furcht vor Zurechtweisung etwas Müßigkeit walten lassen konnte.

Mara hatte als erstes Auszeichnungen und Beförderungen vergeben, danach nahm sie etwa einem Dutzend junger Krieger, die in den Dienst der Acoma gerufen worden waren, den Treueeid ab. Als die neuen Rekruten ihre Verbeugungen ausgeführt hatten und zurück in die Reihen traten, wandte sie sich an die gesamte Armee.

»Jetzt ist die Stärke der Acoma so weit gewachsen, daß sie ihrem Maß an Ehre entspricht. Kenji, Sujanra!« Als die genannten Offiziere vortraten, nahm Mara zwei große, grüngefärbte Federbüsche aus Keyokes Händen entgegen. »Diese Männer werden in den Rang eines Truppenführers befördert!« verkündete sie ihren Kompanien, und als die zwei Männer sich vor ihr verbeugten, befestigte sie die Zeichen ihres neuen Ranges an den Helmen.

Kevin stupste Ayaki in die Rippen. »Was ist ein Truppenführer? Ich dachte, ich kenne alle eure militärischen Ränge.«

»Tasaio von den Minwanabi hat vier davon«, sagte der Junge wenig hilfreich.

Die blauen Augen des Midkemiers hefteten sich daraufhin auf den Haussklaven, der, geschmeichelt darüber, daß er als Autorität um Rat gefragt wurde, mit dem Poliertuch eine ausschweifende Geste in Richtung von Maras Armee machte. »Das wird manchmal gemacht, wenn eine Streitmacht zu groß für einen einzigen Kommandeur ist. Die beiden sind jetzt die ranghöchsten Offiziere nach Kommandeur Lujan, und jeder wird eine eigene Kompanie befehligen.« Ein verwirrter Blick huschte über sein Gesicht. »Das bedeutet, sie hat die Armee geteilt.«

Kevin wartete, daß Mintai dies näher ausführte, doch als keine weitere Erklärung folgte, entschied er, daß der Mann ein wenig schlicht sein mußte. »Was bedeutet das?« drängte er.

Er erhielt ein tsuranisches Schulterzucken als Antwort. »Vielleicht möchte die Mistress noch mehr Soldaten in ihren Dienst rufen.«

»Damit wir Tasaio schlagen können«, warf Ayaki ein. Er ließ ein Röcheln hören, das vermutlich seiner Vorstellung von den Geräuschen eines sterbenden Mannes entsprach, dann grinste er breit.

Kevin stupste den Jungen erneut in die Rippen, und das Röcheln ging in Gelächter über. »Wie viele Soldaten sind in einer Kompanie?« wollte er von Mintai wissen.

Der alte Sklave zuckte wieder nur mit den Achseln. »Viele. So viele ein Lord will. Es gibt keine feste Regel dafür.«

Doch Kevins Neugier wurde durch die vagen Antworten nur noch mehr angestachelt. »Wie viele Männer unterstehen dann einem Patrouillenführer?«

»Eine Patrouille natürlich, Barbar.« Mintai machte Andeutungen, daß er wieder an seine Arbeit zurückwollte. Der Midkemier mochte der Liebhaber seiner Lady sein, doch er schuldete ihm keinen Respekt für das Stellen von dummen Fragen.

Wie zu erwarten entging dem Barbar der Hinweis, daß sein Interesse zu einer Belästigung geworden war. »Laß mich die Frage anders stellen. Wie viele Männer sind gewöhnlich in einer Patrouille?«

Mintai verzog die Lippen und weigerte sich zu antworten, doch jetzt brannte Ayaki darauf, sein Wissen zeigen zu können. »Normalerweise ein Dutzend, manchmal zwanzig, aber niemals weniger als acht.«

Daß ein Kind ein solch absurdes System auseinanderhalten konnte, war wieder eine der Merkwürdigkeiten in dieser verrückten Welt. Kevin kratzte sich am Kopf und versuchte Ordnung in das Chaos zu bringen. »Sagen wir also zehn. Also, wie viele Patrouillenführer befehligt ein Befehlshaber?«

»Manchmal fünf, manchmal aber auch bis zu zehn«, erklärte Ayaki.

»Du mußt nicht so schreien, als wärst du auf einem Schlachtfeld«, schalt Kevin und versuchte, trotz einiger Vergeltungsschläge in seine eigenen Rippen, seine Gedanken zu konzentrieren. »Also kann jeder Befehlshaber über vierzig bis zweihundert Männer befehlen.« Er blinzelte, als er in die grelle Sonne schaute, wo die frisch beförderten Offiziere sich erhoben und ihre Plätze wieder einnahmen. »Und wie viele Befehlshaber benötigt man, um eine Streitmacht so wie hier aufzuteilen?«

Ayaki konnte vor lauter Lachen nicht antworten; Mintai wurde es am Fenster zu langweilig, und er verteilte etwas Wachs auf sein Tuch. Als könnten die Dielen unter seinen Füßen wegen mangelnder Aufmerksamkeit verschwinden, kniete er sich nieder und begann eifrig zu reiben. »Ich weiß es nicht. Wie viele Männer kommandiert unsere Lady jetzt? Gemessen an den zusätzlichen Hilfskräften in der Küche müssen es beinahe zweitausend sein – wir haben zwanzig oder zweiundzwanzig Befehlshaber, zumindest hat Kenji damit einmal geprahlt. Und jetzt laß mich meine Arbeit tun, bevor ich ausgepeitscht werde.«

Die Drohung war nicht ernst gemeint; Mintai war ein fester Bestandteil des Haushalts und wurde vom Aufseher zu sehr gemocht, als daß er mehr als einen Tadel erhalten hätte. Kevin wehrte Ayakis übermütiges Spiel ab und rechnete. Der größte Teil der Garnison rotierte, verbrachte einen Teil des Monats in den Baracken beim Haus, damit die Männer bei ihren Frauen und Kindern sein konnten. Der Rest war in kleinen Hütten an verschiedenen Stellen entlang der Grenze von Maras Besitz stationiert, oder sie waren als Schutz irgendwelcher Karawanen oder Flußbarken unterwegs, die die Waren der Acoma zu weiter entfernten Märkten brachten. Es war schwer, auf eine genaue Zahl zu kommen, doch die Schätzung des Sklaven mochte zutreffen. Mara konnte durchaus zweitausend Krieger unter ihrem Befehl haben. Kevin pfiff in leiser Anerkennung. Er wußte aus dem gängigen Klatsch, wie klein die Garnison gewesen war, die sie geerbt hatte, als sie den Herrschafts-Mantel erhalten hatte: um die fünfunddreißig Männer. Jetzt konnte es ihre Streitmacht mit denen der stärksten Familien im Kaiserreich aufnehmen.

Schade, dachte er, daß die Lage ihres Landsitzes so schlecht zur Verteidigung geeignet war.

Doch es folgte der beunruhigende Gedanke, daß seine Lady ihre Streitkräfte möglicherweise nicht nur verstärkte, um die Grenzen besser schützen zu können.

Eine Wolke zog vor der Sonne vorbei; Vorbote des ersten Nachmittagsschauers. Die Zeremonie auf dem Übungsplatz neigte sich dem Ende zu, ein Rechteck aus Soldaten nach dem anderen machte kehrt und marschierte auf Lujans Kommando los. Mara kehrte mit ihren Vertrauten zum Herrenhaus zurück. Plötzlich sehnte Kevin sich danach, sie zu treffen, und er schlug Ayaki vor, in die Küche zu gehen und die Köche zu belästigen, die gerade frisches Thyza-Brot backten, wenn man dem Geruch trauen konnte, der in der Luft hing. Das mußte man dem unaufhörlich hungrigen Jungen nicht zweimal sagen, und da Kevin eine Abkürzung durch die Innenhöfe nahm, wartete er bereits auf seine Lady, als sie ihre Gemächer betrat. Er kam einer der Zofen zuvor und half ihr aus der schweren Robe. Immer noch schweigend gestattete sie es ihm; doch sie war weniger empfänglich als sonst für seine Berührungen.

Kevin bemühte sich, seine Stimme leicht klingen zu lassen. »Rüsten wir uns für einen Krieg, Mylady?«

Mara lächelte humorlos. »Möglicherweise. Wenn die Mitglieder meines Clans Vernunft zeigen, dann nicht, doch wenn sie aufsässig sind, werde ich diese Streitmacht benötigen. Die Information, daß die Acoma-Garnison so groß geworden ist, daß sie zwei Truppenführer braucht, wird sich entlang des Flusses schnell verbreiten.« Sie nahm eine ganze Reihe schwerer Jade-Armreifen ab und ließ sie in ein offenes Kästchen gleiten. Die dazu passenden Haarnadeln verursachten ein glockenhelles Gebimmel, als Mara sie der Reihe nach zu dem anderen Schmuck warf. »Niemand darf erfahren, daß wir jetzt weniger Kompanien haben als zuvor.«

Sie reichte einer Zofe die leere Robe zum Aufhängen und Lüften. Kevin betrachtete den nackten Rücken seiner Lady und seufzte, als sie sich in ein leichtes, lockeres Gewand hüllte. »Das Spiel geht also weiter?«

»Immer.« Mara verknotete den Gürtel und beendete damit jede Hoffnung auf ein kurzes Techtelmechtel auf ihrer Schlafmatte. Sie ahnte nichts von den Gedanken ihres Liebhabers und fuhr fort: »Der Kaiser mag den Rat ausgesetzt haben, doch das Spiel geht immer weiter.«

Nur daß es kein Spiel war, dachte Kevin insgeheim. Nicht, wenn solche Armeen beteiligt waren. Und obwohl er erst kürzlich beschlossen hatte, sich nicht in die Politik hineinziehen zu lassen, fragte er sich immer wieder, welchen Plan seine Lady wohl dieses Mal verfolgte.

Die Morgensonne schickte ihre ersten Strahlen über den Horizont und überzog den Kaiserlichen Palast mit einem Muster aus Licht und Schatten in den Farbtönen Rosa, Orange und Schwarzblau. In den Stadtteilen am Flußufer und in den ärmeren Vierteln herrschte bereits reges Treiben, doch die Hallen der

Mächtigen waren still bis auf die Schritte der Bediensteten und einer Patrouille von Soldaten im Grün der Acoma.

An diesem Tag, den Mara für das Treffen des Clans Hadama ausgewählt hatte, wollte sie als erste im Versammlungssaal sein. Es durfte nichts schiefgehen bei dem, was sie vorhatte, oder ihre Forderungen gegenüber dem Clan würden ihr nichts weiter einbringen als noch mehr Feinde.

Lujan und eine Eskorte aus zwanzig handverlesenen Männern begleiteten Mara in den inneren Bereich des Gebäudes. An der Stelle, wo sie normalerweise den Befehl erhielten, stehenzubleiben und zu warten, ging die Lady der Acoma heute einfach weiter. Nach kurzem Zögern gab Lujan seinen Kriegern das Zeichen, die Formation beizubehalten. Sie folgten ihrer Herrin hinunter auf die niedrigste Ebene im Raum, und falls es sie überraschte, daß die Lady an ihrem gewohnten Platz vorbeischritt, so zeigten sie es nicht.

Kevin, der als Leibsklave folgte, hob eine Augenbraue, dann kicherte er still in sich hinein, als er die Absicht seiner Lady begriff. Mara überquerte die freie Fläche auf der untersten Ebene und stieg dann auf das Podest, das während der Versammlungen des Rates dem Kriegsherrn vorbehalten war und bei Zusammenkünften der Clans dem jeweiligen Clanlord.

Inzwischen leuchtete die Kuppel golden von der Sonne. Mara saß auf dem mit feinen Elfenbeineinlagen geschmückten Thron und sammelte sich. Kevin stand dicht hinter ihr, bereit, sich um ihre Bedürfnisse zu kümmern. Die Soldaten hatten sich in einem Halbkreis um den Thron aufgestellt, so als hätte ihre Handlung weder Mut noch Kühnheit erfordert.

Kevin betrachtete die leeren Reihen von seinem Platz auf dem Podest. Da die Halle bis auf die Soldaten der Acoma noch leer war, nahm er kein Blatt vor den Mund. »Einige werden wohl am Ende dieses Tages ziemliche Probleme mit der Verdauung haben, Lady.«

Doch Mara hatte bereits die überlegene Haltung angenommen, die der Thron ausstrahlte; sie sagte gar nichts. Sie verharrte in der offiziellen Pose beinahe drei Stunden, bis die rangniedrigsten Mitglieder des Clans Hadama erschienen.

Der Lord der Jinguai betrat die Halle zuerst, seine Wachen in gelb-roten Rüstungen mit schwarzen Rändern dicht hinter ihm. Inzwischen war die Sonne hoch genug geklettert, daß ihre Strahlen schräg auf das Podest in der Mitte fielen. Wer immer eintrat, konnte die Lady auf dem Thron in ihren fließenden Zeremoniengewändern und mit den glitzernden Juwelen nicht übersehen. Der alte Mann warf ihr einen überraschten Blick zu und hielt überstürzt inne. Er zögerte, doch dann lächelte er in aufrichtiger Erheiterung und setzte seinen Weg zu seinem Platz weiter hinten in der Halle fort.

»Nun, der da ist ganz sicher bereit, sich die Vorstellung anzusehen«, flüsterte Kevin.

Mara bedeutete ihm mit einem Wink ihres Fächers, seine Gedanken für sich zu behalten. Ihr Gesicht war von mehreren Schichten Thyza-Puder bedeckt und wirkte so unbewegt wie Alabaster; sie hatte jegliche Nervosität und Aufregung tief in ihr Inneres verbannt.

Innerhalb der nächsten Stunde tauchten drei weitere Lords auf. Die meisten schritten nach einem Blick in Maras Richtung einfach zu ihrem vorgesehenen Platz. Zwei andere berieten sich kurz, tauschten vorsichtige Gesten aus und gingen dann zu ihren Stühlen. Gegen Mittag erschien ein halbes Dutzend Lords, von denen einer zu den mächtigsten Familien im Clan Hadama zählte. Dieser gab den anderen ein Zeichen, als er auf die untere Schwelle trat, und gemeinsam kam die Gruppe zur Mitte der Halle. Inzwischen schien die Sonne direkt auf den gold- und elfenbeinverzierten Thron und warf ihren Schimmer auf Mara, als wäre sie die Statue einer Göttin in einer Tempelnische. Vor dem Stuhl des Clanlords hielten die Herrscher an, doch sie nahmen nicht ihre Plätze ein, sondern blieben zusammen stehen und berieten sich.

Schließlich drehte der Lord in den tiefblauen Gewändern sich um und sprach die reglose Frau auf dem Thron an.

»Mylady der Acoma –«

Mara unterbrach ihn. »Ihr habt mir etwas zu sagen, Mylord der Poltapara?«

Der Mann schien sich aufbäumen zu wollen; er wölbte die Brust, so wie ein Vogel sich aufplustert, dann betrachtete er die Lady auf dem Podest abschätzend. Ihr Blick schwankte keinen Millimeter, und die Soldaten hinter ihr wirkten wie Statuen, so still waren sie. Doch in der Kultur der Tsuranis wurde ein solcher Mangel an Reaktion zu einer deutlichen Aussage. Der Lord räusperte sich. »Geht es Euch gut, Lady?«

Mara lächelte bei seiner höflichen Kapitulation. »Es geht mir gut, in der Tat, Mylord. Geht es Euch gut?«

Der Mann in Blau vollendete den rituellen Gruß und nahm dann lässig seine Unterhaltung mit den anderen wieder auf. Kevin sagte mit unterdrückter Stimme: »Einer weniger.«

»Nein«, verbesserte Mara. Sie verbarg ihre Erleichterung hinter einer raschen Bewegung ihres Fächers. »Sechs weniger. Der Lord, der mich grüßte, ist ranghöher als die anderen, zwei sind seine Vasallen. Die anderen drei sind verschworene Verbündete, und wenn sie auch noch miteinander diskutieren, werden sie sich doch seiner Entscheidung fügen.«

Der Sieg blieb nicht folgenlos, denn als weitere Lords eintraten, sahen sie, daß eine der mächtigeren Familien Maras Position anerkannt hatte. Deutlich unwillig, ihre Beliebtheit zu testen, grüßten sie mit unterschiedlicher Begeisterung und nahmen ihre Plätze ein.

Dann stolzierte der eigentliche Clanlord in die Halle, Lord Benshai von den Chekowara. Sein farbenprächtiges Gewand blähte sich wie ein Segel um seinen gewaltigen Körper. Er war tief in eine Unterhaltung mit seinen Beratern versunken und so sehr von seiner eigenen Wichtigkeit eingenommen, daß er bereits die Hälfte der Treppenstufen zurückgelegt hatte, ehe er die Gestalt bemerkte, die seinen Thron besetzt hatte.

Er hielt einen kurzen Moment abrupt inne, die Augen in dem dunklen Gesicht weit aufgerissen. Dann bedeutete er seinem geschwätzigen Berater zu schweigen und bewegte seine Masse in verblüffender Geschwindigkeit die übrigen Stufen herab, um sich der Lady der Acoma entgegenzustellen.

Kevin enthielt sich eines Kommentars, denn Maras Taktik war jetzt offensichtlich. Abgesehen von der Tatsache, daß das frühere Eintreffen eigentlich eine Sache der rangniederen Herrscher war, geriet jeder, der von der untersten Ebene aus auf die Person auf dem Thron starrte, in Nachteil.

»Lady Mara –«, begann der Lord der Chekowara.

Mara schnitt ihm das Wort ab. »Es geht mir gut, Mylord. Wie geht es Euch?«

Einige der geringeren Edlen konnten ein Lächeln nicht unterdrücken. Indem Mara auf eine nicht gestellte Frage antwortete, tat sie so, als hätte der Clanlord ihre überlegene Position bereits anerkannt.

Lord Benshai stotterte und riß sich dann zusammen. »Das war nicht –«

Mara unterbrach ihn wieder. »Das war nicht was, Mylord? Vergebt mir, ich hatte angenommen, Ihr hättet Manieren.«

Doch ein Mann, der an die Macht gewöhnt war, ließ sich mit Wortgeklingel nicht lange hinhalten, wie geschickt es auch sein mochte. Autorität sprach aus seiner Stimme, als er laut antwortete: »Lady, Ihr sitzt auf meinem Podest.«

Die Lady der Acoma antwortete mit einem durchdringenden Blick. Auch ihre Stimme hatte etwas Herrisches, was niemand der Anwesenden überhören konnte, als sie verkündete: »Ich glaube nicht, Mylord!«

Lord Benshai von den Chekowara richtete sich zu seiner vollen Größe auf. Elfenbeinschmuck klimperte an seinen Handgelenken und am Hals, als er wütend auffuhr. »Wie könnt Ihr es wagen!«

»Ruhe!« befahl Mara, und die übrigen im Saal gehorchten.

Die Fügsamkeit der Anwesenden entging Lord Benshai nicht. Er drehte seinen kurzen Hals und blickte die Lords an, die ihn im Stich gelassen hatten. Nur noch sein Stolz hielt ihn aufrecht.

Mara wandte sich jetzt nicht nur an den Lord der Chekowara, sondern an alle im Saal. »Es ist Zeit für klare Worte, Stammesangehörige.«

Jetzt senkte sich absolute Stille über die gewaltige Halle. Es war selten, daß jemand in der Öffentlichkeit Worte benutzte, die die Blutsbande zwischen ihnen betonten, denn die Tsuranis maßen Beziehungen große Bedeutung bei. Jeder Hinweis auf die Verwandtschaft, wie vage auch immer, wurde als wichtig und auch persönlich betrachtet. Obwohl alle Clanmitglieder in weit zurückliegender Vergangenheit Blutsverwandte gewesen waren, waren die Beziehungen im Laufe der Zeit schwach geworden und wurden niemals betont, damit nicht Fragen der Schuld oder Ehre ins Spiel kommen konnten.

Als würde der Lord der Chekowara nicht verblüfft am Fuße des Podestes stehen, sprach Mara weiter zu den Lords auf den Galerien. »Das Schicksal hat es so gefügt, daß Ihr Mitglieder eines Clans seid, der seit langem als ehrenvoll gilt« – viele in der Halle murmelten zustimmend, und Mara erhob ihre Stimme, um sie zu übertönen –, »doch keine Macht besitzt.« Die Stimmen erstarben. »Mein Vater zählte zu den edelsten Lords im Kaiserreich.« Wieder pflichteten ihr einige Herrscher bei. »Doch als seine Tochter einem mächtigen Feind allein gegenüberstand, dachte keiner ihrer Verwandten daran, ihr auch nur symbolische Unterstützung zu gewähren.«

Jetzt sprach niemand mehr, als Mara ihren Blick über die Galerien schweifen ließ.

»Ich verstehe so gut wie jeder von euch, warum das so ist«, sagte sie. »Doch ich glaube ebenfalls, daß politische Gründe keine ausreichende Rechtfertigung sind. Schließlich«, erklärte sie in bitterem Tonfall, »quälen uns keine Gewissensbisse. So ist es üblich bei den Tsuranis, bestärken wir uns immer wieder. Wenn ein junges Mädchen getötet wird und der Natami einer ehrenwerten Familie kopfüber in die Erde gesteckt wird, kann da noch jemand behaupten, es sei nicht der Wille der Götter?«

Mara durchforschte jedes Gesicht im Raum, suchte nach

feindseligen Reaktionen. Kurz bevor der kühnste Herrscher seine Stimme zum Protest erheben konnte, rief sie: »Ich behaupte, es ist nicht der Wille der Götter!« Ihre Worte hallten in den Galerien wider, und gerötete Gesichter, Zeichen ihrer beinahe unschicklichen Gefühlsaufwallung, hielten die Lords auf ihren Plätzen.

»Ich, Mara von Acoma, die den Lord der Anasati gezwungen hat, mir Schonung zu gewähren! Ich, die Jingu von den Minwanabi unter dem Dach seiner eigenen Ahnen vernichtete! Ich, die die Acoma zum mächtigsten Haus im Clan Hadama schmiedete! Ich sage, daß wir selbst unser Schicksal bestimmen und unseren Platz auf dem Rad selbst wählen! Wer von euch bestreitet das?«

Die Anwesenden reagierten mit Unruhe auf diese Vorstellung, und einige Lords bewegten sich, als wäre ihnen unangenehm, was wie Blasphemie klang. Ein Herrscher weiter hinten rief: »Lady, ihr äußert gefährliche Gedanken.«

»Wir leben in gefährlichen Zeiten«, schoß Mara zurück. »Es ist höchste Zeit für radikales Umdenken.«

Zustimmung folgte, wenn auch zögernd. Tiefes Gegrummel mündete in leidenschaftliche Unterredungen und wurde dann abgeschnitten vom Lord der Chekowara, der kaum seine Wut darüber beherrschen konnte, daß er vergessen worden war, da, wo er stand. »Was schlagt Ihr vor, Lady Mara, außer die Besetzung meines Amtes?« schrie er über den allgemeinen Lärm hinweg.

Juwelen blitzten im Sonnenlicht, das von der gewölbten Kuppel herabfiel. Mara zog eine Schriftrolle aus dem Ärmel. Jetzt mußte Kevin an sich halten, um nicht lauthals seine Bewunderung für ihre vorzügliche zeitliche Planung herauszuschreien. »Gib ihnen das Zuckerbrot«, flüsterte er vor sich hin.

In dem hellen Licht konnte niemand die gelb-weißen Schleifen übersehen, die, wie alle wußten, eine Verfügung des Hüters des Kaiserlichen Siegels zusammenhielten. Mara war sich der Tatsache bewußt, daß sie die Blicke jedes einzelnen im Saal auf sich gezogen hatte, und betrachtete die Versammlung mit gebieterischer Haltung. »Hier, unter diesem offiziellen Siegel, befindet sich ein Dokument, das den Acoma ein ausschließliches Handelsrecht sichert.«

»Ein Handelsrecht?« »Mit wem?« und »Für was?« kam es aus verschiedenen Ecken der Galerien.

Nur Lord Benshai schien unbeeindruckt. Er stand unbewegt da und glühte vor Zorn. »Selbst wenn Ihr ein Dokument aus den Händen des Lichts des Himmels persönlich in den Händen hieltet, würde ich mich vor Euch nicht verbeugen, Lady.«

Lujan fuhr mit einer Hand hörbar an den Griff seines Schwertes, eine klare Warnung, daß er keine Beleidigung seiner Lady dulden würde. Die Krieger der Chekowara griffen ebenfalls zu ihren Schwertern, und Kevin, der genau wußte, wie ernst die Lage war, wie gefährlich nahe ein Blutvergießen, schwitzte in seinem Gewand und wünschte sich sehnlichst ein Messer.

Doch Mara las das Dokument laut vor, als wäre die angespannte Haltung ihrer Soldaten nichts als eine Pose. Im Saal breitete sich Grabesstille aus. »Ich halte hier den Schlüssel zum Reichtum in meinen Händen, Mylords«, schloß sie. »Ich verfüge über das ausschließliche Recht für den Import und Export der Güter Midkemias.«

Immer noch war es totenstill, und Mara fuhr fort: »Begreift ihr, wie sehr die massenhafte Einfuhr auch nur eines der hier aufgelisteten Güter, ganz besonders aber des Metalls, euren Wohlstand beeinflussen wird?«

Die Stille in der Versammlungshalle wurde jetzt bedrückend. Einige Lords berieten sich flüsternd mit ihren Vertrauten, während die auf den höherrangigen Plätzen langsam immer blasser wurden. Der Lord der Chekowara bedeutete seinen Kriegern rasch, ihre kampfbereite Haltung etwas zu lockern; mehr als allen anderen war ihm klar, daß Mara ihn geschlagen hatte. Hätte sie als Druckmittel ihre Streitkräfte oder politische Verbündete bemüht, so wäre es noch möglich gewesen, ihre Position anzuzweifeln. Doch da ihre militärische Stärke seiner in nichts nachstand, möglicherweise gar größer war, und sie außerdem die unumstößliche Macht besaß, die Finanzen einer jeden Familie im Clan zu untergraben, würde es nicht ein einziger der anwesenden Lords wagen, den früheren Clanlord zu unterstützen. Mit dem Ausdruck verblüffter Wut auf seinem dunklen Gesicht sann Lord Benshai angestrengt darüber nach, wie er ohne Verlust an Würde zurücktreten konnte.

Seine Mitherrscher aus dem Clan Hadama schienen zu sehr mit ihrem eigenen Dilemma beschäftigt, als daß sie seine Niederlage begriffen hätten. Einer von der vorderen Galerie rief: »Lady, werdet Ihr uns beteiligen?«

Mara antwortete vorsichtig. »Vielleicht. Ich bin möglicherweise bereit, ein Handelskonsortium einzurichten und anderen die Teilnahme zu erlauben – jenen von Euch, die sich sowohl in Worten als auch in Taten als meine Verwandten erweisen.«

Viele rümpften die Nase bei diesem Vorschlag, und den hektischen Bewegungen zufolge, als die Berater sich vorbeugten und flüsternd mit ihren Lords sprachen, fand die Idee nur wenig Begeisterung. Der Lord der Chekowara sah seine Chance. Mit einer Stimme, die daran gewöhnt war zu überzeugen, sagte er: »Mara, Euer Vorschlag ist schön und gut, doch wir haben nichts gesehen, woraus wir schließen könnten, daß der Handel mit den Barbaren möglich ist, selbst wenn Ihr das ausschließliche Recht dazu vom Kaiser besitzt. Abgesehen davon« – seine Handbewegung erinnerte an einen Vater, der sein eigensinniges Kind tadelt – »ändern sich diese Dinge schnell, nicht wahr?«

Mara hörte Kevin murmeln: »Jetzt zeig ihnen die Peitsche.«

Sie mußte sich zusammenreißen, um nicht laut aufzulachen. Der Lord der Chekowara stellte ein Vertrauen zur Schau, das im nächsten Augenblick seine bedauernswerte Aufgeblasenheit offenbaren würde. Sie wählte sorgfältig den passenden Ton. »Mylord, Ihr solltet verstehen: Wenn ich diese Halle verlasse, werde ich wissen, wer zu meinen Freunden zählt und wer sich abseits stellt.« Sie warf einen bedeutungsvollen Blick in die Halle und wählte ihre nächsten Worte mit Bedacht. »Ich habe mich ein dutzendmal als Herrscherin bewiesen, seit ich den Mantel der Acoma erhalten habe.«

Eine nachdenkliche Pause brachte allgemeines, zustimmendes Gemurmel von den Galerien. Mara fuhr fort: »Jene, die Zweifel an mir haben, mögen sich abseits stellen und mit dem auseinandersetzen, was auch immer kommen mag, in dem festen Wissen, daß sie sich nur auf ihren eigenen Verstand und ihre eigenen Mittel verlassen können. Jene aber, die meiner Aufforderung zur Einheit des Clans nachkommen und ihr Schicksal mit meinem verbinden, werden die Acoma an ihrer Seite finden, welche Gefahr ihnen auch drohen mag. Denn, Mylords, wer auch immer glaubt, das Große Spiel wäre beendet, weil das Licht des Himmels es befiehlt, sollte sich von der Macht zurückziehen und einen Tempel aufsuchen, um dort um Gnade zu bitten. Denn dieser Mann ist ein Narr, und nur durch die Nachlässigkeit der Götter werden er und seine Familie die kommenden Zeiten überleben. Ich biete Euch eine bessere Chance«, schrie sie in einer Lautstärke, die sie bisher noch nicht angewandt hatte. »Ihr könnt so fortfahren wie bisher, ein kleiner Clan ohne besondere Aussichten. Oder ihr entfacht das Feuer von neuem, das unsere Ahnen einst benutzten, um ihren Weg zu erleuchten. Tasaio von den Minwanabi wird fallen, oder ich werde fallen. Wenn ich jedoch falle« – sie blickte dem Lord der Chekowara direkt ins Gesicht –, »glaubt Ihr nicht, daß er dann das Kaiserreich in einen Bürgerkrieg stürzen wird? Welche Familie ist groß genug, ihn aufzuhalten, jetzt, da die Omechan in Unehre gefallen sind?« Sie lehnte sich zurück und wurde leiser, und alle Zuhörer mußten sich nach vorn lehnen, um sie zu verstehen. »Doch wenn ich erfolgreich bin, wird eine der Fünf Großen Familien verschwinden. Eine andere Familie wird aufsteigen und ihren Platz einnehmen. Die meisten werden annehmen, daß die Anasati diese Ehre für sich beanspruchen oder vielleicht auch die Shinzawai. Doch das steht nirgendwo geschrieben. Ich könnte mir gut vorstellen, daß es die Acoma sind. Der Clan der aufsteigenden Familie wird ebenfalls an Bedeutung gewinnen, und die Verwandten dieses Herrschers werden zu den Mächtigen zählen« – sie schwenkte das Dokument in der Hand – »und zu den Reichen.«

Der alte Lord der Jinguai hatte sich während des gesamten Vorgangs nicht von seinem Platz erhoben, doch jetzt stand er auf. Sein Rücken mochte vom Alter gebeugt sein, aber seine Stimme klang fest, als er verkündete: »Mara! Ich ernenne Mara der Acoma zu meiner Clanlady!«

Ein anderer Lord stimmte in seinen Ruf ein, gefolgt von einem Chor anderer auf den oberen Galerien. Plötzlich schrien viele, und bestürzt erkannte Lord Benshai von den Chekowara, daß die Mehrheit des Clans auf den Beinen war und Mara zujubelte. Schließlich legte sich die Aufregung wieder, und die Lady der Acoma betrachtete den früheren Clanlord. »Benshai, übergebt den Stab.«

Der Lord der Chekowara blickte säuerlich drein. Er zögerte beinahe zu lang, dann hielt er ihr den kurzen Holzstab mit den Schnitzereien hin, der den Rang als Clanlady anzeigte. Als Mara das Zeichen des Amtes entgegennahm, führte er eine oberflächliche, steife Verbeugung aus und nahm auf dem ersten Sitz neben dem Podest Platz, der für den zweitmächtigsten Lord im Clan reserviert war. Andere organisierten sich neu, bis zu dem Stuhl, der zuvor Maras gewesen war; nur die rangniederen Lords blieben in ihren Positionen.

Als die Ordnung des Clans wiederhergestellt war, machte Mara eine Geste in Richtung der Versammlung. »Ihr alle zählt zu meinen loyalen und treuen Freunden. Von diesem Augenblick an soll bekannt werden, daß die Hadama wieder ein Clan in Wort und Tat sind. Denn, Verwandte, anstrengende Zeiten stehen uns bevor, Zeiten, die die Nacht der Blutigen Schwerter wie eine sanfte Störung aussehen lassen werden, wenn wir nicht etwas dagegen unternehmen. Ich rufe die Clanehre an!« Bei diesem formellen Satz lief eine Welle des Schocks durch den Raum. Die Lords verliehen ihrem Erstaunen und ihrer Bestürzung lautstark Ausdruck, denn mit dieser Wortwahl hatte Mara ausdrücklich erklärt, daß alles, was jetzt folgte, nicht nur die Ehre der Acoma betraf, sondern die des gesamten Clans. Kein Lord würde einen solchen Schritt aus einer Laune heraus oder wegen einer banalen Angelegenheit unternehmen, denn der Ruf band jede Familie innerhalb des Clans daran, sich an die Seite der Acoma zu stellen. Sollte irgendein Clanlord andere Clans in einen Konflikt hineinziehen, konnte die Stabilität des Kaiserreiches gefährdet werden. Es mußte nicht wiederholt werden, daß die Bedrohung der gesellschaftlichen Beständigkeit die Einmischung der Erhabenen nach sich ziehen würde. Und noch mehr als den Zorn des Kaisers oder die Rache der Götter fürchteten die Tsuranis die Versammlung der Magier, denn ihre Worte waren Gesetz.

Doch Mara zerstreute ihre schlimmsten Befürchtungen, daß sie die Clanehre aus Eigeninteresse anrufen könnte. »Die erste Pflicht des Clans Hadama ist es, dem Kaiserreich zu dienen!«

In hektischer Erleichterung brach lautes Geschrei im Raum aus. »Ja! Dem Kaiserreich zu dienen!«

»Ich sage Euch: Alles, was ich von diesem Tag an unternehme, gilt nicht dem Ruhm der Acoma, sondern dem Dienst am Kaiserreich. Ihr, meine mutigen und treuen Verwandten, habt Euer Schicksal mit meinem verbunden. Wisset also durch mein Wort, daß, egal, was auch geschieht, mein Handeln stets dem Wohl aller dient.«

Wie eine Änderung der Gezeiten kam das unterschwellige Gemurmel ins Stocken. Mara hatte dem Clan Hadama eine schwere Bürde auferlegt, denn mit den rituellen Worten »Wohl des Kaiserreiches« band sie ihren Clan an einen Kurs, der nur in einen Sieg oder völlige Zerstörung münden konnte.

Doch bevor das Murren die Gestalt von geschlossenem Protest annehmen konnte, fuhr Mara fort: »Von diesem Tag an enden alle Parteizugehörigkeiten außerhalb des Clans, abgesehen von denen zum Blauen Rad und zum Jadeauge.« Einige Lords nickten zustimmend, während andere, deren politische Interessen abwichen, finstere Mienen machten. Doch niemand sagte etwas. »Alle Verbindungen zu Gruppen außerhalb des Clans müssen mir bekanntgemacht werden«, verlangte Mara. »Ich werde niemanden von Euch zwingen, unehrenhaft zu handeln oder einen Schwur zu vergessen, doch in Zukunft werden einige von uns entdecken, daß frühere Freunde sich in die bittersten Feinde verwandelt haben.« Sie holte tief Luft, als wartete sie auf eine Herausforderung.

»Seht Euch um, Mylords. Dies ist Eure Familie, von der Ihr abhängt. Die alten Blutsbande sind heute erneuert worden. Jeder Mann, wie hoch sein Platz auch sein mag, erhebt seine Hand auch gegen mich, wenn er sie gegen den geringsten meiner Verwandten erhebt. Das Erbe unseres Clans ist seit Generationen in Uneinigkeit zerfallen. Das hat nun ein Ende. Wer gegen meine Verwandten vorgeht, geht gegen mich vor. Meine Armee ist geteilt worden, Mylords, und genau die Hälfte meiner Krieger steht unter einem neu beförderten Truppenführer bereit und wartet auf Euren Ruf.« Sie ließ das Gesagte ein wenig wirken. »Und wenn die dunkle Zeit vorüber ist, ist es meine Absicht, daß wir uns ein weiteres Mal in diesem Raum treffen; niemand soll dann fehlen. Denn wie eine Shatra-Mutter ihren Jungen Nahrung bringt und ihre Flügel ausbreitet, um sie zu beschützen, so werde ich für Euch sein, jemand, der die Familie ernährt und beschützt.«

Die meisten Lords standen inzwischen, und die von geringerem Rang und mit schwachen Streitkräften jubelten Mara in Anerkennung ihres Versprechens zu. Selbst die mächtigsten, die an Macht und Einfluß verloren hatten, mußten ihrer neuen Clanlady Respekt zollen. Und wenn sich im dunklen Gesicht des Lords der Chekowara andere Gefühle als Bewunderung für die Frau spiegelten, die ihn vom ersten Platz im Clan vertrieben hatte, so verbarg er sie gut, als auch er aufstand und ihren mutigen Worten applaudierte.

Nur Kevin sah sich mit der Wahrnehmung eines gewöhnlichen Menschen um, und ihm entging die Bitterkeit nicht, die in den Augen Lord Benshais aufblitzte. Auch wenn dem Midkemier warm ums Herz geworden war, weil seine Lady es gewagt hatte, seinen Einfluß auf ihr Denken in öffentliche Politik einfließen zu lassen, fragte er sich doch besorgt, ob sie die vielen neuen Verbündeten nicht um den Preis eines weiteren tödlichen Feindes gewonnen hatte.

Der Hüter des Kaiserlichen Siegels führte gerade ein neues Kel-jir-Bonbon zum Mund, als er mitten in der Bewegung innehielt. Hilflos sank er in sich zusammen, als er sah, wer ihn zu sprechen verlangte. Mit einem unterdrückten Grunzen wuchtete er mühsam seine massige Gestalt von den Kissen und rückte seine Robe zurecht. »Mylady von den Acoma. Welch eine ... Überraschung.«

Ein Diener stand wie eine leibhaftige Entschuldigung hinter Mara, und sofort wußte der Hüter, daß die Lady mit ihrem nicht unbeträchtlichen Gefolge einfach an dem üblichen Gewirr aus Bediensteten vorbeigerauscht war und ihn der Möglichkeit beraubt hatte, von der Ankunft einer wichtigen Besucherin informiert zu werden.

Das Bonbon war ihm plötzlich peinlich. Der Hüter des Kaiserlichen Siegels ließ es rasch zurück in die Schüssel fallen, obwohl er es bereits ausgepackt hatte und es in der Hitze zu schmelzen begann. Er wischte die feuchte Hand an der Schärpe ab, da die Robe unangenehm kurze Ärmel besaß, und streckte sie der Besucherin entgegen.

Mara ergriff die Hand und ließ sich von dem Mann zu einem Platz vor dem Schreibtisch führen. Als der Beamte seine wuchtige Gestalt auf die Kissen sinken ließ, fragte er keuchend: »Geht es Euch gut?«

»Es geht mir gut, Mylord Hüter«, erwiderte sie mit nicht mehr als einem Hauch von Ehrerbietung.

»Es heißt, Ihr wäret an die Spitze Eures Clans aufgestiegen.« Der Hüter des Kaiserlichen Siegels verlor keine Zeit, seine Leckerei wieder aufzunehmen. »Viel Ehre für Euch, nehme ich an.«

Mara neigte ihren Kopf, als würde sie ein Kompliment entgegennehmen.

Mit dem Bonbon im Mund fragte der Beamte: »Welchem Anlaß verdanke ich diesen Besuch?«

»Ich denke, Ihr wißt es, Webara.« Indem Mara seinen eigentlichen Namen gewählt hatte, verdeutlichte sie ihren Anspruch, mit allen Ehren behandelt zu werden, die jemandem in ihrer Position zustanden. Sie zog eine Schriftrolle aus ihrem Ärmel. »Ich besitze eine mit dem Kaiserlichen Siegel versehene Ermächtigung für Handelskonzessionen und möchte jetzt, daß mein Anspruch öffentlich bekanntgemacht wird.«

Webara zwang sich zu einem freundlichen Lächeln und zuckte mit den Schultern. »Mara, Ihr könnt tun, was immer Ihr möchtet.« Er benutzte ebenfalls ihren Namen als Hinweis, daß er seine Position immer noch ihrer gegenüber für gleichwertig hielt. »Wenn es Euch etwas bedeutet, könnt Ihr Läufer der Botengilde mieten und die Nachricht von Euren ausschließlichen Handelsrechten bis an die entferntesten Ecken des Kaiserreiches bringen lassen.«

Mara war verblüfft, doch sie versuchte ihre Überraschung zu verbergen. »Ich nahm an, daß zur entsprechenden Zeit die kaiserlichen Boten die Aufgabe übernehmen würden, solche Nachrichten zu übermitteln.«

»Das würden sie auch, wenn ich es ihnen befehlen würde.« Webara begutachtete die Robe über seinem Bauch und entfernte ein Stückchen Keljir, das an dem Stoff hängengeblieben war. »Doch da die Spalte nicht unter kaiserlicher Kontrolle stehen, betrifft mich nicht, wer sie benutzt.«

Mara beherrschte mühsam ihre Wut. »Was soll das heißen? Ich verfüge über die ausschließlichen Handelsrechte!«

Webara seufzte gequält. »Mara, laßt mich offen sein. Ihr besitzt die Handelsrechte mit der barbarischen Welt. Während es sicherlich keine Frage ist, daß niemand sonst das Recht hat, diese Erzeugnisse zu erwerben, habt Ihr dennoch kein Monopol auf die Benutzung eines Spalts, der auf dem Land irgendeiner Person liegt. Keiner der beiden Spalte untersteht der kaiserlichen Zuständigkeit.«

»Wer kontrolliert sie?« Trotz bester Bemühungen klang Maras Frage scharf. Sie wischte die schwitzenden Hände ab, inzwischen besorgt, weil ihr kühner Auftritt am Tag zuvor auf der Nutzung ihrer Lizenz für bestimmte midkemische Güter beruht hatte.

Wie so viele Beamte, deren Stellung nur eine hohle Form war, um armseligem Prestige etwas Prunk zu verleihen, spürte auch Webara, daß er überlegen war. Er lutschte an dem Bonbon und verschränkte seine Finger über dem dicken Bauch. »Der erste Spalt liegt auf dem Land eines Mannes namens Netoha von den Chichimechas in der Nähe von Ontoset.« Seine selbstgefällige Haltung sagte mehr als alle Worte, daß dieser Mann vermutlich nur schwer zu überreden sein würde, wenn es darum ging, den Zugang wegen Handelsabsichten zu gestatten.

»Wo ist der zweite Spalt?« fragte Mara verärgert.

Webara lächelte sie salbungsvoll an. »Der andere Spalt liegt im Norden, irgendwo in der Stadt der Magier.« Er leckte sich die Lippen, als der Rest des Bonbons sich aufgelöst hatte. In zuckersüßem Ton fügte er überflüssigerweise hinzu: »Er wird natürlich von der Versammlung kontrolliert.«

Der väterliche Hohn des Mannes machte Mara so wütend, als wäre es eine Beleidigung gewesen. Sie stand auf, ohne eine der Höflichkeitsfloskeln zu beachten, und rauschte ohne ein weiteres Wort oder einen Blick zurück aus dem Zimmer, fest davon überzeugt, daß der Hüter des Kaiserlichen Siegels sich genüßlich an ihrer Wut weidete.

Das Kichern, das ihrem Abgang folgte, war im Korridor nicht zu hören. Mara legte die Stirn in tiefe Falten und dachte angestrengt nach. Ihre Eskorte begleitete sie ohne ein besonderes Zeichen von ihr. Ihre Mistress war zu sehr mit ihrem eigenen Fehler beschäftigt, als daß sie sich um solche Einzelheiten kümmern konnte. Sie war von einer bestimmten Voraussetzung ausgegangen und hatte dafür bezahlt. Sie hatte auf der Grundlage einer Macht gehandelt, die sie noch nicht wirklich besaß, weil sie blindlings geglaubt hatte, daß der wiedererrichtete Spalt unter kaiserlicher Kontrolle stehen würde, wie beim letzten Mal auch; dann hätte das Dokument ihr unbestritten Zugang verschafft.

Doch die Magier waren viel zu unberechenbar und mächtig, um sich ihnen zu nähern, und dieser Netoha würde sich möglicherweise als widerspenstig erweisen. Mara stieß leise einen von Kevins bevorzugten Flüchen aus. Wer immer dieser Lord Netoha auch war, wen immer er auch zu seinen Verbündeten zählte, sie würde ganz sicher Arakasi beauftragen, seine Stärken und Schwächen herauszufinden. Sie mußte Zugang zu einem Spalt bekommen. Ihre jüngst errungene Position als Clanlady hing davon ab; und wenn sie bei der Durchführung ihrer Pläne auf Hindernisse stoßen sollte, war ihr eigenes Haus in großer Gefahr, sowohl militärisch als auch finanziell.

Tasaio jedenfalls durfte – Mara zwang sich, bei diesem Gedanken gleichmäßig weiterzuatmen, als gäbe es nichts, was sie irgendwie beunruhigen könnte – von all dem nichts erfahren, denn sonst mußte sie mit ihrem raschen Untergang rechnen – und mit dem des Clans Hadama.

Arakasi erstattete eine Stunde später Bericht, nachdem Mara wieder in ihrem Haus angekommen war. Sie war immer noch erregt über ihr Dilemma wegen der Handelsrechte und hatte den Supai zu sich in den Garten kommen lassen. Dort, umgeben von perfekt gepflegten Blumenbeeten und dem Plätschern des heute gar nicht beruhigenden Springbrunnens, wollte Mara genaueste Informationen über den Mann namens Netoha, auf dessen Besitz der zweite Spalt zur barbarischen Welt liegen sollte.

Als hätte er ihren Wunsch vorausgesehen, möglicherweise auch wegen ihrer Absicht, Kevin aus der Sklaverei zu befreien, hatte Arakasi eine erstaunliche Menge an Fakten angesammelt. Er führte seine Verbeugung zu Ende, und seine verschlossene Miene war noch gelassener als sonst. »Das magische Tor liegt nicht zufällig auf Netohas Land. Er war der Hadonra des abtrünnigen Magiers Milamber, der vor seiner Entlassung aus der

Versammlung dort wohnte. Meine Nachforschungen haben ergeben, daß der Mann der Diener oder Hadonra des früheren Besitzers dieses unglückseligen Besitzes war.«

Arakasi hielt inne, denn dem tsuranischen Aberglauben nach war es undenkbar, die Wohnstätten oder Bediensteten von jenen zu übernehmen, die von der Höhe ihrer Macht gestürzt waren; wenn ein Lord oder eine Familie die Gunst der Götter verloren hatte, galten auch sein Besitz, seine Ländereien und die anderen Mitglieder des Haushaltes als verflucht. Doch Milamber war ein Barbar gewesen und schien solche Gedanken nicht gekannt zu haben. Aber das Unglück hatte auch ihn verfolgt. Arakasi zuckte mit den Achseln in typisch tsuranischer Weise, kaum wahrnehmbar. »Doch während Netohas Herren vom Unglück heimgesucht wurden, scheint er selbst aufzusteigen. Durch eine entfernte Verbindung konnte er seine Verwandtschaft mit den Chichimechas belegen, die zu dieser Zeit Geld benötigten. Man traf eine Vereinbarung. Jetzt steht Netoha von den Chichimechas in der Erbfolge eines kleinen Hauses an vierter Stelle, und er versteht sich gut mit dem Clan Hunzan.«

Mara unterdrückte das Bedürfnis, aufzustehen und auf dem Weg hin und her zu gehen. »Der Clan Hunzan ist sehr radikal eingestellt. Nichts, was er tut, ist eine Überraschung.«

Arakasi rundete seinen Bericht ab. »Darüber hinaus ist nur wenig bekannt, außer daß Netohas Frau eine frühere Sklavin ist.«

Mara wölbte die Augenbrauen, Interesse verdrängte jetzt ihre Sorgen.

Doch die Erklärung des Supais machte jede Hoffnung zunichte. »Milamber befreite alle Sklaven auf seinem Land, bevor er Kelewan verließ«, sagte Arakasi. »Da sein Status zu diesem Zeitpunkt noch nicht angezweifelt wurde, war die Tat Gesetz. Selbst ohne Sklaven hat Netoha den kleinen Besitz vorteilhaft weitergeführt. Bei seinen Fähigkeiten kann man davon ausgehen, daß er weiter aufsteigen wird. Er könnte eines Tages ein mächtiger Herrscher werden.«

Mara wandte sich dem einen Aspekt zu, der jetzt zählte.

»Dann ist er möglicherweise aufgeschlossen gegenüber einer Vereinbarung über die Benutzung des Spalts?«

»Vielleicht.« Arakasis Gesicht blieb weiterhin ausdruckslos. »Da ist noch etwas, Mistress. Ein großer Teil ist mir noch unklar, abgesehen von dem sicheren Gefühl, daß etwas Gewaltiges, Ungewöhnliches im Spiel ist. Die Rückkehr des abtrünnigen Magiers hat viele heimliche Aktivitäten in Gang gesetzt. Unruhe breitet sich in allen kaiserlichen Kreisen aus – hohe Beamte halten sich in langen Konferenzen mit Gelehrten auf, die zu Geheimhaltung verpflichtet sind, und eine Menge geheime Botschaften werden von den persönlichen Boten des Lichts des Himmels hin und her getragen, keine einzige davon schriftlich und alle geschützt durch die Eidesverpflichtung zum Selbstmord, wie der Hofklatsch wissen will. Ich werde alles daransetzen, die Wahrheit herauszufinden, doch da die Versammlung beteiligt ist …« Er zuckte wieder mit den Achseln, eine Andeutung, daß seine Bemühungen möglicherweise nicht von Erfolg gekrönt sein würden.

Mara war zu sehr mit ihren eigenen Problemen beschäftigt, das Treiben der Erhabenen interessierte sie in diesem Augenblick weniger. Sie entließ den Supai mit ungewöhnlicher Schroffheit; dann rief sie nach ihrem Schreiber, da sie Briefe an Lord Netoha und an Fumita von der Versammlung aufsetzen wollte, in denen sie ihnen großzügige Angebote für die Benutzung des Spalts nach Midkemia machte.

Nachdem ihre Botschaften von der Gilde der Boten übernommen worden waren, hielt sie nichts mehr in Kentosani. Mara entschied sich für eine rasche Rückkehr nach Hause auf ihren Landsitz, weil sie unangebrachten Treffen mit anderen Clan-Mitgliedern aus dem Weg gehen wollte und außerdem eine plötzliche Sehnsucht danach verspürte, etwas Zeit mit Ayaki zu verbringen. Der Junge wuchs so schnell! Er war schon ein halber Mann, erkannte sie und nahm sich vor, Keyoke einen Krieger auswählen zu lassen, der ihm den Umgang mit den Waffen beibringen sollte. Nur noch ein halbes Jahr, und er würde zehn Jahre alt werden.

Die Rückfahrt auf dem Gagajin verlief ohne Zwischenfälle, und bei der Ankunft an der Grenze ihres eigenen Besitzes legte sich Maras Sorge, als sie etwas von der vertrauten Ruhe spürte, die dem Wissen entsprang, wieder zu Hause zu sein. Und trotzdem, zum ersten Mal in ihrem Leben nagte ein Gefühl an ihr, als ob etwas nicht stimmte. Sie dachte darüber nach, während ihre Träger die Straße zum Herrenhaus entlangschritten.

Der Grund entzog sich ihr bis zu dem Augenblick, da sie ihren Fuß in den Innenhof setzte und die Begrüßung von Lujan, Keyoke und Nacoya entgegennahm. Das Haus schien plötzlich unscheinbarer. Mara verspürte wieder Trauer darüber, daß sie das Haus ihres Vaters nicht mehr länger als den großen, wunderbaren Ort betrachtete, der er während ihrer Kindheit gewesen war. Als Herrscherin und Clanlady sah sie jetzt nur ein schwer zu verteidigendes Stück Land und ein angenehmes Wohnhaus, dem es jedoch an Größe und den Gästesuiten mangelte, die eine Herrscherin von ihrem Stand benötigte. Einen Augenblick gab Mara sich dem bitteren Gedanken hin, daß ihr meistgehaßter Feind an einem Ort wohnte, der nicht nur der am besten zu verteidigende im ganzen Kaiserreich war, sondern auch noch der schönste.

Als Mara die Schwelle betrat, Kevin wie immer hinter ihr, folgte auch Nacoya. Sie war verärgert, daß die Mistress nur flüchtig auf ihre Willkommensgrüße reagiert hatte, und verlor beinahe die Beherrschung. »Was ist in Euch gefahren, Mara? Habt Ihr Euren Verstand verloren?«

Die Zurechtweisung riß Mara abrupt aus ihren Gedanken. Sie drehte sich mit einem Ruck zu ihrer Beraterin um, die tief gerunzelte Stirn eine einzige Warnung. »Was meinst du damit?«

»Diese Herrschaft über den Clan.« Nacoya schwenkte ihren Finger scheltend in der Luft, wie sie es oft in den Zeiten als Kindermädchen getan hatte. »Warum habt Ihr Eure Absichten nicht besprochen, bevor Ihr gehandelt habt?«

Mara stand mit vor der Brust gefalteten Armen unbeweglich da. »Die Idee ist mir erst gekommen, als wir schon die Hälfte des

Weges nach Kentosani zurückgelegt hatten. Als ich aufbrach, wollte ich den Clan nur überzeugen, das zu tun, was ich verlange, doch auf dem Fluß hatte ich Zeit zum Nachdenken –«

»Ich wünschte, Ihr hättet die Zeit besser genutzt!« fiel die Erste Beraterin ihr ins Wort.

»Nacoya!« Maras Augen blitzten vor Wut. »Ich lasse mich nicht wie ein kleines Mädchen behandeln. Was genau gefällt dir nicht?«

Die Erste Beraterin verbeugte sich entsprechend den ungeschriebenen Regeln, aber nicht mehr; sie zeigte damit, daß sie nicht im mindesten eingeschüchtert war. Auch ihre Stimme enthielt jetzt viel Zorn, als sie sagte: »Ich bitte um Vergebung, Lady. Doch da Ihr den Clan Hadama gezwungen habt, Eure Vormachtstellung anzuerkennen, habt Ihr gleichzeitig eine öffentliche Botschaft abgegeben, daß Ihr eine Macht seid, gegen die man kämpfen muß.«

Der Vorwurf traf Mara unvorbereitet, und sie wollte die Angelegenheit erst einmal beiseite schieben. »Nichts hat sich geändert, außer –«

Nacoya legte ihre alten Hände fest auf Maras Schultern und blickte ihrer Herrin in die Augen. »Viel hat sich geändert. Vorher seid Ihr als fähiges Mädchen betrachtet worden, das Fallen entkommen, sich verteidigen und ihr Haus stärken konnte. Selbst nach Jingus Tod konnten die Mächtigen des Kaiserreiches Euren Erfolg noch als Glück abtun. Doch jetzt, da Ihr andere gezwungen habt, Ehre an Euch abzutreten, erklärt Ihr der Welt, daß Ihr eine Bedrohung seid! Tasaio *muß* handeln. Und er muß es schnell tun. Je länger er wartet, desto stärker werden seine Verbündeten und Vasallen an seiner Entschlußkraft zweifeln. Vorher konnte er in Ruhe eine geeignete Gelegenheit abwarten; jetzt muß er etwas tun. Er ist in einer verzweifelten Lage – *das* habt Ihr gemacht.«

Mara spürte plötzlich ungeahnte Kälte in sich aufsteigen. Mit einer seltsamen Sicherheit wußte sie, daß Nacoya in ihrer Einschätzung der Lage recht hatte. Die neuen Sorgen, die sich mit den anderen wegen ihrer Handelsprobleme vermischten, stiegen ihr zu Kopf, und sie schloß für einen Moment die Augen. »Du hast recht.« Sie lächelte dünn vor Verdruß, erlangte ihre Beherrschung wieder und fügte hinzu: »Ich habe überstürzt gehandelt, und … am besten ist es, sobald wie möglich, wenn ich mich etwas erfrischt habe, einen Rat einzuberufen. Wir müssen – Pläne schmieden.«

Nacoya nickte brummend. Als Kevin Mara zu ihren Gemächern begleitete, schaute die alte Amme sorgenvoll hinterher, nicht nur, weil Mara gedankenlos gehandelt hatte, sondern auch weil sie müde aussah, vollkommen erschöpft. So lange Nacoya ihr auch schon diente, noch nie hatte sie die Tochter ihres Herzens so mitgenommen gesehen.

Die Erste Beraterin seufzte und schüttelte den Kopf. Sie alle mochten sich treffen und besprechen, solange sie wollten; Pläne konnten entworfen und nach ihnen gehandelt werden, doch was konnte wirklich noch zur Sicherung von Besitz und Wohlstand der Acoma getan werden, das nicht schon versucht worden war? Die alte Frau schlurfte langsam den Flur entlang; sie spürte ihr Alter in jedem Knochen, in jedem Gelenk saß die Arthritis. Jeden Tag, seit Lord Sezu gestorben und seine Tochter zur Herrin der Acoma geworden war, hatte Nacoya die Furcht gespürt, daß ihre geliebte Mara ein Opfer des Großen Spieles werden könnte. Doch die Lady hatte sich als geschickte, schlaue Spielerin erwiesen. Aus welchem Grund sollte sie dann heute mehr Angst verspüren? Oder waren es nur die alten Knochen, die nach einem langen Leben allmählich den Dienst verweigerten? Nacoya zitterte, obwohl es ein warmer Nachmittag war. Es war, als würde sie bei jedem Schritt unter ihren Füßen die Erde ihres eigenen Grabes spüren.

Mara erhielt Nachricht aus Ontoset. Sie las das Pergament zweimal, und eine tiefe Falte trat auf ihre Stirn. Sie unterdrückte den wütenden Drang, irgend etwas zu zerreißen, und schleuderte lediglich die Schriftrolle auf ihren Schreibtisch. Die Antwort war vollkommen unerwartet. Netoha hatte ihr großzügiges Angebot für die Benutzung des Spalts auf seinem Land zurückgewiesen.

»Es macht keinen Sinn!« explodierte Mara laut, und Arakasi, der in einer Ecke ihres Zimmers saß, wölbte eine Augenbraue.

Er war als Gärtner verkleidet und betrachtete jetzt die Schneide der kleinen Sichel, die er benutzt hatte, um die Kekali-Büsche zurückzustutzen. Er bestand immer noch darauf, daß seine Rückkehr auf das Gut ein Geheimnis blieb, denn sein Verdacht, daß Tasaio Spione in Maras Haushalt eingeschleust haben könnte, war noch lange nicht aus der Welt geschafft. Seine Herrin mochte darüber nicht reden wollen, da ihre Gedanken von anderen Angelegenheiten in Anspruch genommen wurden, doch Arakasi hatte seine eigenen Sorgen. Er verbrachte im Augenblick viel Zeit damit, die Bediensteten und Sklaven auf dem Besitz der Acoma zu überprüfen, während er gleichzeitig den Aufgaben nachkam, die seine Herrin ihm auftrug. Nur Nacoya wußte von seinen Sorgen, da die alte Frau über jeden Verdacht erhaben war.

Arakasi prüfte die Schneide des laminierten Werkzeugs mit einem Finger und nahm eine Haltung an, die nach außen darauf schließen ließ, als würde die Lady ihn wegen Nachlässigkeit schelten. »Mistress, ich habe wenig über diesen Netoha erfahren. Seine Absichten sind schwer zu durchschauen. Er muß zwingende Gründe haben, wenn er Euer Angebot ablehnt; sicher ist, daß er nicht selbst Handel mit der barbarischen Seite treiben kann, da Ihr im Besitz des Handelsrechtes seid. Trotzdem kann ich Euch nichts Näheres über seine Beweggründe sagen.«

Mara zupfte verärgert an einer allzu festsitzenden Haarnadel. Ihr Brief an Fumita von der Versammlung der Magier war ungeöffnet zurückgekommen, so daß dieser Netoha ihre letzte Chance gewesen war, ihr Handelsrecht in die Tat umsetzen zu können. Obwohl Arakasi sich nicht gerne Druck machen ließ, fragte sie: »Könnt Ihr jemanden in die Nähe der Chichimechas bringen, um die Gründe dafür herauszufinden?«

»Ich kann es versuchen, Lady.« Er bemühte sich sehr, nicht bedrängt auszusehen. »Es ist unwahrscheinlich, daß wir etwas

Neues erfahren, doch ich kann dafür sorgen, daß jemand mit den Bediensteten im Haus und auf den Feldern ins Gespräch kommt. Netohas Arbeiter sind hauptsächlich Barbaren –«

»Midkemier?« unterbrach Mara.

Arakasi nickte. »Der abtrünnige Magier Milamber befreite all seine Landsleute, bevor er ging, und dieser Netoha stellte sie als Arbeiter bei sich ein. Aus dem Bericht aus Ontoset würde ich schließen, daß sie gute Bauern abgeben. Wie auch immer, sie sind wohl geschwätziger als unsere eigenen Sklaven, also sollte es nicht allzu schwierig sein, an Informationen zu gelangen. Das heißt, wenn sie überhaupt etwas wissen.«

Mara spürte, wie angespannt Nacoya neben ihr saß, und wandte sich dem zweiten Thema zu. »Was ist mit den Minwanabi?«

Arakasis Hände beendeten die Untersuchung der Sichel. »Ich mache mir Sorgen, Mistress, genau deshalb, weil ich nichts zu berichten habe. Tasaio kümmert sich um seinen Haushalt wie Ihr um Euren, doch nichts davon läßt auf etwas Außergewöhnliches schließen.« Der Supai wechselte einen Blick mit Maras Erster Beraterin. »Das widerspricht all unseren Erwartungen. Bei der Nachricht über Euren Aufstieg zur Clanlady hätte Tasaio sofort handeln müssen. Doch statt dessen ...« Arakasi blickte sich um und fuhr dann fort: »Aber da ist noch etwas anderes: Die Minwanabi haben mit dem Aufbau eines primitiven Spionen-Netzwerkes begonnen und versuchen Agenten in verschiedene Orte im Kaiserreich einzuschleusen. Sie sind nicht schwer zu entlarven, da Incomo, der Erste Berater der Minwanabi, sehr ungeschickt vorgeht. Ich lasse seine Männer von meinen beobachten und bin mit einigem Grund davon überzeugt, daß wir ihren Ring schon bald unterwandern können. Dies wird uns einen zweiten Zugang zu Tasaios Haushalt und seinen Angelegenheiten verschaffen, und wenn dies vollbracht ist, werde ich mich einigermaßen sicher fühlen. Doch ich darf nicht zu schnell vorgehen. Die ganze Operation könnte ein ausgeklügeltes Spiel sein, uns aus der Deckung zu locken.«

Doch eine solche Vorgehensweise, das spürte Mara, wäre nicht Tasaios Stil. Die Feinheiten seines Wesens mündeten in Grausamkeit und seine Taktik in militärische Gewalt. Wieder versank sie tief in Gedanken und entließ ihren Supai abwesend mit einem Wink. Sie bemerkte nicht, wie er ging, und hatte vergessen, daß Nacoya noch im Raum war, bis diese zu sprechen begann.

»Ich spüre eine große Kälte in meinen Knochen, Tochter.«

Mara fuhr leicht zusammen. »Was beunruhigt dich, Nacoya?«

»Die Intrigen der Minwanabi. Ihr verlaßt Euch zu sehr auf Arakasis Informanten. Sie mögen gute Arbeit leisten, doch sie können nicht überall sein. Sie sind nicht an Tasaios Seite, wenn er sich hinhockt oder auf seine Frau wälzt, und ihr dürft niemals vergessen, daß dieser Mann selbst dann einen Mord plant, wenn er sich erleichtert oder eine Frau in sein Bett nimmt.«

Mara fand nichts Amüsantes an diesen Bildern, denn Nacoya sagte die Wahrheit. Arakasis Agenten hatten nichts ans Licht gebracht, was auf eine offensichtliche Bedrohung ihres Hauses schließen ließ, und doch waren die Berichte beunruhigend. Tasaio herrschte über seinen Haushalt mit einer unberechenbaren, gerissenen Bösartigkeit. Seine Mißhandlungen richteten sich gegen Herz und Verstand, und Mara wußte, daß es im ganzen Kaiserreich niemanden gab, dessen Blut er lieber vergießen würde als ihres und das ihres Sohnes Ayaki.

Neun

Ausgang

Das Jahr verstrich.

Beunruhigt über anhaltende Probleme mit dem Handel und Tasaios offenkundiges Stillhalten, wartete Mara, während die Regenzeit kam und ging. Die Needra-Kälber wurden von ihren Müttern entwöhnt und die kleinen Bullen auf die Weiden geschickt; als sie groß genug waren, suchten die Hirten jene heraus, die kastriert, und andere, die für die Zucht verwendet werden sollten. Korn wurde gepflanzt und geerntet, und über allem lag ein unsicherer Friede. Die Tage vergingen, ohne daß ein Ende von Maras Unsicherheit in Sicht gewesen wäre. Tausend Antworten auf tausend mögliche Attacken wurden diskutiert und verworfen, und immer noch gab es keinerlei direkte Bedrohung durch die Minwanabi. Tausend Züge im Spiel des Rates wurden geplant, doch der Kaiser ließ von dem Erlaß gegen den Hohen Rat nicht ab.

Es war die kühle Stunde des frühen Morgens, und Mara saß in einem lockeren, kurzen Gewand in ihrem Arbeitszimmer und ging die Tafeln und Pergamente durch, die Jican für sie zurückgelassen hatte. Seit ihrem enttäuschenden Rückschlag in Kentosani besserte sich das Schicksal der Acoma. Ihrem Aufstieg zur Clanlady war kein Desaster gefolgt. Nach und nach erholte sich das Gut von den Aufwendungen, die für den Feldzug in der Wüste von Dustari notwendig gewesen waren; endlich blühte das Seidengeschäft. Obwohl Nacoya keine Möglichkeit ausließ, ihre Herrin daran zu erinnern, daß sie die Frage einer Heirat vernachlässigte, wehrte Mara sich gegen den entscheidenden Schritt. Selbst für jemanden, dessen Familie einen so günstigen Rang bekleidete wie die von Hokanu von den Shinzawai, wäre eine Verbindung mit den Acoma töricht – zu einer Zeit, da Tasaio seine Macht als Lord der Minwanabi festigte und die Angelegenheit zwischen den Minwanabi und den Acoma noch immer nicht entschieden war. Abgesehen von den Xacatecas und, etwas weniger zuverlässig, den Anasati, gab es nur sehr vorsichtige Verbindungen mit den Acoma. Mara seufzte und strich eine Haarsträhne aus dem Gesicht. Sie war noch nicht stark genug, um eine erste Annäherung anstreben zu können, und so hatte sie sich daran gewöhnt zu warten.

Ein leichtes Klopfen am Laden schreckte sie auf.

Mara winkte den vor der Tür wartenden Diener herein.

Er verneigte sich. »Mylady, ein Gildenbote wartet auf Euch im Vorraum.«

»Schick ihn herein.« Mara hatte seit der Morgendämmerung zwei Stunden Ruhe gehabt und ungestört nachdenken können, und so war sie jetzt, da die unvermeidliche Störung eingetreten war, gespannt auf die Neuigkeiten.

Der Kurier war noch vom Staub der Straße bedeckt und in eine Tunika aus gebleichtem Stoff gekleidet, die an den Ärmeln mit dem Abzeichen der Gilde von Pesh zusammengebunden war. Da Mara keinerlei Verbindungen zu irgendeiner Familie aus dieser Stadt hatte, war ihr Interesse geweckt.

»Ihr könnt Euch setzen«, gestattete sie, als der Bote seine Verbeugung vollendet hatte. Er trug keine Dokumente bei sich, würde ihr also eine mündliche Nachricht überbringen, für die er mit seiner Schweigepflicht unter Einsatz seines Lebens einstand. Mara winkte nach einem Diener, um Jomach-Saft kommen zu lassen, falls die Kehle des Mannes trocken von der Reise war.

Er nickte leicht, als die Erfrischung kam, und nahm dankbar einen tiefen Schluck. »Ich überbringe Euch Grüße von Lord Xaltepo von den Hanqu.« Der Bote hielt kurz inne, um einen weiteren Schluck zu trinken; er gestattete der Lady dadurch eine kleine Pause, in der sie sich in Erinnerung rufen konnte, was immer sie von dem Haus dieses Lords wußte, von seinem Clan und den politischen Verbindungen.

Mara benötigte die Pause tatsächlich, denn das Haus Hanqu war klein und hatte niemals zuvor mit den Acoma zu tun gehabt. Es zählte zu den Nimboni, einem winzigen Clan, der sich regelmäßig mit anderen, größeren verbünden mußte, auch wenn Mara im Augenblick nicht einfiel, welche dies gerade waren. Arakasi würde es wissen. Er würde auch herausfinden, ob Xaltepo seine Mitgliedschaft in der Partei der Gelben Blume seit dem Niedergang der Kriegsallianz erneuert hatte. Zwischen dieser Partei und den Minwanabi gab es keine direkten Verbindungen, doch hatten sie gelegentlich gleiche Interessen unterstützt, bevor Almecho das Weiß und Gold getragen hatte und die alten Verbindungen durch die Änderungen seines Nachfolgers Axantucar zerstört worden waren. Im Augenblick kümmerte sich die Partei der Gelben Blume nur um sich selbst, und die Nimboni waren dem Clan der Kanazawai ganz sicher günstig gesonnen. Möglicherweise war dies der erste Schritt einer Annäherung.

Mara seufzte über die undurchschaubaren Verwicklungen der Politik. Ohne Arakasis Netzwerk würde sie sich auf Vermutungen verlassen müssen und könnte ihren Clan nur mühsam und ohne die notwendige Entschiedenheit durch das Durcheinander führen.

Der Bote leerte seinen Becher und wartete höflich darauf, daß sie sich ihm wieder zuwandte. Nach einer Geste von Mara nahm er den Faden wieder auf.

»Der Lord der Hanqu bittet Euch in aller Förmlichkeit darum, eine Allianz mit seinem Haus zu überdenken. Wenn Ihr meint, daß ein solches Bündnis den Interessen der Acoma entgegenkommt, ersucht er um ein Treffen, um seinen Vorschlag zu diskutieren.«

Ein Haussklave entfernte unauffällig den leeren Becher. Mara nutzte die Pause zu einer raschen Entscheidung. »Ich fühle mich geschmeichelt von dem Angebot des Lords der Hanqu und werde ihm durch einen meiner eigenen Boten eine Nachricht zukommen lassen.«

Dies war höflich, wenn auch unverbindlich, und nicht ungewöhnlich, da eine Herrscherin in der Nähe von Sulan-Qu nicht mit der Gilde einer anderen Stadt vertraut war. Mara dachte an ihre Sicherheit und beabsichtigte, einen Boten einer ihr bekannten Gilde zu mieten. Doch diesen Kurier konnte sie nicht ohne Dank entlassen, denn das könnte als Mißtrauen gedeutet oder gar als unehrenhaft empfunden werden. Die Lady schickte nach Saric. Er war inzwischen mit den Pflichten eines Zweiten Beraters vertraut und würde den Gildeboten in einer etwas abseits gelegenen Kammer mit Banalitäten beschäftigen, bis die Hitze sich gelegt hatte und der Mann höflich entlassen werden konnte.

Die Berichte über ihre Finanzen interessierten Mara nicht mehr. Den ganzen Morgen hindurch grübelte sie über Lord Xaltepos unerwartete Annäherung, ohne seine Motive ergründen zu können. Möglicherweise wünschte er ernsthaft eine Allianz; dann durfte sie mit der Angelegenheit nicht leichtfertig umgehen. Da Mara offiziell das Amt der Clanlady errungen hatte, war es vielleicht nur eine erste Annäherung von vielen anderen, die noch folgen würden. Es wäre töricht, sie nicht zu beachten.

Viel gefährlicher war es, wenn er als Marionette von einem anderen, bekannteren Feind benutzt wurde, um dessen jüngsten Schachzug zu verbergen. Sie wartete bis zum Aufbruch des Kuriers, ehe sie Arakasi aussandte, um Nachforschungen anzustellen.

Nach dem Essen rief sie ihre Vertrauten zu einer Unterredung zusammen. Sie war die stickige Stille ihres Arbeitszimmers mit den geschlossenen Läden und Vorhängen leid und hielt es für angenehmer, das Treffen im Garten unter Laternenlicht abzuhalten. Der Garten grenzte direkt an ihre Gemächer und besaß nur einen Eingang, der gut bewacht war.

Als Mara auf den Kissen unter den Bäumen neben dem Springbrunnen saß, bedauerte sie die ständige Sorge um ihre Sicherheit. Einen kurzen neidischen Augenblick rief sie sich Tasaios Besitz ins Gedächtnis, ein wunderschönes Gebäude auf weitläufigem Gelände, geschützt durch steile Berge und ein natürliches Tal mit einem See und einem schmalen Fluß. Im Gegensatz zu den anderen Edlen, die auf dem flachen Land wohnten, mußte der Lord der Manwanabi nicht sorgsam große Teile seines Besitzes bewachen lassen. Er benötigte nur einige Krieger auf Wachtürmen auf den Gipfeln sowie an Schlüsselpositionen entlang der Grenzen seines Besitzes. Wo die Acoma ganze fünf Kompanien von jeweils hundert Kriegern abstellten, um die Ländereien so gut wie möglich schützen zu können – ein Ziel, das auch nach zehn Jahren nicht erreicht war, obwohl sie sich sorgfältig um den Aufbau der Mittel kümmerte –, genügten den Minwanabi weniger als zweihundert Soldaten zur Bewachung eines doppelt so großen Gebiets. Die so gesparten Geldmittel konnte Tasaio gezielt einsetzen, um politischen Schaden anzurichten – Geld, das Mara trotz ihres rasch zunehmenden Reichtums fehlte.

Mara betrachtete den Kreis ihrer Berater, der inzwischen größer war als zuvor und in dem jüngere Gesichter hinzugekommen waren, die die älteren nun noch älter wirken ließen. Nacoya schien mit jedem Monat faltiger und gebeugter zu werden. Auch Keyoke konnte nicht mehr so aufrecht sitzen, obwohl er peinlich genau auf sein Äußeres achtete. Er kreuzte sein gesundes Bein über den Stumpf und verbarg die Krücke sorgsam vor den Blicken der anderen. Mara konnte sich niemals daran gewöhnen, ihn in Hausgewändern statt in einer Rüstung zu sehen.

Bei den offiziellen Beratungen mit ihren Vertrauten waren keine Bediensteten zugegen, doch Kevin als Leibsklave saß neben oder hinter ihr und spielte verstohlen mit ihren offen fallenden Haaren. Jican war da, die Hände vom Schreiben mit Kreidestaub bedeckt, und Saric, jung, eifrig und mit einem schlauen Blick, während sein Cousin Lujan Unbekümmertheit vortäuschte. Ihr Supai war noch nicht von den Docks in Sulan-Qu zurückgekehrt, wo er einen Kontaktmann mit Informationen aus Pesh hatte treffen wollen. Da seine Nachricht von großer Wichtigkeit sein würde, ließ Mara zunächst einmal in aller Ruhe ihre anderen Vertrauten sprechen.

Nacoya eröffnete die Sitzung. »Lady Mara, Ihr wißt nichts

von diesem Emporkömmling, Lord Xaltepo. Er entstammt keiner alten Familie und teilt keine Eurer politischen Interessen. Ich fürchte ernsthaft, daß er der verlängerte Arm eines Eurer Feinde ist.«

Die Erste Beraterin ließ in der letzten Zeit immer stärker eine übergroße Vorsicht in ihre Ansichten einfließen. Mara war nicht sicher, ob dies mit ihrem plötzlichen Aufstieg zur Clanlady zu tun hatte oder ob sich im Alter ihre Furcht vor Tasaio verstärkte. Immer häufiger war es Saric, an den Mara sich wandte, um eine ausgewogenere Meinung über Risiken und Ziele zu erhalten.

Gerade eben dreißig Jahre alt, besaß der ehemalige Soldat eine rasche Auffassungsgabe und einen scharfen Verstand; darüber hinaus bereicherte er seine Ratschläge mit einer gewissen Portion Sarkasmus. Seine offensichtliche Verspieltheit schien einem tiefer liegenden Zynismus zu widersprechen, doch seine Beobachtungen waren immer scharfsinnig. »Was Nacoya gesagt hat, klingt vernünftig«, meinte er jetzt. Der offene Blick seiner Augen ruhte auf ihr, und mit den Fingern fuhr er über ein poliertes Armband an seinem Handgelenk, als würde er die Kante einer Klinge prüfen. Er zuckte mit den Schultern. »Doch ich würde hinzufügen, daß wir zu wenig über den Lord der Hanqu wissen. Weisen wir sein Anerbieten zurück und er handelt in gutem Willen, haben wir ihn beleidigt. Selbst wenn wir uns einen Affront gegen ein solch kleines Haus leisten können, wollen wir doch ganz sicher nicht, daß die Acoma in den Ruf geraten, unnahbar zu sein. Wir können seinen Wunsch nach einem Bündnis höflich zurückweisen, wenn wir seine Vorschläge angehört haben, und es wird kein großer Schaden entstanden sein.« Saric nickte kurz und endete wie immer mit einer Frage. »Aber können wir es uns leisten, ihn zurückzuweisen, ohne über seine Gründe informiert zu sein?«

»Ein wichtiger Punkt«, gestand Mara. »Keyoke?«

Ihr Kriegsberater fuhr mit der Hand empor, um einen Helm geradezurücken, der längst nicht mehr da war, und kratzte sich schließlich an den dünner werdenden Haaren. »Ich werde die

Umstände Eures Treffens genauestens studieren. Der Lord könnte einen Attentäter auf Euch warten lassen oder Euch in einen Hinterhalt locken. Wir werden einigen Aufschluß daraus erhalten, wo und unter welchen Bedingungen er Euch treffen möchte.«

Mara entging nicht, daß der frühere Kommandeur ein Treffen nicht generell in Frage stellte.

Lujan führte einen weiteren Punkt an, der mit seiner Zeit als Grauer Krieger zusammenhing. »Die Hanqu werden als Abtrünnige der mächtigen Häuser von Pesh betrachtet. Die Frau eines meiner Unteroffiziere hatte einen Cousin, der Xaltepo als Patrouillenführer diente, und ich hatte ein wenig Kontakt zu ihm. Es heißt, daß der Lord der Hanqu ein Mann ist, der sich selten jemandem anvertraut, es sei denn, es wäre von gegenseitigem Vorteil. Es wurde schon erwähnt, daß es sich um ein neues Haus handelt, doch der Aufstieg der Familie hängt mit ihren starken Geschäftsinteressen im Süden zusammen.«

Jican folgte Lujans Gedankengang und führte ihn weiter: »Der Wohlstand der Hanqu gründet sich auf Chocha-la. Solange sie schwach waren, wurden sie erbarmungslos von den Gilden ausgebeutet. Lord Xaltepos Vater war es leid, seine Gewinne an andere abzutreten. Als er an die Macht kam, mietete er sich eigene Bohnenmahler und investierte die Gewinne wieder in dieses Unternehmen. Sein Sohn weitete das Geschäft noch stärker aus, und jetzt sind sie wenn nicht der beherrschende, so doch ein wichtiger Teil des Marktes im Süden. Der Handel mit ihren eigenen Erzeugnissen blüht, und außerdem verarbeiten sie das Korn anderer Anbauer weiter. Möglicherweise wünscht er eine Verbindung, damit die Bohnen unseres Tuscalora-Vasallen in seine Trockenscheunen kommen.«

»In *Pesh*?« Mara richtete sich erstaunt auf, und ihre Strähnen rutschten aus Kevins Fingern. »Warum sollte Lord Jidu riskieren, daß sein Korn durch den Transport über den Fluß feucht wird, oder viel Geld für eine Karawane über Land ausgeben?«

»Aus Profitgründen«, spekulierte Jican in seiner unnachahmlich schlauen Art. »Der Boden und das Klima dort unten am südlichsten Zipfel der Halbinsel sind nicht gut für die Chocha-la. Selbst die minderwertigen Bohnen Xaltepos erzielen dort hohe Einkünfte. Die meisten Pflanzer mahlen ihr Korn in der Nähe ihrer Wohnorte, um zu vermeiden, daß sie auch für die Spelzen noch Frachtkosten zahlen. Doch die Bohnen halten sich besser ungeschält, und die Gewürzmahler der Hanqu könnten enorme Preise für die Weiterverarbeitung jeder Chocha-la während der etwas flauen Zeit zwischen den Jahreszeiten erzielen. Und sie entfernen sehr wirksam einen möglichen Konkurrenten vom örtlichen Markt. Schließlich könnte eine solche Verbindung sogar den Eintritt in das Herzland des Kaiserreiches bedeuten.«

»Warum wendet er sich dann nicht an Lord Jidu?« argumentierte Mara.

Jican breitete beschwichtigend die Arme aus. »Lady, Ihr mögt dem Lord der Tuscalora das Recht gelassen haben, seine Finanzen selbst zu verwalten, doch bei den Kaufleuten und Maklern in den Städten geltet Ihr als sein Oberhaupt. Sie können sich eine Herrscherin, die so großzügig in politischen Dingen ist wie Ihr, nicht vorstellen; deshalb heißt es auf den Märkten, daß Ihr die Kontrolle innehabt.«

»Jidu würde protestieren«, wandte Mara ein.

Jetzt beugte sich Nacoya leicht nach vorn. »Mylady, das wagt er nicht. Er besitzt den Stolz eines Mannes; es zehrt an ihm, daß er von einer Frau besiegt worden ist. Lord Jidu würde alles tun, um zu vermeiden, daß er noch mehr zum Gegenstand des Straßenklatsches wird, als sich mit Klagen an Euch wenden.«

Die Diskussion über diesen Punkt wurde noch intensiv weitergeführt, und Kevin lauschte gespannt. Der Midkemier hielt sich zurück, aber nicht so sehr aus Ehrerbietung, sondern aus Faszination für die Feinheiten der tsuranischen Politik. Als er schließlich seine Meinung einbrachte, geschah es weniger aus einem spontanen Impuls als vielmehr aus der besonderen Einsicht, die er aufgrund seines fremden Standpunktes gewonnen hatte.

Mara wog den Rat ihrer Vertrauten vorsichtig ab und versuchte sich nicht von der drohenden Ruhelosigkeit ablenken zu lassen, die sich immer einstellte, wenn sie darüber nachdachte, wie sehr sie ihren Barbaren wohl vermissen würde, wenn sie endlich die Verantwortung auf sich nehmen und einen geeigneten Ehemann wählen würde. So unruhig, wie die politische Situation im Augenblick war, genoß sie den Moment, da sie umgeben war von Menschen, die sich um sie sorgten, in der sanften, vertrauten Wärme der Sommernacht.

Laternenlicht fiel weich über die Gesichter von Keyoke und Nacoya, glättete die faltigen Linien, fing sich in einem kurzen Moment feuriger Leidenschaft in Sarics Augen und verbarg die Müdigkeit in Jicans Haltung.

Nicht ein Tag verging, da der Hadonra nicht auch das entfernteste Feld des Guts besichtigte; seit Dustari nahm er auch noch jeden Tag zwei zusätzliche Stunden auf sich, da er bereits vor Tagesanbruch zur Stadt aufbrach, um dort von den Maklern so früh wie möglich über Veränderungen und Schwankungen des Handels informiert zu werden; erst im Laufe des Morgens kehrte er gewöhnlich zurück. Nur wenige Gelegenheiten entgingen seinem Eifer, doch Mara wünschte sich, die Widrigkeiten würden etwas nachlassen und sie müßte sich nicht so sehr auf seine Kenntnisse verlassen. Jican hatte ihr viel von der komplizierten Welt der Finanzen beigebracht, und ihre anderen Vertrauten hatten die Acoma aus dem Desaster gerettet, das sie in ihrer Unerfahrenheit in der ersten Zeit der Herrschaft angezettelt hatte. Still dankte sie Lashima für diese Menschen an ihrer Seite. Der Schwur gegenüber dem Clan Hadama und die Blutfehde der Minwanabi lasteten schwer auf ihr, und sie wagte gar nicht daran zu denken, daß jemand von den Anwesenden einmal nicht mehr dasein könnte.

Schließlich versiegte das Gespräch. Mara ging die wichtigen Punkte noch einmal durch, die Stirn nachdenklich gerunzelt. »Es sieht aus, als sollte ich einen Boten zu Lord Xaltepo schicken und ein Treffen vereinbaren, bei dem meine Sicherheit aufs höchste garantiert ist. Jican, könntet Ihr eine der Gildenhallen in Sulan-Qu für mich mieten?«

Doch eine trockene Stimme schaltete sich ein, bevor der Hadonra antworten konnte. »Mylady, bei allem Euch zustehenden Respekt, ein öffentlicher Ort ist nicht unbedingt die beste Wahl.«

Unbemerkt und lautlos wie ein Schatten war Arakasi in den Garten geschlüpft, und Keyoke preßte die Lippen zu einer dünnen Linie zusammen. Er war unzufrieden mit sich, da ihm der Augenblick entgangen war, als die Wachen am Eingang den Neuankömmling hereingelassen hatten. Niemals würde der alte Krieger zugeben, daß die Schärfe seines Gehörs nachließ.

Arakasi verbeugte sich, und die weich fallende Kapuze des Priestergewandes verhüllte sein Gesicht. Er wartete in der für ihn so charakteristischen Reglosigkeit, bis die Lady ihm die Erlaubnis gab, sich zu setzen; dann fuhr er fort: »Ich sollte Euch als erstes mitteilen, daß die Bitte von Lord Xaltepo den Minwanabi bekannt ist. Meinen Quellen zufolge ist Tasaio sehr begierig darauf zu erfahren, wo das Treffen zwischen Euch und dem Lord der Hanqu stattfindet. Wenn Ihr jedoch eine Gildenhalle mietet, könnten sich Spione in den Wänden verbergen, und auch wenn es gegenwärtig noch keine Nischen für ungebetene Lauscher gibt, könnt Ihr davon ausgehen, daß es sie spätestens dann gibt, wenn die Konferenz beginnt. Tasaio ist sehr hartnäckig, wenn er etwas will.«

Der Supai zögerte, als würden ihn seine eigenen Worte anekeln. »Meine Quelle war sehr nachdrücklich, mehr als gewöhnlich. Tasaio muß sehr an Informationen über das Treffen interessiert sein.«

Maras Finger klammerten sich um die Manschetten ihres Gewandes. »Daraus schließe ich, daß das Interesse der Hanqu sich gegen das unseres Feindes richtet.«

»Es besteht Anlaß zu der Annahme, daß der Wunsch der Hanqu nach einer Allianz aufrichtig ist.« Doch Arakasi schien noch nicht ganz zufrieden. »Andererseits bleiben zu viele unbeantwortete Fragen. Die Ausweitung ihres Gewürzhandels scheint ein Motiv der Hanqu zu sein, doch das ist bloße Spekulation. Außerdem munkelt man, daß der Clan Shonshoni auf die Nimboni zugegangen sei.« Die Haltung des Supais verriet seine innere Unruhe. »Es gibt einiges, das *zu* offensichtlich ist, wo soviel anderes im Verborgenen bleibt.«

»Ihr macht Euch Sorgen?«

»Jawohl, Lady. Irgend etwas an der ganzen Sache ...« Er schüttelte den Kopf. »Vielleicht bin ich nur zu mißtrauisch, weil wir zu viele Informationen so mühelos erhalten haben.« Er zuckte mit den Schultern. »Da wir die Hanqu nicht direkt beobachten, ist es nicht ungewöhnlich, daß ihre Angelegenheiten meiner Aufmerksamkeit entgangen sind. Ich rate dennoch dringend zur Vorsicht. Trefft Euch mit Lord Xaltepo an einem Ort, der leicht verteidigt werden kann; hier, auf Eurem Besitz, oder wenn schon nicht auf heimatlichem Boden, dann irgendwo in der Nähe, wo wir einen Vorteil haben.«

Mara wägte den Rat ab. »Ihr sprecht klug, wie immer. Wir müssen vorsichtig sein. Keine Gelegenheit, einen Vorteil zu erzielen, dürfen wir verschwenden, wie klein auch immer sie sein mag. Ich werde mich mit Lord Xaltepo treffen, nicht in einer Gildenhalle, sondern in dem kleinen Tal in den Bergen, wo Lujans Bande damals ihr Lager aufgeschlagen hatte. Es liegt nicht auf dem Boden der Acoma, und dennoch haben wir den Vorteil auf unserer Seite, sollte es Ärger geben.«

Arakasi sah von seiner eiligen Reise zur Stadt noch ziemlich staubig und abgezehrt aus, und Mara entließ ihn, damit er eine Erfrischung zu sich nehmen konnte. Dann gingen auch die anderen auseinander. Sobald sie außerhalb des Gartens waren, fiel kein Wort mehr über das Thema Lord Xaltepo.

Nur Kevin blieb noch sitzen. Er schlang seine Arme um Maras Taille und verbarg seine Wange in ihren Haaren. »Was hältst du von einer ganz besonderen Beratung nur zwischen uns beiden?«

Mara wandte ihm das Gesicht zu und küßte ihn. Kevins Haare

glänzten im Laternenlicht gelblich-rotbraun, und seine Hände wußten nur zu gut, was sie zu tun hatten; als seine Lippen sich über ihren schlossen, machte Mara sich bereit, ihre Sorgen zumindest für diese Nacht zu vergessen.

»Mylady«, zischte Nacoyas eisige Stimme. Wie eine unerwünschte Zuschauerin stand die Erste Beraterin im Hof. »Laßt diesen Unsinn und hört auf meine Warnung.«

Mara löste sich aus Kevins Umarmung. Ihre Augen funkelten, die Haare waren ein wenig zerzaust, und ihre Nerven waren gespannt. »Sprecht, Mutter meines Herzens. Doch stapaziert meine Geduld nicht zu sehr.« In der letzten Zeit hatte die Erste Beraterin beinahe jede Gelegenheit dazu genutzt, Kevins Gegenwart als Dummheit zu bezeichnen. Obwohl Mara wußte, daß die Harnäckigkeit der alten Frau ihrer Sorge um sie entsprang, war sie heute nacht entschlossen, die wenigen Augenblicke zu genießen, die ihr mit dem Mann, den sie liebte, noch vergönnt waren. Wie freundlich es Nacoya auch meinen mochte, ihre Besorgnis war nicht erwünscht.

Die Erste Beraterin ließ sich jedoch nicht über ihre unangemessene Wahl des Bettgenossen aus, sondern verschränkte die Arme und meinte mit Nachdruck: »Ihr verlaßt Euch viel zu sehr auf diese Spione von Arakasi.«

Maras Blick verdunkelte sich. »Sie haben mich noch niemals enttäuscht.«

»Sie haben niemals direkt mit Tasaio zu tun gehabt.« Nacoya schwenkte streng einen Finger. »Denkt an die Seidenkarawane! Desio entdeckte einen von Arakasis Agenten, und die Folgen waren ziemlich verheerend. Sein Cousin wird nicht so dumm sein. Er wird sich nicht einreden lassen, daß er keine Spione mehr in seinem Haus hat. Doch im Gegensatz zu Desio wird Tasaio sich nicht vom Haß leiten lassen, wenn er bemerkt, daß sein Haushalt unterwandert ist. Er wird den Verräter in Ruhe lassen, möglicherweise sogar noch hegen und pflegen und auf den Augenblick warten, da er ihn für seine Zwecke benutzen kann.«

Eine Brise brachte die Laterne zum Schwanken, und das unruhige Spiel der Schatten nahm Mara gefangen. Ihre Gereiztheit war offensichtlich. »Schlägst du vor, daß wir die öffentliche Gildenhalle mieten sollen? Angewiesen auf den Schutz von Männern, die keinem Clan angehören?«

Nacoya hielt die Ärmel fest, als der Wind an ihrer Robe zupfte. »Nein, das sage ich nicht. Ich möchte nur, daß Ihr vorsichtig seid. Arakasi ist sehr gut, der beste Mann in diesem Bereich, von dem ich gehört habe, seit ich diesem Haus diene. Doch sein früherer Herr, der Lord der Tuscai, wurde vernichtet, *obwohl* er über ein Netzwerk von Spionen verfügte. Erinnert Euch *daran*. Informanten können hilfreich sein, doch sie sind niemals unfehlbar. Alle Werkzeuge können zerbrechen oder in Waffen verwandelt werden.«

Mara versteifte sich; sie spürte schmerzlich die Kühle des Abends, als Kevins Wärme verschwand. »Alte Mutter, ich habe deine Warnungen gehört. Ich danke dir für deinen Rat.«

Nacoya war zu klug, um fortzufahren. Sie verbeugte sich in tiefer Mißbilligung, dann wandte sie sich um und hinkte aus dem Garten.

»Sie hat recht, die alte Nervensäge«, murmelte Kevin liebevoll.

Mara wirbelte herum und fauchte ihn an. »Du also auch! Muß denn jeder Abend aus Warnungen und Ängsten bestehen?« Sie warf ihre schwarzen Haare zurück; der Schmerz in ihrem Innern war stärker, als sie hätte in Worte fassen können. Obwohl Kevin es vielleicht besser wußte, gab er ihrer Laune nach und zog sie zu sich heran. Er küßte die Härte in ihr fort, und auf den Kissen im flackernden Licht der windgeschüttelten Laterne ließ er sie die Feinde vergessen, die ihr nach dem Leben trachteten und die vollständige Vernichtung ihrer Familie anstrebten.

In den nächsten drei Wochen setzte der Hochsommer ein, und das Gras verlor das letzte Grün, das von der Regenzeit noch übriggeblieben war. Mara trat bereits vor der Morgendämmerung im nebligen Zwielicht aus dem Herrenhaus zu ihrer Sänfte, die von einer ausgewählten Wache von dreißig Kriegern umgeben war. An diesem Tag führte Kenji die Truppe an; er konnte die Übung gut gebrauchen. Mara wollte zu dem Treffen mit dem Lord der Hanqu bereits vor der Hitze des Mittags in den Bergen sein, und auf Arakasis Rat hin hatte sie die Eskorte klein gehalten, damit sie schneller und weniger auffällig waren. Ihr Kriegsberater hatte es sich nicht nehmen lassen wollen, sich von ihr zu verabschieden, doch Nacoya stand schon seit einiger Zeit nicht mehr so früh am Morgen auf.

Doch kein Berater stand im Hof, als Mara dort erschien. Kevin folgte den üblichen, angemessenen Schritt hinter ihr, doch ohne auf die Regeln des Anstands zu achten. »Der alte Kauz muß verschlafen haben«, sagte der Barbar leichthin. »Ich hätte die Chance nutzen und mich für die Zeit rächen sollen, als er mich mit den Kriegsschuhen wachgerüttelt hat.«

»Ich habe das sehr wohl gehört«, rief eine Stimme, der man die Jahre auf dem Übungsplatz deutlich anmerkte. Keyoke trat aus den Reihen von Maras Leibwache, eine kantige Silhouette, die unpassend auf einer Krücke lehnte. Er hielt inne, um Kenji ein paar eindringliche Anweisungen zu geben, dann forderte er einen Mann zischend auf, seine Haltung nicht zu vernachlässigen. Schließlich warf er mit deutlichem Widerwillen, die Soldaten zu verlassen, Kevin einen abschätzigen Blick zu und nahm seinen Posten vor Maras Sänfte ein.

»Mylady.« Er verbeugte sich mit wohlgeübter Balance und klemmte die Krücke wieder unter seine Schulter. Dann schaute er seine Herrin durchdringend an, als ob er Wörter anstelle von Truppen befehligen wollte. Seine Stimme wurde leiser, damit die Soldaten nicht mithören konnten. »Tochter meines Herzens, ich habe kein gutes Gefühl bei dieser Reise. Es scheint mir nicht unverdächtig, daß Lord Xaltepo eine mündliche Nachricht durch einen Boten schicken ließ anstelle einer schriftlichen Nachricht mit dem Familiensiegel.«

Mara runzelte die Stirn. »Sie sind eine kleine Familie mit wenig Verbindungen. Angenommen, ich lehne dieses Bündnis ab und das Pergament mit dem persönlichen Siegel fällt in Tasaios

Hände – was glaubt Ihr, wird dann aus ihnen? Die Manwanabi haben schon andere Familien aus weit weniger wichtigen Gründen ausgelöscht.« Sie biß sich auf die Lippe. »Nein. Ich denke, Arakasi hat recht und Tasaio erkennt endlich, daß viel von dem, was wir getan haben, auf finanziellem Gewinn beruht und er verhindern muß, daß wir unsere Handelsbeziehungen noch weiter ausdehnen.«

Keyoke hob die Hand, als hätte er daran gedacht, sich am Kinn zu kratzen, dann unterließ er es. Statt dessen nahm er Maras Handgelenk und half ihr vorsichtig in die Sänfte. »Die Gunst der guten Götter sei mit Euch, Mylady.«

Er trat zurück, als Mara ihren Trägern mit einem Wink befahl, die Sänfte aufzunehmen. Dann gab Kenji das Signal zum Abmarsch, und die kleine Gruppe setzte sich in Bewegung. Als Kevin sich anschickte, seine Position neben der Mistress einzunehmen, hielt Keyoke ihn am Ellenbogen fest.

»Beschütze sie«, sagte er mit einem eindringlichen Unterton, den Kevin noch niemals zuvor bei ihm gehört hatte. »Wenn du zuläßt, daß ihr Schaden widerfährt, werde ich dich mit mehr treten als nur mit den Kampfsandalen.«

Kevin grinste unbekümmert. »Keyoke, alter Freund, wenn Mara etwas zustößt, werdet Ihr meinen leblosen Körper treten müssen, denn dann bin ich bereits tot.«

Der Kriegsberater nickte; das mußte er Kevin zugute halten. Er ließ den Sklaven los und wandte sich schnell ab, während Maras Eskorte und die Träger in den Nebel hinauswanderten. Kevin beeilte sich, wieder seine Position neben der Sänfte einzunehmen, doch er blickte mehrmals über die Schulter zurück. Er war schon längst nicht mehr der Fremde, als der er einst gekommen war, und er hätte schwören können, daß der fähige alte Krieger unter einer schweren Last litt.

Zu der Zeit, da die aufgehende Sonne den Nebel aus den Tälern trocknete, waren Mara und ihre Ehrengarde bereits tief in den Wäldern, die die Ausläufer des Kyamaka-Gebirges bedeckten.

Noch lange, bevor die täglichen Karawanen unterwegs waren oder sich zeitige Boten blicken ließen, wandten sie sich von der Hauptstraße ab und nahmen einen engen Weg, der noch tiefer in die Wildnis führte. Das Tageslicht war schwach hier, wo Nebel die feuchten Bäume in sanfte Düsternis tauchte. Die feuchte Hitze wurde bereits drückend. Truppenführer Kenji bedeutete seinem kleinen Trupp, eine kurze Rast einzulegen, nicht zuletzt, um den Trägern von Maras Sänfte einen Wechsel zu ermöglichen. Die Eskorte war zu klein, um einen Wasserträger mitzunehmen, und so holten die Sklaven Wasser von der Quelle am Wegrand. Kevin, der ihre Not bedauerte, half ihnen bei der Arbeit. Mara war keine schwere Last, doch an diesem Tag hatte sie es sehr eilig, und die abgelösten Träger waren schweißnaß und keuchten.

Mit dem Becher Wasser in der Hand kniete Kevin am Rand eines ruhigen, bemoosten Teiches, der von einer Quelle in einer Felsspalte gespeist wurde. Er war fasziniert von dem fremden orangefarbenen Moos, das die Ufer bedeckte, und von den Fischen, deren Leiber immer wieder schillernd zwischen blaugrünen Wasserpflanzen aufblitzten. Nur nebenbei hörte er Truppenführer Kenji zu Mara sagen, daß der Kundschafter, der zum Schutz vor Verfolgern ein Stück hinter ihnen blieb, sich mit seinem Bericht verspätete.

»Wir werden warten und sehen, ob er erscheint«, entschied der Offizier. »Wenn er nicht innerhalb einer Minute hier ist, schlage ich vor, daß wir uns in die Deckung der Bäume begeben und ein Mann der Sache nachgeht.«

Kevin grinste in sich hinein und bückte sich, um seinen Eimer zu füllen. Der Kundschafter, um den es ging, war Juratu, ein lebhafter Mann mit scharfem Verstand und alles andere als ein Freund von Traurigkeit; am Abend zuvor hatte er mit Freunden noch bis spät in die Nacht gewettet. Wenn er auch nur halb soviel Wein getrunken hatte, wie der Klatsch in den Baracken behauptete, mußte er ziemlich sicher langsamer sein als erwartet, denn ein ausgewachsener Kater würde ihn deutlich bremsen.

Einer der Soldaten erzählte Kenji genau dies, doch er fügte

hinzu, daß es sich bei diesem Gebiet um die Heimat der Grauen Krieger handelte und Juratu vielleicht angehalten hatte, um ihnen nachzuspüren. Ein anderer schlug trocken vor, daß er möglicherweise etwas mit ihnen tauschte, um eine Weinhaut zu ergattern. Kevin kicherte leise vor sich hin; wäre die Lady nicht anwesend gewesen, hätte eine solche Eskapade sicherlich zu Juratus Ruf gepaßt. Ganz in Gedanken an die Grauen Krieger und seine wenigen Kameraden, die entkommen waren und in diesen Wäldern Unterschlupf gefunden hatten, blinzelte Kevin zwischen die Bäume, als er sich wieder erhob.

Der Nebel lichtete sich etwas. Blasse Speere aus Sonnenlicht fielen durch das Dach aus Blättern und Ästen. Hätte Kevin nicht in der halben Erwartung hingeschaut, wirklich zufällig die Gestalt eines Mannes zu erblicken, er hätte die Bewegung sicherlich übersehen: das kurze, aufflackernde Antlitz eines Mannes zwischen den Blättern, in einem Moment da, im nächsten schon wieder verschwunden.

Die Nase war schmal gewesen und leicht gebogen, und der Helm hatte nicht Juratu gehört.

Kevins Hände klammerten sich um den Eimer; Wasser schwappte über und näßte seine Knöchel in einem kleinen Guß. Er wagte nicht, laut aufzuschreien, nicht einmal zu laufen, um nicht zu verraten, daß er den verborgenen Beobachter gesehen hatte. Er schwitzte, und seine Knie zitterten gewaltig, als er der Quelle den Rücken zuwandte. Wie ein teilnahmsloser Sklave machte er einen nervenaufreibenden Schritt nach dem anderen, zurück zu Maras Karawane.

Die Haut zwischen seinen Schulterblättern juckte, als würde er dort jeden Augenblick den schrecklichen Schmerz eines Pfeils spüren.

Das Dutzend Schritte, das ihn von Kenji und Maras Sänfte trennte, schien eine Ewigkeit zu dauern. Kevin zwang seine Füße, gemächlich zu gehen, während seine Gedanken rasten. Die Vorhänge der Sänfte waren geöffnet, und Mara lehnte sich zu Kenji gewandt ein wenig hinaus.

Furcht schoß wie ein Blitz durch Kevins Körper. Er krampfte seine Hand in einem eisernen Griff um den Wassereimer und versuchte die Frau mit seinen Gedanken zu zwingen, sich wieder zurückzulehnen und in den Schatten ihrer Sänfte zu begeben.

Doch die Frau war Mara, und so tat sie es nicht. Sie zog die Vorhänge noch weiter auf, betrachtete ihren Truppenführer und öffnete den Mund, um etwas zu sagen.

Kevin, der jetzt die Gefahr wie eine überschwappende Welle in seinem Nacken spürte, handelte. Er stolperte schwer über ein Felsstück und schüttete den Inhalt des Eimers über seine Lady und ihren Offizier. Und als wäre diese Unbeholfenheit nicht schon genug, setzte er noch eins drauf, indem er der Länge nach in die Sänfte fiel.

Der überraschte und wütende Aufschrei seiner Mistress erstickte unter seiner Brust, als er sie zwang, liegenzubleiben, tief verborgen in den Kissen, sicher unter dem Schutz seines Körpers, während er die Sänfte auf die Seite stürzte und in eine Brustwehr verwandelte.

Er hatte keine Sekunde zu früh gehandelt. Noch als Kevin sich aus den seidenen Vorhängen befreite, kamen die ersten feindlichen Pfeile.

Sie surrten durch die Luft, klatschten durch Schmutz und Rüstungen mit einem teuflisch tiefen Geräusch, das wie die Schläge einer strafenden Hand klang. Kenji fiel als erster. Er stürzte zu Boden, während er noch seine letzten Befehle brüllte und Pfeile gegen die Latten an der Unterseite der umgeworfenen Sänfte hämmerten, die sich jetzt wie eine Barrikade vor Mara auftürmte.

»Das ist ein Hinterhalt«, zischte Kevin ihr ins Ohr, denn immer noch schlug sie mit den Fäusten um sich und versuchte sich aus seiner Umarmung zu befreien. »Halt endlich still!«

Ein Pfeil schlug durch ein Kissen und zog eine Furche in den Schmutz. Mara sah es und wurde sofort still. Sie lauschte angsterfüllt den Rufen jener Krieger, die noch übrig waren, um die Befehle ihres sterbenden Offiziers zu befolgen. Die Soldaten sammelten sich und warfen sich mit Schwung auf die Sänfte, um ihre Herrin mit ihren Körpern vor den Pfeilen zu schützen.

Es war eine verzweifelte Situation. Die Pfeile hagelten in einem wilden Regen herab, und die dünnen Stützen der Sänfte hüpften auf und ab und zerbrachen unter den Einschlägen. Kevin versuchte einen Blick zu erhaschen und fing sich einen Streifschuß an der Schulter ein. Er fluchte, duckte sich wieder und zog eilig das Sklavengewand aus.

Zwei der Krieger gleich neben Mara lagen im Sterben, tödlich verwundet bei dem Versuch, zu ihrer Verteidigung zu eilen. Jetzt löste das Klappern der Schwerter das kalte Zischen der Pfeile ab, als die Angreifer in einer Welle aus dem Wald brachen und die armseligen Reste ihrer Eskorte in einen Kampf verwickelten.

»Schnell«, zischte Kevin. Er hielt seine Robe hin. »Wickelt die Lady darin ein. Ihre schönen Kleider machen sie zur Zielscheibe.«

Einer der Träger warf ihm einen unsicheren Blick zu. »Tu es!« schrie Kevin. »Ihre Ehre ist zum Teufel, wenn sie tot ist.«

Noch mehr feindliche Krieger brachen aus der Deckung des Waldes. Die wenigen Überlebenden der Eskorte bildeten einen dünnen Ring um die Sänfte; sie waren viel zu wenige, ein bemitleidenswerter Damm gegen eine Lawine von Feinden. Kevin beendete die Unterhaltung, denn ein Schwertkämpfer preschte aus dem Handgemenge mit gesenktem Schwert auf ihn zu und versuchte, seinen Rücken zu treffen. Kevin schnappte sich eine Waffe vom Boden und riß ein Stück Vorhang ab, das er als notdürftigen Schild um den Arm wickelte. Dann wirbelte er herum und bereitete sich darauf vor, so viele Feinde wie möglich zu töten, ehe er selbst sterben würde.

Zu Hause im Herrenhaus stand Ayaki Nacoya gegenüber und machte ein ziemlich finsteres Gesicht. Sein Gesicht färbte sich rot, die Hände waren zu Fäusten geballt, und Nacoya und die beiden Ammen bereiteten sich auf einen Wutanfall vor, der auch einem Krieger zur Ehre gereicht hätte.

»Ich zieh das nicht an!« rief Ayaki. »Da ist Orange dran, die Farbe, die die Minwanabi tragen!«

Nacoya betrachtete das Kleidungsstück in ihrer Hand, eine Seidenrobe, deren Perlmuttknöpfe mit viel Einbildungskraft orangefarben genannt werden konnten. Der wirkliche Grund für den Streit war jedoch, daß Ayaki es vorzog, in der Hitze und Feuchtigkeit des Hochsommers gar kein Gewand zu tragen. Es machte keinen Eindruck auf die Vorlieben eines Neunjährigen, ihm zu erklären, daß er von zu hohem Stand war, als daß er nackt wie ein Sklavenjunge herumlaufen konnte.

Doch Nacoya hatte jahrelange Erfahrung damit, temperamentvolle Kinder der Acoma in den Griff zu bekommen. Sie packte Ayaki an den steifen Schultern und schüttelte ihn leicht. »Junger Krieger, du wirst das anziehen, was ich dir gebe, und dich sofort wie der Lord verhalten, der du sein wirst, wenn du erwachsen bist. Wenn nicht, verbringst du den Morgen damit, zusammen mit den Küchenjungen schmutzige Teller zu putzen.«

Ayaki riß erschrocken die Augen auf. »Das wagst du niemals! Ich bin kein Diener oder Sklave!«

»Dann hör auf, dich wie einer zu verhalten, und kleide dich wie ein Edler.« Nacoya schloß ihre angeschwollene, arthritische Hand um Ayakis Handgelenk und drängte ihn mit festem Griff durch den Raum zu der Dienerin, die bereits mit der Robe wartete. Selbst steif und alt, war ihr Griff noch hart wie Eisen. Ayaki hörte auf, sich zu wehren, und schob seine geballte Faust durch den aufgehaltenen Ärmel; dann stand er mit finsterer Miene da und rieb sich den roten Fleck, wo die Haut des Handgelenks etwas gezerrt worden war.

»Und jetzt den anderen Arm«, befahl Nacoya. »Keinen Unsinn mehr!«

Ayakis dunkler Blick hellte sich ein wenig auf, und er grinste. »Keinen Unsinn mehr«, stimmte er in einer seiner schnellen Stimmungsschwankungen zu. Er reichte die andere Hand der Dienerin, und sofort wurde die anstößige Robe über seine Schultern gelegt. Sein Lächeln wurde noch breiter, bis die Zahnlücke zwischen den Vorderzähnen deutlich sichtbar wurde und er bedächtig mit der Hand nach oben fuhr und den ersten Perlmuttknopf abriß. »Die Robe ist in Ordnung«, verkündete er trotzig. »Aber ich trage kein Orange!«

»Bei allen Dämonen!« fluchte Nacoya zwischen zwei hastigen Atemzügen. Sie war eindeutig zu erschöpft, um eigensinnige kleine Jungs in den Griff zu bekommen. Sie hob die Hand, um ihm eine Ohrfeige zu geben, was ihn zu einem lauten Wutschrei veranlaßte.

Der Schrei war laut genug, um alle Gedanken zu ersticken, und die Dienerinnen zuckten zusammen. Die Wachen im Korridor waren abgelenkt und hörten nicht die vorsichtigen Schritte der schwarzgekleideten Gestalt, die auf leisen Sohlen durch den Laden schlich.

Plötzlich sackte die Dienerin, die am nächsten stand, mit einem Messer im Rücken zu Boden.

Sie fiel, ohne einen einzigen Schrei von sich zu geben. Noch während der Schatten des Angreifers durch das Sonnenlicht trat, brach auch die zweite mit durchschnittener Kehle zusammen.

Nacoya spürte das dumpfe Geräusch, als der Körper auf den Holzboden fiel. Instinktiv spürte sie die Gefahr, griff nach unten, packte den Acoma-Erben, der immer noch zeterte, und warf ihn der Länge nach in die Ecke. Er landete zwischen den Bettmatten und Kissen, die noch in morgendlicher Unordnung waren.

Die Erste Beraterin rief nach den Wachen, doch ihre Stimme war zu alt und zu schwach. Ihre Warnung blieb ungehört. Jetzt schrie Ayaki in blinder Wut; er wollte sich aus den Bettlaken befreien. Nur Nacoya sah die Bedrohung, in der er sich befand, und die Dienerinnen, in in ihrem Blut auf dem Fußboden des Kinderzimmers lagen.

»Bei allen Dämonen!« sagte sie wieder, doch dieses Mal zu der schwarzgekleideten Gestalt des Tong-Attentäters. Er hatte schon ein neues Messer aus dem Gürtel gezogen, und eine Kordel schlang sich um die Finger seiner linken Hand. Sein Gesicht war hinter einer Maske aus schwarzem Stoff verborgen; die Hände steckten in Handschuhen. Nichts als seine Augen waren sichtbar, als er auf sein Opfer zueilte, den Jungen, der Maras Erbe war. Nur Nacoya stand ihm im Weg. Er hob das Messer, um es ihr in den Hals zu schleudern.

»Nein!« Nacoya warf sich nach vorn, als das Messer aus seiner Hand schnellte. Sie hatte es auf das Seil in der linken Hand abgesehen, das er für Ayakis Hals bereithielt. Die Klinge zischte über den Kopf der Ersten Beraterin hinweg und bohrte sich in die Gipswand.

Der Attentäter fluchte und machte einen Satz zur Seite. Doch Nacoya packte seine Garrotte. Ihre Nägel rissen durch dünnes Leder, kratzten wie Klauen an seinen Knöcheln und griffen nach dem Seil. »Nein!« Sie rief wieder nach den Wachen, doch ihre dünne Stimme versagte ihr den Dienst.

Der Attentäter verlor keine Zeit damit, mit ihr zu ringen. Seine Augen verengten sich voller Verachtung; seine rechte Hand schloß sich um einen Holzgriff, und er zog das nächste Messer aus dem Gürtel. Er schien eine kranke Art von Freude zu empfinden, als er der alten Frau die Klinge tief zwischen die Rippen stieß.

Nacoyas Lippen verzogen sich vor Schmerz. Doch noch war sie nicht am Ende.

»Stirb, alte Frau!« Der Attentäter drehte das Messer bösartig in ihrem Fleisch herum.

Nacoya erzitterte. Ein gequälter Schrei entfuhr ihr, doch ihre Hände umfaßten das Seil noch fester. »Er wird nicht unehrenhaft sterben«, brachte sie mühselig hervor.

Ayaki, der hinter ihr in der Ecke lag, blieb der Schrei im Hals stecken. Er sah das Messer in der Wand über seinem Kopf, dann das Blut, das sich in Rinnsalen über den Boden schlängelte. Eine der Dienerinnen zitterte immer noch im Todeskampf. Gelähmt vor Schock, den orangefarbenen Perlmuttknopf immer noch in der Hand, schluckte Ayaki jedes Verlangen zu jammern hinunter. Der Attentäter, entschied er, mußte Tasaio sein. Mit dieser

Erkenntnis kehrte der Mut zurück, den er von seinem Vater geerbt hatte, und verwandelte sich in geballte Kraft.

»Attacke!« rief er. »Attacke!« Erfüllt von Visionen tapferer Krieger, krabbelte er von den Kissen und biß dem Eindringling in den Oberschenkel.

Der Tong nahm es nicht einmal zur Kenntnis. Er stieß das Messer noch tiefer in Nacoya. Blut rann über seine Hand, beschmutzte seinen Handschuh, als er ihr die Garrotte aus den Fingern riß. Sie sank rasch zusammen, fiel über Ayaki und preßte ihn mit ihrem Gewicht zu Boden.

»Der Fluch des Guten Gottes komme über dich!« schrie sie heiser dem Tong entgegen. Ihre Kraft schwand zusehends. Ayaki kämpfte sich rasch frei.

Der Attentäter streckte die Hand nach dem Jungen aus und stolperte. Nacoya hatte ihn an der Ferse gepackt, doch ihr Leben versiegte schnell, und so erholte sich der Attentäter sofort, trat kräftig auf ihr Handgelenk und riß sich los.

Obwohl ihr bereits die Sicht schwand, sah Nacoya, daß die Wachen auf der anderen Seite der Kammer mittlerweile endlich reagiert hatten. Sie drängten durch die Tür ins Kinderzimmer, und ihre Waffen schimmerten im hellen Sonnenlicht. Sie stießen laute Schlachtrufe aus und rannten mit gezogenen Schwertern quer durch das Zimmer auf den Tong zu.

Der Angreifer hinter Nacoya machte einen Satz, und der kleine Ayaki heulte wutentbrannt auf. Unter größten Mühen kämpfte Nacoya darum, den Kopf aus der Pfütze ihres eigenen Blutes zu heben. Sie konnte nur das Geräusch von Ayakis bloßen Füßen hören, die gegen den Holzboden trommelten. Ihr wurde schwarz vor Augen, und es war Erkenntnis in ihren sterbenden Gedanken: Das Seil war immer noch zwischen ihren Fingern. Sie hatte nichts anderes getan, als den Attentäter gezwungen, seine Messer zu benutzen ... Doch ein Junge, der ehrenvoll starb, würde um nichts weniger tot sein.

»Ayaki«, murmelte sie und dann, todunglücklich, »Mara ...«, als die Dunkelheit sie mit sich riß.

Kevin machte einen Satz nach vorn, stieß zu und zog sein Schwert wieder zurück. Vor ihm fiel schreiend ein Feind mit einer Bauchwunde zu Boden. Er sprang über den zuckenden Mann hinweg und traf auf einen anderen. Irgendwann während des Kampfes hatte er den Schild eines Feindes ergattert, und dies hatte ihm bereits das Leben gerettet. Er hatte eine weitere Schnittwunde an der linken Schulter abbekommen und einen Hieb quer über die Rippen. Der stechende Schmerz schränkte seine Bewegungen ein. Blut floß über die nackte Haut und tränkte den Lendenschurz. Jede Bewegung tat weh. Der feindliche Schwertkämpfer tauschte drei Hiebe mit ihm aus, bevor er begriff, daß er gegen einen Sklaven kämpfte. Wütend stieß er einen Fluch aus und wich zur Seite. Kevin traf ihn mit einem unzeremoniellen Hieb von hinten.

»Stirb für die tsuranische Ehre!« schrie der Barbar laut auf. »Bitte, ihr Götter, laßt die Wichte weiter so dumm sein.«

Laßt sie weiterhin seine Fähigkeiten mit der Waffe unterschätzen, damit Mara am Leben bleibt.

Doch es waren zu viele. Immer mehr Feinde stürmten zwischen den Bäumen hervor. Als Kevin herumwirbelte, um einen anderen Angreifer abzuwehren, begriff er, daß die Acoma mehr als nur umzingelt waren. Ihr Kreis war durchbrochen. Die Feinde drängten hindurch und begannen auf die Körper einzuschlagen, die über der Sänfte lagen, von der Mara geschützt wurde.

Der Midkemier schrie wie ein Bote des Todes und rammte einem Mann das Schwert mit voller Wucht in den Körper. Er ließ es in ihm stecken und schnappte sich ein anderes, das auf der Erde lag. In der gleichen ununterbrochenen Bewegung trat er gegen die Sänfte. Das hölzerne Gestell krachte auf den Boden und ließ die feindlichen Soldaten einen Schritt zurückspringen; dann kam die Sänfte zur Ruhe, mit Mara und ihrem Schild aus sterbenden Leibwachen darunter.

Kevin beugte sich über die Barriere. »Zurück, ihr schweineleckenden Hunde!« Er fügte andere Obszönitäten auf tsuranisch hinzu und sprang über die Trümmer.

Sein blutverschmierter, nahezu nackter Körper und sein Berserker-Geheul ließen die ersten Angreifer zögern. Er landete auf einem Pfeil, spürte den Stich der vierkantigen Spitze in der Ferse und fluchte wieder, diesmal im yabonischen Dialekt. »Möge Turakamu euer Herz zum Frühstück verspeisen«, endete er, und dann kamen die Schwerter auf ihn zu.

So viele konnte er nicht abwehren. Er fragte sich auch nicht, ob Mara möglicherweise verletzt worden war, als er die Sänfte umgeworfen hatte. Er wußte nur, daß er hier sterben würde, und war mit der Aussicht gar nicht zufrieden.

Ein Schwert schlitzte sein Schienbein auf. Er stolperte, fiel, rollte sich ab. Über seinem Kopf zischten die Waffen durch die Luft. Sie verfehlten knapp ihr Ziel und schlugen in den Boden; er fühlte, wie aufgewirbelte Erde gegen seine Schulter spritzte. Er packte seinen Schild fester, rollte sich wieder zur Seite und riß ihn in einem gewaltigen Hieb hoch, genau in die Lenden eines Mannes, der sich etwas zu langsam bewegte. Schließlich zwängte sich Kevin unter die umgekippte Sänfte. Seine suchenden Finger fanden einen vergessenen Schild. Er riß ihn herum, schrammte über Holz und stand mit dem Schild vor dem Körper auf. Seine Handflächen brannten, als es weitere feindliche Schläge hagelte, die für einen kurzen Augenblick auf ein Hindernis gestoßen waren.

»Götter, das kann nicht ewig so weitergehen!« Unaufhörlich hämmerten die Schwerter gegen seinen Schild, zerfetzten das starke Needra-Fell und das Holz, bis er nur noch Splitter umklammerte. In weiter Ferne, vielleicht im Wald, hörte er Geschrei und das Geräusch weiterer Kämpfe. »Verdammte Hunde.« Er lachte bitter. »Wir sind besiegt, und sie wollen uns immer noch schlachten.«

Das Schwert zischte mit lautem Pfeifen durch die Luft und traf auf Fleisch. Ein schwarzhaariger Kopf tanzte über die Laken.

Noch immer brüllte die Wache der Acoma, und bevor der Attentäter fiel, hatte er den Körper dreimal getroffen. Der Mann brach in den Falten des beschmutzten Stoffes zusammen und lag zuckend zwischen den Kissen.

Ayaki wühlte sich unter der Leiche hervor; das Blut des Tong war auf ihn gespritzt, und er schrie vor Entsetzen, die Augen weit aufgerissen. Eine klaffende Wunde in seinem Nacken blutete stark, und er warf sich wild gegen die Wand, um dem Entsetzen zu entkommen.

»Holt Keyoke!« schrie der Krieger mit dem tropfenden Schwert den beiden anderen zu, die sich über Nacoya beugten. »Es könnten noch mehr Attentäter hier sein!«

Das klatschende Geräusch eilig laufender Füße erklang auf der anderen Seite des Ladens, und bewaffnete Krieger drängten vom Garten herein. Die Störung hatte sie hergetrieben, und jetzt sahen sie die Blutlachen und Leichen. Sofort erschien ein zweiter Befehlshaber und ordnete rasch die gründliche Durchsuchung des Geländes an, während er sechs Männer beauftragte, sich um den Acoma-Erben zu kümmern.

Einen Augenblick später erschien Jican, der in sich zusammenzusinken schien, als er das Gemetzel auf dem Boden des Kinderzimmers sah. Er drückte dem verblüfften Sklaven hinter sich die vielen Tafeln in die Hände und bahnte sich in untypischer Eile einen Weg durch den Raum, der plötzlich voller bewaffneter Männer war. Hinter einer Mauer aus feuchten Kissen hockte der Erbe der Acoma, schlug mit wundgescheuerten Fäusten gegen die Wand und schrie immerfort: «Minwanabi, Minwanabi, Minwanabi!«

Die Krieger, die zusammengekommen waren, um zu helfen, schienen nicht willens, ihn zu berühren.

»Ayaki, komm her, es ist vorbei«, sagte Jican mit fester Stimme.

Der kleine Junge schien ihn nicht zu hören. Maras Hadonra streckte dennoch die Hand nach ihm aus. Er ignorierte, daß das Kind vor seiner Berührung zurückzuckte, holte den unter Schock stehenden Jungen zu sich und hielt ihn an Roben gepreßt, die nach Kalk anstelle von Blut rochen.

»Wir müssen ihn hier rausbringen«, befahl er dem nächststehenden Krieger. »Holt den Heiler. Er ist verletzt.« Er warf einen kurzen Blick auf die reglosen Körper von Nacoya und den zwei Ammen. »Und jemand soll herausfinden, ob er noch eine lebendige Amme hat.«

Die Schläge auf den Schild verdoppelten sich. Kevin löste eine Hand vom Rand – nur eine Sekunde später, und er hätte einen Finger verloren. Er nahm nur schwach die leichte Berührung an seiner Hüfte wahr, als einer der tödlich verwundeten Krieger, gegen die er sich lehnte, ihm einen Dolch in die Hand drückte.

»Verteidige unsere Lady«, krächzte eine Stimme. »Sie lebt.«

Kevin unterdrückte die vernichtende Erkenntnis, daß das nicht mehr lange so bleiben würde. Nackt und blutend und halb wahnsinnig vor Kampfeswut nahm er die Klinge in die Hand und stieß sie unter dem Rand des Schildes hindurch einem der Feinde in den Fuß. Das Messer war augenblicklich verloren, als der Mann den Fuß mit einem lauten Schrei zurückriß.

»Fröhliches Tanzen«, wünschte der Barbar, trunken von Blutverlust und Adrenalin. Es dauerte eine Zeit, bis er bemerkte, daß die Schläge gegen den Schild aufgehört hatten.

Hände in grünen Handschuhen griffen in der nächsten Sekunde nach dem Schild und nahmen ihn weg. Kevin blinzelte ihnen entgegen, in die Sonne. Sein Blick war verschwommen, doch langsam schälte sich der Federbusch eines Offiziers heraus, und dann erkannte er das Gesicht des Kommandeurs der Acoma.

Die Erleichterung brachte ihm seinen Humor zurück. »Den Göttern sei Dank, Ihr seid hier«, sagte er. »Es wurde langsam etwas ungemütlich.«

Lujan betrachtete Kevins blutverschmierte Hände und die tropfende Wunde auf seinem Unterarm. »Fröhliches Tanzen?« zitierte er verwirrt.

»Später«, murmelte Kevin. »Ich erkläre alles später.«

Die Schmerzen in seiner blutenden Seite machten ihn unbeholfen, und er fluchte in einer Mischung aus beiden Sprachen. Er fühlte sich krank und elend, und die Sonne schien viel zu grell.

»Wo ist unsere Lady?« verlangte Lujan zu wissen, und jetzt klang seine Stimme scharf und angespannt vor Sorge.

Kevin blinzelte abwesend zu der umgekippten Sänfte. Tote Acoma-Krieger lagen da, ebenso zerschmettert wie viele kleine Waldkäfer unter ihnen.

»Beim Licht des Himmels, nicht darunter!« Lujan rief einen anderen Befehl, der in Kevins Ohren wie blanker Lärm klang. Dann griffen viele Hände nach ihm und zogen seinen mitgenommenen Körper von den Resten der Sänfte weg.

»Nicht«, protestierte Kevin schwach. »Ich möchte wissen, was mit Mara ...« Er konnte kaum sprechen, so sehr brannte die Luft in seinen Lungen.

Trotz seines weiteren Protests drückten einige Männer ihn auf dem Rücken zu Boden, und Dunkelheit umfing ihn kurz vor den verwunderten Ausrufen der Krieger, als sie die Sänfte aufrichteten. Sie kämpften sich durch das Gewirr aus Toten und Verletzten und fanden eine blutüberströmte, bewußtlose Gestalt, die keine Wunde hatte außer einer rosa Beule am Kopf.

Mara wurde auf das weiche, trockene Moos an der Quelle gelegt. Umgeben von hundert Soldaten, den Kopf in Lujans Schoß gebettet, erwachte sie, als die Beule an der Braue mit einem wassergetränkten Stoffetzen betupft wurde. »Keyoke?« murmelte sie und öffnete ihre flackernden Augen.

»Nein«, antwortete der Kommandeur sanft. »Lujan, Mistress. Doch Keyoke war es, der mich hierher schickte. Er dachte sich, Ihr könntet Ärger bekommen.«

Mara rührte sich mit schwachem Tadel. »Er ist nicht Euer Kommandeur, sondern mein Kriegsberater.«

Lujan strich eine Haarsträhne aus dem Gesicht seiner Herrin und schenkte ihr das unverschämteste, frechste Lächeln überhaupt. »Alte Gewohnheiten sterben nicht. Wenn mein alter Kommandeur sagt, spring, dann springe ich.«

Mara bewegte sich unter Schmerzen. Sie schien voller Beulen und blauer Flecken. »Ich hätte auf ihn hören sollen.« Ihre Augen verdüsterten sich. »Kevin«, sagte sie. »Wo ist er?«

Lujan neigte den Kopf in Richtung des Feldheilers, der sich über eine zweite Gestalt auf dem Moos beugte. »Er hat überlebt. In einem Lendenschurz, ohne Rüstung und mit Wunden, die eines Helden würdig wären. Verdammt, was ist der Mann für ein Krieger!«

»Wunden!« Mara versuchte sich aufzurichten, und Lujan brauchte erstaunlich viel Kraft, um sie ruhig zu halten.

»Lady, beruhigt Euch. Er wird leben, auch wenn er eine hübsche Anzahl an Narben behalten wird. Möglicherweise wird er ein wenig hinken, und es wird lange Zeit dauern, bis er die linke Hand wieder vollständig gebrauchen kann. Die Muskeln sind übel zugerichtet.«

»Tapferer Kevin.« Maras Stimme zitterte. »Er hat mich gerettet. Meine Dummheit hätte ihn beinahe umgebracht.«

Ihr Kommandeur berührte sie wieder, beinahe zärtlich. »Es ist eine Schande, daß der Mann ein Sklave ist«, meinte er mitfühlend. »Solcher Mut verdient nur höchste Ehren.«

Plötzlich schmerzte es Mara, die Luft zu atmen; sie drehte ihr Gesicht gegen Lujans Schulter und zitterte. Vielleicht weinte sie, lautlos in ihrem Unglück. Wenn ja, würde der Offizier, der sie tröstete, niemals ihre Schande der Öffentlichkeit preisgeben. Er begriff, daß ihre Qual nicht davon herrührte, daß sie nur knapp dem Hinterhalt in diesem kleinen Tal entronnen war, und seine Liebe und Hingabe würden niemals zulassen, daß er sich eingestand, daß seine Lady für einen Augenblick öffentlich ihre Schwäche verraten hatte. Die umstehenden Soldaten fanden schnell Aufgaben, denen sie sich widmen konnten, und ließen Mara den Moment der Entspannung.

Die Lady der Acoma weinte um Kevin, dessen kühner Geist ihren verzaubert hatte; und angesichts seiner Taten konnte sie schließlich nicht länger leugnen, daß er niemals ein Sklave gewesen war und niemals einer sein würde.

Sie würde ihn freilassen müssen, und das war innerhalb der Grenzen des Kaiserreiches von Tsuranuanni nicht möglich. Indem sie ihm gab, was ihm zustand, indem sie ihn als Mann anerkannte, würde sie ihn für immer verlieren. Gemäß dieser Erkenntnis zu handeln würde das Schwerste sein, was sie jemals getan hatte.

Es dauerte fast den ganzen Tag, bis sie sich nach dem Hinterhalt aus dem Wald wieder neu formiert hatten. Die Körper der erschlagenen Krieger mußten auf behelfsmäßige Sänften gelegt werden, damit sie zu Hause mit den entsprechenden Ritualen eingeäschert werden konnten. Die toten Feinde wurden als Futter für die Jagunas und andere Aasfresser zurückgelassen. Lujan schickte Kundschafter aus, die von dem vereinbarten Treffpunkt in dem kleinen Tal mit der Nachricht zurückkehrten, daß die Hanqu nirgendwo zu sehen waren.

Mara nahm die Nachricht, daß ihr geplantes Treffen mit Lord Xaltepo unmißverständlich eine Finte und höchstwahrscheinlich eine Intrige der Minwanabi gewesen war, schlecht auf. Sie war über die Maßen beunruhigt, und selbst in der Hitze war sie zu müde, um auszuharren. Sie sorgte sich inzwischen um mehr als nur Kevins Verletzungen.

»Tasaio schlägt nicht nur einmal zu«, klagte sie gegenüber Lujan, als leichte Düsternis über das von Fackeln erhellte Lager der Krieger fiel. »Auch wenn unsere Verletzten unter der Bewegung leiden werden, wir müssen unbedingt heute nacht zurückkehren.«

Ihr Kommandeur hielt sich nicht mit einer Diskussion auf, sondern begann, die Krieger aufzustellen und die Vorbereitungen zum Abmarsch zu treffen. Müde von der Schlacht und bandagiert erhielten die drei, die von Maras ursprünglicher Ehrengarde überlebt hatten, die Ehrenplätze an der Spitze des Zuges. Dann folgten Kevin und zwei andere Verletzte auf Tragen und nach ihnen die ehrenvoll Gestorbenen. Maras Träger lebten noch, doch weil sie auch schwere Bürden ohne Wackeln transportieren konnten, wurden sie für den Transport der Verletzten abgestellt. Die Lady der Acoma ging neben ihrem bewußtlosen Leibsklaven zu Fuß. Kevin hatte ein Mittel gegen seine Schmerzen erhalten und schlief tief. Sie hielt seine unverbundene Hand und schwankte zwischen tiefer Trauer und Wut.

Sie hatte die Warnungen, daß Tasaio möglicherweise Arakasis Netzwerk durchdrungen hatte, in den Wind geschlagen, hatte nur ihre wachsende Macht gesehen und sich von dem Gedanken verführen lassen, daß es ihr natürliches Recht war, wenn geringere Familien sie um ihre Gunst baten – jetzt, da sie Clanlady war. Nacoya hatte sie gewarnt. Keyoke war einer Auseinandersetzung mit ihr aus dem Weg gegangen; wahrscheinlich genau deshalb, um seine eigenen Vorkehrungen gegen das Desaster treffen zu können, das der Falle entsprang, die Tasaio aufgestellt hatte und in die sie törichterweise hineingelaufen war.

Siebenundzwanzig gute Krieger ihrer Ehrengarde waren tot. Lujan hatte weitere zwölf im Verlauf der Rettungsaktion verloren, und Kevin würde möglicherweise für den Rest seines Lebens hinken.

Der Preis war zu hoch.

Mara preßte ihre Hand zusammen, lockerte zu spät den Griff; sie drückte nur Kevin, der so treu zu ihr gestanden hatte wie jeder andere ihrer Krieger. Sie spürte nicht die Steine unter ihren Füßen, bemerkte nicht die gelegentliche Hand unter dem Ellbogen, wenn Lujan ihr über kleine Rinnen half. Sie nahm kaum das Kommen und Gehen der Kundschafter wahr, die unaufhörlich die Umgebung nach Feinden absuchten. Sie dachte nur an die Schande ihres eigenen, falschen Stolzes, und sie fragte sich immer wieder, was sie Arakasi sagen sollte.

Der Mond verschwand. Die Dunkelheit unter den Bäumen entsprach der in Maras Herz, als sie wie betäubt weiterschritt, während sie sich schmerzhafte Selbstvorwürfe machte, bis sie die Grenze ihres Besitzes erreichten.

Eine andere Patrouille erwartete sie hier, bewaffnet und mit Fackeln in den Händen. Mara war so müde, daß sie im ersten Augenblick nicht die Besonderheit einer zusätzlichen Kompanie erkannte. Lujan sprach mit dem Befehlshaber, und erst, als sie Ayakis Namen hörte, überfielen sie Kälte und Furcht.

Sie verließ ihren Platz an Kevins Trage und eilte zu ihrem Kommandeur. »Was ist mit meinem Sohn?«

Lujan legte seine Hände fest auf ihre Schultern. »Er lebt, Mylady.«

Diese Versicherung nahm nicht die Schärfe aus Maras Drängen. Selbst im unruhig flackernden Licht der Fackeln zeigte das Gesicht des Patrouillenführers große Anspannung. Mara fürchtete erschrocken, daß das Desaster möglicherweise nicht auf das Tal beschränkt war, und fragte: »Hat es einen Angriff auf mein Haus gegeben?«

»Mylady, ein Attentäter konnte eindringen.« Der Patrouillenführer verbeugte sich steif. Er hatte von Keyoke gelernt, sich präzise auszudrücken, und so überbrachte er die Neuigkeiten wie einen Kampfbericht. »Ayaki erlitt nur eine leichte Verletzung. Zwei Ammen starben, und Nacoya, die Erste Beraterin, wurde bei der Verteidigung des Kindes getötet. Das Herrenhaus ist gründlich durchsucht worden, doch es fanden sich keine Anzeichen weiterer Feinde. Der Attentäter schlich sich offensichtlich allein ein. Keyoke verstärkte alle Patrouillen an den Grenzen und sandte uns, Eure Eskorte zu unterstützen.«

Doch Mara hörte nichts mehr von den Einzelheiten, nur daß Ayaki Schmerzen gelitten hatte und Nacoya, die für sie seit der Kindheit wie eine Mutter gewesen war, gestorben war. Ihre Knie wurden weich, und ihre Gedanken waren wie gelähmt. Sie spürte den Arm nicht, mit dem Lujan sie unter dem Ellenbogen stützte. Sie hörte die Worte, die ihr Kommandeur zu dem Patrouillenführer sprach, aber sie verstand sie nicht.

Nacoya war tot, Ayaki verletzt. Sie brauchte Kevins Arme, den Trost seiner Liebe in diesem Alptraum; doch er lag bandagiert auf einer Trage, bewußtlos von einem Heilmittel.

Mara stolperte weiter vorwärts. Die Nacht roch nach bitterer Verzweiflung. Unsichtbare Gefahren schienen in der Dunkelheit zu lauern, und selbst die Straße unter ihrem eigenen Gebetstor wirkte plötzlich bedrohlich.

»Ich muß nach Hause«, sagte sie ausdruckslos.

»Lady, wir bringen Euch so schnell wie möglich dorthin.« Lujan rief seiner Kompanie einige Befehle zu, und die Patrouille vereinigte sich mit den Männern, die bereits um die Lady und ihre Verwundeten und Toten standen. Dann marschierten die Krieger auf das Herrenhaus zu, ohne auf den Läufer zu warten, der auf Lujans Befehl mit einer Sänfte zurückkehren sollte.

Mara eilte in einem benommenen Nebel aus Ungläubigkeit weiter. Nacoya war tot; diese Tatsache schien unbegreiflich. Die Lady hatte das Gefühl, laut aufschreien zu müssen. Statt dessen versuchte sie, weiter zu sehen als nur von einem Fuß zum anderen. Sie hörte, wie der Patrouillenführer neben ihr Lujan von den Einzelheiten des Angriffs berichtete, doch in ihrem Kopf erklang nur Nacoyas Stimme, die sie immer und immer wieder schalt, wegen ihrer törichten, eitlen und halsstarrigen Haltung.

Ayaki war verletzt worden.

Ihr Herz schrie vor Wut, Zorn und Trauer darüber, daß ein kleines Kind durch die Machenschaften des Großen Spiels derart bedroht werden konnte. Blasphemische Gedanken wirbelten in ihrem Kopf herum: Kevin hatte recht; aus politischen Gründen Menschen umzubringen war eine unsinnige, grausame Verschwendung. Ihr Sinn für die Ehre der Familie rang mit ihrem Schmerz. Wie knapp nur hatte Tasaio an diesem Tag sein Ziel verfehlt, die Acoma auszulöschen!

Keyokes Weisheit, Nacoyas Mut, der mangelnde Anstand eines Sklaven – nur das hatte zwischen ihrem Haus und der totalen Vernichtung gestanden. Beinahe hätten die Minwanabi den Blutschwur gegenüber Turakamu erfüllt. Schauer fuhren immer wieder durch Maras Körper. Sie erinnerte sich an den Pfeilhagel, der über ihren Kopf zischte, als Kevins Gewicht sie niederdrückte und sie damit rettete. Sie ging schneller und protestierte nicht, als die Sänfte schließlich ankam und Lujan sie, ohne langsamer zu werden, hochhob und hineinverfrachtete.

Diese Träger waren ausgeruht. Mara gab Lujan das Zeichen, eine Ehrengarde zusammenzustellen, und ließ die anderen Soldaten mit den Verwundeten und Toten langsamer nachkommen.

Sie war völlig verzweifelt und schrie den Sklaven zu, die letzte Viertelmeile zu dem hell erleuchteten Herrenhaus im Laufschritt zurückzulegen.

Hier traf sie Keyoke, grimmig und in einer Rüstung von der Taille aufwärts. Er hatte den alten Helm – ohne Federbusch – aufgesetzt, und sein Schwert hing an einer Seite; er war auf das Schlimmste vorbereitet gewesen für den Fall, daß sie die Nachricht vom Tod ihrer Herrin erhalten sollten.

Mara stolperte aus der Sänfte, noch bevor Lujan ihr die Hand reichen konnte. Sie flog in die Arme des alten Kriegers, und als sie die Wange gegen die harte Brustplatte schmiegte, konnte sie nur mit Mühe die Tränen zurückhalten.

Keyoke stand fest auf seiner Krücke und strich ihr mit seiner freien Hand über die Haare. »Mara-anni.« Mit tiefer Stimme benutzte er die Anrede, die ein Vater seiner geliebten Tochter gegenüber gebrauchte. »Nacoya ist höchst ehrenvoll gestorben. Sie wird in den Hallen Turakamus mit allen Kriegerehren besungen werden und den Namen der Acoma mit Stolz verbreiten.«

Mara unterdrückte einen zittrigen Schluchzer. »Mein Sohn«, keuchte sie. »Wie geht es ihm?«

Der Kriegsberater und Lujan tauschten über ihrem gebeugten Kopf einen raschen Blick. Es waren keine Worte nötig, und der Kommandeur führte Mara sanft am Ellenbogen fort und befreite Keyoke von ihrem Gewicht.

»Wir werden sofort zu Ayaki gehen«, sagte der alte Berater. Er unterließ es bewußt, nach dem Grund ihrer zerzausten Erscheinung oder den Blutflecken auf ihrem Gewand zu fragen. »Euer Sohn schläft; Jican kümmert sich um ihn. Der Schnitt an seinem Nacken wurde rasch versorgt, doch er hat viel Blut verloren. Es wird ihm nach einiger Zeit wieder gutgehen, doch eines solltet Ihr wissen: Wir konnten ihn nicht dazu bringen, mit dem Weinen aufzuhören. Er steht unter einem schrecklichen Schock.«

Mara hielt abrupt inne und widerstand allen Versuchen, sie weiterzuführen. »Kevin«, sagte sie verzweifelt. »Ich möchte, daß er in meine Gemächer gebracht wird und daß sich jemand um ihn kümmert.«

»Lady«, erwiderte Lujan fest. »Ich habe mir bereits die Freiheit genommen, eine entsprechende Anweisung zu geben.« Er faßte sie jetzt etwas fester um die Taille und schob sie den Flur entlang, der zu ihren Gemächern führte. Eine umsichtige Person, wahrscheinlich Jican, hatte jede Lampe anzünden lassen, damit keiner ihrer Schritte im Dunkeln lag.

Wieder trafen sich die Blicke des Kommandeurs und des Kriegsberaters. Keyoke wußte, daß Maras Gruppe in einen Hinterhalt geraten war; er wartete jetzt ungeduldig darauf, Einzelheiten zu hören. Lujan versicherte mit einem wortlosen Nicken, daß er alles erfahren würde, doch außerhalb von Maras Hörweite. Sie hatte Kummer genug, und man mußte ihr nicht zumuten, die Unerfreulichkeiten des Tages noch einmal zu ertragen.

Sie hatten ihre Gemächer erreicht. Die Läden waren weit aufgerissen, und ein Dutzend bewaffneter Krieger stand Wache. Im Raum selbst lag eine kleine Gestalt in einem Meer aus Kissen, weiße Bandagen um den Hals gewickelt. Jemand saß bei ihm, doch Mara schaute nicht genau hin, um zu sehen, wer es war, sondern riß sich von Lujan los und fiel neben ihrem Kind auf die Knie. Sie berührte ihn, offenkundig erstaunt über seine Wärme. Dann, zärtlich auf seine Verletzungen achtend, nahm sie ihn in die Arme. Jetzt weinte sie jenseits aller Versuche, sich zu beherrschen, und ihre Tränen rannen über Ayakis Wange.

Ihre Offiziere wandten den Blick ab, unerschütterlich bestrebt, ihre Schande nicht zu beachten, und die Person auf den Kissen erhob sich taktvoll.

Mara blinzelte durch tränenverschleierte Augen hindurch und erkannte Jican. »Bleibt«, sagte sie zitternd. »Ihr alle sollt bleiben. Ich will nicht allein hier sein.«

Die Laternen brannten noch lange, während sie bei ihrem Sohn saß und ihn sanft in den Armen wiegte.

Später in der Nacht, nachdem Kevin auf eine Matratze neben

Ayaki gebettet worden war, befahl Mara, die Lampen zu löschen. Sie gewährte Keyoke, Jican und Lujan ihre wohlverdiente Ruhe, und da an jedem Hauseingang Krieger standen, widmete sie sich still den beiden geliebten Menschen. Sie erkannte und begriff jetzt nur zu gut, wie nah an den Untergang sie alle mit ihrer Selbstsüchtigkeit gebracht hatte. Ihr Aufstieg zur Clanlady schien jetzt arrogant und wie die Tat einer Närrin.

Sie entkleidete sich nicht, um zu schlafen, obwohl der Heiler, der immer wieder nach seinen Schützlingen schaute, sie mehrmals bat, ein Schlafmittel zu nehmen. Ihre Augen brannten von den Tränen, und sie wollte das Vergessen nicht, das der Schlaf bringen würde. Schuld lastete auf ihrem Herzen, und zu viele Gedanken kreisten in ihrem Kopf. Bei Morgenanbruch nahm sie allen Mut zusammen, stand mit steifen Knochen von den Kissen auf und verließ den Raum, in dem die beiden geliebten Menschen zurückblieben. Allein, nur von den wachhabenden Soldaten beobachtet, schritt sie wie eine Heimatlose durch die dunklen Korridore zum Kinderzimmer, wo die Leiche der Frau, die sie aufgezogen hatte, auf einer Ehrenbahre lag.

Nacoyas blutiges Gewand war gegen kostbare Seide im Grün der Acoma ausgetauscht worden. Ihre faltigen alten Hände lagen friedlich an der Seite, in weiche Lederhandschuhe gehüllt, um die grausamen Einschnitte vom Seil des Attentäters zu verbergen. Das Messer, mit dem sie getötet worden war, ruhte auf ihrer Brust – ein Zeichen der Ehre, das Turakamu gegenüber erklärte, daß sie wie ein Krieger gestorben war. Ihr Gesicht war von silbrig-weißen Haaren umrahmt und schien jetzt weit friedlicher als jemals zuvor. Sorgen und Arthritis und Haarnadeln, die niemals an Ort und Stelle blieben, konnten sie jetzt nicht mehr stören. Ihr jahrzehntelanger, treuer Dienst war vorüber.

Mara spürte neue Tränen hinter den Augenlidern aufsteigen. »Mutter meines Herzens«, murmelte sie. Sie sank auf dem Kissen neben der toten Frau auf die Knie und ergriff eine kalte Hand. Mühsam rang sie um eine feste Stimme. »Nacoya, du sollst wissen, daß dein Namen zusammen mit denen der Ahnen der Acoma geehrt wird und deine Asche innerhalb der Mauern des Heiligen Hains verstreut werden wird, im Garten des Natami. Du sollst wissen, daß das Blut, das heute vergossen wurde, Acoma-Blut war und daß du zur Familie und zur Verwandtschaft zählst.« Hier hielt Mara inne, als ihr der Atem stockte. Sie hob ihr Gesicht in das graue Licht, das durch die Läden fiel, und schaute in den Nebel hinaus, der das Land ihrer Vorfahren bedeckte.

»Mutter meines Herzens«, fuhr sie unsicher fort, »ich habe nicht auf dich gehört. Ich war selbstherrlich und arrogant und unvorsichtig, und die Götter nahmen dir meiner Dummheit wegen das Leben. Doch höre mich an: Ich kann immer noch lernen. Deine Weisheit lebt in meinem Herzen weiter, und morgen, wenn deine Asche den Göttern übergeben wird, werde ich dieses Versprechen abgeben: Ich werde den Barbar Kevin fortschicken und ein Verlobungsangebot an die Shinzawai schicken, in dem ich um die Heirat mit Hokanu bitte. Dieses werde ich tun, noch bevor diese Jahreszeit zu Ende geht, alte weise Frau. Und bis ans Ende meiner Tage wird mein größter Kummer sein, daß ich nicht auf dich gehört habe, als du noch an meiner Seite warst.«

Sanft legte Mara die faltige Hand zurück auf die Bahre. »Viel zu selten habe ich es dir gesagt, Nacoya: Ich habe dich sehr geliebt, Mutter meines Herzens.« Nach einer kurzen Pause fügte sie hinzu: »Und ich danke dir für das Leben meines Sohnes.«

Zehn

Durchbruch

Die Trommeln verstummten.

Stille senkte sich über den Besitz der Acoma, zum ersten Mal seit drei Tagen, da die Beerdigungsrituale begonnen hatten. Die Priester Turakamus, die zu dieser Gelegenheit erschienen waren, packten ihre Masken aus Lehm wieder ein und schritten nacheinander davon. Nur die rote Fahne an der Vordertür blieb als sichtbare Erinnerung an die kürzlich Verstorbenen hängen. Doch für Mara bot das Herrenhaus einen Grund mehr, weshalb es ihr nicht mehr die Sicherheit bieten konnte, an die sie sich aus ihrer Kindheit erinnerte.

Nicht nur sie war voller Unruhe. Ayaki weinte sich nachts in den Schlaf. Neben ihm lag Kevin, eine fremde, geisterhafte Gestalt in weißen Verbänden; er versuchte den Jungen mit Geschichten zu erheitern oder rief Diener mit Laternen, wenn der Junge in der Dunkelheit zitterte, beruhigte ihn, wenn er verzweifelt aus Alpträumen erwachte. Mara saß oft einfach nur still am Bett ihres Sohnes, oder sie sprach oberflächlich mit Kevin. Sie versuchte die zwölf Krieger zu ignorieren, die an den Fenstern und Türen standen. Jetzt konnte sie nicht einmal an den Schatten der Büsche ihres Gartens vorbeigehen, ohne sich nach einem Attentäter umzusehen.

Nach einer anstrengenden Suche hatten Lujans Spurensucher den Weg entdeckt, auf dem der Attentäter ins Herrenhaus gelangt war; der Mörder hatte sich Zeit gelassen, um seine Mission zu erfüllen, hatte hier eine Nacht in einem Baum verbracht, dort eine Vertiefung unter einer Hecke hinterlassen, wo er mehrere Stunden gelegen und reglos auf eine Pause zwischen den Patrouillen gewartet hatte. Jetzt war klar, daß Tasaio seit der Nacht der Blutigen Schwerter seine Taktik geändert hatte. Bisher hatte er es mit einer Übermacht an Angreifern und schierer Kraft probiert und versagt; bei seinem letzten Versuch hatte er den heimlichen Weg gewählt und nur einen einzigen Mann beauftragt. Lujan hatte nicht genug Männer, um auf der Suche nach neuen Eindringlingen jeden Busch, jede Rebe und jeden Zaun täglich abklopfen zu lassen. Das Problem war nicht, daß die Wachen der Acoma nachlässig geworden wären, der Besitz war einfach zu weitflächig und zu offen, um immerzu lückenlos geschützt werden zu können.

Nacoya und eine Patrouille mutiger Soldaten waren jetzt nicht mehr als Asche, und der Schmerz des Versagens zehrte an Mara. Eine Woche verging, bevor sie sich stark genug fühlte, um nach Arakasi zu fragen.

Es war spät am Abend, und Mara saß in ihrem Arbeitszimmer neben einem Tablett mit Essen, das sie kaum angerührt hatte. Sie hatte ihren kleinen Sklavenjungen beauftragt, den Supai herkommen zu lassen; jetzt verneigte sich der Junge so tief, daß er mit der Stirn den gewachsten Boden berührte.

»Lady«, sagte er, noch auf dem Boden liegend, »Euer Supai ist nicht da. Jican bedauert, Euch davon in Kenntnis setzen zu müssen, daß er Euren Landsitz noch in der Stunde nach dem Angriff auf Euch und Euren Sohn verlassen hat. Er erzählte niemandem von seinem Ziel oder dem Tag seiner Rückkehr.«

Mara saß auf den Kissen unter dem heißen Licht der Lampe und rührte sich so lange nicht, daß der Sklavenjunge schließlich zu zittern begann.

Sie starrte auf die Malerei an den Wänden, die ihr verstorbener Ehemann Buntokapi hatte anbringen lassen, Bilder, die in außerordentlicher Brillanz Szenen blutiger Schlachten zeigten. Nach Maras abwesendem Blick zu urteilen schien sie die Bilder jetzt zum ersten Mal zu sehen. Es paßte ganz und gar nicht zu ihr, daß sie die Verzweiflung des Sklavenjungen nicht bemerkte, denn sie mochte ihn gern und tätschelte ihm hin und wieder den Kopf, wenn er einen Auftrag besonders schnell ausgeführt hatte.

»Lady«, kam schließlich seine zaghafte Stimme, als Minuten vergangen waren und seine Knie zu schmerzen begannen.

Mara rührte sich und kehrte wieder in die Gegenwart zurück. Sie sah, daß der Mond jenseits der Läden hoch am Himmel stand und die Dochte in den Lampen weit heruntergebrannt waren. »Du kannst dich zurückziehen«, gestattete sie ihm mit einem tiefen Seufzer.

Der Junge eilte in dankbarer Hast hinaus. Mara blieb, wo sie war, während Bedienstete eintraten und das unberührte Essen wieder wegtrugen. Sie winkte auch die Zofen hinaus, die erwartet hatten, daß sie sich jetzt hinlegen wollte, und blieb sitzen, eine trockene Feder in der Hand, ein leeres Pergament ausgebreitet vor ihr. Die Stunden vergingen, und sie hatte immer noch nichts geschrieben. Insekten sangen ihr nächtliches Lied im Garten, und um Mitternacht wechselte die zusätzliche Wache.

Es war einfach unvorstellbar, daß Arakasi ein Verräter sein sollte; und doch legten es ihr die Mitglieder ihres Haushalts in leisen Worten nahe. Mara drehte die Feder gequält in der Hand. Sie hatte bisher vermieden, ihn offiziell zur Rückkehr aufzufordern, in der Hoffnung, daß der Mann von allein auftauchen und sämtliche Zweifel beseitigen würde, daß er an Tasaios Anschlag auf ihr Haus beteiligt gewesen sein könnte. Keyoke äußerte sich gar nicht zu diesem Thema, und der gewöhnlich redselige Saric zögerte. Selbst Jican sorgte dafür, daß er nach seinen Finanzberichten nicht zu lange zum Plaudern blieb. Mara warf die Feder zur Seite und massierte ihre Schläfen mit den Fingerspitzen.

Es wurde ihr schmerzhaft klar, daß Arakasi sich verdächtig gemacht hatte.

Wenn er wirklich die Seiten gewechselt hatte, war sie in noch viel größerer Gefahr. Er hatte über die Jahre hinweg Zugang zu den tiefsten Geheimnissen ihres Haushalts gewonnen; es gab keinen einzigen Aspekt ihrer Angelegenheiten, von dem er nicht wußte. Und er verabscheute die Minwanabi genauso wie sie.

Wirklich genauso?

Mara schwitzte vor Qual. Wenn sein Wunsch nach Rache nur

Theater gewesen war, gab es dann eine bessere Intrige, ihr Vertrauen zu gewinnen, als denselben Feind zu verunglimpfen, der auch ihren Vater und ihren Bruder getötet hatte?

Arakasi, der so begnadet war, in immer neue Rollen und Verkleidungen zu schlüpfen; er war ein unübertrefflicher Schauspieler, dem es ein leichtes sein mußte, leidenschaftlichen Haß vorzutäuschen.

Mara schloß die Augen und rief sich die Unerredungen in Erinnerung, die sie all die Jahre mit Arakasi geführt hatte. Der Mann *konnte* sie einfach nicht betrogen haben. Oder doch? Sie seufzte, gab sich in der Stille ihrer privaten Gemächer dieser einfachen Lösung hin. Sie war tief in ihrem Innern fest davon überzeugt, daß Arakasi kein Spion der Minwanabi sein konnte; der Haß auf Tasaio und seine Familie war zu echt. Aber konnte jemand anders den Supai umgedreht haben? Konnte jemand Arakasi eine bessere Position geboten haben, um seinen Krieg gegen die Minwanabi weiterzuführen? Um den Preis des Verrates an den Acoma?

Maras Finger packten fester zu, bis sie die weißen Markierungen auf der Haut sah. Wenn der Supai die Relli in ihrem Nest war, dann war alles, was sie bisher getan hatte, umsonst. In diesem Augenblick wäre ihr Nacoyas Nörgelei höchst willkommen gewesen, ein Zeichen, daß Fehler berichtigt werden konnten.

Doch die alte Frau war längst zu Asche geworden, Staub unter dem Staub Tausender Ahnen der Acoma, deren Ehre Mara aufrechterhalten mußte.

Wieder quälte sie sich mit der Frage: Wie hatte sie ein solch enges, inniges Verhältnis zu einem Mann aufbauen können, der ihr Schaden zufügen wollte? Wie war das möglich?

Die Nacht hielt keine Antworten bereit.

Mara ließ die müden Hände in den Schoß sinken und betrachtete das Tintenfaß. Obwohl die Lampen um sie herum hell brannten und ihre besten Wachen wachsam an der Tür standen, fühlte sie sich in die Enge getrieben. Mit einer zittrigen Hand griff sie nach der Feder und dem Pergament. Sie kratzte die angetrocknete Tinte von der Federspitze ab, tauchte sie in das bereitstehende Fäßchen und schrieb in formellem Stil oben in die Mitte des Blattes den Namen von Kamatsu von den Shinzawai.

Eine lange Pause verstrich, bevor es ihr gelang, sich zum Weiterschreiben zu zwingen. Sie konnte ihren Schmerz auch nicht lindern, indem sie von einem Diener ihren Schreiber holen ließ. Ihr Versprechen Nacoya gegenüber war ein Geheimnis. Und so vollendete sie die rituellen Sätze des Heiratsangebotes und bat Kamatsus ehrenvollen Sohn Hokanu von den Shinzawai, ihre frühere Ablehnung zu überdenken und ihre Hand als Gatte der Lady der Acoma anzunehmen.

Tränen stiegen ihr in die Augen, als sie bei der letzten Zeile angekommen war, ihre Unterschrift und das Familiensiegel hinzufügte. Rasch faltete und versiegelte sie das Dokument, klatschte nach einem Diener in die Hände und gab mit gepreßter Stimme ihre Anordnungen.

»Sorge dafür, daß dieses Papier sofort zu den Heiratsmaklern in Sulan-Qu gebracht wird. Sie sollen es so schnell wie möglich an Kamatsu von den Shinzawai weiterleiten.«

Der Diener nahm die Schriftrolle entgegen und verneigte sich vor seiner Herrin. »Lady Mara, Euer Wunsch wird gleich bei Tagesanbruch ausgeführt werden.«

Mara zog die Brauen zusammen, und eine tiefe Falte trat auf ihre Stirn. »Ich sagte, sofort! Finde einen Boten und schick das Dokument sofort nach Sulan-Qu!«

Der Diener warf sich ehrerbietig auf den Boden. »Wie Ihr wünscht, Mylady.«

Sie winkte ihn ungeduldig weg. Wenn sie seinen raschen, verwirrten Blick in die Dunkelheit jenseits des Ladens gesehen hatte, nahm sie ihn nicht zum Anlaß, den Diener aus Rücksicht auf die unvernünftige Stunde zurückzurufen. Sie wußte nur zu gut, daß sie, wenn sie das Angebot an Kamatsu noch bis zum Morgen hinausschob, nicht in der Lage sein würde, es überhaupt abzuschicken. Es war besser, den Boten ein paar Stunden in der Dunkelheit stehen und warten zu lassen, bis der Makler aufgestanden war, als zu riskieren, daß sie ihre Meinung änderte und den Schwur brach.

Die Kammer wirkte plötzlich erdrückend, der Duft der Akasi erschien ihr widerwärtig süß. Mara schob den Schreibtisch beiseite. Sie empfand ein unstillbares Verlangen nach Kevin, stand taumelnd auf und eilte die erleuchteten Korridore entlang, an den wachsamen Kriegern vorbei zum Kinderzimmerflügel.

Am Eingang zögerte Mara, die Augen halb blind von der plötzlichen Dunkelheit. Sie blinzelte einen neuen Ansturm von Tränen weg und wartete darauf, daß sich ihre Sicht den Lichtverhältnissen anpaßte. Die scharfen Kräuter des Heilers und der Duft von Wickeln und Umschlägen hingen schwer in der Luft. Schließlich trat sie über die Schwelle.

Mondlicht färbte den geschlossenen Laden kupfern und schnitzte dunkle Silhouetten aus den aufmerksamen Wachen draußen. Keineswegs beruhigter durch ihre Achtsamkeit bahnte Mara sich ihren Weg zu Kevin, dessen Verbände in der Dunkelheit weiß leuchteten. Sein Körper hatte sich in den Laken verwickelt, als hätte er eine unruhige Nacht. Sie blieb stehen, schaute Ayaki an und versicherte sich, daß der Junge jetzt ruhiger war, fest mit offenem Mund schlief, die Hand auf dem Kissen geballt. Die Wunde in seinem Nacken heilte schneller als Kevins Verletzungen, die auf dem Schlachtfeld weniger rasch hatten behandelt werden können. Doch der Schaden, den der Attentäter in der Seele des kleinen Jungen angerichtet hatte, war weitaus größer. Mara war erleichtert, daß er nicht wieder unter einem Alptraum litt, und ging an ihm vorbei auf Kevins Matte zu, zupfte dann leicht an den Laken, in denen sich sein schlaffer Körper verfangen hatte.

Er bewegte sich bei ihrer Berührung und öffnete die Augen. »Lady?«

Mara verschloß ihm den Mund mit einem Kuß.

Kevin streckte die linke Hand aus und umfaßte ihre Taille. Trotz seiner Verletzungen besaß er noch genug Kraft und zog sie zu sich hinunter. »Ich habe dich vermißt«, flüsterte er in ihr

Haar. Seine Hand ging auf Wanderschaft, und unter seinen geübten Fingern öffnete sich ihre leichte Robe rasch.

Mara verbarg ihren Kummer und beeilte sich, ebenso humorvoll zu entgegnen. »Mein Heiler drohte mir gräßliche Konsequenzen an, falls ich in dein Bett kommen und dich über deine Kräfte hinaus beanspruchen würde. Er sagte, deine Wunden könnten sich immer noch öffnen.«

»Verflucht sei er, daß er eine solche Großmutter ist«, sagte Kevin liebenswürdig. »Meinen Wunden geht es gut genug, außer wenn er sich entschließt, daran herumzuzupfen.« Sie fühlte sich wohlig warm und sicher, als der Midkemier mit den Rückseiten seiner Finger über ihre Brüste fuhr. Dann umarmte er sie fester. »Du bist meine Heilung, du allein.«

Mara zitterte, halb aus Trauer, halb aus schmerzlich-leidenschaftlicher Erregung. Sie verbannte den quälenden Wunsch, den Diener mit dem Heiratsvertrag zurückzurufen, und kuschelte sich enger an ihn.

»Kevin«, begann sie.

An ihrer Stimme erkannte er, daß sie litt. Er gab ihr nicht die Gelegenheit zu sprechen, sondern beugte sich über sie und küßte sie. Ihre Arme schlossen sich um seine Schultern, vermieden die Verbände über seinen Wunden. Kevin drückte sie fest an sich und streichelte sie; instinktiv gab er ihr das, von dem er glaubte, daß ihre Seele es benötigte, und in vertrauter und natürlicher Verbindung schliefen sie miteinander. Seine Leidenschaft schien in keiner Weise beeinträchtigt, abgesehen davon, daß er sofort einschlief, als seine Erregung vorüber war.

Mara streckte sich neben ihm aus und starrte mit weit geöffneten Augen in die Dunkelheit. Sie fuhr mit den Händen über ihren flachen Bauch, sich durchaus bewußt, daß ihre Aktion im Kinderzimmer nicht vernünftig bedacht gewesen war. Sie hatte kein Elixier des Teriko-Krautes zu sich genommen, kein Mittel, um eine Empfängnis zu verhüten. Nacoya hätte bei ihrem Fehltritt schrille Vorwürfe ausgestoßen.

Nacoya wäre weise gewesen.

Im schwachen, gedämpften Mondlicht betrachtete Mara Kevins Profil, das in einem Nest aus roten Haaren zu ruhen schien. Sie beschloß, sie wollte nicht weise sein. Hokanu würde sie heiraten müssen, wenn Kamatsu es erlaubte, und dann würde er sie haben; aber wenn sie Kevin schon opfern mußte, fehlte es ihr doch am nötigen Willen, seine Liebe und ihr Glück ohne ein dauerhaftes bindendes Band zwischen ihnen aufzugeben.

Es war dumm, sogar selbstsüchtig. Doch sie wollte Kevins Kind. Alles, was sie bisher geschaffen hatte, war für die Ehre ihrer Familie und ihrer Ahnen geschehen. Ihr Herz war mitgenommen, aufgezehrt von all den endlosen Sorgen, die eine Herrschaft mit sich brachte. Nur dieses eine, das wollte sie für sich selbst.

»Ich liebe dich, du Barbar«, flüsterte sie lautlos in die Dunkelheit. »Ich werde dich immer lieben.« Jetzt erst flossen die Tränen haltlos über ihr Gesicht, und der salzige Strom wollte nicht versiegen.

Eine Woche verstrich, dann noch eine, und der Heiler erlaubte Kevin kurze Ausflüge aus dem Bett. Er fand Mara im östlichen Garten, den das Küchenpersonal benutzte, um Kräuter anzupflanzen. Sie trug das leichte, lockere Gewand, das sie gewöhnlich zum Meditieren vorzog, doch sie hatte die Regeln beiseite geschoben und saß mitten zwischen den staubigen Stielen aromatischer Pflanzen und betrachtete die vordere Straße. Boten kamen und gingen, meist erfüllten sie Aufgaben für Jican. Es war unwichtig, ob sie das geschäftige Hin und Her beobachtete oder in ihre Gedanken versunken war.

»Du bist wieder trübsinnig«, meinte Kevin anklagend, als er den Stock beiseite legte, der gewöhnlich das Gewicht von dem Bein mit der Schwertwunde nahm.

Mara drehte übel zugerichtetes Grünzeug zwischen ihren Fingern. Es war einmal ein schlanker Tira-Zweig gewesen, doch jetzt war er verwelkt, und die würzigen Blätter waren alle abgezupft. Von der Rinde abgeschälte Streifen verströmten einen berauschenden, stechenden Geruch. Die Lady, die den Zweig weiter mißhandelte, antwortete nicht.

Kevin ließ sich mit einigen Schwierigkeiten neben ihr nieder, sein immer noch verbundenes Bein vor sich ausgestreckt. Er nahm ihr den armseligen Stengel aus den Händen und seufzte, als er den Saft unter ihren Fingernägeln sah.

»Sie war wie eine Mutter für mich – und noch viel mehr«, sagte Mara unerwartet.

»Ich weiß.« Er mußte nicht fragen, ob sie von Nacoya sprach. Seine Antwort war sanft. »Du mußt mehr weinen, deine Trauer ganz herauslassen.«

Mara versteifte sich. »Ich habe genug geweint!« sagte sie mit einiger Schärfe.

Kevin neigte den Kopf zur Seite und fuhr mit den Fingern durch seine ungebändigten Haare. »Die Leute aus deinem Volk weinen nie genug«, entgegnete er. »Ungeweinte Tränen bleiben in deinem Innern, sie sind wie Gift.«

Er wollte Mara nicht von sich wegtreiben, doch sie stand abrupt auf, und mit seinem geschienten Bein konnte er nicht schnell genug aufstehen und ihr folgen. Als er endlich seinen Stock gefunden und sich erhoben hatte, um ihr hinterherzugehen, war sie bereits zwischen den Hecken verschwunden. Er hielt es für taktlos, ihr zu folgen. Heute nacht, im Bett, würde er noch einmal versuchen sie zu trösten. Doch es war nicht möglich, die Tragödie zu vergessen, die sie so erschüttert hatte, nicht bei den vielen Soldaten in ihren Rüstungen an beinahe jeder Ecke. Der Attentäter mochte Ayaki nicht getötet haben, doch das Ereignis hatte anderen Schaden hinterlassen. Beunruhigt und zurückgezogen in ihr eigenes Unglück fand Mara keinen Frieden in den Mauern ihres eigenen Heimes.

Kevin schlurfte aus dem Kräutergarten und entschied sich, den jungen Ayaki aufzusuchen. In einem geschützten Innenhof, außer Sichtweite der Hausbediensteten, hatte er dem Jungen beigebracht, wie man mit einem Messer kämpft. Der Umgang mit einem Messer mochte für einen Sklaven verboten sein, doch auf dem Boden der Acoma würde niemand einschreiten. Echte Tsuranis, die sie waren, übergingen sie geflissentlich seinen letzten Bruch mit dem Protokoll. Kevins Loyalität war erwiesen, und er glaubte, daß der Junge von seinen schlechten Träumen befreit werden würde, wenn er ein paar Tricks zur Selbstverteidigung beherrschte.

Doch heute war der Hof nicht verlassen, als Kevin mit einem entwendeten Küchenmesser und dem Erben der Acoma im Schlepptau dort auftauchte. Keyoke ruhte im Schatten des Ulo-Baums, zwei Übungsschwerter aus Holz zwischen den Knien. Er sah Kevin und Ayaki, und die Haut um seine Augen legte sich in tausend Fältchen, als er, was selten genug vorkam, lächelte. »Wenn du den jungen Krieger unterrichten willst, sollte jemand dabeisein und dafür sorgen, daß es auch richtig gemacht wird.«

Kevin grinste unbekümmert. »Der Lahme führt den Lahmen?« Er schaute nach unten, fuhr Ayaki über den dunklen Haarschopf und lachte. »Was hältst du von der Idee, kleiner Tiger, zwei alte Männer zu schlagen?«

Ayaki antwortete mit einem Acoma-Schlachtruf, der so laut war, daß sämtliche Bediensteten in Hörweite in Deckung gingen.

Auch Mara hörte den Ruf in ihrer abgeschiedenen Ecke des Kekali-Gartens, den sie als letzte Zuflucht aufgesucht hatte. Sie verzog in einer kaum wahrnehmbaren Andeutung von Erheiterung die Mundwinkel und blieb ansonsten weiter reglos; ihre Melancholie wollte nicht weichen. Die Sonne brannte vom Himmel, saugte das Leben und die Farben aus der Lichtung. Die Büsche schienen jetzt grün in dem grellen Licht, und die tief indigofarbenen Blüten waren an den Rändern von der Hitze versengt. Mara schritt die Wege entlang, fingerte unruhig an den roten Troddeln ihres Trauergewandes. Sie schien beinahe Nacoyas Geist hinter sich zu hören.

»Tochter meines Herzens«, schien die alte Frau zu sagen, *»es ist töricht von Euch und dreimal zu bedauern, wenn Ihr auf dieser*

Idee besteht, ein Kind von Kevin auszutragen. Jeden Tag kann ein Bote mit einer Nachricht von Kamatsu von den Shinzawai vom Heiratsvermittler zurückkehren. Wagt Ihr es, den Sohn eines ehrenhaften Hauses zu heiraten, während Ihr das Kind eines Sklaven unter dem Herzen tragt? Wenn Ihr so etwas tut, beschämt Ihr den Namen der Acoma jenseits jeder Möglichkeit, es wiedergutzumachen.«

»Dann werde ich es Hokanu freiheraus sagen, falls ich ein Kind erwarte«, unterbrach Mara die imaginäre Stimme.

Sie ging um einen Gärtner herum, der Unkraut jätete, und schlenderte ziellos einen anderen Pfad entlang. Der Diener hinter ihr legte sein Werkzeug beiseite und folgte ihr.

»Lady«, rief eine Stimme so weich wie Samt.

Maras Herz blieb eine Sekunde stehen. Das Blut in ihren Adern gefror, als sie sich langsam umdrehte. Furcht ließ ihr den Schweiß aus allen Poren brechen. Sie studierte den Diener im sonnengebleichten Gewand: Arakasi ... Mit außergewöhnlicher Anmut näherte er sich, in der Hand einen Dolch. Als sie gerade einen Warnschrei ausstoßen wollte, warf er sich vor ihr auf den Kiespfad und hielt ihr das Messer entgegen, mit dem Heft zuerst.

»Mistress«, sagte Arakasi. »Ich bitte Euch um die Erlaubnis, mein Leben mit dem Dolch zu beenden.«

Mara trat unwillkürlich einen Schritt zurück: der Schock machte sie ganz benommen. »Einige sagen, Ihr hättet mich verraten«, platzte es aus ihr heraus, unbeholfen und ohne lange nachzudenken. Ihre Worte waren anklagend genug.

Arakasi schien beinahe zusammenzuzucken. »Nein, Mistress. Das nicht, niemals.« Er hielt kurz inne und fuhr dann mit gequälter Stimme fort: »Ich habe versagt.« Er wirkte abgezehrt. Das Gewand des Gärtners hing erbarmungswürdig um seine Schultern, und seine Hände waren so zerknittert wie altes Pergament. Doch seine Finger zitterten nicht.

Mara sehnte sich plötzlich nach etwas Schatten oder irgendeinem anderen Schutz vor der Sonne. Sie schluckte. »Ich habe Euch vertraut.«

Arakasi bewegte keinen Muskel, obwohl er unbarmherzig der grellen Sonne ausgesetzt war. All seine Täuschungen waren wie weggewischt. Er sah wie ein gewöhnlicher Diener aus, müde, ehrlich und zerbrechlich. Mara hatte niemals die schwache Knochenstruktur seiner Handgelenke bemerkt. Seine Stimme klang brüchig, als er fortfuhr: »Die fünf Spione im Haushalt der Minwanabi sind tot. Sie wurden auf meinen Befehl getötet, und der Tong, den ich dafür anheuerte, brachte mir ihre Köpfe als Beweis. Elf Agenten, die ihre Nachrichten von der Szetac-Provinz weitertrugen, sind ebenfalls tot. Diese Männer habe ich mit meinen eigenen Händen getötet, Mistress. Ihr habt keine Spione mehr im Haus Eures Feindes, doch Tasaio hat auch keine mehr, die er benutzen kann. Es lebt niemand mehr, den er zwingen könnte, Euch zu verraten. Ich bitte Euch erneut darum, mir Sühne zu gestatten. Gewährt mir den Tod durch die Klinge.«

Er erwartete nicht wirklich, daß sie seiner Bitte nachkam; er war einst nicht mehr als ein Grauer Krieger gewesen und nicht in den Dienst gegenüber ihrem Haus hineingeboren.

Mara machte erneut einen Schritt zurück und setzte sich abrupt auf eine Steinbank. Die plötzliche Bewegung erregte die Aufmerksamkeit ihrer Wachen, und einige eilten herbei, um der Sache nachzugehen. Der befehlshabende Offizier sah den Diener zu ihren Füßen und erkannte in ihm den Supai. Der Krieger gab ein Zeichen, und seine kleine Patrouille stürmte los. Nur einen Herzschlag später hatten die Krieger Arakasis ausgestreckte Handgelenke erfaßt, zogen ihn rasch hoch und hielten ihn in Schach.

»Lady, was sollen wir mit diesem Mann tun?« fragte der Patrouillenführer forsch.

Mara sah ihn an, ganz still. Die Krieger, bemerkte sie, behandelten ihren Gefangenen mit großer Vorsicht, als könnte er Gift bei sich haben oder als würde er auf sonst eine Weise zurückschlagen. Ihr Blick wanderte zu Arakasis reglosem Gesicht, zu den in tiefen Höhlen liegenden, von dunklen Schatten umgebenen Augen. Hier waren keine Geheimnisse verborgen. Der Supai schien wie eine leere Hülle, als sei sein Geist aus ihm herausgesogen. Er erwartete das Ende, durch den Strick vermutlich, und seine Haltung drückte Verzweiflung aus. Das Feuer und der Stolz, die ihn zusammen mit seinem rasiermesserscharfen Verstand zu dem gemacht hatten, was er war, fehlten.

»Laßt ihn los«, sagte sie matt.

Die Soldaten gehorchten ohne Widerrede. Arakasi ließ die Arme sinken und zupfte aus Gewohnheit an den Ärmeln, bis sie wieder richtig saßen. Er stand mit gebeugtem Kopf da und mit einer unendlichen Geduld, deren Anblick schmerzte.

Wenn er schauspielerte, hatte er sie mit seinem außerordentlichen Talent geschlagen.

Die Luft schien träge und schwer, als Mara tief einatmete. »Arakasi«, begann sie langsam. Es war beinahe, als wartete sie auf eine nörgelnde Stimme, die sich in lautem Protest erhob; dann erinnerte sie sich, daß Nacoya tot war. Sie widmete sich wieder der Aufgabe, die vor ihr lag. »Ihr habt mir gedient, wie Ihr es für richtig hieltet. Euer Netzwerk versorgte mich mit Informationen; Ihr habt niemals Garantien abgegeben. Die Entscheidungen habt nicht Ihr getroffen, sondern ich, als Eure Herrscherin. Wenn es einen Fehler, eine Fehleinschätzung gegeben hat, liegt die Schuld ganz allein bei mir. Deshalb werde ich Euch nicht gestatten, Euch das Leben mit dem Dolch zu nehmen. Statt dessen bitte ich Euch um Vergebung für meine Schande, daß ich mehr verlangte, als ein loyaler Mann jemals sollte leisten müssen. Werdet Ihr mir weiterhin dienen? Werdet Ihr weiterhin Euer Netzwerk aufbauen und an der Vernichtung des Lords der Minwanabi arbeiten?«

Arakasi richtete sich langsam auf. Seine Augen wurden durchdringend, beunruhigend, unangenehm direkt. Er schien mitten in sie hineinzusehen, durch die grelle Sonne hindurch, durch den duftenden Staub der Blüten, durch das Fleisch ihres Körpers, direkt in ihren Geist. »Ihr seid nicht wie die anderen Herrscher in diesem Kaiserreich«, sagte er, und seine Stimme war bereits wieder von jener samtenen Weichheit. »Wenn ich mir eine Meinung erlauben darf, würde ich sagen, daß Ihr gefährlich anders seid.«

Mara senkte als erste den Blick. »Ihr könntet recht haben.« Sie drehte die Jade-Ringe an ihren Fingern. »Werdet Ihr mir weiter dienen?«

»Immer«, sagte Arakasi sofort. Er stieß einen tiefen, deutlich hörbaren Seufzer aus. »Ich habe Neuigkeiten, wenn Ihr sie hören wollt.«

»Später. Ihr könnt jetzt gehen und Euch erfrischen.« Mara blickte hoch und sah den Supai den Weg entlanggehen; sein Schritt wirkte plötzlich wie verjüngt.

»Wie habt Ihr festgestellt, daß er unschuldig ist?« fragte der Patrouillenführer, der gerade erst seine Jugend hinter sich hatte.

Mara zuckte leicht mit den Schultern. »Ich habe es nicht festgestellt. Doch ich sah ihn an und erinnerte mich an seine außergewöhnlichen Fähigkeiten.« Sie stand vor ihren verdutzten Kriegern auf, die Augen gedankenvoll in die Ferne gerichtet. »Glaubt Ihr, daß ein solcher Mann, wenn er meinen Tod gewünscht hätte, an der Aufgabe gescheitert wäre? Wenn er Tasaios Agent wäre oder der eines anderen, gäbe es den Natami der Acoma längst nicht mehr. Daran glaube ich fest. Und darum vertraue ich ihm.«

Dämmerung tauchte den Garten in silbergrünes Licht, als Arakasi mit seinem Bericht zurückkehrte. Er hatte inzwischen gegessen und gebadet und trug jetzt das Gewand eines Dieners, das er mit einer verzierten grünen Schärpe zugebunden hatte. Seine Sandalen waren mit peinlicher Genauigkeit geschnürt und die Haare frisch geschnitten. Mara bemerkte diese Einzelheiten, als er sich verbeugte und andere Bedienstete um sie herumgingen und die ersten Lampen anzündeten.

Er richtete sich leicht zögernd auf. »Mylady, Euer Vertrauen in mich ist nicht fehl am Platze. Ich wiederhole, was ich schon zuvor sagte: daß ich Eure Feinde vernichtet und ihren Namen ausgelöscht sehen möchte. Seit dem Augenblick, da ich bei Eurem Natami geschworen habe, bin ich ganz und gar Acoma.«

Mara nahm diese Versicherung mit aufmerksamem Schweigen entgegen. Schließlich klatschte sie in die Hände und bat eine Dienerin um ein Tablett mit frischen Früchten. Als sie und der Supai wieder allein waren, sagte sie: »Ich habe Eure Loyalität nicht angezweifelt.«

Arakasi runzelte die Stirn und kam gleich zur Sache. »Es ist mir so wichtig wie mein Leben, daß Ihr es nicht tut.« Er blickte sie an, und endlich einmal waren seine dunklen Augen nicht von einem schützenden Schatten umgeben. »Lady, Ihr gehört zu den wenigen Herrschern in diesem Kaiserreich, die über die alten Traditionen hinaus denken, und Ihr seid die einzige Herrscherin, die willens ist, sie herauszufordern. Ich bin in Euren Dienst getreten, weil wir den gleichen Haß auf die Minwanabi teilten. Doch das hat sich geändert. Jetzt diene ich Euch um Euretwillen.«

»Weshalb?« Maras Augen blitzten kurz auf, ebenfalls unverhüllt.

Die Schatten der Lampen wurden düsterer, als der Himmel über ihnen sich verdunkelte. Arakasi machte eine ungeduldige Handbewegung. »Ihr habt keine Angst vor Veränderungen«, bemerkte er. »Diese kühne Eigenschaft ist es, die Euch weit bringen könnte, die Euer Haus möglicherweise zu dauerhafter Größe führen wird.« Er hielt inne, und ein verblüffend aufrichtiges Lächeln erhellte sein Gesicht. »Ich möchte dabeisein, ein Teil dieses Aufstiegs zur Macht. Die Macht selbst interessiert mich nicht. Doch was man mit ihr tun kann – hier muß ich ein schändliches Interesse eingestehen. Zeiten großer Veränderungen liegen vor uns, und dieses Kaiserreich ist in vielerlei Hinsicht schon viel zu lange erstarrt.« Er seufzte. »Ich weiß nicht, was getan werden kann, um unser Schicksal zu ändern, doch in den mehr als fünfzig Jahren meines Lebens habe ich keinen Herrscher gefunden, der fähiger wäre als Ihr, die Reformen durchzuführen.«

Mara atmete leise aus. Zum ersten Mal, seit sie diesen Mann kannte, war sie hinter seine Verschlossenheit gelangt. Endlich sah sie, was ihren rätselhaften Vertrauten wirklich antrieb. Er war ein Meister der Täuschung, doch jetzt war er völlig offen. In seinem Gesicht stand die Sehnsucht eines aufgeregten Jungen, und sie sah auch, daß ihm ihr Wohl sehr am Herzen lag, daß er sie mit allem versorgen würde, wonach sie verlangte. Inzwischen überzeugt, daß Nacoya recht hatte und es Grenzen gab, über die hinaus ein Herrscher oder eine Herrscherin niemals eine loyale Seele bedrängen sollte, lächelte sie. »Ihr erwähntet Neuigkeiten?« fragte sie mit möglichst gleichmütiger Stimme.

Arakasis Augen glänzten plötzlich vor Begeisterung. Er griff nach einer Obstscheibe. »Die Magier haben sehr geschäftig eigene Pläne verfolgt, wie es scheint. Die Gerüchte sind faszinierend und beinahe jenseits jeder Vorstellungskraft.«

Er lehnte sich entspannt in die Kissen zurück, und Mara bedeutete ihm mit einer Geste fortzufahren.

Er schluckte den Bissen hinunter und leckte sich über die Zähne. »Es ist überaus herausfordernd. Es heißt, daß zehn Erhabene aus der Versammlung der Magier zusammen mit dreitausend Kriegern der Kanazawai durch den Spalt nach Midkemia gingen. Es gab einen Kampf, doch es herrschen wilde Spekulationen über den Grund dafür. Einige sagen, der Kaiser wollte im Königreich Rache für den verräterischen Überfall bei den Friedensgesprächen nehmen.« Hier hielt der Supai eine Hand hoch, um die Herrin von eifrigen Fragen abzuhalten. »Dies ist nicht das Unglaubliche. Andere – Personen in zuverlässigen Ämtern – sagen, daß die Magier Krieg gegen den *Alten Feind* geführt hätten.«

Mara sah ihn verständnislos an.

»Der Alte Feind«, wiederholte Arakasi. »Derjenige aus den Mythen vor der Goldenen Brücke. Sicherlich haben Eure Lehrer Euch die Geschichten erzählt, als Ihr ein Kind wart.«

Mara rief sich die Erzählungen in Erinnerung, und langsam dämmerte es ihr. »Aber das sind doch Märchen!« protestierte sie. Sie blickte sich um und sah zu den Lampen, als wären die Schatten um sie herum plötzlich größer und dunkler geworden. »Sie sind nicht wahr.«

Arakasi schüttelte den Kopf, gleichzeitig verwundert und aufgeregt. »Das dachten wir«, pflichtete er ihr bei. »Doch wer kann schon wirklich ermessen, welche Feinde die Erhabenen herausfordern können, besonders da der Name dieses Abtrünnigen, Milamber, in diesem Zusammenhang auftaucht? Diese Mythen sind älter als jede Geschichte, so alt wie die Namen der Brüder, die einst die Fünf Familien gegründet haben. Wie können wir darüber urteilen, was in der lang zurückliegenden Vergangenheit wahr gewesen ist?«

Plötzlich schmerzlich beunruhigt, biß Mara sich auf die Lippe. »Die Kanazawai hatten damit zu tun? Dann könnten wir erfahren, was geschehen ist, wenn ich von Lord Kamatsu höre.« Sie machte einen Gedankensprung. »Wir können davon ausgehen, daß das Eingreifen des Kaisers in den Rat mit dieser Aktion der Magier abgestimmt ist.«

»Das nehme ich an.« Arakasi griff nach einer weiteren Obstscheibe. »Doch das alles ist Spekulation. Meine Quellen, die dem Licht des Himmels am nächsten sind, vermuten, daß zwischen dem Kaiserreich und dem Königreich der Inseln Verhandlungen über einen Gefangenenaustausch geführt werden.«

»Dann ist der Spalt also geöffnet!« fiel Mara ihm ins Wort. In ihrer Stimme schwang ein merkwürdiger Unterton mit.

Arakasi brachte es zu Recht mit der Sorge um ihren barbarischen Liebhaber in Verbindung, und er hustete leicht. »Nichts von dem, was ich Euch erzählte, ist allgemein bekannt. Doch es scheint, daß Ihr endlich die Vorteile aus Eurer Handelskonzession ziehen könnt, wenn Ihr noch einmal an der richtigen Stelle um eine Anhörung bittet.«

Mara schien nur schwach an dem Thema interessiert zu sein, das einmal die Ursache großer Verärgerung gewesen war. Arakasi nutzte die Pause taktvoll und nahm auch das letzte Obststück vom Tablett. Er rief sich Maras und Kevins Unterhaltung über den Spalt in Erinnerung, als sie in Kentosani gewesen waren; es war darum gegangen, dem Barbar seine Freiheit zu geben. Arakasis scharfe Intuition sagte ihm, daß die Vorstellung schmerzhafte Gefühle bei Mara verursachte.

»Ich werde der Sache für Euch nachgehen, Lady, und versuchen, Genaueres zu erfahren.«

Mara warf ihm einen Blick stummer Dankbarkeit zu. »Um Kevins wegen«, sagte sie mit dünner Stimme. »Er verdient es nicht, ein Sklave zu bleiben.«

Dann, als würde sie quälende, unsichtbare Geister abschütteln, wechselte die Lady das Thema. »Wenn sich die Macht immer weiter vom Rat entfernt, wird es Umwälzungen geben. Die Minwanabi werden ihre Verbündeten stärker zusammenschließen und versuchen, das Amt des Kriegsherrn wiederzubeleben.«

Sie seufzte stirnrunzelnd. »Es wäre schön, wenn alle von uns noch lebten, um die Früchte meiner ausschließlichen Handelsrechte genießen zu können.« Dann verengten sich ihre Augen. »Ihr habt Spione unter Tasaios eigenem Dach töten lassen, sagtet Ihr. Wieso lebt unser Feind dann immer noch?«

Arakasi stützte die Ellenbogen auf die Knie, wie ein Mördervogel, der sein Gefieder sträubt. »Mein Arm ist nicht lang genug, als daß ich unter Tasaios Dach gelangen und seinen Kopf bekommen könnte. Aber die Bediensteten? Das ist eine andere Sache.«

Und in der warmen Sommernacht, unter funkelnden Sternen und Laternen, erzählte er weiter.

Die Diener wurden schließlich gefunden, in der Kalkgrube eines Gemüsegartens, die gelegentlich für Beerdigungen benutzt wurde, um den Boden zu düngen; hier, von wo der Gestank der Zersetzung nicht in die herrschaftlichen Gemächer dringen konnte, wurden nur die Entehrten bestattet, ohne jedes Ritual. Die fünf Leichen waren kopflos, und als der Läufer, der sie gefunden hatte, einem der Aufseher davon berichtete, wußte das ältere Mitglied des Haushalts sofort, daß sein Herr informiert werden mußte. Mit zitternden Knien und vor Sorge eingezogenem Kopf huschte er davon, um Murgali davon zu berichten.

Der Hadonra hockte über gefährlich hoch gestapelten Hauptbüchern und tat sein Bestes, um nicht aufzufallen. Alle im Haushalt hatten Tasaios Wut zu spüren bekommen, seit der Hinterhalt fehlgeschlagen war, in dem Mara getötet werden sollte. Zornig über die Unterbrechung lauschte er der Nachricht des Dieners und fluchte, als er ihre Bedeutung begriff. Diese Sache mit den Leichen wagte er nicht für sich zu behalten.

»Geh«, befahl er dem Hausdiener. »Laß die Leichen aus dem Garten schaffen und in eines der leeren Schlafzimmer bringen.«

Als der alte Mann fort war, stand Murgali müde auf. Er rieb sich das arthritische Handgelenk, zog seine weichsten Sandalen an und schlurfte so leise wie möglich los, um Incomo zu suchen. Der Erste Berater der Minwanabi war möglicherweise die einzige Person, die sich Tasaio nähern konnte, ohne bestraft zu werden. Als der Hadonra den Flur überquerte, der zu den Kinderzimmern führte, schnalzte er mit der Zunge; selbst die Kinder waren still, als spürten sie den anhaltenden Zorn ihres Vaters.

Incomo war ebenfalls nicht begeistert über die Störung. Er saß triefend im Bad, während ein Sklavenmädchen, das nur ein Viertel seines Alters haben konnte, mit einem Schwamm seinen sehnigen Rücken wusch. Er seufzte inbrünstig, als Wasser über seine Knie geschüttet wurde. «Das ist höchst unangenehm«, murmelte er in Richtung seiner Geschlechtsteile.

Murgali nickte zustimmend. »Sehr sogar. Die Leichen sind in einem leeren Schlafzimmer aufgebahrt. Mylord kann sie dort untersuchen.«

Dann, als Incomo sich aus der Wanne hievte und sich von einer Sklavin den Rücken trockenreiben ließ, nutzte der Hadonra die Gelegenheit und verdrückte sich.

Zurück blieb Incomo, abgetrocknet und nackt und nunmehr der einzige, der die Nachricht weitertragen konnte, und er erging sich – was selten genug vorkam – in einer Reihe von Flüchen. Er verzichtete darauf, das Sklavenmädchen zu tätscheln, das ihn jetzt ankleidete, und wurde dadurch noch wütender. Gereizt verknotete er den mit Troddeln besetzten Gürtel und machte sich rasch auf, seinen Herrn und Meister zu suchen.

Die Suche führte ihn von den Eßräumen durch die große

Halle an unzähligen Räumen für verschiedene Zusammenkünfte vorbei, in Tasaios persönliches Arbeitszimmer, die Schreibstube, einen Übungsraum; sie endete schließlich auf dem Feld zum Bogenschießen am anderen Ende der Unterkünfte der Wachen. Inzwischen schnaufte Incomo, und er schwitzte, als hätte er nicht gerade erst ein Bad genommen. Er verneigte sich und sprach besonders laut, damit ihn sein Lord nicht mit einem anderen Krieger verwechselte.

Tasaio war in eine sehr leichte Seidenrobe gekleidet und trug einen unpassenden abgewetzten Helm; in unglaublicher Geschwindigkeit schoß er sieben Pfeile ab. Sie krachten mit unheimlicher Genauigkeit in die Mitte eines kleinen Schildes, der als Ziel bemalt war und von einem zitternden Sklaven in die Höhe gehalten wurde.

»Leichen«, blaffte der Lord der Minwanabi. Er unterstrich das Wort, indem er gleichzeitig einen weiteren Pfeil abschoß, der zischend zwischen den Beinen des Sklaven hindurchflog und sich in die trockene Sommererde bohrte.

Der Sklave zuckte zusammen, vergaß sich und trat mit blassem, erschrecktem Gesicht einen Schritt zurück.

Tasaio verzog keine Miene. Sein nächster Pfeil traf den unglücklichen Mann in die kleine Kuhle am Hals. »Ich habe es ihnen gesagt, immer wieder habe ich es ihnen gesagt, daß sie sich nicht bewegen dürfen!« Der Lord schnippte mit den Fingern, und ein Diener eilte herbei, um ihm Bogen und Köcher abzunehmen. Tasaio zog den Handschuh aus, und seine bernsteinfarbenen Augen wandten sich dem Ersten Berater zu. »Mit ›Leichen‹ meint Ihr vermutlich, daß Ihr die vermißten Spione der Acoma gefunden habt?«

Incomo schluckte. »Ja, Lord.«

»Fünf, sagtet Ihr.« Tasaio schnaubte. »Aber wir wußten nur von dreien.«

»Ja, Lord.« Incomo folgte seinem Herrn in angemessener Entfernung, als dieser sich plötzlich umdrehte und den Übungsplatz verließ.

Tasaio zog an den Fingern seiner linken Hand, bis die Gelenke leicht knackten. »Ich werde mir die Körper ansehen. Jetzt.«

»Natürlich, Lord.« Incomo beeilte sich, mit den raschen Schritten des größeren Mannes mitzuhalten, und Schweiß trat auf seine Stirn. Als sie das Herrenhaus erreicht hatten, brauchte er einige Minuten, um herauszufinden, in welchem Schlafgemach sich die Leichen befanden. Die Bediensteten hatten sich zurückgezogen, weil der Lord kam, und so mußte er erst einige Nachforschungen anstellen, um Antworten zu erhalten.

Tasaio schleuderte den Helm einem wartenden Sklaven entgegen und wartete dann in angespannter Ungeduld. »Ihr seid nicht sehr wirkungsvoll«, bemerkte er zu Incomo, doch glücklicherweise brannte er darauf, die Leichen zu sehen, und beließ es dabei. Er ging einen Korridor mit bemalten Wänden entlang, passierte eine sich verbeugende Wache und schlug einen Laden zur Seite.

Der Gestank faulenden Fleisches schlug ihnen entgegen. Tasaio schien unbeeindruckt. Offensichtlich kein bißchen nervös in dieser Atmosphäre des Schreckens, betrat er das Schlafgemach und kniete sich nieder, um die schmutzigen, verrenkten Gestalten, die einst fünf Männer gewesen waren, zu untersuchen.

Incomo wartete auf dem Flur. Er kämpfte stumm gegen seinen sich aufbäumenden Magen an, während er zusah, wie sein Herr die fünf Körper mit langen prüfenden Fingern abtastete. Tasaio fuhr mit der Hand über den Abdruck im Nacken des einen, nur wenig unterhalb der Stelle, wo dem Mann der Kopf abgetrennt worden war. »Dieser Mann wurde erwürgt«, murmelte er. »Das ist die Arbeit eines Tong-Attentäters.« Er untersuchte den letzten Körper und entdeckte verborgen im Gewand des Toten ein winziges Stoffstückchen, bestickt mit einer roten Blume. »Hamoi!« Er stand auf, sein Ärger war allzu deutlich, als er herumwirbelte und Incomo anfuhr: »Nach all den Geschenken aus Metall *sollte dieser Tong eigentlich mir gehören!*«

Der Erste Berater der Minwanabi verstand den Blick seines

Herrn als Warnung, und sofort verbeugte er sich ehrerbietig. »Lord, Eure Geschenke waren sehr großzügig.«

»Das hätte nicht geschehen dürfen!« sagte Tasaio mit unverhohlener Wut. »Schickt sofort einen Boten. Ich will, daß der Tong-Meister sich vor meinem Podest dafür verantwortet!«

Incomo wurde kleiner. »Wie Ihr wünscht, Mylord.«

Er konnte seine alten Knochen nicht schnell genug bewegen, um dem Stoß von Tasaios Ellenbogen auszuweichen, als sein Herr zur Tür schritt.

»Bring diesen Abschaum wieder in die Kalkgrube, und dann sage meiner Frau Bescheid«, brüllte Tasaio den erstbesten Diener in Reichweite an. »Sag ihr, ich brauche ein Bad, um den Gestank von meiner Haut zu waschen.«

Incomo kam auf die Füße und befand die Idee für gut. Er dachte kurz an das kleine Sklavenmädchen, an die zarte Massage ihres Schwamms, doch der Aufruhr dieses Tages war noch nicht beendet.

Von seiner Wanne aus ließ Tasaio in endloser Prozession die Bediensteten vor sich treten und befragte sie. Viele gaben zu, den Tong-Attentäter gesehen zu haben, der die Morde begangen hatte; ein Patrouillenführer gestand sogar, dem Attentäter an einem der Kontrollpunkte in den Bergen an der Grenze des Minwanabi-Landes Einlaß gewährt zu haben.

Die Erklärung des Mannes, weshalb er den Mörder hatte passieren lassen, klang durch und durch logisch. »Alle Soldaten wissen, daß Mylord die Loyalität der Tong besitzt. Der Mann kam direkt auf den Kontrollpunkt zu; er erklärte, er hätte etwas im Auftrag meines Herrn zu erledigen, und zeigte mir ein Dokument.«

Tasaio hörte mit zusammengekniffenen Augen und Lippen zu. Er machte Incomo ein abschlägiges Zeichen, und der Erste Berater veranlaßte traurig den Schreiber, den Namen des Soldaten auf die Liste für die sofortigen Hinrichtungen zu setzen. Der Krieger würde tot sein, noch bevor Tasaio sich vom Bad abgetrocknet hatte.

Lady Incarna wischte ununterbrochen mit dem Schwamm über den Rücken ihres Mannes, doch ihre Wangen waren kreidebleich, und sie sah krank aus. Wie eine Marionette seifte sie die geschmeidigen Schultern des Lords immer und immer wieder ein, bis Tasaio ihrer Fürsorge müde wurde und plötzlich aufstand. Incarna ließ den Schwamm mit einem Platschen ins Wasser fallen und fuhr mit einem erschreckten Schrei zurück.

»Still, Frau!« Tasaio riß seinen nassen Kopf herum, und Sklaven mit Handtüchern stürmten zu ihm.

Der Gildenbote hätte keinen schlechteren Augenblick wählen können und auch nicht der Diener, der an der Tür scharrte, um die Ankunft des im Vorraum wartenden Mannes anzukündigen.

Gar nicht in eiliger Stimmung, aber dennoch ungeduldig mit seinem Ankleider, entriß Tasaio ihm die leichte, aber reichbestickte Robe. Er warf sie sich um die Schultern, streckte die Hand nach dem perlmuttgeschmückten Gürtel aus und nahm dann die schwarzlackierten Scheiden seines Schwertes und Dolches entgegen, die an einem neuen Gehänge aus weichem Needra-Leder befestigt waren. Ein Sklave schnürte ihm die Sandalen zu, und er beendete das Ankleiden mit einer leichten, wattierten Jacke, in die Knochenringe eingenäht waren; sie bot den gleichen Schutz wie eine leichte Rüstung, nur daß sie nicht so schwerfällig war.

»Schickt den Boten in meine Waffenkammer«, befahl er seinem Läufer. Dann bedeutete er Incomo, ihm zu folgen, und ging; seiner Frau blieb es überlassen, sich um die Sklaven im Bad zu kümmern, als wäre ihre Position nicht höher als die eines Aufsehers.

Die Waffenkammer der Minwanabi war ein kleiner, fensterloser Raum mit glattgeschmirgelten Holzwänden, an denen sich Haken für Schwerter und Ständer für Rüstungen befanden. Tasaios einziger persönlicher Genuß, seit er die Herrschaft angetreten hatte, war es, außergewöhnliche Rüstungen und Waffen für sich zu erwerben, einige davon schlicht und tödlich für Kämpfe, andere strahlend vor Lack und Ziselierungen für festliche Gelegenheiten; doch eine dritte Gruppe war dünn und stark und ohne Kannelierungen, dazu gedacht, heimlich unter der Kleidung getragen zu werden. Tasaio wanderte von einem Ständer zum anderen und strich über Helme, Brustplatten und Schwertgriffe; dann fuhren seine Finger auf der Suche nach Staub über die Oberfläche. Die Sklaven und Diener, die sich um diesen Raum zu kümmern hatten, taten gut daran, ihn in tadellosem Zustand zu halten, denn ihre Vorgänger, deren Arbeit den prüfenden Augen des Lords nicht standgehalten hatte, hatten sein Mißfallen nicht überlebt.

Incomo fühlte sich unbehaglich in diesem kleinen, stickigen Raum, und er versuchte seiner Unruhe entgegenzuarbeiten, indem er sich am weitesten entfernt von der heißen Lampe aufhielt, wo er zudem unwillkommene Aufmerksamkeit erregen konnte, sollte der prüfende Blick seines Herrn auf ihn fallen. Er war in der letzten Zeit so still wie jeder andere Bedienstete im Haushalt der Minwanabi geworden und wartete stumm, während sein Lord von einem Schwert zum nächsten ging, von einem Helm zum anderen und gelegentlich stehenblieb, um eine Schnalle oder einen Buckel auf einem Schild zurechtzurücken oder an der Kante einer Klinge entlangzufahren.

Tasaio überprüfte einen Dolch, als der Kurier sich an der Tür verbeugte. Der Lord warf nur einen flüchtigen Blick auf sein Gildenabzeichen, gerade genug, um die Farben der Sulan-Qu-Einheit zu erkennen. Er sprach mit täuschend sanftem Ton. »Welche Nachricht habt Ihr für mich?«

Der Mann reckte sich. »Ein Angebot von Mara von den Acoma«, begann er und verstummte augenblicklich, als Tasaio mit atemberaubender Geschwindigkeit herumwirbelte.

Der Bote schluckte unbeholfen gegen den Druck der Schwertspitze an seiner Kehle. Er blickte in die Augen des Mannes, der die Waffe hielt, und sah dort eine Ausdruckslosigkeit, die ihn zu Tode erschreckte. »Mylord«, sagte er mit bebender Stimme. »Ich bin nur ein Gildenbote, der angeheuert wurde, um Briefe zu überbringen.«

Tasaio bewegte keinen Muskel. »Und bringt Ihr mir einen Brief?« Seine Stimme hatte sich nicht verändert.

Incomo räusperte sich vorsichtig. »Mylord, den Gildenboten trifft keine Schuld, und sein Leben ist durch einen Eid geschützt.«

»Ist es das?« schoß Tasaio zurück. »Laßt ihn selbst sprechen.«

Der Bote holte mühsam Luft. »Mara bittet um ein Treffen«, begann er und verstummte bei einer kleinen Bewegung der Klinge.

»Ihr werdet diesen Namen unter meinem Dach nie wieder aussprechen.« Tasaio stieß noch einmal leicht zu, so daß unter der Schwertspitze etwas Blut austrat. »Warum will diese dreimalverfluchte Lady ein Treffen? Ich will nicht mit ihr reden. Ich will nur ihren Tod.«

Der Bote blinzelte unbehaglich. Er vermutete, daß er seine Botschaft einem Wahnsinnigen überbracht hatte, und war überzeugt, daß er mit durchgeschnittener Kehle enden würde, und so nahm er all seine Würde zusammen und beendete mutig den Bericht, der ihm von seiner Gilde aufgetragen worden war.

»Diese Lady bittet den Lord der Minwanabi, sie auf ihrem Besitz zum Zweck einer Unterhaltung zu besuchen.«

Tasaios Mund verzog sich langsam zu einem Lächeln. Er war beeindruckt von dem Mut des kleinen Mannes, ließ das Schwert sinken und wischte die Spitze an einem Poliertuch ab; dann legte er die Waffe zurück auf die Halterungen. Als wäre ihm der Gedanke erst jetzt gekommen, warf er dem Boten den Fetzen zu, zusammen mit einer Geste, die ihm erlaubte, sich um den Kratzer am Hals zu kümmern.

Dem Boten mangelte es an genügend Unverschämtheit, sich zu weigern: Er nahm den leicht öligen Lappen und begann zaghaft, sich die Stelle abzutupfen. Und als wäre kein Fremder anwesend, nahm Tasaio seine Besichtigung wieder auf. Er wanderte zwischen seiner Sammlung umher und sprach zu seinem Berater, als wären sie die einzigen im Raum.

»Ah, Incomo, ich glaube, ich habe sie furchtbar erschreckt«, sagte er. »Mein Hinterhalt und mein Attentäter waren zwar nicht ganz erfolgreich, doch Sezus kleine Hexe hat Angst. Das Glück hat ihr geholfen, aber es hält nicht ewig. Sie weiß, sie wird es nicht noch ein weiteres Jahr schaffen.« Der Lord ging zum nächsten Waffenständer. Er fingerte an einer Halsberge herum, als wollte er sie auf eine Schwachstelle hin untersuchen. »Vielleicht bietet die Lady einen Kompromiß an, sagen wir, das Opfer des Namens und des Geschlechtes der Acoma für das Leben ihres Sohnes?«

Incomo verneigte sich mit notwendigem Respekt. »Mylord, das ist eine gefährliche Annahme. Die Lady weiß so gut wie Ihr, daß die Zeit für Kompromisse vorüber ist. Sie begann die Blutfehde mit Eurem Onkel Jingu; und Desio schwor den Eid gegenüber Turakamu. Um der Ehre ihrer Ahnen willen und gegen das Mißfallen des Roten Gottes, sie muß wissen, daß sie nicht in der Position ist zu verhandeln.«

Tasaio ließ die Platten der Halsberge mit einem Klicken fallen, das wie das Rollen von Spielwürfeln klang. »Sie ist verzweifelt«, beharrte er. »Sie soll zu mir kommen, wenn sie den Wunsch hat, mit mir zu reden.«

Die Waffenkammer wirkte unangenehm beengend. Incomo wagte eine kleine Bewegung und wischte sich über die Braue. Er riskierte noch einmal, Tasaio zu unterbrechen. »Mylord, ich erinnere nur ungern und zögernd daran, daß Lord Jingu das Mädchen unterschätzt hatte und in diesem Haus von ihr in eine Situation gebracht wurde, in der ihm nichts anderes übrigblieb, als sich das Leben zu nehmen.«

Sandalen scharrten leicht über das gewachste Holz, als Tasaio einen Ellenbogen gegen eine schöne Rüstung lehnte. Die gelbbraunen Augen, die er auf den Ersten Berater heftete, waren weit offen und glänzten im Lampenlicht. »Ich bin kein Feigling«, sagte er weich. »Und mein Onkel war ein Narr.«

Incomo nickte hastig. »Doch selbst der kühnste Mann tut besser daran, vorsichtig vorzugehen.«

Tasaios Augen zogen sich gefährlich zusammen. »Wollt Ihr

damit sagen, sie könnte mir drohen?« Er tippte sich an den Kopf und spuckte auf den Boden. »Hier? Nur weil sie gegenwärtig zu stark ist, als daß wir einen direkten Angriff wagen könnten, solltet Ihr keinen Fehler machen. Es ist nur eine Frage der Zeit, bevor ich zu ihr trete und sie vernichte. In der Tat, ich werde es genießen, wenn ich sehe, wie meine Krieger ihren Besitz plündern und niederbrennen. Vielleicht sollte ich doch hingehen und die Bitte um ein Gespräch als Gelegenheit nutzen, den Ort im Hinblick auf eine gute Taktik für einen Angriff zu untersuchen.«

Der Bote schien unangenehm berührt von der Richtung, die diese Unterredung inzwischen genommen hatte. Seine Aufgabe als Kurier verlangte Diskretion von ihm, doch diese Diskussion war keine, die er gerne hörte. Rivalisierende Gruppen könnten ihn quälen, um herauszubekommen, was er mit angehört hatte; seine Gilde war wohlgeachtet, doch das machte ihn nicht sakrosankt in den Stunden, die er mit seiner Familie verbrachte und nicht die offiziellen Abzeichen trug.

Incomo wischte sich wieder über die Stirn, doch der Schweiß rann ihm weiter in den Kragen. Drei Generationen von Minwanabi-Lords hatten ihn geschult, und so unterstrich er seine Meinung mit Schweigen.

Tasaio hatte alle Waffen und Rüstungen untersucht. Er konnte die Kammer nicht verlassen, ohne sich an der Tür seinem Ersten Berater zu stellen. Incomo stand unbeweglich wie ein Fels in der Brandung, wenn er glaubte, wirklich einen Grund zu haben.

»Also gut«, meinte der Lord der Minwanabi. »Ich werde die Hexe nicht auf ihrem verfluchten Acoma-Boden treffen.« Er wandte sich schnaubend an den Boten. »Hier ist meine Antwort. Sagt der Lady, daß ich mit einem Treffen einverstanden bin, doch auf offenem Gelände, auf meinem Land. Warten wir ab, ob sie den Mut oder die Dummheit besitzt einzuwilligen.«

Der Bote verbeugte sich erleichtert und huschte schnell durch die Tür, als Incomo zur Seite trat. So fest wie der Türgriff in seinem Rücken und mit der Vorsicht vieler langer Dienstjahre betrachtete der Berater den Lord.

»Mylord, wenn Ihr einen Trick in Betracht zieht, möchte ich Euch dennoch den Rat geben, Vorsicht walten zu lassen. Mara ist kein kleines Mädchen, sondern eine ernstzunehmende Feindin. Sie hat den Hadama-Clan vereinigt, was sicherlich kein Kinderspiel war, und selbst wenn sie nackt und gefesselt und umgeben von Euren Leibwächtern vor Euch stehen würde, würde ich zur Vorsicht mahnen.«

Tasaio starrte in die aufrichtigen Augen seines Beraters. »Aber ich bin vorsichtig«, sagte er mit ruhiger Stimme. »Sehr vorsichtig sogar, daß diese Angelegenheit nicht zu der Obsession wird, zu der sie für Cousin Desio geworden ist. Ich will Mara töten. Doch ich benötige keine großen Versprechen gegenüber dem Roten Gott, um diese Sache zu erledigen, und ich werde ihren Ahnen auch nicht die Befriedigung geben, daß ich wegen dieser Angelegenheit eine einzige schlaflose Nacht gehabt habe. Und jetzt tretet zur Seite. Ich möchte die Waffenkammer abschließen. Und laßt eine leichte Mahlzeit auf die Gartenterrasse am Ufer des Sees bringen.«

Der Lord der Minwanabi hielt sich noch lange nach Sonnenuntergang auf der Terrasse auf. Große Fackeln brannten auf Stäben in Keramikbehältern; ein Teppich war über den Steinen ausgebreitet und ein hölzernes Podest darauf errichtet, auf dem Tasaio saß und ein Weinglas zwischen den Fingern drehte, genau wie während der Aktion in der Wüste. Das Seeufer sah beinahe wie ein Kriegslager aus; die Krieger waren in voller Rüstung und übten den Angriff auf einen Hügel nahe am Ufer. Das sanfte Plätschern beim Füttern der Fische vermischte sich mit den Kommandorufen. Tasaio zu Füßen saß ein Junge, der erst kürzlich bei den Schreibern zu lernen begonnen hatte. Er hielt ein spitzes Kreidestück in den Fingern, die er fest anspannte, um das Zittern zu verbergen. Als der Lord in leisen, halb geflüsterten Sätzen über seine Leistung als Soldat berichtete, schrieb der Junge die Worte mit, die Stirn vor verzweifelter Anstrengung gerunzelt. Er wiederholte nur die Bemühungen des Schreibers, der ihm dieses

Handwerk beibringen sollte, doch falls es dem Lord der Minwanabi einfallen sollte, sich seine Arbeit anzusehen, wurde er möglicherweise geschlagen, wenn er den willkürlich gesetzten Standard nicht erreichte.

Die Krieger auf dem Hügel rückten zeitlich genau aufeinander abgestimmt näher, und vertieft in jede Einzelheit der Übung bemerkte Tasaio zunächst den Läufer nicht, der ehrerbietig vor ihm auf der obersten Stufe der Terrasse auf dem Boden lag. Der unglückselige Mann mußte seine Stimme erheben, um die Aufmerksamkeit auf sich zu lenken.

»Was ist das!« blaffte Tasaio so plötzlich, daß der Schreiber die Tafel fallen ließ. Die Kreide hüpfte über den Teppich und rollte gegen die Stirn des Läufers, der sich förmlich in den Stein der letzten Stufe zu pressen schien.

»Großer Lord, der Hamoi Tong-Meister hat Euren Ruf beantwortet und ist gekommen.«

Tasaio wog kurz das Mißvergnügen, mit dem Tong zu sprechen, gegen die Unterbrechung der abendlichen Kampfübung ab. Die Befragung des Tong siegte. »Bring ihn her.« Dann, offensichtlich beschäftigt mit der Sache, die ihn ärgerte, warf er einen Blick auf die Tafeln des Lehrlings und verglich die unbeholfenen Schreibversuche mit der Schönschrift seines Lehrers. »Nimm das mit, und sei froh, daß ich dich damit nicht geschlagen habe.« Er bedeutete dem älteren Schreiber zu bleiben und warf noch einen kurzen Blick zu den Soldaten auf dem Hügel.

Der Lehrling verneigte sich überschwenglich, versuchte angesichts des entwürdigenden Tadels nicht in Tränen auszubrechen und sammelte seine Schreibwerkzeuge ein. Er eilte davon und prallte dabei beinahe gegen den Hausdiener, der den herbeizitierten Besucher zum Podest des Lords führte.

Der Tong-Meister – oder, in der alten Sprache, der Obajan – war ein Mann von gewaltiger Statur, doch ohne ein einziges Gramm Fett. Bis auf eine lange Skalplocke, die oben am Hinterkopf zusammengebunden war und ihm über den Rücken fiel, war sein Kopf glattrasiert und mit roten und weißen Mustern tätowiert. Seine Nase war platt, die Haut tiefbraun, und die Ohren waren mehrfach durchstochen. Sein Schmuck bestand aus Knochennadeln und Ringen, die leicht klimperten, während er ging, und in seinem Ledergürtel waren jede Menge Schlaufen eingenäht, die die unterschiedlichsten Mordinstrumente enthielten: ein halbes Dutzend Dolche, ein schweres Würgeseil, Wurfsterne, Schlagringe, Giftphiolen und ein langes Metallschwert. Nach tsuranischem Standard galt er als Gesetzloser, und doch verlangte er von jeder Person, die ihm begegnete, denselben Respekt, der auch einem Herrscher oder einer Herrscherin zustand. Zwei in Schwarz gekleidete Attentäter begleiteten ihn, genau soviel, wie Tasaio ihm als Ehrengarde gestattete. Der Obajan trat zu Tasaio und verneigte sich leicht mit einer kurzen Bewegung des Kopfes. »Geht es Euch gut, Mylord?« Seine Stimme war ein unheilverkündendes Grollen.

Tasaio ignorierte ihn bewußt einen langen Moment. Dann bejahte er die Antwort mit einem kurzen Nicken, erkundigte sich seinerseits jedoch nicht nach der Gesundheit des Tong-Meisters – eine eindeutige Beleidigung.

Das Schweigen zehrte an dem Obajan. Säuerlich, als würde das Vermögen in Metall, das er von der Person auf den Kissen erhalten hatte, plötzlich wie geronnene Milch schmecken, fragte der Anführer der Tong: »Was wünscht Mylord von mir?«

»Dies: den Namen desjenigen, der Euren Tong anheuerte, fünf Diener in meinem Haus zu ermorden.«

Der Obajan hob unbedacht die Hand. Sofort rührten sich die hinter dem Podest aufgestellten Krieger, als wollten sie angreifen. Der riesige Mann erstarrte. Doch er war weder ein Sklave noch ein Mann mit schwachen Nerven. Er heftete seinen Blick fest auf seinen Gastgeber und fuhr mit der Hand langsam zum Kinn und kratzte sich. Seine Stimme klang schneidend, als er antwortete: »Lord Tasaio, der Auftrag kam von Euch.«

Tasaio schoß mit einer solchen Geschwindigkeit von seinen Kissen hoch, daß jetzt die beiden Attentäter zu ihren Schwertern griffen. Der Obajan bedeutete ihnen, ihre vorherige Position wieder einzunehmen. »Ich?« fragte Tasaio. »Ich habe das befohlen? Wie könnt Ihr es wagen, eine solche Lüge vorzubringen!«

Der Obajan kniff die Augen vor dem flackernden Licht der Fackeln zu einem Spalt zusammen und maß seinen Blick mit dem Tasaios. »Harte Worte, Mylord.« Er zögerte einen Augenblick, als würde er die Notwendigkeit abwägen, diesen Angriff auf seine Ehre als Beleidigung aufzufassen. »Ich werde Euch das Dokument zeigen, mitsamt Eurer Unterschrift und Eurem persönlichen Siegel.«

Zum ersten Mal in seinem Leben erschien Tasaio verblüfft und unbeholfen. Er setzte sich wieder. »Mein persönliches Siegel?« Seine Stimme klang eisig. »Laßt mich sehen.«

Der riesige Mann griff in seine Tunika und zog ein Pergament hervor.

Tasaio riß es ihm fast aus den rotgefleckten Händen. Er schlitzte die Schleifen mit dem Dolch auf, glättete das Dokument und las den Inhalt mit gerunzelter Stirn. Er drehte das Papier in diese Richtung und in eine andere und rief bellend nach einem Sklaven, der eine der Fackeln näher halten sollte, während er dem Obajan den Rücken kehrte. Er fuhr mit einem Fingernagel über das Siegel. »Beim Atem Turakamus«, murmelte er. Dann blickte er auf, und Mordlust stand in seinen Augen. »Welcher Diener hat diese Nachricht überbracht?«

Der Anführer der Tong zog an einem Ohrring. »Kein Diener, Mylord. Der Befehl wurde an dem üblichen Ort für solche Nachrichten hinterlassen«, sagte er ruhig.

»Es ist eine Fälschung!« zischte Tasaio wütend; das angeborene Naturell der Minwanabi brach in ihm durch. »Ich habe kein Wort davon geschrieben! Und auch keiner meiner Schreiber.«

Das Gesicht des Tong-Meisters blieb gelassen. »Ihr wart es nicht?«

»Das sagte ich gerade!« Der Lord der Minwanabi fuhr plötzlich herum, die Hand fest um den Schwertgriff gepreßt. Nur eine Geste ihres Anführers hielt die beiden Attentäter davon ab, sich wieder zum Zuschlagen bereitzumachen.

Tasaio stapfte von einem Ende des Podests zum anderen; wie ein hungriges Raubtier umkreiste er die massige Gestalt des Obajan. »Ich habe Euch ein Vermögen in Metall gezahlt, um mir zu dienen, nicht um verheerenden Schaden in meinem Haus anzurichten oder bei dem Befehl irgendeines Rivalen, der genug Verstand hat, ein Dokument zu fälschen, aufzuspringen! Irgendein Narr hat es gewagt, das Familiensiegel der Minwanabi nachzumachen. Ihr werdet ihn für mich finden. Ich will seinen Kopf.«

»Ja, Lord Tasaio.« Der Tong-Meister berührte mit der linken Hand die Stirn und bekräftigte damit seine Zustimmung. »Ich werde die Nachricht zurückverfolgen und Euch den Schuldigen in kleinen Stücken servieren.«

»Sorgt dafür.« Tasaio zog sein Schwert und schwang es mit einem aufheulenden Ton durch die Luft. »Sorgt dafür. Und jetzt geht mir aus den Augen, bevor ich Euch meinen Folterern übergebe, damit sie ein paar neue Methoden an Euch ausprobieren können.«

»Versucht nicht, mich zu erzürnen, Lord Tasaio«, erwiderte der Obajan. Er machte den beiden Attentätern ein Zeichen zurückzutreten, während er sich einen Schritt auf den Herrscher der Minwanabi zubewegte. Dann sagte er mit leiser Stimme: »Die Hamoi sind keine Vasallen, das ist eine Tatsache, die Ihr Euch besser merken solltet. Ich bin der Obajan der Hamoi, und ich werde diese Sache erledigen, weil *meine* Familie entehrt wurde, so sehr wie Eure, nicht weil Ihr es befehlt. Das Schicksal hat uns einen gemeinsamen Feind gegeben, Mylord, doch *wagt es nie wieder, mir zu drohen.*« Er sah nach unten, und Tasaio folgte seinem Blick. Zwischen Zeigefinger und Daumen hielt der Mann einen kleinen Dolch, unsichtbar für alle anderen.

Der Lord der Minwanabi zuckte weder zusammen, noch trat er zurück. Er heftete seinen Blick einfach wieder auf die Augen des Obajan. Er wußte, der Mann mußte nur zucken, und die Klinge würde ihn töten, vermutlich noch bevor der Lord der Minwanabi sein Schwert emporreißen konnte. Etwas wie wilder

Humor blitzte in Tasaios Augen auf, als der Tong-Meister sagte: «Ich liebe Blut. Es ist wie Muttermilch für mich. Erinnert Euch daran, und wir werden Verbündete bleiben.«

Tasaio wandte sich ab und ignorierte die Gefahr. »Geht in Frieden, Obajan von den Hamoi.« Seine Knöchel um den Schwertgriff wurden weiß.

Der Tong-Meister trat für einen Mann seiner Größe überraschend leichtfüßig zurück, und der Dolch verschwand wieder in seiner Tunika, bevor irgend jemand sonst ihn hatte sehen können. In angemessener Geschwindigkeit, die beiden Attentäter jeweils an einer Seite, verließ er die Terrasse; zurück blieb ein in höchstem Maße verärgerter und wütender Mann, der Phantome in der Luft zerschlitzte.

Elf

Konfrontation

Die Trompeten schmetterten.

Ein Dutzend livrierter Träger trug eine Plattform, auf der Mara saß und sich an dem Holzgeländer festhielt. Sie bemühte sich, einen sicheren Eindruck zu erwecken, trotz der stillen Überzeugung, daß sie dumm aussehen mußte mit der frisch hergestellten Rüstung, die für eine Clanlady des Clans Hadama üblich war. Sie war an die Steifheit von Beinschienen und Armschützern aus laminiertem Fell nicht gewöhnt und fühlte sich entschieden unwohl mit all den Teilen und Schnallen und der Brustplatte und mußte sich immer wieder daran erinnern, aufrecht zu stehen. Keyoke und Saric hatten darauf bestanden, daß sie zwar während der Unterredungen gewöhnliche offizielle Gewänder tragen konnte, sich für ihren ersten öffentlichen Auftritt als Clanlady jedoch so kleiden sollte.

Wie ein Mann unter dem Gewicht dieser einengenden Rüstung kämpfen und ein Schwert führen konnte, war Mara ein Rätsel. In neuer Anerkennung der Krieger, die in Reih und Glied hinter ihr marschierten, führte sie die Armee des Clans Hadama, nahezu zehntausend Soldaten, auf die Tore der Heiligen Stadt zu.

Zu ihren Füßen saß Kevin, seinem Rang gemäß. Er versuchte so duldsam auszusehen, wie es einem Sklaven entsprach. Doch da der grasbewachsene Rand zu beiden Seiten der Straße voller jubelnder, winkender gewöhnlicher Menschen war, konnte er seine Aufregung kaum verbergen. Er hob das Gesicht zu seiner Lady empor, und so konnten bei dem Lärm der Menge nur wenige hören, als er lachte. »Sie scheinen dich sehr zu mögen, Lady.«

Mara beugte sich so weit hinunter, wie es nötig war, um eine verstohlene Antwort geben zu können. »Das hoffe ich allerdings. Frauen als Krieger sind in der Geschichte des Kaiserreiches etwas sehr Seltenes, doch die wenigen, die in unserer Erinnerung blieben, sind legendär, beinahe so einzigartig wie die Guten Diener des Kaiserreiches.« Sie versuchte ihre neugewonnene Berühmtheit abzustreifen. »Jeder Mob liebt Spektakel. Sie jubeln allen zu, die auf der Plattform stehen.«

»Möglicherweise«, räumte Kevin ein. »Doch ich denke, sie spüren, daß das Kaiserreich in Gefahr ist, und sehen in dir eine Person, auf die sie ihre Hoffnungen setzen können.«

Mara betrachtete die Leute auf dem Weg zu den äußeren Toren der Heiligen Stadt. Alle Kasten und Handelssparten waren vertreten, von sonnengebräunten Feldarbeitern bis zu Wagenlenkern, Kaufleuten und Gildenmeistern. Allen schien es ernst zu sein mit ihrer Huldigung der Lady der Acoma. Viele riefen ihren Namen, andere winkten oder warfen kleine Glücksbringer aus gefaltetem Papier.

Mara wirkte angesichts solcher Bewunderung immer noch skeptisch. »Sie wissen, wer dein Feind ist«, fügte Kevin hinzu. »Und sie sind sich der dunklen Natur Tasaios ebenso bewußt wie du. Die Edlen sprechen zwar aus Höflichkeit nicht schlecht voneinander, doch ich versichere dir, daß die Gewöhnlichen diese Zurückhaltung nicht besitzen. Wenn sie die Chance haben, neigen sie sich der Seite zu, deren Politik vermutlich gnädiger ist. Ist es deine oder die des Lords der Minwanabi?«

Mara zwang sich, eine Ruhe auszustrahlen, die sie nicht empfand; Kevins Logik schien ihr ein Gefühl der Sicherheit zu geben. Möglicherweise war sie sogar wahr. Doch die Unterstützung des gewöhnlichen Volkes würde keine Auswirkungen auf den Ausgang des bevorstehenden Kampfes haben. Sich der Tatsache bewußt, daß sie im Laufe der nächsten Tage entweder triumphieren oder tot sein würde, versuchte Mara, nicht zu sehr an die Folgen zu denken. Es gab keine andere Wahl. Der Angriff auf sie und ihren Sohn hatte sie zu diesem Schritt gezwungen; sie mußte den nächsten Zug machen. Natürlich könnte sie auch weiter an ihrer Verteidigungsstrategie festhalten, doch vielleicht würden eines Tages ihre Krieger, ihre Wachen oder Arakasis Spione erneut versagen – und dann würde Tasaio sie und Ayaki umbringen.

An jenem Tag, als Lord Sezu, ihr Vater, durch die Hinterlist der Minwanabi auf Midkemia in einen Hinterhalt geraten war, hatte er lieber im Kampf den Tod gefunden, statt seine Vorfahren durch Flucht zu beschämen und das Leben eines Feiglings zu führen. Auch Mara konnte nicht anders, sie mußte genauso handeln. Mit ihrer Aufforderung an Tasaio, sich mit ihr zu treffen, hatte sie versucht, den Gang der Ereignisse zu beschleunigen. Wenn er sie zurückwies, mußte sie ihm gegenübertreten. Und doch, ohne einen Plan, wie sie ihr Haus oder ihre Ehre retten wollte, war ihr Auftreten nichts weiter als tollkühn. Als sie triumphierend auf der Plattform an der Spitze der Kriegsmacht des Clans Hadama getragen wurde, war ihr Inneres ein einziges Gewirr aus Ängsten.

»Sieh dir das an!« stieß Kevin aus.

Mara wurde jäh aus ihren morbiden Gedanken gerissen und blickte in die Richtung, in die er deutete. Ihre Kehle schnürte sich zusammen. Eine Armee lagerte westlich der Heiligen Stadt. Die Hügel waren ein Flickenteppich aus bunten Zelten und Fähnchen, die Kevin rasch zählte. Nach grober Schätzung meinte er: »Ich würde sagen, in diesem Lager sind fünfzehntausend Krieger.«

Maras anfänglicher Schock wich langsam, als sie die Banner erkannte. »Das ist ein Teil des Clans Xacala. Lord Hoppara hat die Streitmacht der Xacatecas mitgebracht. Andere folgten ihm.« Doch nicht nur ihre Verbündeten waren versammelt. Mara nickte in Richtung einer Stelle jenseits des Flusses. »Sieh dir das an.«

Die Straße folgte dem Gagajin, und am anderen Ufer sah Kevin noch eine Armee, deren Zelte so dicht zusammenstanden, daß das Land vor Fähnchen nur so wimmelte. »Götter! Es müssen fünfzig- bis sechzigtausend Krieger in diesen Hügeln lagern.

Es sieht aus, als hätte die Hälfte der Lords im Kaiserreich jeden Mann hergeschafft, der irgendwie in der Lage ist, eine Rüstung und ein Schwert zu tragen.«

Mara nickte; ihre Lippen verzogen sich grimmig. »Es wird hier zu einer Entscheidung kommen. Die da auf der anderen Seite des Flusses gehören zu Tasaio. Es sind Streitkräfte des Clans Shonshoni und anderer Familien, die Vasallen oder Verbündete der Minwanabi sind. Ich erkenne die Banner der Tondora und Gineisa an der Flußbiegung. Und natürlich haben sich die Ekamchi und Inrodaka endlich auch auf Tasaios Seite geschlagen.« Sie fuhr mit der Hand in einem Bogen durch die Luft. »Ich wette, die Lords der Keda und Tonmargu lagern zusammen mit ihren Verbündeten im Norden der Stadt, alles in allem etwa vierzigtausend Schwerter. Und ich bin überzeugt, daß außer Sichtweite der Stadt, nicht mehr als einen Tagesmarsch entfernt, weitere einhunderttausend Krieger warten. Jede Menge geringerer Familien halten sich aus der Schußlinie, aber nah genug, um die Leichen zu fleddern, wenn es eine Auseinandersetzung gibt.« Sie senkte ihre Stimme, als fürchtete sie, die falschen Ohren könnten etwas mitbekommen. »Wenn so viele Soldaten zum Kampf bereit sind, können wir da überhaupt einen Bürgerkrieg verhindern, selbst wenn wir es wollten?«

Der Jubel der Menge und die festliche Stimmung wirkten plötzlich schal. Kevin wußte, daß seine Lady unter der Rüstung zitterte, und er schenkte ihr ein aufmunterndes Schulterzucken. »Wenige Soldaten sind wirklich wild darauf zu kämpfen. Gib ihnen eine Ausrede, und sie sind genauso schnell dabei, sich zusammen zu besaufen – oder sie verwickeln sich in eine kleine, freundschaftliche Schlägerei. Zumindest ist es in meiner Welt so.«

Doch den Kontrast zwischen den lebhaften Gesichtern, die er von Midkemia kannte, und dem maskenähnlichen Verhalten selbst des gewöhnlichsten Bettlers auf Kelewan konnte er nicht ignorieren. Kevin behielt den Gedanken für sich, daß er niemals so viele Soldaten gesehen hatte, die so bereit zum Sterben waren wie diese Tsuranis. Solange die Leute ruhig blieben und nicht gegenseitig ihre Mütter beleidigten, würde Blutvergießen vermieden werden können. Doch wenn auch nur ein armer Narr etwas zu rüde werden sollte …

Es brachte nichts, den Gedanken zu Ende zu führen. Selbst wenn er es unausgesprochen ließ, würde Mara nicht blindlings ein Risiko eingehen. Ein einziges Schwert, das jemand aus Gründen der Ehre zog, und das ganze Kaiserreich würde erzittern. Konnte es verhindert werden? Nachdem er die Massaker in der Nacht der Blutigen Schwerter erlebt hatte, wagte Kevin nicht, das zu entscheiden.

Als die Spitze von Maras Streitmacht sich dem Stadttor näherte, nahmen die Schaulustigen immer mehr ab. In die Stille der plötzlichen leeren Straße trat jetzt eine Patrouille kaiserlicher Soldaten. Mara befahl, vor dem Tor anzuhalten, als sich der Befehlshaber näherte. Seine weiße Rüstung mit den goldenen Verzierungen strahlte in der Morgensonne. »Mara von den Acoma!« rief er.

Mara, nicht gewohnt an das Gewicht des Federbusch-Helms, der ihre Sicht einschränkte, nickte vorsichtig.

»Aus welchem Grund stellt Ihr die Armee des Clans Hadama auf und bringt sie in die Heilige Stadt?« wollte der Kaiserliche Offizier wissen.

Mara starrte von der Höhe ihrer Plattform aus den jungen, arroganten Mann an, der aufgrund seines kaiserlichen Ranges höchst selbstsicher war. Schließlich meinte sie: »Ihr beschämt das Licht des Himmels durch Euren Mangel an Manieren.«

Der Offizier ignorierte ihre Zurechtweisung. »Lady, ich werde mich für meine Taten verantworten, wenn Turakamu entscheidet, wo ich das nächste Mal das Rad des Lebens betrete.« Der junge Mann warf zuerst einen Blick auf die Armeen, die am Flußufer lagerten, und dann einen mit deutlicher Mißbilligung auf die Krieger, die Mara folgten. »Manieren sind die geringsten unserer Schwierigkeiten. Wenn die Götter es wünschen, werden viele von uns bald genug dem Schicksal gegenüberstehen. Ich habe meine Befehle.« Er stand offensichtlich unter Druck, weil er nur zwanzig Soldaten als Rückendeckung hatte, während viele Tausende bereit waren, auf jeden Befehl Maras zu reagieren, und er befahl unverblümt: »Der Kaiserliche Kommandeur besteht darauf, daß ich den Grund erfahre, weshalb Ihr die Streitmacht des Clans Hadama in die Heilige Stadt bringen wollt.«

Aus dieser Forderung ein Problem zu machen wäre möglicherweise genau der Funke, der den Konflikt entzünden konnte, begriff Mara. Sie hielt es für weiser, die Beleidigung zu ignorieren. »Wir kommen, um uns mit anderen unseres Ranges und unserer Position zu beraten, im Interesse des Wohles des Kaiserreiches.«

»Dann sucht Eure Unterkunft auf, Lady der Acoma, und wisset, daß der Kaiserliche Friede auf Euch ruht. Eine Ehrengarde aus Soldaten der Acoma darf Euch begleiten, mit einer ähnlichen Anzahl für jeden Lord des Clans Hadama, der mit Euch geht. Aber wisset auch, daß das Licht des Himmels die Ratshalle bis auf weiteres geschlossen hat. Wer immer versucht, sich ohne kaiserliche Zustimmung Eintritt in den Palast zu verschaffen, gilt als Verräter des Kaiserreiches. Und jetzt geht bitte.«

Der junge Offizier trat zurück, um die Plattform der Clanlady und ihre Ehrengarde durchzulassen. Bevor sie ihren Marsch wieder aufnahmen, beugte Mara sich zu Lujan und erteilte ihm rasche Anweisungen. »Berichtet dem Lord der Chekowara und den anderen, daß wir uns bei Sonnenuntergang in meinem Stadthaus treffen.«

Der Kommandeur verneigte sich. »Und die Krieger, Mistress?«

Ein letztes Mal ließ Mara ihren Blick über die umliegenden Hügel schweifen, mit ihren Zelten und Bannern, Soldaten und Waffenständern. »Sucht die Standarte der Minwanabi und laßt die Männer so nah wie möglich an der Grenze zu ihnen lagern. Tasaio soll wissen, daß egal was er tut, immer ein Dolch auf seine Kehle gerichtet ist.«

»Wie Ihr wünscht, Mistress.« Lujan beeilte sich, ihre Anweisungen an die entsprechenden Offiziere weiterzugeben, und stellte dann ihre Ehrengarde zusammen. Mit einer förmlichen Geste bedeutete Mara ihrer Gesellschaft, durch die Stadttore hindurchzugehen. Als der Lord der Chekowara und die anderen Hadama-Lords ihr folgten – in einer Reihenfolge, die ihrem Rang entsprach –, wünschte sie sich, die in ihrem Magen drückende Furcht zerstreuen zu können. Alles würde sich hier entscheiden, innerhalb der nächsten Tage, und noch immer hatte sie keinerlei Ahnung, wie sie das Schicksal abwenden sollte, das die Minwanabi heraufbeschworen hatten, indem sie ihr Leben und das ihres neunjährigen Erben als Opfer dem Roten Gott versprochen hatten. Die Rüstung lastete schwer auf ihren Schultern, und die Rufe der Menge vor den Stadttoren wirkten plötzlich unangenehm laut. Gab es irgendeinen Ort, fragte sie sich, an dem sie Ruhe und Frieden zum Nachdenken finden würde?

Die Reise durch die Stadt zu ihrem Haus erschöpfte Mara. Sie schob ihre Müdigkeit der schlechten Stimmung zu, verschob ihre ursprünglichen Treffen und behielt sich den Nachmittag zum Ausruhen vor. Im nachhinein hatte Arakasi durch die Verschiebung ihres Plans genug Zeit, seine Agenten in der Stadt aufzusuchen und so viele Informationen wie möglich zusammenzutragen. Sie, ihr Supai und Lujan aßen allein und diskutierten die verschiedenen Möglichkeiten, wie sie die Absichten der Minwanabi zunichte machen konnten.

Niemand hatte eine brillante Idee.

Am nächsten Morgen traf sich der Clan Hadama. Im inneren Garten mit frischgestutztem Grün saßen die ranghöchsten Herrscher des Clans sowie ein halbes Dutzend Verbündeter in einem großen Kreis nahe beim zentralen Springbrunnen. Über das Plätschern des fallenden Wassers hinweg äußerte sich der Lord der Ontara. »Lady Mara, auch Herrscher, die nichts für Tasaio übrig haben, werden sich mit ihm gegen den Kaiser stellen, einfach weil Ichindar sich der Tradition widersetzt. Selbst in unserem Clan fürchten viele ein Kaiserreich, das von einem einzigen Mann regiert wird, selbst wenn dieser eine das Licht des Himmels ist. Auch ein Kriegsherr mag herrschen, das wissen die Götter, und doch ist er nur einer unter seinesgleichen.« Andere murmelten ihre Zustimmung.

Mara, die sich immer noch merkwürdig fremd fühlte, hatte Mühe, sich zu konzentrieren. In einem Punkt hatte Kevin mit seinen trockenen Bemerkungen über die tsuranische Politik recht: Die Liebe für ihre eigenen Vorrechte wog schwerer als der Haß dieser Männer auf Grausamkeit, Mord und Verschwendung. Sie wurde sich wieder einmal bewußt, wie sehr ihr eigenes Denken sich in einer Art gewandelt hatte, die anderen Herrschern – bis auf eine Handvoll – unverständlich blieb. Mara betrachtete ihre Clanmitglieder und Verbündeten und bemühte sich um taktvolles Vorgehen. »Es sind Narren, die der Tradition anhängen, blind oder aus Furcht heraus. Sich an Tasaio zu hängen heißt eine Relli am Busen nähren. Er wird die Wärme und Nahrung entgegennehmen, doch am Ende wird er töten. Erlaubt ihm, die kaiserliche Macht zu schwächen, und Ihr wählt einen noch schlimmeren Weg als die absolute kaiserliche Herrschaft. Der Lord der Minwanabi ist ein junger Mann. Er könnte das Weiß und Gold für Jahrzehnte tragen. Er ist schlau, rücksichtslos, und, wenn ich aufrichtig sein darf, er ist fasziniert von dem Schmerz anderer. Er spielt das Große Spiel geschickt genug, um die Nachfolge möglicherweise zu einer fragwürdigen Angelegenheit zu machen. Almecho und Axantucar sind sehr nahe daran gewesen, ein Familienamt zu schaffen. Ist Tasaios Absicht sehr viel anders?«

Einige der Lords blickten sich an, denn sie hatten zu jenen gehört, die geneigt gewesen waren, Tasaios Bitte um das Weiß und Gold zu unterstützen. Da der Clan Omechan durch Axantucars Schmach geschwächt war, blieben die Minwanabi ohne Gegner als erste Anwärter auf das Amt. Der Lord der Xacatecas war zu jung, und der Lord der Keda war zu sehr mit der Partei des Blauen Rades verbunden, als daß er dem Kaiser hätte widersprechen können. Der einzig mögliche Rivale wäre der Lord der

Tonmargu gewesen, wenn die Anasati ihm volle Unterstützung gewährten; doch Jiro wurde nicht als zuverlässig angesehen – seine eigene Linie war noch nicht klar, und er hatte deutlich gemacht, daß er nicht in die Fußstapfen seines Vaters treten würde. Nicht nur beim Straßenklatsch und in der Gerüchteküche war man überzeugt, daß Tasaio der nächste Kriegsherr werden würde. Die wichtigere Frage schien zu sein, ob er das Weiß und Gold friedlich erhalten oder mittels eines blutigen Krieges an sich reißen würde.

Von allen Anwesenden war der Lord der Chekowara der einzige, der entspannt genug war, sich vom Kuchen auf den Erfrischungstabletts zu nehmen. Er wischte Krümel vom Mund und äußerte seine Meinung. »Mara, bei allem, was Ihr seit Antritt der Herrschaft getan habt, habt Ihr eine brillante Fähigkeit zum Improvisieren gezeigt. Dürfen wir annehmen, daß Ihr auch für Tasaio eine unerwartete Wendung bereithaltet?«

Unsicher, ob diese Frage der Bitterkeit darüber entsprang, daß sie sein früheres Amt übernommen hatte, oder eine ehrliche Bitte um beruhigende Worte war, suchte Mara nach einem Hinweis in seiner Miene. Doch das dicke Gesicht Lord Benshais blieb ausdruckslos. Mara traute sich nicht, eine leichtfertige Antwort zu geben. Als sie ihren Clan aufgefordert hatte, ihr bedingungslosen Gehorsam zu leisten, hatte sie auch die Verantwortung für sein Überleben übernommen. Obwohl sie immer noch keinen blassen Schimmer hatte, was sie tun würde, zog sie es vor auszuweichen, bevor die Zweifel der anderen Lords die Grundfesten der neugeschmiedeten Allianz erschütterten. »Nicht mehr lange, und Tasaio wird nur noch Würmer befehligen, Mylord.«

Blicke flogen zwischen den anderen Lords hin und her. Da eine solch deutliche Aussage nicht in Frage gestellt werden konnte, ohne die Ehre zu berühren, widersprach niemand. Nach einer unangenehmen Minute erhoben sich die Lords des Clans Hadama und verabschiedeten sich von ihrer Clanlady. Alle wußten, daß vor Ablauf der Woche Tasaio in die Stadt marschieren würde, um sich dem Kaiser entgegenzustellen und von ihm zu verlangen, den Hohen Rat mit seiner alten Macht wiedereinzusetzen. Doch wie Mara ihn davon abhalten wollte, entzog sich ihren Vorstellungen; ganz sicher fehlte ihr die militärische Macht, den Lord der Minwanabi im Feld herausfordern zu können. Aber sie besaß einen scharfen Verstand und so viel Ausstrahlung, daß selbst Lord Benshai von den Chekowara es nicht wagte, ihr unter ihrem eigenen Dach zu widersprechen.

Der letzte Lord ging, und Saric kehrte zurück, nachdem er die Herrscher zur Tür gebracht hatte. Er betrat den Garten und war überrascht, seine Lady in Gedanken versunken am Springbrunnen vorzufinden. Inoffiziell in Nacoyas Rolle als Erster Berater fragte er sie leise, ob sie irgendeinen Wunsch hätte.

Mara brauchte etwas Zeit, ehe sie antworten konnte. Das Gesicht, das sie ihm dann zuwandte, war kreidebleich. »Schickt bitte meine Zofe zu mir.«

Der Satz klang ungewöhnlich aus ihrem Mund. Saric war sich bewußt, daß er in mancher Hinsicht niemals in Nacoyas Fußstapfen treten konnte, und er hatte das deutliche Gefühl, daß seine Mistress im Augenblick etwas mehr Verständnis brauchte, als er ihr von seinem Wissen her hätte geben können. So stocherte er ein wenig hilflos weiter herum. »Seid Ihr krank, Lady?«

Mara schien nur mit großer Mühe sprechen zu können. »Nur eine Magenverstimmung. Es wird vorübergehen.«

Doch Saric kannte das Gefühl nackter Angst. Sie sah plötzlich sehr zerbrechlich aus. Er hatte Sorge, daß das Sommerfieber sie erwischt hatte, oder schlimmer noch, daß es jemandem gelungen war, ihr Essen zu vergiften. Der Berater der Acoma machte einen schnellen Schritt auf sie zu.

Seine Besorgnis war groß genug, daß Mara es bemerkte. »Ich werde mich in der nächsten Stunde wieder erholen«, versicherte sie ihm und machte eine abwehrende Geste mit der Hand. »Meine Zofe weiß, was sie tun muß, damit es mir wieder gutgeht.«

Sarics zunächst wachsamer Blick bekam jetzt etwas Prüfendes, und die Lady wich ihm kommentarlos aus. Sie hatte nicht gelogen. Zumindest hatte sie erkannt, daß die Erschöpfung der letzten Tage nicht einfach nur Müdigkeit war; die Magenprobleme am Morgen waren das vertraute Zeichen einer Schwangerschaft. Bei Ayaki hatte sie die ersten neun Wochen das Frühstück nicht bei sich behalten können. Plötzlich fiel ihr ein, daß Saric lange genug Soldat gewesen war, um den Zustand von den dem Heer folgenden Frauen zu kennen, und sie befahl ihm zu gehen, bevor er Zeit hatte, seine Vermutung zu bestätigen. Bis zur Ankunft der Zofe war Mara allein, und sie spürte Traurigkeit in sich aufsteigen. Sie versuchte nicht, ihre Tränen zurückzuhalten, sondern gestattete ihnen freien Lauf, sich bewußt, daß ihre Gefühle durch die Veränderungen in ihrem Körper noch verstärkt wurden. Sie würde sich ihnen jetzt hingeben, während sie über die bittere Wahl nachdachte, denn schon bald würde die Zeit kommen, wenn sie mit ... wie hatte Kevin es genannt? Nerven aus Stahl! Ja, sie mußte ihre Seele abhärten. Und als sie an ihren Geliebten dachte, der ruhig in ihren Gemächern auf ihren Ruf wartete, flossen die Tränen ungehindert über ihr Gesicht.

Niemand, erst recht nicht Kevin, durfte erfahren, daß sie ein Kind von ihm erwartete. Es würde ihn in einer Weise an sie binden, die sie niemals lösen könnte, ohne grausam zu sein. An seiner Ergebenheit gegenüber Ayaki erkannte sie, wie sehr er Kinder mochte. Und obwohl sie niemals über das Thema gesprochen hatten, konnte Mara den Wunsch in seinen Augen sehen. Sie wußte, er sehnte sich nach einem eigenen Sohn, einer eigenen Tochter, und sie wußte auch, daß nach den Maßstäben seiner Heimatwelt solche Dinge nicht auf die leichte Schulter genommen wurden. Auf Kelewan war das uneheliche Kind eines Sklaven keine große Sache. Die unrechtmäßigen Kinder von Edlen wuchsen oft in ihren eigenen Häusern in hohe Ämter hinein. Doch Kevin würde die Angelegenheit mehr am Herzen liegen als sein eigenes Leben. Nein, der Mann, den sie liebte, durfte es niemals erfahren, und das bedeutete, daß ihre Tage mit ihm gezählt waren.

Die Zofe erschien und trat nach dem ersten Blick auf ihre Herrin rasch näher. »Lady, was kann ich für Euch tun?«

Mara hielt ihr die Hand entgegen. »Hilf mir einfach, damit ich aufstehen kann, ohne daß mir übel wird.« Sie hatte die Bitte in betontem Flüsterton ausgesprochen.

Als die Lady der Acoma auf zittrigen Füßen stand, begriff sie, daß die Schwangerschaft nur zu einem kleinen Teil der Grund war, weshalb es ihr so schlechtging. Sie fühlte sich angespannt wie eine Bogensehne, als würde sie jeden Augenblick zerreißen.

Eines Tages, so hoffte sie, würde Hokanu das Kind in ihrem Bauch als seinen Sohn anerkennen, und er könnte zum Lord der Shinzawai aufsteigen ... Daß er – sie rechnete bereits mit einem Jungen – Kevins Sohn war, würde ihre Art sein, dem Barbar endlich die Ehre zukommen zu lassen, die sie ihm, der ihr Herz gewonnen und mehrmals ihr Leben gerettet hatte, schuldete. Sein Geschlecht würde in einem hohen Rang auf der Erde Kelewans weitergeführt, und sein Schatten würde verehrt werden.

Doch Mara wußte, zuerst einmal würde sie dafür sorgen müssen, daß sie die nächsten drei Tage überlebte. Selbst ein mächtiger Lord wie Kamatsu würde seinen Erben nicht an ein Haus mit einem so bedrohlichen Feind wie Tasaio binden. Inzwischen von mehr als nur Bauchkrämpfen blaß geworden, stützte Mara sich auf den hilfreichen Arm ihrer Zofe. Sie mußte einen Plan ausarbeiten, um den Minwanabi den beinahe schon sicheren Sieg zu entreißen. Sie mußte es einfach – als Alternative blieb nur die vollständige Vernichtung ihres Hauses und die Auslöschung ihres Sohnes und des ungeborenen Kindes von Kevin.

Der Sonnenuntergang warf rotes Licht durch die weit geöffneten Läden seines Gemachs. Tasaio von den Minwanabi thronte wie ein Kaiser auf einem Stapel Kissen im größten und stattlichsten Gemach seiner Residenz in der Heiligen Stadt. Im Gegensatz zu den anderen Herrschern, deren Häuser in der Stadt lagen, besaßen die Minwanabi ein großes Herrenhaus auf einem Hügel oberhalb der Stadt, von dem aus er das Herz des kaiserlichen

Viertels überblicken konnte. Er blinzelte durch zusammengekniffene Augen auf den Wachwechsel der weißgerüsteten Wachen am inneren Tor des Palastes und warf kaum einen Blick auf die Nachricht, die sein Erster Berater ihm reichte.

Incomo drängte seinen Herrn mit größtmöglicher Geduld. »Lord, Mara steht nicht weit vom Stadttor entfernt mit ihrer Ehrengarde. Sie wird außerdem von einem kaiserlichen Boten mit Amtsstab begleitet, und der Kaiserliche Friede liegt über der Stadt. Auf Euer Wort wird sie sich zu dem angegebenen Treffpunkt begeben.«

»Es wird sie nicht retten, daß sie den Zeitpunkt bestimmt hat.« Tasaio fuhr mit dem Daumen über sein Kinn, als er den Bewegungen der Wachen in ihren weiß aufblitzenden Rüstungen folgte. »Dieser dumme Junge, der sich selbst Kaiser nennt, kann sich noch ein paar weitere Tage etwas vormachen, doch niemals wird ein Kaiserlicher Friede mich davon abhalten, einen Feind zu vernichten.« Er ließ einen Moment verstreichen. »Wie auch immer, möglicherweise schieben wir unseren Streich besser auf bis zu einem Zeitpunkt und Ort unserer Wahl. Möglicherweise ist es unterhaltsam, sich anzuhören, was die Acoma-Hexe wünscht – damit ich weiß, wie ich sie enttäuschen kann.«

Incomo versteifte sich besorgt. »Mylord, ich wäre nachlässig in meinen Pflichten, wenn ich Euch nicht vor einem solchen Treffen warnen würde. Diese Frau ist gefährlicher als jeder andere Herrscher im Kaiserreich, wie sie mehrmals bewiesen hat.«

Nun wandte Tasaio seine Aufmerksamkeit vom Kaiserlichen Palast ab und brachte den Ersten Berater mit einem Blick zum Schweigen. »Ich habe eine Armee bei mir, Incomo.«

»Aber gewinnt Ihr dadurch auch etwas?« drängte der Erste Berater, der sich nur zu gut daran erinnerte, daß der Onkel seines Herrn unter seinem eigenen Dach gestorben war, obwohl seine gesamte Armee um ihn herum war. »Wenn die Lady der Acoma reden möchte, wird alles, was sie sagt, ihren eigenen Zielen dienen. Ich sehe nicht, wie das den Minwanabi nützen könnte, Mylord.«

Tasaio trommelte mit den Fingern auf das Kissen bei seinen Knien. »Schickt der Hexe diese Nachricht: Ich werde den Waffenstillstand einhalten und mit ihr sprechen.« Als er Incomos düsteres Gesicht sah, kniff er die gelbbraunen Augen zusammen. »Ich sehe keinen Anlaß zu unnötiger Sorge. Mara und ihr Balg mögen dem Tod knapp entkommen sein, doch wenn ich das Weiß und Gold besitze, gehören die beiden zu den ersten meiner Feinde, derer ich mich entledigen werde.« Anmutig, schnell und von seiner Meinung überzeugt stand er auf. »Ich zeige mich möglicherweise großherzig. Vielleicht lasse ich die dummen Narren vom Clan Hadama am Leben, aber nur, wenn sie meine Vasallen werden, nachdem sie erlebt haben, wie ich den Namen der Acoma für immer auslösche.« Mit einem seltenen Lächeln fügte er hinzu: »Ihr sorgt Euch zuviel, Incomo. Ich kann immer noch nein sagen, egal, welches Angebot Mara macht.«

Incomo verhielt sich still. Er hatte das schreckliche Gefühl, daß Tasaio genau tun würde, was Mara sich wünschte, wenn er ihr Angebot zurückwies. Der Erste Berater verbeugte sich, drehte sich um und ging, um die Nachricht zu überbringen.

In der alten Sprache des Szetaci-Volkes hieß der Wind Butana, was in der Übersetzung soviel bedeutete wie »der Wind der Dämonen«. Er blies mehrere Tage lang, manchmal sogar Wochen. Die Windstöße waren trocken und peitschten in kräftigen, heulenden Böen aus den fernen Bergen herunter. In der heißen Jahreszeit konnten solche Winde ein Stück nicht zugedecktes Fleisch oder Früchte innerhalb weniger Stunden ausdörren. In der kalten Jahreszeit brachten sie kühle Luft mit, und bei Nacht fielen die Temperaturen, so daß die Menschen in ihre Häuser flüchteten und sich um Feuerstellen scharten oder unter Lagen von Gewändern verkrochen. Wenn der Butana blies, so behauptete das gewöhnliche Volk, wurden Hunde verrückt, und Dämonen schritten in der Verkleidung von Menschen über das Land. Man wußte von Ehemännern, die schreiend in die Nacht hinausgelaufen und niemals mehr gesehen worden waren, von

Frauen, die bis zum Selbstmord melancholisch wurden. Zahlreiche Legenden kündeten von übernatürlichen Geschöpfen, die dann erschienen, wenn der Butana über das Land tobte. Der Graue Mann, ein uralter Mythos, ging angeblich in Nächten wie dieser umher. Eine allein reisende Person mußte ein Rätsel beantworten, wenn sie ihm begegnete; sie wurde belohnt, wenn die Lösung seine Zustimmung fand, oder verlor den Kopf, wenn der Graue Mann unzufrieden war. So lauteten die Geschichten über den Butana, den bitteren, trockenen Wind, der in dieser Nacht blies.

Unter einem klaren Sternenhimmel standen sich auf einem Hügel außerhalb der Stadtmauern zwei kleine Armeen gegenüber und warteten. Fackeln loderten, Banner flatterten in den Windböen und warfen ein flüchtiges Spiel aus Licht und Schatten über Gesichter, die vor Sorge angespannt waren. Offiziere mit Federbüschen auf ihren Helmen hatten vor den in Reih und Glied wartenden Soldaten ihre Position eingenommen. Und am Kopf der beiden Armeen stand ihr Oberhaupt, auf der einen Seite eine Frau in schimmernder grüner Seide und Smaragden, auf der anderen eine geschmeidige, raubtierhafte Gestalt in schwarzer Rüstung mit schwarzen und orangefarbenen Buckeln.

In der Mitte, in gleicher Entfernung zu beiden, wartete ein kaiserlicher Herold, dessen Amtsrobe unter dem blassen Viertelmond wie Elfenbein glitzerte. Mit einer Stimme, die laut genug war, um vom Wind in alle Richtungen getragen zu werden, wandte er sich an die beiden erwartungsvollen Gruppen. »Wisset, daß der Kaiserliche Friede über dieser Stadt und dem umgebenden Land liegt! Niemand soll in Wut oder aus Vergeltung das Schwert ziehen. So befiehlt es das Licht des Himmels!« Er wandte sich an die Gruppe um Tasaio. »Diese Lady von edlem Rang und Geschlecht erklärt, gekommen zu sein, um mit Euch zum Wohle des Kaiserreiches zu verhandeln. Mylord, willigt Ihr ein?«

Tasaio nickte, was dem Boten genügte. Er wandte sich jetzt der grasbestandenen Fläche zu, wo Mara wartete, und erhob wieder seine Stimme über das anschwellende Heulen des Windes. »Mylady, dieser Lord willigt in Eure Bitte um ein Gespräch ein und ist bereit, sich mit Euch zum Wohle des Kaiserreiches zu unterhalten.«

Mara verbeugte sich; sie behielt bewußt die übliche Höflichkeit bei, um sich von dem Fehltritt ihres Feindes abzusetzen.

Der Herold nahm die ihm gebührende Ehrerbietung zur Kenntnis, doch sie beruhigte ihn nicht wirklich. Er hatte einen gefährlichen Stand zwischen den beiden Feinden, die eine Blutfehde trennte, und das wußte er auch. Die Familienehre mochte zwar vertrauenswürdig sein, doch wo zwei solch altehrwürdige Geschlechter betroffen waren, genügte schon ein einziger Hitzkopf in den Reihen der gwöhnlichen Soldaten, um ein furchtbares Massaker in Gang zu setzen. Er benötigte seine ganze Erfahrung, um weiterhin mit fester Stimme zu denen in Hörweite zu sprechen. »Was ist die höchste Pflicht?«

Jeder Mann, jede Frau und jeder anwesende Krieger antwortete mit dem gleichen Satz: »Dem Kaiserreich zu dienen.«

Der Herold verschränkte die Arme und bedeutete damit den beiden Parteien näher zu treten. In diesem Augenblick trieb der Butana in einer peitschenden Bö heran, mit einem Geräusch, das wie das Stöhnen eines Klagegesangs klang. Der Herold bemühte sich, diesen Zwischenfall nicht als Omen zu nehmen, und vollendete seine Aufgabe. »Mylady, Mylord, ich werde in einiger Entfernung warten, damit Ihr ungestört verhandeln könnt.«

Er zog sich in einem Tempo zurück, das die Grenzen des Anstandes strapazierte, und ließ Mara und Tasaio nur etwa zwei Schritt voneinander entfernt zurück.

Unwillig, sich der Unwürdigkeit zu beugen und gegen den Wind anzuschreien, überließ Mara es Tasaio, das Gespräch zu eröffnen. Wie vorhersehbar begann er nicht mit einer Höflichkeit oder einem Gruß. Seine dünnen Lippen verzogen sich spöttisch in den Mundwinkeln, und im unruhig flackernden Flammenlicht schimmerten seine Augen beinahe wie die eines Sarcats. »Mara, dies ist eine Situation, die ich nicht erwartet hatte.«

Er hob seine Hand und deutete auf die merkwürdige Umgebung, die wartenden Soldaten und die flatternden Banner. »Ich könnte mein Schwert ziehen und dies jetzt sofort beenden.«

Mara fühlte sich herausgefordert, seiner Bösartigkeit zu begegnen. »Und den Namen Eures Hauses entehren? Ich glaube nicht, Tasaio.« Ihr Ton war trocken. »Das wäre zuviel« – sie starrte ihn mit dunklen Augen an – »selbst für einen Minwanabi.«

Tasaio lachte, und der Klang wirkte unerwartet hell vor dem unharmonischen Geräusch des Butana. »Ihr werdet eine Wahrheit anerkennen müssen. Ein Mann mit Format kann ungestraft tun und lassen, was er will, Mara.« Er betrachtete sie unter leicht gesenkten Lidern, die seinen Blick ein wenig verschleierten. »Wir verlieren Zeit. Weswegen seid Ihr hier?«

»Zum Wohle des Kaiserreiches«, wiederholte Mara. »Ihr bringt Eure Armee und den gesamten Clan Shonshoni nach Kentosani. Ich glaube, Ihr seid gekommen, um Krieg gegen den Kaiser zu führen.«

Tasaios Haltung verriet Interesse, doch unter dem Anschein von Zivilisiertheit spürte Mara eine beinah körperlich greifbare Welle von Haß. Sie widerstand dem spontanen Instinkt, einen Schritt zurückzutreten, und konnte nur mit Mühe ihre Beherrschung aufrechterhalten. Sie spürte, es war wie bei Hunden, die sich vor einem Kampf gegenseitig umkreisten: Wer immer sich zuerst umdrehte, würde auch den Angriff auslösen.

»Ihr habt den ganzen Clan Hadama hinter Euch«, erwiderte der Lord der Minwanabi in täuschend lässigem Tonfall. »Doch ich klage Euch nicht an, einen verräterischen Angriff auf das Licht des Himmels vorzubereiten.«

Mara sprach das Offensichtliche aus: »Ich bin nicht in der Position, nach dem Weiß und Gold zu greifen.«

Als würde er auf ein Kompliment reagieren, neigte Tasaio den Kopf. Doch seine katzenhaften, argwöhnischen Augen verfolgten jede ihrer Bewegungen, suchten nach einer Blöße.

Die Lady der Acoma nahm ihren Mut zusammen und fügte

noch eine Spitze hinzu: »Hört auf, Euch zu brüsten, Tasaio. Eure Vormachtstellung hat nichts mit einem Verdienst zu tun. Die anderen Anwärter sind verwirrt wegen des Umgangs mit Axantucar.«

»Gut gesprochen«, zischte Tasaio. Dann lächelte er. »Doch am Ende gewinne ich, warum auch immer.«

»Nein.« Mara ließ eine kleine Pause entstehen. »Ein Patt könnte unendlich dauern. Und es würde dem Licht des Himmels dienen, denn jede Verzögerung erlaubt ihm, das Kaiserreich unter seine Kontrolle zu bringen. Die Kaiserliche Regierung mag im Schlaf liegen, doch sie ist nicht tot. Im Laufe der Zeit würden sich mehr und mehr Lords dem Zuständigkeitsbereich des kaiserlichen Hofes und der Gouverneure zuwenden, und immer weniger Macht würde im Hohen Rat verbleiben. Sollte Ichindar den kleineren Lords einem nach dem anderen befehlen, seine Kaiserlichen Weißen zu unterstützen und damit seine Autorität zu festigen, würden die Straßen und der Fluß zwischen Eurem Land und den Handelsstädten schon bald von seiner Armee beherrscht. Die Kanazawai dienen bereits zusammen mit den Weißen. Wer als nächstes? Die Xacala? Wie lange wird es noch dauern, bevor Ihr nur noch innerhalb der Grenzen Eures eigenen Landes ein Lord seid?«

Licht fiel auf Tasaios Augen, so kalt wie das Glitzern der Sterne am Himmel, von dem der Butana jeden Rest Dunst und Nebel verjagt hatte. »Ihr sprecht von Möglichkeiten, Mara, und diese hier sind sehr unwahrscheinlich.«

Doch hinter seiner Haltung verbarg sich verstohlene Wachsamkeit. Mara wollte ihren kleinen Vorteil weiter ausnutzen und ihn aus dem Gleichgewicht bringen. »Keineswegs unwahrscheinlich, Tasaio, und Ihr wißt das sehr gut.« Bevor er etwas erwidern konnte, fuhr sie fort: »Da ist noch eine andere Möglichkeit: Was ist, wenn die Lords der Keda und Xacatecas gleich von Beginn an ihre Unterstützung den Tonmargu geben?«

Tasaios Aufmerksamkeit war fest auf Mara gerichtet. Er verbarg seine Überraschung. Er wußte, daß Lord Hoppara ihr Verbündeter war, doch die Erwähnung des Lords der Keda kam unerwartet.

Als Tasaio weiterhin Mara stumm anstarrte, ergriff sie wieder das Wort: »Ich mache Euch einen Vorschlag. Möglicherweise bilden die anderen drei Bewerber um das Weiß und Gold eine Allianz, nur um Eure Pläne zu durchkreuzen. Zwar könnten sie selbst alle zusammen niemals ihre eigene Entscheidung durchsetzen, doch ich besitze genügend Stimmen im Rat, um den Ausgang zu bestimmen.«

Tasaios Geduld schien jetzt am Ende. »Dann tut das, Mara. Gebt das Weiß und Gold an Frasai von den Tonmargu und geht heim.«

Mara spürte den Wind wie ein kühles Prickeln auf ihrer Haut. Sie spielte ein gefährliches Spiel, und sie wußte es. Doch sie sah keinen anderen Ausweg. Zu viel unschuldiges Blut würde vergossen werden, wenn sie zuließ, daß die Ereignisse den schlimmsten Weg nahmen. Sie wählte ihre Worte mit Bedacht: »Das Problem ist, daß ich zwar lieber sterben würde, als Euch mit dem Weiß und Gold zu sehen, Ihr aber trotzdem der einzige Mann seid, der den Thron halten könnte. Der Lord der Tonmargu ist nicht der Mann, dem Kaiser in seinem eigenen Palast die Stirn zu bieten. Also haben wir nur zwei Möglichkeiten: entweder einen Kriegsherrn, der eine Marionette des Kaisers ist ... oder Euch.«

Argwöhnisch und nicht eitel genug, um alles, was sie gesagt hatte, ohne Verdacht zu schlucken, sann Tasaio darüber nach. »Wenn eine Galionsfigur als Kriegsherr ein schlimmeres Schicksal ist als der Tod, Ihr jedoch meine sofortige Vernichtung wünscht, welche Lösung bietet Ihr dann an?«

»Ich kann Euch das bieten, was ich ebenso Frasai von den Tonmargu bieten könnte: Sollte ich abstimmen, würden Euch genug Lords unterstützen, um Euch sicher auf den Thron des Kriegsherrn zu bringen.«

Der Wind heulte und verschaffte ihnen wieder eine Pause. Tasaio stand reglos da, sein Federbusch wehte in der aufgewühlten Luft. Sein Gesicht war starr wie eine Maske, und seine Hand ruhte wie gemeißelt an seinem Schwert, während die feurigen Bernsteinaugen niemals von Maras Gesicht abließen. Nachdem er über ihre Worte nachgedacht hatte, meinte er: »Nehmen wir einmal einen Augenblick an, Ihr hättet recht. Sagt mir, warum es mich kümmern sollte – unter der Voraussetzung, Lady, daß ich den Mantel des Kriegsherrn auch ohne Eure Hilfe erhalten würde.«

Die Antwort kam wie bittere Galle von Maras Lippen: »Um welchen Preis? Würdet Ihr das Kaiserreich in den Ruin stürzen, um die Trophäe zu erhalten? Ihr würdet gewinnen, ich zweifle nicht daran, denn wenn auch nur wenige Euren Anspruch offen und aus Liebe gegenüber dem Haus der Minwanabi unterstützen, so werden sich doch viele Ichindars Bruch mit der Tradition entgegenstellen – auch um ihre eigenen Vorrechte zu sichern. So werdet Ihr also nach einem verheerenden Krieg auf dem weißgoldenen Thron sitzen, Euer Sohn wird eine der vielen Töchter des verstorbenen Ichindar heiraten und das zweiundneunzigste Licht des Himmels werden. Dann werdet Ihr keine Probleme mehr damit haben, Eure Wahl anerkennen zu lassen. Doch Ihr werdet über ein vernichtetes Volk herrschen.« Mara bemühte sich, Haltung zu bewahren; allein die Vorstellung der Kosten eines solchen Griffs nach der Macht verursachte ihr eine Übelkeit bis in die letzten Fasern ihres Körpers. Nach einer notwendigen Pause, um ihr Zittern in den Griff zu bekommen, fuhr sie fort: »Eine solche Auseinandersetzung wird Euch ganz sicher entscheidend schwächen. Sind Eure Reserven groß genug, um mit denen fertig zu werden, die vermutlich nach einer solch machtvollen Eroberung Eure Grenzen stören? Die geringeren Häuser würden wie ausgehungerte Insektenschwärme über Euch herfallen.«

Tasaio wandte zum ersten Mal seinen Blick von Mara ab. In hochmütiger Distanz und tief in seinem Innern überzeugt, daß er den Schlüssel zu Maras größter Schwäche gefunden hatte, drehte er sich um und betrachtete seine Streitmacht. Sie hielt seinem prüfenden Blick stand, tadellos in Reih und Glied auf dem

Hügel verteilt, bereit, jeden seiner Befehle sofort auszuführen. In ihren untadeligen geputzten Rüstungen und mit korrekter Haltung boten die Krieger einen Anblick, der einem Kommandeur Stolz brachte. Das ruhmreiche Banner der Minwanabi aus versetzten schwarzen und orangefarbenen Quadraten flatterte im Wind. Was Tasaio sonst noch in dieser Nacht sah, was seine Armee beherbergte, wußte nur er. Schließlich wanderte sein frecher Blick wieder zu Mara zurück. »Fahrt fort in der Annahme, daß Eure Überlegungen richtig sind, Lady. Was schlagt Ihr als Gegenleistung dafür vor, daß ich nicht ergreife, was ich ohnehin schon als mein erachte?«

Mara unterdrückte eine Wut, die nichts mit der Feindschaft oder Blutfehde zu tun hatte, sondern tief in ihrem persönlichen Wunsch wurzelte, Leben zu schützen. »Ich verhandle mit Euch zum Wohle des Kaiserreiches, Tasaio. Ich bin nicht ohne Mittel.« Sie machte eine Bewegung, und ein unbewaffneter Diener näherte sich ihr von der Linie. Der Lord der Minwanabi konnte nicht wissen, daß der Mann in der einfachen Kleidung in Wirklichkeit Arakasi in einer seiner Verkleidungen war; in tadellos gespielter Unterwürfigkeit trug der Supai ein Bündel bei sich, rollte die Pergamenthülle auseinander und warf einen menschlichen, nach Konservierungsmitteln riechenden Kopf vor Tasaios Füßen ins Gras.

Mara mußte an sich halten, um nicht laut zu werden. »Ihr müßtet das Gesicht erkennen. Behaltet die Überreste des Mannes, den Ihr dazu benutzen wolltet, mein Netzwerk zu zerstören.«

Tasaio reagierte mit einem haßerfüllten Grinsen. »Ihr!« Er zischte das Wort beinahe. »Ihr wart diejenige, die den Mord in meinem Haus befahl! Nur *ich* habe das Recht, auf dem Land der Minwanabi den Tod anzuordnen!« Ein wahnsinniges Leuchten trat in seine Augen, eiskalt und ohne Gewissensbisse. Ein unerwünschter Schauer überlief Mara, und sie spürte die Bedrohung, die in der Luft lag. Der Wind zerrte an ihren Gewändern, zupfte an den kunstvoll aufgetürmten Haaren und brachte den Schweiß auf ihrer Haut zum Erkalten. Es fiel kein Wort, doch Mara wußte tief in ihrem Innern, daß nur noch ein dünner Faden der Vernunft Tasaio an das Gelübde des Waffenstillstands erinnerte. In diesem Augenblick erkannte sie, daß ihr Feind nichts sehnlicher wünschte, als seine Hände um ihre Kehle zu legen, sie vielleicht gar brutal zu vergewaltigen und zu demütigen.

Dann, mit ebenso erschreckender Plötzlichkeit, trat ein zufriedenes Lächeln auf Tasaios Gesicht. »Ihr gebt also zu, Euren eigenen Spion getötet zu haben?«

Mara zwang sich, Ruhe zu bewahren. Der schnelle Wechsel seiner Miene verängstigte sie, und ihr war klar, daß sie mit einem Mann sprach, der nur als krank bezeichnet werden konnte. Sie neigte den Kopf. »Mehr als einen, Tasaio.«

Tasaios Zähne blitzten weiß auf, als sein Lächeln wieder grausamer wurde. Während einer langen und nervösen Pause waren die einzigen Geräusche auf dem Hügel das Knattern der Kampfstandarten und das Fauchen des Windes, der über das Gras strich. Dann sagte Tasaio: »Ihr also habt mein Familiensiegel geschmiedet? Und die Hamoi Tong bezahlt, um Eure eigenen Agenten in meinem Haus töten zu lassen? Lady, Eure unerwarteten Verhaltensweisen zeugen von echtem Einfallsreichtum.«

Er drohte nicht, und er warf sich auch nicht in Pose, was Mara beunruhigte. Daß in diesem Herzen Mord und noch Schlimmeres schwelte, konnte keine Sekunde bezweifelt werden. Doch sie drängte weiter: »Ihr müßt an die Enttäuschung in den kommenden Jahren denken, in denen es Euch nicht möglich sein wird, Fremde in Euren Dienst zu nehmen, Tasaio. Ihr wißt so sehr, wie ich hier stehe, daß meine Agenten unter ihnen sein werden. Vielleicht solltet Ihr alle Kaufleute und Besucher aus Eurem Herrenhaus verbannen, selbst die Wagen von Händlern zurückweisen, damit Ihr nicht einen Acoma-Spion hineinlaßt.«

Plötzlich war Tasaio am Ende seiner Geduld. »Glaubt Ihr wirklich, solch armselige Drohungen würden mir Sorgen bereiten, Mara? Mit Eurem Tod werden alle Eure Diener zu Sklaven und Grauen Kriegern. Welche Bedrohung könnte es für mich noch geben, wenn Ihr Futter für die Würmer seid?«

Mit hängenden Schultern, die nicht gespielt waren, holte Mara müde Luft. »Ich mache Euch einen Vorschlag.«

Tasaio trat einen halben Schritt vor. Er war auf unheimliche Art beherrscht und als Raubtier sogar schön; er zuckte nicht einmal mit der Wimper bei dem klatschenden Geräusch, als hundert Acoma-Soldaten mit den Händen an ihre Schwerter fuhren. Mit schneidender Stimme sagte der Lord der Minwanabi: »Ich habe kein Interesse, Mara. Mein Vorgänger schwor Turakamu unter dem Bluteid, daß diese Fehde mit der Auslöschung der Acoma endet. Wenn mir auch Desios Leidenschaften fehlen und ich den Schwur für bedauerlich halte, bin ich daran gebunden. Ich muß dafür sorgen, daß das Geschlecht der Acoma zu existieren aufhört. Über eine Alternative brauchen wir nicht zu sprechen. Unser Konflikt kann niemals aufhören.«

Mara spürte Arakasis alarmierte Haltung, doch sie fand keinen anderen Weg aus dieser Sackgasse. »Was haltet Ihr von ... einer Aussetzung?«

Überrascht blinzelte Tasaio. »Was meint Ihr damit?«

»Eine Pause. Kein Ende unserer Feindschaft – sie wird niemals ruhen, ehe nicht die eine oder andere Familie zu Staub geworden ist –, sondern eine Aufschiebung unseres Konfliktes, bis im Kaiserreich wieder ein sicherer Friede herrscht.«

»Das Wohl des Kaiserreiches«, murmelte Tasaio. Sein Humor war spitz, aber trotz seines Sarkasmus war er fasziniert. »Sprecht weiter.«

»Ich schlage ein Treffen mit allen Herrschenden des Kaiserreiches vor, aber im Kaiserlichen Palast. Dort konfrontieren wir das Licht des Himmel damit, daß wir es für nötig halten, den Konflikt zu lösen, um eine Krise zu verhindern, die das Land in den Ruin stürzen würde. Oder würdet Ihr gerne ein Kaiserreich regieren, dessen östliche Grenze von den Thuril-Anführern und ihren marodierenden Hochland-Truppen beherrscht wird? Dessen nördliche Grenze jeden Frühling von Thun-Banditen überfallen wird, die tsuranische Köpfe als Trophäen suchen? Wünscht Ihr eine Rückkehr der Piraten zu den Inseln im äußersten Westen?«

»Ihr malt in der Tat ein trostloses Bild«, räumte Tasaio ein. »Wenn ich diesem Treffen zustimme, werdet Ihr dann die Stimmen übergeben, mit denen mir der Thron des Kriegsherrn ohne Blutvergießen sicher ist?«

»Solltet Ihr Euch entschließen, den Kaiser friedlich zu treffen, werde ich geloben, bis ans Ende meiner Kräfte alles zu unternehmen, um sicherzustellen, daß niemand vor Euch den Thron des Kriegsherrn besteigt.« Mara holte zitternd Luft. »Darauf gebe ich Euch meinen heiligsten Eid beim Namen meiner Familie und Ehre, von jetzt bis zur letzten Generation des Geschlechts der Acoma.«

Tasaio wölbte bei diesem heiligsten aller Schwüre die Augenbrauen. Eine skeptische Bösartigkeit schlich sich in seine Stimme: »Wenn Eure Ahnen es wert sind, daß auf sie geschworen wird – wie lange möchtet Ihr den Waffenstillstand andauern lassen?«

Obwohl er die tödlichste Beleidigung überhaupt ausgesprochen hatte, wappnete Mara sich gegen irrationale Wut. Mehr als nur der Name ihrer Familie stand auf dem Spiel und mehr als die Angelegenheiten von Edlen – Bedienstete, Kinder, Handwerker und Tausende namenloser Sklaven und Sklavinnen würden leiden, wenn die Oberhäupter des Kaiserreiches sich auf einen sinnlosen Krieg einließen. Mara war nicht mehr die Frau mit dem begrenzten Blickwinkel wie einst, und sie tat, was sie sich vor dem Einfluß von Kevins fremden Ideen nie hätte vorstellen können: mehr noch, sie schluckte die Beleidigung der Familienehre hinunter. *Zum Wohle des Kaiserreiches* war längst nicht mehr nur ein dahingesprochener Satz, sondern ihr einziges Leitmotiv. Sie ging auf die Demütigung nicht ein und sagte: »Haltet Euren letzten Angriff zurück, bis ich nach Hause zurückgekehrt bin und mich um die Angelegenheiten dort gekümmert habe. Danach laßt uns den Kampf ohne Einschränkung bis zum bitteren Ende wieder aufnehmen.«

Ihr resignierter Tonfall brachte Tasaio zum Lachen. Er konnte nicht anders, als mit der Verletzlichkeit zu spielen, die sie ihm offenbart hatte. »Ihr geht bereits davon aus, meine Antwort zu kennen, Lady. Ihr überschätzt meine Liebe für das Kaiserreich. Meine Ehre gehört mir, nicht meinem Volk.« Er blickte begierig an ihr auf und ab, um zu sehen, ob sie sich unbehaglich fühlte.

Doch Mara war vertraut mit seiner Bösartigkeit. Sie enthüllte nicht die leiseste Spur von Unbehagen, um ihm nicht die Lust an ihrer Qual zu gönnen.

Nach einer offensichtlichen Denkpause gestand Tasaio: »Wie auch immer, eine schnelle Lösung für meinen Aufstieg zum Weiß und Gold könnte mir einige unangenehme Schritte ersparen.« Er lächelte, und Mara erkannte, wie gut dieser Wahnsinnige seine Verderbtheit hinter militärischem Anstand und höflichen Manieren verbarg. »Ich stimme zu. Laßt den Hohen Rat vor das Licht des Himmels treten und seiner diktatorischen Herrschaft ein Ende setzen. Ihr werdet Eure Verbündeten zusammenbringen, und wenn der Augenblick da ist, werdet Ihr sie dazu bringen, meine Forderung zu unterstützen. Dann, wenn die Dinge sich so entwickelt haben, wie das Schicksal es verlangt, werdet Ihr sicher auf Euren Landsitz zurückreisen können, bis Ihr Eure Angelegenheiten in Ordnung gebracht habt. Aber seid gewiß, Mara, daß ich gegen Euch aufmarschieren werde. Bis dahin zählt die Stunden, die Ihr für Euren Dienst am Kaiserreich noch leben dürft.«

Mara war erschöpft und fühlte sich unaussprechlich traurig, als sie ihr Gelöbnis mit einer Verbeugung besiegelte. Sie wagte sich nicht zu fragen, wie ihr Vater oder ihr Bruder gehandelt hätten, wären sie noch am Leben oder wüßten von ihrem Engagement. Sie konnte nur hoffen, daß ein Krieg vermieden worden war, daß Menschenleben verschont geblieben waren und daß das ungeborene Kind in ihrem Bauch genug Zeit erhalten würde, um geboren werden zu können. Wenn sie oder Ayaki für den Pakt sterben würden, den sie soeben besiegelt hatte, würde vielleicht die Cho-ja-Königin einwilligen, ein neugeborenes Kind in aller Heimlichkeit aufzuziehen …

»Wann sollen wir uns treffen?« fragte Tasaio. Seine Stimme verriet seine Befriedigung.

»Übermorgen«, entschied Mara. »Benachrichtigt den Kaiser und die anderen Ratsmitglieder, und laßt mir Zeit, die Unterstützung zu beschaffen, die ich versprochen habe.«

»Es wird interessant sein zu sehen, ob die Lady ihre Verpflichtung erfüllen kann. Wenn sie ihren Eid bricht, wird sie die Stadt nicht lebend verlassen«, endete Tasaio. Er gewährte ihr den Hauch einer Verbeugung, kaum mehr als ein leichtes Kopfnicken. Dann fuhr er mit der Schnelligkeit eines Sarcats herum und kehrte in seine eigenen Reihen zurück.

Völlig niedergeschlagen von einem Gefühl der Hoffnungslosigkeit, die größer war als alles, was sie bisher in ihrem Leben gekannt hatte, kehrte Mara in den Schutz von Lujans Truppe zurück.

Der kaiserliche Herold rief von der Seitenlinie: »Diese Besprechung ist beendet! Geht in Frieden und Ehren, und wisset, daß die Götter zufrieden sind, daß kein Blut in dieser Nacht vergossen wurde.«

Als Maras Offiziere der Armee der Acoma den Befehl gaben, die Formation aufzulösen, holte der Erste Berater der Minwanabi schon Luft, um seinem Herrn etwas zu sagen, doch Tasaio hielt ihm die Hand entgegen. »Sie ist besiegt, Incomo.« Er betrachtete Maras kleiner werdende Gestalt, und ein wissendes Lächeln trat auf seine Lippen. »Ich habe diesen Blick in den Augen von Kriegern gesehen, die auf dem Schlachtfeld auf den Tod gewartet haben.« Er zog die Schultern leicht hoch. »Oh, sie kämpfen gut, und sie machen ihren Ahnen Ehre, doch sie wissen, daß sie sterben müssen. Mara *weiß*, ich habe gewonnen.«

»Mylord«, bat Incomo, »ich wäre weniger als Euer pflichtbewußter Diener, wenn ich nicht darauf hinweisen würde, daß es in Eurer Einschätzung eine unerwartete Wendung geben könnte. Es stehen noch andere Dinge auf dem Spiel als die Frage, wer das Weiß und Gold erhält. Ichindar hat keinen Sohn gezeugt. In diesem Augenblick mögen viele der Kaiserlichen flüstern, daß die

Zeit naht, da es nötig ist, ein anderes Mitglied des kaiserlichen Geschlechts auf den Thron zu setzen. Jiro von den Anasati könnte ihre Wahl sein; Kamatsu von den Shinzawai kann auf Verbindungen zur königlichen Familie verweisen, und sein Sohn wird sehr geachtet. Was, wenn Ihr erfahrt, daß dieses Angebot lediglich ein –«

Tasaio beendete abrupt die Spekulationen: »Mara weiß, *ich habe gewonnen*. Es ist vorbei.« Der Lord der Minwanabi war merkwürdig verstimmt, als hätte er eine Herausforderung genossen, die keine Gestalt annehmen würde. Er bedeutete seinem Kommandeur, die Soldaten kehrtmachen und zum Lager zurückkehren zu lassen.

Allein mit dem klagenden Gesang des Butana blieb Incomo zurück. Er konnte sich nicht vorstellen, wie Mara die bevorstehenden Ereignisse in eine andere Bahn lenken wollte. Doch er wußte, daß dieser Konflikt noch lange nicht beendet war. Im besten Fall hatte Mara sich das Geschenk ein paar weiterer Monate zum Ränkeschmieden erstanden; im schlimmsten hatte sie eine Falle im Kopf, von der die Minwanabi verschluckt werden würden. Ein schwerer Windstoß ließ ihn frösteln; er zog die flatternden Gewänder enger um sich und beeilte sich, seinen Herrn einzuholen. Als er den Weg in der Dunkelheit hinunterschritt, grübelte er darüber, was der umsichtigste Weg wäre: seine Agenten anzuhalten, daß sie neueste Informationen über Maras Ziele mitteilten, sofern sie sie enthüllen konnten – oder seinen Letzten Willen zu beenden und das Todesgedicht zu schreiben. Mit einem tiefen Gefühl von Endgültigkeit entschied Incomo, beides zu tun.

Die Nacht war nach den Ereignissen auf dem Hügel aber keineswegs zu Ende. Mara kehrte in ihr Haus zurück und fühlte sich bis auf die Knochen erschöpft. Sie legte das oberste Gewand ab und strich die schwarzen Locken zurück, die der unablässige Wind aus den Haarnadeln gerissen hatte. Erst jetzt wich die Benommenheit von ihr, und sie verstand, was Saric gerade gesagt hatte.

Ein kaiserlicher Bote hatte während ihrer Abwesenheit nach ihr verlangt.

»Was wollte er?« fragte Mara benommen, und an dem besorgten Blick Sarics erkannte sie, daß sie ihn gebeten hatte, sich zu wiederholen.

Taktvoll erklärte es Saric, und die Einzelheiten von Ichindars jüngster Erklärung trafen Mara wie ein Hieb mitten ins Herz.

Ihre Gedanken waren wie betäubt nach den ersten Worten: Der Kaiser von Tsuranuanni kaufte alle Sklaven auf, die Angehörigen des Kaiserreiches gehörten. Die Worte »gerechter Preis« und »Kaiserliche Schatzkammer« schienen nur aus kalter Luft zu bestehen, eine teuflische Ausdehnung der Alpträume des Butana. Mara schwankte, als würde ihr der Boden unter den Füßen weggezogen, und sie merkte nicht, wie Saric ihr vom Flur ins Eßzimmer half. Das Kissen unter ihr wirkte nicht real, und die ihr in die Augen tretenden Tränen schienen die einer anderen Person zu sein.

Ihr Körper, ihr Verstand, ihr Herz – alles war eine einzige, qualvolle Wunde.

»Warum?« fragte sie wie betäubt. »Warum?«

Saric ließ ihre Hand nicht los, hauptsächlich, weil sie sich noch an die Wärme seiner Berührung klammerte. Er gab ihr an Trost, was er konnte, obwohl er die Vergeblichkeit seiner Bemühungen ahnte. So sanft und leise wie möglich versuchte er das Unerträgliche etwas zu mildern. »Es heißt, daß das Licht des Himmels Kevins Landsleute zurück zum midkemischen König schicken will. Der ursprüngliche Spalt bei der Stadt der Ebene ist wieder offen. Alle Sklaven, die einst Kriegsgefangene waren, werden flußabwärts gebracht und durch den Spalt zurückgeschickt.«

Bei der Erwähnung ihres Geliebten fuhr Mara regelrecht zusammen, und sie konnte nicht verhindern, daß Tränen aus ihren Augen strömten. »Der Kaiser macht freie Männer aus den Sklaven?«

Ruhig erklärte es Saric: »Aus Respekt vor unseren Göttern

könnte man sagen, daß diese Tat das Vorrecht von Lyam, dem König der Inseln, ist.«

Mara betrachtete die weißen Finger, die sich mit denen ihres Beraters verschränkten. Ihr Entschluß, Nerven aus Stahl zu zeigen, hatte nichts gebracht! Sie fühlte sich bis ins Innerste besiegt. Die Bedrohung durch die Minwanabi hatte ihre letzten Kräfte aufgebraucht, und jetzt sollte sie auch noch Kevin verlieren. Die Tatsache, daß sie bereits entschieden hatte, ihn in die Freiheit zu entlassen, machte keinen Unterschied. Die Plötzlichkeit, mit der alles geschah, war das Vernichtende.

»Wann sollen die Sklaven dem Licht des Himmels übergeben werden?« fragte sie, überrascht, daß ihre Zunge überhaupt Wörter formen konnte.

Saric antwortete mit ehrlicher Anteilnahme. »Morgen mittag, Mylady.«

Es hatte keine Warnung gegeben, nicht eine einzige. Mara schluckte einen Schluchzer hinunter. Sie schämte sich für die Gefühle, und während sie Nacoyas Stimme hörte, die sie wegen unwürdiger Emotionen schalt, hielt sie sich an dem einzigen Gedanken fest, der ihr Mut verschaffen konnte; denn Kühnheit allein würde sie durch die Ruinen ihres einzigen Glücks führen – und die Hoffnungen auf den Weiterbestand des Namens der Acoma.

Nur ein kleiner Hauch Gutes kam ihr bei all der Trostlosigkeit in den Sinn: Kevin würde das Desaster erspart bleiben, das ihrer Unterstützung des Kriegsherrn folgen mußte. Wenn die Äußerungen des Barbaren über die Gesetze des Königreiches und die Große Freiheit wirklich stimmten, dann würde dieser König Lyam ihn befreien. Er würde sein Leben in Zūn ehrenhaft zu Ende führen und dem bevorstehenden Irrsinn und Gemetzel entfliehen.

Mara versuchte sich zu überzeugen, daß es für ihren Geliebten besser war, wenn er ging, doch die Logik linderte nicht die schneidende Qual in ihrem Herzen. Plötzlich merkte sie, daß sie die freie Hand auf ihren Bauch gelegt hatte, über den kleinen Funken Leben, der darin verborgen war. Wie ein heller Lichtstrahl durch eine Tür kam die Offenbarung. Sie begriff, daß sie alles, was sie in jener Nacht getan hatte, für Kevins Kind getan hatte. Sie und Ayaki waren echte Tsuranis, der jahrhundertealten Tradition hingegeben, wonach Ehre mehr galt als das Leben, und sie würden ohne zu zögern den Tod der Entehrung vorziehen. Doch der Geist, der in ihrem Bauch heranwuchs, war zur Hälfte midkemisch, und ohne es zu merken, hatte sie sein Recht anerkannt, mit den Werten seines Vaters aufzuwachsen. Mit der langsam dämmernden Erkenntnis kam auch die Angst, als Mara von den Acoma verstand, daß sie wieder einmal die Grenzen ihrer Kultur überschritten hatte. Sie hatte dem gewöhnlichen Volk im Kaiserreich mehr Beachtung geschenkt als ihrem Familiennamen; früher einmal wäre sie überzeugt gewesen, daß ein solches Konzept ihren Vater und ihre Ahnen beschämte, ja den Zorn von Tsuranuannis vielen Gottheiten heraufbeschwor.

Jetzt konnte sie sich keine andere sinnvolle Wahl mehr vorstellen.

Hin und her gerissen zwischen ihren Tränen und dem erleichternden Wissen, daß schon bald, sehr bald die Jahre des Kummers beendet sein würden, kam Mara wieder zu sich. Sie löste ihre Finger aus denen von Saric und betupfte sich unbeholfen die Augen. »Ich werde die Dienste meiner Zofe benötigen«, brachte sie zitternd hervor. »Kevin darf nicht sehen, daß ich mich aufgeregt habe.«

Saric wollte sich schon erheben und verbeugen, doch ein kurzes Kopfschütteln von Mara hielt ihn noch zurück. »Schickt Keyoke die Nachricht, daß alle unsere Sklaven aus der anderen Welt direkt zur Stadt der Ebene geschickt werden sollen. Dann wählt unsere stärksten Krieger, um Kevin zu der Bühne zu bringen, die der Kaiser für die Midkemier ausgewählt hat, wo auch immer das sein mag. Sagt niemandem außer Lujan etwas davon, damit die Bediensteten sich nicht unvorsichtigerweise verplappern.« Hier hielt Mara inne und räusperte sich. »Denn mein

Liebhaber hat ein sehr widerspenstiges und dickköpfiges Wesen. Obwohl er sich nach seiner Freiheit sehnt, würde er vermutlich darüber streiten, in welcher Weise sie ihm gewährt wird.«

Die Lady war unfähig fortzufahren, doch Saric verstand. Kevin hatte sich niemals den Regeln unterworfen, es sei denn freiwillig oder aufgrund von roher Gewalt. Er hatte sich als furchterregender Kämpfer erwiesen, und niemand konnte vorhersagen, wie er reagieren würde, wenn sie ihn von ihr trennten. Um seines eigenen Schutzes willen und dem Leben der Krieger, die ihn der Obhut des Kaisers übergeben mußten, durfte er nichts von dem Schicksal erfahren, das ihn erwartete.

Traurig verneigte Saric sich vor der Weisheit seiner Herrin; er hatte den merkwürdigen Humor des Midkemiers zu schätzen gelernt. Als er davoneilte, um die Zofe zu ihr zu schicken, dachte er, daß er niemals zuvor einen trostloseren Ausdruck in den Augen einer Frau gesehen hatte.

Die Nacht verging für Mara in schrecklicher, unruhiger Qual. Während der Butana über das Dach heulte, liebten Kevin und sie sich verzweifelt; nach dem letzten Mal weinte sie in Kevins Armen. Er streichelte sie mit einer Zärtlichkeit, die ihr beinahe das Herz brach. Er selbst verbarg seinen Schmerz darüber, daß sie schwieg, über ihre Ängste nicht sprach, in dem aufrichtigen Bemühen, sie zu trösten.

Mara klammerte sich immer hysterischer an ihn. Es war, als wäre ihre Welt völlig aus den Fugen geraten; sie konnte sich kein Leben ohne die stete Gegenwart des Mannes vorstellen, der sie veranlaßt hatte, jeden Aspekt ihrer Überzeugungen zu überprüfen, der sie gezwungen hatte, die Mängel ihrer Kultur zu erkennen. Kevin war mehr als nur ein Liebhaber, mehr als der Mann, dem sie vertrauen konnte: Er war die Wurzel des Baums ihrer eigenen Entschlossenheit. Sie mußte sich auf seine Stärke verlassen, um das Kaiserreich zu verändern, es in einer neuen, moralischen Weise ehrenhaft zu machen. Ohne ihn schien alles so freudlos, die Macht, die Ziele, die glänzenden Visionen, die sie für die Zukunft bereithielt, im Augenblick ohnehin überschattet von ihrem Schwur gegenüber Tasaio. Mara lag in Kevins Armen und lauschte dem kräftigen Schlag seines Herzens, der sich mit dem hohlen Klagegesang des an den Läden rüttelnden Windes vermischte.

Irgendwie, ganz gegen seine impulsive Natur, spürte Kevin, daß ihr Aufruhr keine Fragen dulden würde. Sein Einfühlungsvermögen verletzte sie, beraubte sie einer absurden Entschuldigung, sich in Verärgerung zu flüchten und ihn wegzuschicken. Mara erduldete das zärtliche Streicheln seiner Hände, gequält von dem Wissen, daß es die letzte Nacht war, in der sie sich würden berühren können. Schließlich fiel sie erschöpft neben ihm in einen von unruhigen Träumen gestörten Schlaf. Er lag wach, ihr Kopf in seine Schulterbeuge gebettet.

In all den Jahren, die er sie nun schon kannte, hatte er sie niemals so außer sich gesehen. Doch da er selbst seine Gefühle immer offenbart hatte, kam es ihm niemals in den Sinn, daß ihre Liebe für ihn der verborgene Grund ihrer Qualen sein könnte.

Die Dämmerung brach an, so unerwünscht wie die Ankunft des Henkers. Mara raffte ihr letztes Quentchen Mut zusammen und schickte Kevin weg, bevor die morgendliche Übelkeit begann. Sie verbrachte eine fürchterliche Zeit, hin und her gerissen zwischen Tränen, die aus den geschwollenen Augen nicht fließen wollten, und dem Auf und Ab ihres Magens. Ihre Zofen arbeiteten unermüdlich daran, ihr zumindest den Anschein von ordentlichem Aussehen zu verleihen. Als sie endlich soweit war, sich der Öffentlichkeit präsentieren zu können, war es bereits fast Mittag. Mara trat aus ihren Gemächern und fand die Eskorte, die Saric heimlich zusammengestellt hatte, bereits an der Tür wartend. Kevin, der von der Erklärung des Kaisers nichts ahnte, wartete an seinem üblichen Platz bei der Sänfte, die roten Haare wie immer zerzaust. Ein besorgter Ausdruck stand in seinem Gesicht. Bei dem Anblick seiner blauen, auf sie gerichteten Augen brach Mara beinahe zusammen.

Doch dann spürte sie tief in ihrem Innern das starke Erbe ihrer kriegerischen Ahnen. Mit Hilfe ihrer im Tempel erlernten Übungen verbannte sie den Aufruhr ihrer Gefühle und zwang sich, einen Schritt zu gehen, dann noch einen, bis sie schließlich ihre Sänfte erreicht hatte. Aus verzweifelter Notwendigkeit ließ sie sich von Saric auf ihren Platz helfen. »Wir müssen gehen«, sagte sie mit einer Stimme, die sie kaum als ihre eigene erkannte.

Sie nannte kein Ziel; diese Angelegenheit hatte Saric bereits geregelt, und Lujan wußte, was bevorstand. Doch diese Besonderheit erregte Kevins Verdacht. »Wohin gehen wir heute?« fragte er mit einer gewissen Schärfe.

Mara wagte nicht zu sprechen. Sie wußte, daß Tränen in ihren Augen standen, und zog rasch die Vorhänge zu. So war es Lujan, der die Träger aufforderte, sich zu erheben, und ihre Ehrengarde aus dem Hof marschieren ließ. Sarics Blick ruhte beinahe mit Bedauern auf dem Midkemier.

»Würde mir bitte jemand erklären, warum sich alle so verhalten, als gingen wir zu einer Beerdigung?« klagte Kevin vorwurfsvoll. Doch die einzige Antwort war tsuranisches Schweigen, und er reagierte darauf mit seinem üblichen Geplänkel.

Zu jedem anderen Zeitpunkt hätte sein zügelloses Verhalten die Soldaten zutiefst in Versuchung geführt, doch heute verfehlten selbst seine derbsten Bemerkungen ihr Ziel und stießen auf taube Ohren. Kaum jemand deutete auch nur ein Lächeln an, erst recht lachte niemand laut.

»Götter, jeder hier ist so lebendig wie eine Leiche.« Nachdem er erst darüber jammerte, daß er auf diese Weise einige seiner besten Witze verschwendet hatte, verfiel Kevin in Schweigen, als die Eskorte durch die geschäftigen Straßen Kentosanis schritt und sich dann zum weniger angenehmen Teil am südlichen Flußufer wandte.

Vor ihnen lag eine Palisade aus großen, schweren Brettern. Kevin blieb abrupt auf der Straße stehen, und nur die Reflexe der Krieger verhinderten, daß sie von hinten in ihn hineinrannten. »Ich habe solche Plätze schon gesehen«, kam es in einem vorwurfsvollen Ton ungebändigter Frechheit. »Warum gehen wir zum Sklavenmarkt, Mara?«

Die Krieger warteten nicht erst auf ein Zeichen; Kevins Reaktionen waren viel zu wenig vorhersehbar, als daß das Mißachten von Feinheiten nicht riskant gewesen wäre. Rasch, flink und in vereinter Stärke scharten sie sich um den Midkemier und zogen ihn an den Handgelenken mit sich.

Kevin fühlte sich in die Enge getrieben und drehte sich wütend herum, doch es kam einen Augenblick zu spät. Die Krieger stöhnten vor Anstrengung, konnten ihn aber festhalten.

Das geschäftige Hin und Her auf der Straße wurde durch das Gerangel aufgehalten, und Köpfe wandten sich zu ihnen herum.

»Bei den Göttern!« Kevin explodierte in einem Gebrüll furchtbarer Enttäuschung. »*Du verkaufst mich!*«

Der Schrei zerriß Mara beinahe das Herz. Sie schlug den Vorhang der Sänfte zurück und starrte in die blauen Augen, in denen abgrundtiefer Zorn loderte. Doch sie konnte nichts sagen.

»Warum?« schrie Kevin so verzweifelt, daß sie das Wort wie einen Peitschenhieb spürte.

Es war Lujan, der jetzt etwas rauh antwortete, denn auch seine Stimme drohte Gefühle zu enthüllen, die sich für einen Krieger nicht ziemten, noch weniger für einen Offizier seines Ranges. »Sie trennt sich nicht freiwillig von dir, Kevin, sondern auf Befehl des Kaisers!«

»Verflucht sei das Licht des Himmels!« schrie Kevin. »Verflucht sei euer verdammter Kaiser bis ins tiefste Loch der Sieben Hölle!«

Schaulustige steckten ihre Köpfe aus den Fenstern, und immer mehr Passanten hielten an, um zu gaffen. Einige Bauersfrauen machten das Zeichen gegen Blasphemie, und ein Kaufmann am Straßenrand äußerte mit säuerlicher Miene den Gedanken, nach einem Priester zu schicken. Nicht gewillt, wegen der Großmäuligkeit eines Ungläubigen von den Tempeln überprüft zu werden, preßte einer der mit Kevin weniger bekannten Krieger ihm die Hand auf den Mund.

Der Barbar explodierte förmlich. Er riß eine Hand los und schlug zwei Wachen nieder, bevor irgendeiner der anderen sich bewegen konnte. Die Männer hatten den Befehl, nicht die Waffen zu ziehen, doch als Lujan sich in das wogende Getümmel stürzte, das sich um den Midkemier gebildet hatte, betete er, daß niemand es vergessen würde. Kevin kämpfte wie ein Besessener, und angesichts seiner Größe konnte niemand, der vom Rand aus zusah, übersehen, daß er längst die vorgegebenen Grenzen überschritten hatte. Er war wütend genug, das Protokoll zu vergessen, und sollte es ihm gelingen, einem Krieger ein Schwert aus der Scheide zu reißen, konnte nicht einmal der Kaiser ihn vor dem Tod bewahren.

Lujan sah die Furcht in Maras Augen. Er raffte eine Wut in seinem Innern zusammen, die einem Harulth alle Ehre gemacht hätte, und stürzte sich in die Menge.

Der Ringertrick, den er anwandte, zeigte Wirkung und brachte Kevin aus dem Gleichgewicht. Lujan warf ihn rücklings auf das Kopfsteinpflaster, während ein anderer Soldat mit seinem Gewicht den Kommandeur unterstützte.

Die meisten Männer hätte dieser Sturz benommen gemacht. Nicht den Midkemier. Er wurde von einer Wut getrieben, die an körperliche Qual grenzte und von Gefühlen gespeist wurde, die keine Vernunft in Grenzen halten konnte. Er fiel mit einer Wildheit über Lujan her, daß er ihn hätte töten können. Knapp einem Kniestoß in die Lenden entronnen, kämpfte der Kommandeur gegen einen Wirbelwind aus Fleisch und Blut.

Es gelang ihm, Befehle an seine Männer zu geben. »Kommt näher! Benutzt die Schilde und Körper, um dieses Chaos vor den Augen der Öffentlichkeit abzuschirmen.«

Eine Faust fuhr an seiner Wange entlang. Er spürte das Brennen aufgeschürfter Haut und ließ sich zu einem seltenen Fluch herab. »Verflucht, Mann, hörst du jetzt endlich auf, bevor ich gezwungen bin, dir weh zu tun?«

Kevin zischte eine Obszönität. »... wenn du eine Mutter hättest!« beendete er.

Lujan hatte gesehen, daß der Sklave, den er zu bändigen versuchte, nicht gezögert hatte, sich unbewaffnet auf feindliche Krieger zu stürzen, und er reagierte reflexartig. Verzweifelt und voller Sorge und Bewunderung für Kevin wandte er die unehrenhafte, brutale Technik an, die er in den Bergen als Grauer Krieger gelernt hatte. Ein anderer Verbrecher hätte die Bewegungen erkannt; jeden ordentlichen tsuranischen Soldaten beschämte es viel zu sehr, die Faust in die Lenden eines Gegners zu stoßen. Kevin brach unter einem Schlag zusammen, der nichts mit Fairneß zu tun hatte, und wälzte sich zusammengekrümmt und leichenblaß vor Schmerz auf der schmutzigen Straße.

»Tut mir leid, Kumpel«, murmelte Lujan, und sowohl Wortwahl als auch Ton waren exakt von Kevin übernommen. »Du wirst dein Leben in Freiheit und Ehren beenden, ob du willst oder nicht.«

Lujan fühlte sich innerlich und äußerlich mitgenommen und stand schließlich auf. »Bindet und knebelt ihn«, sagte er zu seinen Männern. »Wir können keinen weiteren Zwischenfall riskieren.«

Er dachte an seine Herrin, die aus dem Schatten ihrer Sänfte alles mitverfolgte, und zwang seinem Gesicht wieder die tsuranische Gelassenheit auf, als er der Gruppe befahl weiterzugehen.

Als sie am Tor der Palisade ankamen, trat der Meister von Kentosanis Sklavengilde aus seiner Hütte, um die Lady der Acoma nach ihren Wünschen zu fragen.

Mara brachte die Worte nur mühsam über die Lippen. »Dieser Sklave ... soll auf Befehl des Lichts des Himmels in sein Heimatland zurückgeschickt werden.«

Kevin, der schlaff im Griff ihrer Krieger hing, wandte ihr seine blauen Augen zu. Das Licht tief in ihnen schien sie zu beschwören, doch das Kind in ihrem Bauch gab ihr Kraft. »Es tut mir leid«, murmelte sie, ungeachtet des Meisters der Sklavengilde, der sie verblüfft und neugierig anstarrte. Sie brachte keinen Ton hervor, als ihre Lippen stumm die Worte formten: »Mein Geliebter.« Alles, was sie sonst noch gerne gesagt hätte, blieb irgendwo in ihrem Hals stecken.

Der Sklavenmakler nickte. »Er ist sehr stark, wenn auch ein bißchen über seine beste Zeit. Ich denke, ein gerechter Preis –«

Mara hob die Hand und brachte den Mann zum Schweigen. »Nein. Schickt ihn nach Hause.«

Falls der Sklavenmeister ihr Verhalten merkwürdig fand, sagte er nichts. Es bereitete ihm genug Schwierigkeiten zu verstehen, weshalb der Kaiser Sklaven kaufen wollte, nur um sie an einen fremden Ort zu schicken. Der Erlaß hatte genug Verwirrung gestiftet, und wenn diese Lady sich entschieden hatte, großherzig zu sein, würde er keine Einwände erheben. »Mylady«, sagte er und verneigte sich tief.

Mara konnte den Ausdruck von Schmerz und Entsetzen im Gesicht ihres Geliebten kaum noch ertragen, und sie flüsterte: »Lebe ein langes, edles Leben, du Sohn von Zūn.«

Und dann schaffte sie das Unmögliche, nahm all ihren Mut zusammen und befahl ihren Kriegern, Kevin zu der Eingrenzung zu bringen, die für die Erwerbungen des Kaisers vorgesehen war. Der Sklavenmeister zeigte ihnen den Weg, und schwach hörte Mara einen der Krieger sagen, daß Kevin mit Respekt und Fürsorge behandelt werden sollte, wenn seine Fesseln einmal abgenommen worden waren …

Die Palisadentüren schlossen sich, nahmen ihr für immer die Sicht. Lujan blieb an ihrer Seite; sein Gesicht war eine Steinmaske unter dem Schatten seines Helmes. Ungewöhnlich genug, hatte er noch nicht bemerkt, daß der Federbusch beim Kampf in der Straße abgeknickt war und schief hing.

Mara sank in ihre Kissen zurück; sie war vom Weinen völlig ausgelaugt und zu geschwächt, als daß sie auch nur einen Finger hätte heben können, um die Vorhänge zu schließen. Der Schatten, der von den großen Holztoren über sie fiel, erschien ihr eiskalt. Sie konnte die Erinnerung an Kevins Blick in dem Moment, da sie die Trennung angeordnet hatte, nicht aus ihrem Gedächtnis verbannen. Immer, bis in ihr Grab, würde es sie verfolgen, daß sie ihn weggeschickt hatte, verletzt und hilflos. Benommen fragte sie sich, wie lange Tasaio sie verschonen würde, nachdem der Waffenstillstand zu seinem unausweichlichen Ende kam. Wie viele Nächte würde sie wach liegen mit der quälenden Frage: Hätte Kevin sie freiwillig verlassen, wenn sie den Mut gehabt hätte, ihn vorher zu informieren?

»Lady?« Lujans weiche Stimme drang durch ihren Kummer. »Es ist Zeit, wieder nach Hause zu gehen.«

Die Krieger waren unbemerkt zurückgekehrt.

Mara winkte schwach mit der Hand. Wie, fragte sie sich, und der Schmerz durchzuckte sie wie ein Messerstich, sollte sie sich an irgendeinem Ort im Kaiserreich jemals wieder zu Hause fühlen können?

Der folgende Tag und die Nacht waren füchterlich und schienen kein Ende zu nehmen. Mara wurde abwechselnd von Traueranfällen und grausamen Alpträumen geschüttelt und wälzte sich auf der Schlafmatte. Im Wachen, Schlafen und in ihren Träumen schien Kevin an ihrem Bett zu stehen, blanken Vorwurf in seinen Augen. Inzwischen mußte die Barke schon ein gutes Stück flußabwärts sein. Zu der Zeit, da sie mit Tasaio und den Lords des Hohen Rates versuchen würde, ihre Unstimmigkeiten mit dem Kaiser zu lösen, würde der Mann, den sie mehr liebte als alles andere, weit entfernt in einer anderen Welt sein.

Immer wieder wachte sie auf, wenn sie die Hand ausstreckte und der Platz neben ihr leer war, dort, wo er sonst gelegen hatte. Oder sie schreckte hoch, eine Vision von Tasaio von den Minwanabi vor Augen, der ein Opferschwert über den ausgeweideten Körper ihres Sohnes hielt. Sie begann zu beten und bat Lashima um Einsicht für das Wunder, das sie benötigte, wenn sie den Feind zurückhalten wollte, dem es mehr um Macht ging als um Frieden, der den Natami ihrer Ahnen kopfunter begraben würde, für immer fern vom Sonnenlicht. Vergrämt und elend gab sie es schließlich auf, so zu tun, als würde sie ruhen. Sie schritt in ihren Gemächern auf und ab, bis es dämmerte, dann rief sie ihre Vertrauten zu einer Beratung zusammen.

Der Butana blies noch immer kräftig. Seine peitschenden, unermüdlichen Böen zerrten an den Gittern und Läden, als Mara, ihr Kommandeur und ihr Erster Berater sich in ihrem Gemach versammelten.

Mit rauher Stimme, als wäre ihr Hals mit Sand ausgerieben worden, eröffnete die Lady der Acoma das Gespräch. »Ich habe einen Tag Zeit, mich auf die Konfrontation zwischen dem Kaiser und den Minwanabi vorzubereiten.«

Saric bewies ein schmerzlich tiefes Vertrauen in seine Herrin, als er fragte: »Wie sieht Euer Plan aus, Mistress?«

Mara schloß die geschwollenen Augen, sie fühlte sich zutiefst elend. »Ich habe keinen Plan. Solange nicht Ihr oder Euer Cousin etwas bedacht habt, das mir entgangen ist, marschieren wir in diese entscheidende Situation mit nichts als unserem bloßen Verstand. Ich habe dem Lord der Minwanabi versprochen, daß niemand außer ihm den Thron des Kriegsherrn besteigen wird.«

»Nun«, meinte Saric im Tonfall logischer Schlußfolgerung, »dann bleibt als einzige Wahl, daß niemand auf dem Thron des Kriegsherrn sitzt.«

Einen Augenblick lang war nur das Heulen des Butana zu hören. Eine Zofe trat mit einem Tablett Chocha und Gebäck herein und ging leise wieder. Niemand schien an einer Erfrischung interessiert zu sein.

Mara betrachtete die Gesichter, die sie mit unerträglicher Erwartung ansahen. »Nun, wie sollen wir ein Wunder vollbringen?« fragte sie verzweifelt.

Lujan, der von dem Faustkampf mit Kevin noch eine Beule und einige Kratzer an der Wange hatte, schaltete sich ein: »Mistress, genau das ist der Grund, warum alle auf Euch schauen«, sagte er ohne Humor.

Mara starrte trostlos zurück. »Dieses Mal fehlt mir die nötige Phantasie, Lujan.«

Ihr Kommandeur zuckte in völliger Gelassenheit mit den Schultern. »Dann werden wir ehrenhaft dabei sterben, Minwanabi-Hunde zu töten.«

Eine Welle des Protestes erfaßte Mara. »Kevin hat –« Ihre

Stimme brach, und die auf sie einstürmenden Gefühle trieben ihr Tränen in die Augen. Sie zwang sich, ihre Trauer und ihren Schmerz zu verdrängen, und fuhr sich mit der feuchten Hand über die Stirn. »Kevin hatte recht. Wir sind ein mörderisches Volk, und wir verschwenden unser Leben, indem wir uns gegenseitig töten.«

Der Butana heulte, rüttelte an den Läden und trieb kalte Windstöße in den Raum. Mara unterdrückte ein Zittern und bemerkte Sarics Bitte, sprechen zu dürfen, nicht sofort. Als sie es sah und ihm ihre Einwilligung gab, stellte er ihre düstere Einschätzung der Lage mit einem Hauch von Ungeduld in Frage. »Mistress, die Antwort ist doch offensichtlich oder nicht? Es macht nichts, wenn die Minwanabi nicht besiegt sind, solange der Kaiser gewinnt, oder?«

Maras Augen weiteten sich. »Erklärt, was Ihr meint.«

Saric suchte nach Worten, um ein Konzept auszuführen, das erst ganz vage in seinem Kopf spukte. »Wenn das Licht des Himmels seine Position festigen kann, das heißt für seine absolute Herrschaft im Hohen Rat genug Unterstützung findet –«

Mara schoß hoch, und die nur leicht festgesteckten Haare lösten sich und fielen in Wellen über ihren Rücken. Sie ignorierte die Zofe, die herbeieilte, um die Unordnung zu beheben, und legte die Stirn in Falten. »Dann könnte er den Minwanabi befehlen …« Sie kämpfte gegen den spontanen Instinkt an, sich jedem Bruch der Tradition zu widersetzen, und bemühte sich, das fremde Konzept absoluter Herrschaft anzunehmen. »Laßt mich jetzt allein«, sagte sie mit plötzlicher Schärfe zu ihren beiden Beratern. »Ich muß über einiges nachdenken.«

Als Saric und Lujan sich erhoben und gehen wollten, hielt Mara den einen mit einem Auftrag zurück. »Benachrichtigt das Licht des Himmels, Saric. Bittet um eine Audienz. Schwört, auf welche Ehre unser Name auch immer birgt, daß die Sicherheit des Kaiserreiches von diesem Treffen abhängt.«

Der junge Berater unterdrückte seine Neugier. »Wann, Mistress?«

»Sobald wie möglich«, rief Mara über das unaufhörliche Heulen des Windes hinweg, »aber nicht später als eine Stunde vor heute mittag.« Ihre Stimme klang nicht mehr so scharf, als sie verschiedene Möglichkeiten in ihrem Kopf abwog und jene verwarf, die mehr auf unbegründeter Hoffnung denn auf gesunden Überlegungen basierten; keinen Augenblick zu früh hatte sie die Eingebung erhalten. »Wenn wir Tasaios Ziele vereiteln wollen, benötige ich jede Minute.«

Zwölf

Lösung

Der Kaiser lauschte.

In der riesigen Audienzhalle, einem Raum, der groß genug war, um zwanzig Kompanien Soldaten unterzubringen, saß Ichindar, Einundneunzigster eines ununterbrochenen Geschlechts, hoch oben auf seinem zeremoniellen Thron. Der imposante Stuhl bestand aus uraltem Holz, das mit Gold und Topas überzogen und mit massiven Rubinen, Smaragden und Onyx-Steinen an den Seiten und am Rücken verziert war. Er stand auf einem erhöhten, pyramidenförmigen Podest, zu dem an beiden Seiten Stufen hinaufführten. Vor ihm befand sich ein gewaltiges Sonnenrad in warmen Tönen aus Achat, weißem Opal und noch mehr Topas. Auf jeder Seite der gewaltigen Pyramide standen zwanzig Kaiserliche Weiße auf den Stufen und hielten Wache. Auf dem Boden direkt vor Mara standen Stühle für hohe Priester und Berater, doch nur drei waren jetzt anwesend: ein Schreiber, der für jene Tempelvertreter mitschrieb, die der Audienz nicht beiwohnten, der Oberpriester Jurans und der Hohe Vater des Tempels von Lashima. Mara war dankbar für die Anwesenheit des Prälaten Lashimas und hoffte, es wäre ein gutes Zeichen, denn dieser Mann hatte ihren geplanten Eintritt in den Orden geleitet, an dem Tag, als Keyoke gekommen war und die Siebzehnjährige als Herrscherin der Acoma mit nach Hause genommen hatte.

Sie hatte noch nicht einmal ihre Ehrengarde bei sich – denn Krieger waren während einer offiziellen Audienz beim Kaiser nicht erlaubt –, als sie jetzt den letzten Teil ihres Planes darlegte. Ein kaiserlicher Schreiber rechts von Mara schrieb ihre Worte, die in dem höhlenartigen Raum widerhallten, eifrig für das Archiv mit. Die gewaltigen, gewölbten Oberlichter der Halle, die Fenster aus Gold und Kristall, die glänzenden Marmorböden und der Klang ihrer eigenen Stimme gaben ihr das Gefühl, winzig zu sein.

Als sie das letzte Wort gesprochen hatte, verneigte sie sich tief und wartete entsprechend dem Protokoll mit vor der Brust gekreuzten Armen hinter dem Geländer, das kein Bittsteller übertreten durfte. Sie zitterte wider Willen und wartete auf eine Reaktion des Lichts des Himmels. Während die Minuten verstrichen und das Schweigen sich immer mehr in die Länge zog, wagte sie nicht einmal den Blick zu heben, aus Furcht, sie könnte Mißbilligung im Angesicht des jugendlichen Herrschers auf dem Podest entdecken.

»Vieles von dem, was Ihr vorschlagt, basiert auf Spekulationen, Lady«, sagte der Kaiser mit einem Ton unanzweifelbarer Autorität.

Ihre Augen waren immer noch auf das sorgfältig gearbeitete Muster im Fußboden gerichtet. »Majestät, es ist unsere einzige Hoffnung.«

»Was Ihr vorschlagt, ist etwas ... Einmaliges, etwas, das es noch niemals gegeben hat.«

Daß Ichindar eher an die Tradition dachte als an seine eigene persönliche Sicherheit, besagte viel. Dieser schlanke junge Herrscher mit dem ernsten Gesicht war nicht begierig nach absoluter Macht; er war auch nicht zu furchtsam, um im Licht einer bevorstehenden Krise zu kühnen Konzepten zu greifen. Sie bewunderte die Reife und den Mut in jemandem, der körperlich so zart wirkte, und meinte: »Vieles von dem, was Ihr getan habt, hat es noch nie gegeben, Majestät.«

Ichindar neigte den Kopf, und die langen, goldenen Federbüsche seiner Kopfbedeckung schwankten, als er würdevoll seine Zustimmung kundtat. Er war in ganze Lagen kunstvoller Gewänder gehüllt und saß mit fast schon schmerzhafter Förmlichkeit da; in seinem Gesicht hatte die Bürde des Herrschens bereits ihre Spuren hinterlassen. Dunkel umschattete grüne Augen und

Wangen, die von schlaflosen Nächten gezeichnet waren, störten ein Gesicht, das eigentlich sorgenfrei aussehen sollte. Unter den Juwelen und dem ganzen Pomp nahm Mara einen Geist wahr, den die Sorgen niederdrückten. Trotz seiner Jugend war sich das Licht des Himmels bewußt, daß der Boden, auf dem er stand, gefährlicher als Treibsand war. Er machte sich keine Illusionen. Seine Macht entsprang der unermeßlichen Ehrfurcht, die die Tsuranis seinem Amt entgegenbrachten, doch solche Gefühle mochten zwar tief verwurzelt sein, nicht aber grenzenlos. Obwohl es bei Ichindars neunzig Vorgängern unüblich gewesen war, war der Kaisermord doch nichts Unbekanntes. Der Tod eines Kaisers wurde als Beweis gewertet, daß die Götter ihren Segen bereits vom Kaiserreich abgezogen hatten. Die Umstände mußten bereits für alle katastrophal sein – bis auf den ehrgeizigsten Lord, der sie nutzte, um eine solche Tat zu begehen. Doch Mara wußte, daß Tasaio ein solches Ziel verfolgte. Und es gab heutzutage genug, die in der Abschaffung des Amtes des Kriegsherrn einen Schlag gegen die Tradition sahen, der schlimm genug war, eine solche Tat zu rechtfertigen.

Mara wußte sehr wohl um die Gefahren, die sie möglicherweise heraufbeschwor, indem sie dem Kaiser einen Weg zeigte, der sich noch weiter von dem bisherigen entfernte. Sie hob ihren Blick zu der Gestalt, die auf dem Podest thronte. »Majestät, ich biete lediglich Hoffnung. Ich kann die ehrgeizigen Absichten der Minwanabi allein vereiteln, doch nur unter großen Opfern. Ihr müßtet Tasaio den Titel des Kriegsherrn geben. Wenn er auf unblutige Weise das Weiß und Gold erhält, ziehen sich die Armeen vor Kentosani möglicherweise friedlich zurück. Ich verweise darauf, daß es eine leichte Wahl ist. Wählt diese Variante, und Ihr könnt Euch aus dem Großen Spiel zurückziehen, dem Hohen Rat seine Handlungsbefugnis wiedergeben und Euch Euren göttlichen Betrachtungen widmen. Doch ungeachtet aller persönlichen Fehden und Differenzen, gebe ich zu bedenken, daß man durch diesen Kurs nur wenig Zeit gewinnen würde. Ein Minwanabi auf dem Thron des Kriegsherrn würde zu einer Zukunft voller Zwietracht führen. Ich glaube, es existiert die Chance zu einem Wandel, hier und jetzt – möglicherweise bedeutet es ein Ende des unnötigen Blutvergießens, das unser Konzept der Politik zerfrißt. Ich glaube nicht, daß die Ehre darin wurzeln muß, aus Gründen der Vormachtstellung zu töten. Vielleicht erhalten wir niemals wieder die Möglichkeit, eine mitfühlendere Führung einzubringen. Daher flehe ich Euch unterwürfigst an: Bedenkt, was es bedeuten könnte.«

Der Kaiser betrachtete sie eingehend mit seinen grünen Augen von seinem Platz auf dem Podest. Als er keine Meinung dazu äußerte, erhob sich der Priester Jurans des Gerechten von seinem Platz; mit einem kurzen Zucken seiner schmalen Hand gab Ichindar ihm die Erlaubnis zu sprechen.

»Mara von den Acoma, ist es Euch in den Sinn gekommen, daß Eure Worte dem Himmel nicht gefallen könnten? Euer Name ist alt und geschätzt, und doch scheint Ihr die Ehre Eurer Familie beiseite schieben zu wollen. Ihr gelobtet Tasaio von den Minwanabi etwas, doch jetzt habt Ihr vor, einen höchst heiligen Eid zu brechen.«

Mara spürte eine schreckliche Furcht in sich aufsteigen. Die Gefahr, der Ketzerei beschuldigt zu werden, war ihr nur zu bewußt, und so richtete sie ihre Antwort allein an das Licht des Himmels: »Ich behaupte, daß es meine eigene Angelegenheit ist, wenn ich den Segen meiner Ahnen beiseite geschoben habe. Ich habe kein Gesetz überschritten und auch nicht den Himmel gekränkt. Bei allem, was ich getan habe, bei allem, was ich Euch zu bedenken bitte, handle ich nur zum Wohle des Kaiserreiches.« Ihr Blick wanderte jetzt zu dem Priester, als sie hinzufügte: »Selbst wenn ich den Namen meiner Familie entehren müßte – ich würde es bereitwillig tun, um dem Kaiserreich zu dienen.«

Stille trat ein bei dieser Erklärung, und dann folgte leises Gemurmel von der Handvoll Berater und Priester. Der Vertreter von Jurans Tempel setzte sich mit einem deutlich erschütterten Blick.

Das Licht des Himmels richtete seine großen, intelligenten

Augen auf die Lady, die aufrecht und voller Trotz am Fuß seines Thrones stand. Nach einer kurzen, nachdenklichen Pause machte er eine Handbewegung zu seinen Priestern. »Niemand der hier Anwesenden darf die Lady der Unehrenhaftigkeit bezichtigen. Sie bringt keine Schande über ihr Haus und ihren Namen, sondern ehrt das Kaiserreich mit ihrem Mut und ihrer Treue. Wer sonst von den tausend Herrschenden hat es gewagt, mit dieser Wahrheit auf uns zuzugehen?«

Er hielt inne und nahm mit seinen feingeschnittenen Händen den offiziellen Kopfschmuck ab. Ein Diener huschte von der Seite herbei, kniete sich nieder und erleichterte ihn von der Bürde. Jetzt, da die hohe, gefiederte Krone nicht mehr auf seinem Kopf saß, wirkte Ichindar weit weniger formell. Er fuhr mit einer Hand durch die zerzausten braunen Haare und dachte nach. »Ich fing an, mich auf das Große Spiel einzulassen, weil ich sah, daß mein Onkel, Almecho, das Kaiserreich mit dem einzigen Ziel manipulierte, als Kriegsherr an der Macht zu bleiben. Die Folgen brachten vielen Menschen Leid. Sein Ehrgeiz war eine Bedrohung für die Nation ... und für mich«, fügte er reuevoll hinzu. »Während ich mich zusammen mit Lord Kamatsu und einigen anderen darum bemühte, das Blutvergießen zu beenden, begann ich die Art und Weise, wie wir heute leben, in Frage zu stellen, und ich glaube, ich verstehe etwas von der Dringlichkeit, die Euch bewegt.«

Ichindar stand auf. Er winkte die Wachen fort, die sich zu beiden Seiten aufgestellt hatten, und trat vom Podest. »Laßt mich etwas mit Euch teilen, Mara von den Acoma, etwas, das nur eine Handvoll Männer wissen.« Die Haltung des Kaisers war fest, doch hinter der Maske des zum Herrscher geborenen Mannes sah Mara einen Jungen, der unter dem einengenden Gewicht seines Staatsgewandes noch verletzlich jung und so menschlich war wie sie. Gemessenen Schrittes näherte er sich ihr. Die Priester sahen zu, der von Jurans Tempel so gespannt wie ein Raubvogel, der Hohe Vater von Lashimas Orden leicht lächelnd, wie das Licht des Himmels zum Geländer ging und ihre Hand nahm.

Da eine solch unerwartete Vertrautheit Mara aus der Ruhe zu bringen schien, schaute er ihr direkt in die Augen. »Ursprünglich wollte ich die Nationen zum Frieden zwingen, denn ich sah große Gefahr für uns als Volk, wenn Eroberung unser einziges Ziel ist. Doch nachdem Milamber zurückgekehrt war, änderten sich meine Gründe. Ihr habt möglicherweise Gerüchte über die große Auseinandersetzung in der Welt Midkemia gehört. Ich gestehe Euch jetzt, daß der Feind, dem wir gegenüberstanden, derjenige war, der in unseren Legenden der *Alte Feind* genannt wird.«

Mara erinnerte sich an eine Diskussion, die sie vor einiger Zeit mit Arakasi geführt hatte, und so war sie nicht überrascht über diese Bestätigung. Sie hatte die alten Geschichten über einen unbekannten Schrecken, der der Alte Feind hieß, noch einmal gelesen. Er hatte die Heimatwelt ihrer Ahnen zerstört und sie über eine mystische Goldene Brücke als Flüchtlinge nach Kelewan geschickt. Obwohl die meisten ihrer Landsleute keinen Grund zu der Annahme sahen, daß diese alten Geschichten etwas anderes als Mythen waren, war in ihrer Haltung keinerlei Verachtung oder Ungläubigkeit zu spüren. Dies entging dem Kaiser nicht.

Ichindar wurde noch offener. »Der Schrecken aus der Zeit vor dem Morgengrauen unserer Geschichte existierte wirklich, und er war sogar noch furchtbarer als in den Legenden. Die Versammlung der Magier unterstützte mich in meinem Wunsch, daß wir als Volk zusammenstehen und uns ihm entgegenstellen müßten, wenn ein solcher Teufel unsere früheren Feinde im Königreich besiegen und ihren Zorn auf uns lenken sollte. Deshalb löste ich den Hohen Rat auf, damit die Machenschaften des Großen Spiels uns nicht gegen diese furchteinflößende Bedrohung schwächen konnten. Auf mein Kommando sind zehn Erhabene und dreitausend Soldaten des Kanzawai-Clans unter dem Befehl von Hokanu von den Shinzawai –«

»Hokanu war in der anderen Welt?« sprudelte es aus Mara heraus. Dann wurde ihr ihre Unverschämtheit gegenüber dem Kaiser bewußt, und sie fügte rasch hinzu: »Ich bitte Hoheit um Vergebung.«

Ichindar lächelte. »Ihr schätzt den jungen Mann, wie ich sehe. Ja, Hokanu war auf Midkemia; er verbrachte einige Wochen auf dem Schlachtfeld und noch mehr Zeit mit seinem Bruder, Kasumi.« Der Kaiser lächelte noch immer. »Wir verstehen unsere ehemaligen Feinde im Kaiserreich nicht. Kasumi hat als Dank für die Tapferkeit, die er im Dienst seines neuen Herrn in dem Konflikt zeigte, den Titel eines Edlen erhalten. Ich bin zwar nicht vertraut mit ihnen, aber wie man mir sagte, ist derjenige, den Kasumi erhielt, kein geringer.«

Die Große Freiheit, die Kevin immer wieder mit solcher Begeisterung verkündet hatte, war also wahr! Mara mußte plötzlich gegen Tränen ankämpfen, da dieser sichere Beweis die letzte Bestätigung für ihre veränderten Überzeugungen war. Nie wieder würde sie mit dem rigiden Kastensystem ihres Volkes leben können. Männer und Frauen waren nur Menschen – die Götter machten sie nicht mit unwiderruflicher Endgültigkeit zu Sklaven, Edlen oder Handwerkern. Daß in ihrer Kultur ein Sohn in beispielloser Ehrenhaftigkeit leben konnte, ohne jemals einen Rang zu erhalten, der seinen Verdiensten entsprach, war ungerecht und eine Verschwendung ersten Ranges.

»Es ist eine Schande für uns«, murmelte sie unbewußt laut, »daß dort ein Gefangener die Freiheit erhalten und ein edles Haus begründen kann, das sich eines Tages zu voller Größe inmitten seiner ehemaligen Feinde erhebt – jene, die *wir* Barbaren nennen –, während ihre genauso wertvollen Söhne bei uns im Kaiserreich niemals mehr als Sklaven sein können. Ich fürchte, wir sind die Barbaren, nicht die Midkemier.«

Der Kaiser von Tsuranuanni war erstaunt über dieses Konzept, das er vorher nur mit Kamatsu von den Shinzawai besprochen hatte, und er betrachtete die Frau auf der anderen Seite des Geländers aufmerksam. »Das dachte ich auch. Dann schätzt ihr vielleicht die Tatsache, daß alle Sklaven, die durch den Spalt ins Königreich zurückgeschickt wurden, in ihrer Heimatwelt freie Männer sein werden. Ihr König Lyam schwor es mir jedenfalls, und wenn auch die erste Friedensverhandlung ein fürchterliches

Unglück war, halte ich ihn doch für einen ehrenvollen Herrscher.«

Mara, aufgewühlt von Erinnerungen an Kevin, konnte nur nicken.

»Ich gebe dem Hohen Rat die Kontrolle über das Kaiserreich nur ungern zurück«, grübelte Ichindar und wandte sich damit wieder dem Thema zu, das Mara hergeführt hatte. Er senkte seine Stimme, damit die Priester und der Schreiber ihn nicht hören konnten. »Ich beginne aber auch zu glauben, daß vor uns die Möglichkeit liegt, von neuem zu beginnen.« Er ließ Maras Hand mit einem halb verdrießlichen Lächeln los, das sie merkwürdig an Hoppara erinnerte. Dann, während er seinem Diener bedeutete, ihm die Kopfbedeckung wieder aufzusetzen, ging er zurück zu seinem erhöhten Thron.

Als er erneut mit allen Insignien der Macht dasaß, verkündete er die offizielle Antwort: »Was auch morgen geschieht, das Kaiserreich wird sich für immer ändern. Die Magier haben darüber beraten, doch sie zögern, sich weiter in die Politik einzumischen, da die Gefahr nicht mehr existiert, die vom Alten Feind ausging. Viele meiner Verbündeten gegen diese Bedrohung haben sich zurückgezogen« – er deutete auf die leeren Stühle auf den Stufen der Pyramide –, »einige auch, weil ich Axantucar verdammt habe.« Ichindar sah Mara noch ein letztes Mal lange und eingehend an. »Ich denke, Euer Plan hat gewisse Vorzüge, doch das Risiko, das Ihr eingeht, ist ähnlich groß, wenn nicht noch größer, wie jenes, das Ihr zu vermeiden trachtet.« Er mußte nicht noch darauf hinweisen, daß mehr als nur Lords stürzen würden, wenn Maras Plan fehlschlug. Das Kaiserreich selbst würde in blutigem Chaos versinken. »Ich werde Euch morgen meine Entscheidung zukommen lassen«, erklärte Ichindar. »Tasaio hat bereits um ein Treffen im Beisein aller Lords ersucht – es ist unumgänglich, daß ich vor dem Hohen Rat erscheine, um mich meiner Verantwortung zu stellen.«

Jetzt wirkte Ichindar nur noch wie ein Junge, der ein kostbares Gewicht aus Juwelen, blitzenden Metallen und Silber trug, als er seufzte: »Ich nehme an, ich habe keine Wahl. Ich werde mich Tasaio entgegenstellen müssen.« Er beendete die Audienz mit einem müden Lächeln. »Was immer geschieht, Lady Mara, Ihr habt meine Hochachtung. Erwartet morgen meine Nachricht, und mögen die Götter Euch und den Namen Eurer Ahnen beschützen.«

Mara verneigte sich tief; sie bewunderte diesen jungen Mann, der von Kindheit an erzogen worden war, die Tradition zu ehren, und doch mit genügend Phantasie und Intelligenz ausgestattet war, um hinter falschem Ruhm das größere Wohl seines Volkes zu erkennen. Mit dem Wissen, daß er etwas Besonderes war und sein Amt möglicherweise niemals mehr mit einer anderen Person von solch unvoreingenommener Wahrnehmungsfähigkeit besetzt werden würde, verließ sie die große Halle.

Im Vorraum zur kaiserlichen Audienzhalle wartete ihre eigene Gruppe, eine ausgewählte Ehrengarde mit Saric und Lujan; Arakasi spielte einmal mehr den Diener. Als einer der Minister von Ichindar sie durch die kaiserlichen Gemächer geleitete, war Mara noch tief in Gedanken versunken. Draußen, als sie sich von Arakasi in die Sänfte helfen ließ, sagte sie: »Schnell nach Hause. Wir haben viel zu tun und gefährlich wenig Zeit.«

Mara hielt die ganze Nacht Besprechungen ab. Die Lords verschiedener Parteien und Clans suchten ihr Stadthaus auf, um sich von ihr beraten zu lassen. Zwei Stunden vor der Dämmerung ließ Mara eine Eskorte zusammenstellen und machte sich in ihrer Sänfte zu dem einzigen Herrscher auf, der sie nicht besucht hatte. Eine schläfrige Wache antwortete auf Lujans Klopfen. »Sagt Lord Iliando, daß Mara von den Acoma draußen wartet, um von ihm empfangen zu werden«, verlangte Mara.

Der verstimmte Lord der Bontura erschien kurze Zeit später; seine Haare waren noch zerwühlt, und das Gewand paßte nicht zu den Sandalen. Er blickte verdrießlich drein, weil er geweckt worden war, als er die entsprechenden Worte sprach, mit denen er Mara in seinem Haus willkommen hieß. Als sie es sich in seinem Gemach bequem gemacht hatte und Diener aus den Betten gerufen worden waren, um sich um Erfrischungen und Chocha zu kümmern, sprach er freiheraus: »Mara, warum erscheint Ihr ungebeten zu dieser Stunde mitten in der Nacht?«

Mara bedeutete Lujan und ihrer Ehrengarde, sich zurückzuziehen. »Ich bin gekommen, um Euch um Hilfe zu bitten.«

Iliando hob eine Hand. »Ihr habt meine Sympathie angesichts der schwierigen Zeiten, die Ihr durchmacht, doch was den Widerstand gegen Tasaio betrifft –«

Mara schoß hoch. »Was?« Hatte der Lord der Bontura Spione in der Gefolgschaft der Minwanabi, oder war einer von Incomos Bediensteten zu geschwätzig gewesen? Niemand außer ihren engsten Vertrauten hätte vom Inhalt ihrer Diskussion mit dem Feind wissen sollen.

»Kommt schon, Mädchen, Euer Treffen mit Tasaio auf dem Hügel mit zwei Armeen im Rücken konnte doch kein Geheimnis bleiben, oder?« Maras Gesichtsausdruck deutete an, daß sie gehofft hatte, es würde eines bleiben. »Ich werde Euch Zeit ersparen. Ich habe meine Unterstützung bereits Jiro von den Anasati zugesagt«, bekannte der Lord der Bontura.

Ein Sklave erschien mit der Chocha und begann unauffällig die Becher zu füllen. Während der ältere Lord in seine Tasse blies, um das siedendheiße Getränk abzukühlen, kniff Mara die Augen zusammen. »Jiro? Was hat er damit zu tun?«

»Das müßt Ihr ihn schon selbst fragen.« Der Lord der Bontura trank unklugerweise einen Schluck, verbrannte sich die Zunge und setzte seine Tasse voller Abscheu wieder ab. »Achtung, sie ist noch zu heiß«, warnte er unnötigerweise. Ungeduldig, aber taktvoll genug, sich still zu verhalten, wartete Mara darauf, daß der ältere Lord seine Aussage näher ausführte.

»Jiro hat allen Mitgliedern des Clans Ionani eine Nachricht geschickt, in der er seine Überzeugung deutlich macht, daß er sein Haus für eine bessere Wahl hält als die Tonmargu.«

»Er bewirbt sich also um den Thron des Kriegsherrn.« Plötzlich benötigte Mara die Chocha als Ausrede, ihre Hände zu beschäftigen. Die Nerven, die Anspannung, die körperlichen Veränderungen durch die Schwangerschaft – das alles forderte seinen Preis.

»Wenn Frasai von den Tonmargu Angst davor hat, Jiro gegenüberzutreten, wird es zu einer gewaltigen Machtverschiebung in den Reihen der großen Familien kommen. Möglicherweise ist das ja überfällig«, mutmaßte der Lord der Bontura. Er mußte nicht extra ausführen, daß Frasai Auseinandersetzungen verabscheute.

Verblüfft versuchte Mara zu begreifen, was für Folgen diese unerwartete Wendung haben würde. Traurig begriff sie, daß Nacoya und Kevin recht gehabt hatten: Nach den langen Jahren des Grübelns war Jiro immer noch wütend, daß sie seinen Bruder als Ehemann vorgezogen hatte. Jiro hatte offensichtlich den einzigen Weg erkannt, der ihr noch blieb, und er hatte Schritte unternommen, um sicherzugehen, daß sie scheitern würde – denn wenn ihr die Unterstützung des Clans Ionani in einer Koalition fehlte, die die Mehrheit der Minwanabi blockieren sollte, waren die ganzen Jahre, die sie Einfluß und Stimmen gesammelt hatte, nichts mehr wert. Der Erbe der Anasati konnte sich weigern, die Minwanabi oder die Acoma zu unterstützen, und den Hohen Rat so in eine Sackgasse treiben. Ihre Prophezeiung gegenüber Tasaio über den Mißbrauch kaiserlicher Macht angesichts der Handlungsunfähigkeit des Hohen Rates würde somit eher als erwartet wahr werden.

Doch Mara würde dies nichts nützen, denn der unversöhnliche Feind würde seine ganze Aufmerksamkeit darauf richten, ihr Haus in dem Augenblick zu vernichten, da die Sackgasse offensichtlich werden würde. Sicher würde die Lady der Acoma nicht lang genug leben, um ihre Prophezeiung in Erfüllung gehen zu sehen. Ihre Hände fuhren instinktiv über ihren Bauch, als wollte sie Kevins ungeborenes Kind schützen. Junge oder Mädchen, möglicherweise würde das Kind niemals geboren werden.

Und falls Jiro geduldig und schlau genug war, um zu überleben, während der Konflikt tobte, konnte er als Kompromißfigur für das Amt des Kriegsherrn daraus hervorgehen. In tiefes Nachdenken über all diese Möglichkeiten versunken, verlor Mara sich in dem verwirrenden Gewirr des Großen Spiels.

»Lady, seid Ihr krank?«

Lord Iliandos Frage riß sie aus ihrer Grübelei. »Nein, ich bin nur ... erschöpft.« Sie wischte die Sorge ihres Gastgebers beiseite und sagte: »Ihr steht in meiner Schuld.«

Der Mann neigte seinen Kopf und bestätigte das. Bedauern färbte seinen Ton. »Ich werde meine Ehre nicht kompromittieren, Mara. Ihr habt nur Anspruch auf eine einzige Stimme im Rat – und nur unter Umständen, die weder meine Familienehre noch die Clanehre berühren. So lauteten die Bedingungen.«

»Ich würde niemals von Euch verlangen, Eure Integrität zu verletzen«, versicherte Mara. »Statt dessen möchte ich Euch bitten, die Unterstützung des Clans Ionani herbeizuführen. Wenn Ihr Eure Verwandten überreden könnt, den Clanlord der Ionani gegen das Haus Minwanabi aufzustellen, habt Ihr Eure Schuld abgetragen wie auch Eurer Ehre Genüge getan.«

Iliando zuckte mit den Schultern. »Selbst von denen, die am Ende Tasaio unterstützen, werden einige in der ersten Runde der Form halber Lord Frasais Anspruch befürworten, Mara. Davon kann man ausgehen.«

»Glaubt nicht, es ginge bei meiner Bitte darum, daß Ihr Lord Frasai der Form halber Eure Achtung erweist«, unterbrach Mara. Auf der anderen Seite des Ladens begann das erste fahle Grau, die Nacht zu vertreiben. Die Zeit lief ihr davon, und diese Erkenntnis ließ sie allmählich die Geduld verlieren. »Ich verlange so viele Stimmen wie möglich, selbst wenn dadurch ein Konflikt zwischen Tasaio und Eurem Clanlord aufbricht. In diesem Fall verlasse ich mich auf die Versicherung, daß der Clan Ionani nicht schwankt, bis ich deutlich zu verstehen gebe, daß es nicht länger sinnvoll ist. *Besonders* da Jiro von den Anasati um diese Zeit morgen den Lord der Tonmargu als Clanlord ersetzen könnte.«

Lord Iliando seufzte tief. »Ihr verlangt etwas Schwieriges. Ich werde sehen, was ich tun kann, und werde dabei mit Lord Ukudabi beginnen. Er ist einflußreich, und sein Cousin, Lord Jadi, wurde von Tasaios Onkel ruiniert, also hat sein Haus keine freundschaftlichen Gefühle den Minwanabi gegenüber.«

»Gut.« Mara setzte ihre halbgeleerte Tasse ab und stand auf. »Ich werde den Lord der Tonmargu selbst aufsuchen.« Als ihr Gastgeber sie zur äußeren Tür brachte, fügte sie hinzu: »Es geht hier um mehr als um eine Fehde zwischen mir und Tasaio, Mylord Iliando. Das Kaiserreich befindet sich in einer Zeit des Wandels, und es liegt an Euch und mir und anderen wie uns, zu entscheiden, ob es zum Guten oder zum Schlechten sein wird. Denkt daran: Egal was Ihr sonst denken mögt, ich diene dem Kaiserreich.«

Erst als sie draußen war, zeigte Mara, wie eilig sie es hatte. Sie gab Lujan rasche Anordnungen, kletterte in die Sänfte und ertrug eine rüttelnde Fahrt, als die Träger durch die Stadt liefen. Die Straßen waren zu dieser Stunde leer, bis auf die Gemüseverkäufer mit ihren vollbeladenen Needra-Wagen und die Priester, die ihre Morgenandachten abhielten. Mara war zu angespannt, um schläfrig zu sein, und sie schloß die brennenden Augen, bis sie am Ziel angekommen waren – ein unauffälliges, aber wunderschön gelegenes Haus im alten Teil der Stadt, mit Wachen in blauen Rüstungen an den Toren.

Noch während ihre Träger die Sänfte hinunterließen, zog Mara die Vorhänge auf und rief: »Mara von den Acoma!«

Der diensthabende Offizier näherte sich und salutierte. »Mylady, was kann ich für Euch tun?«

»Verkündet Eurem Lord, daß ich darum bitte, ihn sofort zu sehen!«

Der Offizier verbeugte sich mit tadelloser Höflichkeit und schritt durch die Tore. Trotz der frühen Stunde war Kamatsu von den Shinzawai nicht im Bett. Er hatte bereits gefrühstückt und ordnete an, Mara in das gemütliche Arbeitszimmer bringen zu lassen, das sich auf der Gartenseite befand.

In dem abgelegenen Zimmer voller Blumen und Grünpflanzen fand Mara den Lord der Shinzawai in einer Unterredung mit einer Gestalt in der schwarzen Robe eines Magiers.

Überrascht zögerte Mara und verbeugte sich dann tief. »Erhabener. Ich bitte um Entschuldigung für mein Eindringen.«

Die Gestalt mit der Kapuze drehte sich um. Mara erkannte Fumita, als seine rätselhaften dunklen Augen über sie wanderten. »Ihr habt nicht gestört, Mara von den Acoma. Ihr findet lediglich zwei alte Männer, die in Erinnerungen schwelgen.«

Seine Aussage war freundlich gemeint, doch selbst der flüchtig musternde Blick eines Mitglieds der Versammlung genügte, um Mara zu beunruhigen. »Ich könnte später wiederkommen«, entschuldigte sie sich. »Doch die Zeit ist begrenzt, und ich muß dringend mit Lord Kamatsu sprechen.«

Der Clanlord des Clans Kanazawai winkte die Lady zu einem Stapel kostbarer Kissen. »Habt Ihr gegessen, Lady Mara? Wenn nicht, bringen meine Bediensteten Euch eine Kleinigkeit.«

Mara nahm den Platz dankend an, doch der Gedanke an Essen verursachte ihr Übelkeit. »Etwas Tesh wird mir genügen.« Als einer der Diener unauffällig zur Küche ging, blickte sie sich um. »Wo ist Hokanu?«

Der ältere Lord der Shinzawai lächelte mit nachsichtiger Wärme. »Er wird unglücklich sein, wenn er erfährt, daß er Euren Besuch verpaßt hat, Lady Mara. Doch als Kommandeur des Hauses und Stellvertretender Kommandeur des Lords der Keda wird er mit seiner Armee in den Bergen gebraucht.« Ein Anflug von Traurigkeit überschattete sein Gesicht, als er hinzufügte: »Wie jeder Clan im Kaiserreich bereiten sich auch die Kanazawai auf einen Krieg vor.«

Dann schien er zu glauben, daß sie gekommen war, um seine Antwort auf ihr Heiratsangebot zu erfahren, und er seufzte. Als würde ein schweres Gewicht auf seinen Schultern lasten, machte er eine bittende Geste in Richtung seiner Besucherin. »Mara, in anderen, ruhigeren Zeiten würde mir nichts besser gefallen, als mein Haus mit einem so ehrenvollen wie dem der Acoma zu verbinden.« Es klang aufrichtige Ehrlichkeit aus seiner Stimme, als er fortfuhr: »Und ich könnte mir auch keine bessere Schwiegertochter wünschen als Euch. Doch obwohl mein ältester Sohn nicht tot ist, wie wir zuerst annahmen, wird er nicht zurückkehren, um nach mir die Herrschaft zu übernehmen. Er hat seinen eigenen Titel und Land im Königreich der Inseln erhalten. Als sein Vater respektiere ich seine Entscheidung, auf Midkemia zu bleiben. Hokanu ist somit mein Erbe.«

Als Mara merkte, daß der ältere Mann innehielt, um nach den richtigen Worten zu suchen, versuchte sie ihn von seinem Unbehagen zu befreien. »Ich bin nicht wegen des Heiratsangebotes hergekommen. Bitte, fühlt Euch nicht verpflichtet, Eure Antwort in einer Zeit zu überreichen, in der wir von anderen Schwierigkeiten umgeben sind.«

Kamatsu lächelte sie warmherzig an. »Eure Aufmerksamkeit ist beeindruckend, Lady Mara. Ich habe immer verstanden, weshalb Hokanu Euch bevorzugte. In der Tat wäre es nur eine persönliche Angelegenheit, hätte er mein Einverständnis bereits an dem Tag erhalten, da Eure Anfrage kam. Für die Verzögerung der Antwort bin allein ich verantwortlich, da die Zukunft unseres Landes in Gefahr ist. Ich bin nicht sicher, ob irgend jemand von uns nach dem morgigen Tag noch in der Lage sein wird, eine Hochzeit zu feiern.«

Er hatte also ebenfalls von Tasaios Plan gehört, den Kaiser herauszufordern. Sie vergaß den Erhabenen, der reglos wie ein Schatten in der Ecke saß, und betrachtete den Mann, der zu den meistgeehrten Herrschern im Kaiserreich zählte. Sein Alter machte sich kaum bemerkbar. Mit den silbernen Haaren an den Schläfen wirkte er eher vornehm als alt, und die Lachfalten um seine Augen verliehen ihm ein freundliches Aussehen. Während Hokanus Intelligenz etwas Feuriges hatte, war der Vater im Laufe der Jahre zu einer ruhigen, zuversichtlichen Weisheit gelangt. Spontan spürte Mara, daß dieser Herrscher jemand war, mit dem sie ehrlich sprechen konnte.

»Hört mich an«, sagte sie ernst. »Denn was sich sage, hängt mit dem Wohl des Kaiserreiches zusammen.« Mit dieser förmlichen Einleitung begann sie einen Plan zu enthüllen, den sie seit Sonnenuntergang des vorigen Abends in die Tat umzusetzen versuchte.

Ein Kontingent von zwölf Kaiserlichen Weißen stoppte Tasaio und seine schwarz-orangefarbene Ehrengarde vor dem Eingang zu dem Teil des Palastes, der einmal dem Hohen Rat vorbehalten gewesen war. Die Wachen standen in Zeremonienrüstungen in ordentlichen Reihen vor dem Eingang und versperrten den Weg; sie wurden von einem Truppenführer befehligt, dessen goldener Federbusch sich wie ein Fächer über dem glänzenden Helm ausbreitete.

Bevor Tasaio etwas sagen konnte, hob der Kaiserliche Truppenführer die Hand. »Mylord der Minwanabi, Ihr seid aufgefordert, Euch dem Licht des Himmels in dem Saal zu präsentieren, der früher vom Hohen Rat benutzt wurde.« Der Offizier machte eine Handbewegung, und die Krieger traten geschmeidig zur Seite, um Tasaio durchzulassen.

Tasaio strahlte in seiner schönsten Rüstung; in der Scheide am schwarzlackierten Gürtel trug er das Schwert seiner Ahnen. Er winkte seine Gefolgschaft weiter. Als sie die Korridore zum Ratssaal entlangschritten, lächelte er seinen Ersten Berater zufrieden an. »Ichindar weiß immer noch die Illusion der Herrschaft aufrechtzuhalten, auch wenn seine Autorität längst in Frage gestellt ist.«

Incomo schwieg. Ihm war heiß in seiner zeremoniellen Kleidung, und er war so atemlos vom raschen Gehen, daß er nicht einmal in der Lage war, den Anschein von Würde aufrechtzuerhalten. Er konnte kaum den richtigen Abstand zwischen sich und seinem Lord einhalten, während er darüber nachdachte, was während der bevorstehenden Auseinandersetzung schiefgehen konnte. Als sie den Eingang zur Ratshalle erreicht hatten, überraschte Tasaio seinen Ersten Berater, indem er plötzlich auf der Schwelle des Hauptportals stehenblieb; nur mit Mühe konnte der ältere Mann einen Zusammenstoß vermeiden. Incomo wurde aus seinen Gedanken gerissen und warf einen Blick über die Schulter seines Herrn, um zu sehen, was die Verzögerung verursacht hatte.

Der Saal war vollbesetzt mit Herrschenden, was keine Überraschung war, da die Edlen von niedrigerem Rang ihre Sitze zuerst einnahmen. Als Lord des derzeit mächtigsten Hauses besaß Tasaio das Privileg, zuletzt zu erscheinen. Daß diese Ratsversammlung keine gewöhnliche war, wurde durch die Tatsache verstärkt, daß selbst die obersten Galerien besetzt waren. Auch der unwichtigste Lord im Kaiserreich hatte es als angemessen empfunden, dieser Versammlung beizuwohnen – der sicherste Hinweis auf die krisenvolle Zeit. Incomo blinzelte mit kurzsichtigen Augen, um das zentrale Podest besser erkennen zu können. In dem grellen Sonnenlicht, das von der Kuppel hereinfiel, machte er eine Gestalt in glänzenden weißen Gewändern und einer Rüstung aus kostbarem, strahlendem Gold aus. Das Blitzen all der Juwelen und Metalle verhinderte, daß Incomo sofort begriff, was sich geändert hatte.

Als er es dann tat, war der Grund für Tasaios überstürzten Halt offensichtlich: Der Thron aus Elfenbein und Gold, der in vergangenen Generationen den Kriegsherren Platz geboten hatte, stand nicht länger auf dem Podest.

»Verflucht sei der Name ihrer Ahnen«, zischte Tasaio zwischen zwei Atemzügen. Nachdem er die Abwesenheit des weißgoldenen Thrones bemerkt hatte, hatte er auch Mara entdeckt; sie stand in leuchtendgrüner Seide vor dem Podest zu Füßen des Lichts des Himmels.

»*Mylord Tasaio*«, sagte Ichindar in der betretenen Pause, während Tasaio sich noch nicht von seiner Überraschung erholt hatte. Es war offensichtlich, daß der Lord der Minwanabi beabsichtigt hatte, den Saal zu betreten und vor dem gesamten Hohen Rat und dem Kaiser auf das Podest zu steigen und den Platz des Kriegsherrn einzunehmen. Mara hatte dafür gesorgt, daß der Stuhl entfernt worden war und ihm dieses Schauspiel vorenthalten blieb. Als alle ihre Blicke auf ihn richteten und den Lord der

Minwanabi in einem Moment höchster Beschämung ertappten, fuhr das Licht des Himmels fort: »Ihr batet um meine Anwesenheit bei einem Treffen mit den Herrschenden des Kaiserreiches. *Ich bin gekommen.*«

Tasaio gewann seine Haltung wieder – mit einem Reflex, der so schnell war wie ein Schwerthieb. Als hätte er von vornherein vorgehabt, von seinem Platz im zentralen Gang aus zu sprechen, schaute er erhaben durch den Raum. »Eure Majestät, Mylords.« Er warf einen Blick auf Mara. »Lady.« Die Zuhörerschaft verstummte, als er langsam die Stufen hinunterschritt. »Wir sind gekommen, um Euch aufzufordern, die Unterbrechung der traditionellen Regierungsweise des Kaiserreiches zu beenden.« Er nahm sich nicht die Zeit, sich zu verbeugen. »Majestät, ich erkläre, es ist an der Zeit für den Hohen Rat, zusammenzutreten und einen neuen Kriegsherrn zu ernennen.«

Die glitzernde Gestalt auf dem Podest blieb nur einen kurzen Augenblick still, als Tasaio den freien Absatz über der niedrigsten Ebene erreicht hatte, dann nickte er. »Ich stimme Euch zu.«

Zum zweitenmal innerhalb weniger Augenblicke hielt Tasaio verblüfft inne. Er begriff, daß wenn er die Treppe weiter hinabschreiten würde, er tiefer stünde als der Kaiser, also blieb er, wo er war, und starrte Ichindar aus gleicher Augenhöhe an. Doch er zögerte. Von allen Antworten hatte er diese am allerwenigsten erwartet. »Ihr stimmt mir zu, Majestät?«

Ichindar hob seinen Amtsstab. »Bevor dieser Tag vorüber ist, müssen wir zu einer klaren Entscheidung gekommen sein. Der Hohe Rat muß meine Entscheidungen vom letzten Jahr für gültig erklären, oder die alte Ordnung wird wiederhergestellt.« Er warf einen Blick auf Mara. »Ich stehe in der Schuld der Lady Acoma, die mir die nötige Einsicht verschafft hat. Ich erkenne jetzt, daß ein Diktat eines einzelnen nicht der Weg ist, Unterstützung für die notwendigen Veränderungen zu gewinnen, die unsere Zukunft sichern sollen. Wenn unser Kaiserreich überleben soll, ist es notwendig, daß *wir alle* unsere Bedürfnisse überdenken. Andere Welten und Kulturen liegen jenseits des Spalts und warten auf uns. Unsere erste Erfahrung hat uns zu unserem Bedauern gelehrt, daß die alten Wege – Krieg und Eroberung – nicht geeignet sind, mit den Völkern anderer Welten zu verhandeln. Unsere früheren Feinde haben sich nicht nur als ehrenhafte Männer erwiesen«, fuhr der Kaiser fort, »sie haben uns großzügigerweise auch über ihren Kampf gegen den alten Schrecken berichtet, der in unserer Geschichte als der Alte Feind bekannt ist.« Stimmengewirr war die Folge, doch Ichindar hob seine Stimme: »Wollen wir mit den Midkemiern handeln und mit anderen, die noch folgen könnten, so müssen wir uns verändern.«

Tasaio wandte sich eindringlich an die Ratsmitglieder und schrie: »Um mit fremden Mächten zu handeln, müssen wir stark sein! Wir mußten Schande erdulden, weil Almecho nicht den Mut hatte, eine Million Schwerter zu einer Waffe zu schmieden, die von einer einzigen starken Hand geführt wurde!« Er warf erst einen verachtenden Blick auf den jungen Kaiser in den vielschichtigen Gewändern und dann auf die winzige Lady vor ihm. Der Lord der Minwanabi machte eine geringschätzige Bewegung. »Es ist Zeit.«

Mara erwiderte seinen harten Blick, ohne zusammenzuzucken. »Ich habe geschworen, dafür zu sorgen, daß kein anderer als Ihr, Tasaio, auf dem weißgoldenen Thron Platz nimmt. Wie Ihr seht, ist der Thronsessel aus Elfenbein und Gold entfernt worden. Erkennt daran, daß ich mein der Ehre verpfändetes Wort gehalten habe. Niemand außer Euch hat auf dem Thron Platz genommen, Tasaio.«

Ein Raunen ging durch die vollbesetzten Galerien, und Tasaios Lippen zuckten vor Wut. Doch bevor er etwas erwidern konnte, rief eine Stimme aus der Nähe der ersten Reihen: »Ich gebe meine Wahl bekannt.«

Alle Augen wandten sich um und sahen, wie Jiro von den Anasati von seinem Platz aufstand und ziemlich genau zwischen dem Kaiser auf dem Podest und Tasaio auf der Treppe stehenblieb. Nach einem langen Augenblick ging er auf den Lord der Minwanabi zu und stellte sich neben ihn. Er warf Mara ein spöttisches Grinsen zu. »Lady, dies begleicht eine alte Schuld zwischen uns. Vielleicht wird der Schatten meines Bruders Ruhe in dem Wissen finden, daß seine Mörderin bestraft worden ist.«

Mara spürte plötzlich jede Stunde, die sie nicht geschlafen hatte, jeden kleinsten, zunichte gemachten Hoffnungsschimmer. Der Fehler, den sie begangen hatte, war jetzt nicht mehr gutzumachen. Wieder hatte sie Jiros Rachedurst unterschätzt und seinem Ehrgeiz zuviel Gewicht beigemessen. Doch wie ihr Vater stellte sie sich der Niederlage kämpfend entgegen. »Ihr glaubt jetzt, Tasaio zu unterstützen«, rief sie voller Hohn, der bis zur höchsten Galerie drang. »Ist es Eure Absicht, ihn in der Zeit seiner Schwäche zu besiegen, wenn er damit beschäftigt ist, mich zu vernichten?«

Die Vermutung schien grotesk, gemessen am derzeitigen Aufstieg der Minwanabi. Jiro lächelte einfach nur und blickte Tasaio an. »Ich stehe auf der Seite des neuen Kriegsherrn, denn die Ordnung muß wiederhergestellt werden.«

Die Wörter verursachten eine Welle der Bewegung, als ungefähr zwanzig Lords Jiros Bitte, die alte Ordnung wiederherzustellen, Nachdruck verliehen. Gewänder rauschten, als weitere Lords aufstanden und sich hinter Tasaio versammelten, bis der Treppenabsatz, auf dem er stand, voll war und andere Lords in die nebenliegenden Ränge auswichen. Einige Edle wurden in der Menge gefangen, und nicht wenige verloren den Mut, gegen den Strom anzugehen und sich zu befreien. Ihre Anzahl ergänzte die wirklich Ergebenen, und zusammen bildeten sie einen beachtlichen Keil der Unterstützung hinter dem Lord der Minwanabi.

Doch Mara blieb, gegen jede Vernunft, beharrlich. »Mylord der Xacatecas?«

Hoppara von den Xacatecas stand auf und kam zu ihr, um sich neben den Kaiser zu stellen. Etwa zwanzig loyale Edle des Clans Xacala folgten seinem Beispiel mit grimmig entschlossenen Gesichtern.

Lord Iliando von den Bontura trat zu Mara. Dann strömten die Mitglieder des Clans Kanazawai hinzu und umringten das zentrale Podest.

Doch noch immer war dies zu wenig, da die meisten vom Clan Ionani bei Tasaio standen. Die wenigen Mitglieder des Clans Omechan, die gekommen waren, hatten sich ziemlich gleichmäßig aufgeteilt.

Als alle anwesenden Lords sich für eine Seite entschieden hatten, unterstützten die meisten Tasaio. Der lehnte sich lässig gegen ein Geländer, das Gesicht voller aalglatter Zuversicht, den Blick gelangweilt auf seine Feindin gerichtet. »Nun, Mara? Ist das das Beste, was Ihr zustande bringt?«

Weniger theatralisch, doch durch und durch genauso gebieterisch, reckte Mara die Schultern. »Lord Jidu von den Tuscalora, Ihr habt eine Allianz mit mir geschworen.«

Der aufsässige Vasall, der gedacht hatte, sich hinter der Gruppe der Minwanabi verstecken zu können, verließ die Treppe beschämt. Er bat vielmals um Entschuldigung, als er seinen gewaltigen Körper durch die Menge zwängte, um mit rotem Gesicht und schwitzend vor Peinlichkeit in Maras Lager zu wechseln.

Mara beachtete sein Unbehagen nicht. »Lord Randala«, rief sie. »Ihr habt mir eine Stimme im Rat versprochen. Ich rufe Euch jetzt auf, Eure Schuld zu tilgen.«

Der rotblonde Herrscher der Xosai, ein wichtiger Lord im Clan Xacala und ein möglicher Rivale für den jungen Lord der Xacatecas um das Amt des Kriegsherrn, verließ ebenfalls Tasaio und trat zu ihr. Zwei andere Xacala-Lords lösten sich von ihren Verbündeten und taten es ihm gleich. Nach ihnen kam ein anderer Mann in scharlachroter und brauner Rüstung von den oberen Galerien. »Alle sollen erfahren, daß Tasaio von den Minwanabi den ehrenhaften Namen der Hanqu in dem Versuch benutzt hat, die Acoma zu ruinieren. Ich nehme Anstoß an dieser Anmaßung und werfe mein Los in die Waagschale der Lady.«

Das war eine unerwartete Genugtuung, die Mara im nachhinein für den unheilvollen Hinterhalt auf der Lichtung erhielt. Sie schritt zur untersten Stufe des Podests. Allen Anwesenden verkündete sie: »Niemals wieder wird ein Edler des Kaiserreiches das Amt des Kriegsherrn bekleiden.« Als ein Raunen ihre Worte zu übertönen drohte, blickte sie unverblümt fünf andere an, die noch bei ihrem Blutsfeind standen. »Mylords, Ihr alle habt mir eine Stimme meiner Wahl zugestanden. Ich fordere Euch auf, die Schuld an dieser Stelle abzutragen.«

Zögernd verließen die besagten Herrscher ihre Plätze. Als sie und ein kleiner Strom von Vasallen und Verbündeten die Menge hinter Mara weiter anschwellen ließen, reagierten andere auf die veränderten Machtverhältnisse im Raum. Mehr und mehr Unterstützer verließen Tasaios Reihen und erhöhten die Schar um Mara.

Tasaios Gesicht zuckte gereizt. Mit gepreßter Stimme sagte er: »Ihr habt Euer Patt, Mara, und ich akzeptiere die Schlauheit, die es Euch ermöglicht, den Schwur buchstabengetreu zu erfüllen, ohne das Wesentliche zu tun. Ihr habt allerdings höchstens ein paar Tage gewonnen, also warum beendet Ihr diese Heuchelei nicht?«

»Ich spiele das Große Spiel heute nicht für meine persönlichen Ziele oder den Ruhm«, unterbrach ihn Mara. »Um das Wohl des Kaiserreiches willen rufe ich den Lord der Tonmargu.«

Aus dem hinteren Teil des Saales trat der zweitmächtigste Anwärter auf den Titel des Kriegsherrn mit einer Ehrengarde von zwanzig Kriegern ein. Trotz seines fortgeschrittenen Alters schritt er aufrecht und vorsichtig an Tasaio vorbei die Treppen hinunter und stellte sich neben Mara. Wenn sein Körper auch mit den Jahren gealtert war, so klang seine Stimme doch immer noch kraftvoll. »Bei dem ehrenvollen Blut meiner Ahnen, hört meinen Schwur. Ich handle zum Wohle des Kaiserreiches.« Mit diesen Worten bestieg er das Podest und verbeugte sich vor der strahlenden Gestalt des Kaisers. »Majestät«, begann er, »im besten Interesse all meiner Leute gebe ich meine Autorität in Eure

Obhut.« Er hob den Stab, sein Amtszeichen als Clanlord des Clans Ionani, und hielt ihn Ichindar entgegen.

Jiro zuckte vor Wut zusammen. »Das könnt Ihr nicht tun!«

Lord Frasai von den Tonmargu wandte den silberhaarigen Kopf in Richtung des jungen Mannes, der von Tecuma den Mantel der Anasati geerbt hatte. Traurig meinte er: »Sohn meines Verwandten, Ihr habt unrecht. Ichindar ist von unserem eigenen Blut. Wagt Ihr zu behaupten, daß irgend jemand in unserem Clan höher steht als er?«

Jiros Gesicht war rot vor Zorn, und er wollte gerade zur Antwort ansetzen. Doch ein brausendes Geräusch übertönte seine Stimme, als aufgeregtes Stimmengewirr ausbrach. Inmitten der Aufregung betraten zwei weitere die Halle, Lord Kamatsu von den Shinzawai in der Rüstung seiner Ahnen und mit dem Stab der Kanazawai und neben ihm der Lord der Keda, sein Vorgänger und noch einer aus einem Geschlecht mit anerkanntem Anspruch auf das Amt des Kriegsherrn.

Kamatsu erreichte Ichindars Podest und verbeugte sich. »Wir sprechen als Einer und handeln zum Wohle des Kaiserreiches.« Mit großer Würde, doch ohne langwierige Zeremonie legte er den Amtsstab als Clanlord der Kanazawai in die Hände der goldgerüsteten Figur auf dem Podest.

Über das anschwellende Gemurmel der überraschten Anwesenden rief Tasaio: »Das ist eine Verletzung der *Tradition*, Kamatsu!«

Der Lord der Shinzawai wehrte sich scharf gegen diese Anklage: »Meine Familie ist so edel wie jede andere im Kaiserreich. Wir können unsere Geschichte bis zum fünfundzwanzigsten Kaiser zurückverfolgen und sind blutsverwandt mit dem Licht des Himmels. Die Tradition besagt, daß jeder aus dem Geschlecht eines Clans das Amt des Kriegsherrn ausfüllen darf.« Er endete mit einer deutlichen Herausforderung. »Wagt Ihr den Anspruch Ichindars kraft seines Blutes zu leugnen?«

Mara schaltete sich ein. »Tasaio, Ihr mögt ein brillanter Kommandeur im Krieg sein, doch es mangelt Euch an Kenntnissen der Geschichte. Ist Euch niemals aufgefallen, weshalb die Tradition nur fünf Familien gestattete, das Amt des Kriegsherrn innezuhaben, des ersten Edlen des Kaiserreiches nach dem Licht des Himmels?«

Tasaio zuckte hilflos mit den Schultern.

»Diese fünf Häuser, einschließlich Eures eigenen, sind diejenigen mit der direktesten Verwandtschaftsbeziehung zu den Gründern des Kaiserreiches!« Mara betrachtete ihren Erzfeind mit Verachtung. »Wenn Ihr es hättet wissen wollen, jeder Meister der Überlieferungen oder der Hüter der Kaiserlichen Archive hätte es Euch erzählen können. Der ursprüngliche Hohe Rat wurde von fünf Brüdern ins Leben gerufen, allesamt Geschwister des ersten Kaisers!« Mit einer die Menge einschließenden Handbewegung schloß sie: »Wir *alle* haben den gleichen Ursprung, Tasaio. Geht nur weit genug zurück, und auf die eine oder andere Weise sind alle wichtigen Familien der großen Clans miteinander verwandt.«

Der Lord der Xacatecas übernahm jetzt das Wort: »Ich handle zum Wohle des Kaiserreiches!« Er gesellte sich zu den beiden Vorgängern auf den Stufen des Podestes und übergab dem Kaiser seinen Amtsstab als Clanlord.

Die goldene Rüstung blitzte auf, als Ichindar die Hände erhob, und alle Anwesenden sahen, daß er nicht drei, sondern vier Stäbe hielt. In den sich steigernden Aufruhr rief das Licht des Himmels: »Ich erhielt den Stab des Clans Omechan heute morgen, Tasaio. Nehmt es zur Kenntnis und hütet Euch: In meinem Amt liegen vier Ansprüche auf den weißgoldenen Thron.«

Jiro von den Anasati blickte Mara mit nackter Wut an, bevor auch er sich der Notwendigkeit beugte. »Tasaio, das Schicksal hat entschieden. Es tut mir leid.« Mit diesen Worten verließ der nach Tasaio erbittertste Feind der Acoma seine Position an der Seite des Lords der Minwanabi. Sein Weggang veranlaßte auch die verbliebenen Edlen des Clans Ionani zu gehen, so daß Tasaio mit einer Handvoll Vasallen und sich duckender Anhänger zurückblieb.

Einer von diesen wandte sich plötzlich ab. Als er die Treppe zum Podium hinabstieg, ließ Tasaio seiner Wut freien Lauf. »Bruli von den Kehotara! Ihr entehrt das Andenken Eures Vaters! Er widmete sein ganzes Leben dem ehrenvollen Dienst für die Minwanabi, doch Eure Feigheit beschämt seine Standfestigkeit!«

Bruli, der selbst in der schwerfälligen formellen Kleidung so gut aussah wie nur wenige, drehte sich leichtfüßig auf dem Absatz um. »Beschämt, sagt Ihr! Das ist eine Beleidigung von einem, dessen Familie mich wie ein Instrument zu benutzen versuchte, um Lady Mara zu vernichten! Weder Ihr noch Desio ließet Euch jemals herab, mich, Euren gepriesenen Vasallen, so großzügig zu behandeln wie diese Lady zu der Zeit, da sie mich besiegt hatte!« Bruli spuckte verachtend auf die Treppe, auf der Tasaio stand. »Ich bin fertig mit den Minwanabi.«

»Ich werde dafür sorgen, daß die Länder Eurer Ahnen mit Salz bestreut werden und Euer Natami vernichtet wird!« schrie Tasaio in hysterischer Wut.

Die Drohung beeindruckte Bruli nicht. Ohne einen Blick zurückzuwerfen ging er weiter, bis er vor Mara stand. Dort verbeugte er sich offen vor ihr. »Manche mögen sagen, Ihr hättet am heutigen Tag Eure Familienehre verletzt, Lady Mara.« Er lächelte. »Ich denke das nicht. Trotz unserer früheren Unstimmigkeiten glaube ich tief in meinem Herzen, daß Ihr wirklich dem Kaiserreich dient. Möge vom heutigen Tag an Friede zwischen uns herrschen.«

Auch Mara lächelte. »Vor dem Hohen Rat erkläre ich Freundschaft zwischen den Kehotara und den Acoma.«

Tasaios Augen blitzten vor Wut und Enttäuschung. »Ihr mögt Ichindar in die Hand gespielt haben, Mara, doch dies ist nicht das Ende. Ich habe mein Wort gegeben, daß Ihr sicher nach Hause zurückkehren könnt, doch in dem Augenblick, da meine Kundschafter berichten, daß Ihr Acoma-Boden betreten habt, werde ich die gesamte Macht der Minwanabi auf Euch niederfahren lassen. Mehr noch.« Er drehte sich um und befahl laut schreiend denen, die noch hinter ihm standen: »Ich rufe die Clan-Ehre an! Die Acoma haben das Kaiserreich und den Clan Shonshoni entehrt! Krieg dem Clan Hadama!«

»Ich verbiete das!« schaltete Ichindar sich ein.

Tasaios Lächeln zeigte einen Ausdruck maßloser Bösartigkeit. »Fünfzigtausend Soldaten stehen bereit, um auf mein Kommando zu marschieren.« Obwohl das Tragen von Schwertern in der großen Halle nicht gebilligt wurde, hatte Tasaio sich darüber hinweggesetzt und zog jetzt zur Betonung seine Klinge. Das Licht spiegelte sich auf dem seltenen Metallschwert wie Feuer, während ein Aufschrei durch die Halle ging. Über den Lärm hinweg brüllte er mit der Stimme eines Befehlshabers: »Wenn Ihr dem ein Ende machen wollt, Ichindar, laßt es uns auf dem Schlachtfeld tun! Werden Eure Anhänger auch dann noch hinter Euch stehen?« Tasaios Gesicht war vor Aufregung gerötet.

Mara spürte plötzlich ein Frösteln durch ihren Körper laufen. Vor ihr stand ein Verrückter, der das Kaiserreich lieber in Schutt und Asche legen wollte, als zuzulassen, daß ein Rivale den Sieg davontrug. Benommen, da ihr schlimmster Alptraum jetzt wahr wurde, und in der schmerzhaften Erkenntnis, daß ihre Hoffnung durch die Launenhaftigkeit der Götter zunichte gemacht wurde, schloß sie die Augen, um ihre Qual zu verbergen. Wegen ihres Stolzes und ihres eigenmächtigen Versuchs, der Zukunft eine neue Form zu geben, würden mehr als nur die Acoma fallen. Sie riß die Besten der Mächtigen mit in den Untergang, und zu dieser furchtbaren Erkenntnis gesellte sich der persönliche Kummer, daß Ayaki sterben würde, bevor er ein Mann war, und Kevins ungeborenes Kind niemals einen Atemzug tun würde.

Mara fühlte sich ausgelaugt von der Verantwortung, denn wenn sie wirklich ehrlich war, war es nur ihretwegen zu dieser Situation gekommen. Ihre Handlungen waren es gewesen, die die Nation in den Bürgerkrieg trieben.

Benommen hörte sie Ichindar Worte des Bedauerns murmeln.

Sie war am Boden zerstört und konnte kaum sprechen, und so drehte sie sich um, um sich vor dem Licht des Himmels zu verbeugen. Als sie den jungen Mann ohne jedes Zeichen von Furcht stehen sah, zwang Mara sich zu sprechen: »Die Acoma stehen zu Eurem Befehl bereit, mein Kaiser.« Sofort gelobten viele Lords ihre Unterstützung, oder sie betonten die Distanz zwischen sich und ihren Nachbarn; das blutige Chaos war zu nah, um nicht deutlich zu machen, auf welcher Seite man stand. Jene, die keine Rolle in dem kommenden Zusammenstoß spielen wollten, versuchten, sich nicht mitreißen zu lassen.

In diesem Augenblick erklang aus einer Ecke der Halle eine Stimme mit eindeutiger Befehlsgewalt. »Es wird keine solche Auseinandersetzung geben!«

Der Aufruhr verstummte. Mara riß die Augen auf, als sie die Stille wahrnahm, während die Edlen um sie herum ungläubig emporschauten. Dutzende von schwarzbemäntelten Gestalten betraten die Halle durch die Eingänge und Seitentüren und stiegen in einem großen Kreis herab. Mit unheimlicher Lautlosigkeit und unbehelligt von jedem Anwesenden näherten sich die Erhabenen der untersten Ebene der Halle des Hohen Rates.

Die Laune der Magier war Gesetz, stand selbst über der Macht von Armeen. Die Verwüstung, die ein einziger von ihnen in der Arena angerichtet hatte, war den Lords noch zu sehr in Erinnerung, als daß sie dumm genug gewesen wären, sich dem Willen der Versammlung nicht zu fügen. Tasaio stand erstarrt in erbärmlicher Wut da; er wußte nur zu gut, daß er verloren hatte. Das letzte bißchen Farbe wich aus seinem Gesicht, als er in Schande das Schwert wieder in die Scheide steckte.

Fünfzig Magier schlossen sich in einem Ring um die Lords, die den Kaiser umgaben. Ihr Sprecher nickte der Lady der Acoma förmlich zu. Mit leichter Bestürzung erkannte Mara Fumita, und in einem schwindelerregenden Anfall von Angst erinnerte sie sich daran, daß er während der gesamten Unterhaltung mit Kamatsu zugegen gewesen war. An seiner Seite befanden sich zwei andere Magier, die sie nicht kannte, ein kleiner, sehr fülliger und ein dünner mit kantigen Gesichtszügen. Konfrontiert mit ihren ernsten, gelassenen Blicken, die von einer unfaßbaren Macht durchdrungen waren, erschrak Mara einen Augenblick zutiefst. Sicherlich kamen sie ihretwegen, um sie mitzunehmen und wegen ihrer unverzeihlichen Kühnheit zu bestrafen.

Denn wenn Tasaio ehrgeizig bis zur Gier war, war sie ebenso im Unrecht wegen ihres anmaßenden Versuches, die Traditionen zu brechen. Doch die Erhabenen machten keine Anstalten, sie zu schelten. Sie bezogen Position zwischen ihr und dem Erzfeind ihrer Familie, und Fumita wandte sich an alle Anwesenden: »Wir sprechen für die Versammlung. Unser Rat hat sich getroffen und bestimmt, daß Mara von den Acoma zum Wohle des Kaiserreiches gehandelt hat. Sie hat sich in selbstloser Ehre in Gefahr gebracht, um Zwietracht zu verhindern, und ihr Leben ist in diesem Augenblick sakrosankt.«

Der füllige Magier fuhr fort: »Wir sind in mehreren Punkten uneinig, doch eines ist klar: Wir dulden keinen Bürgerkrieg.«

Jetzt sprach der dünne Magier: »Tasaio von den Minwanabi, von diesem Tag an ist es Euch verboten, irgendeinen Konflikt mit Mara von den Acoma auszutragen. Dies ist der Wille der Versammlung.«

Tasaios Augen weiteten sich, als wäre er geschlagen worden. Seine Hand krampfte sich wieder um den Schwertgriff, und ein unruhiges Licht glitzerte in seinen Augen. In rauhem Flüsterton sagte er: »Erhabener, meine Familie hat Turakamu einen Bluteid geschworen!«

»Verboten!« wiederholte der schlanke Magier.

Totenblaß verbeugte sich Tasaio. »Euer Wille, Erhabener.« Er machte das Schwert los, ein Ahnenstück aus Stahl mit einem vorzüglich gearbeiteten Griff aus Elfenbein. Er war vollkommen steif vor Widerwillen, als er die Stufen hinabstieg und die Waffe Mara überreichte. »Der Siegerin.« Seine Hände zitterten vor mühsam unterdrückter Wut.

Mara nahm die Trophäe mit Händen entgegen, die ebenfalls bebten. »Es war knapp.«

Tasaio ließ ein bitteres Lachen hören. »Ich denke nicht. Ihr besitzt den Schutz der Götter, Mara.« Er blickte sich im Saal um. »Wäret Ihr niemals geboren worden, oder wäre Eure Familie nicht gestorben und hätte Euch dadurch zur Erbin Eures Hauses gemacht, wäre eine Veränderung ohne Zweifel auch möglich gewesen. Aber dies!« Er deutete in bleichem Zorn auf die versammelten Lords, die Magier und den Kaiser. »Niemals wäre etwas eingetreten, das solch bedeutungsvolle Folgen nach sich gezogen hätte. Lieber trete ich dem Roten Gott gegenüber, als daß ich zusehe, wie das Große Spiel unserer Ahnen zu einer armseligen Farce verkommt und unsere Lords ihren Stolz und ihre Ehre beiseite werfen, um sich dem Licht des Himmels zu unterwerfen.«

Seine harten bernsteinfarbenen Augen wanderten ein letztes Mal über den Rat, von dem er geträumt hatte, daß er ihn regieren könnte. »Die Götter mögen Euch ihr Mitgefühl schenken; Euch und dem Kaiserreich, das Ihr in einen Zustand der Unwürdigkeit stoßt.«

»Seid still!« zischte Fumita. »Shimone von der Versammlung wird Euch zurück auf Euer Land bringen, Mylord.«

»Wartet, ich bitte Euch!« schrie Mara dazwischen. »Desio schwor dem Roten Gott beim Blut des Minwanabi-Geschlechts. Den Bedingungen seines Eides entsprechend darf keiner überleben, der sich auf die Verwandtschaft mit Tasaio beruft, sofern die Acoma nicht geopfert werden.«

Mit einem Blick so hart wie Stein betrachtete Fumita die Lady der Acoma. »Ein Narr ist der Lord, der annimmt, daß die Götter ein solches Interesse an seinen Feinden haben. Desio überschritt wohlüberlegte Grenzen, als er diesen Schwur leistete. Die Götter gestatten nicht, daß ein solcher Schwur widerrufen wird. Seine Verwandten müssen die Folgen erdulden.«

Doch Mara hatte das Gefühl, als würde Kevin neben ihr stehen, und seine unbezähmbaren fremden Überzeugungen hinterließen eine Forderung in ihrem Kopf, die nicht einmal die Erhabenen erfüllen konnten. »Was ist mit Tasaios unschuldiger Frau und den Kindern?« bat sie. »Soll ihr Leben auch für die Ehre hingegeben werden?«

In dem verzweifelten Bemühen, ihr Anliegen durchzusetzen, wirbelte sie herum und blickte ihren Feind an, nur Mitleid in den Augen. »Entlaßt Eure Kinder aus der Treue gegenüber dem Natami der Minwanabi, und ich werde sie im Haus Acoma adoptieren. Ich bitte Euch, laßt ihnen ihr Leben.«

Tasaio sah sie an; er wußte sehr wohl, daß ihre Betroffenheit aus tiefstem Herzen kam. Allein aus dem Wunsch, sie zu verletzen, schüttelte er grausam den Kopf. »Soll ihr Blut auf Eurem Gewissen lasten, Mara.« Mit diesen Worten zog er den Stab des Clanlords der Shonshoni aus seinem Gürtel. »Mylord der Sejaio«, sagte er zu einem stiernackigen Mann am Rand, »ich übergebe ihn jetzt Eurer Verantwortung.«

Als er den Amtsstab aus der Hand gab, schenkte er den Hallen der Macht einen letzten Blick. Dann schaute er spöttisch auf Mara und den Kaiser und drehte sich mit aller Anmut und Arroganz zu dem schlanken Magier neben Fumita um. »Ich bin bereit, Erhabener.«

Der Magier holte eine metallene Vorrichtung aus seiner Robe, und ein schwaches Summen erklang im Saal. Als er seine Hand auf Tasaios Schulter legte, verschwanden beide ohne Vorwarnung, der einzige Beweis ihres Verschwindens ein schwacher Zustrom von Luft an der Stelle, wo sie gestanden hatten.

Der Lord der Sejaio blickte den Stab an, den er jetzt hielt, und ging widerstrebend zum Kaiser. »Majestät! Ich weiß nicht, ob ich zum Wohle des Kaiserreiches handle oder nicht.« Er blickte die anderen Lords an, die sich einmütig um Mara und Fumita scharten. »Doch es heißt, daß die Götter ihre Gunst den Gewinnern im Großen Spiel schenken. Ich übergebe Euch das Amt des Clanlords der Shonshoni.«

Ichindar nahm auch den letzten der fünf Amtsstäbe entgegen. In deutlichen Worten und mit jetzt von niemandem mehr angezweifelter Autorität verkündete er: »Das Amt des Kriegsherrn ist nicht mehr!« Ohne weitere Zeremonie zerbrach er jeden Stab in zwei Hälften und warf die Überreste zu Boden. Dann, während noch die Reste der Stäbe klappernd die Stufen des Podestes hinabrollten, rief er Kamatsu von den Shinzawai zu sich.

Hokanus Vater verbeugte sich tief. »Majestät?«

»Das Kaiserreich braucht Euch«, entschied das Licht des Himmels. »Ich schaffe ein neues Amt und ernenne Euch zum Kaiserlichen Kanzler.«

Wieder verbeugte Kamatsu sich. »Majestät, im Dienst am Kaiserreich nehme ich erfreut an.«

Der Versammlung der Edlen verkündete Ichindar: »Kamatsu von den Shinzawai ist meine Stimme und mein Ohr. Er wird Eure Bitten, Eure Bedürfnisse und Eure Vorschläge hören, wenn wir uns daranmachen, die Nation neu zu schmieden.« Als der neue Kaiserliche Kanzler wieder beiseite getreten war, rief das Licht des Himmels einen anderen Namen.

»Frasai von den Tonmargu!«

Der alte Soldat trat vor ihn. »Majestät?«

»Wir werden jemanden zur Betreuung der militärischen Angelegenheiten benötigen. Wenn Kamatsu meine Stimme und mein Ohr ist, werdet Ihr als mein guter Arm handeln?«

»Im Dienst am Kaiserreich!« erwiderte Lord Frasai mit seiner tiefen Stimme.

Ichindar umriß die neuen Pflichten: »Frasai von den Tonmargu wird den Titel Kaiserlicher Oberherr tragen. Er wird die Angelegenheiten des Kaiserreiches regeln, wie es früher der Kriegsherr getan hat, doch nur auf meine Bitte hin.« Dann neigte Ichindar seinen glänzenden Helm in Richtung der Gestalt neben Mara. »Weiterhin ernenne ich Hoppara von den Xacatecas zu seinem Stellvertreter.«

Der jugendliche Lord grinste Mara an. »Im Dienst am Kaiserreich!« rief er überschwenglich.

Mara reichte ihm Tasaios Schwert. »Schickt es den Wüstennomaden, um den Eid Eures Vaters zu ehren.«

Hoppara von den Xacatecas nahm das uralte Schwert aus ihren Händen und verneigte sich respektvoll.

Dann wandte das Licht des Himmels sein Gesicht der Lady zu, die in ihren grün schimmernden Seidengewändern geduldig dastand. »Mara von den Acoma!«

Die Frau, die ihm einen Thron und die Bürde absoluter Macht geschenkt hatte, schaute auf; ihre Augen waren von unergründlicher Tiefe, ihre Gefühle hinter einer untadeligen tsuranischen Haltung verborgen.

»Ihr habt das Kaiserreich vor dem Chaos bewahrt«, erklärte Ichindar. Dann wurde sein Ton persönlicher: »Welche Belohnung können wir Euch bieten?«

Mara errötete wider Willen. »Majestät, um ehrlich zu sein, ich wollte nichts anderes als die Möglichkeit, die Angelegenheiten meiner Familie in Frieden und Wohlstand zu führen. Ich fürchte, ich habe zuviel meiner Ehre eingebüßt, als daß ich eine Belohnung verdiente.«

»Und doch habt Ihr genau jene Bedürfnisse und die Ehre zurückgestellt, um dem größeren Gut zu dienen«, betonte Ichindar. »Ihr habt uns an vergessene Wahrheiten und wahre Größe erinnert.« Er hielt inne, während er mit seiner goldgerüsteten Hand eine leichte Bewegung durch die Luft machte. »Ihr habt in unsere Zeiten ein Konzept zurückgeholt, das seit Jahrhunderten verschüttet war. Durch Euer Opfer, indem Ihr die Familie für das Wohl der Nation als Ganzes hintanstelltet, habt Ihr die höchste Ehre von allen verdient. Gibt es keine Belohnung, die wir Euch geben können?«

Jetzt überlegte Mara kaum einen Augenblick. »Majestät, ich bitte Euch um den rechtmäßigen Anspruch auf das Herrenhaus und die Ländereien, die dem Lord der Minwanabi gehörten.«

Ein dumpfes, unruhiges Raunen ging durch den Saal. Die tsuranische Tradition sah vor, daß ein gefallenes Haus von den Göttern verflucht war und sowohl von Edlen wie auch gewöhnlichen Menschen gemieden wurde. Viele schöne Herrenhäuser waren auf diese Weise verfallen und von Unkraut überwuchert – eine Folge der tiefsitzenden Überzeugung, daß das Glück eines Lords an die Erde gebunden war.

Der Kaiser machte eine unsichere Geste. »Warum ein Geschenk mit einem solch schlechten Omen, Lady?«

»Majestät«, sagte sie ernst, »wir haben uns heute hier versammelt, um Veränderungen vorzunehmen. Nach meiner Meinung ist es die größere Beleidigung für den Himmel, wenn wir erlauben, daß ein Wohnsitz von solcher Schönheit verschwendet wird und dem Zerfall anheimfällt. Ich habe keine Furcht vor Unglück. Gewährt mir die Bitte, und ich werde nach den Dienern des Roten Gottes senden, um eine eindeutige Bestätigung zu erhalten, daß Desios Blutschwur erfüllt worden ist. Dann mögen die Priester Chochocans den Besitz segnen, jeden Zoll, wenn nötig, und an dem Tag, wenn der unruhige Geist der Minwanabi in Frieden verbannt ist, werde ich dort mein Heim einrichten.«

Mara kämpfte gegen Tränen der Erleichterung, als sie fortfuhr: »Zu viele gute Männer und Frauen sind gestorben, Majestät. Andere sind Sklaven, deren Talente verleugnet, deren Fähigkeiten mißachtet werden.« Wehmut bei dem Gedanken an Kevin ergriff sie, doch sie zwang sich, ruhig fortzufahren. »Ich arbeite für eine veränderte Zukunft, und dafür bitte ich, als erste mit einer Tradition brechen zu dürfen, die nur zu Verlusten führt.«

Ichindar nickte zum Zeichen seiner Einwilligung in ihre verblüffende Forderung. Und in das tiefe Schweigen, das sich ausgebreitet hatte, als jeder anwesende Lord sein Land und seine Leute in einem anderen Licht betrachtete, rief Mara auffordernd: »Diese Verschwendung muß ein Ende haben. Jetzt. Allen, die sich in der Vergangenheit gegen mich gestellt haben, leiste ich diesen Schwur: Kommt zu mir mit Frieden in Euren Herzen, und ich werde den alten Auseinandersetzungen ein Ende bereiten.« Sie blickte Jiro von den Anasati an, doch dieser ließ nicht das winzigste Gefühl erkennen. Das Gesicht unter seinem roten und gelben Helm blieb unergründlich verschlossen.

Der Kaiser auf dem Podest sah die hin und her wandernden Blicke und die Fragen in den Gesichtern vieler der hier versammelten Edlen. Er ahnte etwas von Maras Gefühlen, und doch verstand er nur einen Bruchteil dessen, was diese tiefgründige und komplexe Frau antrieb. Die Vorstellung eines verzeihenden Sieges bewegte ihn zutiefst. »Lady Mara, Länder sind nur eine ungenügende Entschädigung für das Geschenk der erleuchtenden Gedanken, die Ihr in diesen Rat gebracht habt. Ihr habt Reichtum und Macht, Einfluß und Ansehen. In diesem Augenblick überragt niemand in dieser Halle Eure Größe.« Er lächelte in einer plötzlichen Anwandlung trockenen Humors. »Ich würde Euch anbieten, meine zehnte Frau zu werden, wenn ich glauben könnte, daß Ihr einwilligt.«

Als Mara verwirrt errötete, erfüllte sanftes Gelächter die Halle. Über der allgemeinen Heiterkeit erhob der Kaiser seine Stimme zum letzten Befehl des Tages: »Ihr habt Euch entschieden, vor Euren eigenen Interessen anderen zu dienen. Dafür sollt Ihr in Erinnerung bleiben, während Eures Lebens und der ganzen Geschichte. In längst vergangenen Zeiten, als das Kaiserreich noch jung war, verliehen meine Vorgänger einem Mitglied des Volkes einen besonderen Titel, wenn er oder sie außergewöhnliche Dienste unter Einsatz des eigenen Lebens oder der Ehre geleistet hatte, einen Titel, an dem alle im Land die höchste Anerkennung ablesen konnten. Mara von den Acoma, ich verleihe Euch hiermit den alten Titel der Guten Dienerin des Kaiserreiches.«

Mara war absolut sprachlos und konnte sich nur mit Mühe beherrschen. Gute Dienerin des Kaiserreiches! Kein Mann, keine Frau seit Angedenken hatte eine solch ungewöhnliche Auszeichnung erhalten. Nur etwa zwanzig Menschen in zweitausend Jahren waren mit diesem Titel belohnt worden. Diese zwanzig Namen wurden als Zeichen des Glücks aufgesagt und Kindern weitergegeben, wenn sie die Geschichte ihres Volkes lernten. Der Rang bedeutete außerdem die förmliche Adoption in den kaiserlichen Haushalt. Ihr Kopf brummte, als ihr bewußt wurde, wie sehr ihr Status gestiegen war, denn Mara und Ayaki konnten sich jetzt in den Palast zurückziehen und den Rest ihrer Tage von der kaiserlichen Großzügigkeit leben, wenn sie wollten.

»Ihr überwältigt mich, Majestät«, brachte sie schließlich hervor.

Und sie verneigte sich vor ihm, als wäre sie seine bescheidenste Dienerin.

Dann stieß Lord Hoppara von den Xacatecas einen Kampfschrei aus, und Jubel erfaßte den Hohen Rat. Mara stand im Mittelpunkt eines Kreises von Bewunderern; sie war ganz benommen von der Erkenntnis, daß sie gewonnen hatte, und mehr noch: daß sie sichergestellt hatte, für immer von den Machenschaften des Hauses Minwanabi verschont zu bleiben.

Dreizehn

Neuanfang

Hokanu stand völlig starr.

Dann legte der Sohn der Shinzawai, der in dem goldenen Licht stand, das durch das Fenster strömte, die Hände auf den Sims. Er kehrte Mara den Rücken zu, und sein Blick war nach draußen auf die Verfärbungen eines wundervollen Sonnenuntergangs gerichtet, während er still nachdachte.

Mara saß auf den Kissen in Kamatsus persönlichen Gemächern und litt darunter, daß sie nicht in seinem Gesicht lesen und seine Reaktion auf ihre Anwesenheit abschätzen konnte. Ihr Unbehagen wurde noch verstärkt durch das Wissen um die schwierigen Worte, die sie erst noch aussprechen mußte. Sie ertappte sich dabei, wie sie in Kevins Art an den Fransen des schönen Stoffes zupfte, und drängte den Anfall von Traurigkeit und Sehnsucht zurück, als sie wieder damit aufhörte. Sie mußte als Lady der Acoma weiterleben, ebenso wie ihr Geliebter jetzt als freier Sohn von Zūn.

»Lady«, sagte Hokanu weich, »die Dinge zwischen uns haben sich geändert, seit wir das letzte Mal miteinander gesprochen haben.« Ehrfurcht färbte seine Stimme, und die Hände umfaßten das schöne Holzbrett am Fenster etwas kräftiger. »Ich bin der Erbe der Shinzawai, der zukünftige Lord, ja, aber Ihr … seid die Gute Dienerin des Kaiserreiches. Wie könnten wir miteinander leben, mit einem solch großen Unterschied in unserer gesellschaftlichen Position?«

Mit einiger Mühe schüttelte Mara ihre Gedanken an den spitzbübischen Sklaven ab. »Wir könnten als Mann und Frau leben, wie Gleichberechtigte, Hokanu. Unsere Familien und unsere Namen würden in unserer Nachkommenschaft erhalten bleiben, und die beiden Herrenhäuser unserer Ahnen würden von Verwaltern geführt.«

Verwirrt beendete Hokanu ihre Gedanken: »Wir würden auf dem Landsitz leben, der einst den Minwanabi gehört hat?«

Mara hörte das leichte Stocken in seiner Stimme. »Fürchtet Ihr Euch vor Unglück?«

Hokanu lachte kurz auf. »Ihr seid all das Glück, das ich oder ein anderer Mann sich wünschen könnte, Lady.« Abwesend murmelte er: »Gute Dienerin des Kaiserreiches …« Dann kehrte er rasch wieder zum eigentlichen Thema zurück: »Ich habe das Heim der Minwanabi immer bewundert. Mit Euch an meiner Seite werde ich dort ganz sicher mein Glück finden.«

Er stand kurz vor der formalen Einwilligung in Maras Heiratsangebot, über das sein Vater Kamatsu ihn selbst entscheiden lassen wollte. Mara beeilte sich, ihm zuvorzukommen.

»Hokanu, bevor Ihr mehr sagt – es gibt da noch etwas, das ich Euch erzählen muß.«

Ihr ernster Tonfall veranlaßte ihn, sich vom Fenster wegzudrehen. Sie wünschte, er hätte es nicht getan. Seine Direktheit machte die Aufgabe nicht einfacher. Die schönen dunklen Augen blickten sie ernsthaft an, und als Mara die ehrliche Bewunderung in ihren klaren Tiefen erkannte, verkrampfte sich ihr Herz. »Ihr solltet wissen: Ich bin im ersten Monat schwanger mit einem Kind von einem anderen Mann, einem Sklaven, den ich außerordentlich schätzte. Er ist für immer in seine Heimat auf die andere Seite des Spalts zurückgekehrt, und ich werde ihn nicht wiedersehen. Doch wenn ich heirate, muß ich darauf bestehen, daß sein Kind als ehelich anerkannt wird.«

Hokanus gutaussehendes Gesicht verriet absolut nichts. »Kevin«, vermutete er laut. »Ich weiß von Eurem barbarischen Liebhaber.«

Mara wartete angespannt, insgeheim vorbereitet auf einen Ausbruch männlicher Eifersucht. Ihre Hände krampften sich um die Kissen, bis die Fransen zu zerreißen drohten.

Ihre Besorgnis und ihre Nervosität entgingen Hokanu nicht.

Er kam zu ihr und löste langsam die Hände von dem Stoff. Seine Berührung war leicht, und wenn seine Gefühle ihn auch erzittern ließen, zeigte er es ihr aus Höflichkeit nicht. »Lady, wie ich Euch kenne, darf ich wohl vermuten, daß Ihr zu dieser Schwangerschaft nicht leichtfertig gekommen seid. Daher kann ich nur annehmen, daß Kevin ein ehrenvoller Mann war.«

Ihre Überraschung entfachte ein freudiges Leuchten in seinen Augen. Plötzlich lächelte er und fragte: »Habt Ihr vergessen, daß ich einige Zeit auf Midkemia verbracht habe? Mein Bruder Kasumi sorgte dafür, daß ich in ihr ›barbarisches‹ Konzept von Gerechtigkeit eingeweiht wurde.« Sein Ton machte klar, daß er den Begriff nur zum Spaß benutzte. »Ich bin kein vollkommen Fremder, was die Midkemier angeht, Lady Mara.« Dann verzog er den Mund. »Ich war derjenige, der den ›barbarischen‹ Erhabenen Pug zu meinem Vater brachte, weil ich in ihm etwas Besonderes spürte.« Als der Name bei ihr keine Reaktion auslöste, fügte er hinzu: »Derjenige, der später unter dem Namen Milamber von der Versammlung bekannt wurde.« Mara konnte ein schwindelerregendes Gefühl nicht verhindern und lachte hell auf, als er sagte: »Auf meine eigene bescheidene Weise spielte ich eine kleine Rolle in den ungeheuerlichen Ereignissen, die wir erlebt haben.«

Die Lady der Acoma blickte in Hokanus Gesicht und fand seltenes Verständnis. In dieser Verbindung mit dem Haus Shinzawai war vielleicht nicht das Feuer der Leidenschaft, doch diesen Mann konnte sie ehren und achten, mit ihm konnte sie ihre neue Vision der Zukunft teilen. Zusammen würden sie vielleicht ein größeres Kaiserreich formen. Er kniete sich jetzt vor sie hin.

»Ihr könntet für zwei Jungen sorgen, die nicht Eure eigenen sind?« fragte sie.

Hokanu betrachtete sie zärtlich. »Mehr noch, ich könnte sie lieben.« Er lächelte bei ihrem erstaunten Blick. »Mara, habt Ihr es vergessen? Ich bin der Stiefsohn von Kamatsu. Obwohl wir nicht die Blutsbande von Vater und Sohn teilen, lehrte er mich den Wert einer starken und liebenden Familie. Ayakis Vorzüge sind offensichtlich. Kevins Kind wird sich so entwickeln, wie sein Vater es gewünscht hätte.«

Plötzlich wurde Mara von ihren Gefühlen überrumpelt, und sie schlug die Hände vors Gesicht, um ihre Tränen zu verbergen. Als Hokanus Arme sich tröstend um sie schlossen, überließ sie sich dem erleichternden Weinen. Sie hatte nichts sehnlicher gewünscht, als daß er das Kind von Kevin akzeptieren würde; doch jetzt, da Hokanu ihr seine vollständige Unterstützung schenkte, wurden ihre wildesten Erwartungen übertroffen; sicherlich war es mehr, als sie mit ihrer eigenwilligen, dickköpfigen Entscheidung verdient hatte. Beinahe hörte sie Nacoyas nörgelnde Stimme, daß der Mann, der sie hielt, etwas Besonderes war und Achtung verdiente. »Die Götter haben weise entschieden, Hokanu«, sagte sie weich, »denn kein Mann auf dieser Welt könnte meine Bedürfnisse besser verstehen und respektieren.«

»Ich willige in das Heiratsangebot ein, Lady, Gute Dienerin des Kaiserreiches«, murmelte Hokanu formell in ihr Ohr. Dann küßte er sie, in einer Weise, die sich von Kevins unterschied. Mara bemühte sich, doch ihr Körper konnte sich nicht sofort an die Veränderung gewöhnen. Seine Berührung war nicht unangenehm, einfach nur … anders.

Auf geradezu unheimliche Weise schien Hokanu zu spüren, daß sie Zeit brauchte, sich an ihn zu gewöhnen. Er rückte etwas von ihr ab, hielt sie aber immer noch fest, und in seinen Augen blitzte der Schalk. »Im Namen aller Guten Götter – wie kannst du wissen, daß das Kind ein Junge wird?«

Maras letzte Befürchtungen lösten sich in einem zufriedenen Gelächter auf. »Ich weiß es«, sagte sie, jetzt mehr Frau als Herrscherin, »weil ich es so will.«

»Dann, meine entschlossene zukünftige Frau«, verkündete Hokanu und zog sie hoch, »wird es auch so sein. Wir gehen am besten hinaus und informieren meinen Stiefvater, daß er sich ein wenig von den kaiserlichen Pflichten freimachen muß, um bei einer Hochzeit anwesend zu sein.«

Mara gab das Zeichen zum Anhalten. Der Priester Turakamus wandte sein Gesicht mit der roten Maske in unausgesprochener, formeller Anfrage in ihre Richtung. Er stand in vollständiger Bekleidung da, das hieß, er trug mehr Farbe als Kleidung. Seine nackte Haut war rotbefleckt, und ein Schulterumhang aus Federn und Knochen verbarg sein Halsband aus den Totenschädeln von Neugeborenen. Doch er hatte nur die Regalien bei sich und war ohne seine Akolythen; er hatte vor, die Umsetzung des Gebetstores auf dem Land der Minwanabi zu überwachen.

Mara erhob sich von der Sänfte, um mit ihm zu reden.

»Mylady«, grüßte er formal. »Euer großzügiges Angebot wurde im Tempel mit Wohlgefallen aufgenommen.«

Mara deutete auf ein Feuer in einiger Entfernung, wo mehrere große Stämme brannten. »Was ist das?«

»Desios mit schlechtem Omen versehenes Tor wurde niemals fertiggestellt. Der Tempel hat entschieden: Bei ihrem Sturz von den Höhen der Macht haben die Minwanabi ohne jeden Zweifel gezeigt, daß ihr Ziel eine Gunst beim Roten Gott fand. Daher ist das Tor weder geweiht noch gesegnet und darf ohne Furcht vor göttlicher Vergeltung entfernt werden.«

Er zeigte auf zwei große Needra-Wagen an der Seite, die darauf warteten, mit weiteren Stämmen eines zweiten Tores beladen zu werden. »Dieses Gerüst wird zu der Stelle gebracht, die Ihr auswähltet. Die Erde wird geweiht werden.« Trotz der grimmigen Totenkopfmaske wirkte der Priester nicht besonders förmlich. »Es war eine etwas merkwürdige Bitte, diese Umsetzung eines Gebetstores, Mara, doch wir konnten keine Blasphemie und kein Sakrileg darin erkennen. Bedenkt man den mit diesem Tor verbundenen Schwur, ist es nur zu verständlich, daß Ihr es entfernen lassen wollt, da Ihr dieses Land nun besitzt.« Der Priester zuckte auf höchst tsuranische Weise mit den Achseln. »Jetzt, da der Hohe Rat nur noch eine beratende Funktion hat, mögen die Tempel wieder eine aktivere Rolle spielen, wenn es um das Wohlergehen des Kaiserreiches geht. Ihr habt große Dinge getan, und die Diener und Dienerinnen der Götter sind dankbar.«

Er ging zur Seite, als ein Arbeiter sich mit einer Schaufel dem Pfahl an der Westseite des Tores näherte. »Langsam!« warnte er. »Die Überreste des Opfers dürfen nicht gestört werden. Sorgt dafür, daß genug Erde um ihre Gräber ist!«

Der Aufseher der Arbeiter gab die Anweisungen des Priesters weiter. Zufrieden, daß die Sache richtig angegangen wurde, wandte sich der Diener Turakamus noch einmal freundlich an Mara: »Wir, die dem Roten Gott dienen, werden oft mißverstanden, Lady. Tod ist ein Teil unseres Lebens, und alle betreten irgendwann einmal Turakamus Hallen. Wir haben es nicht eilig, ihre Geister einzusammeln. Erinnert Euch daran in der Zukunft, solltet Ihr einmal unseren Rat benötigen.«

Mara nickte respektvoll. »Das werde ich, Priester.« Dann wandte sie sich an Lujan: »Ich werde ein bißchen zu Fuß gehen.«

Mara ging den sanften Abhang hinunter zu der Stelle, wo die Boote an den Landestegen darauf warteten, den See zu überqueren. Auf dem gegenüberliegenden Ufer lag das gewaltige Haus im Sonnenlicht, das schon bald den Acoma und ihren Besuchern zur Ehre gereichen würde. »Lujan«, murmelte sie, als ihre Augen über das atemberaubende Panorama schweiften, über den See, die Berge und den dahinterliegenden Flußarm, »habt Ihr jemals geglaubt, daß wir verlieren könnten?«

Lujan lachte, und Mara verspürte Zuneigung zu diesem Mann, dessen angenehm spöttelndes Wesen dem ihres verwegenen Barbaren sehr ähnelte. »Mistress, ich wäre ein Lügner, wenn ich nicht sagen würde, ich hätte bei mehr als einer Gelegenheit auch an eine Niederlage gedacht.« Etwas ernster fügte er hinzu: »Aber niemals habe ich auch nur einen Augenblick an Euch gezweifelt.«

Mara nahm spontan seine Hand. »Dafür danke ich Euch aufrichtig, mein Freund.«

Zusammen schritten die Lady und ihr Kommandeur zu den Landestegen, wo Ruderer warteten, um sie über den wunderschönen See zu setzen. Lujan, Saric und Keyoke bestiegen mit Mara ein Boot, während ihre beiden Truppenführer die Acoma-

Soldaten auf die übrigen Boote verteilten. Bald schon war das Wasser mit der Flottille ihrer Armee übersät. Mara warf einen Blick zu Keyoke, der ein Bündel im Schoß hielt, als wäre es äußerst zerbrechlich und kostbar. Unter einem Umhang aus grünem Stoff mit grünen Juwelen ruhte der Natami der Acoma. Maras Kriegsberater hatte unaufhörlich mit einer alten Schatulle geübt, um den Umgang mit dieser Bürde und der Krücke perfekt zu meistern. Er hielt dieses Vertrauen für die größte Ehre, die ihm je zuteil geworden war und die selbst Auszeichnungen überragte, die er in Schlachten errungen hatte.

Die Boote glitten rasch über das Wasser. Mara dachte wehmütig daran, daß sie Kevin gerne an ihrer Seite gehabt hätte, als der Anblick eines Magiers, der an den Docks vor dem großen Haus auf sie wartete, sie überraschend aus ihren Träumereien riß. Hinter ihm standen die Priester Chochocans, die die Segnung des neuen Acoma-Herrenhauses als Vorbereitung für die bevorstehende Verbindung mit Hokanu von den Shinzawai überwacht hatten.

Die ersten Gäste würden im Laufe der Woche eintreffen. Mara war erleichtert gewesen, denn nach ihrer Schätzung würde Kevins Kind etwas weniger als acht Monate nach der Hochzeit geboren werden; knapp genug, daß andere zwar die Stirn runzeln konnten, doch als Beweis dafür, daß der Vater ein anderer als ihr Ehemann war, nicht ausreichend.

Das erste Boot erreichte den Landungssteg. Lujan half Mara von Bord, und sie verbeugte sich vor dem Magier. »Erhabener, Ihr ehrt uns.«

Der Mann in der schwarzen Robe – es handelte sich um den fülligeren der beiden, die Fumita in die Ratshalle begleitet hatten – stellte sich vor. »Ich bin Hochopepa, Lady.«

Leichte Unruhe erfaßte Mara. »Gibt es ein Problem, Erhabener?«

Der Erhabene winkte mit der klobigen Hand ab. »Nein. Ich bin nur geblieben, um Euch darüber zu informieren, daß mein Kollege Tasaio hierhergebracht hat und Zeuge der Zeremonie wurde, als der ehemalige Lord der Minwanabi sich auf das ehrenvolle Ende der Fehde vorbereitete und sich das Leben nahm.«

Ihre Vertrauten traten zu Mara, als der Erhabene traurig fortfuhr: »Kommt bitte mit mir.«

Die kleine Gruppe folgte ihm den breiten Pfad entlang zur anderen Seite des großen Hauses. Dort warteten mehr als zehntausend Leute reglos und still in Reih und Glied. Vor ihnen stand eine große Bahre mit einem roten Fahnentuch. Mara warf einen Blick auf die vier mit Leichentüchern bedeckten Gestalten, die zur letzten Ruhe aufgebahrt waren.

Tränen traten ihr in die Augen, als sie sah, daß zwei noch Kinder waren. Diener hatten versucht, sie ansprechend aussehen zu lassen, doch die frischen Wunden ließen sich nicht verbergen. Tasaio hatte ihnen die Kehlen durchgeschnitten. Mara wurde übel bei dem Gedanken, daß der kleine Junge auch Ayaki hätte sein können, und spürte, wie Lujan sie mit seinem Arm stützte.

»Ich hätte sie verschont«, murmelte sie benommen.

Der Erhabene betrachtete sie bekümmert. »Das Geschlecht der Minwanabi ist ausgelöscht, Lady Mara. Die Versammlung war offiziell dabei, um dies zu bezeugen. Jetzt, da meine Aufgabe beendet ist, möchte ich mich entschuldigen. Ich wünsche Euch ein langes glückliches Leben, große Lady.«

Hochopepa griff in seine Tasche, wo er den Talisman für den Transport aufbewahrte. Ein summendes Geräusch erklang, und der Magier war verschwunden.

Mara stand verloren vor dem großen ehemaligen Gefolge der Minwanabi, das noch am Leben war. Die ersten sechs Reihen trugen alle graue Sklavengewänder. Hinter ihnen standen die Soldaten, die Waffen und Helme neben den Füßen, die Köpfe gesenkt.

Ein alter Mann, der gekleidet war wie ein Sklave, doch eine edle Haltung hatte, trat vor und warf sich vor Mara auf den Boden. »Mylady«, begann er respektvoll.

»Sprecht«, bat ihn Mara.

»Ich bin Incomo, der frühere Erste Berater von Lord Tasaio.

Ich biete mich an, Euch bei allem zu helfen, was immer Ihr vorgesehen habt für uns, die in diesem unglückseligen Haus gedient haben.«

»Nicht ich bin es, die über ihr Schicksal zu bestimmen hat«, flüsterte Mara, immer noch erschüttert über die Leichen der Kinder.

Incomo schaute auf, Leere in seinen dunklen Augen. »Lady, mein ehemaliger Herr ordnete an, daß alle Blutsverwandten zum Heim ihrer Ahnen kamen. Er befahl jedem Verwandten, in seinem Beisein Frau und Kinder zu töten und sich dann ins Schwert zu stürzen. Doch er wartete bis vor einer Stunde, als er hörte, daß Ihr den Boden der Minwanabi betreten hattet, bevor er seine eigene Familie tötete. Erst dann, als sie tot waren, stürzte er sich in die Klinge.« Incomo zitterte in erbärmlicher Furcht und führte die letzte Pflicht aus, die sein Herr ihm aufgetragen hatte. »Lord Tasaio bat mich, Euch zu sagen, daß er seine Kinder lieber in der Halle des Todes sieht als in einem Haus der Acoma.«

Entsetzen ergriff Mara. »Dieses mörderische Tier! Seine eigenen Kinder!« Blinde Wut schüttelte sie, machte dann aber der Trauer Platz, als sie wieder die kleinen Körper des Jungen und des Mädchens auf der Bahre betrachtete. »Gewährt ihnen alle Ehren«, sagte sie weich. »Ein großer Name wurde heute ausgelöscht.«

Incomo verbeugte sich. »Ich bin Euer Sklave, Mistress, denn ich habe meinen Herrn im Stich gelassen. Doch ich bitte Euch, zeigt Erbarmen, denn ich bin alt und eigne mich nicht zur Arbeit. Gestattet mir den Segen eines ehrenvollen Todes.«

Mara schnaubte beinahe vor Wut. »Nein!« Ihre Augen schienen sich in den verwirrten Mann zu bohren, als sie ihn anschrie: »Steh auf!«

Ihre unschickliche Gefühlsäußerung erstaunte Incomo.

Mara konnte den Anblick seiner unterwürfigen Haltung keine Sekunde länger ertragen. Sie packte seinen Arm mit einem überraschend festen Griff und zog den älteren Berater hoch. »Ihr wurdet niemals von Tasaio in die Sklaverei verkauft, nicht wahr?« Incomo konnte nicht sprechen, so verblüfft war er. »Ihr wurdet niemals von einem kaiserlichen Hof in die Sklaverei befohlen, nicht?«

»Nein, Lady, aber –«

»Wer nennt Euch einen Sklaven?« Ihre Abscheu war nahezu greifbar, als sie den alten Mann dahin zog, wo ihr eigener Berater stand. Sie wandte sich an Saric, der jetzt das offizielle Gewand eines Beraters trug. »Eure Ausbildung unter Nacoya wurde bedauerlicherweise unterbrochen. Nehmt diesen Mann als ehrenvollen Assistenten und hütet ihn gut. Sein Name ist Incomo, und wie alle von Tasaios früheren Feinden bezeugen können, ist er ein fähiger Ratgeber.«

Der alte Mann starrte mit offenem Mund auf seine neue Herrin, die ihn erstaunlich freundlich anlächelte. Sie blickte von seinem verblüfften Gesicht zu dem beinahe ironisch lachenden Saric und meinte: »Wenn Ihr den Ehrgeiz habt, mein Erster Berater zu werden, solltet Ihr auf das hören, was immer dieser alte Mann Euch zu sagen hat.«

Mara wandte sich um, und der ehemalige Berater der Minwanabi fragte: »Was hat das zu bedeuten, Herr?«

Saric kicherte leise. »Ihr werdet erkennen, daß unsere Herrin die Dinge auf ihre eigene Weise sieht, Incomo. Ihr werdet außerdem feststellen, daß sie Euch ein neues Leben gegeben hat.«

»Aber einen Sklaven befreien?«

Bei diesen Worten fuhr Mara wütend herum. »Ihr seid niemals zu einem Sklaven erklärt worden! In meinem Haus werdet Ihr das auch niemals. Es war die Tradition, die aus Freien Sklaven machte, wenn die Herrschenden fielen, *nicht das Gesetz*! Und jetzt dient mir anständig und beendet diese Diskussion.«

Als sie weiterging, wölbte Saric die Brauen in der typischen Weise, in der er seine Erheiterung zeigte. »Sie ist die Gute Dienerin des Kaiserreiches. Wer kann da schon nein sagen, wenn sie wieder mal eine Tradition ändert?«

Incomo konnte nur stumm dastehen. Die Vorstellung, unter einer Herrin zu arbeiten, die nicht mit einer Veranlagung oder einer ungesunden Lust zur Grausamkeit geschlagen war, schien wie eine Vision der Vollkommenheit, die direkt von den Göttern gesandt worden war. Er war unsicher, ob er träumte, und schüttelte verwundert den Kopf. Der alte Mann hob die Hand und stellte schockiert fest, daß ihm Tränen über die Wangen liefen. Er zwang sich wieder zu einer ehrenvollen, ausdruckslosen Miene, als er Saric flüstern hörte: »Wenn man sich bereits mit dem Tode abgefunden hat, ist ein neues Leben ein ziemlicher Schock, was?«

Incomo konnte nur sprachlos nicken, als Mara ihre Aufmerksamkeit wieder den Priestern Chochocans zuwandte. Die Geistlichen vollendeten das Ritual bei den Körpern des Lords der Minwanabi, seiner Frau und seiner Kinder. Als sie die Kerzen anzündeten, um das Todesfeuer in Gang zu setzen, schaute Mara ein letztes Mal auf das harte, klare Profil des Mannes, der es beinahe geschafft hatte, sie zu vernichten, dessen Hand ihrem Vater und ihrem Bruder den Tod gebracht hatte. »Unsere Schuld ist beglichen«, sprach sie zu sich selbst und erhob dann die Stimme zu einem formalen Aufruf: »Soldaten der Minwanabi! Gebt Eurem Herrn die Ehre!«

Gemeinsam nahmen die wartenden Krieger die Helme und Waffen vom Boden auf. Sie standen in strammer Haltung da und salutierten ihrem ehemaligen Lord, als sein Körper mitsamt der außergewöhnlich schönen Rüstung und den Waffen von den Flammen verschlungen wurde.

Als der Rauch sich gen Himmel erhob, trat Irrilandi vor; es wurde ihm gestattet, in einer vor Dankbarkeit zittrigen Stimme die lange Liste von Tasaios Ehren im Feld vorzutragen. Mara und die Gefolgschaft der Acoma standen dabei und lauschten voller untadeliger Höflichkeit, und aus Respekt für ihre Gefühle erwähnte der Kommandeur der Minwanabi die Namen von Maras Vater und ihrem Bruder nicht, als er von dem Kampf sprach, der ihr Leben beendet hatte. Als sein Vortrag sich dem Ende zuneigte, wandte Mara sich an die vor ihr aufgereihten Männer. Sie erhob ihre Stimme, um trotz des brüllenden Feuers verstanden zu werden: »Wer von euch einst Hadonra, Berater oder Makler war oder zu den Bediensteten gehörte, wird benötigt. Dient mir von diesem Tag an als die Freien, die ihr seid.« Einige der in graue Roben Gekleideten schauten sich unsicher an, dann standen sie auf und stellten sich an die Seite. »Ihr, die ihr zu den Sklaven gehört, dient mir ebenso in der Hoffnung, daß dieses Kaiserreich eines Tages die Weisheit besitzt, euch die Freiheit zu geben, die niemand euch rechtmäßig hätte nehmen dürfen.« Auch diese folgten zögernd.

Dann richtete Mara sich an die Soldaten: »Tapfere Krieger, ich bin Mara von den Acoma. Die Tradition will es, daß Ihr ab jetzt ein herrenloses Leben als Graue Krieger führen müßt und daß alle, die einst Offiziere waren, sterben müssen.« Diejenigen in der ersten Reihe, die einst Federbüsche getragen hatten, nahmen ihre Worte mit ausdrucksloser Miene auf. Sie hatten nichts anderes erwartet und ihre Angelegenheiten bereits im Hinblick auf das Kommende geregelt.

Doch Mara befahl ihnen nicht, sich in die Schwerter zu stürzen. »Ich halte dieses Vorgehen für ein Verbrechen und eine Schande Männern gegenüber, die nichts anderes als loyal gegenüber ihrem rechtmäßigen Lord gewesen sind. Es war nicht Eure Wahl, von einem Mann von teuflischer Natur angeführt zu werden. Daß das Schicksal für Euch einen Tod vorsieht, dem die Ehren des Kampfes vorenthalten bleiben, ist eine Dummheit, die ich nicht weiterführen will!«

Leise flüsternd fragte sie ihren Kommandeur neben sich: »Lujan, hab Ihr ihn gefunden? Ist er hier?«

Lujan neigte den Kopf, um in ihr Ohr sprechen zu können. »Ich denke, er steht rechts in der ersten Reihe. Es ist Jahre her, deshalb bin ich nicht ganz sicher. Aber ich werde es herausfinden.« Er trat vor seine Mistress und rief mit der befehlenden Stimme des Kommandeurs auf dem Feld: »Jadanyo, der einst fünfte Sohn der Wedewayo!«

Der Soldat, der gemeint war, verbeugte sich gehorsam und kam zu Lujan. Er hatte ihn seit ihrer Jugendzeit nicht mehr gesehen und geglaubt, er wäre bei der Vernichtung der Tuscai gestorben, daher riß er erstaunt die Augen auf. »Lujan, alter Freund! Ist es möglich?«

Lujan stellte ihn mit einer weichen Geste Mara vor. »Mistress, dieser Mann ist Jadanyo, durch das Blut mein Cousin zweiten Grades. Er ist ein ehrenhafter Soldat und würdig, dem Haus Acoma zu dienen.«

Die Lady nickte dem früheren Krieger der Minwanabi zu. »Jadanyo, Ihr seid in den Dienst der Acoma gerufen. Seid Ihr bereit?«

Der Mann stotterte vor Bestürzung. »Was geht hier vor?«

Lujan grinste ihn spitzbübisch an. Mit lachender Stimme sagte er: »Sag ja, du Idiot, oder soll ich erst wie früher mit dir ringen, damit du deine Unterlegenheit anerkennst?«

Jadanyo zögerte, die Augen weit aufgerissen. Dann rief er mit freudiger Stimme: »Ja! Lady, ich bin bereit, einer neuen Herrin zu dienen!«

Mara salutierte ihm formell, dann bat sie Keyoke zu sich.

Mit der Lautstärke, in der er früher Armeen befehligt hatte, rief der Kriegsberater: »Irrilandi, der als Kind mein Freund war, zeigt Euch!«

Der Kommandeur der Minwanabi brauchte einen Moment, um seinen früheren Freund und Rivalen zu erkennen, so sehr strahlte er in den glänzenden Kleidern als Berater. Mit einem verwunderten Blick auf die Krücke und einem weiteren in sein Gesicht, dessen gemeißelte Linien immer noch voller Energie und Stolz waren, rührte er sich und trat vor die Reihen seiner entehrten Soldaten. Nach allen Regeln der Tradition hatte er erwartet, an diesem Tag zu sterben, zusammen mit seinen Offizieren. Er war ein zu alter Kämpfer, um noch an Wunder zu glauben, und so lauschte er ungläubig Keyokes Worten. »Mistress, dieser Mann ist Irrilandi, der Bruder von einem, der die Schwester der Frau meines Cousins geheiratet hat. Er ist daher mein Cousin und würdig, dem Haus Acoma zu dienen.«

Mara betrachtete den früheren Kommandeur Tasaios; sie war

bewegt von dem eisernen Mut, mit dem er seinen inneren Aufruhr überdeckte. »Irrilandi, ich werde keine guten Männer töten, weil sie treu ihre Pflicht erfüllt haben«, sagte Mara freundlich. »Ihr seid gerufen, in den Dienst der Acoma zu treten. Seid Ihr bereit?«

Der alte Offizier blickte einen Augenblick suchend in die Augen der Lady, völlig sprachlos. Dann wichen Beherrschung, Argwohn und Ungläubigkeit einer jungenhaften Hingabe. Überschwemmt von einer unbezähmbaren Begeisterung, sagte er: »Von ganzem Herzen, meine großmütigste Herrin, von ganzem Herzen.«

Mara erteilte ihm den ersten Befehl: »Sammelt die Soldaten und vergleicht ihre Blutslinien mit denen in meiner Gefolgschaft. Die meisten werden eine Verbindung zu Soldaten der Acoma haben; oder aber sie werden ganz sicher eine haben, wenn die letzten geschworen haben. Alle hier sind würdig; daher bewahrt die Form, daß alle rechtmäßig in den Dienst übernommen werden. Für den Fall, daß es Offiziere oder gewöhnliche Soldaten gibt, die das Gefühl haben, sie könnten meinem Haus nicht die Treue schwören, erteile ich Euch die Erlaubnis, ihnen zu gestatten, sich in die Klingen zu stürzen oder in Frieden zu gehen – wie sie möchten.« Einige Soldaten traten hervor und gingen, doch neun von zehn Männern blieben. »Und jetzt, Irrilandi, kommt Ihr bitte mit zum Natami der Acoma und schwört Gehorsam, damit Ihr mit der vor uns liegenden Aufgabe beginnen könnt.«

Der ältere Offizier verbeugte sich tief vor Dankbarkeit, und als er mit einem strahlenden Lächeln aufstand, brachen die Reihen der noch führerlosen Soldaten in unkontrollierte Jubelschreie aus. Der Name »Acoma! Acoma!« erfüllte die Morgenluft, bis Mara beinahe taub von dem Lärm war. Der Jubel hielt einige lange Minuten unvermindert an, während sich der Rauch vom Scheiterhaufen der Minwanabi unbeachtet in die klare Luft erhob.

Über den Krach hinweg wandte Mara sich an Saric und Incomo: »Bereitet die Soldaten vor, daß sie später vor dem Hain schwören können. Ich werde jetzt den Natami in seine neue Heimat bringen.«

Ein Priester von Chochocan, dem Guten Gott, und Keyoke begleiteten Mara zum Heiligen Hain. Draußen wartete der Gärtner mit der Schaufel in der Hand; er war der traditionelle Hüter dieses Fleckens. Er nahm an, daß der Natami der Minwanabi für immer mit dem Gesicht nach unten begraben werden würde, wie es der uralten Gewohnheit entsprach, wenn ein Haus von einem anderen erobert wurde. Schließlich rückte dieser Augenblick heran, und Keyoke übergab Mara den Natami der Acoma. Ihre Eskorte hielt vor dem Eingang an, während der Priester und der Gärtner sie ins Innere begleiteten.

Der Hain war weitaus größer als der beim Herrenhaus der Acoma und in untadeligem Zustand, mit duftenden Blumen, Obstbäumen und einer Reihe von Tümpeln, die durch das Plätschern von Wasserfällen miteinander verbunden waren. Mara blickte verwundert auf eine Schönheit, die ihr den Atem nahm. Halb benommen wandte sie sich an den Gärtner: »Wie ist Euer Name?«

Der pflichtbewußte Diener zitterte beinahe vor Sorge. »Nira, große Herrin.«

»Ihr macht Eurem Amt alle Ehre, Gärtner. Große Ehre«, sagte sie weich.

Der sonnengebräunte Mann strahlte bei dem Kompliment. Er verneigte sich und drückte seine Stirn gegen den Boden, um den er sich so liebevoll gekümmert hatte.

Mara bat ihn aufzustehen. Sie ging auf schattigen Pfaden zu dem Platz, an dem der alte Stein mit dem Wappen der Minwanabi ruhte. Einen langen Augenblick betrachtete sie den Talisman, der ihrem so ähnelte; bis auf das verwitterte Wappen hätte es der gleiche sein können wie der, den sie bei sich trug. Wehmütig erinnerte sie sich daran, daß alle großen Häuser des Kaiserreiches einen gemeinsamen Anfang teilten, und sie erneuerte ihre Hingabe, auch eine gemeinsame Zukunft daraus zu gestalten. Schließlich sagte sie: »Entfernt den Natami mit Ehrfurcht.«

Nira kniete sich nieder, um ihrer Anweisung Folge zu leisten, als sie sich umdrehte und den Priester ansah. »Ich werde den Natami nicht begraben.« Sie brauchte keinen symbolischen Akt, um sich darüber zu freuen, daß der Kampf, den sie die längste Zeit ihres Lebens gefochten hatte, endlich zu einem Ende gekommen war. Sie hatte viel riskiert und viel verloren, was ihr lieb gewesen war, und allein der Gedanke an die rituelle Auslöschung der Familie machte sie verdrießlich. Zu leicht, viel zu leicht hätte das besiegte Haus ihr eigenes sein können.

In tiefer Anerkennung ihrer eigenen Stärken und Schwächen und dem daraus resultierenden Erbe, das sie ihrem Sohn und zukünftigen weiteren Kindern hinterlassen könnte, nickte sie in Richtung des Talismans der Minwanabi. »Einst trugen heldenhafte Menschen diesen Namen. Es ist nicht gut, daß er vergessen wird, nur weil ihre Nachkommen vom Weg abgekommen sind. Der Natami der Acoma wird hier ruhen, wo ich und meine Kinder in Frieden im Schatten unserer Ahnen sitzen können. Doch ich möchte, daß für den Natami der Minwanabi ein anderer Platz gefunden wird, ein Platz auf dem Hügel mit Blick über den Besitz. Ich möchte, daß die Geister dieser großen Menschen sehen, daß gut für das Land ihrer Ahnen gesorgt wird. Dann werden auch sie leichter Ruhe finden.«

Sie wandte sich an den Gärtner: »Nira, es steht Euch frei, den Platz auszuwählen. Pflanzt eine Hecke und einen Garten mit Blumen; laßt niemanden außer Euch selbst und den von Euch erwählten Nachfolgern einen Fuß hineinsetzen. Laßt den Ahnen, die an der Gründung und dem Weiterbestand der Nation beteiligt waren, Sonnenlicht und Regen zukommen, damit die Erinnerung an ein großes Haus weiter bestehen bleibt.«

Der Mann verneigte sich tief und stach fachmännisch die Erde um den alten Felsen aus. Während der Priester Chochocans seinen Segen sprach, nahm er mit vom Arbeiten schwieligen Händen den Talisman hoch und legte ihn beiseite. Mara reichte dem Priester des Guten Gottes ihren eigenen Stein. Er hielt ihn gen Himmel und sprach die mächtigsten Beschwörungen für

Chochocans dauerhafte Gunst. Dann gab er ihn Mara zurück, die ihn wiederum dem Gärtner reichte. »Hier ist das Herz meines Geschlechts. Kümmert Euch darum, als wäre es Euer leibhaftiges Kind, und Ihr werdet als der Mann bekannt werden, der zwei großen Häusern große Ehre erwiesen hat.«

»Mistress«, sagte Nira und neigte den Kopf respektvoll über diesen Auftrag. Wie jeder andere Diener hatte auch er erwartet, in die Sklaverei verkauft zu werden, statt dessen jedoch ein neues Leben erhalten.

Der Priester weihte den Boden um den Natami, als Nira die Erde um den Sockel feststampfte. Gegen Ende des Rituals ließ Chochocans Diener ein kleines metallenes Glockenspiel ertönen und ging, den Gärtner dicht hinter sich.

Mara blieb allein bei dem Stein, der die Geister ihrer Ahnen für eine Erneuerung auf dem Rad des Lebens an sich band. Ohne auf ihre seidenen Gewänder zu achten, kniete sie sich auf die Erde und fuhr mit dem Finger über die Oberfläche; die schwachen Linien des Shatra-Vogels auf dem Wappen waren vom Alter abgeschliffen.

»Vater«, sagte sie leise, »dies ist unser neues Heim. Ich hoffe, der Platz gefällt dir.« Dann fügte sie Worte an ihren toten Bruder hinzu, dessen Abwesenheit immer noch tiefen Schmerz in ihrem Herzen hinterließ. »Lanokota, ruhe sanft und in Frieden.« Dann dachte sie an all diejenigen, die in ihrem Dienst gestorben waren; jene, die ihr nahegestanden und die sie geliebt hatte, und jene, die sie kaum gekannt hatte. »Mutiger Papewaio, der Ihr Euer Leben gabt, um meines zu retten, ich hoffe, Ihr kehrt auf dem Rad des Lebens als Sohn dieses Hauses zurück. Und Nacoya, Mutter meines Herzens, du mußt wissen, daß die Frau, die du wie eine Tochter großgezogen hast, dich mit Lobgesängen preist.«

Sie dachte an ihren geliebten Kevin, der jetzt zurück bei seiner eigenen Familie war, und betete, daß er auch ohne sie ein glückliches Leben finden würde. Tränen flossen ungehindert über ihre Wangen, Tränen der Niederlagen und der Siege, Freudentränen und Tränen des Kummers. Das Spiel des Rates, wie sie es kennengelernt hatte, war für immer verändert – durch ihr Handeln. Doch wie sie ihr Volk kannte, wußte sie, daß es diese neue Ordnung nur langsam anerkennen würde; die Politik würde sich verändern, und sie würde hart arbeiten müssen, um den Frieden zu erhalten. Der Reichtum, den ihr die Handelskonzession mit Midkemia verschaffte, würde diese Bemühungen unterstützen, doch die vor ihr liegenden Schwierigkeiten mit der Etablierung von Ichindars Macht würden so viel Aufmerksamkeit verlangen wie jeder Plan, den sie geschmiedet hatte, um ihre Feinde zu besiegen.

Mara stand auf, sowohl beruhigt als auch freudig erregt von dem Gewicht der neuen Verantwortung. Inspiriert von dem liebevoll umhegten, wunderschönen Garten und den alten Bäumen, erreichte sie das Tor am Eingang zum Heiligen Hain. Dort wartete ihr Stab aus Beratern, und Tausende von Minwanabi-Soldaten knieten auf dem Boden. Lujan stand vor ihnen. »Mistress«, rief er froh. »Diese Männer treten freudig in den Dienst der Acoma.«

Mara salutierte ihm. Genauso, wie sie als unbedarftes junges Mädchen, das noch unerfahren im Umgang mit der Macht gewesen war, einer Bande hausloser Gesetzloser die Hoffnung und die Ehre wiedergegeben hatte, sagte sie jetzt: »Laßt sie den Eid zu ehrenhaftem Dienst schwören, Kommandeur Lujan.«

Der Kommandeur der Acoma, den Federbusch stolz erhoben, nahm ihnen den kurzen Eid ab, den er vor Jahren selbst geschworen hatte, als er als einer der ersten Soldaten im Kaiserreich die Gunst einer zweiten Chance für ein ehrenvolles Leben erhalten hatte.

Als er fertig war und die Krieger antreten ließ, die sich nun dem Natami der Acoma verpflichtet hatten, blickte Mara auf das entfernte Ufer des Sees. Eine aufblitzende Bewegung hatte ihre Aufmerksamkeit erregt, und sie spürte ein tiefes, überwältigendes Gefühl in sich aufsteigen. Sie legte eine Hand auf Keyokes Arm. »Seht nur!«

Ihr alter Kriegsberater schaute in die Richtung, in die sie gewiesen hatte. »Meine Augen sind nicht mehr jung, Mistress. Was sehr Ihr?«

»Shatra-Vögel«, kam Maras ehrfürchtige Antwort. »Bei der Gnade der göttlichen Gunst, sie sind gekommen, um in den Sümpfen am Seeufer zu nisten.«

Incomo, der neben dem jungen Saric stand, meldete sich zu Wort: »Die Götter scheinen mit Eurem großzügigen Herz sehr zufrieden zu sein, Mistress.«

»Das können wir nur hoffen, Incomo.«

Sie wandte sich an den Kreis ihrer Vertrauten. »Kommt. Bereiten wir unser neues Heim vor. Mein zukünftiger Ehemann wird bald eintreffen, zusammen mit meinem Sohn und Erben.« Mara führte die alten und neuen Berater zu dem Haus, das sie schon so lange bewundert hatte und das jetzt das neue Heim ihrer Familie sein würde; sie führte sie zu einem Gebäude, das zwei große Familien beherbergen würde, die sich der Verbesserung des Kaiserreiches verschworen hatten.

Mara von den Acoma schritt an den Reihen ihrer frisch vereidigten Soldaten vorbei, Männern, die Tage zuvor noch eingefleischte Feinde gewesen waren, eifrig bestrebt in ihrer Pflicht, ihr Haus zu vernichten. Inzwischen glaubten die meisten, die sie beobachteten, daß sie Wunder wirken konnte; schließlich hatte sie nicht nur drei der mächtigsten Lords im Kaiserreich besiegt, sondern auch deren Bediensteten vergeben und sie bei sich aufgenommen, als hätten sie ihr niemals Schaden zugefügt. Solche Großherzigkeit und Weisheit würde sie alle beschützen und ihnen Wohlstand bringen.

Und zudem trug sie den ältesten und ehrenvollsten Titel, der jemals jemandem zuteil geworden war: die Gute Dienerin des Kaiserreiches.